Amanda Gruenschild

Eichen müssen her!
Die Kinder von Platana

Real Fantasy Roman

Untschi-Verlag

Für unseren Planeten Erde …

Klimaneutral
Druckprodukt
ClimatePartner.com/12518-1907-1001

Amanda Gruenschild

Eichen müssen her!
Die Kinder von Platana

Real Fantasy Roman

Coverbearbeitung by ATG
Zeichnung Einhorn by Malena Schneider
Partnerdruckerei von Untschi-Verlag:

WirmachenDruck.de
Sie sparen, wir drucken!

1. Auflage August 2022

ISBN: 978-3-9823606-5-2

printed in Germany by

Untschi-Verlag

Inhalt

Vorwort

Für die Enkel, Urenkel, Ururenkel und alle Nachkommen:

Fühlt euch von Herzen ermutigt und getröstet…

Jede Generation hat ihren blinden Fleck. Das ist immer so. Bei euren Eltern, Groß- und Urgroßeltern war das insbesondere die Umweltverschmutzung und die globale Ungerechtigkeit.

Achtet auf den Euren!

Danken möchte ich denen, die mir beim Korrigieren geholfen haben. Ebenfalls danke an meinen Gefährten, der mir stets den Rücken freihielt, mir immer wieder zuhörte, half und mich beriet.
Für die wunderschöne Zeichnung von Louis und Eyva an Malena den herzlichsten Dank.
Danke auch an ATG für das Erarbeiten des Covers.
Sämtliche Personennamen sowie manches Ereignis sind vollkommen frei erfunden.
Die Wahrheiten im Buch zu erkennen, überlasse ich der Intuition und Intelligenz des Betrachters.

Ich wünsche viel Freude beim Lesen des Teil 2 der Trilogie: »Eichen müssen her!«.

Möge die Liebe uns stets leiten…

Amanda Gruenschild

Orlana

Zum wiederholten Male streckte Kiova nun schon voller Vorfreude seine Nase in die Luft.
Es roch definitiv, sehr verführerisch nach seiner Leibspeise. Pilzeintopf mit Platantus-Wurzeln. Ihm zog sich das Wasser im Munde zusammen.
Seine Gefährtin, Quina, bereitete den allerbesten Pilzeintopf von ganz Platana zu. Welch ein Glück, dachte er bei sich.
Obwohl er eigentlich mit einer ziemlich dringenden Arbeit beschäftigt war, fand er sich nun plötzlich und wie durch ein Wunder, direkt vor seiner gemütlichen Wohnhöhle wieder.
Kleine Rauchwölkchen kringelten sich munter aus dem beschaulichen, rötlichen Schornstein hervor.
Der betörende Geruch war hier noch intensiver.
»Hallo Quina, das riecht heute aber wieder dermaßen lecker…
Wann ist es denn so weit?«, versuchte Kiova in einem möglichst beiläufigen Ton von seiner Gattin zu erfahren.
»Ich bin praktisch schon seit zwanzig Minuten fertig, aber Orlana fehlt noch. Sie ist tatsächlich abermals zu spät!«, erwiderte Quina, recht ungehalten über das Benehmen ihrer gemeinsamen Tochter.
»Na, so was, ich werde sofort nach ihr suchen. Vielleicht ist sie ja wieder bei den Nachbarn.« Kiova machte sich schleunigst aus dem Staub, denn der strenge Tonfall seiner besseren Hälfte verhieß nichts Gutes.
Als er genügend Abstand zur Wohnhöhle hatte, wandte

er sich über den Geist an seine, ein gutes Stück entfernt lebenden Landsleute. Kiova und sein Volk beherrschten es mit Leichtigkeit, sich, unabhängig von der Entfernung, sozusagen telepathisch zu unterhalten.
»Ist vielleicht Orlana bei euch?«, fragte er. Die Antwort der Nachbarn kam prompt: »Leider haben wir sie seit Tagen nicht mehr gesehen. Aber sag ihr doch bitte, dass wir extra ihre Lieblingskekse gebacken haben und uns sehr freuen würden, wenn sie mal wieder vorbeikäme«, lautete die freundliche Antwort.
Nachdem Kiova ähnliche Auskünfte auch von allen anderen aus seinem Dorf erhalten hatte, schaute er etwas ratlos vor sich hin. Er wusste absolut nicht, was er davon halten sollte.
Schließlich hatte Orlana erst gestern behauptet (sie war ebenfalls ziemlich verspätet gewesen), dass sie bei den Nachbarn zum Tee und Keksen eingeladen gewesen wäre.
Es konnte doch unmöglich sein, dass ihre, über alles geliebte Tochter, eine Lügnerin war. Warum nur sollte sie so etwas tun?
Kiova und Quina waren die beiden Ältesten des kleinen Volkes, welches nun schon seit Äonen von Jahren friedlich und glücklich auf dem wunderschönen Planeten Platana lebte. Auf diesem wurde sehr darauf geachtet, nachhaltig mit den Kreisläufen des Heimatplaneten umzugehen.
Die Mitglieder des kleinen Volkes konnten Jahrtausende Jahre alt werden.
Damit sie nicht zu viele wurden, gab es daher auch

strenge Auflagen, wie oft ein Kind geboren werden durfte. Man konnte deshalb sogar seltener als nur alle einhundert Jahre mit dem freudigen Ereignis einer Geburt rechnen. Schließlich sollte die Platana nicht übervölkert werden.
Wie selbstverständlich wurde dieses Kind dann zum begehrten Objekt für alle, die in der Nähe wohnten. Jeder wollte das Baby einmal halten und man übertraf sich gegenseitig darin, den neuen Spross zu verwöhnen, wo es nur ging.
Selbstverständlich wurde auch hier Maß gehalten, denn man wollte ja keinen unangenehmen Charakter fördern. So kam es also, dass Orlana keine direkten Spielgefährten in ihrem Alter hatte, sondern häufig reihum bei den Nachbarn zu Besuch war.
Vierhundert Jahre war sie nun alt. Mit achthundert Jahren erst wurde ein Jugendlicher feierlich in den Kreis der Erwachsenen aufgenommen.
Noch ein paar Jahre und dann würden vielleicht die beiden nächst älteren Jungen, Ranar und Dastos, die bereits sechshundert und siebenhundert Jahre alt waren, Orlana in ihre kleine Gemeinschaft mit aufnehmen.
Aber jetzt, Kiova strich sich sorgenvoll über seinen langen Bart, war Orlana ihnen nur ein Klotz am Bein und sie brachten eine Ausrede nach der anderen vor, warum sie für die Kleine gerade keine Zeit hatten.
Die dringliche Frage für diesen Moment jedoch war: Wo ist Orlana und wo war sie die letzten Tage, wenn doch die Nachbarn allesamt schon so lange nichts von ihr gesehen hatten? Kiova fühlte sich sehr beunruhigt.

Schlimme Vorahnungen bemächtigten sich seiner.
Sie würde doch wohl nichts mit dem neuartigen Kult der Baum-Menschen zu tun haben?
Das kleine Volk und auch die Gemeinschaft der Baum-Menschen, welche außer einer reichhaltigen Pflanzenpopulation, die einzigen Spezies auf dem Planeten waren, stammten allesamt von den gemeinsamen, inzwischen schon längst ausgestorbenen Vorfahren, dem Baum-Volk, ab.
Die Baum-Menschen waren eigentümliche Leute. Sie lebten immer als Einheit mit ihrem Heimat-Baum zusammen.
Sie waren sehr viel größer als das kleine Volk.
Kiova reichte einem Baum-Menschen nur etwa bis ans Knie. Seit Anbeginn der Zeiten schon hatten die beiden Völker in Frieden und nachhaltig auf dem Planeten zusammengelebt.
Aber heutzutage, wiederum zupfte sich Kiova nervös an seinem Bart herum, war irgendetwas Mysteriöses passiert.
Einige der Baum-Menschen verbreiteten plötzlich die Lehre, dass sie die Krone der Schöpfung seien und deshalb viel mehr Nachkommen benötigten, als bisher.
Noch schien das Ganze offenbar relativ harmlos, denn der weise Baum-Älteste, namens Eichar, hatte die große Mehrheit, der noch vernünftigen Baum-Menschen, wie immer hinter sich. Aber die Anzahl der Abtrünnigen vermehrte sich leider rasant. Sie hatten sich schon nahezu verdoppelt.
Das war mit Sicherheit nicht gut für den wundervollen

Planeten Platana.
Orlana würde doch nicht an solch einer Versammlung teilnehmen?
Kiova entschloss sich, seine Tochter einfach ganz direkt danach zu fragen.
Im Geist rief er nach ihr: »Orlana, wo bist du? Unser Mittagessen ist seit dreißig Minuten fertig und deine Mutter ist ziemlich ungehalten darüber, dass du noch nicht da bist!«
Es kam keine Antwort. Hatte sie etwa ihren Geist abgeschirmt, um einer Kontrolle zu entgehen? Es sah ganz danach aus.
Kiova war ratlos.
Ihm war der Haussegen mehr als wichtig. Vor allem tat ein Streit vor dem Essen dem Magen keinesfalls gut.
Apropos Magen, der seinige machte sich gerade durch lautes Knurren bemerkbar.
Kiova wurde zornig. Der Hunger und die Aussicht auf das, demnächst zerkochte Lieblingsessen, ließ seine, soeben noch hervorragende Laune, beträchtlich sinken.
»Orlana!!«, rief er nochmals innerlich mit großer Strenge in den Äther, »Melde dich auf der Stelle.«
Endlich regte sich etwas.
»Ich bin hier Papa, ich stecke fest, kannst du mir bitte helfen?«
Orlana öffnete ihrem Vater den Geist und zeigte ihm, ihren, in einer Baumwurzel eingeklemmten, Fuß.
Keine Sekunde später war der besorgte Vater an Ort und Stelle. Gott sei Dank konnten sich alle vom kleinen Volk, via astrale Reiser, von einem Moment auf den

anderen, an weit entfernten Orten materialisieren.
Als sich der Fuß jedoch relativ leicht befreien ließ, wurde Kiova wiederum misstrauisch und beschloss, mit seiner halbwüchsigen Tochter Tacheles zu reden.
»Wo warst du heute und wo warst du gestern?
Bei den Nachbarn jedenfalls nicht. Wieso lügst du deine Eltern an? Ich erwarte eine sofortige und dieses Mal ehrliche Erklärung!«
Orlana wurde scharlachrot und presste die Lippen dickköpfig fest zusammen.
Kiova beobachtete seine Tochter ganz genau und wartete.
»Ich kann es dir nicht sagen, es ist ein Geheimnis.
Es tut mir leid, dass ich gelogen habe, aber ich hatte keine andere Wahl.
Es hat nichts mit den verrückt, gewordenen Baum-Menschen zu tun. Das versichere ich dir. Jedenfalls nicht direkt und ich bin überhaupt nicht deren Meinung.
Bitte hilf mir, dass Mama nichts davon erfährt.
Ich muss dich um dein Vertrauen und dein Schweigen bitten.
Was ich tue, geschieht wirklich zum Wohle aller.«
Kiova war vollkommen vor den Kopf geschlagen.
Seine Tochter war noch minderjährig, sprach aber wie eine weise, erwachsene Frau.
Etwas im Klang ihrer Stimme bewog ihn dazu, spontan zu glauben, was sie sagte und ihr zu helfen.
»Also gut, ich glaube dir. Aber enttäusche mich bitte nicht ein zweites Mal.
Du hast doch vor Kurzem mit Mama deine erste astrale

Tandemreise absolviert. Das erlaubt mir heute, obwohl ich nicht das gleiche Geschlecht habe wie du, dich ebenfalls auf eine solche Reise mitzunehmen«.
Kiova ahnte nicht, dass seine Tochter das astrale Reisen längst auch schon allein beherrschte. Auch das war viel zu früh für ihr Alter. Mit etwa 400 Jahren wurden die Jungen vom Vater sowie die Mädchen von ihrer Mutter auf eine sogenannte, astrale Tandemreise mitgenommen. Dadurch bekamen sie automatisch ein Gefühl davon, wie man es bewerkstelligte, sich in Licht zu verwandeln und dann in Ort und Zeit zu reisen. Bis ein Kind dann hingegen ganz allein reisen durfte, vergingen in der Regel noch mindestens einhundert Jahre.
»Wir werden jetzt einfach etwas in der Zeit zurückreisen und dann kurz nach meinem Aufbruch aus der Wohnhöhle, dort gemeinsam auftauchen.
Dann kannst du Mama etwas von den Nachbarn erzählen, wenn du magst und ich werde weghören.
Ich möchte nicht lügen.
In Zukunft siehst du zu, dass du pünktlich kommst! Das musst du garantieren. Ich will nicht, dass meine Tochter zu einer notorischen Lügnerin wird.
Versprochen?« Kiova reichte seiner Tochter die Hand.
»Versprochen, Papa, wenn ich je darüber sprechen kann, dann wirst du der Erste sein, der davon erfahren wird. Danke für deine Hilfe und die kluge Lösung.«
Gerade noch rechtzeitig trafen die beiden in der Höhle ein und Kiova konnte endlich und wohlverdient seine Leibspeise genießen.

Orlanas großes Geheimnis

Die kleine Familie genoss einträchtig das leckere Mahl. Orlana hatte der Mutter von den Nachbarn erzählt und versprochen, in Zukunft wieder pünktlicher zu sein.
»Weißt du, Mama, es ist gar nicht so einfach, es allen recht zu machen.
Tante Gertrada war total enttäuscht, als ich das Mittagessen bei ihr ablehnte, weil ich zur abgemachten Zeit in unserer Wohnhöhle sein wollte. Das nächste Mal sage ich so etwas gleich bei der Ankunft, dann haben meine Gastgeber mehr Zeit, sich darauf einzustellen.«
Kiova rutschte unruhig auf seinem Stuhl herum und Orlana verstummte verschämt.
Gutmütig gab die Mutter Orlana und auch Kiova eine weitere Portion des dampfenden Pilzeintopfes auf ihre Teller und freute sich über den guten Appetit ihrer kleinen Familie.
Orlana übernahm danach freiwillig den Abwasch und ließ dann nebenbei fallen, wie köstlich das Essen gewesen sei und dass sie noch ein wenig im Wald weitere Pilzvorkommen ausfindig machen wolle.
Mit einem vielsagenden Seitenblick zum Vater verließ Orlana kurz darauf eilig die Wohnhöhle.
Kaum war das Mädchen außer Sichtweite, reiste sie astral in eine weit entfernte Gegend des Waldes.
Atemlos lief sie zu einer kleinen, versteckten Höhle. Lautes Stöhnen war von dort zu hören. Orlana schnürte sich vor Angst die Kehle zu.
»Reiß dich zusammen, du musst jetzt stark sein für uns alle«, sprach sie leise zu sich selbst.

Sie straffte ihre Schultern und näherte sich, innerlich jedoch noch um Fassung ringend, weiter der Höhle.
Nun hörte sie auch ein beschwichtigendes Flüstern, dem bald darauf ein weiteres, noch lauteres Stöhnen folgte.
Orlanas Herz klopfte ihr bis zum Hals und sie brauchte einen kurzen Moment, um sich wieder unter Kontrolle zu bringen.
Bang ging das Mädchen zu den beiden Personen im Inneren der Höhle.
Fragend sah sie zu dem Mann, Agonjak. Bevor dieser ihr ein Zeichen geben konnte, kam von Kamila, seiner Gefährtin, ein schrecklicher und anhaltender Schrei.
Kamila lag auf einem weichen Lager aus Moos und hatte vor Schmerz ihre Augen ganz weit aufgerissen.
Orlana versuchte mit aller Macht, einen klaren Kopf zu behalten, obwohl sie am liebsten vor Angst und auch vor Mitgefühl geschrien hätte. Ihr erster Instinkt war, ihre Mutter zu Hilfe zu holen. Das jedoch war ihr in diesem Fall untersagt, denn sie hatte Kamila seinerzeit absolutes Stillschweigen über deren Existenz gelobt.
Wiederum schrie Kamila wie am Spieß und dieses Mal hörte sie sich an, wie ein zu Tode verwundetes Tier.
Orlana sah, wie Agonjak daraufhin am ganzen Körper zitterte und ihm die Schweißperlen von der Stirn tropften.
Sie setzte sich ganz dicht an Kamila und wischte ihr mit einem nassen Tuch über das Gesicht. Dabei summte sie zur Beruhigung für Kamila, Agonjak und auch für sich selbst, leise ein Wiegenlied.
Noch einmal bäumte sich Kamila in einer neuen Welle von Schmerz auf und hatte dabei gerade instinktiv ihre Beine hochgezogen und angewinkelt.

Orlana erblickte jetzt einen kleinen Kopf, der langsam zwischen Kamilas Beinen hervortrat.
Schnell kniete sie sich neben Kamilas Becken, um das Kind, welches in diesem Moment geboren wurde, festzuhalten. »Du hast es gleich geschafft. Ich kann das Köpfchen schon sehen.«
Kurz darauf hallte ein weiterer, schier unmenschlicher Schrei in der Höhle wider. Danach wurde es ruhiger und dann hörten die drei das Weinen eines Säuglings.
Orlana war ein wenig unsicher, was nun weiter zu tun wäre und legte das Baby zunächst vorsichtig in Kamilas Arme.
Diese sah ihren neu geborenen Sohn liebevoll an, verkrampfte sich aber bald darauf wieder vor Schmerzen.
Schnell nahm Agonjak, der neben ihr kniete, das Kind ab und sah Orlana entsetzt an.
Hätten nicht jetzt die Schmerzen vorüber sein sollen?
Innerlich schwor sich Orlana, wenn dies hier gut ausgehen würde, dass sie sich dann zu Hause in allerlei Angelegenheiten des Heilens ausbilden lassen wollte. Es war unerträglich für sie, nicht zu wissen, wie sie helfen konnte und was überhaupt hier ganz genau geschah.
Agonjak wickelte das Baby in ein Tuch und ließ sich wieder an der Seite seiner Gefährtin nieder.
Diese schien weiterhin enorm unter Schmerzen zu leiden und stöhnte in regelmäßigen Abständen immer noch recht stark.
Plötzlich wiederholte sich die Prozedur von vorher und Kamila winkelte nochmals ihre Beine an.
Während sie aus Leibeskräften schrie und ihr Gesicht sich vor Anstrengung verkrampfte, trat ein weiterer Kopf zwischen ihren Beinen hervor. Orlana und Agonjak

verstanden nun und leisteten Kamila, so gut sie es vermochten, Hilfe.
Kurz darauf erblickte noch ein zweiter Sohn das Licht der Welt.
Völlig erschöpft sackte Kamila in sich zusammen.
Agonjak und Orlana versorgten nun die Säuglinge, indem sie die Nabelschnur durchtrennten und beide warmhielten.
Kamila kam bald wieder zu sich.
Inzwischen hatte sie schon an jeder Seite einen der Säuglinge liegen, die fleißig an je einer ihrer Brüste saugten.
Kamila sah müde, aber glücklich, aus.
Nach und nach begriff Orlana, dass es geschafft war und ein breites Lächeln stahl sich auf ihr Gesicht.
»Herzlichen Glückwunsch zu euren Zwillingen, ihr beiden«, brachte sie freudestrahlend hervor.
»Ich bereite dann mal draußen eine Mahlzeit zu.«
Aus dem nahe gelegenen Bach holte sie etwas Wasser, entzündete ein kleines Feuer vor der Höhle und erwärmte darauf den Pilzeintopf, den sie vorhin heimlich aus der elterlichen Höhle mitgenommen hatte.
Stolz brachte sie ihren zwei neuen Freunden die Speise sowie einen heißen Kräutertee in die Höhle. Sie freute sich unbändig, als sie die dankbaren und freudigen Gesichter erblickte. Das war ein ganz neues Gefühl für sie.
Bisher war es immer Orlana gewesen, die verwöhnt worden war. Nun konnte sie endlich auch einmal die Gebende sein.
Leise zog sie sich nach draußen ans Feuer zurück und dachte an die vier letzten, so ereignisreichen Wochen.

Es hatte alles damit angefangen, dass die zwei anderen halbwüchsigen Kinder des kleinen Volkes, Ranar und Dastos, sie wieder einmal nicht mitspielen lassen wollten. Dieser Teil des Waldes, wo sie heute hingehen würden, sei für »die Kleine« viel zu gefährlich.
Wie hatte sie das dumme Gerede der blöden »Halbstarken« geärgert!
Vor einiger Zeit hatte sie mit ihrer Mutter die erste Tandem-Astralreise durchgeführt, während derer ihr gezeigt wurde, wie man sich in blitzschnell, auch an weit entfernten Orten, materialisieren konnte.
Sie war von der Mutter aufgefordert worden, auf keinen Fall schon allein astral zu reisen, denn sie müsste das erst noch ein paar Jahre in Begleitung üben.
In ihrer Wut über die zwei Jungen hatte sie diese, gut gemeinte Ermahnung, jedoch achtlos beiseitegeschoben und wollte den beiden heimlich astral nachreisen.
Dann aber kam alles anders. Da Orlana gar nicht gewusst hatte, wo genau im Wald die Jungen denn spielen wollten, konnte sie sich den Ort natürlich auch gar nicht vorstellen. Das jedoch ist eine wichtige Voraussetzung, um überhaupt eine zielgenaue astrale Reise zu absolvieren.
Deshalb war sie nicht bei den Jungen, sondern in einem, ihr völlig unbekanntem Stück Land, herausgekommen.
Hier war sie noch niemals zuvor gewesen.
Etwas schüchtern begann sie, die Gegend zu erforschen.
Kurz darauf kam sie an diese Höhle, in der heute die Zwillinge geboren worden waren, und sah Kamila und Agonjak davorstehen.
Kamila war damals hochschwanger und stütze sich, offenbar am Fuß verletzt, fest auf ihren Gefährten.

Sie sahen beide sehr mitgenommen aus und blickten überrascht auf das Mädchen.
Für Orlana waren die zwei riesengroß. Sie hatte noch niemals so hochgewachsene Wesen gesehen, die nicht in Bäumen, so wie die Baum-Menschen von der Platana, lebten.
Als Tochter der Ältesten des kleinen Volkes nahm sie sich jedoch ein Herz und sprach: »Seid herzlich willkommen. Mein Name ist Orlana. Ich gehöre zum kleinen Volk vom Planeten Platana. Wer seid ihr und was ist euer Begehr? Benötigt ihr vielleicht Hilfe?«
Es war Kamila, die ihr antwortete: »Guten Tag, liebe Orlana. Mein Name ist Kamila und das ist mein Gefährte Agonjak. Wir würden gerne in diesem Gebiet hier leben. Wie du siehst, erwarten wir ein Kind und ich habe mich verletzt. Wir kommen von dem Planeten Erde und suchen auf eurem Himmelskörper Asyl. Ich dachte, in diesem entlegenen Wald würde sonst niemand mehr leben und wir könnten hier unbemerkt wohnen. Es wäre uns nämlich außerordentlich wichtig, dass unsere Ankunft geheim bleiben könnte.«
Orlana trat unschlüssig von einem Fuß auf den anderen. Das war eine ungewöhnliche Bitte. Sollte sie dieser nachkommen? Was, wenn die zwei eine Gefahr für die Bewohner der Platana darstellen würden? Sie wusste nicht, wie sie sich entscheiden sollte und kam dann zu dem Entschluss, dass sie zunächst noch weitere Informationen über die Fremden einholen müsste.
Gerade, als sie ihre diesbezüglichen Fragen formulieren wollte, geschahen blitzschnell mehrere Dinge hintereinander:
Zuerst stürzte ein riesiger Baum, völlig unvorhersehbar,

auf Kamila und klemmte dieser beide Beine ein. Daraufhin zeigte sich nun auch, dass in dem Baum ganz versteckt ein Baum-Mann gelebt hatte, der nun ebenfalls weiter unterhalb von Kamilas Beinen unter seinem eigenen Baum feststeckte.
Agonjak war hart am Kopf getroffen worden und lag ohnmächtig am Boden. Orlana lief zuerst zu ihm und überprüfte, ob er noch atmete, was er zu ihrer Erleichterung noch tat. Daraufhin drehte sie ihn auf die Seite, um zu gewährleisten, dass er nicht an seiner eigenen Zunge ersticken würde.
Dann besah sie sich die zwei eingeklemmten Personen. Es sah so aus, als ob die Befreiung des einen, immer auch den Tod des anderen bedeuten würde, so unglücklich waren sie zueinander gelegen.
Orlana wollte aber unbedingt beide retten und zerbrach sich hektisch den Kopf nach einer anderen Möglichkeit. Als ihr durch Überlegung einfach nichts einfallen wollte, wandte sie sich innig ans Universum: »Wenn ich wüsste, was hier zu tun wäre, um sowohl Kamila als auch den Baum-Mann retten zu können, was würde das dann sein?«
Das Erste, das ihr in den Sinn kam, war das Wort »Magie«.
Orlana war mit ihren vierhundert Jahren noch sehr jung und hatte bisher reichlich wenig Unterricht in Sachen Zauberei gehabt. Sie wollte jedoch um keinen Preis ein Leben wegen der Rettung des anderen aufgeben. So konzentrierte sie sich mit aller Kraft und suchte ganz tief in sich nach jedem Funken Magie, den sie finden konnte. Plötzlich spürte sie eine immense Macht in sich aufsteigen. Sie hob die Hand und befahl dem Baum, sich

in die Luft zu erheben und seine vorherige Position vorsichtig, ohne jemand zu verletzten, wieder dauerhaft einzunehmen. Dann schickte sie das Element Luft sowohl unter Kamila als auch den Baum-Mann und beförderte zunächst Kamila sanft einige Meter weiter. Dort war eine weiche, mit Moos bewachsene Stelle, worauf sie die Verletzte vorsichtig bettete. Den Baum-Mann ließ sie ganz dicht an seinen Wohnbaum schweben und legte ihn dort nieder.

Kaum war dies geschehen, erhob sich Kamila, plötzlich auf wundersame Weise völlig genesen, und blickte ihr lange tief in die Augen. Orlana fühle auf einmal eine unglaublich große Aura der Macht um Kamila.

Dann wandte sich diese von Geist zu Geist, also ohne Worte, an das Mädchen:

»Du hast Deine Probe bestanden und mir gezeigt, was in dir steckt. Daher möchte ich dir jetzt mein Geheimnis verraten: Nichts ist, wie es scheint. Alle Körper und Dinge sind nicht von so fester Statur, wie es aussieht. Eigentlich besteht all das, welches ihr „Die Schöpfung" nennen könntet, fast nur aus Licht. Es gibt nur ganz, ganz wenig Materie, sprich feste Teilchen. Würde man diese von dem ganzen, weiten Universum fest zusammenpressen, so bekämen wir nur einen klitzekleinen Quader.« Kamila sah Orlana kurz fragend an, ob diese ihr folgen konnte. Das Mädchen nickte jedoch verständig mit dem Kopf.

»Die große Schöpfung arbeitet mit drei Mächten. Die wichtigste und stärkste aller Kräfte, das ist die Liebe. Sie wird auch „Die Eine" oder „Die Dienerin der Liebe" genannt. Dann gibt es noch die Schöpferkraft an sich, welche stets Neues erschafft. Das ist der „Herr des

Lichts“. Als letztes existiert noch die zerstörerische Kraft – der „Herr der Finsternis“. Dieser vernichtet alles, was ihm in den Weg kommt. Die letzten beiden bedingen einander, denn der Erschaffer benötigt stets neuen Raum zum Erschaffen und diesen besorgt ihm der Zerstörer durch seine Arbeit.

Die drei Kräfte leben im Dreigestirn. Du kannst es dort oben am Firmament erkennen.«

Überrascht sah Orlana in die Richtung, wohin Kamilas Finger wies. Diese drei Sterne hatte sie noch nie am Himmel wahrgenommen.

»Man kann sie nur erblicken, wenn ein Eingeweihter sie einem zeigt«, erklärte Kamila die Tatsache, dass Orlana das Dreigestirn heute zum ersten Mal wahrnahm.

»Der mittlere Stern gehört zur „Dienerin der Liebe“. Du siehst, dass der Stern von einem angenehmen goldenen Licht umgeben ist. Dort wurde hell und dunkel ins Gleichgewicht gebracht und die Liebe regiert. Das ist der mächtigste Stern.

Links davon ist der Stern recht dunkel, er gehört zum „Herrn der Finsternis“, dem Zerstörer. Rechts davon befindet sich ein ganz grell heller Stern. Dieser gehört zum „Herrn des Lichts“, dem Erschaffer.«

Kamila wartete eine Weile, um Orlana Zeit zum Fragen zu geben. Diese saß aber ganz still da und ließ die neuen Informationen tief in sich sacken.

Kamila nickte anerkennend und fuhr weiter fort: »Wie gesagt, es handelt sich hier um drei verschiedene Kräfte oder Energien, nichts weiter. Jedenfalls bisher…

„Die Eine“, die auf dem mittleren Stern lebt, ist für die höher entwickelten Himmelskörper zuständig. Das sind jene, auf denen kein Zerstörens- und Erschaffens-

Kreislauf mehr stattfindet. Sie ist deren Schirmherrin. Der „Herr der Finsternis“ ist für die niedrig entwickelten Himmelskörper verantwortlich, welche er nach und nach, sich selbst zerstören lässt, damit der „Herr des Lichts“ wieder Platz zum Erschaffen hat.« Kamila war außerordentlich überrascht, dass auch hier kein Einwurf vonseiten Orlanas kam. Wie weise sie schon als Kind ist, dachte sich Kamila im Stillen.

Sie holte tief Luft. »Ich bin „Die Eine“...« Sie wartete auf Protest oder zumindest ein abfälliges Schnauben ihres Gegenübers. Als nichts dergleichen passierte, sprach Kamila weiter.

»Es gibt nicht so viele Planeten, für die ich verantwortlich bin. Daher habe ich mich ein wenig auf den Himmelskörpern der beiden anderen Sterne umgesehen. So kam ich auch auf die Erde. Dort hatte es mir ein Volk, das in einer heißen Wüste mit rotem Sand lebt, besonders angetan. Ihre nachhaltige und weise Lebensführung beeindruckte mich sehr. Ich war neugierig, denn diese Lebensweise gehörte normalerweise zu den Bewohnern der höher entwickelten Planeten. Also nahm ich mir die Freiheit, mir einen solchen Körper, wie sie ihn in diesem Volk haben, für mich zu erschaffen, um eine Zeit lang mit ihnen zusammenzuleben. Als meine Energie in das Fleisch jenes Körpers einzog, bemerkte ich, was es heißt, dass das Fleisch schwach ist. Ich fühlte wie sie und hatte auch die gleichen Wünsche. Ich war tief berührt, wie das Volk, trotz der so starken Schwäche des Fleisches, eine solche Kraft hatte, die hoch entwickelte Lebensweise aufrechtzuerhalten. Es ist nämlich gar nicht so einfach, sich zum Wohle aller zu verhalten, wenn doch alles im eigenen Körper danach schreit, sich zuallererst

nur um diesen zu kümmern, auch wenn das auf Kosten der anderen gehen würde. Sprich, sein kleines Ego zugunsten der Allgemeinheit zurückzustellen, ist in der Praxis eine beträchtliche Herausforderung. Ich ließ mich mehr und mehr auf das Volk ein und dann passierte, was eigentlich nicht passieren sollte: Ich verliebte mich in Agonjak. Ich konnte einfach nichts dagegen tun, so sehr ich es auch versuchte. Also akzeptierte ich, was sowieso nicht zu ändern war. Vielleicht tat es mir gut, als „Dienerin der Liebe", also als die mächtige „Eine", einmal ganz hautnah mit allem Drum und Dran zu erfahren, was es bedeutet, in einem Körper zu leben. So dachte ich mir. Wir lebten eine Weile glücklich und verliebt miteinander in der Wüste. Dann wurde ich schwanger und ich erkannte, was ich unter meinem Herzen trug.
Ich musste den arglosen Stamm, deren übergeordnetes Hauptvolk später einmal Aborigines genannt werden würde, sofort verlassen.
Aber ich brachte es einfach nicht übers Herz, ohne meinen geliebten Agonjak zu gehen. Egoistischer Weise habe ich also auch ihn hierher gebracht.
Ich möchte mir erlauben, hier eine Weile als kleine Familie zu leben. Agonjak wird vielleicht noch fünfzig Lebensjahre haben. Ich jedoch bin unsterblich.
Ich werde den Planeten und diesen Körper nach Agonjaks Ableben wieder verlassen.
Was ich hier tue, ist aber gegen die Regel und daher muss es geheim bleiben. Ich bitte dich deshalb um dein Schweigen. Es soll dein Schaden nicht sein.
Du wirst einiges bei mir guthaben und ich werde dich vieles lehren können, wenn du magst.«
Orlana wusste tief im Inneren, dass jedes Wort, das sie

hier gehört hatte, wahr sein musste. Sie war überrascht, dass eine so mächtige Kraft, sie um Hilfe bat.
Ein Fingerschnippen hätte doch für Kamila gereicht, um sie für immer zum Schweigen zu bringen.
Orlana begann, so etwas wie Liebe und Freundschaft für Kamila zu empfinden. Darüber freute sie sich sehr, denn sie war hier immer recht einsam gewesen, wenn man mal von ihren Eltern und den anderen Mitgliedern des kleinen Volkes absah.
»Selbstverständlich werde ich euer Geheimnis bewahren. Es ist mir eine Ehre.«
Orlana verneigte sich zum Zeichen ihrer Ehrfurcht vor Kamila ganz tief. »Und liebend gerne möchte ich von dir lernen…«
Kamilas Gesicht überzog ein strahlendes Lächeln.
»Danke liebe Orlana. Wir werden uns in dieser Höhle hier einrichten und würden für den Anfang etwas Nahrung benötigen.
Später werden wir für alles selbst sorgen können.
Ich kümmere mich jetzt auch sofort darum, dass in dieses Gebiet die nächsten fünfzig Jahren niemand außer dir und uns mehr kommen wird.«
Kamila breitete ihre Arme aus und murmelte einige uralte Worte. Ein mystischer Windhauch kam auf und plötzlich war auch der große Baum mitsamt seinem Bewohner verschwunden.
»Ich habe mir erlaubt, den Baum-Mann woanders hin umzusiedeln. Er wird sich an nichts erinnern, genauso auch Agonjak, wenn er gleich erwachen wird. All dies wird unser Geheimnis bleiben.«
Als Kamila Orlanas sehnsüchtiges Gesicht wahrnahm, lächelte sie und sprach: »Ich werde dich all das nach und

nach lehren, keine Sorge.
Besonders der Bann, dass ein Gebiet nur für diejenigen auffindbar ist, für die man es auch möchte, ist manchmal eine sehr wertvolle Hilfe.«
Danach war Orlana schnell nach Hause gereist, denn es war schon spät geworden.
Seither war sie täglich hergekommen und hatte schon viel von Kamila gelernt.
Und jetzt hatte diese gerade zwei Kinder geboren.
Orlana fragte sich, was Kamila wohl damit gemeint haben konnte, als sie davon sprach, dass sie wegen der Schwangerschaft das Volk auf der Erde verlassen musste.
Was konnte an den beiden Knaben so gefährlich sein, dass sie diese so weit weggebracht hatte?
Orlana sah zur Sonne, es war höchste Zeit, nach Hause zurückzukehren…

Echte Freundinnen

Orlana organisierte ihren Alltag inzwischen mit größter Präzision.
Vormittags bekam sie abwechselnd Unterricht von einem ihrer Elternteile. Zusätzlich kam einmal in der Woche der Heiler und unterrichtete sie, auf ihren Wunsch hin, ebenfalls in allerlei Gesundheits-Angelegenheiten. Danach half sie bis zum Mittagessen bei der Hausarbeit und nachmittags ging sie zunächst für eine Stunde zu einem Nachbarn, deckte sich dort mit Lebensmitteln ein und verschwand dann bis kurz vor dem Abendessen zu Kamila. So konnte sie das Versprechen ihrem Vater gegenüber, zukünftig nicht mehr zu spät zu kommen, stets gut einhalten.
Dass sie es mithilfe von Kamila geschafft hatte, unübertroffen gut die astrale Reise sogar auch in der Zeit zu verschieben, konnte ihr Vater natürlich nicht ahnen. Sie blieb sie bei Kamila also immer so lange sie wollte und reiste dann in der Zeit einfach genau bis kurz vor dem Abendessen zurück.
Orlana saugte all das neue Wissen, wie ein trockener Schwamm in sich auf.
Quina, ihre Mutter, hatte ihren Gefährten, Kiova, erst kürzlich zur Seite genommen und zu ihm gesprochen: »Ist dir auch schon aufgefallen, wie gut und schnell Orlana auf einmal lernt? Ich muss sie zu nichts mehr auffordern oder ermahnen. Sie versteht sofort, was ich ihr beibringen will und beim nächsten Unterricht hat sie ihr Wissen auch schon gefestigt. Weißt du was? Ich habe eine Idee. Wie wäre es, wenn wir ein kleines Turnier mit den drei

Kindern unseres Volkes veranstalten? Wir könnten zunächst einige Fragen stellen in einer Art Quiz und dann einen Wettbewerb des astralen Reisens durchführen, bei dem die Kinder gemeinsam bestimmte Dinge finden und zu uns zurückbringen müssen. Ich bin mir sicher, Orlana wird durch ihre Reife und ihr Können die Aufmerksamkeit der Jungen erregen und vielleicht findet sie dann auch ein paar Freunde in ihrem Alter. Was sagst du dazu?«, fragend wandte sie Kiova ihr Gesicht zu.
»Das ist eine hervorragende Idee, meine Liebe. Mir ist auch schon aufgefallen, wie diszipliniert und ehrgeizig Orlana geworden ist. Ich glaube, sie wird nach unserer Zeit eine fähige Anführerin werden. Deine Idee finde ich famos. Schließlich wird sie wohl einen der zwei Jungen einst zum Gemahl nehmen müssen.
Wann hattest du denn gedacht, sollte der Wettbewerb stattfinden?«
Die Eltern planten das Ereignis für in drei Monaten und wollten, nachdem sie alles gut vorbereitet hatten, dies den Kindern und dem ganzen Volk in genau einem Monat ankündigen.
Das Ganze sollte ein richtiges Volksfest werden.
Schmunzelnd machten sich die beiden an die Arbeit.
Orlana mochte den Unterricht bei Kamila am meisten. Bei ihr erfuhr sie viel über die Liebe und wie man diese in seinem Herzen spüren konnte.
Sie lernte auch, dieser Liebe bedingungslos zu folgen, sich also von ihr, in all ihren Entscheidungen führen zu lassen. Kamila wurde nicht müde, ihrer jüngeren Freundin neue Herausforderungen in dieser Richtung zu stellen.
Orlana bestand im Laufe der Zeit viele Prüfungen, die sich »Die Eine« für sie ausgedacht hatte. So verging Jahr

um Jahr.
Kamila lebte nun bereits fast vierzig Jahre auf der Platana. Agonjak, ihr Gefährte, war inzwischen siebzig Jahre alt, was für einen Erdenbürger schon ein recht hohes Alter bedeutete. Entsprechend hatte sich auch sein Körper verändert. Kamila hatte sich diesem Prozess aus Liebe angepasst, sodass auch ihre jugendliche Erscheinung nach und nach verblasst war. Nur Orlana sah noch aus wie am ersten Tag. Mitglieder des kleinen Volkes konnten bekanntlich tausende Jahre alt werden und alterten daher nur sehr langsam.
Die Söhne von Kamila wuchsen ebenfalls auffallend gemächlich heran und waren in etwa mit zwei Jungen im Alter von etwa sechs Jahren auf der Erde vergleichbar. Auch das langsame Heranwachsen der Knaben war Kamilas Absicht. Sie hatte sich vor einiger Zeit in dieser Sache Orlana anvertraut:
»Ich gehöre ganz fest zum Dreigestirn. Dort, wo ich hingehe, sind früher oder später auch die zwei anderen Kräfte unserer Dreierkonstellation zu finden. Ich hatte mir schon gedacht, dass durch die Geburt der Zwillinge der „Herr der Finsternis“ und der „Herr des Lichts“ nun ebenfalls über feste Körper verfügen würden. Noch haben sie diese nicht richtig in ihrer Gewalt. Sie wirken noch immer hauptsächlich subtil über ihre Energien vom Dreigestirn aus. Sicher hast du schon bemerkt, dass sie auch hier bereits am Werk sind. Die verschrobene Idee, dass die Baum-Menschen die Krone der Schöpfung sind, stammt definitiv vom „Herrn der Finsternis“, der so schon vor längerer Zeit die Zerstörung der Platana angestoßen hatte.«
Entgegen ihrer sonstigen Art hatte Orlana gerade die Luft

tief eingesogen und wollte einen Einwand erheben. Kamila hob beschwichtigend die Hand. »Es ist noch lange nicht entschieden, ob die Platana zerstört werden wird oder nicht. Die Bewohner der jeweiligen Planeten behalten immer ihren freien Willen und so ist es fast bis zum Schluss ganz offen, ob der Planet noch gerettet werden kann oder nicht. Allerdings muss ich dich warnen. Das kranke Gedankengut hat sich schon sehr tief in das Volk der Baum-Menschen eingegraben. Aber sorge dich nicht, wenn ich von hier weggegangen bin…« Jetzt unterbrach Orlana ganz strikt die Ausführungen von Kamila: »Ich will nicht, dass du weggehst. Wir sind doch Freundinnen!« »Liebe Orlana, ich kann hier nicht mehr lange bleiben. Agonjak hat vielleicht noch zehn Jahre zu leben. Dann muss ich zurück! Ich vernachlässige meine heiligen Aufgaben und verstoße gegen die ehernen Gesetze. Auch meine beiden Kinder muss ich von hier wegbringen. Je früher, desto besser. Ich kann ihr Erwachsenwerden nicht mehr ewig herauszögern. Ich verspreche dir aber und das wollte ich gerade sagen, bevor du mich unterbrochen hast, dass wir einen Weg finden werden, in Verbindung zu bleiben. Ich werde auch weiterhin für dich da sein, darauf kannst du dich immer verlassen!«
Orlana schaute traurig auf die Spitzen ihrer Schuhe und einige Tränen tropften dabei auch auf ebendiese.
»Komm, lass uns die Zeit genießen, die wir noch haben. Zehn Jahre sind eine große Spanne, wenn man sie ganz bewusst erlebt.«
Eines Abends beim Abendessen, Quina hatte sich mit einem leckeren Knollen-Gemüseauflauf selbst übertroffen, räusperte sich Kiova ganz feierlich.

»Liebe Orlana, wir möchten dich heute über ein kleines Fest, das zu Ehren der Kinder unseres Planeten ausgerichtet werden soll, informieren. Wir wollen so eine Art Wettbewerb, während dem ihr eure Kenntnisse unter Beweis stellen könnt, mit Volksfest-Charakter, durchführen. Er wird heute, in zwei Monaten, stattfinden. Gerne helfen wir dir ein wenig, dein Können noch zu erweitern und gegebenenfalls auch aufzufrischen. Was sagst du dazu?«

Beide Eltern hingen regelrecht an Orlanas Lippen, gespannt, ob es ihnen tatsächlich gelungen war, ihrem Sprössling eine Freude zu bereiten.

Orlana benötigte einen Moment, um die Nachricht genau zu beleuchten. Konnte ein Volksauflauf Kamila und ihrer Familie zu nahekommen? Nein, antwortete sie sich selbst in Gedanken. Kamila hatte den Ort ja unauffindbar gemacht.

Würde sie den zwei eingebildeten Schnöseln, Dastos und Ranar endlich ein Schnippchen schlagen können? Die Antwort lautete definitiv, ja. Ein breites Lächeln überzog ihr Gesicht und sie hörte ihre Eltern deutlich aufatmen.

»Das ist wirklich eine tolle Idee.« Sie fiel ihren Eltern abwechselnd um den Hals und freute sich daran, wie glücklich und zufrieden diese nun aussahen.

Am nächsten Morgen war Orlana besonders aufmerksam beim Unterricht mit ihrem Vater. Er führte ihr gerade zum ersten Mal vor, wie man die Elemente: Feuer, Wasser, Erde und Luft dazu brachte, zu tun, was man von ihnen benötigte. Jede Aufgabe meisterte Orlana mit Bravour.

»Ich bin erstaunt, wie schnell du lernst. Das Nutzen der Elemente hatten wir doch noch gar nicht behandelt. Ich

bin sehr stolz auf dich, mein Kind. Wenn wir einmal von unseren Aufgaben als die „Ältesten des kleinen Volkes“ zurücktreten, bin ich sicher, dass du eine sehr gute Anführerin werden wirst.«
Es gab einen lauten Knall. Orlana hatte den großen Stein, den sie gerade in der Luft hatte schweben lassen, unbeabsichtigt fallen gelassen.
Sie war vollkommen fassungslos. »Was soll das heißen, wenn Ihr zurücktretet? Ihr seid doch schon immer „die Ältesten“ gewesen? Warum sollte sich denn daran, bitte schön, zukünftig etwas ändern?« Orlana machte ein entsetztes Gesicht.
Kiova setze sich auf einen breiten Baumstumpf und klopfte mit seiner Handfläche auf den Platz neben sich. »Komm, setz dich zu mir, mein liebes Kind.« Er nahm seine Tochter liebevoll in den Arm. »Du hast recht, wir sind schon sehr lange „die Ältesten“, aber keineswegs schon immer. Vor uns waren es meine Eltern und davor deren. Obwohl wir vom kleinen Volk sehr, sehr langsam altern, geschieht das trotzdem dennoch.
Deine Mutter und ich werden langsam müde. Natürlich schaffen wir auch noch weitere vierhundert Jahre, aber wenn du in etwa 360 Jahren erwachsen bist, würden wir die Verantwortung gerne an dich weitergeben. Das heißt ja nicht, dass wir dann gleich aus der Welt wären, aber wir könnten endlich unseren wohlverdienten Ruhestand antreten. Ich sehe deine Entwicklung in den letzten vierzig Jahren mit Freude an. Was immer dein, so wohl gehütetes Geheimnis ist, es scheint dir gutzutun und daher heiße auch ich es gut. Es kommt mir fast so vor, als würdest du auch noch woanders unterrichtet...«
Kiova hatte nur aufs Geratewohl gesprochen und wusste

nicht, wie nah er tatsächlich an der Wahrheit lag.
Orlana schwieg lange.
Es war normalerweise nicht ihre Art, sofort mit ihren Gedanken herauszusprudeln. Sie liebte es, diese vorher zu ordnen und zunächst von allen Seiten zu beleuchten. Nur manchmal platzte sie auf der Stelle, dann zumeist mit einem starken Protest, mit ihren Ansichten heraus – immerhin war sie ja noch ein Kind...
So ergriff auch Kiova wieder als Erster das Wort: »Ich finde dich überaus reif für dein Alter. Ich bin fest davon überzeugt, dass wir großes von dir erwarten dürfen. Und...«, Kiova lächelte verschmitzt, »du wirst es den zwei Jungen, die sich momentan noch für sehr viel klüger halten als du, beim Wettbewerb ordentlich zeigen. Ich muss es ja wissen, denn ich unterrichte euch alle drei.« Er zog sein Töchterchen nochmals zärtlich an sich und drückte sie ganz fest.
Orlana lächelte glücklich, wenn auch noch ein wenig verwirrt.
Mit dem Gedanken, einst die Anführerin zu werden, musste sie sich erst noch anfreunden.

Der Wettbewerb

Gleich am Nachmittag erzählte Orlana Kamila von allem. Kamila war sehr nachdenklich geworden, sagte aber zunächst nichts dazu.
»Wie wäre es, wenn wir üben würden, mit dem fünften Element, dem leeren Raum, sprich dem Bewusstsein umzugehen? Das ist die Voraussetzung, um zum Beispiel von einem auf den anderen Planeten reisen zu können«, schlug Kamila nach einiger Zeit vor.
Als sie Orlanas glühende Wangen sah, lachte sie: »Das muss vorläufig ganz geheim bleiben, das wird ganz sicher nichts sein, womit du beim Wettbewerb auftrumpfen könntest. Sowieso wirst du das nicht innerhalb von zwei Monaten erlernen können.«
Danach gingen die zwei eifrig an die Arbeit.
Währenddessen war Agonjak wieder einmal mit den Zwillingen Dark und Bright, welche sich sehr ähnlich sahen, jedoch nicht völlig identisch waren, in der näheren Umgebung unterwegs.
Im Moment versuchte er ihnen beizubringen, wie man achtsam mit der Pflanzenwelt umging.
Das war gar nicht so einfach, denn der Dunkelhaarige von beiden tendierte dazu, die Pflanzen stets auf die eine oder andere Weise zu zerstören.
Als sie zurückkamen, sprach Agonjak zu Kamila: »Ich werde langsam zu alt, mit den beiden Knaben zu spielen. Ich komme einfach nicht mehr hinterher. Es macht mir auch große Sorge, dass Dark ständig alles zerstört, was er in die Hände bekommt. Er scheint keinerlei Mitleid mit den lebenden Wesen zu verspüren. Außerdem kommt es mir so vor, als ob Bright total neidisch auf Dark ist und nicht früh genug die Reste der zerstörten Pflanzen zum

Spielen bekommen kann. Was habe ich da durch mein Vorbild nur falsch gemacht?
Ich hatte heute den Eindruck, dass Dark irgendwann dann doch verinnerlicht hat, was Mitgefühl bedeutet. Trotzdem hat er mit dem Zerstören nicht aufgehört. Bei Bright konnte ich überhaupt gar nichts bewirken. Er ist so eifersüchtig und praktisch gnadenlos, obwohl er später aus Darks Resten schöne Dinge gebastelt hat, das muss ich schon sagen. Ich verstehe das alles einfach nicht!«
Kamila warf Orlana einen vielsagenden Blick zu und antwortete: »Ich glaube nicht, dass dies an dir liegt, mein Liebster. Das ist ganz bestimmt angeboren. Mir ist das auch schon aufgefallen.«
Orlana entging die tiefe Sorgenfalte auf Kamilas Stirn nicht...
Agonjak schlurfte müde und leicht gebückt in Richtung der Wohnhöhle davon. Die beiden Kinder waren unweit in ihre Spiele vertieft.
Schüchtern, fragte Orlana ihre, so viel ältere und weisere, Freundin: »Gibt es etwas, das du mir vielleicht erzählen möchtest? Du siehst so beunruhigt aus.«
Kamila holte tief Luft und zögerte eine Weile.
»Agonjak ist unheilbar krank. Nicht einmal ich kann dies noch aufhalten. Die physischen Körper haben ihre eigenen Gesetze.
Er altert auf der Platana sehr schnell, denn die Zeit auf der Erde, mit der er auch hier noch verbunden ist, vergeht anders. Das zerreißt mir schier das Herz...«
Orlana schwieg eine Weile und ließ diese Information, die auch für sie selbst von großer Tragweite war, tief in sich einsinken.
Dann ging sie zu Kamila und umarmte ihre Freundin voller Mitgefühl und Liebe lang und fest.
Bald darauf verabschiedete sich Orlana von der kleinen

Familie und reiste astral nach Hause.
Diese Form der Fortbewegung war ihr schon zur zweiten Natur geworden.
Beim Abendessen in der heimatlichen Wohnhöhle ließ Quina, ihre Mutter, fallen: »Für morgen Vormittag haben wir eine Zusammenkunft unseres Volkes auf dem großen Dorfplatz angesetzt. Dort möchten wir den Wettbewerb ganz offiziell ankündigen. Wir sind sehr gespannt, wie das Ereignis angenommen werden wird.«
Pünktlich um 10.00 Uhr hatten sich alle Mitglieder des kleinen Volkes versammelt.
Quina und Kiova standen auf einem Podest, sodass sie mühelos von allen gesehen werden konnten. Quina ergriff als Erste das Wort und begrüßte die Anwesenden. Alsdann bat sie die drei Kinder, ebenfalls auf das Podest zu kommen. Schüchtern taten die drei, worum sie gebeten worden waren.
Die zwei Jungen hatten keinen blassen Schimmer, um was es wohl gehen würde und suchten in Gedanken nach schlimmen Dingen, die sie wohl angestellt haben könnten und die jetzt vielleicht öffentlich gerügt werden würden. Ihnen fiel dabei jedenfalls eine ganze Menge ein...
Jetzt übernahm Kiova die Leitung: »Liebe Kinder und liebe Erwachsene, ich freue mich, euch heute ein Volksfest für genau in zwei Monaten, von jetzt an, ankündigen zu dürfen.
Wir möchten bei dieser Gelegenheit sehen, was in unseren Kindern steckt.
Alle drei haben viele Jahre fleißig gelernt.« An der Stelle dachten die Jungen, sich offenbar verhört zu haben.
»Deshalb soll am Anfang des Festes ein Wettbewerb zwischen den Kindern und der Zeit laufen.
Dieses Stundenglas hier«, Kiova zeigte auf eine riesige Sanduhr, »wird zu Beginn des Wettbewerbs gedreht.

Dann haben die Kinder genau vier Stunden Zeit, um verschiedene Aufgaben, die sie laut dem Unterricht, den sie bisher hatten, eigentlich bewältigen können müssten, gemeinsam zu lösen.«
An dieser Stelle zog Kiova in Richtung der Buben die Augenbrauen ganz weit hoch.
Die beiden duckten sich jetzt ehrfurchtsvoll ein wenig unter dem Blick ihres Lehrers.
»Sollten die drei es nicht in der vorgesehenen Zeit schaffen, alle Aufgaben zu bewältigen, so werden wir den Zeitpunkt des Erwachsenwerdens von 800 Jahren auf 880 Jahre nach hinten verschieben und ihnen dadurch etwas mehr Zeit zum Reifen einräumen.
Ich hoffe, das ist Anreiz genug, ab sofort alles gründlich zu wiederholen, was wir gelernt haben und vor allem, ein stabiles Team zu bilden.
Auf Teamarbeit wird es nämlich ankommen. Keiner kann ohne die anderen alles allein lösen.«
Kiova schaute nun der Reihe nach jedes der drei Kinder ganz intensiv an.
Offenbar las er hinter jedem Gesicht, dass ein Team ganz bestimmt nicht so wichtig wäre.
Die Buben hielten sich aufgrund ihres Alters für klüger und Orlana dachte wegen des Unterrichts bei Kamila genau das Gleiche.
»Schreibt euch das hinter die Ohren! Ihr werdet einander brauchen.
Nur so kann ein Volk bestehen und ihr seid die Zukunft des unseren.
Von nun an wird es keinen neuen Lehrstoff mehr geben.
In diesen letzten Monaten vor dem Wettbewerb ist der Unterricht vorläufig freiwillig.
Er findet fortan, wegen des kommenden Ereignisses immer vormittags zwischen 10.00 und 12.00 Uhr für alle

zusammen am gewohnten Ort statt.
Hat noch jemand eine Frage oder eine Anmerkung?«
Kiova sah wartend in die Menge.
Einige Anwesende lobten nun die Idee und boten ihre Hilfe bei den Vorbereitungen an.
Die Kinder jedoch schwiegen.
In der ersten Woche erschien lediglich Orlana jeden Tag um 10.00 Uhr zum Unterricht.
Dastos und Ranar trieben den ganzen Tag allerlei Unfug und beschwindelten sich die ganze Zeit gegenseitig, indem sie sich bestätigten, dass sie auf diese Weise den Stoff am besten wiederholen konnten.
Die Möglichkeit, sich mit Orlana zu treffen und gemeinsam zu lernen, hatten sie recht schnell vom Tisch gewischt. Was sollte »dieses Küken« schon für eine Hilfe sein?
Sie könne froh sein, wenn die zwei Buben sie durch die Aufgaben des Wettbewerbs mitziehen würden.
Kiova sah sich dies noch weitere drei Wochen mit an, dann platze ihm die Hutschnur.
Er bestellte die Jungen gemeinsam mit deren Eltern zu sich.
Offenbar wussten die Eltern nicht einmal, dass ihre Kinder nicht mehr zum Unterricht gingen.
»Ihr solltet als Eltern euren Kindern bei ihren Vorbereitungen zum Wettbewerb doch zur Seite stehen. Wie kommt es, dass ihr nicht einmal wisst, dass sie nicht mehr zum Unterricht kommen?«
Kiova war wirklich sehr ungehalten über dieses Verhalten.
Nun trat Dastos vor: »Unseren Eltern kann man keinen Vorwurf machen.
Wir haben uns morgens verabschiedet und gesagt, wir würden zum Lernen gehen.

Das klang bestimmt so, als würden wir uns zu dir in den Unterricht begeben.«
»Und…, habt ihr gelernt?«, Kiova sah die Jungen durchdringend an.
»Na ja, wir haben es uns gegenseitig zwar versichert, aber um ehrlich zu sein: Nein.« Dastos und Ranar blickten betreten zu Boden.
»Was habt ihr euch dabei gedacht?
Wollt ihr euer Erwachsenwerden und noch dazu das von Orlana um 80 Jahre verschieben?
Wollt ihr das ganze Volk beschämen mit eurem schlechten Können und mich als euren Lehrer vor allen demütigen?«
»Wir wollten bloß Spaß haben und unsere Ruhe, ansonsten haben wir uns gar nichts dabei gedacht.« Ranar hatte einen hochroten Kopf vor Scham.
»Ihr habt noch einen Monat Zeit.
Ich erwarte euch ab morgen pünktlich um 10.00 Uhr. Ihr könnt jetzt gehen. Ich möchte kurz mit euren Eltern allein sprechen.«
Kiova führte nun noch ein Gespräch mit den Eltern, in dem besprochen wurde, wie die letzten Tage vor dem Wettbewerb optimal genutzt werden könnten und dann verabschiedete er diese freundlich.
Die Wochen vor dem Wettbewerb trainierten Quina und Kiova abwechselnd alle Kinder vormittags und an den Nachmittagen gab Kiova nur den Jungen noch weitere Nachhilfe.
Die Zeit verrann wie im Flug und der letzte Tag vor dem Wettbewerb war gekommen.
»Guten Morgen, liebe Kinder«, sprach Kiova.
»Heute wollen wir nichts mehr lernen. Ich möchte euch lediglich fragen, was ihr von dem Wettbewerb erwartet und wie gut vorbereitet ihr euch fühlt.

Der Nachmittag wird frei sein. Bitte richtet euch alles mit großer Achtsamkeit, was ihr morgen bei der Veranstaltung brauchen werdet.
Jetzt erzählt doch mal, was ihr zu meinen Fragen zu sagen habt, Ranar bitte zuerst.«
Nachdem alle Kinder sich geäußert und niemand die Wichtigkeit des Teams auch nur erwähnt hatte, entließ Kiova die drei, ohne ein weiteres Wort dazu sagen. Er wünschte ihnen lediglich für morgen ganz viel Glück.
Kiova war enttäuscht, dass er den Kindern den Stellenwert eines Teams nicht hatte klarmachen können, verließ sich aber darauf, dass das Schicksal schon genau die richtige Antwort für alle bereithalten würde. Was er nicht ahnen konnte, war, dass Ranar und Dastos insgeheim inzwischen ein ganz klein wenig Achtung vor Orlana entwickelt hatten, sich dies aber weder selbst und schon gar nicht gegenseitig zugestehen wollten.
Kiova war in Sorge dieser Tage, denn der neuartige Kult der Baum-Menschen nahm langsam beängstigende Formen an. Das kleine Volk brauchte dringend eine starke Jugend, wenn der Planet ihnen allen noch lange erhalten bleiben sollte.
Orlana hatte noch vor dem Mittagessen alles gerichtet, was sie für morgen benötigen würde und dann ihre übliche Nachmittagsrunde begonnen.
Bei Kamila sprachen sie natürlich auch nur noch über das morgige Ereignis, denn Orlana war viel zu zappelig, um noch irgendetwas lernen zu können.
»Hattest du gesagt, dass Kiova meinte, keiner von euch kann es ohne die Hilfe der anderen schaffen und wie hast du diesen Hinweis von ihm verstanden?«, fragte Kamila Orlana.
»Jetzt fängst du auch noch damit an.«
Orlana verdrehte die Augen. »Wofür sollte ich die

Jungen denn brauchen?
Es reicht doch, wenn ich die Aufgaben, die sie vielleicht nicht lösen können, für sie mit erledige und wir dann alle zusammen gegen die Zeit gewinnen, oder?«
»Meinst du wirklich, dass es nichts geben könnte, was einer der Jungen eventuell besser machen könnte, als du?«, fragte Kamila erstaunt zurück?
»Klingt recht hochmütig. Hochmut kommt bekanntlich vor dem Fall, meine Liebe.«
Orlana zog einen Schmollmund.
»Ich verstehe, dass du dich von den zwei Jungs verletzt fühlst.
Es gibt Planeten, da ist so etwas weitverbreitet.
Dort wird das Weibliche ganz schrecklich unterdrückt.
Da ist das, was du erlebt hast, rein gar nichts dagegen.
Dennoch stelle ich dir die Frage: Ist es weise, aus Trotz oder Rache irgendein anderes Wesen einfach so pauschal zu verachten?
Denn das ist es, was du tust, wenn du den zwei Kameraden nicht einräumst, etwas besser zu können als du.
Denk einfach darüber nach. Du hast noch viel Zeit, wahre Weisheit in dir zu entwickeln. Sag jetzt bitte nichts, das steht für mich nämlich gerade nicht zur Diskussion.«
Orlana, die gerade eine passende Antwort formulieren wollte, schloss beschämt den Mund.
Kamila wandte Orlana, die nach dieser Standpauke mächtig schluckte, für einen Moment den Rücken zu, um somit, dem soeben Geäußerten noch mehr Gewichtung zu erteilen.
»Komm, lass uns etwas Leckeres essen. Ich habe uns einen Nuss-Pudding bereitet«, wechselte Kamila einige Zeit später das Thema.

Den weiteren Abend verbrachten sie dann mit unverfänglichen Themen und guten Speisen.
Am nächsten Morgen erwachte Orlana mit einem mulmigen Gefühl.
Heute sollte der Wettbewerb sein.
Quina hatte ihr ein gutes Frühstück bereitet und Kiova erkundigte sich noch ein letztes Mal, ob Orlana alles vorbereitet habe und eventuell noch Hilfe bräuchte.
Orlana konnte nur, wie taub am ganzen Körper, mechanisch den Kopf schütteln. Sie war fürchterlich aufgeregt.
Wie eine Marionette, folgte sie ihrem Vater zum Festplatz und stellte sich auf das Podest, auf dem schon die beiden, ziemlich blassen und sehr besorgt dreinschauenden Buben, standen.
Kiova begrüßte alle Anwesenden und hielt eine kurze Ansprache.
Nichts davon erreichte Orlanas Gehirn. Es war, als sei ihr ganzer Kopf mit Watte ausgestopft und als ob sie über keinerlei Sinnesorgane mehr verfügen würde.
Dastos und Ranar schien es ähnlich zu ergehen.
Die drei standen dort, wie bestellt und nicht abgeholt und wären am liebsten sofort für immer im Erdboden versunken.
Plötzlich hörte Orlana ihren Namen.
Offenbar hatte Kiova sie schon zum dritten Mal angesprochen, um ihr eine Aufgabenliste für den ersten Teil des Wettbewerbs zu überreichen.
Endlich verstand sie und streckte ihren Arm aus, um die Papierrolle zu übernehmen.
»In wenigen Minuten werde ich das Stundenglas in Gang setzen.
Dann habt ihr genau vier Stunden Zeit, um alle Aufgaben zu lösen. Ich würde sagen, dass Ihr die schriftlichen

Fragen auf der Rolle in einer Stunde fertig haben solltet. Dann beginnt der praktische Teil. Merkt euch bitte Folgendes: Eine Aufgabe kann nur gelöst werden, wenn ihr alle zusammen am gleichen Ort ankommt.
Fehlt auch nur eine Person von euch, könnt ihr die Aufgabe nicht lösen.
Es wird erwartet, dass ihr mindestens 80 % aller Herausforderungen richtig macht und natürlich unter der Zeit von vier Stunden bleibt, um den Wettbewerb zu gewinnen.
Gibt es noch Fragen?«, Kiova sah erwartungsvoll lächelnd in die Runde. Keiner der Kinder rührte sich.
»Ich schlage vor, dass ihr euch für fünf Minuten beraten könnt, wie ihr vorgehen möchtet.
Dann betätige ich das Stundenglas, ok?«
Die Kinder nickten und Dastos winkte sie in eine Ecke des Podestes.
»Orlana, roll doch bitte einmal die Aufgabenliste auf, damit wir sehen können, wie viele theoretische Fragen es gibt.« Wie in Trance leistete Orlana Folge.
Es gab genau zwanzig Fragen. Dastos las die ersten drei und stöhnte. »Um Gottes willen, ich habe keinen Schimmer…
Wir haben also eine Stunde für die Papierrolle und dann drei Stunden für den praktischen Teil und wir müssen die ganze Zeit zusammenbleiben, ist das so weit klar?«
Niemand antwortete ihm.
Dastos blickte von einem zum anderen und sah keinerlei Verstehen in den Gesichtern seiner Kameraden.
»Wie geht es euch?«, fragte er die zwei besorgt. Diese hatten bisher immer noch keinerlei Zeichen gegeben, dass sie seine Worte wirklich verstanden hätten.
Schnell wandte er sich an Kiova: »Wir benötigen unbedingt Wasser und etwas Süßes zum Lutschen.

Wir haben offenbar ein „Nervenproblem".«
Freundlich reichte ihm Kiova die gewünschten Dinge.
Dastos ging zunächst zu Ranar.
»Hier, trink einen Schluck und dann lutsch das hier, hast du gehört?«
Dastos stupste seinen Freund an. Dieser schien aus seiner Trance zu erwachen und tat, wie ihm geheißen war.
Daraufhin wirkte er etwas lebendiger.
Jetzt gingen beide zu Orlana.
»Hier trink etwas, das wird dir helfen.« Orlana hörte nichts.
Sie stand nur so da, als ob sie ein Schlafwandler wäre.
Vorsichtig nahm Dastos etwas Wasser und spritze es Orlana ins Gesicht.
Danach versuchte er, Orlana etwas zu trinken einzuflößen.
Plötzlich hustete diese und kam wieder zu Bewusstsein.
Verwirrt sah sie sich um.
»Der Wettbewerb beginnt jetzt und du warst wie weggetreten. Bitte trinke noch etwas Wasser und lutsch das hier. Bei Ranar hat das geholfen. Wir müssen uns zusammenreißen, wenn wir bestehen wollen.«
Erschrocken tat auch Orlana, worum Dastos sie gebeten hatte, und es half.
Speis und Trank hatten ihre Seele zurück in den Körper befördert.
»Seid ihr bereit?«, fragte Dastos? Stumm, aber verständig nickten ihm seine beiden Mitschüler zu.
»Wir wären dann so weit«, wandte sich nun Dastos an Kiova.
Dieser drehte daraufhin das große Stundenglas und betätigte einen riesigen Gong. »Möge der Wettbewerb beginnen…«

»Kommt, wir suchen uns ein ruhigeres Plätzchen für die Aufgaben«, schlug Dastos vor und zog die anderen zwei mit sich.
Bald hielten die Kinder an und Orlana rollte den Aufgabenbogen aus.
Sie begann laut vorzulesen:
»Frage 1: Woraus und wie ist das Universum weitgehend aufgebaut?«
Fragend sah sie zu den Jungen. Diese schüttelten beschämt den Kopf.
Orlana begann zu schreiben und dabei das Geschriebene vorzulesen.
»Das Universum besteht prinzipiell zum größten Teil aus leerem Raum und einer Art Energie, die Informationen enthält und schwingt.
Die Masse der gesamten Materie des Universums ist sehr gering. Alles, was uns scheinbar fest erscheint, besteht letztendlich aus Atomen.
Diese haben einen Kern, in dem zumeist Protonen und Neutronen sind und eine Hülle mit Elektronen. Mehr als 99 % in einem Atom ist leerer Raum, also eigentlich nichts.
Die allerkleinsten Teilchen, die Neutronen, Protonen und Elektronen, die man auch Elementarteilchen nennt, werden zu Wellen, also Licht, wenn man sie nicht aktiv betrachtet.
Das Universum ist in Wirklichkeit also gar nicht so fest, wie es aussieht. Warum das so ist, können wir mit unserem Gehirn nicht verstehen. Aber es kommt wohl durch unsere Sinnesorgane, die wie eine Art Übersetzer-Brille wirken, dass wir unsere Umgebung im Gehirn so wahrnehmen können, wie wir es tun. Die ganze Schöpfung lebt praktisch davon, dass wir sie anschauen und an sie glauben.«

Orlana hörte die Jungen voller Achtung vor sich hin brummen.
»Frage 2: Wie ist der Energiegehalt im Zusammenhang mit der Stofflichkeit zu sehen?« Orlana erkannte, dass die Jungen es wiederum nicht wussten und begann daraufhin nochmals emsig zu schreiben.
»Je grobstofflicher eine Sache ist, desto weniger Energie enthält sie. Wenn ich zum Beispiel einen Holzklotz, der grobstofflich ist, verbrenne, so entsteht sehr viel weniger Energie, als wenn ich etwa eines seiner Atome, aus dem dieser ja letzten Endes besteht, zerstören würde. Noch mehr Energie entstünde, wenn man den Kern dieses Atoms spaltet, denn der Atomkern ist noch kleiner als das Atom selbst. Die allermeiste Energie jedoch, steckt im Nichts, in der sogenannten Nullebene.
Diese ist am aller feinstofflichsten. Von dort können auch Wunder gewirkt werden.
Man sagt, dass von hier auch die Liebe kommt, die die aller stärkste Kraft im Universum ist.
Abschließend kann man sagen, dass die Energie immer höher wird, je feinstofflicher beziehungsweise kleiner etwas ist.«
Dastos nickte Orlana wiederum anerkennend zu und diese errötete vor Freude.
»Frage 3: Wie sorge ich dafür, dass die Schneide einer Axt so scharf wie möglich wird?«
Nun war es an Orlana, ratlos in die Runde zu schauen.
Ranars Gesicht erhellte sich und er diktierte Orlana fließend die richtige Antwort.
Auf diese Weise lösten die Kinder abwechselnd alle zwanzig Fragen und waren am Ende recht zufrieden mit sich.
Dastos war im Übrigen ein richtiger Experte gewesen, als es um Waffen ging.

Es war für die Kinder auf jeden Fall schon jetzt ersichtlich, dass nicht einer von ihnen allein die geforderten 80 % der Aufgaben hätte lösen können. Bereits nach 55 Minuten waren sie zurück am Dorfplatz angekommen.
Dort herrschte inzwischen richtige Volksfeststimmung. An einem großen Feuer wurde leckerer Eintopf ausgegeben und es gab allerlei Zerstreuungs-Möglichkeiten.
Von überall her hörten sie fröhliches Lachen. Dastos' Vater winkte ihnen von einem Stand aus zu, an dem einige Erwachsene Ringe werfen, spielten.
Die Kinder gingen jedoch schnell zum Podest, wo Kiova sie schon erwartete.
Orlana überreichte ihm die Schriftrolle.
Kiova las diese aufmerksam durch und nickte anerkennend.
»Die theoretische Aufgabe habt ihr gut bestanden. Nun kommt der praktische Teil.
Hier rechts liegen allerlei Utensilien, die ihr vielleicht dafür gebrauchen könntet.«
Die Kinder sahen einige Werkzeuge, Waffen, Seile und viele andere Dinge dort liegen.
Ihr sollt euch als Erstes, wenn ihr hier fertig seid, zur großen Zeremonie-Höhle begeben. Dort werdet ihr die dritte praktische Aufgabe erfahren und auch den Hinweis für die Vierte finden. Vergesst nicht, ihr müsst alle zusammen zur gleichen Zeit an den Stationen ankommen, sonst gilt die jeweilige Aufgabe als nicht gelöst. Es ist erforderlich, dass ihr astral reist, ansonsten sind die Wege viel zu weit.
Die erste und die zweite praktische Aufgabe sollt ihr hier am Dorfplatz lösen.« Kiova wies nach rechts, wo keine Feiernden mehr zugegen waren. Auf dem Boden sahen

die Kinder verschiedene große Ringe aufgemalt.
»Ich möchte, dass ihr, einer nach dem anderen astral von Ring zu Ring reist. Wenn das getan ist, müsst ihr in der zweiten Aufgabe das einmal alle zusammen absolvieren. Dastos, beginne bitte.«
Dastos stellte sich in den ersten Ring und bemühte sich, in den zweiten zu reisen. Es tat sich gar nichts. Hilfesuchend sah er zu Kiova. Dieser tat, als hätte er den Blick gar nicht bemerkt. Dastos versuchte es wieder. Dieses Mal verblasste er wirklich und materialisierte sich allerdings auf dem Podest von vorhin und kam dann zu Fuß betreten von dort zurück.
»Ein Drittel der ersten Aufgabe gilt nicht als gelöst«, bemerkte Kiova und machte sich auf einem Papier eine entsprechende Notiz. Der Nächste ist Ranar.«
Ranar begab sich in den ersten Ring und konzentrierte sich. Es passierte längere Zeit gar nichts.
»Darf ich eine Frage stellen?«, wandte sich Orlana an ihren Vater. »Kommt darauf an, probiere es einmal«, antwortete Kiova. »Dürfen wir uns untereinander helfen?«
»Ja, mein Kind, das dürft ihr. Das ist sogar erwünscht.«
Sofort ging Orlana zu Ranar und flüsterte ihm etwas ins Ohr. Kurz darauf verblassten die zwei und tauchten im zweiten Ring wieder auf. Das wiederholte sich auch vom zweiten zum dritten Ring.
»Das zweite Drittel der ersten Aufgabe ist bestanden«, verkündete Kiova und machte sich eine weitere Notiz.
Als letztes absolvierte Orlana allein die drei Ringe ohne Probleme.
»Das dritte Drittel der ersten praktischen Aufgabe ist bestanden.
Nun bitte alle drei zusammen.«
»Einen kleinen Moment, wir müssen uns kurz beraten«,

bat Orlana.
Die drei Kinder bildeten ein Stück von Kiova entfernt einen Kreis. »Ich bin eben mit Ranar in einer Tandemreise gereist. Dabei habe ich ihn ganz festgehalten. Es gab aber einen mächtigen Zug unterwegs. Ich habe meine ganze Kraft dafür gebraucht, um Ranar nicht zu verlieren. Ich kann euch unmöglich beide auf diese Weise festhalten. Was sollen wir tun?«
Dastos blickte sich um. »Wartet mal kurz. Ich habe eine Idee.« Einen Augenblick später kam er mit einem Seil zurück, das bei den Utensilien, die man ihnen zur Verfügung gestellt hatte, gewesen war.
Orlanas Züge erhellten sich. »Toll, gehen wir in den ersten Ring und binden uns fest zusammen. Dann werde ich uns hoffentlich alle gemeinsam in die nächsten Ringe bringen können.«
Gesagt, getan. »Die zweite praktische Aufgabe gilt in Gänze als bestanden«, ertönte die Stimme von Kiova erneut.
»Bevor ihr euch zur dritten Aufgabe aufmacht, deckt euch bitte mit Werkzeugen und anderen Materialien ein. Ihr werdet sie unterwegs benötigen«, riet Kiova den Kindern. »Wir sehen uns hier erst wieder nach der sechsten und letzten Aufgabe. Ich wünsche euch viel Glück!«
Ranar wählte fachmännisch allerhand Werkzeuge aus und Dastos gab jedem eine passende Waffe in die Hand. Orlana schnappte sich einen Proviant-Rucksack und verschiedene andere Dinge, die sie für werthielt, sie mitzunehmen. Dastos nahm noch den Kompass, ein großes Wollknäuel sowie Fackeln und Zunder an sich. Beide Jungen trugen inzwischen einen großen, gut gefüllten Rucksack.
Dann waren die Kinder bereit zum Aufbruch.

»Also die nächste Station ist die Zeremonie-Höhle. Sobald die Aufgabe gelöst ist, erhaltet ihr die Neue. Nach der sechsten Aufgabe kommt ihr bitte, wie zuvor besprochen, hierher zurück.« Kiova winkte den Kindern zu und mischte sich sodann vergnügt unter die feiernden Erwachsenen.
Die Kinder banden sich ganz fest aneinander und Orlana brachte es fertig, alle heil zur besagten Höhle zu bringen. »Wenn wir das hier hinter uns haben, dann üben wir mal das astrale Reisen, das ist eigentlich ganz einfach«, sagte sie nach der Ankunft. »Ok«, kam es lächelnd von Ranar und Dastos nickte dazu.
Dastos war schon zum Eingang gegangen und hatte eine Schriftrolle, die davor aufgehängt war, in der Hand.
»Ihr müsst durch die Zeremonie-Höhle gehen. Es gibt viele Wege, aber nur einen zweiten Ausgang. Dort findet ihr die Anweisungen zur nächsten Aufgabe«, las Dastos vor.
»Ich schlage vor, dass wir, sobald wir das Licht dieses Eingangs aus den Augen verlieren, die Wolle anbinden und mit dem Faden weitergehen, damit wir uns nicht verirren. An dem Punkt zünden wir auch eine Fackel an, ok?«
Alle waren einverstanden und die Kinder zogen los. Nach einigen Metern weitete sich der Gang in eine hohe Grotte. Überall glitzerten Mineralien in vielen Farben. Noch war der Eingang als helles Licht zu sehen. Von der Grotte gingen vier verschiedene Gänge im hinteren Teil ab.
»Welchen sollen wir nehmen?«, fragte Dastos die anderen. »Ich würde sagen, wir beginnen mit dem linken und arbeiten uns, gegebenenfalls bis ganz nach rechts durch, ok?«, antwortete Ranar. Dastos befestigte den Wollfaden fest am Eingang des Ganges, zündete eine

Fackel an und ging voraus.
Nach etwa zehn Metern zeichnete Ranar ein Kreuz mit Kreide an die Wand. Dies wiederholte er stets im gleichen Abstand. Der Gang wurde immer enger und endete an einer Wand. Die kleine Schar kehrte um und Dastos wickelte dabei den Wollfaden wieder sorgfältig auf.
Bei Gang zwei war es genauso. »Na ja, dann muss es ja dieser oder der nächste Gang sein«, meinte Ranar und deutete auf den letzten und vorletzten. »Scheint gar nicht so schwer, oder?«
Trotzdem wurde der Wollfaden wieder befestigt und auch Ranar verzichtete nicht auf seine Kreidekreuze, obwohl Dastos angefangen hatte, sich darüber lustig zu machen. Nach etwa sechzig Metern bog der dritte Gang nach rechts ab und verzweigte sich dann in vier weitere Gänge. »So viel dazu, dass es einfach ist«, meinte Orlana trocken.
Sie blieben bei ihrer Methode und nahmen den linken Gang zuerst. Dieser endete wiederum an einer Blindwand. Der zweite Gang verzweigte sich mehrmals unterwegs und die kleine Schar entschied sich stets für den linken. Plötzlich kamen sie wieder am Eingang, der letzten Verzweigung heraus, ohne dass sie umgekehrt waren. »Wir sind im Kreis gelaufen, so ein Mist.« Ein wenig Angst schwang in dieser Aussage von Orlana mit.
»Wir machen einfach weiter, nehmen den nächsten Gang und gehen, falls dieser sich verzweigt, dann immer rechts, einverstanden?«, Dastos legte viel Zuversicht in seine Aussage, aber auch ihm war das Ganze langsam nicht mehr so geheuer.
Bevor sie losgehen konnten, versuchte Dastos noch, den Wollfaden wieder aufzuwickeln, aber er riss irgendwann einfach durch. Trotzdem gingen die Kinder weiter.

Dieser Gang verzweigte sich noch mehr, als der vorherige und plötzlich wussten die Kinder nicht mehr, wo sie waren und was sie tun sollten. Orlana verfiel in Panik, als sie bemerkte, dass der Wollfaden unterwegs gerissen war und Dastos das Ende nicht mehr finden konnte.

»Bleib ruhig, wir haben immer noch meine Kreuze und ich habe sie sicherheitshalber auch noch nummeriert, so werden wir bestimmt wieder herausfinden.

Keine Angst, liebe Orlana«, tröstete Ranar seine Mitschülerin.

Dastos war insgeheim nun froh darüber, dass Ranar die Kreuze gemacht hatte und nahm sich vor, in Zukunft nicht so schnell mit dem Spotten dabei zu sein.

Als sie wieder in die Hauptgrotte zurückkamen, waren alle drei nahe daran, herauszulaufen und einfach aufzugeben.

»Los, wir gehen einfach in den vierten Gang. Wenn er zu kompliziert wird, können wir immer noch aufgeben«, meinte Orlana tapfer. Die Jungen wollten sich nicht lumpen lassen und folgten ihr, nachdem sie ihre üblichen Vorsichtsmaßnahmen getroffen hatten.

Im vierten Gang führte ein breiter Weg circa fünfzig Meter geradeaus, dann bog er nach rechts ab und schon konnte man am Ende des Tunnels ein Licht sehen. Die Kinder fingen an zu rennen und tatsächlich, sie hatten die dritte Aufgabe bestanden.

Am Ausgang stand ein Vertreter des kleinen Volkes, lächelte freundlich und sprach, nachdem er alle drei Kinder erblickt hatte: »Die dritte praktische Aufgabe wurde bestanden. Die vierte Aufgabe findet Ihr dort vorne.« Er deutete auf einen Haufen voller Material und eine Spruchrolle, die darauf lag. Dann verblasste der Helfer des Wettbewerbs.

Die Kinder fassten sich an den Händen und führten einen ausgelassenen Ringelreigen im Kreis auf, wobei sie wie verrückt vor Freude lachten.

Dann gingen sie zu der Spruchrolle. Orlana las vor: »Aus diesem Material sollt Ihr einen Karren bauen und dann die großen Steine dort aufladen. Die Steine können nicht mithilfe der Manipulation der Elemente bewegt werden. Danach zieht den Karren bis um die nächste Wegbiegung.«

Orlana war sprachlos. Mit so etwas hatte sie nicht gerechnet. Sie hatte auch keine Ahnung von solchen handwerklichen Dingen.

Schon hatte sich Ranar nach vorn gedrängt und sichtete das Material. Danach packte er aus seinem Rucksack verschiedene Werkzeuge aus, murmelte eine Weile vor sich hin und fragte dann die anderen zwei: »Was dagegen, wenn ich euch einfach zur Arbeit einteile? Mir scheint, die Zeit wird langsam knapp.« Dastos und Orlana nickten ihm bejahend zu. Ranar gab daraufhin jedem etwas zu tun und begann auch selbst eifrig zu Handwerken.

Zu Orlanas Überraschung war binnen kürzester Zeit tatsächlich ein Karren entstanden. Ranar versuchte nun vergeblich, einen Stein darauf zu heben. »Ich muss passen, ist mir zu schwer. Dastos?«, er sah seinen Freund fragend an. Dastos nickte und nahm all seine Kraft zusammen. Vier von sechs Steinen hatte er schon geschafft. Beim Fünften und Sechsten musste auch er passen. »Ranar, hilf mir mal bitte.« Auf diese Weise hoben sie den fünften Stein auf den Wagen, beim Sechsten jedoch versagten auch die zwei Buben. Orlana kam nun ungefragt zu Hilfe und siehe da, zu dritt ließ sich der letzte Stein, unter Aufbietung aller Kraftreserven, auf den Karren heben. Nun band sich Dastos, der am kräftigsten war, eilig vorn vor den Wagen und Orlana und Ranar, der noch schnell

alle Utensilien auf das Gefährt geworfen hatte, schoben mit aller Kraft von hinten.
So bewegten sie den Karren gemeinsam um die nächste Weggabelung. Dort erwartete sie schon wieder der gleiche Helfer wie vorhin: »Die vierte Aufgabe wurde bestanden. Begebt Euch nun zum Eichenhain. Dort findet Ihr eine Spruchrolle mit der fünften Aufgabe.« Wiederum verschwand der Helfer.
»Das ist ziemlich weit, bitte bindet euch gut an mir fest und nehmt alle unsere Sachen mit«, bat Orlana. Danach brachte sie die kleine Gruppe zum alten Eichenhain. Dies war ein Ort, auf dem ganz viele Eichenbäume recht dicht beieinanderstanden. Allerdings waren diese Bäume nicht durch Baum-Menschen bewohnt.
Die Kinder blickten sich suchend nach der Spruchrolle um.
»Oh nein, schaut mal da hoch oben.«, Dastos wies auf die höchste Baumspitze in der ganzen Umgebung. Man konnte die Spruchrolle von unten kaum erblicken. Um hochzuklettern, waren die Äste dort oben viel zu schwach.
»Was sollen wir denn jetzt machen?«, jammerte Ranar.
»Wartet mal, ich versuche etwas«, antwortete Orlana. Zunächst schickte sie eine mächtige Windböe in den Baumgipfel. Die Spruchrolle bewegte sich nicht. Offenbar war sie dort zu gut befestigt. Orlana erschuf eine weitere Windböe, die sie selbst bis in den Gipfel hob. Schnell entknotete sie dort die Rolle und kam elegant wieder nach unten. »Alle Achtung!«, sagte Dastos und meinte es auch ehrlich.
Die Kinder öffneten die Rolle und Ranar las: »Begebt euch zum Mondsee.« »Das war alles?« Dastos nahm ihm die Spruchrolle aus der Hand und überzeugte sich davon, dass dort tatsächlich nur dieser eine Satz geschrieben

war.
»Weißt du, wo das ist, Orlana?«, fragte er. Orlana schüttelte den Kopf und sprach: »Also einfach ist das jedenfalls doch nicht. Was machen wir denn jetzt?«
»Ich weiß, wo das ist, aber wie soll ich es dir erklären, damit du dir das vor dem Reisen genau vorstellen kannst?«, antwortete Dastos.
Orlana zögerte ein wenig und sprach dann:
»Ich muss in deinen Geist sehen. Ich weiß, dass so etwas geht, habe es aber bisher auch noch nie selbst versucht. Bitte öffne dich mir, ich muss in deinem Kopf nach dem Ort suchen.
Vielleicht hilft es, wenn du fest an den Mondsee denkst.«
Dastos errötete tief und fragte: »Besteht denn keine andere Möglichkeit?«
»Nur wenn du uns dieses Mal dort hinführst, würde ich sagen«, antwortete Orlana.
»Leute, die Zeit vergeht. Lass Orlana endlich in deinem Geist suchen, sonst verlieren wir noch«, meldete sich nun Ranar besorgt zu Wort.
»Ok?«, fragte Orlana. Dastos nickte und versuchte, krampfhaft ausschließlich an den Mondsee zu denken. Aber, wie das so ist, wenn man nicht an einen rosa Elefanten denken will, dann denkt man die ganze Zeit daran.
So war es auch bei Dastos.
Als Orlana in dessen Geist eintrat, erhaschte sie ganz flüchtig das Bild eines Sees. Das war aber viel zu kurz, als dass sie sich die Ortschaft hätte merken können. Stattdessen tauchte nun die ganze Zeit ihr eigenes Bild auf. Sie sah, wie sie dicht neben Dastos saß, wie er ihre Hand hielt und dann auch noch wie er sie....
Das war Orlana entschieden zu viel.
Schnell zog sie sich aus dem Geist ihres Kameraden

zurück. »Ich hab's noch nicht. Ich muss noch üben, wie ich in deinen Geist komme. Einen kleinen Moment noch, bitte«, schwindelte sie, um kurz Zeit zu gewinnen.
Hatte sie sich das eingebildet oder hatte Dastos wirklich hörbar aufgeatmet?
»Also, ich probiere noch eine andere Methode.
Bitte denke ganz fest an den Mondsee und stelle dir in Gedanken vor, wie du mir die ganze Umgebung beschreibst«, sagte sie.
Dann wagte sie sich erneut in den Geist von Dastos.
Tatsächlich sah sie nun den Mondsee ganz deutlich und hörte auch alle Beschreibungen dazu, die für die Reise nötig waren.
Irgendwie blieb sie ein klein wenig länger als nötig. Und da war es wieder dieses erschreckende Bild, wie sie die Arme um Dastos geschlungen hielt und wie dieser sie küsste…
»Ich hab's«, rief sie etwas zu übereifrig und drehte Dastos schnell den Rücken zu. Nur für den Fall, dass sie rot geworden war…
»Ranar hat recht, wir müssen uns beeilen. Bindet euch schnell an mir fest und schnappt euch unsere Sachen.«
Im nächsten Moment schon materialisierten sich die drei am Mondsee.
»Du bist echt krass, Orlana. Weißt du das?« Ranar war wirklich tief beeindruckt.
Sobald die Kinder an den See getreten waren, stand dort bereits der Helfer: »Die fünfte Aufgabe wurde bestanden. Die sechste Aufgabe ist auf dieser Spruchrolle beschrieben. Es sind noch genau 25 Minuten Zeit, bis die vier Stunden vorüber sind. Wenn die Aufgabe erledigt ist, kommt bitte alle zusammen zum Dorfplatz zurück. Viel Glück.«
Nach diesen Worten verschwand er wieder.

Eilig rollte Dastos die Rolle auf. »Wir sollen nochmals zum Eichenhain zurückreisen und dort einen blauen Wimpel finden. Mit diesem sollen wir dann zurückkehren.«
»Na dann, schnell. Bindet euch an«, befahl Orlana.
Gesagt, getan. Binnen einer Sekunde waren die drei zurück am Eichenhain und sahen sich suchend um.
Von einem blauen Wimpel gab es keine Spur.
»Ok, wir teilen uns auf: Orlana sucht in den Baumwipfeln. Da kommt von uns keiner sonst rauf. Dastos sucht an den Baumstämmen und ich auf der Erde und in den Büschen. Wir geben uns fünf Minuten dazu und wir bleiben alle genau hier im Eichenhain«, schlug Ranar vor.
So wurde es gemacht. Orlana flog auf einer Windböe in den höchsten Höhen herum und die Jungs suchten ihre Bereiche ab.
Kurz darauf hörten sie Ranar rufen: »Kommt schnell her, ich habe ihn.« Sofort waren die anderen zwei bei ihm.
»Schaut mal, da unter dem Busch. Er ist total zusammengerollt und von einem Häufchen Eicheln bedeckt. Man kann ihn gerade so erkennen.« »Mensch, hast du gute Augen. Das wäre mir nie aufgefallen. Toll gemacht«, wertschätzte Orlana die Leistung von Ranar.
Dastos nickte bestätigend dazu. »Wir könnten ihn alle zusammen holen und dann reisen wir ganz schnell zurück, ja?«, fragte Orlana.
Beide Jungen grinsten und die Kinder streckten gemeinsam die Hand nach dem blauen Wimpel aus.
Kurz bevor sie das, so begehrte Stoffstück greifen konnten, gab die Erde unter ihnen nach und sie stürzten in einen tiefen Abgrund, der sich plötzlich und völlig unerwartet unter ihnen aufgetan hatte.
Orlana fiel und fiel und fiel.
Eigentlich gab es keine Zeit zum Angst bekommen, aber

als sie irgendwann tief unten aufschlug, war sie vor Schreck wie erstarrt.
Nach einer Weile bewegte sie ihre Finger und bemerkte, dass sie auf eine Schicht von lauter Holzschnipseln gefallen war. Es brauchte weitere fünf Minuten, bis sie endlich auf die Knie und später auf die Beine kam.
Hier unten war es stockfinster. Orlana tastete sich langsam vorwärts. Nach einigen Schritten fiel sie über etwas Weiches. Als sie sich wieder gefangen hatte, tastete sie das Bündel am Boden ab.
Sie war sich sicher, das musste Ranar sein.
Ihr Herz begann wie wild zu klopfen. Sie schüttelte ihren Kameraden und sprach ihn verzweifelt an. Als keine Antwort kam, flossen Orlanas Tränen in Strömen.
Sie befühlte mit ihren Händen nochmals Ranars Körper. Soweit schien alles an seinem Platz zu sein. Nur am rechten Bein war es nass und warm. Auch schien etwas aus dem Bein zu ragen. Ob er wohl blutete, fragte sich Orlana dumpf. Es war, als seien auf einmal alle ihre Gefühle wie abgestorben. Sie bemerkte, wie ihr Körper anfing, überall zu zittern. »Ranar, bitte Ranar, sag doch was«, schluchzte Orlana leise. Als keinerlei Reaktion von ihm kam, wandte sie sich total verzweifelt ab. Kaum war sie etwas abgerückt, hörte sie ein leises Flüstern.
»Orlana, du lebst! Welches Glück. Ich glaube, mein Bein ist gebrochen und es blutet. Bitte schau doch mal, ob du meinen Rucksack finden kannst. Darin sind noch einige Fackeln und ein Zünd-Besteck. Bitte reiche mir das.«
Mechanisch gehorchte Orlana und fand das Gewünschte unweit von Ranar. Sie war so abgestumpft durch den Schock, den sie erlitten hatte, dass sie sich nicht einmal mehr über das Erwachen ihres Freundes freuen konnte. Sie reichte ihm die Fackeln und das Übrige, als wäre sie ein Zombie.

Ranar ächzte, als er sich vorsichtig aufsetze.
Gleich beim ersten Versuch schaffte er es, eine Flamme an einer Fackel zu entzünden.
Kreidebleich besah er sich als Erstes sein eigenes Bein. Es stand in einem ungesunden Winkel zur Seite ab und man konnte einen Knochen herausschauen sehen. An dieser Stelle blutete er ganz stark.
Dann schaute er zu Orlana. Diese kauerte unweit von ihm auf dem Boden. Ihre Augen waren vor Angst weit aufgerissen und ihre Zähne klapperten hörbar. Sie schien in einer anderen Welt des Schreckens zu leben und Ranar wusste, wie gefährlich so ein Schock für jeden sein konnte.
Mühsam fingerte er aus dem Rucksack eine kleine Decke und warf sie in die Richtung von Orlana.
»Bitte häng dir die Decke um meine Liebe. Alles wird gut, Du wirst schon sehen!«, versuchte er sie zu beruhigen.
Laut schrie er: »Dastos!! Dastos!! Kannst du uns hören oder sehen?« Er hielt die Fackel in Richtung der Wand, die ihm am nächsten war und erblickte einen, gerade nach oben gehenden Wall, aus dem weiter oben immer wieder große Wurzelenden herausschauten. Die Enden davon fransten schon langsam aus. Das war wohl ihr Glück gewesen, denn auf diesen Holzfransen waren sie halbwegs unversehrt, trotz der großen Höhe, gelandet. Es musste sehr tief sein, denn er konnte oben kein Tageslicht erkennen, was auf das Ende des riesigen Loches hätte hindeuten können.
Wiederum rief er nun noch lauter nach seinem Kameraden.
Von ganz weit oben hörte er ein leises Stöhnen.
»Ranar, wie geht es dir? Was ist mit Orlana, ist sie bei dir?« Die letzte Frage klang geradezu verzweifelt.
»Orlana scheint körperlich unversehrt, aber sie hat einen

schweren Schock erlitten. Meiner Meinung nach verschlimmert dieser sich immerzu und sie ist wohl in einem bedenklichen, nervlichen Zustand.
Ich habe einen offenen Beinbruch, der sehr stark blutet, sieht nicht besonders gut aus.
Wie geht es dir und wo bist du? Kannst du uns sehen?«
Ich hänge etwa zehn Meter über euch an einer der vielen Wurzeln, die hier überall herauskommen. Ich kann euch sehen und ich sehe auch von oben noch etwas Tageslicht. Ich bin bis auf einige Schürfwunden unversehrt.
Wir könnten versuchen, an den Wurzeln nach oben zu klettern. Was meinst du?«, antwortet Dastos.
»Du wirst das vielleicht schaffen. Vor allem, weil du schon so weit oben bist. Für mich ist das ausgeschlossen, wegen der Verletzung. Ich merke bereits, wie meine Kräfte schwinden…« Ranars Stimme brach.
Er hatte gerade erst selbst verstanden, wie ernst es um ihn stand.
»Orlana nimmt kaum noch wahr, was man zu ihr sagt. Wenn ich bei Kräften wäre, könnte ich sie mit mir nach oben bringen. Aber so…« Ranar verstummte abrupt.
»So ein Mist! Unter mir gibt es weit und breit keine Wurzeln, an denen ich zu euch hinunterkommen könnte. Wenn ich heraufklettern würde, um Hilfe zu holen…«, überlegte Dastos laut. »Das würde zu lange dauern, du beherrschst das astrale Reisen einfach nicht gut genug. Hast du das Seil bei dir?«, fragte Ranar.
Dastos nestelte eine Weile an seinem Platz herum. »Ja, ich habe das Seil. Warte mal, ich binde es hier fest und sehe mal, wie tief es hinabreicht.«
Das Seil reichte bis etwa 50 cm über dem Boden, auf dem sich Ranar und Orlana befanden.
»Ich komme jetzt zu euch herunter. Das kann aber eine Weile dauern. Bis gleich«, rief Dastos.

Er begann nun langsam und vorsichtig mit seiner Klettertour.
Inzwischen wandte sich Ranar an Orlana: »Orlana, hörst du mich? Ich muss dir jetzt etwas ganz Wichtiges sagen. Bitte hör mir unbedingt aufmerksam zu! Orlana bitte!«
Beim letzten Wort hob diese unmerklich ihren Kopf und blickte mit leeren Augen in Ranars Richtung.
»Orlana, ich möchte mich bei dir für mein unmögliches Verhalten während unserer Kindheit von Herzen entschuldigen. Wir haben durch unser Betragen die ganze Vergangenheit, die wir unbeschwert miteinander hätten, haben können, versaut. Ich bereue das zutiefst.
Vor allem jetzt, wo ich erkenne, was für eine wundervolle junge Frau du geworden bist.
Du bist das Tollste, was ich je gesehen habe. Intelligent, verwegen, klug, gewandt, wunderhübsch und sehr talentiert für so ziemlich alles, würde ich sagen.
Wenn ich nicht so schwer verletzt wäre, dann würde ich um deine Gunst werben. Wenn wir dann irgendwann einen Sohn hätten, würde ich ihn unbedingt Quiskan, nach meinem verstorbenen Urgroßvater nennen...«, verträumt verstummte Ranar für eine kurze Zeit. Dann riss er sich zusammen und fuhr, mit vor Schmerz verzerrter Stimme fort:
»Wie die Dinge jetzt aber stehen, möchte ich nur noch, dass du hier unversehrt herauskommst. Nimm dir irgendwann, wenn du magst, Dastos zum Gefährten. Ich habe genau gesehen, wie er dich anschaut. Genießt Ihr zwei gemeinsam euer Leben. Ihr werdet später sicher die neuen Anführer sein, die unser Volk so nötig braucht. Lasst mich bitte einfach hier zurück. Ich würde nur eure Rettung gefährden, so verwundet und geschwächt, wie ich bereits bin.«
Orlana schaute noch immer verständnislos drein.

»Hast du mich gehört, ich möchte, wenn Dastos gleich hier ankommt, dass du allein mit ihm nach oben kletterst und mich zurücklässt, hast du mich verstanden? Es gibt nur zwei Möglichkeiten: Erstens ihr rettet nur euch beide oder zweitens wir sterben hier alle drei.«
Langsam sickerte die Information in Orlana ein. Sie sortierte die Sätze ein paar Mal von rechts nach links in ihrem Hirn und dann stieg Zorn in ihr auf.
Dieser Zorn machte, dass ihre Zähne endlich aufhörten zu klappern und dass die Wärme langsam, aber sicher, in ihren geschockten Körper zurückfand.
»Spinnst du!«, schrie sie Ranar an. »Nie und nimmer lasse ich dich hier liegen und einfach allein sterben. Was hältst du denn von deinen Freunden?« Sie riss sich einen großen Streifen aus ihrem Oberteil heraus, nahm sich ein Stück Wurzel, welches am Boden lag und band als Erstes das Bein über der Wunde gründlich ab, um den Blutfluss zumindest für eine Weile zu stoppen. Sie wusste genau, dass sie das nur kurzzeitig tun durfte, um nicht Gefahr zu laufen, dass das Gewebe unterhalb der Abbinde-Stelle, welches nun nicht mehr vom Körper versorgt werden konnte, abstarb. Aber diese Lösung war erst einmal besser, als dass Ranar verbluten würde. Dann gab sie Ranar zu trinken.
»Merke dir bitte eine Sache ganz genau: Ich habe euch beide sehr gerne. Bevor ich einen von euch durch die Wahl eines Gefährten unglücklich mache, bleibe ich lieber ein Leben lang unverheiratet, schreib dir das hinter die Ohren und jetzt will ich nichts mehr vom Sterben oder vom Heiraten hören.
Für all das sind wir noch viel, viel zu jung!«
Ranar stand der Mund vor Überraschung offen und er blickte Orlana mit glasigen Augen verliebt an.
In diesem Moment kam Dastos unversehrt auf dem

Grund des Kraters an.
»Dir geht es besser, Gott sei Dank«, sagte er in Orlanas Richtung. Dann sah er zu Ranar und erbleichte.
Er nahm sich zusammen und sprach: »Das kriegen wir schon hin, alter Kumpel. Orlana und ich werden dich gemeinsam nach oben ziehen.«
»Hast du schon versucht, jemand von unserem Volk über den Geist zu erreichen?«, fragte Orlana. »Von hier unten ist das unmöglich. Ich weiß auch nicht, warum. Auch das astrale Reisen funktioniert von hier aus nicht.«
Dastos errötete. »Entschuldigung, das ist mir im Eifer des Gefechts da oben gar nicht eingefallen.«
»Macht nichts, ich hätte dich ja auch erinnern können. Aber ich war vorhin wie weggetreten«, antwortete Orlana.
»Mir will es hier unten auch nicht gelingen, eine Windböe zu erzeugen, um in die Höhe zu kommen. Es scheint, als würden hier andere Gesetze gelten als über der Erde. Was das wohl alles zu bedeuten hat?«, fügte sie noch hinzu.
»Also gut, wie sollen wir hier hochkommen, Dastos?«, fragte sie.
Dastos sah sich suchend mit der Fackel an den Wänden um.
»Nirgends scheinen die Wurzeln bis ganz unten zu reichen. Also bleibt uns nur, gemeinsam an dem Seil hochzuklettern und von dort aus an den Wurzeln weiter nach oben.
Lass es uns kurz allein ausprobieren und dann holen wir Ranar. Ich mache es dir vor. Schau mal.«
Dastos hielt sich am Seil fest, stieß sich leicht an der Wand ab und zog sich dann Stück für Stück nach oben. Es sah gar nicht so schwer aus.
»Nun mach du mal.« Dastos reichte, nachdem er wieder

nach unten gekommen war, Orlana das Seil.
Diese versuchte, das soeben Abgeschaute, nachzuahmen. Es war sehr viel schwieriger, als es ausgesehen hatte. Orlana bemühte sich nach Kräften und war bereits nach zwei Metern vollkommen außer Puste. Diese Art Muskeln hatte sie offenbar zuvor noch kaum gebraucht. »Bleib oben, Orlana«, rief Dastos. »Du musst deine Kräfte sparen. Schau mal, da an deinem rechten Fuß ist ein kleiner Vorsprung. Stütze dich dort kurz ab und sammele neue Energie. Dann kletterst du weiter. Immer Stück für Stück und mach dann wieder eine Pause. Halt dich gut fest, hörst du!
Ich werde gleich mit Ranar zusammen nachkommen.«
Dastos wandte sich an Ranar, um mit ihm das Vorgehen zu besprechen. Dieser war jedoch bereits ohnmächtig geworden. Dastos war ratlos, wollte aber Orlana nicht beunruhigen, denn er sah, dass sie all ihre Kräfte brauchen würde. Mit einem kleineren Seil, das er noch in Ranars Rucksack gefunden hatte, band er sich seinen Freund auf den Rücken. Die letzte Fackel, die gerade brannte, steckte er in die Erde und ließ sie am Boden des Kraters zurück.
Er begann zu klettern. Mit Ranar auf dem Rücken war das eine ganz andere Hausnummer. Trotzdem war er noch immer ein wenig schneller als Orlana, die sich sehr abmühen musste.
Was ihm aber größere Sorge bereitete, war das unangenehme Knirschen, das er von dem Hauptseil und der Wurzel, wo dieses angebunden war, hörte.
Er fragte sich besorgt, ob das dicke Tau wohl halten würde, denn immerhin hingen sie nun zu dritt an der einen Wurzel, an welcher Dastos das Seil vorhin befestigt hatte.
Trotzdem kletterte er unermüdlich weiter. Es schien ihm,

dass nur noch wenig Zeit verblieb, um seinen Freund zu retten.
Dann passierte das Unvermeidliche.
Es krachte laut. »Halt dich an der Wurzel fest«, konnte er noch in die Richtung von Orlana, die gerade am Ende des Taus angekommen war, schreien, dann fiel er mit Ranar in die Tiefe.
»Orlana, wo bist du?«, rief Dastos zuallererst und dann sah er nach seinem Freund.
Er atmete noch.
Wie durch ein Wunder hatte es Dastos so einrichten können, dass er als Erster auf dem Boden aufkam und den Sturz von Ranar dadurch ein wenig abmildern konnte.
»Ich bin hier oben, ich habe mich an der Wurzel festgehalten.
Aber das Seil ist weg und die nächste Wurzel kommt erst in circa drei Metern.
Da komme ich nicht dran.
Wie sieht es bei euch aus?«, rief Orlana besorgt von oben.
»Wir sind ok, nur Ranar ist ohnmächtig.
Das Einzige, was mir noch einfällt, ist, dir das Seil hochzuwerfen und du befestigst es noch mal an der Wurzel.
Was meinst du, kann sie uns zwei halten?«
»Nein, die ist zu schwach.«, Orlanas Stimme klang inzwischen verzweifelt.
»Hör zu, Orlana, rette du dich. Ich werde versuchen, dich von unten beim Klettern zu lenken, damit du weißt, wo du einen Halt finden kannst.
Dann holst du Hilfe. Ich hoffe, Ranar hält noch so lange durch.« Nun klang auch Dastos alles andere als zuversichtlich.

»Das werde ich machen.
Ich hole Hilfe.
Wir müssen das schaffen!«
Es war, als ob Orlana mehr zu sich selbst als zu Dastos sprach, um sich Mut zu machen.
Dann aber erlosch auch noch die letzte Fackel...
Angstvoll rief Orlana: »Was ist passiert?«
»Das war unsere letzte Fackel, jetzt kann ich dich nicht mehr leiten: Es tut mir so leid, dass ich es nicht besser für dich machen konnte, Orlana.
Zuerst war ich verantwortlich, dass du eine triste Kindheit ohne Spielgefährten verbringen musstest, und nun bin ich nicht einmal in der Lage, dich und uns zu retten.
Es tut mir alles mehr leid, als ich dir sagen kann. Bevor wir sterben, sollst du noch eines wissen…«, Dastos war den Tränen nahe.
»Jetzt reicht es mir aber, fang du nicht auch noch an!
Hier wird nicht gestorben!!
Nicht heute und nicht bald!! Das werde ich nicht zulassen!!
Orlana war so wütend, wie nie zuvor und daraus schöpfte sie neue Kraft. Komisch dachte sie noch kurz, normalerweise ist doch Zorn immer nur hinderlich.
»Keine Regel ohne Ausnahme«, hörte sie die liebevolle Stimme ihrer Mutter tief in sich erklingen und verstand nun, was diese damit gemeint hatte.
Die Erinnerung an Vater und Mutter gab ihr noch weitere Stärke. Sie wollte weder ihre noch die Eltern der beiden Buben unglücklich machen.
Daher nahm sie alle Energie, die sie in sich finden konnte, zusammen und rief über den Geist um Hilfe.
Und nun wurde sie erhört.
Sie ahnte mehr, als dass sie es spürte, dass Kamila sie

vernommen hatte.
Eine Sekunde später fühlte sie sich auf wundersame Weise nach oben in Richtung des winzigen Lichtpunktes am Ende des Kraters gehoben.
Oben angekommen, fiel sie ihrer Freundin weinend in die Arme. Diese übernahm sofort alle Informationen aus Orlanas Geist und sprach:
»Ich werde jetzt gleich die zwei Jungen nach oben holen. Ich kann Ranar auf der Stelle heilen.
Sie werden sich danach an diesen kleinen Teil eurer Erlebnisse nicht mehr erinnern können.
Die Jungen werden glauben, dass ihr zu dritt nacheinander an dem Seil und später an den Wurzeln nach oben geklettert seid und so muss es auch bleiben.«
Orlana nickte verständig.
»Was ist das um Himmels willen für ein Krater?«, fragte sie Kamila.
»So könnte irgendwann der ganze Planet zerstört werden, wenn die abtrünnigen Baum-Menschen nicht bei ihrer ungezügelten Vermehrung aufgehalten werden.
Der Eichenhain, in dem noch vor Kurzem eine größere Gruppe der Abtrünnigen gelebt hatte, war diesen zu eng geworden und sie sind daher einige Kilometer weiter, wo es noch mehr Platz gibt, gezogen.
Zurück blieben nur diese Eichen hier, in denen noch nie Baum-Menschen gelebt hatten und ein, von den Wurzeln der Baum-Menschen, völlig durchlöcherter Boden.
Der Krater ist auf jeden Fall durch die unkontrollierte und heftige Durchwurzelung des Bodens entstanden. Auf diese Weise könnte am Ende der ganze Planet zerbröckeln und zerstört werden.
So jedenfalls hat es der „Herr der Finsternis“ geplant.
Erzähle deinem Volk davon.
Ihr solltet nun dringend tätig werden.

Aber merke dir eines: Ihr müsst euch stets von der Liebe leiten lassen, ansonsten ist alles, was ihr versucht, von vornherein zum Scheitern verurteilt.
Kämpft **für** die Rettung von Platana und nicht gegen die Baum-Menschen.
Das ist ein sehr wichtiger Unterschied, liebe Orlana. Gegenkräfte stärken stets das, wogegen man sich wendet. Also stärkt den Planeten, indem ihr euch für ihn einsetzt. Ich werde mich jetzt um deine beiden Kameraden kümmern.
Dazu werde ich auch Dastos in einen tiefen Schlaf versetzen.«
Kurz darauf lagen die zwei Buben am Kraterrand. Kamila murmelte einige Worte und schon verschloss sich Ranars schreckliche Wunde und auch der Knochen war nicht mehr zu sehen.
Das Bein sah genauso aus wie vorher. Langsam kehrte auch die gesunde Farbe in dessen Gesicht zurück. Kamila reichte ihr nun feierlich den blauen Wimpel, den sie unweit zur Sicherheit lieber selbst aufgehoben hatte.
»Sobald ich weg bin, werden die Jungen erwachen. Vergiss nicht: Ihr seid alle drei, erst Dastos, dann du und dann Ranar selbstständig das Seil ganz nach oben geklettert und dann an den Wurzeln bis an den Rand des Kraters. Dann hast du sogleich den blauen Wimpel geholt.
Alles Gute nun, seid vorsichtig und reist sofort zurück. Wir sehen uns morgen.«
»Danke Kamila, tausendmal danke. Bis bald«, rief ihr Orlana noch nach
Dann erwachten die Jungen.
»Ich bin froh, dass wir uns retten konnten. Wir sind ein tolles Team«, sprach Ranar.
»Schade, dass wir den Wettbewerb nun gegen die Zeit

verloren haben. Aber ist ja egal, die achtzig Jahre bekommen wir auch noch rum«, antwortete Dastos.
»Ich brauche keine Zeremonie, um zu bemerken, wann ich erwachsen bin.
Aber ehrlich gesagt, hätte ich gegen eine weitere Weile Kindheit gar nichts einzuwenden.
Der Ernst des Lebens kommt noch früh genug, mit all den Verantwortungen, die man dann übernehmen muss«, fügte er, ein wenig altklug, noch hinzu.
»Den Wettbewerb, den haben wir noch lange nicht verloren.«
Orlana lächelte bei ihren Worten verschmitzt.
Die Jungen sahen sie leicht überrascht und auch ein wenig skeptisch an.
»Habt ihr noch nie eine astrale Reise entlang der Zeitachse durchgeführt?«, fragte sie ihre Kameraden lachend.
»Jetzt, wo du es sagst, erinnere ich mich, dass Kiova das ein oder andere Mal im Unterricht etwas davon erwähnt hat.
Sag mal, beherrschst du das auch noch? Du bist echt der helle Wahnsinn!!«
Bei diesen Worten waren Ranars Augen vor Bewunderung schon wieder ein wenig glasig geworden.
Auch Dastos blickte ehrfürchtig auf die neue Kameradin.
Es sah wirklich so aus, als ob Dastos und Ranar gleich einen »Orlana Fan-Club« gründen würden.
»Ja, ich beherrsche das und ich könnte euch auch mitnehmen, wenn wir ein Seil hätten.«
Die Kinder blickten sich suchend um.
»Mist, alles, was wir an Seilen dabeihatten, befindet sich im Krater.« Dastos klang entmutigt.
»Also ich, für meinen Teil könnte mir vorstellen, mich ganz fest an Orlanas Taille festzuhalten und du, Dastos,

umschlingst dann mich. So könnte es doch gehen, oder?«, Ranar war ein ganz klein wenig errötet bei seinem »genialen« Vorschlag.
»Nichts da, ich halte mich an Orlana fest und du dich dann an mir«, entgegnete nun Dastos etwas lauter, als es nötig gewesen wäre.
Orlana, die nun ebenfalls errötet war, schlug vor, dass sie sich beide an ihr, jeweils rechts und links, gut festhalten sollten.
Sie müssten nun auch wirklich los.
Orlana plante, sie so zu lenken, dass sie genau zehn Minuten, bevor das große Stundenglas ganz durchgelaufen sein würde, am Dorfplatz ankommen würden.
Zähneknirschend willigten beide Buben in Orlanas Vorschlag ein und schon waren die drei Kinder wieder auf einer astralen Reise.
Kaum waren sie auf dem Dorfplatz, und zwar genau auf dem Podest, gemeinsam angekommen, herrschte ein riesengroßer Jubel unter den Erwachsenen.
Kiova trat auf die kleine Tribüne, bemerkte glücklich den blauen Wimpel und hob beschwichtigend die Arme.
Nachdem es ganz still geworden war, deutete er auf das Stundenglas, das immer noch am Laufen war, nahm den blauen Wimpel aus Orlanas Händen entgegen und sprach:
»Die sechste Aufgabe wurde erfolgreich bestanden.
Der erste Sieger beim Wettbewerb sind die Kinder und der zweite Sieger ist die Zeit. Somit haben die Kinder gewonnen.«
Die letzten Worte gingen wiederum in einem Jubelsturm, den dieses Mal keiner mehr hätte bremsen können, unter. Die Kinder wurden auf den Händen der Erwachsenen über den Köpfen der Menge hin und her gereicht und am Ende nochmals auf dem Podest abgesetzt.

Kiova rief euphorisch: »Und nun lasst uns den Erfolg noch gehörig feiern.«
Den Kindern wurden Speis und Trank gereicht und bei so viel Freude ringsum verständigten sich die Kameraden schnell heimlich untereinander, den Erwachsenen erst morgen von dem Unfall in dem Krater zu berichten.
Auch das Verkünden der schlechten Nachricht, dass der ganze Boden der Platana gefährlich stark durchwurzelt war, konnte noch etwas aufgeschoben werden.
Sie planten, morgen früh um 10.00 Uhr zu Beginn des Unterrichts, das Thema in aller Ruhe anzusprechen.
Sie wollten einfach nicht die tolle Stimmung zerstören und einen Tag konnte das alles ruhig nun auch noch warten.
Außerdem hatten sie große Lust, einfach den Sieg sowie die tolle Feier zu genießen und uneingeschränkt die Helden des Tages zu sein.

Die Kinder von Platana

Am nächsten Morgen wurde Orlana freundlich von ihrer Mutter geweckt.
Sie war völlig erschlagen. Es war gestern ein harter Tag gewesen und die Feier war auch bis in den späten Abend gegangen...
Am liebsten wäre sie noch ein Weilchen liegengeblieben. Als sie sich jedoch erinnerte, was heute vor ihr lag, riss sie sich zusammen und stand beherzt auf.
Bald darauf begab sie sich zum Frühstückstisch, welcher schon reich gedeckt war. Sie setzte sich zu ihren Eltern, die bereits am Tisch Platz genommen hatten.
Voller Wertschätzung besah sie sich die wundervollen Speisen.
Quina hatte sogar Orlanas Lieblings-Pfannkuchen bereitet. Dieser bestand aus Platantus-Wurzelmehl, gemischt mit getrockneten Beeren und Orlana war sich sicher, dass bestimmt auch von dem wertvollen Süßholzwurzelpulver daran war.
Ihre Mutter wusste genau, dass ihr Naschkätzchen diese Süßigkeit sehr liebte.
In einem Becher sah Orlana köstliches, leicht sprudelndes Quellwasser. Es musste noch ganz frisch sein, denn nach einer Weile hörte das Sprudeln dieses Wassers nämlich auf. Wer von den Eltern wohl schon am frühen Morgen einen so weiten Weg auf sich genommen hatte? Dieses Sprudelwasser kam nur einige Kilometer entfernt aus einer reinen Gebirgsquelle. Normalerweise war ihr Wasser zu Hause immer ohne Bläschen. Beide Eltern wussten jedoch, wie sehr Orlana genau dieses Wasser mochte.

»Liebe Mama, lieber Papa, vielen lieben Dank für dieses wundervolle Frühstück. Ihr habt mir damit eine große Freude bereitet. Dass ihr auch mein Lieblingswasser geholt habt, ich weiß gar nicht, was ich dazu sagen soll…«
Quina errötete vor Freude, war aber auch überrascht, dass ihre Tochter das alles registriert hatte. Normalerweise aß sie einfach nur drauflos.
»Und noch eins, meine lieben Eltern: Wir, „Die Kinder von Platana“«, sie sprach den Namen so aus, als würde es sich um einen, schon lange bekannten, Eigennamen handeln, »möchten euch beide heute zusammen um 10.00 Uhr am Unterrichtsort sprechen.«
Kiova hatte aufgemerkt, als ihm die Betonung der Wortgruppe »Die Kinder von Platana« aufgefallen war.
»Um was handelt es sich denn, Orlana?«, fragte er daraufhin.
»Ich möchte ungern vorgreifen, bevor die anderen zwei dabei sind. Es ist ja bald schon 10.00 Uhr«, antwortete Orlana.
Beide Eltern warfen sich bedeutungsschwere Blicke zu und warteten nun gespannt, dass es endlich 10.00 Uhr werden würde.
Zur vereinbarten Zeit waren alle versammelt. Die Kinder hatten sich enthusiastisch begrüßt.
Auch das war für Quina und Kiova neu.
Dastos trat ehrerbietig vor und sprach: »Liebe Lehrer, ich möchte mich im Namen aller „Kinder von Platana“«, hier war ebenfalls wieder diese merkwürdige Betonung zu hören, »von Herzen für die wundervolle Möglichkeit des gestrigen Wettbewerbs bedanken. Es waren toll durchdachte Aufgaben und sie haben uns sehr geholfen, endlich ein Team zu werden.« Hier nickte Kiova

bedächtig.
»Außerdem möchte ich für mich und Ranar nochmals sagen, wie leid es uns tut, dass wir nicht schon früher so engen Kontakt mit Orlana hatten.« Der Blick, den er bei dieser Aussage auf Orlana richtete, machte, dass in Kiovas Bauch ein Ungeheuer erwachte, welches er noch nie zuvor in sich bemerkt hatte. Er musste sich sehr zusammenreißen, Dastos nicht des Platzes zu verweisen, um seine einzige Tochter vor ihm zu schützen. Kiova versteifte sich ein wenig und versuchte, seine inneren Kämpfe krampfhaft zu verbergen sowie weiterhin ein höfliches Gesicht aufzusetzen.
»Als Nächstes wird Ranar ein paar Worte sagen«, ließ Dastos nun noch fallen und trat einige Schritte zurück:
»Liebe Lehrer«, begann nun auch Ranar zu sprechen, »wir, „Die Kinder von Platana“«, langsam wurde es Kiova etwas mulmig mit dieser merkwürdigen Betonung, »möchten euch bitten, dass wir von nun an alle gemeinsam zur gleichen Zeit Unterricht haben. Orlana«, er blickte verträumt zu seiner Kameradin und das Ungeheuer in Kiovas Bauch wollte am liebsten schon wieder einschreiten, »hat definitiv gezeigt, dass sie mindestens genauso viel gelernt hat, wie wir, obwohl wir älter sind. Wenn sie nicht sogar noch mehr kann...«, er schmachtete das Mädchen jetzt regelrecht an.
»Den letzten Teil unserer Nachricht an euch, wird Orlana übernehmen«, fügte Ranar noch mit ehrfürchtiger Stimme hinzu.
Orlana, der die Blicke der Jungen nicht entgangen waren, trat nun hervor.
»Liebe Eltern, gestern bei der letzten Aufgabe ist etwas sehr Gefährliches passiert. Regt euch bitte nicht auf, denn

wie ihr ja seht, haben wir dieses ungeplante Abenteuer heil überstanden...«

Nun begann Orlana in allen Einzelheiten zu erzählen, was geschehen war. Selbstverständlich ließ sie, wie mit Kamila vereinbart, einen bestimmten Teil bei ihren Erzählungen aus.

Allerdings erhob sie mahnend die Stimme, als sie von den schlimmen Folgen des ungezügelten Wachstums der Population der abtrünnigen Baum-Menschen sprach.

»Wir als „Die Kinder von Platana" und als zukünftige Generation des kleinen Volkes wollen dabei helfen, diese gefährliche Entwicklung zu stoppen und somit unseren Planeten vor dem Auseinanderbrechen zu bewahren. Dabei möchten wir uns stets von der Liebe leiten lassen und nicht zu blinden, fanatischen Kämpfern werden. Das würde nämlich letztlich nur den Untergang beschleunigen«, wiederholte das Mädchen am Schluss noch einige Sätze, die sie von Kamila gehört, aber noch nicht ganz verinnerlicht hatte.

Orlana trat zurück und wartete auf die Reaktion ihrer Eltern.

Diese waren ganz blass geworden und standen, wie zu zwei Salzsäulen erstarrt, zunächst einfach nur da. Es dauerte eine Weile, bis sie sich wieder regten.

Quina nahm ihre Tochter in die Arme: »Orlana, wenn wir gewusst hätten...«. Der Satz ging in ein Schluchzen über.

»Ich bin ungeheuer stolz auf euch«, sprach nun Kiova, »dass ihr es geschafft habt zu überleben. Dafür danke ich euch im Namen des ganzen Volkes von Herzen. Selbstverständlich sind wir Erwachsene an eurer Seite, wenn es darum geht, Platana zu erhalten und natürlich

kann der Unterricht ab heute für alle um diese Zeit hier stattfinden.
Ich brauche noch ein wenig Zeit, um alles zu verdauen.
Wir müssen auch unbedingt, mit einem Trupp und gut mit Seilen ausgerüstet, den Krater mit eigenen Augen sehen.
Das hätte ich nie für möglich gehalten…«
Kiova war am Ende seiner Ausführungen angelangt.
»Heute würden wir gerne, wenn es dir recht ist, das astrale Reisen nochmals üben. Das wollen Ranar und ich in Zukunft aus dem Effeff beherrschen«, sprach Dastos seinen Lehrer nochmals respektvoll an.
Somit ging es die restliche Zeit um dieses Thema und der freudig überraschte Kiova hatte die Jungs noch nie so wissbegierig erlebt.
Nach dem Unterricht war noch etwas Zeit bis zum Mittagessen und die Kinder hatten sich ausgemacht, diese täglich gemeinsam zu verbringen.
Die Jungen wollten das noch gerne auf alle Nachmittage der Woche ausweiten, doch Orlana hatte dies, obwohl auch sie inzwischen das Zusammensein mit den beiden sehr genoss, auf zwei Nachmittage pro Woche reduziert.
Sie brauchte die verbleibende Zeit anderweitig, denn immerhin war der geheime Unterricht bei Kamila sehr, sehr wichtig und noch dazu war absehbar, dass Kamila den Planeten bald verlassen musste.
Nach dem Mittagessen, Orlana hatte freiwillig den Abwasch übernommen, machte sie sich daher zu ihrer Freundin und Lehrmeisterin auf.
Kamila hatte sie schon erwartet und hörte sich gespannt den Bericht über alle Neuigkeiten an. Orlana hatte bereits alles Wichtige erzählt und echauffierte sich gerade

immer mehr über das, ihrer Meinung nach, schändliche, kurzsichtige, egoistische und gefährliche Verhalten bestimmter Baum-Menschen. Dabei wurde sie nach und nach immer zorniger und auch fanatischer. Als sie andeutete, dass man sofort und ohne Gnade gegen das Verhalten der Abtrünnigen vorgehen müsse, unterbrach sie Kamila leise, aber deutlich.
»Ich spüre hier eine ganze Menge Zorn im Raum. Ist dir eigentlich klar, dass das dein Zorn ist und er so gut wie nichts mit den Baum-Menschen zu tun hat?«
Orlana schnaubte ungläubig.
»Es ist ungefähr so«, fuhr Kamila fort, »als ob dein Gefühlsleben so eine Art Schubladenschrank wäre und jemand im Außen öffnet gerade deine Schublade, in welcher sich der Zorn befindet. Aber es ist definitiv deiner, der gehört nicht dem Schubladenöffner, also in diesem Fall den Baum-Menschen.
Und mit dem Zorn ist das eine ganz eigene Sache, wenn man sich von diesem dann leiten lässt... Das kann nur Unheil für alle Beteiligten bringen. Wir müssen dringend daran arbeiten, dass du lernst, deine Gefühle liebevoll zu dir zu nehmen und sie dadurch zu neutralisieren. Wenn du danach wieder in der Lage bist, dich in deinen Handlungen von der Liebe leiten zu lassen und dann immer noch ohne Gnade gegen die Abtrünnigen vorgehen möchtest, was ja durchaus auch angebracht sein könnte, dann wäre das wirklich zum Wohle aller. So aber...
Da kannst du gleich direkt mitmachen, den Planeten weiter zu zerstören.« Kamila deutete auf eine Schaufel, die an der Höhle lehnte.
Beschämt, blickte Orlana zu Boden. »Und wie macht man

das? Wie soll man seine Gefühle denn annehmen? Was überhaupt kann ich dafür, wenn in meinem „Schrank“ irgendwo Zorn drin ist?«, fragte Orlana, die doch noch ein wenig trotzig klang.

»Du kannst zunächst einmal nichts dafür, was für Gefühle in dir sind. Das ist genauso, wie mit dem Wetter. Das ändert sich auch so, wie es möchte. In diesem Fall kannst du entweder dagegen kämpfen und wertvolle Energie verschwenden oder aber, es akzeptieren, was ich dir dringend raten möchte.

Daran werden wir nun intensiv arbeiten. Du musst lernen, zu akzeptieren, was du nicht ändern kannst. Nur so kannst du im inneren Gleichgewicht sein und dich von der Liebe lenken lassen. Ein Gefühl, das sowieso schon da ist, muss akzeptiert werden und es hilft rein gar nichts, wenn man jemand anderem dafür die Schuld zuweist. Bist du bereit dafür?«

»Gibt es denn gar keine andere Möglichkeit?«, fragte Orlana recht kleinlaut.

»Es existieren einige höher entwickelte Planeten, auf denen das Wetter und auch andere Ereignisse nicht mehr einfach tun, was sie möchten.

Dort wird das durch innere Konzentration gelenkt. An jenen Orten wurde in vielen Jahrtausenden auch gelernt, in gewissem Maße, die Gefühle, die in einem leben, zu beeinflussen.

Aber gänzlich gelang das nie. Wozu auch, man kann sie doch einfach annehmen, dadurch in Weisheit und Liebe verwandeln und dann schadet das jeweilige Gefühl niemandem mehr.

Aber für dich, so wie du jetzt dastehst, sehe ich keine andere Möglichkeit, als zu erlernen, wie man akzeptiert,

was nicht zu ändern ist.«
»Also gut, wie geht das?« Orlana gab sich schließlich geschlagen.
»Es gibt viele verschiedene Wege, zu akzeptieren, was sowieso schon da ist. Es geht letztlich darum, liebevoll zu integrieren, was vorhanden ist, sich zu weiten und still zuzulassen. Der physische Körper ist dabei eine sehr große Hilfe. Ich gebe dir jetzt mal ein Beispiel:
Stell dir nochmal vor, wie die Baum-Menschen rücksichtslos den schönen Planeten zerstören.
Dann zeige mit deiner Hand auf die Stelle in deinem Körper, wo du das Gefühl (wahrscheinlich Zorn)«, an dieser Stelle lächelte Kamila, »genau fühlst.«
Orlana deutete auf ihren Bauch.
»Wenn du dem nun eine Farbe zuordnen würdest, welche wäre das? »Rot«, kam es, wie aus der Pistole geschossen, recht patzig von Orlana.
»Sehr gut«, antwortete Kamila.
»Nun stell dir vor, das Gefühl wäre ein kleines, hilfebedürftiges, Wesen, das bei dir im Körper um Asyl bittet. Biete ihm im Geiste etwas zu essen und zu trinken an oder finde heraus, was es sich sonst von dir wünscht. Bringe alle Liebe für das Wesen auf, die du hast und lass dir Zeit.«
Kamila zog sich still zurück und wartete.
»Es wünscht sich ein eigenes Zimmer bei mir im Bauch und es will den gleichen Pfannenkuchen, den ich mag…«, ein Lächeln umspielte Orlanas Mund.
»Ich habe ihm mal ein kleines Bettchen zurechtgemacht. Jetzt fragt es, ob es immer willkommen wäre. Ich habe „ja“ gesagt. Ich glaube, es freut sich.« Orlana wurde ganz aufgeregt. Dass sie zornig wäre, war gar nicht mehr zu

spüren.
»Nimm dir jetzt ganz fest vor, wenn dieses kleine Wesen, sprich der Zorn, wieder zu Besuch kommt, es genauso wie eben zu machen. Was glaubst du, würde dir dies bringen?«
Orlana spürte eine Weile in sich hinein.
»Mir gefällt, wie dankbar das Wesen für meine Zuwendung ist. Ich glaube, dass es mich ganz liebhat und vielleicht mein Freund sein könnte. Das macht mich, so glaube ich, stärker und auch unabhängiger.«
Kamila klatsche erfreut in die Hände, »Du lernst schnell, meine Liebe.«
Sie gab Orlana noch verschiedene Aufgaben, indem sie auch andere Gefühle, wie Trauer oder auch Freude provozierte und Orlana damit üben ließ.
»Welchen Unterschied konntest du bei den verschiedenen Wesen der unterschiedlichen Gefühle bemerken?«
Orlana dachte angestrengt nach: »Ehrlich gesagt«, Orlana klang leicht verunsichert, »also ehrlich gesagt, ist da gar kein Unterschied. Die möchten alle nur, dass ich sie liebhabe und mich um sie kümmere. Die sind total froh, dass ich sie sozusagen freundlich bewirte und willkommen heiße. Sogar bei der Freude ist es nicht anders als beim Zorn.«
»Das hast du richtig beobachtet, liebe Orlana. Für heute ist es genug, würde ich sagen. Sinne bitte als Hausaufgabe darüber nach, was es bedeuten könnte, dass es letztlich keinen Unterschied bei den Gefühlen gibt.
Wir sehen uns dann morgen wieder und besprechen deine Ergebnisse.«
Nachdenklich machte sich Orlana astral auf, nach Hause

zu reisen. Dort erwartete sie schon wieder ein reichliches Abendessen.
Dankbar nahm Orlana am Tisch Platz und nach und nach kam ihr ins Gedächtnis zurück, was die Eltern heute Morgen alles von den Kindern erfahren hatten.
Kiova ergriff auch alsbald das Wort: »Wir waren heute am Unglücksort. Es ist unglaublich, dass ihr dort allein wieder herausgekommen seid. Unfassbar - würde ich sogar sagen.
Außerdem ist es wirklich eine schlimme Sache, was mit unserem Planeten geschieht. Wir haben Eichar, den Ältesten der Baum-Menschen schon darüber informiert. Er ist untröstlich und hat bereits eine große Versammlung deswegen für heute Abend organisiert. Quina und ich sind auch eingeladen worden und werden nach dem Essen hingehen…
»Seid bloß vorsichtig«, warf Orlana ein und war sich selbst nicht sicher, warum sie das gesagt hatte.
Quina und Kiova blickten überrascht auf, antworteten aber nicht.
Orlana kümmerte sich um das Aufräumen, während die Eltern sich anschickten, zu der Versammlung aufzubrechen.
Orlana wurde immer unruhiger:
Sie entschloss sich spontan, im Geiste mit den beiden Jungen Kontakt aufzunehmen und die Situation zu beratschlagen.
»Ich denke, dass wir das lieber persönlich besprechen sollten und uns deshalb bei dir jetzt sofort treffen«, schlug Dastos enthusiastisch vor.
»Ich bin der gleichen Meinung«, kam es von Ranar, welcher ebenfalls über eine weitere Begegnung mit

Orlana sehr erfreut zu sein schien.
Orlana verdrehte die Augen und antwortete: »Bitte kommt auf der Stelle her und bringt Waffen mit!«
Wiederum wunderte sie sich über ihre eigene Aussage.

Der Überfall

Dastos tauchte als Erster in Orlanas Wohnhöhle auf. Er hatte ein Schwert für sich selbst dabei und bot Orlana schüchtern ein Zweites an, welches er extra für sie noch mitgebracht hatte. Diese nahm es sehr erfreut entgegen. Lediglich darüber, dass sie jetzt errötete, ärgerte sie sich ein wenig.
Kaum eine Sekunde später erschien auch Ranar mit einer großen Kampfaxt in der Hand und einer, etwas Kleineren am Gürtel.
Als er die erfreute Orlana mit Dastos' neuem Schwert in der Hand sah, errötete auch er. Bei ihm war es allerdings aus Ärger…
Schnell fasst er sich wieder, löste seinen Gürtel und überreichte diesen inklusive der kleineren Axt, bescheiden an Orlana. »Bitte schön, liebe Orlana. Ich habe dir die kleine Kampfaxt hier mitgebracht und diesen Waffengürtel. Dort kannst Du sowohl die Axt als auch dein neues Schwert einhängen. Dann hast du deine Hände, für den Fall, dass dies einmal nötig sein sollte, frei.«
Zu guter Letzt wurde nun auch noch Dastos rot und blickte ärgerlich zu Boden.
Orlana entging der kleine Machtkampf nicht und sie kam daher schnell zur Sache:
»Ich habe, wie gesagt, ein ganz komisches Gefühl bei der heutigen Versammlung mit den Baum-Menschen um Eichar, wohin meine Eltern gerade unterwegs sind. Deshalb würde ich ihnen gerne heimlich und am besten unsichtbar, folgen. Nur für den Fall…«
»Wie sollen wir das denn bewerkstelligen, dass uns

niemand sieht? Auf der Lichtung, wo die Versammlung stattfinden soll, gibt es außer den Baum-Menschen selbst kaum Deckung. Wir können uns wohl kaum hinter mitgebrachten Büschen verstecken?«, fragte Dastos verwundert.
Orlana druckste ein wenig herum, entschloss sich dann aber spontan zu einem Teil der Wahrheit:
»Ich bekomme von einer sehr weisen Person neben unserem Unterricht auch noch verschiedene Dinge erklärt und nun ja…«. Orlana trat unschlüssig von einem Fuß auf den anderen.
»Also ich wäre in der Lage, uns alle vorübergehend unsichtbar zu machen.« Unsicher sah sich die zwei Jungen an.
Den beiden war die Überraschung deutlich ins Gesicht geschrieben. Ranar reagierte zuerst.
»Mann Orlana, ich fasse es nicht. Du bist ja der Hammer! Wer ist diese weise Person? Kennen wir sie?«
»Ich darf das leider nicht verraten und ich muss euch ganz, ganz unbedingt auch zum Schweigen verpflichten.« Fast flehend sah sie nun zu Dastos. Dieser war recht verstört, denn er wusste nicht, wie er mit solch einer Situation umgehen sollte. Er war bis über beide Ohren in Orlana verliebt, aber er wollte ihr doch zumindest ebenbürtig sein. Bis gerade eben hatte er auch gedacht, dass dies so wäre, aber jetzt…
Ziemlich zugeknöpft antwortete er: »Ich werde selbstverständlich niemandem etwas erzählen.«
»Ich auch nicht«, kam es noch ganz kurz von Ranar.
Orlana war verwirrt und dachte sich, wie kompliziert es doch mit Gleichaltrigen und noch dazu mit Jungen war. Laut sagte sie: »Vielen Dank, das ist gut. Wir müssen uns

jetzt beeilen. Ich habe wirklich ein ganz dringliches Gefühl. Ich werde uns nun unsichtbar machen. Es ist beim ersten Mal ein komisches Gefühl, sich selbst nicht mehr richtig sehen zu können. Aber wenn ihr ganz genau hinseht, dann könnt ihr euch selbst und auch die anderen noch ein ganz klein wenig ausmachen. Das ist reine Übungssache. Für Außenstehende sind wir jedoch überhaupt nicht mehr zu sehen.«

Orlana zentrierte sich und murmelte dann uralte magische Worte.

Die Jungen hatten kurz den Eindruck, in eiskaltes Wasser getaucht zu werden und konnten sich und die anderen zuerst gar nicht mehr erkennen.

»Könnt ihr mich noch hören?«, rief Ranar ein wenig panisch.

»Ja Ranar, ich habe uns nämlich nicht auch stumm oder taub gemacht. Daher müssen wir sehr leise sein. Auch beim Fortbewegen.

Bitte kommt ganz dicht an mich und lasst uns gemeinsam in die Nähe des Versammlungsplatzes reisen. Bekommt Ihr das hin?«, antwortete Orlana.

Die Jungen wollten sich auf keinen Fall die Blöße geben, dies nicht zu können. Daher beeilte sich Dastos schnell die Frage zu bejahen und Ranar tat es ihm auf der Stelle gleich. Außerdem hatten sie ja auch tatsächlich schon fleißig geübt.

»Gut, dann los!«, rief Orlana und machte sich auf die Reise.

Sie landete etwa zehn Meter von der Versammlung entfernt und hörte dort gerade ihren Vater recht entspannt zu den versammelten Baum-Menschen sprechen.

Außer ihren Eltern waren noch etwa zwanzig, der guten Baum-Menschen auf der Lichtung versammelt.
Suchend blickte sich Orlana um. Wo blieben denn nur Dastos und Ranar? Sie bereute nun, dass sie sie nicht gebeten hatte, sich richtig an ihr festzuhalten. Aber ihr war diese Rivalität der zwei einfach zu viel gewesen. Sie machte sich jetzt auch Vorwürfe, dass sie den Ort des Treffens nicht präziser formuliert hatte, noch dazu, da sie nun doch alle unsichtbar waren.
Was, wenn sie sich aus Versehen am Eichenhain materialisiert hätten und wieder in den Krater gefallen waren? Ihr Herz schnürte sich vor Angst zu und fing an, wie wild zu klopfen. Plötzlich bemerkte sie, dass sie Dastos wirklich sehr, sehr gern hatte. Natürlich wollte sie auch nicht, dass Ranar etwas passierte, aber bei Dastos war es noch mal eine ganz andere Hausnummer. Orlana war mehr, als verwirrt über ihre Gefühle.
Wie gut, dass sie sich offenbar wenigstens bei dieser Versammlung geirrt hatte, denn es schien, entgegen ihren vorherigen schlechten Vorahnungen, hier alles friedlich zu sein.
Soeben hatte sie sogar einige der anwesenden Baum-Menschen lachen gehört.
Aber wo waren denn nur die Jungen?
Kurz darauf hörte sie leise Dastos über den Geist rufen: »Orlana, wo genau bist du? Wir haben uns gar keinen exakten Ort am Versammlungsplatz ausgemacht. Von unserem Standpunkt aus, können wir Eichar, dem Ältesten der Baum-Menschen, genau ins Gesicht sehen.«
Orlana atmete erleichtert auf. Offenbar waren beide zusammen, denn er hatte von »Wir« gesprochen.-
»Ich kann meinem Vater von vorne sehen und Eichar nur

von hinten«, antwortete sie. »Bitte bleibt, wo ihr seid. Ich komme zu euch und Entschuldigung für die schlechte Koordination des Ortes. Ich bin ziemlich froh, dass ihr unversehrt angekommen seid.«
Kaum ein paar Sekunden später war Orlana bei ihren Kameraden.
»Ich weiß gar nicht, was ich vorhin zu Hause hatte. Hier scheint alles vollkommen in Ordnung zu sein. Komisch. Tut mir leid, dass ich euch ganz umsonst heute Abend hierher gelotst habe«, flüsterte sie leise.
»Ist gar nicht schlimm. Wir hatten ohnehin nichts Besseres vor«, antwortete Ranar.
»Jetzt, wo wir schon mal hier sind, lasst uns doch noch einen Moment bleiben und zuhören. Vielleicht ist das ja eine gute Übung für irgendwann später einmal«, sagte Dastos.
Eichar sprach gerade darüber, wie man den Abtrünnigen auf möglichst friedliche Weise klarmachen könnte, dass es so mit ihrer unkontrollierten Vermehrung nicht mehr weiterginge. Um dies zu untermauern, wollte er eine Abordnung dieser verblendeten Mit-Wesen morgen schon zu dem Krater bitten. Wenn sie das mit eigenen Augen sehen würden, dann konnte es bestimmt keine Alternative geben, als dass sie einlenken und ihr Verhalten grundlegend ändern würden.
Alle Anwesenden nickten zustimmend.
Plötzlich trat Jost, der Anführer der abtrünnigen Baum-Menschen auf den Versammlungsplatz.
»Was höre ich da? An uns soll es liegen, dass die Platana zu sehr durchwurzelt und dadurch zerstört wird?
Dass ich nicht lache. Die Lösung wird eher sein, dass Ihr anderen verschwindet.«

Von einem Moment auf den anderen war der ganze Platz mit etwa zwölf schwer bewaffneten Abtrünnigen umstellt. Jost und zwei andere ergriffen Quina und Kiova und verschwanden mit ihren Gefangenen auf der Stelle. Die Restlichen begannen, ohne jegliche Vorwarnung, Eichar und seine, völlig überrumpelten und unbewaffneten, Kameraden mit vehementer Kraft und ohne Gnade anzugreifen.
Schon waren fünf der guten Baum-Menschen zu Tode gekommen.
Orlana fühlte sich, als hätte sie der Schlag getroffen. Mit solch einer Brutalität hatte sie nicht gerechnet.
Sie wollte einerseits sofort ihren Eltern hinterherlaufen, um sie zu retten, andererseits konnte sie auch nicht zulassen, dass die armen Baum-Menschen einfach so abgeschlachtet wurden.
Gerade hatten drei weitere der Abtrünnigen Eichar und seine Gemahlin, Vantarsia angegriffen. Wenn sie jetzt nichts unternehmen würden, wären sie in Kürze dem Tode geweiht.
Dastos nahm ihr die Entscheidung ab. Er warf sich, unsichtbar wie er war, mit Macht in den Kampf und verhinderte so in letzter Sekunde den Tod von Eichar. Für Vantarsia kam jedoch schon alle Hilfe zu spät. Nichts hielt nun mehr Ranar und auch Orlana in ihrem Versteck. Beide hatten die liebevolle Gemahlin Eichars als freundliche und unglaublich gütige Baum-Frau gekannt. Sie hatte es nicht verdient, auf so grausame Weise den Tod zu finden.
Orlana hatte noch niemals getötet und auch nur wenig in Sachen Kampftechniken gelernt. Der Vorteil, unsichtbar zu sein, war jedoch ein großer Trumpf.

Außerdem bemerkte sie nun, dass ihr das Kämpfen auch irgendwie im Blut lag. Dabei war sie vollkommen zentriert, denn sie wusste sehr gut, dass Zorn möglicherweise ihren Tod bedeuten könnte.
Als Erstes rächte sie den heimtückischen Tod der bedauernswerten Vantarsia. Ihr Mörder fiel schnell unter ihrer Axt. Sie war jetzt froh, diese Waffe bei sich zu haben, denn sie war gegen solche Feinde genau die richtige Wahl.
Auch Dastos und Ranar kämpften tapfer wie die Berserker und da auch sie unsichtbar waren, hatten die Gegner kaum eine Chance.
Binnen kürzester Zeit waren mehr als die Hälfte der Abtrünnigen gefallen und der Rest machte sich daraufhin eiligst via astrale Reise davon.
Die drei Kinder besprachen sich nur ganz kurz:
»Wisst ihr noch, wie wir gehört hatten, dass die Abtrünnigen kürzlich aus dem Eichenhain in ein, nicht weit von dort gelegenes, Gebiet gezogen sind? Ich tippe darauf, dass sie dort meine Eltern gefangen halten. Wir können nicht alle Abtrünnigen angreifen, aber vielleicht finden wir irgendeinen Weg, Kiova und Quina von dort zu befreien.« Orlanas Stimme brach und man hörte ihr deutlich die Verzweiflung und die immense Sorge um ihre Eltern an.
Dastos ergriff nun die Initiative. »Wir wissen nicht genau, wohin wir müssen und die Zeit eilt. Wir sollten uns rechts und links an Orlana festhalten und diese bringt uns alle gemeinsam zum Eichenhain. Dort müssen wir verschiedene Punkte kontrollieren, damit wir finden, wonach wir suchen. Ich halte es für sehr, sehr wichtig, dass wir dabei unbedingt zusammenbleiben.«

Gesagt, getan, die Kinder materialisierten sich zunächst in einem, noch großen Abstand vom Eichenhain.
Von Weitem sahen sie, dass der Hain mit schwer bewaffneten Abtrünnigen dicht umstellt war.
»Auf jeden Fall sind wir hier richtig«, zischte Ranar leise.
»Schau mal, da vorne ist ein freier Platz, bringe uns dorthin und dann werden wir uns leise weiter durchschlagen. Wir werden ganz dicht bei dir bleiben und wenn es Probleme geben sollte, dann reisen wir auf der Stelle nach Hause«, fügte er noch hinzu. Die anderen zwei waren einverstanden.
Dastos und Ranar hakten sich bei Orlana unter und kurz darauf landeten sie schon, vollkommen lautlos, in der Mitte des anvisierten Platzes. Langsam tasteten sich die Kinder vorwärts, immer bedacht darauf, ganz leise zu sein und keinerlei Spuren zu hinterlassen.
Plötzlich hörten sie laut und deutlich die Stimme des Anführers Jost: »Natürlich, fürs Erste haltet sie am Leben. Ich möchte sie als Druckmittel benutzen, damit die niedrigen Völker ihre früheren Gebiete freiwillig verlassen. Wir brauchen unbedingt mehr Platz. Nicht nur meine Gefährtin ist schon wieder guter Hoffnung...
Aber zimperlich braucht ihr nun auch wieder nicht mit den alten Tattergreisen umzugehen. Das haben sie sich mehr als verdient, mit ihren unmöglichen Reden über uns auf der Versammlung heute Abend. Ich will die ganze Nacht über zwei Wachen vor dem Eingang haben und eine weitere soll immer wieder um dieses Dornengebüsch weiträumig patrouillieren. Alles klar?«
Nachdem die Wache bejaht hatte, begab sich Jost in die entgegengesetzte Richtung und verschwand.
Mit, bis zum Äußersten angespannten, Nerven schlichen

sich die drei Freunde vorsichtig von hinten an das riesige Dornengebüsch heran. Es schien tatsächlich, außer dem vorderen Eingang, vor dem die zwei Wachen standen, keine weitere Möglichkeit zu bestehen, in das Gebüsch hineinzukommen.
»Ranar, kannst du bitte vorsichtig schauen, wann die Patrouille hier vorbeikommt und uns rechtzeitig vorwarnen?«, fragte Dastos so leise er es vermochte.
Ranar zischte: »Ja«, und machte sich sofort auf, nach der dritten Wache zu sehen. »Ich frage mich, warum meine Eltern nicht einfach astral nach Hause reisen. Dabei sollte doch das Dornengebüsch kein Hindernis sein?«, fragte Orlana.
»Sie werden es nicht können, sonst hätten sie es längst getan. Ich schlage vor, wir beide reisen zu Ihnen hinein und sehen vor Ort, was wir tun können. Dann sprechen wir Ranar über den Geist an und informieren ihn, ob wir alle zusammen schnell nach Hause reisen können«, antwortete Dastos.
Keine Sekunde später landeten Dastos und Orlana im Dornengebüsch. Kiova und Quina lagen, wie achtlos beiseite geworfene Puppen, am Boden. Sie waren gefesselt und erschienen vollkommen leblos. Orlana ließ sich sofort daneben nieder und legte ihr Ohr zuerst auf Quinas und dann auf Kiovas Brust. »Sie leben, ich höre ihre Herzen schlagen und sie atmen auch. Aber sie sind übel zugerichtet. Wir müssen sie sofort hier rausbringen. Dastos, sie sind mir aber viel zu schwer. Ich kann sie nicht mit mir auf die astrale Reise nehmen. Was sollen wir nur tun?«, Orlana klang verzweifelt.
»Warte, ich habe eine Idee«, antwortete Dastos.
»Ranar!«, rief er seinen Freund über den Geist. »Kannst

du bitte sofort hier hereinkommen? Wir brauchen dringend deine Hilfe.« Ranar kam auf der Stelle und erfasste die Situation sofort. »Ich nehme Quina. Du Dastos, schnapp dir bitte Kiova. Dieser ist noch schwerer, aber du hast ja auch mehr Kraft als ich. Wir müssen sofort hier weg. Ich habe soeben draußen gesehen, dass Jost schon wieder auf dem Weg hierher ist«, warnte Ranar seine Freunde.

»Gut, wir treffen uns in unserer Wohnhöhle. Seid ihr bereit?«, fragte Orlana. Beide Jungen nickten und hielten, die Person, die sie transportieren wollten, fest an sich gepresst.

In dem Moment trat Jost in das weiträumige Dornengebüsch und sah seine Gefangenen sozusagen halb in der Luft hängen, denn er konnte die Jungen, die sie hielten, nicht erblicken.

Nur mit einem Satz sprang er heran und griff schäumend vor Wut mit seiner starken Hand in die leere Luft neben den Gefangenen.

Dabei erwischte er Orlana an ihren langen Haaren und zog sie mit einem gnadenlosen Ruck zu sich heran.

Orlana konnte nicht anders. Sie schrie vor Schmerz laut auf. Für sie gab es jetzt keine Möglichkeit des Entkommens mehr. Sie war in der Gewalt des Anführers der Abtrünnigen.

Jost zog sie mit eiserner Hand immer näher zu sich heran.

Orlana roch bereits den heißen Atem des aufgebrachten Gegners.

Ranar, der mit einem Arm noch immer die bewusstlose Quina hielt, griff geistesgegenwärtig und mit der Kraft der Verzweiflung, mit dem verbleibenden Arm um Orlanas

Taille, um diese davor zu bewahren, vollkommen in die Gewalt des, zu allem entschlossenen, Jost zu fallen.
Orlana hatte das Gefühl, dass ihre Kopfhaut nun mit samt all ihrer Haare ausgerissen würde und schrie vor Pein aus Leibeskräften noch lauter als zuvor.
Dastos, völlig geschockt von der gefährlichen Situation und wie von Sinnen vor Angst um seine geliebte Orlana, traf in einem Bruchteil einer Sekunde eine, vielleicht schwerwiegende, Entscheidung.
Er hob sein Schwert über Orlanas Kopf. Während er sich jetzt zentrierte, wie noch nie zuvor in seinem Leben, sandte er ein inniges Gebet gen Himmel und presste mit dem anderen Arm, unter Aufbietung all seiner Kräfte Kiova weiterhin fest an sich. Das Schwert fiel dicht an Orlanas Kopf vorbei und trennte präzise, kurz vor der Hand des mächtigen Feindes, Orlanas Haare ab. Sofort war das Mädchen frei und die drei Freunde konnten sich, praktisch in letzter Sekunde, vollzählig und mit ihrer, so wertvollen Fracht, auf die astrale Reise machen.
Jost, der plötzlich allein im Dornengebüsch, nur mit einem Büschel dunkelblonder Haare in seiner Hand zurückgeblieben war, schrie vor Zorn nur so bebend: »Alarm, Alarm!«

Krieg und Frieden

Orlana, Dastos und Ranar landeten, völlig außer Atem und noch zitternd vor Schreck, aber ansonsten körperlich unversehrt, mit Orlanas Eltern wohlbehalten in der heimatlichen Höhle.
Sofort riefen sie über den Geist das ganze Volk herbei und eröffneten ihnen bereits telepathisch die wichtigsten Informationen über die schlimmen Vorfälle des Abends.
Als Orlana wahrnahm, dass soeben auch ein erfahrener Heiler ihre Wohnhöhle betreten hatte und sich dieser sofort mit ruhiger Routine um ihre Eltern kümmerte, lief sie nach draußen.
Dort hob sie die Hände mit den Handflächen nach außen hoch über ihren Kopf und murmelte immer wieder ein altes, magisches Gebet, so wie sie es dereinst von Kamila gelernt hatte, vor sich hin.
Sie drehte sich dabei langsam nach rechts, den heiligen Singsang stets wiederholend, einmal um sich selbst.
Dastos, der ihr sicherheitshalber gefolgt war, hielt sich ehrfürchtig ein wenig abseits.
Von Orlana ging plötzlich eine große Aura der Kraft aus, was ihn einerseits, ausgesprochen anzog und andererseits auch sehr ängstigte.
Orlana ließ gerade die Hände sinken und nahm nun ihren Freund, der unweit stand, ein wenig erschrocken war.
»Ich habe soeben einen Bann um unser gesamtes Gebiet gelegt, sodass niemand außer dem kleinen Volk es mehr finden kann. Ich hoffe, dass wir so, zumindest vorläufig, vor der Rache von Jost und seinen Baum-Männern sicher sind.«

Sie fasste sich in ihre Haare und bemerkte, dass diese bestimmt zwanzig Zentimeter kürzer waren als noch heute Morgen.
Verwirrt fragte sie Dastos: »Wie sehe ich jetzt aus?«
Dastos trat schüchtern zu ihr und nahm sie in seine Arme.
»Du siehst zauberhaft aus, so wie immer. Und für mich wirst du auch stets so aussehen, egal, was auch jemals mit deinem Äußeren in der Zukunft noch so geschehen mag.«
Dann nahm er ihr Gesicht, so als hätte er das wertvollste Kleinod des ganzen Universums in seinen Händen und zog es ganz dicht an sich heran.
Er blickte Orlana lange in die Augen und als er dort das erblickte, was auch er schon so lange fühlte, wagte er, sie zärtlich zu küssen.
Orlanas Herz klopfte wie wild und eine wundervolle Süße, von nie geahnten Ausmaßen, durchströmte ihren Körper. Trotz der schwierigen Situation, in der sie sich heute Abend befanden, war sie jetzt plötzlich restlos glücklich.
Sanft löste sich Dastos wieder von ihr und sprach:
»Ich weiß, dass Ranar für dich genauso empfindet, wie ich es tue.
Deine Antwort, wie es dir damit geht, so glaube ich jedenfalls, habe ich soeben in deinen Augen gesehen.
Ich möchte Ranar jedoch auf gar keinen Fall Schmerz zufügen und deshalb würde ich unsere Gefühle gerne noch eine Weile vor ihm verbergen?«
Er hatte die Tatsache als eine Frage enden lassen und wartete nun auf Orlanas Antwort.
»Das sehe ich genauso. Ich habe Ranar auch sehr gerne

und ich kann mir kaum vorstellen, was zwischen euch beiden Freunden nach der langen, gemeinsamen Kindheit für Gefühle herrschen müssen. Deshalb bin ich der gleichen Meinung wie du.
Daher soll dies hier für vorerst und für längere Zeit unser letzter Kuss sein.«
Orlana trat dicht an Dastos heran und schlang ihre Arme, so wie sie es vor, nicht allzu langer Zeit in dessen Geist schon einmal gesehen hatte, um seinen Hals. Dann küsste sie ihn mit aller Liebe und Hingabe, die sie aufbringen konnte, sanft und lang anhaltend auf seinen Mund.
Danach löste sie sich zärtlich von ihm und ging langsam in die Höhle zu den anderen zurück.
Dort war bereits fast das gesamte Volk versammelt. Dicht an dicht standen sie in der geräumigen Behausung ihrer Ältesten.
Kiova und Quina lagen etwas abseits, gut versorgt auf ihren Lagern und waren vom Heiler inzwischen in einen künstlichen Schlaf, der auch ihren Schock heilen sollte, versetzt worden. Wie selbstverständlich blickten nun alle zu Orlana. Diese räusperte sich kurz verlegen, straffte ihre Schultern und trat dann selbstbewusst vor die anderen. »Es tut mir so sehr leid – aber es herrscht jetzt wohl Krieg zwischen uns und den Abtrünnigen der Baum-Menschen.« Orlana schilderte kurz nochmals ganz im Detail, was sich vorhin auf der Lichtung ereignet hatte. Sie unterließ es nicht, darauf hinzuweisen, dass der, heute errungene Sieg, nur ihrer Unsichtbarkeit geschuldet war. Sie wies darauf hin, dass die Abtrünnigen sehr viel besser bewaffnet und durch ihre Größe normalerweise weit überlegen waren.
Außerdem setzte sie die Mitglieder ihres Volkes darüber

in Kenntnis, dass sie ihr Gebiet soeben vollkommen vor unerwünschten Besuchern oder Angreifern verborgen hatte. »Dadurch gewinnen wir zwar etwas Zeit, aber ich habe noch keine Idee, wie es jetzt weitergehen könnte. Sollte jemand von euch einen guten Einfall haben, so möge sie oder er bitte jetzt sprechen. Ansonsten schlage ich vor, uns morgen um 15.00 Uhr nochmals alle auf dem Versammlungsplatz zu treffen und darüber zu beraten. Ich hoffe, dass dann auch unsere Ältesten, meine lieben Eltern, wieder dabei sein können.«
Orlana wartete eine kleine Weile und als niemand das Wort ergriff, verabschiedete sie alle zur Nacht.
Am Ende blieben nur noch Ranar und Dastos in der Wohnhöhle zurück. Still, standen sie eine geraume Zeit beieinander, jeder in seine eigenen Gedanken versunken. Etwa zwanzig Minuten später durchbrach Dastos die Stille. »Ich gehe dann mal nach Hause. Wir sehen uns morgen Nachmittag. Gute Nacht.« Mit einem letzten Blick auf Orlana und Ranar verblasste er vor den Augen seiner beiden Freunde. Ranar ging langsam auf Orlana zu. Diese ergriff, bevor er sie erreichte, das Wort: »Ich danke dir, dass du mich vorhin festgehalten hast. Ich verdanke dir und Dastos mein Leben.«
Irgendetwas in ihrem Ton hielt Ranar davor zurück, näher an Orlana heranzutreten. »Du bist mein Leben, was sonst hätte ich tun können?«, antwortete er nur schlicht. »Bis morgen, schlaf gut.« Mit diesen Worten verblasste nun auch Ranar und ließ Orlana mit ihren Gefühlen allein in der Höhle zurück.

Der Untergang

Am nächsten Morgen klopfte der Heiler an die Tür und sah, nachdem Orlana ihn eingelassen hatte, nach deren Eltern.
»Es geht ihnen den Umständen entsprechend gut. Sie sind erwacht und ein nahrhaftes Frühstück täte ihnen gut«, teilte er Orlana kurz darauf mit.
»Ich kümmere mich sofort darum«, antwortete diese. »Und nochmals vielen Dank für deine Hilfe. Möchtest du auch zum Frühstück bleiben?« Erfreut nahm der Heiler die Einladung an. »Das ist ein gutes Angebot und außerdem kann ich deine Eltern dann noch eine Weile beobachten«, antwortete er lächelnd.
Orlana machte sich in der Küche zu schaffen. Als sie mit einem Tablett in die Wohnstube kam, saßen ihre Eltern, in ein ernstes Gespräch vertieft, bereits mit dem Heiler am Tisch. Gemeinsam und schweigend wurde das Frühstück genossen. Quina und Kiova aßen gut und sahen auch wieder ganz normal aus. Zufrieden mit seinen Schützlingen, verabschiedete sich bald darauf der Heiler von der kleinen Familie.
»Wir danken dir und euch von ganzem Herzen für unsere Rettung«, hob Quina daraufhin an zu sprechen. »Wenn ihr nicht gewesen wärt… Gar nicht auszudenken, was das für uns, aber auch unser ganzes Volk bedeutet hätte. Wie bist du denn darauf gekommen, uns zu folgen, noch dazu bewaffnet und flankiert von Dastos und Ranar?«
»Es war nur so ein unruhiges Gefühl, das sich meiner bemächtigt hatte, Mama«, antwortete Orlana.

»Ich frage mich jedoch, wie es nun weitergehen soll. Wir sind zunächst vor Angriffen geschützt. Aber Eichar und diejenigen, die von seinem Volk nicht zu den Abtrünnigen gehören, befinden sich in größter Gefahr. Sie sind der Situation überhaupt nicht gewachsen, so unbewaffnet und arglos, wie sie sind. Und dann noch unser armer Planet. Wenn die Anhänger von Jost so weitermachen, wird er bald komplett zerstört werden.«

Müde räusperte sich Kiova und antwortete seiner Tochter: »Auch ich fühle mich überfordert. Ich möchte nicht, dass jemand stirbt oder verletzt wird. Auf keiner Seite! Ich möchte auch nicht, dass unser wunderschöner Planet untergehen wird. Kämpfen scheint mir der einzige Ausweg, denn ich kann mir kaum vorstellen, dass Jost jetzt noch für Diplomatie offen ist. So wie wir ihn während unserer Gefangenschaft kennengelernt haben, ist er einfach nur fanatisch. Dabei war er einst so ein süßer Setzling...

Bitte Orlana, übernimm du ab jetzt die Führung unseres Volkes. Wir werden dich dabei mit allen Kräften unterstützen.« Kiova und Quina sahen ihre Tochter abwartend an.

Orlana betrachtete ihre Eltern, die auf einmal so klein, so alt und auch so verletzlich aussahen.

Mit Tränen in den Augen, nahm sie beide in die Arme. »Ich werde mein Bestes geben, das verspreche ich euch. Ich muss jetzt nochmals fort und werde rechtzeitig um 15.00 Uhr zur Versammlung zurück sein. Ich habe euch sehr, sehr lieb.« Mit einem letzten, bedeutungsvollen Seitenblick zu ihrem Vater, verblasste Orlana vor den Augen ihrer Eltern und machte sich astral auf den Weg zu Kamila, um sich dort Rat zu holen.

Als sie in der Nähe von Kamilas Wohnhöhle wieder erschien, hörte sie aus der Höhle ein leises Ächzen.
Mit schlechten Vorahnungen räusperte sich Orlana und trat respektvoll ein. Auf einem Lager lag, der offenbar sehr kranke, Agonjak und Kamila saß, seine Hand haltend, traurig an seiner Seite.
Sie hatte sie ihm gerade eine Medizin verabreicht.
Langsam fielen nun die Augen des Mannes zu und er glitt in einen traumlosen Schlaf.
Leise erhob sich Kamila und beide Frauen verließen gemeinsam die Höhle.
Kamila sah Orlana eine Weile an. »Ich sehe in deinen Gedanken, was geschehen ist. Aber bevor wir uns dieser Angelegenheit zuwenden können, solltest du wissen, dass meine Tage auf der Platana gezählt sind. Agonjak liegt im Sterben.« Kamilas Stimme brach und Tränen rannen über ihr gütiges Gesicht. Auch sie sah inzwischen schon sehr, sehr alt aus, hatte sie sich doch aus Liebe zu ihrem Gefährten, seinem Altern angepasst.
»Es wird auch dringend Zeit, dass ich die Zwillinge von diesem Planeten wegbringe. Dark bringt euch leider kein Glück, wie ich sehe.«
Orlana wartete geduldig, bis ihre Freundin bereit war, weiterzusprechen.
»Es gibt für euch drei Möglichkeiten, meine Liebe«, fuhr Kamila nach einer geraumen Zeit des Schweigens fort.
»1. Ihr genießt in dem geschützten Raum, den du gestern geschaffen hast, euer Leben und kümmert euch um gar nichts. Dann werdet ihr in absehbarer Zeit, wenn die Platana auseinanderbricht, mit untergehen.
2. Ihr kämpft gegen Jost und die seinen. Entweder ihr siegt rechtzeitig und der Planet kann sich wieder

regenerieren oder ihr verliert und geht mit unter.
3. Ihr verlasst den Planeten, bevor es zu spät ist. Und das wird schon sehr, sehr bald, viel früher als ihr denkt, der Fall sein.«
Orlana konnte nicht mehr an sich halten. »Ist es wirklich schon so schlimm um die Platana bestellt? Wo sollten wir denn hin, wenn wir hier nicht mehr bleiben können?«
»Ja, mein Kind, leider ist die Platana schon so sehr geschädigt, dass ihr Untergang in Kürze bevorsteht.
Ich rate dir im Übrigen dringend von einem Krieg ab!«
Kamila hatte in Orlanas Gedanken gelesen, dass diese am liebsten den Punkt 2 bevorzugt hätte. Das würde viele Leben kosten und ein Sieg und die Gesundung der Platana sind alles andere als gewiss. Wir müssen ganz dringend mit dem Üben der astralen Reise über das 5. Element - das Bewusstsein – weitermachen. Nur so könnt ihr den Planeten verlassen.«
Bevor Orlana auch nur: »Aber wohin sollen wir denn gehen?«, rufen konnte, kam ihr Kamila zuvor. »Ich schlage den wunderschönen Planeten Erde vor. Außerdem solltet ihr diesen in einer Zeit, weit vor meinem Erd-Aufenthalt bei dem Volk der Aborigines, besiedeln. Dann bleibt euch dort auf alle Fälle eine lange und glückliche Zeitspanne. Da wir hier in der Zukunft keine Zeit mehr haben, leihen wir uns diese aus der Vergangenheit, um gemeinsam das astrale Reisen zwischen den Planeten zu üben.
Wir werden jetzt zwei Monate zurückreisen und an dem Zeitpunkt intensiv diese besondere Form des Reisens trainieren. Wenn du dann heute Nachmittag vor dein Volk trittst, wirst du gut vorbereitet sein. Es könnte passieren, dass ich schon morgen nicht mehr hier sein werde.«

Für Orlana war das alles viel zu viel, was in den letzten Tagen auf sie eingestürmt war. Sie brach in bitterliche Tränen aus. »Ich bin doch nur ein Mädchen, wie kann ich denn einen Unterschied machen? Mir wächst das alles über den Kopf: Der Zustand der Platana, Dastos und Ranar, meine Eltern werden alt und ich soll die neue Anführerin werden, die Wahl zwischen Krieg und Auswandern auf einen anderen Stern, das Erlebnis, als wir in das tiefe Loch abgestürzt sind... Ich kann einfach nicht mehr!«

Langsam ließ sie sich zu Boden gleiten und schluchzte herzzerreißend.

Kamila wartete einige Zeit, dann ließ sie sich neben dem Mädchen nieder: »Nun, nun. Hör auf zu weinen. Das Leben wird dich und jeden anderen auch, immer wieder zu Boden werfen. So ist das Dasein in einem materiellen Körper eingerichtet. Das gehört dazu. Die Kunst besteht jedoch darin, sich danach wieder zu erheben, sich und anderen zu vergeben sowie mutig weiterzumachen.«

Sacht und liebevoll strich Kamila Orlana über das Haar. Dabei murmelte sie leise Worte und Orlana fühlte, wie sie von innen her getröstet wurde. Neuer Mut und Zuversicht bemächtigten sich des Mädchens, sodass sie sich alsbald erhob.

»Ich bin bereit, alles zu lernen, was du mich noch lehren kannst.«

Auf der Stelle reisten die beiden Frauen gemeinsam zwei Monate in der Zeit zurück. Kamila hatte einen Zeitpunkt gewählt, während derer keine weitere Person ihrer eigenen Familie in der Nähe war.

»Ich werde nun folgendes tun: Ich halte die Zeit an, indem ich eine Schleife von einer Stunde bilde, in der wir

automatisch immer wieder zurück zum Anfang reisen. Dadurch haben wir einen nahezu Zeit freien Raum und können sicher sein, nicht bei unserer wichtigen Arbeit gestört zu werden. Dies tut man folgendermaßen...«
Kamila erklärte ihrer Schülerin, wie man in der Zeit verharren konnte und ging dann sofort dazu über, das astrale Reisen mit dem fünften Element, dem Bewusstsein zu vermitteln. Dazu sollte Orlana sich zunächst bequem mit geradem Rücken hinsetzen und komplett im Moment versinken. Sie sollte ihren Gedanken keinerlei Beachtung schenken und versuchen, über die Stille, sich ganz mit dem Bewusstsein zu verbinden. Nach einer Weile kam ein heftiger Windstoß auf, welcher Orlana eine Menge Blätter ins Gesicht wirbelte und ihr Haar ordentlich durcheinanderbrachte. Ärgerlich nahm Orlana davon Notiz und bemerkte bei der Gelegenheit, dass sie sich erleichtern musste, sowie Hunger und Durst sich vehement meldeten. Fragend sah sie zu ihrer Lehrerin, die ihre Schülerin nicht aus den Augen gelassen hatte. Freundlich nickte diese ihr zu. »Was sein muss, muss sein, nur zu...«
Nach zwanzig Minuten war Orlana wieder bereit und versenkte sich nochmals im Meer der Stille. Es war angenehm. Wenn alle Gedanken und damit auch alle Geschichten, die man so in der Erinnerung hatte, abwesend waren, kam eine totale Leichtigkeit auf. Ohne die Geschichten um ihre eigene Person, ihr Volk oder den Planeten, war Orlana einfach nur präsent und konnte die Ruhe genießen. Sie war niemand mehr, der irgendetwas tun musste, für etwas verantwortlich war, dem etwas weggenommen werden konnte oder der eine Sache unbedingt haben wollte. Das war enorm

erleichternd. Es hatte etwas davon, als ob man einen schweren Koffer, den man die ganze Zeit mit sich herumgeschleppt hatte, absetzen durfte und fortan völlig unbeschwert weiterwandern konnte. Orlana fühlte sich glücklich. Plötzlich hörte sie, zu ihrem Ärger, lautes Klopfen. Verstimmt öffnete sie ihre Augen und sah ihre Lehrerin, wie von Sinnen, auf einen hohlen Baumstamm trommeln.

»Was soll das?«, fragte Orlana ziemlich genervt.

»Oh, höre ich da Zorn? Na, dann schnell, nimm diesen in Frieden an.«

Orlana schnaubte verärgert, tat jedoch wie ihr geheißen war. Langsam hörte ihr Herz auf, so schnell zu schlagen. Sie konzentrierte sich darauf, den Zorn in sich zu lokalisieren. Wie immer war er im Bauch und hatte die Farbe Rot. Freundlich wandte sie sich, so wie sie es dereinst gelernt hatte, diesem, für sie eigentlich unangenehmen Gefühl zu. Nach und nach fiel die Anspannung wieder von ihr ab. Die Farbe in ihrem Bauch änderte sich in ihrer Vorstellung, langsam über orange und gelb in Richtung weiß. So liebevoll sie konnte, blickte Orlana auf den Zorn in sich und alsbald wich dieser der wundervollen Stille und Glückseligkeit von davor. Kurz darauf riss lautes Getrommel sie erneut aus ihrem, so angenehmen Zustand.

»Was soll das? Wie soll ich denn so etwas lernen?«

Orlana war, außer sich vor Wut und mit, vor Zorn sprühenden Augen, blitzschnell aufgesprungen. Mit angewinkelten Armen hatte sie sich vor ihrer Lehrerin, der sie die Schuld für ihren Zorn gab, aufgebaut.

Kamila jedoch stand vor ihr in all ihrer Kraft und Größe wie ein mächtiger Fels. Immerhin war sie »Die Eine«.

Kleinlaut fiel Orlana in sich zusammen und nahm demütig Platz.
Nachdem Orlana sich beruhigt hatte, begann Kamila zu sprechen: »Das war eine Lektion, die du lernen solltest, kein Versehen. Ich verstehe, wie angenehm die Situation für dich gewesen sein muss, so völlig im Bewusstsein aufzugehen und die Glückseligkeit, die damit einhergeht, zu genießen. Aber dies, mein Kind, ist nur ein Zustand. Das ist nicht das, wonach du streben solltest. Suche nach dem, was nicht kommt und geht. Wie du siehst, kann ein einfaches Geräusch, ein Wind oder Bedürfnisse des Körpers dafür sorgen, dass der Zustand sich wieder ändert. Du befindest dich in einer materiellen Welt. Hier gilt: Alles, was einen Anfang hat, hat auch wieder ein Ende. Das schließt auch Befindlichkeiten, Gefühle oder Zustände mit ein. Diese sind wie das Wetter auf manchen unterentwickelten Planeten – nämlich unberechenbar. Bitte sinne darüber nach, was nicht kommt und geht. Danach sollst du streben. Wenn du eine Antwort hast, teile mir diese bitte mit.«
Damit drehte sich Kamila um und beachtete Orlana nicht mehr. Orlana war verwirrt, wusste sich aber keinen anderen Rat, als sich wieder in die Stille zu begeben. Eines war ihr klar, über Nachdenken würde sie die Aufgabe sicher nicht lösen können. Diese war viel zu groß für ihren Verstand. Das fühlte sie instinktiv. Daher begab sie sich an den Ort des Nichtdenkens, der sehr viel größer war als der kleine Teil, welchen ihr Verstand normalerweise wahrnehmen konnte.
Nachdem sie eine Weile still gewesen war und sich noch immer keine Idee gezeigt hatte, stellte sie instinktiv die Frage: Wenn ich die Antwort wüsste, wie würde sie dann

lauten? »Ja-sagen…«, kam von einem unbekannten Ort die Antwort direkt in ihren Kopf. Orlana verstand nicht und wurde immer aufgeregter. Sie hatte schließlich auch nicht ewig Zeit. Immerhin stand ihr Heimatplanet vor der endgültigen Zerstörung. Wie aus der Ferne hörte sie plötzlich die Stimme Kamilas in ihrem Geist: »Akzeptiere die Unruhe.« Orlana konzentrierte sich auf das neue Gefühl. Sie nahm es wie einen gelben Wirbel in ihrem ganzen Körper wahr. Der Nebel machte, dass sie nicht mehr klar denken oder wahrnehmen konnte. Sie musste sich regelrecht zwingen, zumindest wohlwollend auf diesen »neuen Gast« in ihrem Körper-Geist-Seele - System zu schauen. Sie versuchte, die Unruhe zu lieben und von ganzem Herzen »Ja« zu deren Anwesenheit zu sagen. Kaum hatte sie das getan, lichtete sich der gelbe Nebel und sie sah ganz klar. »Ja-Sagen« - das bedeutete, einverstanden zu sein mit einer Situation, die sowieso schon so ist, wie sie ist. Das konnte einem keiner nehmen. Das musste die Antwort sein. Aufgeregt blickte sie sich nach Kamila um.
»Nicht schlecht, du bist schon ganz nah dran. Ich fasse mal zusammen: Alles in der materiellen Welt, das einen Anfang hatte, wird auch ein Ende haben. Dazu gehören auch Befindlichkeiten. Wenn du in der Stille in tiefer Glückseligkeit verweilst, so ist das auch nur ein Zustand, welcher kommt und geht. Es gibt, solange man einen Körper hat, immer wieder Störungen. Das könnten Wind, Geräusche oder Gefühle sein. Um wieder zurück ins Gleichgewicht und die Stille zu kommen, müssen diese akzeptiert werden. Ach ja, Gefühle gehören dir. Niemand anders ist daran schuld. Also übernimm bitte selbst die Verantwortung für deinen Befindlichkeiten.«

Orlana nickte bejahend mit dem Kopf.
Plötzlich und völlig unerwartet sah sie in ihrem Geist, wie die Platana zunächst durch Erdbeben Risse bekam und dann kurz darauf völlig auseinanderbrach.
Entsetzt sah sie ihre Lehrerin an. »Ist das wirklich die Zukunft der Platana?«
»Ja, meine Liebe. Deshalb ist es so wichtig, dass du alles, was du hier erfährst, genauestens verinnerlichst. Hier noch etwas Wichtiges: Es gibt drei Sorten von Ereignissen: 1. Welche, die man mag, die könnte man einfach so lassen und im Gleichgewicht bleiben (natürlich mit offenen Händen, denn man sollte nicht versuchen, Dinge länger festzuhalten, als sie von selbst bleiben wollen), 2. Ereignisse, die man nicht mag, aber ändern kann, dann ändere sie und gehe weiter. 3. Sollten sie nicht zu ändern sein, weil es entweder nicht in deiner Macht steht oder aber sie schon passiert sind, wie unter anderem eben der Krach, den ich fabriziert hatte, dann muss man dazu von ganzem Herzen »Ja« sagen. Nur so kommt man in sein inneres Gleichgewicht zurück.
Ist das so weit verständlich? Falls ja, wiederhole bitte nochmals, was du verstanden hast.«
Orlana rekapitulierte ganz genau, was ihr ihre Lehrerin vermittelt hatte. Nach kurzer Überlegung hakte sie noch nach: »Was, wenn man nicht in der Lage ist, die Situation zu ändern, sie aber auch nicht akzeptieren kann?«
Kamila betrachtete ihre Schülerin ernst. »Das ist eine gute und sehr essenzielle Frage, mein Kind. Dann musst du akzeptieren, dass du die Situation nicht akzeptieren kannst. So wärest du über einen Umweg zumindest zurück in der Liebe. In der Liebe kann nur sein, wer im Gleichgewicht und einverstanden ist, also „Ja“ gesagt hat.

Die Liebe ist die stärkste Kraft im Universum und wie du vielleicht noch weißt, bin ich deren Dienerin. Wer auch nicht in der Lage ist, zu akzeptieren, dass er gerade nicht akzeptieren kann, wird heftige Gefühle bekommen, wie zum Beispiel Wut, Trauer oder Hass. Wenn es auch hier nicht möglich ist, diese zu lieben und so wieder zurück ins Gleichgewicht zu kommen, dann schadet dieses Wesen entweder nur sich selbst oder wenn es die Gefühle ausagiert, dann noch vielen anderen. So entstehen Kriege, Zerstörung und sehr viel Leid. Du, als künftige Anführerin deines Volkes, solltest alles daransetzen, das „Ja-Sagen" zu erlernen. Aber du hast recht, nicht immer ist das in deiner Hand. Daher ist Demut angesagt, denn letztlich ist es eine Gnade, die dir vom Universum eingeräumt wird, wenn du „Ja-Sagen" kannst, sprich, wenn du im inneren Frieden verweilen darfst. Es ist unbedingt notwendig, dass du erlernst, dass dich so wenig wie möglich aus deiner inneren Mitte herausbringen kann. Wenn ihr von der Platana auf die Erde reisen wollt, musst du das 5. Element -das Bewusstsein - ganz fest im Blick halten, sonst verliert ihr euch in den Weiten des Alls und werdet alle verloren sein. Du musst wie ein Fels in der Brandung an der Liebe festhalten, was auch immer geschieht, dann kannst du auch die anderen führen, egal ob diese gerade in der Akzeptanz sind oder nicht. Eine oder Einer, die oder der anführt, würde genügen. Keiner wäre zu wenig. Verstehst du mich?«

Orlana nickte stumm. »Deshalb hast du vorhin immer wieder meine glückseligen Gefühle gestört?« Kamila nickte.

»Das muss ich unbedingt noch üben, es gibt so viel, dass

ich möchte oder auch nicht...«
»Ja, das musst du. Aber bedenke zudem eines, solange du noch in einem materiellen Körper wohnst, ist es ganz normal, dass es Vorlieben oder Abneigungen gibt. Du darfst auch hier nicht fanatisch werden. Die Liebe liebt alle. Die, die etwas können, aber auch die, dies es nicht vermögen. Nur das kleine Ego spaltet und will mehr. Vergiss das bitte nie! Ich weiß, das Ganze hier erscheint dir sehr kompliziert und komplex, aber wir befinden uns auch gerade auf der höchsten Stufe, was ich dich, als Wesen in einem Körper, lehren kann. Sei also bitte geduldig mit dir selbst. Eigentlich geht es aber nur um Güte und Liebe. Wenn das Herz und die Liebe jemanden lenken, dann kann nur Gutes daraus entstehen. Somit ist es gar nicht so kompliziert, sondern im Grunde höchst simpel.«
Orlana übte noch viele Tage und Kamila provozierte ihre Schülerin immer wieder. Am schwierigsten war es, wenn Kamila Dastos oder Ranar mit ins Spiel brachte. Hier war Orlana noch am meisten mit dem kleinen Ego verhaftet und somit ziemlich schnell aus ihrer Mitte zu bringen. Jedoch mit der Geduld und Macht der Lehrerin und einem übermächtigen Willen der Schülerin gelang es dieser mit der Zeit, sich auch über die Verstrickungen von Beziehungen weitestgehend zu erheben.
»Ich glaube, es reicht jetzt. Es wäre anmaßend zu erwarten, dass es gar nichts mehr gibt, was einen aus dem Gleichgewicht bringen könnte. Dies ist, wie schon gesagt, lediglich eine Gnade und nicht in deiner Hand«, sprach eines Morgens Kamila zu Orlana. »Ich möchte dich heute auf eine Tandemreise durchs Universum auf die Erde mitnehmen. Bitte stelle dich ganz dicht neben

mich, versenke deinen Geist tief im unendlichen Bewusstsein, bleib unbedingt bei mir und vertraue auf die Liebe.«
Orlana fühlte das vertraute Ziehen um ihren Nabel herum und augenblicklich drehte sie sich in den Weiten des Universums um sich selbst. Neben dem tröstlichen Schwarz des Alls sah sie hier und da Sterne, näher oder weiter entfernt, aufblitzen. Plötzlich fühlte sie sich unheimlich von einem wundersamen Ort, wie magisch angezogen.
Sie nahm in der Ferne ein Tor wahr, hinter dem sich eine weißliche Welt mehr und mehr abzeichnete. Was war das?
Orlana war sich sicher, dass dies der optimale neue Ort für ihr Volk sein musste. Tief in sich fühlte sie, dass es hier möglich war, eine neue Welt, ganz nach ihren Vorstellungen zu erschaffen. Sie wollte unbedingt dorthin. Das war ihr wichtiger als alles andere. Schnell näherte sie sich dem, so verführerischen, Tor.
Plötzlich packte sie jemand fest um ihre Taille und zog sie mit aller Gewalt in eine andere Richtung. Orlana wurde zornig und wehrte sich mit Händen und Füßen. Die Macht jedoch, die sie hielt, war sehr viel stärker.
Einige Minuten später landete Orlana sanft in einer Art Urwald. Die Luft war angenehm warm und geschwängert von Feuchtigkeit und betörenden Düften. Exotische und wilde Geräusche drangen an Orlanas Ohr. »Wo bin ich?« Orlana sah sich überrascht in jener fremden Welt um. »Du bist auf der Erde, mein liebes Kind.« Langsam kam bei Orlana die Erinnerung an den wundervollen Ort von eben zurück. Allerdings war der Wunsch, dorthin zu gelangen, nun nicht mehr so heftig, wie vorhin. Kamila

kam den Fragen ihres Schützlings zuvor.
»Das war „der schönste Ort im Universum", wie er gewöhnlich genannt wird. Manche nennen ihn auch nur den „Himmel". Jeder sieht hinter dem Tor genau das, was er oder sie sich am Allermeisten wünscht. Ich werde es mir merken, dass du von Herzen gerne neue Welten erschaffen möchtest. Vielleicht kann ich dir den Wunsch ja irgendwann einmal erfüllen. Aber jetzt solltest du für vorerst mit diesem, wundervollen Planeten hier vorliebnehmen. Der ist zwar schon erschaffen, aber in dieser Welt gibt es noch genug für dich zu tun, würde ich sagen. Der Himmel ist sowieso nur für diejenigen gedacht, die über keinen physischen Körper mehr verfügen. Er ist ein Spielplatz der Seelen. Ein Ort, an welchem über die Erfüllung der aller geheimsten Wünsche, die Seele die Chance bekommt, sich wieder völlig im unendlichen Bewusstsein aufzulösen. Weißt du, in einem Körper ist das aufgrund der Bedürfnisse desselben noch nicht möglich. Wir werden es noch üben müssen, dass du dem Verlangen deiner Seele nach diesem Ort zu widerstehen lernst.
Aber nun lass uns hier ein wenig umhergehen und die Umgebung erkunden. Erschrecke nicht. Hier gibt es außer Pflanzen auch Tiere. Das sind verschiedenste Wesen, die… Aber sieh selbst. Komm, wir gehen.«
Staunend ging Orlana die ersten Schritte auf der Erde. Sie sah kleine und große Tiere sowie eine Vielzahl von Vögeln, deren Stimmen sie zuallererst beim Eintreffen gehört hatte. Orlana war tief beeindruckt. »Es ist wunderschön hier, liebe Kamila. Ich danke dir für diese wundervolle Chance.«
»Gerne geschehen. Das alles ist aber kein Selbstläufer.

Wir müssen noch viel üben, damit du die Reise zuerst allein und dann noch mit anderen Wesen als deren Führerin, bestehen kannst. Du musst so stark sein, dass du auch deine Mitreisenden davor bewahren kannst, sich zu früh im sogenannten Himmel aufzulösen. Das Schwerste wird sein, dein Volk überhaupt davon zu überzeugen, die Platana kampflos zu verlassen. Du wirst nicht alle mitnehmen können. Wappne dich bitte dafür, meine liebe Freundin.« Kamila sah ihre Schülerin wissend und voller Mitgefühl an.
Orlana schüttelte sich, um böse Vorahnungen loszuwerden. »Ich werde mein Bestes geben. Was dann noch übrig bleibt, werde ich akzeptieren müssen. Ist es nicht so?« »Ja, so ist es. Aber du wirst nicht nur für dich stark sein müssen. Dein Volk und deine Liebsten werden dich brauchen…«
Orlana bekam eine Gänsehaut bei Kamilas Worten und Dastos und Ranar, sowie ihre lieben Eltern kamen ihr in den Sinn.
»Du musst Gottes Wille über alles stellen, mein Kind. Diese Gewissheit muss in dir so stark sein, dass du anderen Halt geben kannst. Ich wünsche dir viel Kraft. Komm nun, wir müssen zurück. Wenn wir an dem Ort mit dem Tor vorüber kommen, musst du folgendes tun, um zu widerstehen…«
Kamila nahm ihre Freundin in den Arm und während sie langsam zum Ausgangspunkt ihrer Reise zurückkehrten, war sie in Erklärungen und Unterweisungen vertieft. »Sollte das alles so einfach gehen?«, fragte Orlana überrascht. »Das kann doch nicht wahr sein!« »Doch, es ist einfach. Alles lässt sich auf wenige Punkte zurückführen. Aber sei vorsichtig. So einfach es auch ist,

so schwer kann es manchmal sein…« Orlana stöhnte, verdrehte die Augen und lachte dann ganz herzlich. Damit machten sich die zwei auf den Rückweg zur Platana.
Es vergingen noch viele Tage, in denen Orlana unermüdlich lernte und sich mühte. Sie konnte nun schon allein zwischen der Platana und der Erde, die von Weitem so wunderschön blau aussah, hin- und herreisen und der »schönste Ort im Universum« konnte sie nicht mehr von ihrer Mission ablenken. Kamila hatte unterwegs zum Üben noch die ein oder andere Hürde künstlich eingebaut. Orlana hatte alle Prüfungen bestanden.
»Die Zeit für den Abschied ist gekommen. Wir reisen nun zurück zu meinem kranken Gefährten. Er wird die Nacht nicht mehr überleben und morgen werde ich gegangen sein. Sorge dich nicht, ich werde dich beobachten und wenn es nötig sein sollte, so kannst du mich dort treffen, wo ich es dir unterwegs im All gezeigt habe. Lass den Kopf nicht hängen und schau nach vorne. Ich habe dich lieb.«
Kamila nahm Orlana in die Arme und schon hatten sie sich auf eine astrale Reise in der Zeit gemacht. Als sie vor der Höhle angelangt waren, sprach Kamila. »Wir verabschieden uns jetzt hier. Den Rest des heutigen Tages muss jede von uns allein bestehen. Ich wünsche dir alles Glück der Welt. Auf Wiedersehen.«
Orlana fühlte sich wie durch Zauberhand wegtransportiert und landete einige Sekunden später vor ihrer heimischen Wohnhöhle. Es war gerade erst Mittagszeit. Noch zwei Stunden bis zum großen Treffen, dachte sie und straffte ihre Schultern. Als sie eintrat, schlug ihr ein angenehmer Geruch nach leckerem

Pilzeintopf mit Platantus-Wurzeln entgegen. Ihre Eltern hatten sich gerade zur Mahlzeit niedergelassen und freuten sich, ihre Tochter schon so bald wiederzusehen. Orlana setzte sich dankbar nieder und aß schweigend die Mahlzeit, die ihre liebe Mutter für sie gekocht hatte. Orlana wünschte, die Mahlzeit könne ewig dauern. Doch viel zu schnell war es kurz vor 15.00 Uhr. Gemeinsam mit ihren Eltern machte sie sich zum Versammlungsplatz auf.

Quina und Kiova stellten sich auf das Podest, an dem auch damals der Wettbewerb der Kinder von Platana begonnen hatte. »Ich begrüße euch alle ganz herzlich. Als Erstes möchten wir euch mitteilen, dass wir, Quina und ich, uns entschlossen haben, die Führung des Volkes niederzulegen. Es wird Zeit, dass unsere Tochter Orlana diese Aufgabe übernimmt.« Würdevoll stieg Orlana zu den Eltern auf das Podest und blickte langsam jedem des Volkes ins Gesicht.

Dann ergriff sie das Wort: »Liebe Anwesende, ihr alle habt gestern erfahren, was auf der Lichtung der Baum-Menschen geschehen ist. Viele von euch wissen sicher auch, dass durch die Überbevölkerung der Abtrünnigen unser geliebter Planet unterirdisch wegen der großen Durchwurzelung schon immensen Schaden genommen hat. Ich habe das heute nochmals überprüft und festgestellt, dass die Chance der Regenerierung unserer wunderschönen Platana sehr unwahrscheinlich ist. Selbst wenn heute die Durchwurzelung enden würde, ist keinesfalls sicher, dass der Planet nicht schon für alle Zeit zerstört ist.«

Ihre letzten Worte gingen in lauten und ungläubigen Rufen der Mitbewohner unter. Jeder schrie auf einmal

den anderen zornig an und man konnte sein eigenes Wort kaum noch verstehen.
Orlana fühlte plötzlich, dass sie den hohlen Baumstamm von Kamila an ihrer Seite und das Schlagholz dazu in der rechten Hand hatte. Mit Macht hieb sie nun immer wieder auf das Holz ein und konnte durch den, so verursachten Lärm, endlich erreichen, dass sich das Stimmengewirr nach und nach wieder legte. Wiederum ergriff sie das Wort. »Ich möchte nun diesen Stab hier herumgeben und nur wer ihn in der Hand hat, hat das Wort. Jeder wird Gelegenheit bekommen, sich zu äußern. Einer nach dem anderen, bitte.
Danach werden wir gemeinsam abstimmen, was zu tun ist.«
Sie reichte den Stab als Erstes an Ranar, der sich ganz nach vorn gedrängt hatte und schon seinen Arm danach ausstreckte. »Liebe Mitbewohner. Bei allem Respekt zu Orlanas Urteil: Auch ich war in dem Loch gefangen, in welchem die Durchwurzelung zu sehen war. Ich bin sicher, das war nur ein sehr kleines Gebiet. Wenn wir die Abtrünnigen vertreiben und unsere frühere, nachhaltige Lebensweise wieder aufnehmen, dann wird unsere Platana bestimmt wieder gesund.« »Was meinst du mit vertreiben?«, rief jemand aus der Menge. »Sprichst du etwa von Krieg?«
»Ich möchte keinen Krieg führen und töten ist mir genauso verhasst wie uns allen hier. Aber ja, ich spreche von Krieg und ich spreche auch von Tod, wenn sich jemand nicht überzeugen lassen will, dass wir anders leben müssen als zuvor. Jost und seine Anhänger hätten auch uns gestern getötet, wenn uns nicht die Flucht geglückt wäre, vergesst das bitte nicht.«

Stille legte sich über den Platz. Der ein oder andere verlangte noch den Rede-Stab und am Ende stellte sich heraus, dass das Volk zweigeteilter Meinung war. Die einen wollten kämpfen und die anderen nicht. Alle blickten nun zu Orlana.
Diese nahm den Stab und zählte die drei Möglichkeiten auf, die ihr vor Kurzem noch ihre Lehrerin nahegelegt hatte. Als sie bei der dritten Variante den Planeten Erde erwähnte, ging ungläubiges Raunen durch die Menge.
»Woher nimmst du die Gewissheit, dass es eine Erde gibt, und wie sollen wir dorthin gelangen?«, rief ihr eine alte Frau aus dem Volke zu.
»Deine Frage ist absolut berechtigt«, antwortete Orlana. »Ich habe nun schon lange Zeit im Geheimen bei einer alten und sehr weisen Freundin Unterricht genommen. Diese ist sehr, sehr mächtig und würde uns ermöglichen, auf den Planeten Erde umzusiedeln, wenn wir uns dafür entscheiden sollten. Wir beide waren schon viele Male dort und der Planet ist wirklich wunderschön. Ich wäre in der Lage, uns alle dorthin zu bringen. Ich kann von Krieg nur dringend abraten. In unserem Fall würde dies kein Glück bringen, so wurde mir gesagt. Ich vertraue dem Urteil meiner Freundin und Lehrmeisterin dahin gehend uneingeschränkt.«
Es brach ein wilder Tumult aus. Auf der einen Seite standen diejenigen, die zum Umsiedeln bereit und auf der anderen Seite jene, die für den Krieg waren. Diese Gruppe wurde von Ranar angeführt, während Dastos bei den Umsiedlern stand. Orlana schien den Boden unter den Füßen zu verlieren und begann zu schwanken. In diesem Moment spürte sie hinter sich ihre Eltern, die ihr jeder eine Hand auf die Schulter legten und sie stützen.

Orlana nahm alle Kraft zusammen und hob ihre Arme. Eine große Aura der Macht ging plötzlich von ihr aus und langsam kam das Volk zur Ruhe.
Orlana wandte sich nun direkt an Ranar: »Können wir bitte gleich zu dritt reden und uns morgen hier nochmals alle versammeln und dann eine endgültige Entscheidung treffen?«, fragte sie ihren Freund. Ranar nickte und ging zusammen mit Dastos zu Orlana. »Wir treffen uns morgen Nachmittag um die gleiche Zeit wieder hier. Bitte geht so lange nach Hause«, sprach Orlana zu allen Anwesenden.
Als alle, außer Dastos, Ranar und Orlana, gegangen waren, brach Ranar als Erster das Schweigen.
»Orlana, Dastos, ihr könnt doch nicht allen Ernstes erwägen ins Weltall hinauszuziehen und diesen wundervollen Planeten, mit allem, was darauf lebt, im Stich zu lassen? Wir haben die Durchwurzelung doch praktisch nur an einer Stelle gesehen. So schlimm kann es daher doch gar nicht sein. Wenn wir eine kleine Armee aufstellen und uns mit Eichar und den seinen verbünden würden, könnten wir doch mit den Abtrünnigen leicht fertig werden. Ich stelle mich freiwillig zur Verfügung, die Armee zu führen.«
Dastos schwieg. Er war sich keinesfalls sicher, dass Ranar nicht doch recht hatte. So war es Orlana, die Ranar antwortete: »Noch vor einiger Zeit war ich vollkommen deiner Meinung, Ranar. Aber eine mächtige Frau hat mich eines Besseren belehrt.« »Was ist das für eine Frau?«, fiel ihr Ranar ins Wort. Woher willst du wissen, dass wir ihr trauen können? Orlana fällte blitzschnell eine Entscheidung. Inzwischen war Kamila bereits nicht mehr auf dem Planeten und so war eine weitere

Geheimhaltung wohl nicht mehr zwingend nötig. »Wenn diese Frau nicht wäre, ständen du und vielleicht auch Dastos und ich heute nicht hier. Sie hat uns dereinst das Leben gerettet. Ich werde euch jetzt mein Geheimnis verraten.« Orlana benötigte eine Weile, bis sie ihren Freunden alles erzählt hatte. Lange sagte niemand etwas. »Aber vielleicht stimmt es ja nicht, dass es keine Chance mehr gibt. Kamila hat das nicht ganz ausdrücklich so gesagt...« Ranars Stimme klang verzweifelt. »Ich habe mir gerade eine Handwerksstätte aufgebaut als Grundlage für meine zukünftige Familie.« Voller Sehnsucht und Liebe blickte er auf Orlana. Eine merkwürdige Stimmung machte sich unter den drei Freunden breit. »Ranar, es ist so...« Dastos konnte nicht zu Ende sprechen, weil Orlana ihm ins Wort gefallen war. »Ranar, du kannst deine Werkstatt auch auf der Erde erneut aufbauen. Wir werden so fähige Handwerker wie dich dort brauchen. Ich jedenfalls werde ganz sicher auf die Erde umsiedeln, denn ich vertraue darauf, dass Kamila weiß, was sie sagt. Willst du nicht mitkommen?« Ranar blickte liebevoll auf Orlana. »Ich werde es mir überlegen. Wir reden morgen nochmals darüber, ja?«
Dastos' Herz hatte wie wild zu schlagen begonnen. Konnte es sein, dass Orlana ihre Meinung geändert und sich nun doch für Ranar entschieden hatte? Panik und Verzweiflung ergriffen ihn. Instinktiv rückte er ein wenig von Orlana ab.
»Ja, gut, wir reden morgen weiter. Wollen wir zusammen nach Hause gehen, Ranar?« Etwas an seiner Stimme ließ Orlana aufhorchen. Sie war jedoch so erschöpft, dass sie es für heute einfach gut sein ließ und nur noch nach Hause wollte. Also gut Jungs, dann bis morgen. Ich

schlage vor, wir treffen uns morgen früh hier eine Stunde, bevor alle anderen kommen.« Eine Sekunde später standen Ranar und Dastos ohne ihre Freundin am Platz.
»Ich möchte mit dir reden, Ranar. Es geht um Orlana.«
Nun fing auch Ranars Herz an zu rasen und die zwei jungen Männer sahen sich, von einem Moment auf den anderen, wie erbitterte Rivalen an. »Was willst du mir denn sagen?«
Dastos räusperte sich: »Orlana hat sich für mich entschieden. Ich finde, du solltest das endlich erfahren.«
Ranar lief rot an und erhob seine Stimme. »Wie kannst du so etwas behaupten? Orlana hat mir bei unserem Unfall gesagt, dass sie sich nicht zwischen uns entscheiden wird, eher würde sie für immer allein bleiben. Ich glaube dir nicht.«
»Nun ja, sie kann auch nichts gegen die Wahl ihres Herzens tun. Gestern, als wir von der Rettungsmission zurückkamen, da habe ich sie geküsst und sie hat mich zurückgeküsst. Sie wollte noch etwas damit warten, es dir zu sagen…«
Ranar hatte Tränen in den Augen. »Du lügst, du lügst. Das würde Orlana doch niemals tun!« Als er in Dastos' Augen die Wahrheit erkannte, brannte in ihm eine Sicherung durch.
»Dann hat sie das eben nur aus Mitleid zu mir gesagt, um mich dazu zu überreden, mitzukommen?« Er warf sich auf Dastos und fing an, wie im Wahn, seinen besten Freund zu würgen. Dastos war völlig überrumpelt von dem heftigen Angriff seines Kameraden. Mit all seiner Kraft schaffte er es, Ranars Finger, um seinen Hals zu lösen und diesen grob von sich zu stoßen. Er blickte in zwei hasserfüllte Augen.

»Wir sehen uns morgen, du Verräter!« Ranar war plötzlich verschwunden und Dastos rieb sich total verstört seinen Hals. Dann ging auch er nach Hause. Am nächsten Tag trafen sich Dastos und Orlana am Versammlungsplatz. »Wo bleibt den Ranar?«, fragend sah Orlana zu Dastos. »Ich hoffe, er wird überhaupt kommen. Wir haben uns gestern gestritten. Nur damit du es weißt!« Dastos sah Orlana trotzig ins Gesicht. »Warum habt ihr denn gestritten?« Orlana bekam plötzlich eine unerklärliche Angst. Dastos antwortete nicht. »Antworte mir sofort!« Orlana hatte ihre Stimme erhoben. Nun wurde auch Dastos laut. »Ich dachte, wir seien uns einig gewesen und dann hast du praktisch Ranar Hoffnung gemacht, dass du dich mit ihm auf der Erde zusammentun würdest. Ich habe ihm von unserem Kuss erzählt…« Orlana hielt die Hände vor ihr Gesicht und begann zu weinen. »Wie konntest du das nur tun! Wenn ich dir zeige, dass ich dich liebe, dann musst du mir vertrauen. Ich wollte Ranar nur dazu bringen, mitzukommen.«
Dastos war wie vom Donner gerührt. »Orlana, das war ihm gegenüber aber nicht fair.« »Nicht fair? Alle, die hierbleiben, werden sterben. Ich habe das gesehen. Du hättest doch das Gleiche für Ranar getan, oder nicht?« Beschämt, senkte Dastos sein Haupt. »Es tut mir mehr leid, als ich es dir sagen kann. Vergib mir meine Dummheit. Wir müssen ihn sofort suchen. Nicht, dass er…« »Was meinst du?« Eine böse Vorahnung überkam Orlana. »Du denkst doch nicht, dass er schon in den Kampf gezogen ist?«
»Genau das denke ich und mit ihm auch noch die, die gestern auf seiner Seite waren.« »Was sollen wir jetzt

tun?«, Orlana konnte vor Angst keinen klaren Gedanken mehr fassen.
»Bitte warte kurz hier. Wir brauchen Gewissheit. Ich bin sofort wieder da. Ich verspreche es.« Als Dastos ihr, vor Angst verzerrtes, Gesicht sah, strich er ihr kurz liebevoll über ihre Wangen und wischte die Tränen weg. »Ich schwöre dir, ich bin in einigen Sekunden wieder hier, versprochen.« Dastos verblasste vor ihren Augen.
Er reiste astral zuerst zu Ranars Wohnhöhle. Dieser war, wie erwartet, nicht zu Hause. Danach begab sich Dastos auf die Lichtung, auf welcher zuletzt die Versammlung mit Eichar stattgefunden hatte. Es bot sich ihm ein Bild des Grauens. Schon vor Stunden musste hier ein erbitterter Kampf stattgefunden haben. Der ganze Ort war übersät mit toten Leibern von guten Baum-Menschen und Mitgliedern des kleinen Volkes. Es gab keinen einzigen Überlebenden. Dastos suchte verzweifelt nach Ranar. Er fand diesen an einen Baum gefesselt und zu Tode verletzt, aber noch am Leben. Er löste in Windeseile dessen Fesseln und reiste mit ihm via Tandemreise zurück, zum gut geschützten Versammlungsplatz. Vorsichtig legte er den geliebten Freund zu Orlanas Füßen nieder. Diese warf sich sofort auf Ranars Brust und weinte bitterlich.
»Weine nicht, liebe Orlana. Ich werde nun an einen anderen Ort weiterziehen. Ihr lebt noch ein Weilchen weiter, bis ihr auch nachkommen werdet. Ich werde von dort aus freundlich auf euch beide schauen. Dastos, pass bitte gut auf die Liebe meines Lebens auf und erweise dich ihrer Wahl als würdig. Ich will, dass du Orlana ein guter Mann sein wirst. Versprich mir das sofort!« Dastos nickte seinem Freund tränenüberströmt und völlig außer sich zu. Ranar betrachtete seinen Freund aufmerksam.

»Du bist nicht schuld! Hast du verstanden? Wenn einer Schuld ist, dann ich. Ich habe mich vom Zorn leiten lassen und dadurch überstürzt über mich und so viele andere den Tod gebracht. Ich wollte euch beweisen, was in mir steckt und heute auf der Versammlung stolz den Sieg über die Abtrünnigen präsentieren. Ich dachte auch, dass die Platana sich wieder regenerieren könnte. Ich habe mich in allem geirrt. Es tut mir mehr leid, als ich es sagen kann.« Nun rannen auch Ranar die Tränen über die Wangen. Orlana wischte diese liebevoll beiseite. Ranar wandte ihr langsam sein Gesicht zu. »Und nun zu dir, meine über alles geliebte Orlana. Ich möchte, dass auch du mir versprichst, ein gutes Leben mit Dastos zu führen. Ich möchte weiterhin, dass du unser Volk von hier wegführst. Du hattest recht. So wie immer.« Ranar versuchte zu lächeln, aber es wollte ihm nicht so recht gelingen. »Der Kampf ist nicht zu gewinnen. Die Abtrünnigen sind zu viele, zu überlegen und zu schwer bewaffnet. Auch die Platana ist tatsächlich schon zu Tode zerstört, genauso wie du es gesagt hast. Wir haben überall solche Löcher gesehen, in welchem wir damals verunglückt sind. Es gibt wirklich keinen Weg mehr zurück. Eins noch…« Ranar röchelte bedenklich und Orlana hielt ihr Ohr nun ganz dicht an sein Gesicht, um ihn noch verstehen zu können. »Sie halten Eichar und alle anderen der guten Baum-Menschen, die überlebt haben, auf einer künstlich angelegten Insel, unweit der Lichtung, gefangen. Kümmert euch um sie. Es tut mir so leid, dass so viele wegen meines unbesonnenen Verhaltens sterben mussten. Bitte vergebt mir. Ich dachte, ich könnte es schaffen.« Orlana nahm liebevoll Ranars Hand und küsste ihn auf die Wange. »Da gibt es nichts zu vergeben. Du bist der tapferste Mann, den ich kenne. Wir werden dich immer ehren und achten und dein Andenken stets weitergeben.« Dastos war ganz nah herangerückt und hielt die andere Hand seines Freundes. Keine Sekunde später verließ Ranars Seele ihren Körper und machte sich auch schon in Richtung des schönsten Ortes des Universums auf.

Augenblicklich herrschte eine tiefe, friedlich Stille am Platz. Es war ein Ehrfurcht gebietender Moment, so wie es immer ist, wenn eine Seele ihren Körper verlässt. Weinend und sich gegenseitig im Arm haltend, standen Orlana und Dastos neben Ranars Körper und schauten, so als ob sie seiner Seele nachblicken könnten, gen Himmel,

Nach einiger Zeit trafen die ersten des Volkes zur Versammlung ein. Als niemand mehr kam, begann Orlana zu sprechen: »Geliebtes kleines Volk, wir sind die, die noch übrig sind. Alle anderen kamen heute Nacht bei einem Angriff auf die Abtrünnigen um.« Als Orlana zornige Rufe nach Vergeltung hörte, hob sie beschwichtigend die Hand. »Es gibt keine Möglichkeit für uns, zu siegen. Die Abtrünnigen hatten gar keine Verluste und von uns sind alle gefallen. Wir sind unterlegen. Wir müssen uns nun zum Aufbruch rüsten. Wir können das besonnen tun, denn hier sind wir sicher. Das Einzige, was noch dringend anliegt, sind die Baum-Menschen um Eichar, die noch am Leben und in Gefangenschaft sind. Ich weiß nicht, ob wir sie retten können, aber ich werde es versuchen. Ich benötige dazu keine Hilfe, kam sie einigen zuvor. Bitte fertigt eine Liste an, was wir unbedingt für einen Neuanfang auf der Erde brauchen werden. Wir können nur das mitnehmen, was wir persönlich tragen können. Gefährte sind unmöglich. Ich möchte mich morgen um die gleiche Zeit hier wieder mit euch treffen. Allen, die Angehörige verloren haben, spreche ich hiermit mein tiefstes Beileid aus. Bitte kümmert euch umeinander. Ich muss jetzt gehen. Es ist noch so viel zu tun. Orlana verneigte sich vor dem Volk und wandte sich danach ihren Eltern zu. Tränen glitzernden in ihren Augen. Quina und Kiova nahmen ihre Tochter in die Arme. Gemeinsam versuchten sie Trost in dieser, so sehr traurigen Situation zu finden.«

Voller Kummer darüber, ihre angestammte Heimat tatsächlich verlassen zu müssen, gingen, die noch Überlebenden des kleinen Volkes nun langsam auseinander. Mit Herzen, so schwer wie Mühlsteine und hängenden Köpfen schlurften sie in kleinen Gruppen, schweigend zu ihren geliebten Wohnbereichen, um dort Abschied von so vielen Dingen ihres täglichen Lebens zu nehmen. Es war so wenig, was sie tragen und somit mitnehmen konnten…

Orlana rief Dastos und dessen Eltern zu sich. Gemeinsam gingen sie in Orlanas Wohnhöhle. Dastos trug den verstorbenen Ranar, damit er dort aufgebahrt werden konnte. Orlana hatte Ranars Eltern in der Menge nicht gesehen und ging nun davon aus, dass auch diese gefallen sein mussten.

In der Höhle angekommen, legten sie Ranar auf einen langen Tisch. Dastos brachte viele Kerzen, die rings um Ranars Körper entzündet wurden. Schweigend standen die sechs um den gefallenen Krieger und erwiesen ihm so die letzte Ehre.

Orlana nahm Dastos' Hand und führte ihn sacht nach draußen. »Wir müssen Kontakt zu Eichar aufnehmen und ihm von unserer baldigen Abreise berichten. Ich wünschte, sie könnten mit uns kommen.« »Du wünschtest? Ist es denn nicht sicher?« »Wir werden, via eine ganz spezielle, astrale Reise unterwegs sein, die wahrscheinlich niemand außer mir beherrscht. Ich muss euch daher praktisch alle auf eine Tandemreise mitnehmen. Unterwegs gibt es viele Gefahren. Ich fürchte mich schon davor, alle aus unserem Volk heil zu transportieren. Wie soll ich meine Kräfte auch noch auf so viele und so große Baum-Menschen ausdehnen? Ich wünschte, ich könnte es. Aber Kamila, meine Lehrerin, ist gegangen. Ich stehe nun allein da…« Orlana sah traurig und verzweifelt aus. Dastos legte seinen Arm um sie und sprach: »Rede mit Eichar, vielleicht wissen auch die Baum-Menschen, wie diese bestimmte astrale Reise funktioniert und könnten es selbst bewältigen. Sie werden sicher mitkommen wollen. Frag ihn gleich jetzt über den Geist. Dann wissen wir, woran wir sind und womit wir umgehen müssen.« »Du hast recht. Warte bitte kurz.«

Orlana trat einige Schritte beiseite und konzentrierte sich auf Eichar. In Gedanken rief sie nach ihm. Auf der Stelle kam über den Äther seine Antwort. »Orlana, du lebst! Es hat so viele Opfer in eurem Volk gegeben…« »Ja, ich lebe. Aber die Hälfte des Volkes ist gefallen, auch Ranar.« Orlanas Stimme brach, zu frisch war der Schmerz. Eichar schwieg und wartete, bis Orlana bereit war, weiterzusprechen. Diese skizzierte Eichar nun die Lage des Planeten und den einzigen Ausweg, den sie noch sah. »Ihr wollt davonfliegen? Davonfliegen…« Eichar lauschte dem Wort wie einer sehnsuchtsvollen Verheißung. »Davonfliegen. Ja, das möchten wir auch. Wir kommen mit euch. Ich bin mir sicher, dass alle, die von uns noch geblieben sind, genauso denken. Falls jedenfalls, dass wir...«

»Eichar, wisst ihr, wie die astrale Reise, via des Elements des Bewusstseins, funktioniert?«, fiel ihm Orlana ins Wort. »Nur auf diese Weise können wir über das All die weite Strecke bis zur Erde bewältigen.« »Was sagst du da?« Eichar begriff die Tragweite der neuen Information sofort. Er zögerte, er spürte die Verzweiflung über sich hereinbrechen. Wie an einen Strohhalm klammerte er sich an die nun folgende Frage: »Könntest du es uns nicht beibringen?« »Ich wünschte so sehr, ich könnte es. Aber die Zeit ist zu knapp. Höchstens, wenn wir eine Zeitreise in die Vergangenheit wagen würden und dadurch Zeit gewännen...« Bekümmert antwortete Eichar: »Das geht nicht, denn Jost ist klüger geworden, seit ihr eure Eltern befreit habt. Es gibt hier einen Bann, der jegliches astrales Reisen unmöglich macht. Ich hatte gehofft, wir könnten einen Weg finden, dies zu umgehen. Aber das ist wohl alles zu schwierig und die Zeit drängt. Wann werdet ihr fliegen?« »Übermorgen früh«, war die spontane Antwort Orlanas und sie wusste plötzlich, dass es keinesfalls später sein durfte.

»Hör zu, Orlana, ich habe eine Idee. Es bricht mir fast das Herz, denn ich würde so gerne alle Baum-Menschen retten und mit euch kommen. Aber ich fühle, dass dies nicht passieren wird. Dennoch könnten wir trotzdem dafür sorgen, dass unsere Spezies nicht vollkommen aussterben muss. Es gibt einen geheimen Ort auf Platana, an dem wir unsere kleinsten Setzlinge versteckt haben. Auch der Setzling von Vantarsia und mir, namens Platanius, ist dort verborgen.« Bei dem Namen seiner verstorbenen Gattin zitterte Eichars Stimme bedenklich. »Es war Vantarsias Idee, die Kleinen dort unterzubringen. Ich bin so froh, dass wir ihrem Gefühl vertraut hatten. Sie sind schon seit etwa zwei Wochen dort. Jost weiß nichts davon. Er glaubt, dass er mit den alten und ganz jungen Baum-Menschen, alle Überlebenden von uns hier gefangen hält. Diese Setzlinge sind noch so klein, dass ihr sie leicht mitnehmen könntet, oder?« Seine Stimme hatte einen flehenden Ton angenommen. »Selbstverständlich werden und können wir das tun. Wo genau kann ich euren Nachwuchs finden?« Eichar verriet Orlana den geheimen Ort und dann hieß es, sich zu verabschieden, denn es galt, keine Zeit mehr zu verlieren.

Orlana war verzweifelt, dass ihr nichts eingefallen war, wie sie die guten Baum-Menschen hätte retten können. Es war Dastos, der nun für sie beide stark war und ihr behutsam zuredete: »Orlana, komm, die Zeit drängt. Lass uns jetzt sofort die Setzlinge hierher in Sicherheit bringen. Nicht, dass sie doch im letzten Moment von den Abtrünnigen entdeckt werden. Es gibt auch noch andere Dinge, die morgen zu erledigen sind, wenn du übermorgen früh schon losziehen möchtest. Ich würde deine und meine Eltern bitten, uns zu begleiten, damit wir auch alle Baum-Menschen-Kinder mitnehmen können. Bist du einverstanden?« Orlana schüttelte die Verzweiflung ab und nickte bejahend mit dem Kopf. Kurz darauf kehrte Dastos mit ihren beiden Eltern zurück. »Wo müssen wir hin, Orlana?«, fragte Kiova. »Es ist etwa einen Kilometer südlich vom Mondsee in einer kleinen und ganz geschützten Senke. Wisst ihr, welchen Ort ich meine?« Alle Anwesenden kannten diesen zauberhaften Platz und so trafen sie sich binnen weniger Sekunden

auch schon dort.
Suchend sahen sie sich um und konnten keinen einzigen der Setzlinge erblicken. Orlana war entsetzt und kurz davor, die Nerven zu verlieren. »Das kann doch nicht sein! Das darf nicht sein, dass uns Jost auch hier zuvorgekommen ist.« Orlana begann zu weinen. Es war einfach alles zu viel für sie. Beschwichtigend legte Dastos zärtlich seinen Arm um sie und zog sie dicht an sich heran. Seine Eltern schauten verwundert und in Kiovas Augen sah er kurz Zorn aufblitzen. Dastos straffte seine Schultern, drückte Orlana noch ein wenig fester an sich und nickte Kiova selbstbewusst zu. Einen kurzen Augenblick später nickte dieser zurück und brachte sogar so etwas Ähnliches wie ein steifes Lächeln zustande.
»Bleib ganz ruhig, meine Liebe. Noch ist nichts verloren. Kontaktiere nochmals Eichar und frage ihn, wo sie sein könnten.« Orlana beruhigte sich ein wenig und tat, wie ihr geheißen war. Eichar antwortete auf der Stelle. »Du sagst, sie sind nicht da? Wenn Jost sie hätte, dann wüssten wir das. Wir würden sofort merken, wenn etwas mit unseren Kindern nicht stimmen würde. Ich kann es mir nur so erklären, dass sie sich versteckt halten. Ich nehme an, sie sind recht verängstigt…« Eichars Stimme brach vor Kummer. »Es ist so traurig, dass wir uns nicht selbst um sie kümmern können. Aber Schluss jetzt mit dem Gejammere. Sie werden sich auf der Stelle zeigen, wenn du folgendes Lied zu singen beginnst. Hör aufmerksam zu…« In kürzester Zeit lernte Orlana das einfache, aber ans Herz gehende Kinderlied. Dann verabschiedete sich wieder und versprach, Eichar sofort zu informieren, sobald die Kinder in Sicherheit wären.

Orlana hatte noch nicht zu Ende gesungen, da erhoben sich plötzlich, wie von Geisterhand, kleine Bäumchen aus einer dichten Laubdecke und streckten ängstlich, aber hoffnungsvoll ihre Köpfchen in das dunstige Tageslicht. Mit wenigen Schritten war Orlana bei ihnen und berichtete den jüngsten Baum-Menschen so schonend wie möglich über die momentane Situation. In ihrer Version ließ sie offen, ob die Eltern der Kinder noch auf die Erde nachkommen würden. Eilig packten sie die Baum-Kinder, jeweils mit einem reichlichen Ballen Erde an den Wurzeln, in große Netze, die eigens dafür mitgebracht worden waren. Platanius, der offenbar der Älteste der Kleinen war, bestätigte den Rettern, dass inzwischen keines der Kinder mehr fehlte, und schon waren Orlana, Dastos und ihre Eltern auch bereits auf dem Weg zum geschützten Gebiet des kleinen Volkes unterwegs. Als sie dort angekommen waren, stellten sie die Kinder in zwei Reihen in der Nähe eines Baches in ganz lockerer Erde auf und gaben den Wurzeln ein wenig Wasser. Platanius sah sich nochmals in der kleinen Schar um und fing dann laut an zu schreien. »Weidana fehlt, Weidana fehlt! Wie konnte ich das nur übersehen? Wir müssen unbedingt nochmals zurück. Bitte, bitte, bitte!!!!« Der Kleine war völlig außer sich und nicht zu beruhigen. Er bestand darauf, mitgenommen zu werden, um nach dem fehlenden Baum-Kind zu suchen. Dastos sah Orlana an und verdrehte ein wenig die Augen. Diese jedoch nahm den Kleinen auf den Arm, nickte Dastos zu und schon materialisierten sich die drei wieder in der kleinen Senke. Was sie sahen, ließ ihnen die Haare zu Berge stehen. Wie das hatte passieren können, war unklar. Aber es waren an dem Ort, an dem gerade eben noch

die Baum-Kinder gewesen waren, nun zehn der Abtrünnigen unterwegs, um die Setzlinge einzusammeln. Unter ihnen war auch ihr Anführer Jost.
Sie hatten Harken dabei, mit denen sie systematisch die ganze Erde auf harkten. Mit Sicherheit hätten sie auf diese Weise die Kinder unter der Laubdecke gefunden, wenn diese jetzt noch dort gewesen wären. Platanius zitterte vor Angst. Orlana legte schnell einen magischen Spruch über die drei und auf der Stelle waren sie für die Meute um Jost nicht mehr sichtbar. Untereinander konnten sie sich jedoch noch ein wenig sehen und sich auch über den Geist verständigen. »Platanius, wo könnte Weidana denn sein? Weißt du irgendetwas, das du uns bisher verschwiegen hast?« Platanius zeigte etwas verstört in Richtung des Mondsees. Im Moment war nicht die Zeit, um Fragen zu stellen und so bewegte sich die kleine Schar fast lautlos in die entgegengesetzte Richtung. Als sie am Ufer angelangt waren, fragte Orlana erneut den Setzling, wo denn nun das fehlende Baum-Mädchen sei. Dieser zeigt auf ein Gebüsch, nicht weit vom Wasser. »Vielleicht da?«, piepste Platanius regelrecht. Orlana war in einigen Sätzen dort, konnte aber nichts erkennen. Leise begann sie über den Geist das simple Liedchen von vorhin zu summen. Plötzlich erhob sich aus dem Matsch unter dem Busch langsam ein kleines Weiden-Baum-Kind. Orlana nahm dieses unter freundlichem Zureden mit seinem Wurzelballen an sich. Dastos, der nun Platanius trug, zeigte warnend in die Richtung der Senke. Von dort waren Jost und die anderen in aller Eile dabei, zum Mondsee zu rennen. Schon war Jost nur noch wenige Meter von der kleinen Schar entfernt. Mit, vor Wut verzerrtem Gesicht schrie er: »Wir werden euch

kriegen! Ihr entkommt uns nicht!« »Schnell, lass uns auf der Stelle zurückreisen. Sie müssen uns irgendwie bemerkt haben«, flüsterte Dastos alarmiert.
Orlana nickte und einige Sekunden später waren die vier heil wieder bei den anderen gelandet. Die junge Frau ließ Eichar ganz kurz telepathisch die Nachricht zukommen, dass alle Setzlinge in Sicherheit seien.
Vorsichtig wurden nun Weidana und Platanius zu den anderen Kindern der Baum-Menschen gesetzt. »Wieso warst du denn nicht bei deinen Geschwistern?«, fragte Orlana nun Weidana.
Diese zog ein Schmollmündchen und murmelte nun so etwas wie: »Das ist eine reine Privatangelegenheit.«
»Und du, Platanius, hast du vielleicht etwas dazu zu sagen?« Orlana blickte streng zu Eichars Setzling.
»Na ja, wenn…, wenn…, wenn sie auch immerzu herumjammern musste, dass sie nicht genug Wasser hat…« Platanius war es offenbar sichtlich unangenehm, über die Angelegenheit zu reden. Er stotterte sogar ein wenig. Orlana wartete geduldig und ließ Platanius dabei nicht aus den Augen. »Ich habe ihr gesagt, wenn es ihr in der Senke zu trocken ist, dann soll sie doch am Mondsee wurzeln… Ich habe es aber nicht so gemeint und ich hatte auch noch nicht bemerkt, dass Weidana fehlte als ihr uns holen kamt.«
»Also gut, ich werde es dabei belassen. Wusstest du eigentlich, dass Weidenbäume meistens in der Nähe von Gewässern wachsen, weil sie so viel Feuchtigkeit benötigen?«, fragte Orlana Platanius. »Dein Rat an Weidana war daher gar nicht so schlecht, nur dein Ton war nicht gerade liebevoll, würde ich sagen. Schlaft jetzt erst einmal und morgen sehen wir dann weiter. Gute

Nacht, ihr Lieben.«
Die Erwachsenen begaben sich zu Orlanas Wohnhöhle, in der ihre und Dastos' Eltern bereits auf sie warteten.
»Wir müssen morgen eine ganze Menge organisieren. Ich würde deshalb die geplante Versammlung bereits auf den frühen Vormittag vorverlegen. Ich werde alle informieren?«, fragte Orlana. Da keiner der Anwesenden etwas dagegen einzuwenden hatte, lud Orlana alle des kleinen Volkes zum vereinbarten Zeitpunkt auf den Versammlungsplatz ein.
»Es ist spät. Heute ist eine Menge passiert. Daher schlage ich vor, dass wir nun alle schlafen gehen«, meldete sich Kiova zu Wort. Als Dastos sich automatisch in Richtung Orlanas Kammer bewegte, musste er diesen nur streng anblicken, um zu erreichen, dass sich Dastos demütig auf der Stelle seinen Eltern anschloss…
Nach dem Frühstück begaben sich Kiova, Quina und Orlana auf den Versammlungsplatz. Alle anderen waren schon dort. Orlana stellte sich auf das Podest und brachte ihr Volk auf den neuesten Stand.
»Wie kannst du so sicher sein, dass wir schon morgen aufbrechen müssen? Wir sollten uns mehr Zeit lassen, denn es gibt noch so vieles zu bedenken«, rief jemand aus der Menge. Gerade als Orlana zu einer Antwort ansetze, gab es ein kurzes Erdbeben und links neben dem Versammlungsplatz tat sich ein riesiger Spalt auf. Verängstigt rückten die Mitglieder des kleinen Volkes zusammen.
»Auch ich würde gerne viel mehr Zeit haben für die Vorbereitung eines so wichtigen Schrittes. Ein ganz starkes Gefühl sagt mir jedoch, dass wir wirklich spätestens morgen früh hier weg sein müssen. Ich glaube,

dieses Beben gerade bestätigt meine Ahnungen.
Wir müssen sofort Gruppen bilden, die sich um das ein oder andere kümmern. Wir können, wie gesagt, nur sehr kleine Dinge mitnehmen, die wir selbst mühelos tragen können. Dazu kommt noch, dass manche von uns auch einen Setzling der Baum-Menschen mitnehmen müssen. Also bedenkt das bitte bei der Auswahl der Gegenstände. Ich werde mit Dastos keiner Gruppe angehören und verschiedenes andere vorbereiten. Zuerst möchte ich zu den Baum-Kindern schauen, ob diese nicht durch das Erdbeben Schaden genommen haben. Wir treffen uns um 16.00 Uhr wieder hier. Bis dahin sollte alles, was mitgenommen werden muss, hier zum Versammlungsplatz gebracht worden sein. Ich werde euch dann noch einiges darüber berichten, was uns während der Reise und nach unserer Ankunft auf der Erde erwarten könnte.«
Dastos und Orlana reisten sofort astral zu den Setzlingen. Diese standen unversehrt am Bach und plapperten munter durcheinander. »Was war das vorhin für ein Schütteln in der Erde?«, fragte Weidana sofort. Platanius, der offenbar gerade die gleiche Frage hatte stellen wollte, blickte wütend zu ihr. Orlana entging der kleine Machtkampf nicht. Sie beschloss jedoch, eine Reaktion darauf auf später zu verschieben. »Das war ein Erdbeben. Bei uns hat es einen Riss in der Erde gegeben. Das kann ziemlich gefährlich werden, wenn man dort hineinfällt«, erklärte Orlana den Kindern. »Wir möchten euch deshalb in die Nähe unseres Versammlungsplatzes mitnehmen. Von dort wird es morgen früh auch losgehen.« Sie hatte dafür die Transport-Netze wieder dabei. Da sie und Dastos heute nur zu zweit waren,

mussten sie mehrfach hin- und herreisen, bis alle Setzlinge am neuen Platz angelangt waren. Orlana und Dastos hatten sich abgesprochen, die Birken- und Weidensetzlinge auf die eine und die Eichensetzlinge auf die andere Seite zu stellen. Schließlich hatten sie jeweils einen anderen Wasserverbrauch. Die Birken und Weiden bekamen ganz viel Wasser und die Eichen weniger. Platanius beobachtete dies sehr interessiert.
Orlana und Dastos überließen die Kleinen nun sich selbst und begaben sich zurück zu Orlanas Wohnhöhle.
Diese nahm ein kleines Beutelchen vom Hals und sammelte zunächst ein wenig Erde von verschiedenen Stellen rings um die Höhle ein und hing sich das gefüllte Säckchen wieder um den Hals. Danach füllte sie in ein, noch etwas kleineres Beutelchen, viele verschiedene Samenkörner und Wurzelstücke, die sie offenbar zuvor schon vorbereitet hatte und legte das Säckchen dann in das größere zu der Erde dazu. Als sie den fragenden Ausdruck in Dastos' Gesicht wahrnahm, erklärte sie: »Ich nehme das als Andenken an die Platana mit. Außerdem kann man ja nie wissen…«
Dastos, der bei sich zu Hause auch noch schauen wollte, was es alles mitzunehmen galt, wollte sich gerade von Orlana verabschieden. Diese jedoch hielt ihn zurück. »Kannst du bitte einen Moment warten? Ich wollte mit dir noch an den Platz reisen, an dem ich mich immer mit Kamila getroffen habe. Es ist nur so ein Gefühl…« Ja, gerne. Da ich nicht weiß, wo das ist, muss ich mich wohl oder übel an dir festhalten.« Dastos klammerte sich grinsend und mit viel Genuss an seiner Liebsten fest. Orlana lächelte. »Ich bin froh, dass wir uns haben. Das ist so ein Lichtblick in all dem Kummer, der uns ansonsten

umgibt.«
Orlana gab Dastos einen Kuss auf die Nasenspitze und begab sich auf die Reise. Sie kamen genau an der Höhle heraus, in der Kamila mit ihrer kleinen Familie so lange gewohnt hatte. Es war schnell deutlich, dass hier niemand mehr war. In der Höhle jedoch lehnte ein großer Hammer an der Wand. Als Orlana danach griff, erschallte plötzlich die Stimme Kamilas laut in der Höhle wieder.
»Dies ist ein magischer Hammer. Er soll fortan in eurer Familie von Generation zu Generation weitergegeben werden. Er hat viele gute, magische Eigenschaften. Ich hoffe, dass du ihn noch rechtzeitig gefunden hast. Der Hammer kann zum Beispiel alle Wunden heilen und kann einen Verstorbenen für eine kurze Zeit nach seinem Tod sogar wieder lebendig machen. Weiterhin ist er eine mächtige Waffe im Kampf und schützt seinen Träger vor Verletzungen. Er kann auch Wege wiederfinden, sollte man sich verirrt haben. Wenn man darauf pustet, dann wird er so klein, dass er in jeder Tasche verstaut werden kann. Die anderen Eigenschaften findet ihr sicher auch allein mit der Zeit heraus. Ich wünsche euch viel Glück. Auf Wiedersehen.«
Orlana war wie vom Donner gerührt. »Wenn wir den nur früher gefunden hätten, dann hätten wir Ranar…«
Dastos hielt ihr sanft den Mund zu. »Du tust, was du kannst. Das hier hätte keiner ahnen können. Es ist toll, dass deine Intuition uns überhaupt hierhergeführt hat. Der Hammer ist ein wertvolles Geschenk.«
Dastos pustete auf diesen und versenkte daraufhin den Miniaturhammer in seiner Jackentasche.
»Komm, wir reisen zurück«. Er nahm seine Liebste sanft in den Arm und brachte sie sicher nach Hause.

In den wenigen Stunden, die noch bis zum nächsten Treffen verblieben, war nun jeder damit beschäftigt, zu überlegen, was mitgenommen werden konnte und was zurückbleiben musste. Die Kleinigkeiten, welche zur Erde mitgenommen werden konnten, waren schnell zum Versammlungsplatz gebracht. Hier war alles bereits vorbereitet.

Dann galt es, schwerste Trauerarbeit zu leisten. Die Toten mussten in aller Eile bestattet werden. Dafür wurde mangels Zeit der große Erdbebenriss verwendet. Nur kurz konnte man sich von diesen Liebsten verabschieden, mit der Gewissheit, dass man nicht einmal in Zukunft die Grabstätte ordentlich pflegen konnte. Des Weiteren fiel es allen unglaublich schwer, dem geliebten Planeten Platana sowie den, seit Jahrtausenden genutzten und sehr geliebten Wohnstätten mitsamt dem ganzen Inventar Lebewohl zu sagen. Zu wissen, dass von der Platana und allem, was darauf war, bald nichts mehr übrigbleiben würde, brach dem tapferen Volk schier das Herz.

Kurz bevor das Treffen angesetzt war, kontaktierte Orlana Eichar noch ein weiteres Mal über den Geist. »Eure Setzlinge sind, wie du schon weißt, bei uns vollzählig in Sicherheit. Jost hatte aber davon Wind bekommen. Wir konnten die Kleinen gerade so noch vor dem Zugriff der Abtrünnigen retten. Ihr Transport auf die Erde ist gesichert.« Eichar erwiderte nichts. Orlana war verwirrt. Sie war sich zu 100 % sicher, dass zwischen ihnen gerade eine geistige Verbindung bestand. »Eichar, warum antwortest du nicht?« »Wir werden überwacht. Sie überprüfen unseren Geist und erkennen sofort alle Orte, die darin auftauchen. Flieht sofort!!« Orlana hörte

einen lauten Schlag und dann verstummte Eichar. Der mutige Baum-Mann hatte sich offenbar seinen Wärtern widersetzt und die Strafe dafür sofort erhalten. Orlana zitterte am ganzen Leib. Konnten die Abtrünnigen nun den Bann durchbrechen? Durfte sie dieses Risiko eingehen?
Sie fasste einen Entschluss. Als sie das Podest bestieg, blickte sie sich suchend um. Waren auch alle gekommen? Sicherheitshalber fragte sie in die Runde: »Bitte schaut euch um, ob jede und jeder schon hier sind.« Einen Augenblick später sah sie alle nicken. »Es hat einen Vorfall gegeben und ich bin mir nicht sicher, ob wir nicht gleich angegriffen werden. Wir müssen jetzt sofort in eine Zeitschleife eintreten, um Zeit zu gewinnen. Nehmt alles an euch, was ihr mitnehmen möchtet und die, die verantwortlich sind, sollen ihren Setzling gut festhalten. Das muss ganz schnell gehen, hört ihr!
Ich werde nun ein magisches Seil zwischen uns weben, das uns auf alle Fälle zusammenhalten wird.« Dastos, Kiova und Quina waren sofort an Orlanas Seite. Dastos hatte Orlanas Rucksack dabei. Zusammen nahmen sie je ein Baum-Menschen-Kind. Orlana nahm Weidana und Dastos griff sich den kleinen Platanius. Danach kontrollierte er, dass auch wirklich jeder vom kleinen Volk an dem besonderen Seil angebunden und alle Setzlinge gut untergebracht waren.
Plötzlich hörten sie ein lautes Grölen, das durch Mark und Bein ging. Einige Sekunden später sahen die Leute des kleinen Volkes voller Entsetzen die großen und bis an die Zähne bewaffneten Abtrünnigen, wie von Sinnen auf sie zu rennen.
»Haltet euch und die Dinge, die ihr tragen sollt, gut fest.

Unser Überleben hängt davon ab.« Orlana zentrierte sich und begann eine Tandemreise in der Zeit in Richtung zehn Minuten in die Vergangenheit. »Sind alle da?«, rief sie in die Menge. Als niemand antwortete, rief sie nochmals: »Ist jemand aufgefallen, dass eine Person fehlt?« Als wiederum keine Antwort kam, sah sie noch fragend zu Platanius und Weidana. Diese schüttelten den Kopf. »Gut, hört bitte aufmerksam zu. Alle fünf Minuten werde ich wieder fünf Minuten zurückreisen, damit wir den Zeitabstand zu den Abtrünnigen behalten können. Wie ihr sicher erraten habt, müssen wir schon jetzt sofort unsere geliebte Platana verlassen. Für unterwegs solltet ihr wissen. Es ist ein weiter Weg. Die Reise wird wie eine sehr, sehr lange astrale Reise verlaufen. Unterwegs werden wir an einem Ort vorbeikommen, der strahlend hell erscheint. Dort gibt es ein Tor, hinter dem ein jeder oder jede etwas anderes sehen wird. Man erblickt dort genau das, was man sich am sehnlichsten wünscht. Die Kunst besteht darin, diesem Sog nicht zu folgen. Helft euch dabei gegenseitig! Das magische Seil, welches uns zusammenhält, wird sich erst wieder lösen, wenn wir alle sicher und gemeinsam auf der fernen Erde gelandet sind.
Wenn einer also an diesen Ort geht, dann sind wir alle verloren. Das ist ein Ort der Seelen. Wer einmal durch das Tor gegangen ist, der kann in den Körper, in welchem seine Seele bislang gewohnt hat, nicht mehr zurück. Früher oder später werden wir alle dort landen. Es ist prinzipiell ein guter Ort. Er wird auch Himmel genannt. Ich möchte aber nicht, dass wir heute schon dort hingehen. Daher bitte ich euch, jetzt ganz tief in euch hineinzusehen, was ihr euch am meisten wünscht,

um später genug gewappnet zu sein, der Versuchung, durch das Tor zu gehen, sicher zu widerstehen. Tröstet euch damit, dass ihr irgendwann in der Zukunft auf jeden Fall dorthin dürft, wenn das Ende eurer Lebenszeit gekommen ist. Wir können uns jetzt nur eine kurze Pause nehmen, um dies zu tun. Ich fürchte, Jost und seine Männer suchen schon in der Zeit nach uns.
Also macht bitte schnell!«
Orlana wartete einige Minuten und blickte sich dabei stets wachsam um. Dann entschied sie, dass es nun so weit sei. »Seid ihr fertig?«, fragte sie in die Runde. Es kamen geteilte Antworten. Bitte versucht euch zusammenzureißen und wenn euer Nachbar zu dicht an das Tor kommt, so versperrt ihm den Weg. Das hat mir auch schon einmal geholfen. Wir müssen losfliegen. Ich habe gerade an dem Zeitpunkt nachgesehen, von wo wir vorhin geflohen waren. Jost ist nicht mehr an der Stelle, an der wir ihn zurückgelassen haben. Er sucht uns in der Zeit. Allerdings hat er uns wahrscheinlich durch sein Auftauchen das Leben gerettet, denn mitten durch den Versammlungsplatz klafft nun ein weiterer riesiger Riss, in den wir bestimmt gefallen wären, hätte die Versammlung nur ein wenig länger gedauert. Es hat offenbar schon wieder ein heftiges Erdbeben gegeben. Also auf drei: Eins, zwei, drei…«
Die astrale Reise in eine ungewisse Zukunft hatte begonnen.
Orlana spürte das bekannte Ziehen im Magen und schon waren sie weit, weit von dem geliebten Planeten Platana entfernt. Dastos war ganz dicht bei ihr. In der Nähe machte sie auch ihre Eltern aus und ringsherum flog das ganze kleine Volk der Platana im Weltall herum, gehalten

von dem mächtigen, magischen Seil, das die junge Frau gewoben hatte. Orlana konzentrierte sich nun mit aller Kraft auf das gemeinsame Ziel, die Erde. Das hier war die größte Tandemreise, von der sie je gehört hatte und sie war fest entschlossen, alles zu geben, um die Mission erfolgreich zu beenden.
Nach weiteren zehn Minuten fühlte Orlana den altbekannten Sog, der nur vom schönsten Ort des Universums ausgehen konnte. Schon bald machte sie das Tor auch tatsächlich in der Ferne aus. Sie sah dahinter wieder eine perfekte Landschaft, in der sie erschaffen konnte, was immer ihr einfiel.
Heute aber hatte der Ort keine Macht über sie, denn sie wusste genau, dass sie für alle anderen stark sein musste. Schon wurden die Ersten ihrer Schar von dem Tor angezogen und rissen alle anderen über das magische Seil in diese Richtung mit. Allen voran flog Dastos. Er schaute nicht mehr rechts und links, sondern benahm sich wie ein Eisenstück, das von einem starken Magneten in seinen unerbittlichen Bann gezogen wurde. Das Tor kam immer näher. Nun gerieten auch noch weitere in den gewaltigen Sog hinein. Orlana fiel nur eine Möglichkeit ein, ihre Mitbürger und ihre große Liebe zu retten. Diese war aber extrem gefährlich, denn auch Orlana war von dem schönsten Ort des Universums noch immer sehr fasziniert. Sie musste dafür ganz dicht an das Tor heran, um den anderen den Weg hinein zu versperren. Sich vor dem Tor herumzudrehen und diesem den Rücken zu kehren, verlangte ihr schier unglaubliche Kräfte ab. Jeder Millimeter fiel ihr schwer. Sie war kurz davor, aufzugeben und endlich nun doch dort einzutreten, wohin ihr Herz sie so sehr zog. Schon drehte sie sich in Richtung des

Tors zurück. Dann nahm sie aus dem Augenwinkel Dastos wahr, der gerade dabei war, sie zu überholen. Das gab ihr neue Kraft. Mit den letzten Reserven ihrer Macht schaffte es Orlana, dem Tor vollständig den Rücken zu kehren, die Arme zu erheben und laut »Stopp!« zu rufen. »Für euch ist der Tag noch nicht gekommen. Kehrt um. Auf euch warten noch andere Aufgaben auf der Erde. Hierher kommt ihr später zurück, das verspreche ich euch.« Orlana hatte so laut geschrien, wie sie nur konnte. Offenbar hatte sie damit Erfolg gehabt. Dastos und die anderen erwachten wie aus einer Trance und drehten sich langsam um. Schnell nutzte Orlana die Stunde und brachte die Gruppe auf der Stelle so weit wie möglich aus dem Einzugsbereich des Tors weg. Ihr Herz klopfte vor lauter Schreck wie wild.
Das war knapp gewesen. Was Dastos dort wohl erblickt haben musste? Sie beschloss, ihn später danach zu fragen. Orlana konzentrierte sich noch einmal mit aller Energie, die sie in sich finden konnte, auf ihr Ziel, den Planeten Erde. Es dauerte noch lange, bis sie endlich den gesuchten Himmelskörper erblickte. Glücklich wies sie mit dem Finger in die Richtung und machte somit ihre Mitreisenden darauf aufmerksam. Je näher sie kamen, desto schöner wurde der Anblick dieses blauen Planeten, namens Erde. Kaum fünf Minuten später landete die Schar in einem wilden, wunderschönen Wald.
»Sind wir vollzählig?« Alle blickten einander suchend an. Offenbar fehlte niemand.
»Hat jeder noch seinen Setzling?«, war die zweite Frage, die Orlana stellte. Auch hier war die Antwort positiv. Langsam entspannte sich die junge Frau und ihr Mund verzog sich zu einem breiten Lächeln. »Wir haben es

geschafft! Wir haben es wirklich geschafft! Für den Anfang bitte ich euch, dass wir noch zusammenbleiben. Ich war hier schon einmal. In dieser Gegend gibt es eine Menge Höhlen, die wir uns zum Wohnen herrichten können. Ich werde jetzt das magische Seil lösen. Auf der Erde gibt es außer Pflanzen auch zahlreiche Tiere. Manche könnten uns gefährlich werden, wenn wir uns ungeschickt anstellen.
All das werde ich euch morgen erzählen. Für heute schlage ich vor, dass wir uns einfach genau hier ausruhen. In der Frühe beginnen wir unser neues Leben auf der Erde.«
»Einen kleinen Moment noch, liebe Orlana.« Kiova, ihr Vater, war vorgetreten. »Ich möchte dir im Namen des ganzen Volkes danken, dass du uns alle sicher hierher in eine neue Zukunft geführt hast. Wenn ich mir überlege, wie jung du noch bist, dann kann ich diese Leistung, die du heute erbracht hast, gar nicht fassen. Ich schlage deshalb vor, dass wir, sobald wir uns auf der Erde ein wenig eingerichtet haben, die Feier für dein und auch für Dastos' Erwachsenwerden vorziehen. Ihr habt euch das mehr als verdient.« Die letzten Worte gingen in lauten und enthusiastischen Jubelrufen und Klatschen der Leute vom kleinen Volk unter. Und einer aus der Menge rief: »Sie leben hoch, hoch, hoch…« Hüte und Mützen flogen übermütig in die Luft und alle lagen sich lachend in den Armen.
Orlanas Augen füllten sich mit Freudentränen.
Dastos legte seinen Arm um sie und winkend gingen beide ein wenig abseits, um sich eine Bleibe für die Nacht zu errichten.
Das kleine Volk fand auf der Erde die bestmöglichen

Bedingungen vor und entwickelte sich daher prächtig. Auch die Baum-Menschen-Kinder bekamen neue und gute Lebensräume. Im Laufe der Jahrtausende fanden noch weitere Emigranten aus dem weiten All eine neue Bleibe auf diesem Planeten.
Weidana und Platanius waren längst erwachsen und wurzelten als Paar Seite an Seite an einem guten Standort, der für beide optimal war.
Sie waren die Ältesten der Baum-Menschen geworden.
Orlana und Dastos gründeten eine Familie und nannten ihren Sohn zum Andenken an Ranar, »Quiskan«.
Irgendwann zwischendurch hatte sich auf der Erde die Spezies Mensch entwickelt. Anfangs gab es mit diesen eine gute Nachbarschaft. Doch nach und nach wurde der Mensch durch den Einfluss des »Herrn der Finsternis« vergiftet. So kam es, dass eines Tages das kleine Volk wiederum beschloss, sich und sein Gebiet zu verstecken. Dies passierte aber erst in einer Zeit, nachdem Dastos bereits in einem sehr hohen Alter verstorben und Orlana uralt, als weise, sehr geachtete Frau zurückgezogen in einer Höhle lebte. Inzwischen war ihr gemeinsamer Sohn, Quiskan, schon längst der Älteste des kleinen Volkes sowie der Besitzer des magischen Hammers geworden und auch er hatte einen Sohn mit dem Namen Querin, der bereits erwachsen war.
Dass Orlana sehr viel später von ihrer Freundin, „der Einen“ zur neuen »Herrin des Lichts« erhoben wurde, passierte in einer anderen Geschichte, die sich „Eichen müssen her! Das Dreigestirn“ nennt.

Wie es in Waldhaus weiterging

Deutschland, im Jahre 2021:

Tanja wachte in der Frühe etwas verwirrt auf und musste sich erst einmal neu orientieren. Sie war in Waldhaus. Endlich wieder zu Hause. Alex war offenbar schon aufgestanden, denn sein Bett war leer und kalt. 7.00 Uhr erst, oh Mann. Bestimmt war er schon in seinem Garten, um dort nach dem Rechten zu sehen. Lange waren sie nicht in ihrem Heim gewesen. Praktisch bei Nacht und Nebel und Hals über Kopf hatten sie damals vor den Männern von Zagan nach Portugal fliehen müssen. Portugal. Eine Schmerzwelle überflutete Tanja. Ihr Sohn, Atlantus, war in Portugal beim Kampf für die Erde umgekommen. Tanja musste sich am Bett abstützen, so sehr erwischte sie die Erinnerung. Atlantus, der ihnen allen in Waldhaus durch seine rechtzeitige Warnung das Leben gerettet und unter ständiger Lebensgefahr so viel für die Meere getan hatte, war nicht mehr. Tanja nahm einige Atemzüge und versuchte den Schmerz, den sie verspürte, demütig anzunehmen. Sie schloss die Augen und stellte sich vor, wo der Schmerz in ihrem Körper gerade war und wohin er noch wollte. Sie gab sich der Situation mit Haut und Haar hin und langsam wurde es besser. Zu gut wusste sie, dass das Kämpfen gegen die Trauer nur alles verschlimmerte. Als es ihr möglich war, gab sie sich einen Ruck und begab sich in die große Wohnküche. Liebevoll sah sie sich um. Wie schön es war, wieder zu Hause zu sein.
Auf dem Tisch standen schon ein Glas mit Zitronenwasser und eine Tasse Tee. Wie lieb von Alex, dachte Tanja. Dankbar setzte sie sich, um beides zu trinken.

Was hatte sie gestern Abend, kurz vor dem Einschlafen gesagt? »Die Arbeit fängt gerade erst an und ich werde die Zeit nutzen…« Ja, das würde sie. Es ging darum, das Ruder auf dem Planeten Erde noch so herumzureißen, dass dieser für Mensch, Pflanze und Tier noch weiter bewohnbar blieb und er sich wieder erholen konnte. So würde sie das Vermächtnis ihres Sohns und die wichtigste Aufgabe der Krieger des Lichts am besten erfüllen. Sie wollte alles dafür geben.

»Guten Morgen, Tanja«, kam es von unter dem Tisch. Amerok, der schwarze Labrador-Rüde, in dessen Körper die Seele von Quick Deer, Tanjas verstorbenem, weisen indianischen Lehrers lebte, hatte sich direkt in ihrem Geist gemeldet. Wie immer, hatte er ungeniert ihre Gedanken verfolgt. »So viel gibt es gar nicht zu tun. Am besten lässt man die Natur einfach nur in Ruhe. Das ist der effektivste Naturschutz überhaupt. Sie weiß schon, wie sie sich dann regeneriert…« Tanja antwortete auf dem gleichen Weg: »Na gut, dann ich setze mich dafür ein, dass die Natur in Ruhe gelassen wird, also dass keine weiteren Lebensräume zugunsten von landwirtschaftlichen Flächen oder Industrie- oder Wohnprojekten, beziehungsweise aus Geldgier mehr zerstört und die vorhandenen Naturflächen nicht verkleinert werden. Ferner versuche ich mitzuhelfen, dass die Emission von schädlichen Gasen, wie z.B. CO_2 unterlassen wird. Dann werde ich meinen Anteil dabei leisten, dass auch noch in den Köpfen der Menschen aufgeräumt wird, sprich, dass gute Gedanken in die Welt gebracht werden. Sicher wirst du mir recht geben, dass schlechte Gedanken die Ursache, für die meiste Umweltverschmutzung sind, nicht wahr? Wie pflegst du doch immer zu sagen? Aus dem Gedanken wird das Wort, daraus die Tat und das wird die Materie? Und wie

geht es am leichtesten, gute Gedanken zu denken? Richtig, indem man sich in seiner Mitte zentriert. Und wie macht man das? Durch Meditation, Sport oder Aufenthalt in der Natur, durch mächtige Natur-Rituale, z.B. die Schwitzhütte oder die Visionssuche, Fasten, Yoga, Thai-Chi oder aber einem anderen Weg, der einem liegt. So einen Weg müssen die Menschen erst einmal finden. Dabei wird Hilfe benötigt.
Ach, ja und nicht zu vergessen, pflanze ich noch neue Bäume, darunter viele Eichen, weil diese den Planeten gesund und die Luft sauber halten... Meinst du immer noch, es gäbe nichts zu tun?«
»Ok, du hast gewonnen, es gibt doch etwas zu tun... Ich werde aber erst einmal ein wenig neben dem Ofen schlafen. Mein Hunde-Körper hier gibt kaum noch mehr her. Es wird langsam Zeit, nach Aquarius zurückzugehen. Mit meinem Leib dort, kommt vielleicht der Tatendrang, über den du offenbar noch zur Genüge verfügst, wieder zu mir zurück«, antwortete Amerok, alias Quick Deer.
»Oh nein, so alt ist dein Hundekörper doch noch gar nicht«, antwortete Tanja erschrocken. »Du bist doch nicht krank, oder so? Leg dich ruhig an den Ofen. Wir machen das hier schon. Aber bitte geh noch nicht weg, ja?« »Ach Tanja, es wird langsam Zeit, dass du und vor allem auch Alex, sowie Akira, damit anfangt, euch von eurem „Haustier“ zu lösen. Ich kann und ich will nicht mehr so lange bleiben. Dieser alte Körper bringt mir nicht mehr so viel Freude. Freude ist doch ein wichtiger Schlüssel, um zentriert zu sein und damit den Planeten zu retten, nicht wahr?« »Dass du aber auch immer gewinnen musst...«, antwortete Tanja. »Wer ist denn hier der Lehrer, hm?«, antwortete Quick Deer. Tanja gab sich

geschlagen und erwiderte nichts mehr. »Eins noch, kam es von Amerok: »Ich finde, du machst das toll. Danke, dass du so eine gute Schülerin bist!«

»Oh, merci.« Tanja errötete unter dem seltenen Lob ihres Lehrers. »Ich würde gerne für heute Nachmittag eine Versammlung der Krieger des Lichts einberufen, um uns zu organisieren und die weiteren Aufgaben ein wenig zu verteilen«, fügte sie noch hinzu. Es kam keine Antwort mehr. Offenbar war Amerok am Ofen bereits eingenickt.

Tanja sandte die Einladung über den Geist aus und wandte sich dabei auch an die Bewohner des portugiesischen Bruchtals, von wo sie und Alex gestern wieder zurückgekehrt waren.

Am Nachmittag versammelten sich alle Bewohner aus Waldhaus und auch einige Krieger des Lichts aus Portugal waren astral angereist.

Unter diesen waren auch Akira, Tanjas jüngster Sohn, dessen Freundin Lia und deren Zwillingsbruder Finnbar. Tanja hatte sich vorgenommen, mit Akira über Ameroks Pläne zu sprechen. Das würde sicher nicht ganz einfach für ihren jüngsten Sohn. Immerhin hatte er vor vielen Jahren Amerok als Welpen zum Geburtstag bekommen, um besser mit dem Ausscheiden seines Papas, Prem Adita, aus der Familie zurechtzukommen. Erst an dem Tag, als alle aus Waldhaus flüchten mussten, erfuhr Akira davon, welcher Geist in seinem Hund wohnte. Er war damals ziemlich entrüstet gewesen. Doch trotzdem hing sein Herz noch immer an »seinem Haustier«.

Tanja hoffte, dass die Nachricht vom baldigen Ableben Ameroks nicht zu schmerzlich für Akira werden würde. Immerhin hatte er sich schon etwas abgenabelt, indem er beschlossen hatte, Waldhaus dauerhaft zu verlassen und

im portugiesischen Bruchtal zu bleiben. Außerdem hatte er in Lia eine wundervolle Partnerin und in Finnbar einen besten Freund gefunden.
Tanja fasste sich ein Herz und erzählte Akira, was Quick Deer heute Morgen angedeutet hatte. Akira blickte entsetzt auf. Offenbar hatte er sich mit der kürzeren Lebenszeit eines Hundes noch nicht wirklich auseinandergesetzt. »Mama, bist du sicher, dass das bei Amerok nicht ganz anderes ist, wo doch Quick Deer in seinem Körper wohnt?« »Es scheint trotzdem nicht so verschieden von normalen Hunden bei ihm abzulaufen«, antwortete Tanja. Akira wurde blass. »Wie lange noch?«, fragte er hölzern. »Ich weiß es nicht. Frag ihn besser selbst. Gerade schläft er allerdings mal wieder...« Die Tatsache, dass Quick Deer in seinem alten, menschlichen Körper auf Aquarius weiterleben würde, war Akira kein Trost, denn ihm ging es um seinen Hund. Diesen liebte er von ganzem Herzen.
Die Debatte wurde nun erst einmal unterbrochen, denn die Versammlung hatte begonnen. Tanja begab sich zu den anderen und lauschte den Ausführungen von Soholit, dem Druiden, ihrem anderen Lehrer, der gerade das Wort ergriffen hatte. »Wir sollten uns heute darauf verständigen, wer von uns welche Aufgaben übernimmt. Ich habe hier eine Liste ausgelegt, mit dem, was mir so dazu einfiel. Zögert nicht, noch Dinge hinzuzufügen, wenn ihr noch andere Ideen habt.«
»Wir möchten wieder unsere Vortragsreisen aufnehmen«, meldete sich als Erste Basilica zu Wort. Basilica war eine von Tanjas elf Jahrgangsgeschwistern. Allesamt hatten sie sich vor Jahren bei einem missglückten Experiment versehentlich in neuen Müttern

auf der Erde inkarniert. Ursprünglich kamen sie von dem hoch entwickelten Planeten Aquarius, auf welchem sie in einer heiligen Grotte ihre, damals noch dreizehn Jahre alten Teenager-Körper zurückgelassen hatten. Die Körper wurden dort von den trauernden Eltern gepflegt, denn diese hofften immer noch, dass die Kinder dereinst in ihre Körper zurückkehren würden. Eigentlich wollten alle zusammen im Jahr 2004 auf der Erde landen.
Cerafine, wie Tanja damals auf Aquarius hieß, war aber mal wieder zu schnell gewesen und bereits 1964 geboren worden. So kam es, dass Tanja heute nun schon 58 Jahre alt war und Basilica und die anderen erst achtzehn.
In der heiligen Grotte lag jedoch noch ein weiterer Körper. Nämlich der von Atlantus. Atlantus war auf Aquarius ein junger Selkie gewesen, der sich absichtlich und geplant auf der Erde inkarniert hatte, um den Meeresbewohnern dieses Planeten zu helfen, dessen Hilferufe er über das All zuvor vernommen hatte. Er hatte sich als neue Mutter, Tanja, ausgesucht und später auf der Erde das portugiesische Bruchtal als einen Stützpunkt der Krieger des Lichts aufgebaut. Da Atlantus schon vor einer Weile auf der Erde von den schrecklichen Männern von Zagan getötet worden und noch immer nicht in seinen Körper auf Aquarius zurückgekehrt war, galt er inzwischen als endgültig verloren. Trotzdem wurde sein Körper in der heiligen Grotte noch weiter versorgt und war somit noch unversehrt. Vor allem seine Eltern aus Aquarius, Undine und Kedir, die beiden Ältesten des Volkes der Selkies, waren fast täglich dort.
Tanjas Mitgeschwister waren bis kurz vor der Flucht aus Waldhaus nach Portugal, mit einem Kleinbus zu

Vortragsreisen über Land unterwegs gewesen, um den Menschen von der neuen Lebensweise, die von der Liebe geleitet würde, zu erzählen und auf Veranstaltungen, wie unter anderem die Schwitzhütte in Waldhaus zu verweisen. So hofften sie, möglichst viele Menschen für die Rettung der Erde als Lebensraum für Mensch und Tier zu sensibilisieren.
Im Laufe der Versammlung der Krieger des Lichts wurden all die Aufgaben verteilt, die Tanja vorhin auch schon ihrem Lehrer genannt hatte. Zusätzlich kam noch hinzu, dass man auch das Waldhaus so renovieren und umgestalten wollte, dass man dort klimaneutral und noch umweltbewusster leben konnte. Außerdem wurden auch hausintern Meditationen und Rituale angeboten, um sich, nach getaner Arbeit, von den alltäglichen Dingen wieder lösen zu können, sprich zu entspannen und sich zu zentrieren. Denn nur so war es möglich, sich wirklich von der Liebe leiten zu lassen, was das wichtigste Gesetz der Krieger des Lichts war.
Am Ende der Versammlung trafen sich Akira, Lia und Finnbar nochmals mit Tanja auf eine Tasse Malzkaffee. Amerok war gerade wieder erwacht. »Habe ich etwas verpasst?«, fragte er noch ein wenig schlaftrunken und wankte in Richtung seines Fressnapfes. »Du, hör mal, Mama hat was davon gesagt, dass du langsam alt wirst und vielleicht bald deinen Körper verlassen möchtest. Das kannst du doch nicht machen!«, Akiras Stimme wankte genauso wie Ameroks alter Körper.
Amerok ging zu Akira und schmiegte sich an dessen Beine. »Ich habe dich, als dein Hund, genauso lieb wie du mich. Aber es ist keine Freude mehr für mich hier. Ich habe überhaupt keine Kraft mehr. Mir fehlt jegliches

Interesse an irgendetwas und ständig tut es mir woanders weh. Ich wünsche mir wieder einen Körper mit etwas mehr Tatendrang und der keine Schmerzen verursacht. Das wäre dem Planeten Erde auch eine größere Hilfe, als jemand, der soeben die gesamte Versammlung verschlafen hat, würde ich sagen.«

»Du bist doch ein so großartiger „heiliger Mann“. Kannst du nicht einmal etwas gegen das Altern tun?«, fragte Akira aufgebracht und ungnädig. Amerok senkte sein Haupt und antwortete nicht. »Akira, hast du nicht gehört, dass er Schmerzen hat? Du lebst doch nicht einmal mehr in Waldhaus. Hat Amerok dir auch nur einmal einen Vorwurf gemacht, dass du nun im portugiesischen Bruchtal wohnst und ihr euch nur noch selten sehen könnt?«, Tanja hatte sich sehr eindringlich an ihren Sohn gewandt. Nun antwortete auch dieser nicht mehr und Tanja sah, dass sich eine Träne in dessen Wimpern verfangen hatte.

»Es tut mir sehr leid, dir weh zu tun. Ich kann aber wirklich nichts dagegen machen«, mischte sich nun Amerok nochmals in das Gespräch. »Dass sich Materielles früher oder später wieder auflösen muss, ist ein ehernes Gesetz im Universum. Da hilft es auch nicht, ein weiser Mann zu sein. Ich glaube aber, dass du jetzt in einer Situation bist, dass du das verkraften kannst, wenn ich nach Aquarius zurückgehe. Ich würde mich jedenfalls sehr freuen, wenn dann eine neue Freundschaft, auf einer anderen Ebene zwischen uns entstehen könnte. Ich schlage vor, dass ich nächste Woche ein großes Abschiedsfest gebe und dann am Tag darauf meinen Körper hier verlasse. Bei meinem alten Volk der Lakota haben sich die Ältesten, wenn sie spürten, dass ihre Zeit

gekommen war, in den Wald aufgemacht, um weiterzuziehen. Ich für meinen Fall bin irgendwie schon so verwöhnt, dass ich lieber mein Körbchen am Ofen vorziehen würde…« Amerok jaulte kurz auf, denn in seinem Bein hatte sich ein stechender Schmerz bemerkbar gemacht.
Blitzschnell war Akira an seiner Seite und vergrub sein tränennasses Gesicht in seinem Fell. »Ich habe dich so, so lieb und ich danke dir von Herzen für alles, was du hier auf der Erde für mich auf dich genommen hast. Ich akzeptiere deine Entscheidung, auch wenn es mir mein Herz herausreißt. Und ja, ich möchte gerne eine neue Freundschaft mit dir beginnen.
Ach so, ich wollte sowieso schon längst einmal danach fragen«, setzte Akira in Richtung seiner Mutter noch nach. »Jetzt, wo der alte „Herr des Lichts" nicht mehr ist, kann er uns ja beim astralen Reisen doch nicht mehr auflauern. Eigentlich müssten wir doch nun auch direkt mit unserem physischen Körper astral nach Aquarius reisen können, oder Mama?« Akira sah seine Mutter gespannt an. »Ich habe auch schon darüber nachgedacht und wollte heute noch deswegen mit Soholit sprechen. Ich denke aber schon, dass dies möglich sein wird. Ich würde auch gerne mal meine Mama auf Aquarius richtig in die Arme nehmen und nicht immer nur wie ein Geist in meinem Traumkörper dort unterwegs sein.«
Die meisten der Krieger des Lichts hatten längst von Soholit gelernt, wie man mithilfe des fünften und mächtigsten Elements, des Bewusstseins, astral reisen konnte. Dies war die Grundlage dafür, eine so große Strecke zu bewältigen, um von einem Planeten auf den anderen reisen zu können. Noch vor Kurzem war dies

nicht möglich gewesen, weil der »Herr des Lichts« jeden, der lange genug astral unterwegs war, angegriffen hatte. Und so nebenbei, ausgerechnet diesem, der doch eigentlich für das Erschaffen von neuen Welten stand, hätte das keiner zugetraut. Alle hatten immer angenommen, dass der »Herr der Finsternis«, der Freude am Zerstören hat, für die Angriffe verantwortlich gewesen war. Der »Herr des Lichts« hatte in seinem brutalen Machtbestreben, noch mehr Planeten unter seine Herrschaft zu bringen, so sehr gegen die universellen Gesetze des Universums verstoßen, dass seine eigene Mutter, die »Dienerin der Liebe«, die auch »Die Eine« genannt wird, sich entschlossen hatte, ihn zu zerstören. An seiner statt herrschte nun die weise Orlana, die ehemalige Älteste des kleinen Volkes, im Dreigestirn als neue »Herrin des Lichts«. Auf sie hatte »Die Eine« die essenzielle Energie des »Herrn des Lichts« übertragen. Von der neuen »Herrin des Lichts« hatte niemand etwas zu befürchten und dem »Herrn der Finsternis« war das Urteil »Der Einen« an seinem Zwillingsbruder ein abschreckendes Beispiel gewesen.
»Ach ja«, Tanja wandte sich an Akira, Lia und Finnbar: »Ich wollte noch etwas anderes mit euch besprechen. Ich hatte von euch doch die Eicheln bekommen, die ihr einst von der weisen Orlana geschenkt bekamt. Ich möchte diese gerne einpflanzen. Allerdings ist bei uns auf dem eigenen Land nicht genug Platz für weitere große Bäume. Ich will aber die Eicheln auf gar keinen Fall auf fremdes Land einpflanzen, denn ich möchte nicht, dass sie irgendjemand einfach abholzen kann, weil ihm zufällig das Land gehört. Ich dachte, ich frage mal auf der Gemeinde nach, ob wir den kleinen Wald, der, nach dem Angriff der

Männer von Zagan jetzt so ramponiert aussieht, dazu kaufen könnten. Eigentlich ist das ja gar kein Wald mehr und sollte daher günstig zu haben sein. Was haltet ihr davon?«
Bevor einer der drei jungen Leute etwas sagen konnte, mischte sich Quick Deer, alias Amerok, in das Gespräch ein. »Das ist auch so eine Unart, dass Land überhaupt verkauft werden kann. Was bilden sich die Menschen nur ein, zu denken, sie könnten Land besitzen? Das Land ist sehr viel älter und wenn man überhaupt von Besitz reden möchte, dann besitzt das Land ja wohl eher den Menschen, oder? Jedenfalls haben wir, als Volk der Lakota, immer geglaubt, dass wir zum Land gehören und nicht andersherum. Daher konnte uns der weiße Mann in früheren Zeiten auch die Gebiete so billig abschwatzen. Wir haben gar nicht verstanden, was er damit meint, das Land kaufen zu wollen. Denkt mal darüber nach… Aber trotzdem, ich find's auch eine gute Idee, was Tanja gerade vorgeschlagen hat. Wir wissen im Übrigen nicht einmal, was daraus eigentlich wachsen wird. Vielleicht sind es sogar zwei Baum-Menschen, und diese würden als Setzlinge dringend Schutz benötigen.«
Am Abend darauf saß eine kleine Schar in der gemütlichen Wohnküche des Waldhauses am knisternden Feuer des offenen Kamins. Lange herrschte Stille. Ein jeder betrachtete ruhig das Spiel des Feuers und ließ dabei seine Seele baumeln.
»Wie war es denn auf der Gemeinde wegen des Waldes?«, fragte Amerok irgendwann in Tanjas Richtung.
»Stell dir vor, man kann dort gar nicht mehr einfach zu den Sprechzeiten hingehen, sondern man braucht wegen der Coronapandemie zuerst einen Termin. Als ich aber

erwähnte, um was es ging, konnte ich gleich heute bei dem entsprechenden Sachbearbeiter vorsprechen. Ich glaube, die Gemeinde benötigt dringend Geld. Jedenfalls können wir uns das kleine Waldstück leisten und es soll noch diese Woche einen Notartermin geben. Ich bin echt gespannt, was aus den Eicheln letztlich wachsen wird...«, antwortete Tanja.

Wieder herrschte lange Stille im Raum. »Ich plane, morgen zum Zirbeleichen-Wald zu gehen, um dort weiter junge Bäume zu setzen. Möchte vielleicht jemand mitkommen?«, fragte Tanja in die Runde. Sofort meldeten sich Quiskan, der älteste vom kleinen Volk, sein Sohn Querin und dessen Gefährtin Lucinda. »Mir ist der Weg zu weit, sonst würde ich auch mitgehen«, antwortete Quick Deer und räkelte sich ein wenig in seinem Hundekörbchen, welches ganz dicht am Ofen, einer zweiten Feuerstelle des Raumes, stand.

Über den Geist meldete sich nun noch Vismateté, Tanjas Baum-Gefährte, von draußen zu Wort: »Ich würde auch gerne mitkommen. Schließlich haben wir uns dereinst in diesem Wald ganz offiziell kennengelernt. Ich würde am liebsten auch meinen alten Heimatbaum besuchen, der dort noch steht.«

»Dann hast du ja genügend Begleiter, meine Liebe«, sprach nun noch als letzter Alex, Tanjas menschlicher Gefährte. »Ich habe am Maisfeld zu tun. Die Ernte steht bevor. Ist das in Ordnung für dich, wenn ich nicht mitgehe?« »Natürlich, wir sind nun schon mehr als genug Leute, würde ich sagen«, erwiderte Tanja. »Da wäre noch eine Sache, die ich mit dir, Soholit, unbedingt noch besprechen wollte...« Verlegen knetete Alex seine riesigen, schwieligen Hände, die die eines Bauern waren.

Soholit, der Druide, blickte interessiert auf. Alex war kein Mann vieler Worte. Wenn er etwas zu sagen hatte, musste es wichtig sein. Er wartete gespannt. »Ich habe im Maisfeld nun schon mehrfach festgestellt, dass kleine Stellen komplett abgeerntet waren. Wenn ich abgeerntet sage, dann meine ich das auch, denn es war nichts von Tieren abgefressen und es gab nur menschliche Fußspuren. Deshalb bin ich nun öfter einmal zu verschiedenen Tageszeiten dort gewesen und gestern flog an einer Stelle ein riesiger, wirklich gigantischer, weißer Vogel auf. Diese Feder lag an dem Platz.« Alex holte eine bemerkenswert große, weiße Feder hervor und reichte sie im Kreis herum. »Ich wüsste nicht, welchem Vogel diese zuzuordnen wäre. Und das Merkwürdigste war, dass der Platz, an dem sie lag, wiederum komplett sauber abgeerntet war und es gab nur menschliche Fußspuren. Ich habe lange nach Vogelspuren gesucht. Da waren keine. Ich finde das recht ungewöhnlich.«
»Das ist es in der Tat. Ich würde dir gerne morgen früh zur Unterstützung zwei meiner jüngeren Schüler mitschicken, wenn es dir recht ist.« Alex nickte und brummte noch vor sich hin: »Ich werde schon lange vor dem Morgengrauen auf dem Feld sein. Bitte richtet euch danach.«

Im Zauberwald der Zirbeleichen

Vor dem Zubettgehen nahm Tanja Soholit beiseite: »Wir wollten gerne noch wissen, ob wir nun wieder astral nach Aquarius reisen können. Es sollte doch, jetzt, da der „Herr des Lichts“ keine Gefahr mehr darstellt, wieder möglich sein, oder?« Tanja sah Soholit erwartungsvoll an. »Ich wollte das eigentlich vorhin auch schon ansprechen, habe es aber total vergessen, nachdem Alex uns von dem mysteriösen Vogel berichtet hatte. Ja, das Reisen nach Aquarius scheint mir wieder ohne Risiko möglich. Ich war erst kürzlich zweimal hintereinander dort. Liebe Grüße übrigens von deinen Eltern.« »Danke schön. Warum warst du denn zweimal dort?« »Ich sage nur Karlao«, amüsiert verdrehte Soholit seine Augen. »Als ich nach dem ersten Mal nach Hause zurückkam, war mein Beutel mit meinen Zeremonie-Utensilien weg. Ich nahm an, sie an Quick Deers ehemaligen Wohnhöhle vergessen zu haben. Jedenfalls war mein Beutel gar nicht bei der Höhle und deshalb machte ich mich in Richtung des Platzes der Begegnung auf. Dort stand Karlao gerade auf einem Podest und war begeistert dabei, jedem, der vorüberkam, Dinge aus meinem Beutel zu verschenken. Du kennst ihn ja. „Schau mal, was ich hier Wundervolles habe. Möchtest du es vielleicht geschenkt bekommen?“ So plapperte er munter vor sich hin. Er bebte regelrecht vor Freude und seine Augen sprühten Funken vor Glück. Natürlich konnte ich ihm, wie immer, kein bisschen böse sein. Ich trat zu ihm und machte ihn darauf aufmerksam, dass er dort gerade meine Sachen verschenkte. Sofort überreichte er mir den Beutel mit den Worten: „Oh, tatsächlich? Ich dachte wirklich, es wären meine.“ Dabei sah er so überrascht aus, als würde er tatsächlich glauben, was er sagte.« »Das ist Karlao, wie er leibt und lebt. Ich meine«, antwortete Tanja, »er glaubt das wirklich. Er hat einfach eine ganz andere Auffassung von Besitz oder sagen wir besser, für ihn gibt es gar keinen Privatbesitz. Ich freue mich sehr darauf, ihn endlich wiederzusehen. Ich nehme an, dass auf seinem Planeten Osiria alle so dachten, wie er. Wie schade, dass er der letzte Osiriat ist und dass es diesen Himmelskörper schon so lange nicht mehr gibt. Ich hätte mir deren Lebensweise sehr gerne näher betrachtet«, entgegnete Tanja noch und verabschiedete sich dann, inzwischen rechtschaffen müde, zur Nacht.

Kurz vor dem Einschlafen wandte sich Tanja an ihren Gefährten: »Meinst du, das mit dem Vogel könnte gefährlich für dich sein, Alex?« »Ach was, mach dir keine Sorgen, meine Liebste. Es ist, falls überhaupt, doch nur ein Vogel und wir werden zu dritt sein. Pass du lieber auf, dass du dich morgen beim Eichen pflanzen nicht im Wald verirrst.« Zärtlich strich er Tanja mit einer, seiner großen Hände eine Haarsträhne aus dem Gesicht und gab ihr einen liebevollen Kuss. »Komm, lass uns schlafen. Der Tag beginnt sehr früh...«

Als Tanja erwachte, war Alex, wie so oft, schon längst gegangen. Wenig später machte sie sich zusammen mit den anderen in Richtung des Zirbeleichenwaldes auf. Jeder hatte einen Teil des Werkzeugs bei sich und Vismateté trug die Eichen-Setzlinge. Tanja und Vismateté gingen vornweg und schwelgten in Erinnerungen. Tanja lachte laut auf, als sie sich daran erinnerte, wie kratzbürstig sie anfangs zu Vismateté gewesen war. »Weißt du noch, wie du dieses kitschige „L“ aus Licht

und Schatten immer wieder in deinen Zweigen und am Stamm entstehen lassen hast?«, fragte sie gerade ihren Baum-Gefährten. »Du fandest das kitschig?«, nachsichtig lächelte dieser Tanja an. »Das stand und steht auch heute noch für echte Liebe zu dir.« Tanja errötete. »Entschuldige, ich hab's nicht so gemeint. Ehrlich gesagt, hat mich das doch ganz schön beeindruckt...«
Schweigend gingen die zwei weiter. Der Wald wurde immer lieblicher. Rechts und links vom Weg waren hellgrüne Moose zu sehen, die zwischen Felsen, Bäumen und Wiesenstücken, wie kleine Königreiche wuchsen. Langsam begann man nun auch die Zirbeleichen zu sehen. Der Name war eine Kreation von Tanja. Niemand wusste ganz genau, wie die Bäume wirklich hießen. Es waren kleinere Eichenbäume, die einen gedrungenen und leicht verwirbelten beziehungsweise verdrehten Stamm hatten. Die gab es nur in diesem Waldstück und selbstverständlich hatte die kleine Schar auch nur Setzlinge dieser Baumsorte bei sich. Die Bäume erinnerten entfernt an Korkeichen, wie sie in Portugal wuchsen.
Vismateté machte von Weitem schon seinen ehemaligen Heimatbaum aus. Für Tanja, der er nach Waldhaus gefolgt war, hatte er extra seinen Baum gewechselt, da die alte Zirbeleiche keinen guten Standort in Waldhaus gehabt hätte. »Hast du etwas dagegen, wenn ich mal kurz dorthin verschwinde?«, fragte der Baum-Mann freundlich. »Nein, natürlich nicht. Lass doch die Setzlinge hier, dann können wir anderen schon mit dem Pflanzen anfangen.« »Gut, das mache ich. Geh bitte nicht so weit, meine Liebste, damit du dich nicht verläufst, ja?« Tanja wurde ein wenig ärgerlich. »Müsst ihr denn ständig alle darauf

herumreiten, dass mein Orientierungssinn nicht ganz so gut ist?« »Wenn er wenigstens nur nicht ganz so gut wäre. Aber ich würde sagen, du verfügst über gar keinen, meine liebste Tanja.«

Vismateté lächelte entwaffnend und Tanja konnte nicht mehr böse sein. »Dann bis gleich, mein Liebster. Viel Spaß mit deinem Baum.«

Tanja sagte gerade noch Quiskan, Querin und Lucinda Bescheid, dass sie weiter den Berg nach unten arbeiten würde, schnappte sich einen Spaten, einen Kanister mit Wasser sowie einige Setzlinge und machte sich auf den Weg.

Tanja merkte sich ganz heimlich immer wieder einige auffällige Stellen in der Landschaft, um später wieder zurückzufinden, denn ihr Orientierungssinn war, milde ausgedrückt, wirklich nicht der Beste. Als sie an einer kleinen Lichtung angekommen war, begann sie an deren Rand, in gutem Abstand zu den größeren Bäumen, ihren ersten Setzling in die Erde zu bringen. Nun kam noch ein Wildverbiss-Schutz drumherum und Wasser daran. Schon war ein kleiner Baum gesetzt und konnte sein neues Leben beginnen.

Tanja pflanzte auch noch die anderen beiden und freute sich über den, noch total spät blühenden Fingerhut in der Nähe. Komisch, normalerweise blühte der um diese Zeit doch gar nicht mehr. Tanja sah sich um. Aus welcher Richtung war sie noch mal gekommen? Auf jeden Fall bergauf sagte sie sich. Blöderweise ging es auf einmal in jede Richtung bergauf. Tanjas Herz begann wie wild zu klopfen. Bleib ruhig, dachte sie sich. Du kannst ohne Weiteres Vismateté oder die anderen über den Geist rufen und sie werden dich finden. Sie entschloss sich, mit

dieser Sicherheit in der Hinterhand, als Erstes allein zu versuchen, den Weg zurückzufinden. Schließlich hatte sie keine Lust, die Bemerkungen über ihren Orientierungssinn, noch weiter zu befeuern.
Tanja ging ein Stück und war sich kurz darauf sicher, dass sie hier noch niemals zuvor gewesen war. Der Wald lag in einem leichten Dunst. Hier und da blühte noch ein violetter Fingerhut und das Moos schien ganz besonders grün zu leuchten. Diesem Hain lag ein eigenartiger Zauber inne. Es schien, als sei er seit Jahren unberührt. Eine feierliche Stille breitete sich über das Land. Tanja fühlte sich vollkommen friedlich und irgendwie ergriffen. Langsam und ehrfürchtig ging sie noch einige Schritte weiter. Sie fühlte instinktiv, dass ganz in der Nähe etwas wirklich Wichtiges für sie zu finden sein müsste. Keine Sekunde später erblickte sie in einem, ganz besonders großen Zirbeleichen-Baum etwas, das an ein riesengroßes Nest erinnerte. Neugierig und verwundert trat Tanja ein wenig näher heran.
Dann ging alles sehr schnell. Sie hörte einen schrillen, unmenschlichen Schrei, der ihr durch Mark und Bein fuhr und spürte gleichzeitig einen heftigen Schmerz im Rücken. Etwas hatte sie mit seinen messerscharfen Krallen gepackt und sich mit ihr weit in die Lüfte erhoben. Tanjas Verstand setzte vollkommen aus vor Angst. Der Wald unter ihr war ganz klein geworden, so hoch oben schwebte sie nun. Sie nahm allen Mut zusammen und versuchte, ihren Kopf so zur Seite zu drehen, damit sie sehen konnte, wer oder was sie da gerade in seinen Klauen hielt. Das Einzige, was sie jedoch zu Gesicht bekam, war ein mächtiger, weißer Flügel. Tanjas Herz klopfte wie wild und Angstschweiß rann

über ihr Gesicht. Dann wurde ihr schwarz vor Augen. Als sie wieder zu sich kam, fiel sie gerade auf einen Haufen Heu, der in einer Art tiefen Mulde lag und blickte in zwei grüne, vor Zorn wild funkelnde, furchterregende Augen.
In Tanjas Kopf hämmerte es schrecklich laut von ihrem eigenen Puls. Sie war vor Grauen noch immer völlig außer sich. Panisch sah sie sich um. Tanja konnte keine Fluchtmöglichkeit erblicken. Sie war vor Angst so gelähmt, dass ihr nichts Vernünftiges in den Sinn kam. Sie erwartete jeden Moment, von dem Ungeheuer, das sie vorher gepackt hatte, getötet zu werden. Heiße Tränen füllten ihre Augen und flossen wie kleine Bäche über ihr Gesicht, als ihr Akira, ihr Sohn, als Erstes wieder einfiel. Diesen Schmerz durfte sie ihm nicht antun. Sie musste zumindest versuchen, dies hier zu überleben. Sie stellte ihren Blick wieder scharf und nahm wahr, dass sich die grünen, bösen Augen etwas weiter entfernt hatten. Ein neuer Ausdruck, neben dem unsäglichen Hass von vorhin, war in diesen hinzugekommen. War es Überraschung, Angst oder etwa so etwas wie Mitgefühl?
Mit hämmerndem Herzen setzte sich Tanja langsam auf. Diese hasserfüllten Augen, die Tanja eben noch wie ein Sog festgehalten hatten, gaben sie jetzt frei. Tanja versuchte nun, das Individuum, zu dem diese Augen gehörten, im Ganzen wahrzunehmen. Was sich ihr jetzt offenbarte, konnte sie kaum glauben. Die Augen gehörten zu dem Gesicht eines, etwa dreizehn Jahre alten Jungen. Aus dem Rücken des Jungen ragten links und rechts zwei riesige, weiße Flügel. Weiter unten kamen aus dem Bauch zwei Vogelfüße mit mächtigen und, wie Tanja gerade selbst erfahren hatte, gefährlichen Krallen heraus. Abwärts hatte der Vogel-Junge zwei ganz normale,

menschliche Beine und am Rumpf, genauso wie ein Mensch, auch noch zwei Arme.
»Warum weinst du?«, sprach sie das merkwürdige Wesen plötzlich an? »Tanja setzte sich noch weiter auf und rieb sich den verletzten Rücken. »Ich habe an die gedacht, die mich lieben. Mir tat es unendlich leid, welchen Schmerz sie wohl aushalten müssten, wenn mir etwas zustoßen würde.« Bei der Erinnerung daran strömten die Tränen erneut über Tanjas Gesicht.
Etwas betroffen fragte das Wesen: »Was meinst du damit? Wer sollte wen denn lieben und was soll das denn sein, die Liebe?« Tanja war überrascht. Also Liebe ist das Gegenteil davon, wenn ich jemand hasse oder nicht mag. Es ist, wenn ich jemand gernhabe. Wenn ich möchte, dass es demjenigen gut geht oder so. Ich zum Beispiel habe meinen Sohn Akira sehr, sehr lieb.« Als Tanja das Wort »Sohn« erwähnte, war das Wesen, wiederum vor Zorn bebend, aufgesprungen und sah genauso gefährlich aus, wie zuvor. »Wage es nicht, von Liebe zu einem Sohn zu sprechen. Ich kenne euch, ihr Heuchler.« Tanja wartete einen Moment, bis sie das Gefühl hatte, dass das Wesen sich ein wenig beruhigt hatte, dann antwortete sie: »Ich respektiere, dass du wohl Schlimmes erfahren haben musst, wenn du nicht einmal weißt, was Liebe ist. Du solltest aber wissen, dass nicht alle Menschen oder Wesen so schlecht sind, wie du es offenbar erfahren musstest. Ich glaube sogar, dass es eine ganze Menge guter Menschen oder Geschöpfe gibt, die ihre Kinder und ihre Mit-Wesen lieben und achten. Auch wenn du es nicht hören willst«, endete Tanja. »Wie heißt dein Sohn?«
»Er heißt Akira und ist schon erwachsen. Er lebt gar nicht mehr in unserem Haushalt, sondern in Portugal,

zusammen mit seiner Freundin, seinem Freund und vielen anderen Kameraden.« »Und um wen hast du dir eben noch Sorgen gemacht?« »Um meinen Gefährten, Alex. Er hatte mich gestern Abend noch ermahnt, mich nicht im Wald zu verlaufen. Das passiert mir manchmal«, fügte Tanja kleinlaut hinzu. »Und dann noch um meinen geliebten Baum-Freund, der auch hier im Wald herumläuft.« »Was wollt ihr hier im Wald?« »Wir haben kleine Bäume gepflanzt, damit unsere Mutter Erde und ihr Wald sich wieder erholen können.« Tanja hielt staunend inne und betrachtete den Vogel-Jungen. Nun hatte dieser Tränen in den Augen. Schweigend wartete sie, denn sie fühlte, dass es hier ein dunkles und schlimmes Geheimnis geben musste. Nach einer Weile hob der Vogel-Junge an, zu sprechen: »Ich kenne so gut wie nichts, außer dem dunklen Raum, in dem ich noch vor einigen Wochen gelebt habe. Ganz früher waren wir dort zu dritt. Ich glaube, die zwei anderen, es waren meine Schwestern, sind gestorben, denn eines Tages waren sie verschwunden. Ich habe viel geschlafen und wenn ich aufgewacht bin, war ich oft am Körper verletzt. Stets hatte ich schlimme Träume von…« Zuerst trat blankes Entsetzen in die Augen des Jungen, dann panische Angst, die wiederum von dem schrecklichen Hass von vorhin abgelöst wurde. »Warte, bitte sprich nicht darüber«, unterbrach ihn Tanja. »Ich glaube, das tut dir nicht gut. Sieh, jetzt kann dir das alles nicht mehr passieren. Hier bist du in Sicherheit, würde ich sagen und du bist stark genug, um dich zu verteidigen.« »Was weißt du denn schon davon? Anscheinend hast du nur gute Dinge erlebt, also sprich nicht über Sachen, die du offenbar nicht kennst.« Der Junge hatte sehr wütend gesprochen. Der

Zorn sprühte ihm sichtlich aus den grünen Augen. Tanja antwortete dennoch: »Dass ich weiß, was Liebe ist und dass ich heute mit Menschen zusammen bin, die ich mag, heißt nicht, dass ich nicht wüsste, was Schmerz und Erniedrigung bedeutet. Ich habe als Kind selbst schlimme Dinge erlebt, die mir wohl für immer in den Knochen sitzen werden. Aber es ist so viel besser geworden als früher. Außerdem haben mir diese traumatischen Ereignisse auch eine Menge besonderer Eigenschaften gegeben, die andere nicht haben. Zum Beispiel Intuition, Weisheit und großes Mitgefühl.« Wieder herrschte langes Schweigen. Wie es aussah, dachte der Junge nach. Irgendwann räusperte er sich und begann zu sprechen: »Ich hatte mir immer sehnlichst gewünscht, einfach wegfliegen zu können und so aus dieser Hölle zu flüchten. Wieder und wieder sandte ich diesen Wunsch hinaus. Eines Tages, als es gar nicht mehr ging, ist es wirklich passiert und ich hatte plötzlich jenen Körper hier.« Er blickte, anscheinend selbst überrascht, an sich herunter. »Dann habe ich mir diesen Platz, an dem wir gerade sind, gesucht. Zum ersten Mal habe ich hier so etwas wie Frieden erfahren und zumindest meine äußeren Wunden konnten heilen. Wenn du möchtest, dann kannst du jetzt gehen. Aber bitte verrate mich nicht.« Tanja blickte betreten zu Boden: »Wenn ich ehrlich bin, habe ich mich total verlaufen. Das passiert mir wohl gelegentlich. Ich wüsste gar nicht, in welche Richtung ich gehen soll. Da fällt mir etwas ein. Du hast doch schon mehrmals Mais von unserem Feld gegessen. Das ist ganz in der Nähe von Waldhaus, wo ich wohne. Ich könnte meinen Freunden einfach über den Geist sagen, dass ich einen anderen Weg nach Hause gegangen bin, falls du mich hinbringen

könntest?«
»Ihr wisst von mir? Und was bedeutet: über den Geist erzählen?«, fragte der Vogel-Junge. »Wir können uns auch ohne Worte über größere Entfernungen verständigen und ja, wir haben gerade gestern über dich gesprochen. Da hielten wir dich aber noch für einen merkwürdigen Vogel…« Tanja kicherte. Verunsichert, so als hätte er noch niemals einen solchen Laut gehört, blickte der Junge Tanja an. »Weißt du was, bei uns leben eine ganze Menge schräge Leute, die anders sind als andere. Du könntest auch dortbleiben, wenn du magst. Ich bin mir ziemlich sicher, dass alle gut zu dir wären. Auf jeden Fall könnten wir dir etwas zu essen hinstellen. Vor allem auch mal etwas anderes als Mais. Was hältst du davon?«, fragte Tanja. »Das mit dem Essen wäre gut. Stellt es dahin, wo ich gestern zuletzt war und wohin ich dich gleich bringen werde. Und nun meine Bitte an alle: Verratet mich nicht.« »Versprochen!« Tanja hielt dem Jungen ihre Hand entgegen, ließ sie dann aber wieder sinken, weil dieser offenbar nichts mit der Geste anfangen konnte.
Dieses Mal packte der Junge Tanja sanfter und flog sie zum Maisfeld zurück.
»Weißt du jetzt, wie du zu eurer Behausung kommst?«, fragte er ein wenig besorgt. Tanja wollte gerade die Augen verdrehen, da nun noch jemand ihren Orientierungssinn infrage stellte, aber dann blickte sie den Jungen lächelnd an: »Siehst du, du kannst es doch auch. Du hast dir gerade Sorgen um mich gemacht. Danke der Nachfrage, ja ich finde jetzt sicher zurück. Alex, mein Partner, geht jeden Morgen ganz früh hierher. Mittags kommt er zum Essen heim. Dann wird er dir

jeweils hier eine gute Tagesration zurücklassen. Solltest du mich einmal sprechen wollen, so lass eine Feder dort liegen, dann werde ich den nächsten Mittag hier sein. Ich wünsche dir alles Gute. Du bist ein wirklich sehr ungewöhnliches und beeindruckendes Wesen. Ich freue mich, dass wir uns kennengelernt haben. Hast du eigentlich einen Namen? Ich heiße Tanja.« Der Vogel-Junge sah sie nachdenklich an: »Möglicherweise heiße ich Louis. Der Name kam jedenfalls in meinen Träumen vor. Auf Wiedersehen.«
Dann erhob er sich majestätisch und flog, fast lautlos davon.

Louis

Panisch, von seinen eigenen Schreien geweckt, erwachte Louis schweißgebadet nachts in seinem Nest. Sein Herz trommelte wie wild in seiner Brust. Sein Atem ging wahnsinnig schnell. Angsterfüllt und hektisch, jeden Moment den eigenen Tod erwartend, blickte er sich um. Langsam gewöhnten sich seine Augen an die Dunkelheit und seine Hände ertasteten das heimische Nest. Louis atmete auf. Es war nur ein Traum gewesen, wieder einmal... Mühsam versuchte er, sich in Raum und Zeit zu orientieren und sich selbst klarzumachen, dass jetzt gerade keine wirkliche Gefahr drohte. Viel zu langsam beruhigten sich die körperlichen Symptome. Was blieb, war das Adrenalin in seinem Körper, das nicht durch Kampf oder Flucht hatte abgebaut werden können. Das verursachte Louis, wie immer, großes Unbehagen. Er fühlte sich vollkommen erschöpft und gleichzeitig in einer, bis aufs Äußerste angespannten Gemütsverfassung, in die man nur gerät, wenn man in höchster Lebensgefahr schwebt. Louis hasste diese Situationen, aber er wusste nicht, was er dagegen tun sollte, dass sein Nervensystem immer in dieser Angespanntheit blieb. Wie gerne würde er sich einfach einmal gehen lassen und vollkommen entspannen. Dies jedoch war ihm nicht vergönnt. Im Schlaf kamen wieder und wieder diese fürchterlichen Träume und am Tag zeigten sich in regelmäßigen Abständen kleine Filmabschnitte mit schrecklichen Szenen in seinen Kopf. Was darauf folgte, waren stets Panikattacken, wie diese hier. Nach und nach wurde dann die Angst von purer Wut überlagert und später von dieser ganz abgelöst. Louis wollte nur noch töten. In seinen Bildern im Kopf kamen immer wieder auch zwei gleiche Personen – eine Frau und ein Mann - vor, zu

denen er sich einerseits, und für ihn völlig unerklärlich, sehr hingezogen fühlte und er aber andererseits das Verlangen hatte, sie für das, was sie ihm antaten, auf grausamste Weise töten zu wollen. In dem Raum, in dem all das Schändliche, das er stets in seinen Träumen sah, passierte, gab es immer viele Kameras. Louis konnte sich bisher noch keinen Reim darauf machen. Aber er wollte Rache - bitterste Rache!
Diese Welt war ein schrecklicher Ort. Daran änderte sich auch nichts, nur weil Tanja gesagt hatte, es könne auch anders sein.
Wütend und fasziniert zugleich starrte er auf die kleine Galerie, von selbst gebastelten Gegenständen, die jedes Mal seinen Mittagessen-Rationen im Maisfeld beigelegen hatten. Am liebsten mochte er die Eule. Sie war aus einem Tannenzapfen, trockenen Zweigen und vielen verschiedenen Blättern gefertigt. Louis hatte noch nie so etwas besessen. Wenn er jetzt zur Mittagszeit seine Mahlzeit im Maisfeld abholen flog, war er schon gespannt, ob wieder so ein Kleinod dabei war. Gestern hatte ein Ding neben dem Essen gelegen, worauf Louis sich keinen Reim machen konnte. So etwas hatte er noch nie gesehen. Aber es gefiel ihm und er wollte wirklich zu gerne wissen, wozu diese Sache gut sein sollte.
Nachdenklich drehte er eine Feder in den Fingern, die er gestern verloren hatte. Er müsste nur…
Aber, nein. Auch ihr war nicht zu trauen. Man durfte sich keine Gefühlsduseleien erlauben. Außer natürlich…
Zärtliche Gefühle breiteten sich in Wellen in seinem geschundenen Herzen aus, als er an seine beiden Schwestern dachte. Die kleine, zehn Jahre alte, Sandra war schon so lange fort. Wie zerbrechlich sie stets gewesen war und wie viel sie immer geweint hatte.
Es hatte so wehgetan, Ihr nicht helfen oder echten Trost

spenden zu können. Von einem auf den anderen Tag war sie verschwunden und kehrte nie mehr zurück.
Magdalena war mit ihren vierzehn Jahren die älteste der Geschwister gewesen. Sie war es, die schon so lange davon gesprochen hatte, sich in einen Vogel verwandeln zu wollen, um all dem Schrecklichen zu entfliehen. Als auch sie eines Tages nicht mehr wiederkehrte, hatte Louis diesen Traum von ihr übernommen.
Wieder betrachtete er die Feder in seinen Händen und fasste einen Entschluss.
Alex kam zum Mittagessen in die Wohnküche und hielt Tanja, die ihn erfreut begrüßte, eine große, weiße Feder vors Gesicht. »Die wird wohl für dich sein... Sei bloß vorsichtig. Wir kennen den Vogel-Jungen doch kaum. Wenn du magst, dann komme ich morgen Mittag mit zu dem Treffen.« Tanja nahm die Feder überrascht entgegen. Alle Blicke derer, die sich schon zuvor zum Essen am Tisch der großen Wohnküche in Waldhaus niedergelassen hatten, richteten sich neugierig auf die beiden. Alex und Tanja setzten sich nun ebenfalls, sprachen aber weiter kein Wort mehr über die Angelegenheit.
Quick Deer wandte sich über den Geist an Soholit: »Was hältst du von einem kleinen Verdauungsspaziergang, mein lieber Freund? Der Druide erhob sich freundlich und der alte Labrador-Rüde, alias Quick Deer, folgte ihm schwanzwedelnd nach draußen.
Nachdem die beiden Weisen sich eine Weile schweigend aufeinander eingestimmt hatten, hob Quick Deer an, zu sprechen. »Ich habe mir das mit meiner Abschluss-Feier anders überlegt. In unserem Volk wurde sich von je her auch gefreut, wenn eine Seele, nachdem sie ihren materiellen Körper verlassen hatte, weiterziehen konnte. Es scheint mir aber heutzutage aus der Mode gekommen

zu sein. Ich kann es auf der einen Seite auch verstehen. Schließlich bleiben die, die einen lieben, allein zurück... Wobei, über die wahre Liebe könnten wir nun anfangen zu diskutieren. Man sieht doch, dass es mir in diesem altersschwachen Körper nicht mehr so gut geht. Ich habe mir jedenfalls gedacht, dass wir demnächst nochmals eine ganz normale Versammlung der Krieger des Lichts einberufen. Dann wird auch Akira hier sein, sodass ich mich verabschieden kann. In derselben Nacht werde ich in meinem Körbchen als Hund friedlich für immer einschlafen. Ich freue mich sehr auf meinen früheren Körper auf Aquarius. Es sollte für Tanja sowie Alex nicht allzu schmerzhaft sein. Nachdem der „Herr des Lichts" die astralen Wege nicht mehr belauert, können alle ohne Weiteres jetzt wieder mit ihrem physischen Körper nach Aquarius reisen. So können die beiden mich jederzeit von Angesicht zu Angesicht sehen. Ansonsten kann ich auch mit meinem Traumkörper oder ebenfalls astral hierherkommen. Was Akira betrifft... Er wird den Weggefährten seiner Jugend, seinen geliebten Hund Amerok, auf immer verlieren. Ich habe keine Idee, wie ich das für ihn abmildern könnte.«
Wieder schwiegen die beiden Männer eine längere Zeit.
»Ich glaube, er wird es verkraften. Immerhin lebt er nun im portugiesischen Bruchtal, hat dort seine neuen Aufgabenbereiche und Menschen, die ihn lieben, um sich. Schau, er geht auch sehr reif mit dem Tod seines Bruders, Atlantus, um«, erwiderte Soholit.
»Ja, das ist wohl wahr. Ich hätte nicht gedacht, dass Atlantus wirklich nie mehr wiederkehren würde. Aber ich bin mir inzwischen ziemlich sicher, dass es so ist. Was hältst du eigentlich von dem Vogel-Jungen? Tanja will sich morgen mit ihm treffen.« Selbst im Geist hatte Quick Deers Stimme recht besorgt geklungen.

Soholit schmunzelte breit. »Das Gleiche wie du, würde ich sagen.« Beide hatten bereits, wohl wissend, dass der andere es bestimmt bemerken würde, die Gedanken des Gegenübers und dessen Erinnerungen akribisch dahin gehend durchsucht.
»Was für ein Schüler das sein könnte!«, brach Soholit das Schweigen. »Das stimmt. In ihm ist ein gigantisches Potenzial vorhanden. Allein schon, dass er eine solche Verwandlung bewerkstelligt hat«, antwortete Quick Deer. »Er muss Hilfe gehabt haben, da bin ich mir sicher«, fügte er noch hinzu.
»Wir beide wissen aber auch, welche Gefahren ein Kontakt mit ihm in sich birgt. Er ist praktisch eine, fast unberechenbare Bombe und auch eine rechte Zumutung, mit seiner inneren Haltung, die er momentan noch hat.«
»Ja, das bereitet mir auch große Sorge«, antwortete Soholit. »Eine hervorragende Idee übrigens, als Hund in der Nähe zu lauern und dann seine Gedanken zu lesen. Von einem Tier hat er sich wahrscheinlich nicht bedroht gefühlt. Ich bin tief betroffen von dem, was er durchgemacht hat. Die eigenen Eltern... Was Geldgier doch aus Menschen machen kann. Und dann auch noch die Käufer dieser schrecklichen Filme. Sie sind nicht minder schuldig. Die ganze Sache erinnert mich an die Geschichte von Caspar Hauser, beschrieben in dem Buch von Jacob Wassermann. Der war auch im Dunkeln eingesperrt gewesen. Nur, dass Caspar Hauser nicht auch noch misshandelt wurde. Geschweige denn, dass dann auch noch Filme davon gedreht wurden, um diese an kranke und perverse Mit-Menschen zu verkaufen. Eine sehr schlimme Sache...« Soholit endete abrupt in seinen Ausführungen. »Wenn man bedenkt, was für außerordentliche Begabungen Caspar Hauser durch den langen, einsamen Aufenthalt in der Dunkelheit entwickelt

hatte, dann kann man sich vielleicht vorstellen, was womöglich in diesem Louis steckt. Und diese entwaffnete Ehrlichkeit, die Caspar Hauser an den Tag legte. Das war für viele sicherlich eine große Herausforderung«, sinnierte Quick Deer vor sich hin. Kurz darauf meldete er sich wieder zu Wort: »Ich fasse es mal zusammen: Louis ist stark traumatisiert und hat viele Symptome, die damit einhergehen. Er hat ständig Albträume in der Nacht und auch tagsüber kurze Erinnerungsschübe. Dadurch kommt sein Nervensystem nie richtig zur Ruhe. Die kleinsten Auslöser können zu Panikattacken und Wutausbrüchen führen. Er ist wahnsinnig zornig und läuft herum, wie ein wandelnder Vorwurf. Er hält praktisch alle für schuldig an seinem Zustand. Dazu kommt noch die immense physische Stärke, des so ungewöhnlichen Körpers, in dem er nun lebt. Ich habe auch festgestellt, dass er noch nicht wirklich herausgefunden hat, was genau in der Vergangenheit alles passiert ist. Gott sei Dank war er, während der schlimmen Dinge, durch Tabletten oder Drogen immer betäubt gewesen.
Er könnte durchaus gefährlich werden, würde ich meinen.«
Soholit gab durch Kopfnicken zu verstehen, dass er mit Quick Deer übereinstimmte. »Wenn sich überhaupt jemand seiner annehmen könnte, dann wäre es Tanja. Sie hat nicht ganz so viel Schlimmes erlebt wie er, weiß aber genau, um was es geht und wie sich das anfühlt.
Es wird sehr, sehr lange dauern, bis Heilung einsetzt. Am Anfang wird es, wie in jeder Traumatherapie, erst einmal darum gehen müssen, den Jungen zu stärken und seine natürlichen Ressourcen zu finden.« Soholit überlegte eine Weile. »Also ich bin dafür, dass Tanja sich morgen mit ihm trifft. Wir können ihn doch unmöglich einfach seinem Schicksal überlassen. Außerdem habe ich so ein Gefühl,

dass wir noch Großes von ihm erwarten dürfen und er ein wichtiges Zahnrad im Gefüge des Schicksals des ganzen Universums sein wird«, beendete Soholit seine Rede.

»Ich bin ganz deiner Meinung. Bitte achte gut auf Tanja und auf die beiden zusammen, wenn ich wieder in Aquarius sein werde…« Und damit ließen es die zwei Männer gut sein und genossen einfach ihren gemeinsamen Spaziergang.

Am nächsten Tag machte sich Tanja um die Mittagszeit in Richtung Maisfeld auf und musste alle Überredungskünste aufbieten, Alex davon zu überzeugen, sie allein gehen zu lassen. Dort angekommen, rätselte sie, wo im Feld wohl die Stelle gewesen sein könnte, an der sie sich treffen wollten. Sie beschloss, einfach ihrer Intuition zu folgen und ging aufs Geratewohl ins Feld hinein. Keine Minute später kam ein beifälliger Ausruf von Louis, der bereits schon länger an Ort und Stelle war: »Du hast es ja gefunden. Ich bin beeindruckt.« Er grinste breit. »Oh, hallo. Ich bin auch überrascht«, war Tanjas ehrliche Antwort. »Schön, dass wir uns treffen können«, fügte sie hinzu. »Ja, also ich wollte…«, Louis druckste ein wenig herum. »Also, danke für die kleinen Dinge, die immer beim Essen dabei waren und danke für das Essen.«

»Gerne geschehen. Mir macht es Spaß, Geschenke zu machen.« Aha, Geschenke nennt ihr das. Warum ich hier bin, ist Folgendes: Was ist das hier?« Louis hielt den kleinen Gegenstand, über den er sich auch gestern schon Gedanken gemacht hatte, in die Höhe.

»Das ist ein Schiffchen. In dieser Größe kann man damit spielen, indem man es auf kleinen Gewässern schwimmen lässt. Es gibt auch viel, viel Größere und damit können Menschen über Flüsse oder Meere fahren.« »Flüsse und Meere, was ist das?«, fragte Louis überrascht.

»Ich glaube, das zeige ich dir besser. Das kann man schwer erklären. Das ist allerdings recht weit, heißt fliegen würde zu lange dauern. Ich könnte dich auf eine astrale Tandemreise mitnehmen.« Louis standen noch mehr Fragezeichen ins Gesicht geschrieben. »Wir können uns auf eine bestimmte, erlernbare Weise, nämlich die astrale Reise, ganz schnell von Ort zu Ort bewegen. Bei einer Tandemreise nimmt jemand einen anderen dabei mit, der es noch nicht selbst kann oder zum Beispiel verletzt ist. Du musst dich nur gut an mir festhalten, dann hat man so ein drehendes Gefühl und dann ist man auch schon da. Ich würde uns an eine ganz einsame Stelle am Meer bringen, in die auch ein Fluss hineinmündet. Ich kenne einen solchen einsamen Platz in Portugal.« Plötzlich erinnerte sich Tanja an die Erlebnisse, die sie dort gehabt hatte und fing bitterlich an zu weinen. Louis war ratlos. »Was ist denn los?«, fragte er und trat nervös von einem Bein auf das andere. Tanja schniefte. »Ich hatte zwei Söhne. Der ältere war ein Selkie, das heißt er konnte mal ein Mensch und mal eine Robbe sein. An diesem Ort wurde er seinerzeit in einen Hinterhalt gelockt und von den Männern von Zagan heimtückisch ermordet…« »Das ist wirklich schlimm.« Louis blickte Tanja traurig und mitfühlend an. »Weißt du, meine Schwestern sind auch gestorben. Das tut weh.« So sanft er konnte, legte er seinen Flügel tröstend um Tanja. »Sollten wir uns nicht besser einen anderen Ort aussuchen?«, fragte er leise. »Du hast recht. Fliegen wir besser nach Dänemark. Da kommen meine Mit-Geschwister aus Aquarius her oder besser gesagt, dort haben sie ihre frühe Kindheit verbracht.« Als Tanja Louis' verwirrten Gesichtsausdruck sah, musste sie lächeln. »Aquarius ist ein, weit entfernter und sehr hoch entwickelter Planet. Dort herrscht die allumfassende

Liebe. Es ist ein wundervoller Ort. Ich erzähle dir davon ein andermal, sonst kommen wir hier nie weg. Halt dich an mir fest, jetzt geht's los.«
Keine Minute später landeten die beiden an einem einsamen Sandstrand einer kleinen Insel Dänemarks. Vor ihnen lag das weite Meer und seitlich floss, in einem kleinen Delta, ein Flüsschen in die See. Es war windig, kühl und die Luft roch nach Salz. Fasziniert bewegte Louis seine Füße im Sand. »Wie weich das ist und wie es hier riecht. Das Meer ist wunderschön. Ich danke dir von Herzen für dieses Erlebnis. Nie und nimmer hätte ich mir etwas so Schönes träumen lassen.« Tanja setzte sich in den Sand und hing ihren eigenen Gedanken nach. Louis flog ein Stück über das Meer und sein Anblick erinnerte sie an ihre eigenen Flüge auf Aquarius. Wie sehr sie diese vermisste. Wann sie wohl wieder nach Hause konnte? Nach Hause. So hatte sie schon ewig nicht mehr an Aquarius gedacht. Die Erde hatte diesen Platz doch schon längst bei ihr eingenommen. Sie freute sich darauf, demnächst endlich wieder eine astrale Reise nach Aquarius mit ihrem physischen Körper unternehmen zu können. Wie sie gehört hatte, war nächste Woche eine Versammlung der Krieger des Lichts geplant und dann wollte man das besprechen. Sie würde jedenfalls dort fliegen, fliegen und nochmals fliegen...
Ganz außer Atem hatte sich Louis neben sie gesetzt. »Fliegen ist das Beste, was ich mir je vorstellen konnte. Wenn du nur wüsstest, wie das ist!«, wandte er sich an Tanja. »Ich weiß ganz genau, wie das ist und vermisse es mehr als du es dir vorstellen kannst. Auf Aquarius können nämlich alle Aquarianer fliegen. Das war mir dort das Liebste.«
Louis schwieg eine Weile. »Ich muss schon sagen, je mehr ich von dir höre, desto rätselhafter und

interessanter wird alles.« Tanja sah ihn nachdenklich an. »Komm doch einfach zur nächsten Versammlung der Krieger des Lichts als geladener Gast hinzu. Dann wird auch Akira, mein jüngster Sohn, mit seinen Freunden dabei sein.« »Meinst du, sie wollen mich überhaupt dabeihaben?«, fragte Louis.
Seine Stimme hatte einen leicht unsicheren Klang bekommen. »Ich glaube schon«, antwortete Tanja. »Aber, wenn du magst, frage ich nochmals nach und lasse dir die Antwort morgen im Maisfeld persönlich zukommen. Die Versammlung wird heute in vier Tagen sein. Ich könnte dich mittags dann hier abholen. Wollen wir das so vereinbaren?« Louis nickte still.
»Hör mal, wenn wir uns morgen wieder treffen, dann musst du mir unbedingt alles von euch haarklein und der Reihe nach, erzählen. Ich möchte nicht völlig unvorbereitet auf der Versammlung erscheinen.« »Ja, klar, das machen wir morgen. Wir sollten nun aber unbedingt zurückfliegen, sonst macht sich Alex noch Sorgen um mich. Das scheint ohnehin sein Hobby zu sein.« Tanja lachte und ihr Lachen war ansteckend für Louis, welcher sich an ihr festhielt und kurz darauf wieder die bekannten Drehbewegungen einer astralen Reise wahrnahm. Auf dem Maisfeld zurück, merkten sie, dass es dort bereits Abend geworden war. Unweit ihres Landeplatzes standen Alex und Amerok. Alex hob, sichtlich erleichtert wirkend, winkend die Hand. »Was habe ich dir gesagt?« Tanja verdrehte die Augen. »Na dann bis morgen.« Louis nickte Tanja und den beiden anderen zu und erhob sich daraufhin anmutig in die Lüfte.

Eine wichtige Versammlung

Alle sahen am Abendbrot-Tisch erwartungsvoll zu Tanja. Diese machte sich einen Spaß daraus, zunächst nichts zu erzählen und so zu tun, als wäre nichts Besonderes. Außerdem übte sie sich darin, den eigenen Geist fest vor ihren beiden Lehrern abzuschirmen, welche sich gerade redlich bemühten, die Neuigkeiten auf diese Weise schneller in Erfahrung zu bringen.
Vismateté, der am geöffneten Fenster stand, wandte sich lachend an seine Menschen-Gefährtin. »Meine Liebste, du hast nun zur Genüge unter Beweis gestellt, dass du verbergen kannst, was immer du willst. Aber jetzt bitte erzähle uns, wie das Treffen mit Louis gelaufen ist. Ich, wir alle, sind wahnsinnig gespannt darauf.« Tanja lachte laut auf und gutmütig erzählte sie haarklein von der heutigen Begegnung. Mit der Frage, ob Louis zur nächsten Versammlung der Krieger des Lichts willkommen sei, endete Tanjas Bericht. Alle Anwesenden waren bereit, Louis einzuladen. Soholit bemerkte noch, dass er kurz über den Geist im portugiesischen Bruchtal nachfragen wollte, wie die dortigen Bewohner die Angelegenheit sahen. Nachdem diese staunend von Louis erfahren hatten, waren sie ebenfalls einverstanden.
»Tanja, wenn du Louis alles erzählt hast, dann informiere ihn bitte auch, was wir uns, als Krieger des Lichts, für eine Aufgabe gesetzt haben. Vielleicht möchte er sich uns ja anschließen«, wandte sich Soholit am Ende des Abendessens abschließend an Tanja. Diese nickte mit dem Kopf und war nun rechtschaffen müde.
»Gehst du mit mir noch ein paar Meter ums Haus?«, schwanzwedelnd sah Amerok zu Tanja auf. »Ja natürlich«, antwortete diese unwirsch, wäre aber lieber in ihrem Zimmer verschwunden. Stattdessen zog sie sich eine

Jacke über und trat mit Amerok nach draußen. Nachdem sie eine Weile gegangen waren, wandte sich dieser an Tanja: »Morgen triffst du dich mit Louis, zwei Tage später wird die Versammlung sein. Dort werde ich mich verabschieden und in derselben Nacht noch, meinen Hundekörper verlassen und mich wieder auf Aquarius inkarnieren. Dort kannst du mich dann, gleich während deiner nächsten Reise, besuchen kommen.« Tanja war wie vom Donner gerührt. »Und Akira? Findest du nicht, dass das alles zu schnell geht?« »Ich habe das Ganze doch schon vor der letzten Versammlung angekündigt. Die einzige Änderung, die es gibt, ist, dass ich auf die Abschiedsfeier verzichte. Ich glaube, ihr würdet sie nicht genießen.« »Kannst du denn nicht noch etwas länger bleiben?«, fragte Tanja flehentlich. »Ich bin als Hund nun schon über 14 Jahre alt. Das ist für einen Labrador mehr als genug. Mir geht es nicht gut in dem Körper. Ich kann nicht mehr und nun frag bitte nicht nochmals.« Tanja schämte sich, nur an sich, beziehungsweise an ihr Kind, gedacht zu haben. »Es tut mir leid. Danke, dass du so lange Zeit hier für uns da warst und hab eine gute Reise.« Amerok schmiegte sich liebevoll an ihre Beine und ging dann zurück ins Haus.

Am nächsten Tag auf dem Maisfeld erzählte Tanja Louis haarklein alles über die Mitglieder der Krieger des Lichts und auch über sich, über Aquarius, Osiria und die Platana. Irgendwann war ihr Mund schon ganz trocken geworden vom vielen sprechen. Louis hatte jedes Detail wie ein Schwamm in sich eingezogen und nur hier und da eine kleine Rückfrage gestellt. Als Tanja offenbar zum Ende gekommen war, fragte er: »Was ich nicht genau verstehe, ist, wieso ihr eigentlich für den Erhalt der Erde kämpfen müsst. Es ist doch für jeden vollkommen klar, wenn man von den anderen Himmelskörpern hört und wenn man sich die Entwicklung auf diesem Planeten betrachtet, was zu tun ist. Das versteht doch jedes Kind.«

»Das sollte man meinen, ja. Aber dem ist nicht so... Leider! Zwar gibt es viele, die inzwischen endlich anerkennen, dass es den Klimawandel gibt. Aber... Wie soll ich dir das erklären? Nehmen wir mal den Klimagipfel. Das ist eine Art Versammlung aller Länder der Erde, die momentan in Glasgow stattfindet und auf welcher man gerade darüber beraten hat, was nun zu tun ist. Du kannst dir nicht vorstellen, wie spärlich die Ergebnisse dieses Events waren. Es wäre doch logisch, so schnell wie möglich mit dem Verbrennen von Kohle aufzuhören, weil dadurch viel zu viel CO_2 entsteht, was wiederum die Ursache dafür ist, dass die Erde sich immer mehr erwärmt. Die Kohleverbrennung treibt zusammen mit den Verbrennungsmotoren von Autos, Flugzeugen und Schiffen den Klimawandel immer weiter voran. Aber die Länder der Erde konnten sich nicht auf ein baldiges Datum einigen, wann damit aufgehört werden soll.«

»Warum?«, fragte Louis völlig entgeistert. »Na ja, es geht um Geld und Gier, um Macht und um Trägheit in den eigenen Gewohnheiten. Nur mal ein Beispiel: Manche wohlhabenden Unternehmer wollen nicht auf Geschäfte verzichten, die sie beispielsweise mit den Benzin-Autos, der Kohle und ähnlichem machen.« »Das wird man ihnen doch nicht erlauben. Da werden sich doch alle dagegen wehren, oder etwa nicht?«, fragte Louis weiter und wurde immer aufgeregter. »Ja, wir wehren uns, als die Krieger des Lichts. Junge Leute demonstrieren gemeinsam mit gleich gesinnten auf den Straßen und es gibt auch fortschrittliche Firmen, die erkennen, was die Zeit verlangt.« »Aber das reicht nicht, wie ich sehe?« Louis' Augen sprühten vor Zorn. Tanja nickte traurig. »Weißt du was, dann lassen wir den Planeten doch einfach machen. Dieser wird die Menschen früher oder später von der Erde werfen, denn sie haben es doch wohl nicht anders verdient.« Aufgebracht lief der Vogel-Junge hin und her. »Bedenke bitte die vielen Unschuldigen, die es auch treffen würde. Dazu gehören die Tiere, die Pflanzen und auch die Kinder der Menschen. Dein Urteil ist ein wenig schnell gefällt, würde ich sagen. Und deshalb geben wir uns auch weiterhin Mühe. Obwohl ich, ehrlich gesagt, auch schon genau solche Gedanken hatte, wie du«, antwortete Tanja. »Aber man muss doch etwas tun, wenn man die Unschuldigen, wie du sagst, schützen möchte. Man könnte die ganzen Verursacher der Umweltverschmutzung vernichten.« »Mensch, Louis, das geht so nicht. Wir versuchen uns, von der Liebe leiten zu lassen. Solche Gewalt, die du vorschlägst, wird aus Hass geboren und kann nur weiteren Hass hervorbringen. Das kann nie und nimmer zu einem besseren Planeten führen. Und außerdem könntest du dann auch gleich uns alle vernichten. Unser Allrad-Auto von Waldhaus fährt mit Diesel und wir heizen mit Gas und Holz. Alles ziemlicher Mist würde ich sagen…« »Wieso ändert ihr das nicht? Das ist doch scheinheilig von euch!« Bedrohlich hatte sich Louis vor Tanja aufgebaut. Diese schaute ihn liebevoll an. Unter dem Blick schmolz Louis' Zorn nach und nach dahin. Tanja setzte sich auf die Erde und begann zu erzählen. »Wir haben einige von uns, die sich darum kümmern wollten, mit gutem Beispiel voranzugehen. Nur zu gerne hätten wir unsere Heizung in eine umweltfreundliche umgewandelt, denn letztens war unsere Gastherme kaputt. Uns fehlt dazu jedoch schlichtweg das Geld. Da hilft es auch nicht, dass man Zuschüsse bekommt. Uns fehlt auch das Geld für die Hälfte der Investition. Wenn wir eine Wärmepumpenheizung einbauen würden, dann müssten

wir auch auf eine Fußbodenheizung umrüsten. Dazu kommt noch, dass solche Heizungen nur funktionieren, wenn man ein total gedämmtes Haus hat. Alles in allem wären wir bei etwa 100 000 Euro gewesen. Eine neue Gastherme kostet dagegen nur 1800 €. Die Wärmepumpe, welche sehr viel umweltschonender arbeitet als Gas oder Öl, verbraucht aber auch sehr viel Strom. Wird dieser aus Kohle gewonnen, dann nützt letztlich auch die Wärmepumpe nichts.
Unser Auto, beispielsweise, haben wir schon viele Jahre. Wir fahren höchstens einmal in 14 Tagen damit einkaufen. Ansonsten steht es herum. Das Auto nun zu verschrotten und ein teures Elektroauto, das wir uns, nebenbei bemerkt, auch nicht leisten könnten, hielten wir nicht für ökologisch. Wo also willst du Grenze ziehen, wenn du ans Bestrafen der Klimawandel-Verursacher denkst?« »Dann muss man halt die Bosse des Landes absetzen und solche Gesetze verabschieden, dass eine Gasheizung 100 000 € kostet und die Wärmepumpenheizung nur 1800 €. Dazu könnte man eine Revolution anzetteln…« Mit funkelnden Augen lief Louis hin und her. »Nein, Louis, wir wollen nicht gegen etwas kämpfen und wir wollen nicht aus Hass heraus agieren. Eine echte Chance haben wir nur, wenn wir aus Mitgefühl und Liebe handeln. Ich möchte darüber auch nicht weiter diskutieren. Gerne erzähle ich dir morgen, wenn du magst, was ich seinerzeit alles darüber gelernt habe. Ich bin für heute müde und möchte jetzt nach Hause.« Louis sah enttäuscht aus. »Komm schon, Louis, morgen ist auch noch ein Tag. Ich werde wieder kommen und übermorgen kannst du dann meine Lehrer persönlich kennenlernen.« Daraufhin ging Tanja langsam Richtung Waldhaus und Louis blieb im Maisfeld zurück.
Tanja verbrachte den ganzen Nachmittag des folgenden

Tages mit Louis und bemühte sich, ihm den Standpunkt der Krieger des Lichts klarzumachen. Es war nicht einfach, denn Louis war so sehr von Zorn erfüllt. Irgendwann gab sie daher auf und schlug vor, etwas Schönes zu unternehmen. »Wollen wir noch mal einen Ausflug machen?«, fragte sie den überraschten Jungen. Dieser nickte und hielt sich, in Erwartung einer astralen Reise an Tanja fest. Kurz darauf kamen sie in einer wundervollen, einsamen Schlucht, welche sich in einem, offenbar seit Jahren unberührten Wald befand, wieder auf die Beine. »Ich möchte dir hier etwas zeigen. Bitte schau einfach eine Weile herum und lass dich von dem Ort berühren. Dann sprechen wir noch einmal.«
Tanja ließ sich unter einem Baum nieder und blickte vor sich hin. Irgendwann legte sie sich auf den Boden und beobachtete den Himmel, den man durch die hohen Baumkronen sehen konnte. Dabei schlief sie ein. Als sie erwachte, dämmerte es bereits. Louis saß unweit von ihr. Sein Gesicht hatte sich verändert. Die tiefe Ruhe und die Unschuld dieses unberührten Ortes hatten ihn gewandelt. Sein Gesicht sah friedlich aus. »Wie kommt es, dass es hier so schön ist?«, fragte er, als er sah, dass Tanja ihre Augen geöffnet hatte. »Das hier ist ein Ort, der noch völlig unberührt vom Menschen ist. Hier kann man echte Natur erleben. Natur heilt. Natur kann einem das Gefühl vermitteln, dass alles gut ist. Von dem Punkt aus hat die Liebe ein leichtes Spiel. Hier kann Hass nicht überdauern. Weil Hass denjenigen, indem er lebt, nach und nach auffrisst, also zerstört, fühlst du in der Natur nun, dass es dir besser geht. Liebe baut auf und nährt. Hass zerstört. Er zerstört alles, auch denjenigen, der in seinem Namen agiert. Ich wollte dir zunächst einmal das Gefühl zeigen, welches wir anstreben. Nämlich in der Liebe zu verweilen und daraus zu handeln. Wie ich sehe,

hat die Natur es tatsächlich geschafft, dir davon eine Kostprobe zu geben.« Louis schwieg eine Weile, dann sprach er: »Und du kannst wirklich ständig alles nur aus der Liebe heraus tun?« »Nein, leider nicht.« Tanja lächelte. »Immer wieder bin ich zornig und aufgebracht. Aber ich merke das irgendwann und weiß Wege, wie ich wieder auf den rechten Weg kommen kann.« »Was für Wege?«, wissbegierig sah Louis zu Tanja.
»Morgen ist die Versammlung. Dort wirst du Soholit und auch Quick Deer, der wie du weißt, momentan noch den Körper eines altersschwachen Labradors bewohnt, kennenlernen. Ich bin sicher, wenn du darum bittest, werden sie dich unterrichten. Alles, was ich erlernt habe, kommt von ihnen. Für heute ist es genug. Schau, es wird schon dunkel und Alex wird sich bereits Sorgen machen. Weißt du was, wir werden ein wenig schummeln und auf der astralen Reise auch in der Zeit zurückreisen, damit es nicht so spät ist, wenn wir zu Hause sind. Komm, halt dich gut an mir fest.« Die Versammlung war für den Nachmittag des nächsten Tages geplant und Tanja ging mittags zum Maisfeld, um Louis abzuholen. Dieser schien recht aufgeregt. »Bist du wirklich sicher, dass ich mitkommen soll? Vielleicht störe ich ja. Am besten, ich fliege wieder zurück zu meinem Nest.« Schon hatte er seine mächtigen Flügel ausgebreitet, um sich in die Lüfte zu erheben. »He, Moment mal, bleib doch hier!« Lachend hatte Tanja Louis am Arm gepackt, um ihn am Wegfliegen zu hindern. »Du hast ja Angst. Das hätte ich nicht gedacht. Mach dir mal keine Sorgen, du bist mehr als willkommen. Das kannst du mir wirklich glauben. Auch alle anderen sind aufgeregt, nicht nur du.« »Angst? Pah, bestimmt nicht, oder?« Unsicher sah Louis in Tanjas lachende Augen und sprach: »Ich würde mal sagen, du lügst mich nicht an. Mir fällt jedenfalls gar nicht auf, dass

ich Angst haben sollte. Ich wollte einfach nur schnell weg…« Tanja schmunzelte noch immer. »Das kenne ich gut aus eigener Erfahrung. Das ist nur eine Ausrede, um flüchten zu können. In Wirklichkeit steckt dahinter die Angst, nicht gemocht zu werden oder so ähnlich.« Louis war schweigsam geworden und sann lange über Tanjas Worte nach. »Du hast wohl recht. Weißt du, ich habe Angst, verletzt zu werden. Ich bin anders als ein Mensch. Wahrscheinlich bin ich das einzige Vogel-Menschwesen überhaupt. Ich kann also nicht auf mein Volk zurückgreifen, für den Fall, dass das mit uns nicht funktionieren wird. Das wäre auf Dauer dann sehr, sehr einsam für mich. Ich glaube, davor fürchte ich mich am meisten.« Tanja sah Louis eindringlich an. »Ich verstehe, so habe ich das noch gar nicht gesehen. Ich schätze sehr, dass du so ehrlich bist. Es ist sicher eine ganz andere Größenordnung, wenn man ein Geschöpf ist, dass zu keiner Familie oder einem Volk gehört. Jedenfalls auf mich kannst du als Freundin zählen.« Tanja streckte Louis ihre Hand entgegen. Dieser schüttelte sie bedächtig und bewegte sich dann langsam in Richtung der Behausungen von Waldhaus. Schweigend gingen die beiden Seite an Seite, bis sie kurz vor dem Haus angekommen waren. Durch die Fenster konnte man schon eine Menge Menschen und Geschöpfe ausmachen. Tanja bemerkte, wie Louis wieder unsicher wurde und sprach leise auf ihn ein. »Da rechts am Fenster, das ist Soholit. Du wirst ihn mögen. Er ist der begabteste und weiseste Druide überhaupt. Er hat mich lange unterrichtet und möchte das auch sehr gerne mit dir tun. Die Leute vom kleinen Volk, Quiskan, Querin und Lucinda kann man von hier aus nicht sehen. Sie sind so klein, dass sie nicht so ohne Weiteres aus dem Fenster blicken könnten. Mein Sohn, Akira und seine Freundin, Lia und deren Zwillingsbruder,

Finnbar werden sicher auch schon da sein. Das sind sehr nette, junge Leute, du wirst sehen.« Tanja bemerkte, wie Louis sich wieder entspannte und bugsierte ihn geschickt in die große Wohnküche von Waldhaus. »Darf ich vorstellen? Das ist Louis.« Dann nannte sie für ihren neuen Freund alle Namen der anwesenden Geschöpfe, welche währenddessen der Reihe nach jeweils Louis die Hand schüttelten. Dann übernahm, so wie üblich, Soholit die Leitung der Versammlung. Es gab keine besonderen Themen, sondern nur einen ganz normalen Austausch über alles, was so in der letzten Zeit passiert war oder getan wurde. Daher übergab Soholit nach kurzer Zeit das Wort an Quick Deer. »Ich möchte mich von euch verabschieden, denn ich werde diese Nacht, also jetzt gleich, meinen Hundekörper verlassen und mich wieder in meinem alten Körper auf Aquarius inkarnieren«, sprach er schlicht. Es wurde auf der Stelle ganz still im Raum, nicht einmal Akira protestierte. »Und ich möchte dabei allein sein«, fügte er noch vorsorglich hinzu. »Tanja wird morgen wissen, was zu tun ist.« Das waren seine letzten Worte und dann verließ er, nachdem er sich zuerst von Alex und dann von Akira nochmals hatte streicheln lassen und diesen zärtlich mit seiner Hundenase zum Abschied ins Gesicht gestupst hatte, die Wohnküche. Wie versteinert stand Akira da und bemühte sich vergeblich, seine Tränen zu unterdrücken. Tanja, Lia und Finnbar legten mitfühlend und liebevoll im Kreis ihre Arme um Akira und nach und nach kamen alle Wesen, die anwesend waren, näher und bildeten bald eine riesige Traube um den jungen Mann, um ihm Trost beim Abschied von dem geliebten Haustier seiner Kindertage zu spenden. Auch Louis war, wie selbstverständlich, mit in diesem Knäuel, von mitfühlenden Freunden, involviert und fühlte sich dabei ganz ungewohnt. So etwas hatte er noch nicht erlebt. Wie Schmerz, insbesondere Trennungsschmerz, sich anfühlte, das wusste er aus eigener Erfahrung nur zu gut, denn er vermisste seine Schwestern noch immer wie verrückt. Aber solchen Trost, wie ihn hier die Wesen einander spendeten, hatte er noch nie erfahren. Er war tief bewegt. Doch dann, als er wieder das Schluchzen von Akira vernahm, konzentrierte er sich darauf, Heilung für Akiras verletztes Herz zu senden. Dabei wurde er eins mit all den anderen und irgendwann hatte sich sogar die Atmung aller, wie in einem einzigen Organismus, perfekt aufeinander abgestimmt und die Traube aus Freunden atmete und trug Akiras Schmerz gemeinsam. Louis spürte, wie Akira sich nach und nach beruhigte, sich entspannte und sein Herz dabei verheilte.

Ein ganz besonderes Paar

Louis lag an diesem Abend unter einem wundervoll klaren Sternenhimmel noch lange wach in seinem Nest, betrachtete versonnen die Weiten der Milchstraße und ließ den heutigen, ereignisreichen Tag nochmals Revue passieren. Er fühlte sich innerlich so ernährt, wie noch niemals zuvor. So, als wäre alles gut. Gut, in der Vergangenheit, gut im »Jetzt« und auch gut in der Zukunft. Er hatte den Eindruck, dass beim Heilen von Akiras Herz auch das Seine eine Portion Heilung abbekommen hatte.
Er entspannte sich ein wenig. Das war außergewöhnlich, denn normalerweise war er stets in einer angestrengten »Hab acht-Haltung«, um notfalls schnell zu fliehen oder zu reagieren, sollte es vonnöten sein. Aber war das heutige Gefühl für ihn wirklich völlig neu? Es war ihm, als würde er sich dunkel an etwas erinnern, das schon immer tief in ihm vergraben war. Als wäre in jeder seiner Körperzellen bereits genau dieses Gefühl schon längst angelegt und gespeichert gewesen, was sich heute in der Menschentraube seiner, so ganz von allein, bemächtigt hatte. Er hatte sich dort plötzlich so eins mit allem, was ihn umgab, gefühlt und war dabei ganz ohne Wünsche glücklich gewesen. Wieso nur war das Gefühl so neu und doch so vertraut für ihn? Er verstand das alles nicht und glitt langsam, aber sicher in den wohlverdienten Schlaf hinüber. Einige Stunden später erwachte Louis wieder einmal von seinen eigenen Schreien und saß klopfenden Herzens, mit vor Angst weit aufgerissenen Augen, in seinem Nest. Er war schweißgebadet, völlig außer Atem und brauchte eine Weile, um sich überhaupt in Raum und Zeit orientieren zu können. Er hatte, wie schon so oft,

von einem Raum geträumt, in dem mehrere Kameras und fremde, höchst unangenehme, Menschen waren. Kurz darauf waren aber dieses Mal von einem Berg, der plötzlich an der Seite des Raumes aufgetaucht war, riesige Gesteinsbrocken herab gedonnert, die Louis zu erschlagen drohten. Er hatte wieder und wieder verzweifelt versucht, den tödlichen Steinen zu entkommen, was ihm in dem kleinen Raum schier unmöglich erschienen war. Hin und her war er in seiner Todesangst gerannt und im letzten Moment, als ein riesiger Felsbrocken ihn gerade zu erschlagen drohte, war er in totaler Panik erwacht.

Noch immer vor Furcht bebend, knetete Louis beständig seine Hände. Dabei erwischte er irgendwann den Rand seines Nestes. Was war das? Ungläubig sah sich der Vogel-Junge um. Langsam kam so etwas, wie Erkennen, in sein Bewusstsein. Das hier war sein Nest. Von herabfallenden Gesteinsbrocken oder einem schrecklichen Raum mit Kameras war weit und breit rein gar nichts zu erblicken. Er war also in Sicherheit.

Louis versuchte, sich zu beruhigen. Er hatte schon gelernt, dass es half, sich des Bodens unter seinen Füßen bewusst zu werden und alles um sich herum genau zu studieren. Jedes Mal hatte er dann erkannt, dass die Gefahr nicht in der Realität bestand, sondern letztlich nur aus den Träumen oder Vorstellungen stammte.

Aber trotzdem. Schmerzhaft wurde ihm klar, dass die Erde offenbar doch kein sicherer Ort sein konnte. Wie hatte er sich nur vorhin vormachen können, dass alles gut und in Ordnung wäre? Er beschloss innerlich, sich auf keinen Fall ein zweites Mal so ins Vertrauen fallen zu lassen, denn wohin das führen konnte, das hatte sein Traum ihm doch gerade deutlich gezeigt. Immer wachsam und misstrauisch bleiben, das schien ihm die einzige

Alternative zu sein.
Er würde das Angebot des Druiden Soholit zwar annehmen und sich unterrichten lassen. Aber mehr auch nicht. Es war keinem zu trauen. Das durfte er niemals wieder vergessen! Louis wollte im Moment auf gar keinen Fall mehr weiterschlafen, denn vom Träumen hatte er für heute absolut genug. Er erhob sich daher aus seinem Nest, um ein wenig herumzufliegen. Bald schon würde die willkommene Dämmerung hereinbrechen und sich ein neuer Tag entfalten. Louis war im Waldhaus zum Frühstück eingeladen und danach sollte der Unterricht bei Soholit beginnen. Tanja war zwar der Wechsel seiner Verfassung durchaus aufgefallen, sie hatte es jedoch sehr eilig, weil sie heute zusammen mit Akira und seinen Freunden astral nach Portugal zum portugiesischen Bruchtal reisen wollte. Atlantus, ihr verstorbener Sohn, der ein Fan von Tolkiens »Herr der Ringe« gewesen war, hatte das dortige Anwesen im Übrigen danach benannt. Daher sprach sie Louis nicht auf seinen veränderten Gemütszustand an und verabschiedete sich bereits kurz nach dem Frühstück. Sie hatte wirklich alle Hände voll zu tun, die Bitten von Quick Deer, seinen Hundekörper betreffend, genauestens zu erfüllen, Akira beizustehen und sich dann auf die Reise zu begeben.
Soholit bat Louis gleich nach dem Frühstück nach draußen, um mit den Unterweisungen zu beginnen. Wie immer wollte er damit anfangen, zunächst seinem Schüler das Zentrieren durch das Leeren des Geistes beizubringen. »Ich möchte gerne als Erstes das astrale Reisen erlernen«, platze Louis mitten in seine Ausführungen. Soholit war verblüfft. Das astrale Reisen gehörte zu den fortgeschrittenen Übungen und war immer erst nach Jahren, wenn überhaupt jemals, für seine Schüler möglich gewesen.

Er beschloss dennoch, Louis etwas über die Theorie des astralen Reisens zu vermitteln und war sich absolut sicher, dass dieser dann einsehen würde, dass der Weg bis dahin noch lang sein würde. »Also gut. Ich werde versuchen, es dir theoretisch zu erklären…«, begann Soholit seine Ausführungen. »Alles Materielle, also auch die Teile unserer Körper, sind letzten Endes aus Atomen aufgebaut. Das sind winzige Teilchen, die man mit dem bloßen Auge gar nicht sehen kann. Diese Atome wiederum bestehen aus Elementarteilchen, die noch viel kleiner sind und riesige Abstände zueinander haben, nämlich aus Elektronen in der Hülle und Protonen und Neutronen im Atomkern. Diese kleinen Teilchen sind so klein, dass sie entweder ein Teilchen sein können oder eine Welle, so wie auch das Licht eine ist. Es hängt davon ab, ob wir hinsehen. Sie werden zu Teilchen, wenn sie beobachtet werden und zu Wellen, wenn wir nicht hinschauen. Diese Wellen sind frei, sich zu bewegen, wohin immer sie mögen. Das macht man sich beim astralen Reisen zunutze. Wir zentrieren uns zuerst so sehr, dass wir uns praktisch von allem Materiellen abwenden und nur noch gedankenfrei im jetzigen Moment, also genauso frei wie das Licht, verweilen. Das gibt den Wellen, die Möglichkeit zu reisen. Die große Kunst besteht nun darin, sich am gewünschten Ort wieder genauso zusammenzusetzen, wie der Körper vorher war. Da es Billiarden diverser Möglichkeiten der Zusammensetzung von verschiedenen Atomen zueinander gibt, was ja die Vielfalt aller Materie im Universum verursacht, kannst du dir sicher vorstellen, wie schwierig das ist und wie folgenschwer auch nur der kleinste Fehler sein kann.« Soholit lehnte sich zurück, um den Protesten seines Schützlings zu lauschen. Er hörte im Geiste bereits förmlich, die Worte: »Aber das ist doch

gar nicht möglich!«
»Ja, das klingt absolut logisch. Genauso habe ich es bei der Tandemreise mit Tanja erlebt. Ich würde es gerne einmal allein versuchen.« Soholit fiel die Kinnlade vor Überraschung herunter. Mit dieser Antwort hatte er nun wirklich nicht gerechnet. »Ähm, wir müssen erst einmal das Zentrieren üben, damit die Teilchen zu Licht werden können. Das kann ein bis zwei Jahre dauern. Es ist nicht einfach, sich vom Materiellen zu lösen«, antwortete Soholit alarmiert. »Aber ich weiß ganz genau, wovon du sprichst. Ich würde es gerne unter deiner Aufsicht sofort probieren. Ich nehme das Risiko auf mich.« Louis ließ sich offenbar nicht von seinem Vorhaben abbringen.
Soholit legte nachdenklich zwei Reifen auf die Erde. »Also gut, siehst du hier diese beiden Ringe auf dem Boden? Stell dich bitte in den Ersten. Dann zentriere dich und lass alles los. Ich meine nicht nur deine Gedanken, sondern auch all dein Wissen, deine Glaubenssätze und deine Erinnerungen. Du musst völlig leer sein, wie ein unbeschriebenes Blatt. Dann merkst du dir die Anordnung all deiner Körper-Teilchen, lässt erneut los und wünschst dich dann in den zweiten Reifen. Dort setzt du dich wieder ganz genauso zusammen, wie vorher.« Soholit war sich sicher, dass Louis das nicht schaffen könnte und hielt das Risiko für den, noch unerfahrenen, Jungen daher für vertretbar.
Louis tat, wie ihm geheißen war. Er stellte sich in den ersten Ring und ließ alles los, was er wollte und konnte. Soholit beobachtete ihn gespannt. Als nach circa zwanzig Minuten noch immer nichts passiert war, räusperte er sich. »Wie du siehst, ist es doch nicht ganz so einfach, oder?« Ärgerlich entgegnete Louis: »Doch, es wäre einfach, wenn ich tun würde, was du gesagt hast. Da das aber für mich so nicht infrage kommt, bin ich gerade

dabei, nach anderen Möglichkeiten zu suchen.« Wiederum war Soholit sprachlos. Louis überraschte ihn immer wieder. »Wie meinst du das? Ich kann dir nicht ganz folgen?«, fragte er seinen Schützling. »Ich könnte mich so zentrieren, wie du gesagt hast. Ich werde es aber nicht tun, da das zu gefährlich ist. Ich darf mich nicht vollkommen fallen lassen, denn ich muss stets wachsam bleiben. Daher versuche ich gerade, damit zu experimentieren, ob die Teilchen auch anderweitig zu Licht werden könnten. Ich bin ganz nah dran. Wenn du mir bitte noch ein paar Minuten Zeit lassen könntest?«, fragend sah Louis zu seinem Lehrer. Soholit nickte und ging etwas abseits, um auf einem bemoosten Baumstumpf Platz zu nehmen. Still betrachtete er Louis und versuchte, etwas aus dessen Geist abzulesen. Noch mehr überrascht war er, als er auf einen unüberwindbaren Wall traf. Louis schirmte seine Gedanken offenbar instinktiv auf das Beste ab, ohne, dass Soholit oder jemand anders ihm jemals erklärt hatte, wie das zu bewerkstelligen sei. Nach etwa einer Stunde erhob sich Soholit und begab sich wieder in Richtung seines, inzwischen ganz schön ins Schwitzen geratenen, Schützlings. Fragend zog er die Augenbrauen nach oben. »Das wird schon noch. Das muss doch auch so gehen«, zischte Louis, der noch immer verbissen versuchte, auf seine Weise astral zu reisen, angestrengt aus dem Mundwinkel. »Es ist bald Zeit fürs Mittagessen. Was hältst du von einer Stärkungspause?«, fragte Soholit geduldig. »In einer halben Stunde. Kannst du noch so lange auf mich warten?«, kam die Antwort des Vogel-Jungen auf dem Fuße. Soholit begab sich erneut zu seinem Baumstumpf und nutzte die Zeit, um sich zu zentrieren. Nicht lange danach kam Louis verstimmt auf ihn zu. »Wir können jetzt zum Essen gehen. Ich komme gerade sowieso nicht mehr weiter.« Beide schlenderten

gemütlich zur Wohnküche, als gerade von der Seite Lucinda in beschwingtem Laufstil und wie immer in ihre waldgrüne Kluft gekleidet, von einem ihrer Dauerläufe zurückkam. »Hallo ihr zwei. Wie war denn die erste Unterrichtseinheit?«, fragte sie freundlich lächelnd in Richtung des Vogel-Jungen. Louis mochte sie, denn sie erinnerte ihn irgendwie an seine jüngste Schwester, wenn Lucinda an Jahren auch sehr viel älter war. »Ging so, wird schon noch…«, war seine, etwas schroffe Antwort. Lucinda hielt abrupt im Laufen inne. Etwas stimmte hier nicht. Das spürte sie sofort. »Ist dir das Zentrieren zu langweilig?«, fragte sie interessiert. »Wir haben nicht zentriert. Ich übe das astrale Reisen, und zwar auf meine Art.« Etwas leiser fügte er hinzu: »Das bekomme ich schon noch hin!« »Ja Wahnsinn. Ich habe erst nach Jahren mit dieser schwierigen Übung begonnen. Da hast du dir aber etwas zugetraut. Wie genau funktioniert das denn auf deine Art?« Da Louis nur Freundlichkeit und echtes Interesse aus der Frage heraushörte, antwortete er Lucinda ehrlich. »Ich möchte mich vorher nicht so zentrieren, wie Soholit es vorschlägt. Ich werde ganz sicher nicht meine Wachsamkeit fallen lassen und mich ganz leer machen.« »Oh, das wird dann auf jeden Fall nicht so einfach werden«, antwortete Lucinda mitfühlend. »Darf ich fragen, warum du dich so entschieden hast?« Louis sah Lucinda an und bemerkte keinerlei Argwohn in ihrem gutmütigen Gesicht. »Ich kann und möchte dir das nicht erklären. Ich habe wichtige Gründe.«
»Alles klar, akzeptiert. Komm, wir gehen essen. Ich habe einen Bärenhunger.« Wie selbstverständlich begab sich Lucinda zu ihrem Stuhl in der Wohnküche. Heute hatten Querin, Quiskan und zwei Elben, die gerade Küchendienst hatten, für die Anwesenden gekocht. Als alle am Tisch saßen, langten die Freunde zu und aßen

gemeinsam das köstliche Mahl. »Ziemlich lecker, mein lieber Schatz.« Keck zwinkerte Lucinda ihrem Gefährten, Querin, zu. »Danke sehr, dein Essen gestern war auch ziemlich gut«, konterte dieser. »Ich bin aber, ehrlich gesagt, froh, dass wir uns abwechseln, denn die Kocherei und das anschließende Aufräumen, sind ganz schön mühsam.« Langsam erhob sich die Schar nach dem Essen, um ihrem Tagwerk weiter nachzugehen. Beim Herausgehen wandte sich Lucinda nochmals an Louis: »Ich habe mal versucht, mich in dich hineinzuversetzen. Also, wenn ich an deiner Stelle wäre, würde ich versuchen, nur einen Anteil loszulassen und überprüfen, ob das ausreicht, um verschiedene Magie zu wirken.« »Genau das versuche ich ja die ganze Zeit. Ich habe mit zehn Prozent begonnen und bin inzwischen bei etwa vierzig, leider ohne jeglichen Erfolg, angelangt. Ich werde nicht über sechzig Prozent des Loslassens gehen. Das kommt rein gar nicht infrage. Lieber erlerne ich dann das astrale Reisen gar nicht«, antwortete Louis. Soholit war sprachlos. An eine solche Überlegung hatte er noch nicht gedacht. Offenbar schien Lucinda einen sehr guten Draht zu dem geheimnisvollen Vogel-Jungen zu haben. Er folgte einer plötzlichen Eingebung und fragte: »Lucinda, hättest du eventuell Zeit und Lust, uns zum Übungsplatz zu begleiten? Deine Ratschläge könnten vielleicht hilfreich sein. Das ist dir doch recht?«, fragte er noch in Louis' Richtung. »Ja, das wäre für mich in Ordnung, wenn Louis einverstanden ist«, kam es von der jungen Frau prompt zurück. Louis nickte still. Lucinda blickte nachdenklich von einem zum anderen. Dann sprach sie: »Weißt du, Louis, Soholit hat im Laufe der Jahre uns alle für eine Weile unterrichtet. Es gab eine Zeit, als gerade Lia und Finnbar seine aktiven Schüler waren, da gerieten Soholit und Quiskan in Gefangenschaft des bösen „Herrn des

Lichts“. Damals wurden wir, mein Gefährte Querin und ich, in Vertretung deren Lehrer. Das hat mir große Freude bereitet. Wenn du also magst, würde ich gerne zukünftig bei deinem Unterricht dabei sein. Jedenfalls, wenn wir eine Möglichkeit finden, dass du auf deine Art vorankommst.« Louis nickte nochmals zustimmend und die drei begaben sich dorthin, wo Soholit und Louis vorhin geendet hatten. »Ich würde vorschlagen, zunächst mit etwas Einfacherem, als dem astralen Reisen auszuprobieren, mit wie viel Prozent des Loslassens du zurechtkommen wirst. Ich schlage vor, dass wir ein wenig mit dem Manipulieren der Elemente experimentieren. Nehmen wir als Erstes die Luft. Ich zentriere mich und lasse los, dann lenke ich Energie in meinen rechten Arm und danke gleichzeitig dafür, dass die Luft sich als Wind in deinem Gefieder verfängt.« Lucinda hob ihren Arm und streckte ihn in Richtung des Vogel-Jungen und schloss kurz die Augen. Keine Sekunde später bauschten sich die Federn des Jungen in einer frischen Brise. »Das war gut!« Begeistert stellte sich Louis vor Lucinda, hob ebenfalls einen Arm und schloss die Augen. Sofort flog Lucindas Hut davon. Diese klatschte erfreut in die Hände und hüpfte dabei aufgeregt ein wenig auf und ab. »Und jetzt hol den Hut zurück und setz ihn mir wieder fein auf meinen Kopf«, befahl sie freundlich. Louis tat, wie ihm geheißen. »Wie viel Prozent hast du losgelassen?«, wollte Lucinda im Anschluss wissen. »So etwa 30 Prozent«, antwortete Louis, mit vor Freude glühenden Wangen. Soholit und Lucinda warfen sich vielsagende Blicke zu. Lucinda arbeitete noch eine Weile mit Louis und den Elementen. Als es dunkel wurde, beherrschte Louis das Nutzen von Feuer, Erde, Wasser und Luft bereits perfekt. »Für heute reicht es. Ich muss schon sagen, ich habe noch nie davon gehört, dass jemand so schnell lernt und schon gar nicht mit nur so wenigen Prozenten Einsatz. Morgen wenden wir uns dem Traumwandeln zu. Ich bin gespannt, wie du dies meistern wirst. Für jetzt habe ich jedoch schon wieder Hunger. Was mein liebster wohl zum Abendessen gezaubert hat?« Lucinda zwinkerte Louis zu und bewegte sich in Richtung des Hauses.

Nach dem Abendessen dankte Louis herzlich für den Unterricht und die Versorgung. Nachdem er versprochen hatte, morgen früh zurückzukehren, erhob er sich vor der Tür majestätisch in die Lüfte und verschwand.

Soholit und Lucinda saßen noch eine Weile nachdenklich nebeneinander am Tisch. Dann materialisierte sich plötzlich Tanja in der Wohnküche. »Wie war es in Bruchtal?«, fragte Lucinda freundlich. »Es war alles gut. Akira hat in dem Umfeld schnell in den Alltag zurückgefunden und das Ableben seines Hundes, so hoffe ich wenigstens, schon recht gut verkraftet. Wir waren am Nachmittag am Meer. Es war einfach herrlich. Schade, dass hier kein größeres Gewässer in der Nähe ist. Nicht mal einen Badesee gibt es. Ich glaube, wir sollten selbst einen kleinen See auf dem Gelände erschaffen. Der könnte auch gleichzeitig als Löschteich, für alle Fälle gelten. In Portugal haben sie so etwas überall auf dem Land. Was meint ihr dazu? Ach ja, und Quick Deer ist wieder gut in seinem alten Körper auf Aquarius angekommen und lässt euch herzlich grüßen. Wir sollen ihn, so bald wie möglich, alle via astrale Reise besuchen kommen, hat er mir über den Geist mitgeteilt.« Tanja blickte aufgeregt von einem zum anderen und stutzte dann. »Ähm, ist irgendwas, ihr seht so nachdenklich aus?« Soholit antwortete. »Komm, setz dich mal zu uns. Wir hatten heute den ersten Unterrichtstag mit Louis. Es war absolut bemerkenswert...« Soholit erzählte Tanja vom Tag und auch diese war daraufhin vollkommen überrascht. »Wozu er wohl fähig sein könnte, wenn er einhundert Prozent, so wie wir alle, einsetzen würde?«, rief sie aus. »Das frage ich mich auch«, antwortete Soholit und erhob sich nahezu geräuschlos, um zu Bett zu gehen. Lucinda begab sich ebenfalls in ihren privaten Wohnbereich, in dem sich bereits Quiskan und Querin, die zwei anderen Vertreter des kleinen Volkes von Waldhaus, befanden. Sie erzählte auch diesen von den ungewöhnlichen Fortschritten des Vogel-Jungen. »Er hat auch erwähnt, dass er immer wachsam sein muss, da er weder eine Familie noch ein Volk hat, die im Ernstfall zu ihm halten würden. Ich glaube, er fühlt sich ziemlich einsam und definitiv bedroht.« »Nach allem, was wir über ihn und seine schrecklichen Erfahrungen gehört haben, ist es nicht verwunderlich, dass die Angst ihn dominiert.« Quiskan strich sich nachdenklich über seinen langen, weißen Bart. »Ich kann immer noch nicht nachvollziehen, dass es Menschen, ja sogar Eltern, gibt, die ihren Kindern so etwas antun. Sei es für Geld oder auch ohne. Louis ist da bei Weitem kein Einzelfall. Allerdings war es bei ihm tatsächlich sehr schlimm. Ich wünsche ihm von Herzen Heilung. Es ist sicher wahnsinnig anstrengend, stets wachsam zu sein und sein Nervensystem andauernd in Habachtstellung zu halten. Wobei, das Nervensystem wird wahrscheinlich gar nichts anderes mehr können. Schrecklich, wenn man sich nie richtig entspannen kann.« Quiskan blickte gedankenverloren in die Runde. Nach einer Weile räusperte sich Lucinda. »Ich war ja heute im Wald laufen. Dabei habe ich einige Jäger darüber reden hören, dass hier demnächst eine sehr große Treibjagd geplant ist. Anscheinend befürchtet man, dass Wildschweine die Schweinepest im Land verbreiten könnten.« »Pah, Schweinepest!« Querin war wütend aufgesprungen. »Als ob es ihnen jemals um den Schutz der Tiere ginge. Es geht einzig darum, dass in den industriellen Schweinemastanlagen kein finanzieller Verlust entsteht, denn bei einer Erkrankung müssten dann gleich alle Tiere getötet werden.« Beim Wort »Schweinemastanlage« war Querin das pure Entsetzen ins Gesicht geschrieben. »Bitte setz dich wieder, mein Liebster. Du hast ja recht, das ist tatsächlich eine schlimme Sache. Warum ich das aber thematisiert habe, ist: Was soll denn währenddessen mit Louis werden? Ich gehe davon aus, dass man astral nicht ohne einhundertprozentigen Einsatz reisen kann und dass man auch nur so in der Lage ist, sich selbst in den Schatten verschwinden zu lassen, sprich unsichtbar zu werden. Er ist mit seiner großen Flügelspannweite eine eindrucksvolle Erscheinung und für die Menschen sollte ein solches Wesen eigentlich überhaupt nicht existieren. Sie werden, wenn sie ihn erblicken sollten, nach ihm suchen und nicht eher ruhen, bis er gefangen oder getötet wurde. Ich finde nicht, dass er weiterhin hier im Zirbeleichenwald in seinem Nest leben sollte. Er braucht den Schutz der Anderswelt, die für sich bereits mit all ihren Bewohnern im Schatten liegt. Ansonsten kann er, als Alternative, nur im umzäunten Gebiet von Waldhaus bleiben. Ich nehme aber auch an, dass er die Energie bei einer Treibjagd nicht ertragen und sich eventuell einmischen würde. Das könnte für alle Beteiligten sehr gefährlich werden. Außerdem habe ich im Wald auch läuten hören, dass dieses Mal ganz komische Gastjäger dabei sein werden. Wenn ich nicht wüsste, dass die Männer von Zagan bereits von uns besiegt worden sind, würde ich sagen, das sind seine Leute. Die Jagd findet in vier Tagen statt«, kam sie der Frage ihres Partners, dessen Gedanken sie kurzerhand mitgelesen hatte, zuvor. »Du hast recht, Lucinda. Das ist eine sehr ernste

Angelegenheit. Wir werden uns morgen mit Soholit noch vor dem Frühstück darüber beraten müssen. Ich werde ihn noch kurz über den Geist davon in Kenntnis setzten«, antwortete Quiskan und begab sich dann zur Ruhe. Lange vor dem Frühstück trafen sich Lucinda, Soholit, Quiskan und Querin in der geräumigen und gemütlichen Küche von Waldhaus. Allerdings waren sie nicht früh genug, um Alex noch zu sehen. Dieser war schon längst auf dem Feld oder im Garten. Dass er bereits dagewesen war, erkannten sie daran, dass auf Tanjas Platz, wie jeden Morgen, bereits ein Glas mit Zitronenwasser und eine Thermoskanne mit heißem Tee stand. Während die Freunde noch an ihren Tassen nippten und sich so langsam aus dem Traumreich in der normalen Welt verwurzelten, stieß Tanja, noch in einen Schlafanzug gekleidet, ein wenig verschlafen dazu. »Was macht ihr denn schon so früh hier unten?« Ihre Stimme klang ein ganz klein wenig ärgerlich, weil sie es gerne hatte, frühmorgens noch eine Weile allein zu sein. Lucinda antwortete: »Wir sind hier, um uns noch vor dem Frühstück über wichtige Dinge, die Louis betreffen, zu beraten. Gut, dass du auch schon da bist. Aber mal noch was ganz anderes. Warum hast du eigentlich immerzu den gleichen Schlafanzug an?«, Lucinda lächelte verschmitzt. »Oh Mann, ich wechsele meinen Schlafanzug doch alle zwei Tage. Das ist nicht immer der Gleiche. Ich habe einfach nur diese eine Sorte, weil sie mir gefällt und davon dann zehn Stück«, kam die Antwort von Tanja, ein klein wenig entrüstet, auf dem Fuße. »Aber was ist denn mit Louis?« Tanja setzte sich, jetzt schon ein wenig wacher und damit schon etwas gnädiger gestimmt, neben ihre Freundin. Lucinda fasste für Tanja alle wichtigen Tatsachen zusammen und dann sahen alle erwartungsvoll zu Soholit. Dieser räusperte sich und sprach: »Was Louis betrifft, so habe ich keine Ahnung, wie oder was er denkt. Ich bin ständig überrascht. Ich glaube, jemand anders muss in dieser Frage Antworten finden. Ich könnte mir aber vorstellen, dass er gar nicht in der Anderswelt leben möchte und einen Kampf, sogar auf Leben und Tod, vorziehen würde. Er hat kaum etwas, was ihn auf dieser Erde noch hält. Eins kann ich jedoch sagen. Obwohl, das liegt natürlich schon allein wegen seiner äußeren Erscheinung auf der Hand: Er ist ein ganz außergewöhnliches und einzigartiges Wesen mit erheblicher Macht. Ich frage mich schon lange, wie aus einem normalen Jungen ein solches Geschöpf werden konnte. Er muss von irgendjemand Mächtigen in seinen Gebeten erhört worden sein.« »Ich verstehe ihn ganz gut«, entgegnete Lucinda. »Vielleicht benötigt er weiblichen Beistand? Wie ich weiß, hatte er zwei Schwestern, die er sehr geliebt haben muss und welche er noch immer sehr vermisst. Ich könnte mir vorstellen, dass Tanja und ich uns weiterhin um ihn kümmern. Aber eine Idee, wie wir ihn dazu bewegen könnten, so ganz allein in die Anderswelt zu ziehen, habe ich auch nicht.« Tanja nickte zum Zeichen, dass sie der gleichen Meinung war, still vor sich hin. Nun war es Quiskan, der sich mehrmals verlegen räusperte, so als ob er etwas Wichtiges zu sagen hätte, aber noch nicht genau wüsste, ob er es tatsächlich tun sollte. Natürlich wandten sich ihm sofort alle anwesenden Augenpaare erwartungsvoll zu. »Nun ja«, offenbar hatte er sich entschieden, doch zu sprechen. »Nun ja, es gibt da ein heiliges Geheimnis, das mir die weise Orlana, meine geliebte Mutter, lange nach dem ich schon der Älteste des kleinen Volkes war, verraten hat. Bisher habe ich noch mit niemandem darüber gesprochen. Die Bedingung war nämlich, dass ich es nur dereinst rechtzeitig Querin mitteilen sollte oder aber, wenn ein wichtiges Ereignis es nötig machen würde, einige zuverlässige Freunde einweihen dürfte.« Er verstummte. Es war unglaublich still in der Küche geworden. »Ja und? Sind wir diese zuverlässigen Freunde und haben wir das wichtige Ereignis?«, fragte Tanja, noch immer ein wenig morgen muffelig. »Ich hoffe sehr, dass das so ist«, antwortete Quiskan. »Ansonsten wäre die Folgen dieses Fehlers gar nicht auszudenken. Also gut, es ist so: Es gibt in der Anderswelt ein weiteres Wesen, welches in seiner Erscheinungsform genauso einmalig ist, wie Louis. Denn auch sie, ist das Einzige ihrer Art, das noch übriggeblieben ist. Vor langer, langer Zeit kamen viele dieser wundervollen Geschöpfe, als Emigranten, so wie auch wir es dereinst waren, auf die Erde. Sie hatten, wie jede Spezies, einen Bereich, wo sie lebten und alles war wundervoll. Als dann die Menschen kamen und sich enorm vermehrten, Fortschritt generierten und dadurch mehr und mehr den Draht zum Wesentlichen in unserem Universum und zu ihren Wurzeln auf der Erde verloren, begannen diese, jene unschuldigen Kreaturen zu jagen und zu töten. Manche versuchten auch, die bezaubernden Wesen als Haustiere oder Zirkus-Attraktionen zu halten. Das kam jedoch einem Todesurteil gleich, denn diese Kreaturen benötigen die Freiheit, ansonsten sind sie dem Tode geweiht. Am Ende war nur noch Eyva übrig.« Quiskan stoppte an dieser Stelle und schwieg. »Wer oder was ist denn Eyva?«, fragte Querin, der, wie die anderen, aufs Äußerste gespannt war. »Sie ist das schönste und anmutigste Geschöpf, das ich jemals gesehen habe. Meine Mutter hatte zu ihrem Schutz in der Anderswelt ein Territorium erschaffen, welches für keinen Fremden erreichbar war und wovon niemand wissen durfte, um sie zu schützen. Nicht einmal die Bewohner der Anderswelt sollten davon erfahren, dass es noch eines gab. Orlana hat sie von Zeit zu Zeit besucht und auch ich tat das, wenn ich mich unbeobachtet wähnte. Auch sie ist sehr, sehr einsam. Aber sie ist in Frieden damit. Eyva ist...« Quiskan zögerte noch eine Zeit lang, das große Geheimnis über seine Lippen kommen zu lassen. Die anderen hingen gespannt und in Tanjas Fall auch schon ein wenig ungeduldig an seinen Lippen.

»Sie ist... Sie ist das letzte Einhorn des gesamten Universums.« »Ein Einhorn?« Tanja stand vor Überraschung der Mund weit offen. Soholit schaute taktvoll nach unten, um ein Lächeln zu verbergen. Tanja fiel das auf und sie schloss daraufhin sofort betreten denselben. »Ja, sie ist ein Einhorn. Diese Spezies ist das Unschuldigste und Schönste, das man sich vorstellen kann. Die Energie ihrer Teilchen hat die höchste Schwingung, die überhaupt Materie haben könnte, ausgenommen vielleicht von der Schwingung »der Einen«. Daher wird man automatisch glücklich, wenn man in ihrer Nähe ist und viele seelische Wunden können so von ganz allein heilen. Es ist nämlich ein ehernes Gesetz im Universum, dass höher schwingende Energie, die niedrig schwingende ohne Mühe anhebt. Eyva ist stets von einem hellen, wundervollen Schein umgeben, der einem das Herz erquickt. Sie ist die Güte in Person«, schwärmte Quiskan weiter. Nach einer kurzen Pause setzte er noch nach: »Obwohl sie ein so hoch schwingendes Wesen ist, haben ihre Fähigkeiten auch Grenzen, weshalb es unabdinglich ist, zu ihrem Schutz, das Geheimnis sicher zu bewahren.« »Nun, ich glaube, es wäre eine hervorragende Idee, Louis und Eyva zusammenzubringen. Eyva passt doch wundervoll zu unserem Vogel-Jungen. Sie ist weiblich, beide sind einzigartig und einsam und beide sind von weißer Farbe, falls das wichtig sein sollte«, schloss Lucinda ihren Kommentar. »Ich muss Eyva zuerst fragen. Immerhin ist das ihr Gebiet. Tanja, Lucinda, würdet ihr mich bitte begleiten? Es wäre allerdings eilig. Er blickte ein wenig irritiert an Tanjas, wohl schon hunderte Male getragenem, total labbrigen und ziemlich vergrauten Schlafanzug herunter.« »Moment, eine Sekunde bitte«, äußerte diese ein wenig verlegen. Tanja verschwand vor aller Augen und war tatsächlich eine Sekunde später, in ihr schönstes weißes Gewand gekleidet, frisch geduscht und zurechtgemacht, zurück. Als sie in die überraschten Gesichter ihrer Kameraden sah, lachte sie: »Das war nur eine kleine Zeitreise, wozu hatte man gute Lehrer, wenn nicht dafür?« »Weißt du«, Soholit hatte sich erhoben, um seinen Worten noch etwas mehr Gewicht zu verleihen. »Ich habe noch gar nicht richtig gewürdigt, dass du neulich mit Louis auf einer astralen Tandem-Zeitreise warst, obwohl das seine Erste war und du auch noch ein anderes Geschlecht hast als er. So etwas können nur ganz Wenige. Du hast dich sehr gut entwickelt und das war nicht nur das Werk deiner Lehrer.« Tanja errötete wie immer und freute sich sehr über das, so seltene, Lob des weisen Druiden. »Kommt, haltet bitte jede einen meiner Arme. Ich nehme euch jetzt auf eine Tandemreise zu Eyva mit. Wir werden für die Zurückbleibenden nahezu sofort wieder hier sein. Durch die Zeitverschiebung werden wir aber in Wirklichkeit einige Zeit unterwegs sein.« Beide Frauen hielten je einen Arm von Quiskan und waren praktisch im nächsten Augenblick an einem anderen, sehr mystisch anmutenden Ort. Hier war es unglaublich neblig. Man konnte nicht die Hand vor Augen sehen. Quiskan langte in seine Manteltasche und holte eine winzige Panflöte aus Bambus ans Licht. Er hielt sie an seine Lippen und brachte eine bezaubernde Melodie, die jedem sogleich tief ins Herz ging, heraus. Dann warteten sie. Zuerst sah man weit hinten im Nebel ein wundervolles Strahlen und Leuchten, welches schnell stärker wurde und stetig näherkam. Dann lichtete sich der Nebel und die Gefährten blickten in zwei blaue Augen, die tiefer waren als jeder reine Gebirgssee. Das Wesen schien mit seinen Augen bis in jede Zelle ihrer Besucher zu dringen und sie auf diese Weise auf Herz und Nieren zu prüfen. Tanja fühlte sich zuerst wie in eiskaltes Wasser getaucht und dann wurde es immer wärmer und angenehmer. Das Ganze war wie eine Dusche von innen. Eyva war wunderschön, anmutig und das Reinste, das sie je gesehen hatten. Sie war ein wenig größer als ein Pferd und hatte auf ihrer weißen Stirn ein einzelnes Horn. Das ganze Fell war strahlend weiß und leuchtete sanft aus sich heraus. »Wie kommt es, dass du heute Freunde mitgebracht hast?«, fragte sie Quiskan. »Was ist geschehen?« Eyva sprach mit einer gütigen, sanften Stimme, welche ebenfalls bewirkte, dass sich die Freunde allein, durch deren Klang reich beschenkt fühlten. Quiskan verbeugte sich, stellte die beiden Frauen vor und setzte Eyva dann über die neuesten Ereignisse in Kenntnis. Dann stellte er die wichtige Frage, weswegen sie überhaupt gekommen waren: »Liebste Eyva, könntest du dir vorstellen, Louis, den Vogel-Menschen, bei dir aufzunehmen?« Eyva schwieg eine Weile und entgegnete dann: »Ich glaube, ihr sprecht erst einmal mit Louis selbst. Sollte es für ihn infrage kommen, so seid bitte morgen um die gleiche Zeit, zusammen mit Louis, wieder hier. Dann werden wir sehen, ob wir zusammenpassen. Bis dahin verabschiede ich mich und bitte euch, unser Geheimnis weiter gut zu hüten.« Mit diesen Worten verschwand Eyva wieder im Nebel, aus dem sie zuvor gekommen war. Quiskan reiste mit seinen beiden Begleiterinnen zurück in die Wohnküche des Waldhauses. Gespannt blickten die anderen auf die drei Rückkehrer, die ja eigentlich erst vor einer Sekunde losgegangen waren. Querin überbrachte Eyvas Botschaft und man beschloss, nach dem Frühstück am Unterweisungsplatz mit Louis darüber zu beraten. Tanja und Lucinda wurden beauftragt, die kommende Unterhaltung anzuführen. Lucinda erzählte Louis zunächst von der kommenden Treibjagd. »Und da schreitet ihr nicht ein? Gut, dass ich jetzt da bin. Ich werde versuchen, alle Tiere zu retten.« Louis war sofort erzürnt und wie aus dem Häuschen. »Louis, bitte. Das ist Gemeindewald und die Jäger denken, dass sie alles richtig machen. Die meisten jedenfalls. Der Jagdpächter hier ist ein netter Mann. Auch wenn ich nicht nachvollziehen kann, dass man am Jagen Freude haben kann, so ist doch nicht alles nur schwarz und weiß. Früher war das Jagen notwendig für die Menschen. Damals ging man jedoch ganz anders damit um. Erstens war man dem Tier dankbar dafür, dass es sein Leben gab, damit man sich selbst ernähren konnte und zweitens lebte das Tier in Freiheit, hatte eine Chance zu entkommen oder aber auch, sich zu wehren. Nicht wenige menschliche Jäger kamen seinerzeit bei der Jagd um. Zu dieser Zeit hatte Fleisch einen ganz anderen Stellenwert als heute. Wobei, die Jagd ist noch immer vielfach besser ist als die schreckliche Massentierhaltung.« »WAS GENAU IST MASSENTIERHALTUNG?«, schrie Louis aufgebracht. »Bitte beruhige dich, Louis.« Tanja legte ihren Arm um seinen Flügel. »Die Welt ist nicht gerecht, noch nicht jedenfalls. Mit Kampf und Gewalt kommen wir aber auch nicht weiter. Das muss unbedingt vermieden werden und kann nur ein letztes Mittel sein, wenn es sich gar nicht mehr abwenden lässt. Auch mir erscheint eine Lösung häufig schier unerreichbar. Aber wenn ich mich zentriert habe und in der Liebe verweile, dann habe ich das Gefühl, dass von einem Moment auf den anderen alles möglich sein kann. Es geht lediglich darum, den Blickwinkel ein wenig zu verändern. Es würde genügen, zu erkennen, wer wir wirklich sind. Wir sind nicht der Louis, die Tanja, die Tiere oder die Jäger. Da gibt es etwas viel Tieferes, das uns alle verbindet. Unser Ziel ist es, selbst sattelfest in diesem Wissen zu sein und dann andere Wesen daran zu erinnern. Jeder weiß das nämlich. Das muss so sein, denn ein jeder ist aus der grenzenlosen Liebe erschaffen worden, die nichts anderes zum Erschaffen hatte als nur sich selbst. Dies ist die einzige Lösung, die wirklich von Dauer ist. Nicht kämpfen gegen etwas, sondern kämpfen für die Liebe und mit ihr. Deshalb ist das Zentrieren so wichtig. Damit einher geht nach und nach die Vergebung. Man vergibt allen, die einem Schmerzen zugefügt haben und man vergibt sich selbst, denn jedes Wesen hat schon einmal Fehler begangen. Das ist ein Weg, der stete Wachsamkeit verlangt und alles braucht, was man zu geben hat. So etwas geht nie halb. Da muss man schon sein ganzes Ego loslassen. Das ist viel, jedoch der Gewinn ist grenzenloses Glück, ganz ohne Bedingungen. Was man auch dabei erlernen kann, das ist Vertrauen. Glaube mir, ich kann selbst ein Lied davon singen, was Misstrauen bedeutet und Kampf und Zorn und Schmerz. Aber ich weiß auch, wie sich Einssein anfühlt. Ich habe ganz genau gesehen, dass auch du dich wieder daran erinnert hast als wir vorgestern Abend alle Akira getröstet hatten. Was ist in der Nacht passiert, dass du am Morgen so ganz anders warst?«, stellte Tanja endlich, die längst überfällige Frage. Louis war wie vom Donner gerührt. Wie konnte Tanja genau das erfassen, was ihn so sehr beschäftigte? Er hatte diesen Moment des Einsseins kaum vergessen können.

Auch wenn er sich vorgenommen hatte, von nun an weiter wachsam und misstrauisch zu bleiben, so war da doch tief in ihm eine kleine Saat erwacht, die still, wie eine winzige Flamme, vor sich hin leuchtete und einfach nicht zu löschen war. Louis ließ nur den Kopf hängen und sprach: »Was soll denn jetzt werden? Ich kann mich bei einer Treibjagd doch nicht im Wald verstecken und hier möchte ich auch nicht dauerhaft bleiben.«
»Die Liebe findet immer Wege, sorge dich nicht.«
Lucinda setze sich an Louis' andere Seite und spendete allein durch ihre Anwesenheit Trost. Dann begann sie von der Anderswelt und Eyva zu erzählen. Bei dem Wort Eyva kam schon ein wenig Farbe zurück in Louis' Gesicht und er wurde immer zuversichtlicher als er die ganze Geschichte hörte. »Sehr gerne möchte ich dieses Wesen morgen früh kennenlernen. Es wäre schön, wenn Tanja mich via Tandemreise dorthin mitnehmen könnte. Gerne würde ich heute das Verständigen über den Geist erlernen und danach das Traumwandeln. So könnte ich mit euch in Verbindung bleiben, sollte ich wirklich zu Eyva umziehen. Für den Transport hin und her würde ich zukünftig jedoch immer Tanjas Hilfe benötigen. Bitte respektiert, dass es trotz allem für mich nicht infrage kommt, einhundert Prozent meiner Wachsamkeit loszulassen.« »In Ordnung, dann mal an die Arbeit. Du hast ein sehr großes Pensum genannt, welches normalerweise nicht an einem Tag zu schaffen ist. Aber was ist hier und jetzt schon noch normal?« Lucinda lachte und begann mit den Unterweisungen des heutigen Tages. Am Abend hatte Louis tatsächlich alles gelernt, was er sich vorgenommen hatte. Die Kameraden saßen bereits frohen Mutes beim Abendessen. Tanja überreichte Louis zum Abschied einen großen Rucksack mit den Worten: »Nur für den Fall, dass du einige Habseligkeiten aus

deinem Nest zu Eyva mitnehmen möchtest. Wir sehen uns morgen in der Frühe. Schlaf gut.« Louis war gerührt und stammelte: »Vielen, vielen Dank! Ich würde wirklich sehr gerne die ganzen kleinen Geschenke, die du für mich gebastelt hast, mitnehmen. Das ist sehr aufmerksam von dir.« Er machte einen Schritt auf Tanja zu und umarmte sie. Diese erwiderte die Umarmung und legte all die Liebe hinein, die sie aufbringen konnte. Das kleine Flämmchen in Louis Herz wurde um einiges größer und er spürte wiederum voller Überraschung das Gefühl des Einsseins. Kurz erlaubte er sich, dieses zu genießen, dann versteifte er sich, wandte sich ab, ging zur Tür hinaus und flog ohne ein weiteres Wort davon. Als er im Nest ankam, blickte er sich liebevoll um. Er hatte hier schon so etwas wie ein Heimatgefühl entwickelt. Langsam packte er die kleinen Geschenke in den Rucksack und nahm auch einige Federn mit, von denen er beschlossen hatte, sie an Tanja und Lucinda zu verschenken. Er hielt gerade dankbar die kleine Eule, die sein Lieblingsstück war, in der Hand, um sie als Letztes einzupacken, da hörte er mehrere, sehr unangenehme Männerstimmen aus der Ferne. Mit dem neuen Vogelkörper hatte sich Louis' Gehör enorm verbessert. So konnte er auch aus größerer Entfernung ganz genau wahrnehmen, was die Männer, es waren drei an Zahl, miteinander sprachen. »Mach nicht so einen Krach, du Idiot, sonst erwischen wir dieses vermaledeite Reh niemals.« Louis hörte ein unschönes Knirschen. »Nenn mich nie wieder Idiot, sonst werden das deine letzten Worte gewesen sein, du Schwachkopf.« Einer hatte anscheinend den anderen geschlagen. Louis' Herz begann wie wild zu klopfen. Das mussten wohl die Gastjäger sein, von denen Lucinda erzählt hatte. Soweit er es verstanden hatte, durfte doch bei Dunkelheit gar nicht gejagt werden. Plötzlich hörte er einen Schuss. »Oh Mann, wie kann man nur so blöd sein, du hast es nur verletzt.« Louis hörte zwei weitere Schüsse und sein feines Gehör, das auch andere Wellenlängen als das menschliche wahrnehmen konnte, realisierte jetzt auch die jämmerlichen Leidensrufe eines verletzten Rehs. Er spürte auch dessen Angst. Als er dann, und er wusste selbst nicht, wie er das vollbracht hatte, die bösen und mehr als schrecklichen Gedanken der drei Männer las, brannte in ihm eine Sicherung durch. Wie blind vor Zorn stürzte er sich auf die Männer und schaltete zuerst die zwei mit den Gewehren aus. Im Nu hatte er mit seinen mächtigen Krallen beide zu Tode verletzt. Der dritte Mann erblickte den Vogel-Menschen und war starr vor Schreck. Er lag zusammengekauert am Boden und versuchte sich mit seinen Händen und Armen zu schützen. Verächtlich blickte Louis auf den Mann. Plötzlich legte sich der rote Schleier des Zorns wieder und er sah, was er getan hatte. Er war von sich selbst entsetzt und angeekelt. Als Nächstes betäubte er den dritten Mann mit einem gezielten Schlag auf den Kopf, um ihn am Fliehen zu hindern, denn er hatte viel zu viel gesehen. Dann rief er nach dem Reh. Dieses war schwer verletzt und zitterte am ganzen Leib. Da Louis auch halb ein Tier war und niemals Rehe jagte, vertraute dieses ihm. Louis war verzweifelt. Er brauchte dringend Hilfe, zumindest für das arme Reh. Es dauerte ein wenig, bis er sich sortiert hatte und Rat wusste. Es fielen ihm die Bewohner von Waldhaus ein. Sofort sandte er, genau wie er es heute gelernt hatte, Hilferufe über den Geist an seine neuen Freunde in Waldhaus und zeigte ihnen seinen Standort und alles, was geschehen war. Soholit, Tanja und Lucinda wollten sich gerade lachend voneinander verabschieden als Louis' Hilferuf sie erreichte. »Begebt euch bitte sofort zu ihm, ich suche noch schnell nach

Quiskan und bitte ihn, seinen magischen Hammer mitzubringen, vielleicht kann dieser uns dort von Nutzen sein«, rief Lucinda ihnen zu und hatte sich auch schon in den Wohnbereich des kleinen Volkes begeben.
Soholit und Tanja waren einige Momente später bei Louis. Als Tanja ihren Arm um ihn legte, begann dieser laut zu schluchzen. »Ich bin genauso ein Monster, wie alle anderen, die ich zuvor verabscheut habe. Ich habe gerade zwei Männer getötet. Aber bitte kümmere dich nicht um mich. Bitte schaut nach dem verletzten Reh und dort vorne liegt der dritte Mann. Er ist nur betäubt.«
Soholit begab sich sogleich zu dem ohnmächtigen Jäger und murmelte magische Worte, mit welchen er erreichte, dass dieser, wenn er in einigen Stunden erwachen würde, sich an nichts mehr erinnern könnte.
Tanja sah nach dem Reh, welches inzwischen ohnmächtig in einer großen Blutlache neben Louis lag. Es blutete aus einer Wunde am Bein und einer weiteren am Bauch.
Tanja hielt es nicht für ein gutes Zeichen, dass das Bluten langsam weniger wurde. Sie hatte geistesgegenwärtig den Verbandskasten aus der Wohnküche mitgenommen und verband nun, so gut es ging, die Wunden des armen, geschundenen Tierchens. »Wo bleiben denn nur Lucinda und Quiskan? Wir bräuchten den Hammer hier ganz dringend. Noch atmet das Reh«, wandte sich Tanja verzweifelt an Soholit. Einen Moment später antwortete dieser: »Lucinda konnte Quiskan nicht gleich finden. Sie werden alsbald hier sein.« Tanja streichelte das Reh und betete. Endlich hörte sie Quiskan und Lucinda kommen. Sie wollte schon rufen, als Soholit sprach: »Komm bitte zuerst zu den beiden Menschen. Vielleicht kann der Hammer sie ja wieder zurück ins Leben holen. Zu Tanja gewandt, sagte er: »Hab nur noch einen Moment Geduld. Der Hammer wird dem Tierchen in jedem Falle helfen

können. Nur befürchte ich, dass bei diesen Männern jede Sekunde zählen wird.« Schon kniete Quiskan neben einem der zwei getöteten illegalen Jäger. Er hielt seinen Hammer an ihn und betete. Es geschah jedoch nichts. »Leider sind sie schon zu lange tot. Hier kann der magische Hammer nichts mehr ausrichten.« Er versuchte es noch kurz bei dem zweiten Mann, kam aber auch dort zu keinem anderen Ergebnis. »Bitte komm hierher«, rief Tanja mit Verzweiflung in der Stimme, denn sie spürte, wie das Leben langsam, aber sicher aus dem Reh fließen wollte. Quiskan war sofort da, froh doch noch irgendwie helfen zu können. Er legte den Hammer nacheinander an beide Wunden, welche sich auf der Stelle schlossen. Dann postierte er ihn noch in der Nähe des Herzens, damit wieder genug Blut vorhanden sein sollte. Kurz darauf kam das Reh zu sich. Es stand auf und schüttelte sich ganz doll und lief anschließend zurück in die Tiefen des Waldes. »Warum hat es sich so sehr geschüttelt?«, fragte Tanja ganz verwundert in die Runde. Das war das Klügste, das man nach einem solchen Schock tun kann«, antwortete Soholit. »Das Ganze muss sehr traumatisierend für das Tier gewesen sein. In solch einem Fall schütteln sich die Tiere langanhaltend, um durch die anstrengende Bewegung das überschüssige Adrenalin abzubauen. In Stresssituationen wird dieses nämlich ausgeschüttet, um notfalls schnell fliehen zu können. Wenn es nicht zur Flucht kommt, kann dieses, nicht genutzte Adrenalin zu großen nervlichen oder organischen Folgen führen. Es ist also sehr gut, dass das Reh wusste, was hilfreich für es ist«, sprach Soholit freundlich. »Dem dritten Mann geht es gut. Ich habe ihn in einen magischen Schlaf versetzt, aus dem er erst in einigen Stunden erwachen wird. Er wird sich dann an nichts mehr erinnern können. Die Frage ist nun, was tun wir mit den beiden anderen. Wir können ja wohl kaum zur Polizei gehen und die Sache melden«, fügte er noch hinzu. »Ich werde mich stellen und für die Morde büßen.« Louis hatte sich erhoben und blickte entschlossen geradeaus. »Und was sollte das nutzen? Die Menschen werden dich als Tier ansehen und du wirst vielleicht in irgendeinem Testlabor zu Tode kommen oder in einem Zoo ausgestellt. Ich bin auch der Meinung, dass du Sühne tun musst. Du solltest unbedingt lernen, deinen Zorn zu bändigen und du musst deine immensen Fähigkeiten, die in dir schlummern, der Menschheit und vielleicht dem Universum durch „Gutes tun" zu Füßen legen. Dazu braucht es allerdings einhundert Prozent. Antworte jetzt nichts. Wir gehen für heute Nacht zum Waldhaus. Morgen bringen wir dich zu Eyva. Mit der Zeit wirst du vielleicht für dieses Opfer bereit sein. Wir werden dich nicht drängen. Diese zwei Männer werde ich in Eichenbäume verwandeln. Das lassen meine Kräfte gerade noch zu. So bleiben sie am Leben, aber auf eine andere Weise. Glaub mir, dies waren keine guten Menschen. Nach dem, was ich sehen konnte, hatten sie bereits vielfach gemordet und noch viel mehr Schreckliches im Sinn. Das rechtfertigt natürlich immer noch nicht, was mit ihnen geschehen ist. Aber das Schicksal hat seinen Lauf genommen.« Soholit stellte sich neben die beiden verstorbenen Männer, breitete die Arme aus und sprach mit den Elementen und den Kräften der Natur. Langsam verwandelten sie die zwei Jäger in Eichen. Zuerst sprossen Wurzeln aus ihren Füßen, die sich dann im Erdreich verankerten und die Körper aufstehen ließen. Es war schaurig anzusehen, wie die Männer nochmals in voller Größe dastanden und zu einem Teil in der Erde verschwunden waren. Kurz darauf verwandelten sich der Rumpf und der Rest der Beine in

einen Stamm und aus den Armen und dem restlichen Körper wurden mächtige Zweige. Bald darauf standen die beiden neuen Bäume in einem ordentlichen Abstand zueinander und machten einen friedlichen Eindruck. Louis kniete vor den Eichen nieder und weinte an deren Wurzeln die Erde nass. Dann riss er sich einige Haare und Federn aus und legte sie als Dünger an die Bäume. Danach sprach er: »Ich bitte euch, mir irgendwann diese Tat zu vergeben. Ich verspreche, dass so etwas durch mich niemals wieder geschehen wird. Ich werde alles tun, die Tat von heute auf eine gute Art zu sühnen.« Dann erhob sich der Vogel-Junge, nahm den Rucksack mit den, für ihn so wertvollen, Geschenken auf und war bereit, den anderen nach Waldhaus zu folgen. Es wurde nicht mehr viel gesprochen. Alle gingen sofort schlafen, denn in aller Frühe sollte es in die Anderswelt gehen. Louis lag noch lange wach und blickte durch das Dachfenster des Strohbodens der Scheune in die Weiten des Sternenhimmels. »Bitte vergebt mir, so wie ich auch euch vergeben werde…«, betete er und dann schlief er ein.
Am nächsten Morgen war Tanja als Erste wach und weckte alle anderen. Es war noch dunkel draußen. Zusammen mit Alex saß die kleine Schar am Tisch, um zu frühstücken. Es wurde kaum geredet. Jeder war mit sich selbst beschäftigt. Alex stand als Erster auf, nahm Tanja in die Arme, drückte ihr einen liebevollen Kuss auf den Mund und verabschiedete sich danach von allen anderen, um sein Tagwerk zu beginnen. Dann machte sich auch die Gruppe um Louis zum Aufbruch bereit. Soholit und Querin blieben wiederum zurück. Die anderen vier bildeten eine Kette und reisten unter Leitung von Quiskan gemeinsam zur Anderswelt. Wieder erwartete sie dort der dichte Nebel. Nachdem Quiskan die liebliche Melodie auf der Panflöte gespielt hatte, erschien Eyva,

wie am Tag zuvor. Louis war vorgetreten und stellte sich dem reinsten Blick der Blicke. Heute stand er hier, als ein sehr viel demütigeres Geschöpf, als er es gestern noch gewesen war. Es schien, wie Liebe auf den ersten Blick. Kaum hatte Eyva sich in den Augen ihres Gegenübers versenkt, flossen dort Tränen der Freude. Louis fühlte sich, als würde er nach Hause kommen. Es floss so viel Liebe durch ihn, dass er es kaum noch aushalten konnte. Aber auch Eyva wurde von der Nähe, die sie sofort zu Louis spürte, vollkommen überrascht. Sie schienen wie zwei Seiten von ein und derselben Medaille zu sein. Eyva ging ganz dicht zu Louis und flüsterte ihm etwas ins Ohr. Die drei Freunde trauten ihren Augen nicht, als sich Louis kurz darauf auf den Rücken des Einhorns setzte. Die Arme und seine Flügel weit ausgebreitet, genoss er mit geschlossenen Augen diese neue Nähe. Auch Eyva war überglücklich mit dem neuen Freund und stieg im Überschwang der Gefühle auf ihre zwei Hinterbeine, wie ein ausgelassenes Füllen. In dem Moment strahlten beide gemeinsam und aus dem weiß bildeten sich plötzlich bunte Farben, so wie bei einem Regenbogen, ringsum das Paar. Dieses Bild brannte sich auf immer im Gedächtnis der drei Freunde ein und sie zogen sich, in der Gewissheit, dass Louis sich zu gegebener Zeit bei ihnen in Waldhaus wieder melden würde, dezent zurück. Tanja war den ganzen Tag erfüllt von dem wunderschönen Bild des Morgens. Sie schlief abends noch mit dem unvergesslichen Anblick vor Augen ein. Tanja träumte von Einhörnern und Vögeln, mit denen auch sie zusammenleben durfte. Ein beseeltes Lächeln erstrahlte über ihr schlafendes Gesicht.

Eine schrecklich traurige Woche

Tanja erwachte erst spät am Morgen und musste sich wieder einmal völlig neu sortieren. Was stand für heute eigentlich an? Langsam kam die Erinnerung an den gestrigen Tag zurück. Tanja lächelte als ihr das wunderschöne Bild von Eyva und Louis wieder in den Sinn kam. Louis würde erst einmal mindestens für vier Wochen weg sein und erst nach seiner Eingewöhnungszeit in der Anderswelt zum Unterricht nach Waldhaus zurückkehren. Tanja hatte also nun ziemlich viel freie Zeit zur Verfügung, die eigentlich für den Unterricht mit Louis reserviert gewesen war.
Es war nicht ihre Art, müßig zu sein, weswegen sie überlegte, wie diese Zeit jetzt sinnvoll zu füllen sein könnte. Tanja setzte sich auf den Bettrand und sah durch das Fenster zu dem, nahe gelegenen, Eichenwald.
Schon war ihr eine Idee gekommen.
»Ich möchte heute die Eicheln, die Lia und Finnbar von Orlana einst geschenkt bekamen, in unserem neuen Waldstück einsetzen. Wer hat Lust mitzukommen?«, warf Tanja in die Runde der Anwesenden in der Wohnküche und kommunizierte es gleichzeitig auch über den Geist. Sofort kam die Rückmeldung von Vismateté, dem Baum-Mann, dass er gerne mitkommen würde. Lucinda und Querin schlossen sich ebenfalls an. Quiskan rieb sich seinen schmerzenden Rücken und entschuldigte sich. Sogleich machten sich die vier Freunde auf den Weg. Tanja hatte einige Gartengeräte und das kleine Säckchen mit den Eicheln dabei. Die anderen trugen je eine Gießkanne mit Wasser. Das neue Waldstück grenzte direkt im Osten des bestehenden Geländes an und war mit seinen 500 Quadratmetern verhältnismäßig klein.

Eigentlich war das auch gar kein Wald mehr, denn die Männer von Zagan hatten fast alle Bäume zerstört. Nur hier und da erhob sich noch ein winziges Bäumchen aus der kargen Landschaft.
Schnell fand die kleine Schar einen sehr gut geeigneten Platz für die neuen Eichen. Ruck zuck waren zwei Pflanzlöcher ausgehoben, zwei Markierungspfähle eingeschlagen und je eine Eichel in die, gut aufgelockerten, Vertiefungen gelegt. Um das Ganze ein wenig feierlich zu gestalten, sang Tanja ein indianisches Lied, welches sie einst von Quick Deer gelernt hatte und sprach einige passende Worte. Lucinda bedeckte daraufhin die Eicheln mit Erde und drückte diese fest an. Danach wurden die Sämlinge vorsichtig und reichlich angegossen. Alle hatten ein gutes Gefühl und waren sehr gespannt, was wohl einmal daraus wachsen würde. Tanja brachte zum Schluss noch prophylaktisch den Wildverbiss-Schutz an und dann waren sie fertig.
Niemand wollte schon gehen und so standen die Freunde noch eine Weile still im Wald und blickten sich, nichts Spezielles suchend, um. Der Platz war wirklich gut gewählt. Es war eine kleine Lichtung, umgeben von erwachsenen Eichenbäumen, die auf dem, benachbart liegenden Gemeindewald standen und einen schützenden Kreis darum bildeten. Die Lichtung war groß genug, dass sie später auch zwei ausgewachsenen Eichen genügend Raum bieten würde.
Tanja entdeckte das Fahrzeug als Erste. »Was ist denn das für ein Jeep da vorne, mitten im Wald?« Nun nahmen auch die anderen das weiße Auto, auf dem viel größeren Nachbargrundstück wahr. »Lasst uns mal hingehen.« Tanjas Stimme klang alarmiert. Das Auto war leer. Auf dem Beifahrer-Sitz lag ein Rucksack, auf dem »Forstamt« stand. »Oh, ob das wohl jemand ist, der den Wald hier

begutachtet? Vielleicht ist das ja sogar die Reaktion auf meinen neuerlichen Brief an die Regierung.« In jüngster Vergangenheit hatte sich nach den Wahlen in Deutschland eine sogenannte »Ampelkoalition« gebildet. Sie bestand aus den Parteien SPD, FDP und den Grünen. In Waldhaus hatte man einige Erwartungen an die Grünen. Hoffte man doch, dass sie offiziell am ehesten für eine bessere Umwelt und einen respektvolleren Umgang mit der Natur stehen würden. Die Grünen stellten auch die Minister für das Landwirtschafts- und das Umweltministerium. Genau an diese beiden Minister hatte Tanja ihre Bitte, gesunde Eichen unter Schutz zu stellen, weil diese zu den Klimawandel-resistenten Bäumen gehören, nochmals gesendet. Die Vorgänger, aus der CDU-geführten Regierung, die diesen Brief vor mehr als einem Jahr ebenfalls erhalten hatten, hatten nicht einmal geantwortet.

Tanja war sich sicher, dass dies unter den Grünen nicht nochmals passieren würde und nahm nun optimistischer Weise an, dass hier ein Mitarbeiter, in Vorbereitung einer Antwort auf ihr Schreiben unterwegs war.

»Kommt, wir suchen die Leute mal. Vielleicht können wir mit ihnen ins Gespräch kommen«, rief sie den anderen zu. Gemeinsam liefen sie eine Weile in dem Eichenwald der Gemeinde herum. Dann sahen sie von Weitem zwei Männer, die mit Sprühdosen, jeweils zwei rote Querstriche, an verschiedenen Eichen anbrachten. Langsam fiel bei Tanja der Groschen. »Die markieren die Eichen zum Fällen. Das ist doch furchtbar! Schaut mal, wie viele das sind! Kommt, lasst uns zurückgehen und beraten, was jetzt zu tun ist.« Schnell und ungesehen begaben sich die vier Freunde in bedrückter Stimmung nach Waldhaus.

Tanja rannte wie ein eingesperrter Panther in der Küche

hin und her. Irgendwann rief sie mit einer, sich überschlagenden, Stimme: »Das kann doch einfach nicht wahr sein. Das müssen wir verhindern!« Sie klang alles andere als überzeugt, eher verzweifelt, denn es war ihr klar, dass sie weder die Besitzerin des Waldes war noch Eichen heutzutage schon unter Schutz standen. Trotzdem musste etwas getan werden. »Wisst ihr, damals, als wir es mit den Männern von Zagan zu tun hatten, waren im Wald Menschen am Werk, die sich nicht an die Gesetze hielten und als Verbrecher galten. Da war es einfach für uns, einzugreifen. Aber heute… Die Holzfäller gehen konform mit dem bestehenden Recht. Da können wir gar nichts dagegen unternehmen. Das macht mich wahnsinnig. Ich werde trotzdem versuchen, das Abholzen der alten Eichen zu verhindern. Aber ich kann mich nur im Rahmen der Gesetze bewegen. Ich möchte nicht das Waldhaus gefährden.« Als Erstes verfasste Tanja eine online-Petition, in der der Wortlaut des Briefes an die Ministerien in etwa wiederholt wurde. Er lautete folgendermaßen:

<u>Eichen, als klimaresistente Bäume, unter Schutz stellen</u>

Wir stehen alle vor der großen Herausforderung des Klimawandels. Dazu gehört nicht nur, CO_2-Emissionen zu verringern, sondern auch genügend Bäume und Pflanzen zu haben, die aus CO_2 unseren lebenswichtigen Sauerstoff produzieren. Durch immer trockeneres und heißeres Klima verlieren wir in unseren Breiten mehr und mehr Bäume und ganze Wälder. Diese Bäume verdursten, fallen Schädlingen, Bränden oder auch Stürmen zum Opfer. Ein sehr resistenter Baum jedoch ist die Eiche.

Sie übersteht lange Dürreperioden, ist kaum von

Schädlingsbefall betroffen und ist durch ihre lange Pfahlwurzel durch Stürme selten zu entwurzeln. Diese Pfahlwurzel erlaubt der Eiche auch, aus großen Tiefen Wasser zu generieren und daher nicht auszutrocknen. Solche Bäume fallen Bränden nicht so leicht zum Opfer. Die Eiche ist daher ein sehr wichtiger Baum unserer zukünftigen Wälder und muss deshalb unbedingt geschützt werden. Eichen wachsen leider sehr langsam. Daher können wir uns nicht mehr erlauben, erwachsene und gesunde Eichenbäume einfach so aus wirtschaftlichen Gründen zu fällen. Bis eine neue Eiche diese Größe erreichen würde, vergehen 150 und mehr Jahre. Diese Zeit haben wir nicht. Bitte unterzeichnen Sie für uns alle diese Petition und helfen Sie mit, die Eichen unserer Heimat und damit unser aller Lebensraum zu schützen.

Tanja hatte absichtlich den Verweis auf die eigenen betroffenen Bäume weggelassen. Es ging ihr um alle Eichen. Auch die spirituelle Bedeutung der Eichen erwähnte sie nicht, denn das würde in der heutigen Zeit möglicherweise eher kontraproduktiv sein. Sie teilte die Petition auf allen möglichen Social-Media-Plattformen und schickte sie an den eigenen E-Mailverteiler, der durch die Vortragsreisen ihrer jungen Mitgeschwister schon recht angewachsen war.
Dann rief sie die untere Naturschutzbehörde an. »Tut mir leid, da sind wir gar nicht zuständig. Die Waldwirtschaft ist ein eigener Wirtschaftszweig, so wie die Landwirtschaft. Darüber entscheiden nur die Forstämter. Aber, wie ich das sehe, haben sie da keine Chance.«
Tanja klapperte noch das Landes-Umweltamt, die Landes-

Forstbehörde, das Bürgertelefon der Bundesregierung und viele andere ab. Das Einzige, was sie erreicht hatte, war ein Begehungstermin vom übergeordneten Forstamt und dem verantwortlichen Förster für übermorgen. Dann bat sie noch die Gemeinde als Waldbesitzer, von der Abholzung abzusehen, welche sie aber auf das Forstamt zurückverwies. Die Presse, die sie ebenfalls informiert hatte, sagte zwar einen Vor-Ort-Termin zu, schien aber auch nicht sonderlich interessiert zu sein. Zuletzt schwenkte Tanja zu Greenpeace: »Wir können nicht überall sein.«, zu Robin Wood: »Wir haben auch noch nie etwas an Abholzungen in Wirtschaftswäldern ändern können.« und zuletzt zu verschiedenen Bürgerinitiativen um. Alles ohne Erfolg.
»Jetzt bleibt nur noch die Begehung. Ich fühle mich so hilflos!«, sprach Tanja zu Alex und ging betrübt zu Bett.
Am nächsten Morgen waren sie schon mit den Sägen im Wald. Es war schrecklich anzuhören. Tanja blieb im Haus, weil sie die Geräusche nicht ertrug. Das Kreischen der Sägen, die sich gnadenlos in das Holz ihrer Baumfreunde eingruben sowie das donnernde Fallen der sanften Riesen waren für sie nicht auszuhalten. Irgendwann war sie so außer sich, dass sie nur noch Märchen im Fernsehen anschauen konnte. Am frühen Abend kam Alex auf sie zu: »Tanja, komm doch bitte mal. Die Hühner sind wegen der Sägerei in Panik geraten und eines hat sich ziemlich verletzt.« Tanja folgte ihm mit zitternden Knien. Die Männer waren noch immer am Arbeiten, wenn auch noch recht weit weg von der eigenen Grundstücksgrenze. Gerade donnerte es wieder und die Erde bebte ein wenig als ein weiterer Baumriese fiel. Tanja liefen die Tränen in Strömen über das Gesicht.

»Wie können sie nur so dumm sein! Wir brauchen die Bäume doch lebend.« Das Huhn war offenbar vor Schreck gegen eine Wand des Stalls geflogen und hatte eine Verletzung am Kopf. Tanja begutachtete es, versorgte die Wunde und sprach ihm gut zu. »Das heilt bald wieder. Es ist nichts Schlimmes. Ihr müsst nun ganz tapfer sein. Das wird noch eine Weile so weitergehen, wenn ich es nicht noch stoppen kann. Aber schaut mal. Hier in den Zaun, da können die Holzfäller nicht herein. Dort seid ihr sicher.« Es war fast so, als spräche sie zu sich selbst. Wie ein Zombie ging Tanja zurück ins Haus und wandte sich zur Beruhigung wieder ihrem Märchen zu. Am nächsten Morgen war die Begehung. Es waren jemand aus der oberen Forstbehörde, eine Frau vom Umweltamt und der ansässige Förster gekommen. Alex begleitete Tanja zum Wald. Von Weitem hörte man die Sägen. Das Ganze zog sich etwa 45 Minuten hin. Tanja brachte alle möglichen Argumente vor, welche die Abordnung eines nach dem anderen vom Tisch wischte. Am Ende wurde Tanja noch gerügt, weil sie auf ihrer Wiese einige Bäume gepflanzt und dafür vorher keine Genehmigung vom Amt eingeholt hatte. Mit einem dicken Kloß im Hals schaffte es Tanja irgendwie noch ins Haus, bevor die Tränen flossen. Unschlüssig stand Alex neben ihr und drehte seine Mütze in den Händen. »Wenn du willst, gehe ich jetzt sofort in den Wald und nehme den Forstarbeitern die Kettensägen weg.« Er machte ein entschlossenes Gesicht. »Oh nein, mein Liebster. Das ist sehr freundlich von dir und ich weiß dein Angebot sehr zu schätzen. Aber, ich will dich nicht auch noch verlieren. Dafür würdest du bestimmt bestraft und die Arbeiter bekämen neue Sägen. Was hätten wir davon?« »Es ist

schwer für mich, dich so weinen zu sehen«, war Alex' schlichte Antwort. »Weißt du was, ich habe die Nase von der Erde ein für alle Mal voll. Meine Unterweiserin aus den Kindertagen von Aquarius hatte vollkommen recht damit, mich darauf hinzuweisen, dass man sich auf unterentwickelten Planeten nicht direkt einmischen solle. Es wäre besser, gute Energie zu senden und zu warten, ob die Bewohner selbst auf den rechten Weg finden würden. Beim Planeten Erde ist das definitiv noch nicht der Fall. Schau dir doch den ganzen Schlamassel hier an: Auf der Klimakonferenz in Glasgow kam fast nichts heraus, der Klimawandel wird nicht konsequent als wichtigste Krise behandelt sowie aufgehalten und überall auf der Welt werden Bäume weiter rücksichtslos abgeholzt, Tiere und Pflanzen haben keine Lobby. Es geht nur ums Geld, wohin man auch blickt. Ich selbst bin ebenfalls nicht frei von Schuld, weiß aber nicht, wie ich noch nachhaltiger leben könnte. Schau dir weiterhin die Streitereien um die Ukraine an. Dort wird von allen Seiten gezündelt und provoziert, als ob kein militärischer Konflikt oder gar ein dritter Weltkrieg auf dem Spiel stände. Die Wenigsten fragen sich bei ihren Handlungen, ob das, was sie tun, für alle, die jetzt leben und auch für kommende Generationen gut ist. Ich habe es absolut satt! Da mache ich nicht mehr mit! Ich drehe mich doch nicht ständig im Kreis herum.
ICH WILL ZURÜCK NACH AQUARIUS!!« Schluchzend hatte Tanja die letzten Worte herausgebrüllt und hielt sich weinend ihre Hände vors Gesicht, um dieses zu verbergen.
»Nun, nun…« Alex legte seinen Arm um Tanja und drückte sie sanft an sich. »Du sagst doch stets, dass egal,

was im Äußeren geschieht, dies keinen Einfluss darauf hat, dass im Universum alles in Ordnung ist. Du sagst doch auch, dass das Bewusstsein nur immer Umwandlungen von einer Materie zur anderen vollzieht und dass das Universum gütig ist, weil es letzten Endes nur von der Liebe regiert wird. Wo sind denn deine Zuversicht und dein Vertrauen geblieben? Außerdem geschieht auf der anderen Seite doch auch schon sehr viel Gutes, um den Planeten, als Lebensraum zu erhalten. Es gibt eine große Anzahl von Unternehmen, die in diese Richtung denken und arbeiten, sowie eine Menge Menschen, die ihren Lebensstil bereits ändern.« Voller Sorge blickte er auf seine Gefährtin, die völlig außer sich zu sein schien. »Alex, liebster, ich kann das gerade nicht spüren. Ich ruhe nicht in meiner Mitte. Das mit dem Absägen der Eichen trifft mich so hart, ich kann das nicht vertrauensvoll geschehen lassen. Das ist wohl meine Grenze, die ich als Mensch habe. Es tut mir sehr leid. Ich kann einfach nicht weiser sein und ich fühle mich auf so einem Planeten nicht mehr wohl, auf dem die Gesetze so sind, dass Naturzerstörung und Tierquälereien praktisch als legal abgesichert sind. Tut mir leid, ich kann einfach nicht mehr«, wiederholte sie sich nochmals. Alex war bestürzt, sein Herz klopfte wie wild, denn er hörte aus Tanjas Worten heraus, dass sie es tatsächlich ernst meinte. »Bitte, Tanja, überlege dir das noch einmal. Was hältst du davon, wenn du für drei bis vier Wochen nach Portugal gehst? Dort scheint die Sonne, es gibt das Meer und du könntest ein wenig mit Akira und seinen Freunden zusammen sein.« Alex hatte das Fenster geöffnet. Im Geist rief er nach Vismateté, zeigte ihm die Neuigkeiten in seinen Gedanken und bat ihn, schnellstens zu kommen.

Sofort war Vismatetė am Fenster. »Liebste, Alex hat recht. Geh für eine Zeit lang nach Portugal und überlege dir das Ganze nochmals. Schau, Alex, Akira und ich, wir müssten hier zurückbleiben und würden dich sehr vermissen, wenn du die Erde verlassen würdest. Und wie willst du das mit Aquarius überhaupt bewerkstelligen? Du kannst nicht einfach in deinen alten Körper dort zurück. Das geht nur, wenn deine Lebenszeit auf der Erde abgelaufen ist.« Vismatetė blickte besorgt zu Tanja und ein schrecklicher Verdacht machte sich in ihm breit. »Du hast doch nicht etwa daran gedacht, das künstlich zu beschleunigen?«, fragte er und seine Stimme zitterte dabei merklich.
Tanja nahm die Hände vom Gesicht und blickte aus ihrem Tränen verschmierten Antlitz von einem zum anderen. »Es tut mir leid, dass ich euch solchen Kummer mache. Ich werde für einige Wochen nach Portugal gehen, so wie ihr es vorschlagt und dann sehen wir weiter. Alex, du hast doch damals auch in das Pfeifchen der Hüterin geblasen. Vielleicht kannst du ja mitkommen nach Aquarius und du auch, lieber Vismatetė?« Alex und Vismatetė tauschten besorgte Blicke aus, denn Tanja klang so unendlich traurig und dabei auch so fest entschlossen, die Erde zu verlassen.
»Ich gehe dann mal auf mein Zimmer. Wir sehen uns morgen. Ich habe euch sehr lieb.« Tanja verließ mit hängendem Kopf die Wohnküche, um sich zurückzuziehen.
Beim Abendessen unterhielten sich die Bewohner von Waldhaus über die neuesten Entwicklungen und es herrschte dabei eine ziemlich gedrückte Stimmung.
Am nächsten Morgen begleitete Alex Tanja für einen Tag

nach Portugal. Akira, Lia und Finnbar waren schon längst im Bilde. Man hatte sich darauf geeinigt, das Thema für einige Tage ruhen zu lassen und für Tanja einfach ein wenig Urlaubsstimmung zu kreieren. Es wurden kleine Ausflüge organisiert und sehr viel Strand war auf dem Programm.
Tanja erholte sich nach und nach. Alex war noch immer bei ihr, so als ob er sie keine Minute mehr aus den Augen lassen wollte. Er wurde jedoch von Tag zu Tag unruhiger, weil er sich auch um die Hühner, den Garten und das Feld in Waldhaus sorgte. Tanja betrachtete ihn liebevoll. »Alex, du kannst ruhig nach Waldhaus zurückgehen. Ich verspreche dir, dass ich nicht so einfach mir nichts, dir nichts verschwinden werde, während du weg bist. Ich werde dir rechtzeitig Bescheid geben und ich habe es auch nicht für heute oder morgen geplant und schon gar nicht von Portugal aus.« »Ich möchte an und für sich gar nicht, dass du von der Erde weggehst«, antwortete Alex. »Wenn wir mal wirklich an unserem Lebensabend stehen, dann bin ich gerne bereit, mit dir nach Aquarius zu kommen. Aber jetzt, so mitten aus dem Leben heraus, das fühlt sich für mich nicht richtig an. Ich werde nun nach Waldhaus zurückkehren, dich aber von Zeit zu Zeit hier wieder besuchen, falls dir das recht ist?« Alex verstummte abrupt. Tanja umarmte den Hünen liebevoll und flüstere ihm zärtlich ins Ohr: »Natürlich möchte ich, dass du kommst. Ich würde mich sehr freuen.« Alex errötete vor Freude und mit einem gebrummten: »Erhole dich weiterhin gut«, war er dann auch schon verschwunden.
Tanja schlenderte zum Strand und ließ sich an ihrem Lieblingsplatz nieder. Mit den Händen ließ sie wieder und

wieder den feinen Sand durch ihre Finger rinnen. Sie hatte das Gefühl, als würde der Sand sie, durch die Berührung mit ihrer Haut, von all dem Mist reinigen, der in ihrem Kopf herumschwirrte. Den Blick hatte sie unscharf nach vorn gerichtet. Sie nahm ganz unfokussiert den Ozean wahr. Ihre Ohren wurden mit dem Rauschen der See verwöhnt und ihre Lungen mit der salzigen Luft. Tanja erholte sich wirklich von Grund auf. Nach einer Weile ließ sie sich langsam auf den Rücken fallen und betrachtete das Wolkenspiel am Himmel. Sie sahen aus, wie lauter weiße, kleine und kugelige Schäfchen. Lächelnd und zufrieden schlief Tanja ein. Etwa eine Stunde später weckte sie ein Rascheln. Als Tanja die Augen öffnete, sah sie in das freundliche Gesicht von Quick Deer, ihrem früheren indianischen Lehrer, der extra von Aquarius zu Besuch gekommen war. Etwas umständlich, als müsste er sich immer noch an seinen, wieder gewonnenen, menschlichen Körper gewöhnen, ließ er sich neben Tanja nieder. Gemeinsam schwiegen sie eine Weile. »Wie ich sehe, geht es dir wieder etwas besser.

Dass dir die Angelegenheit mit den Eichen von Portugal aus nicht mehr ganz so bedrohlich und wichtig erscheint, hat damit zu tun, dass du ihr an diesem Ort nicht mehr so viel Aufmerksamkeit schenkst. Dinge im alltäglichen Leben werden nur dadurch groß, dass Menschen sich damit intensiv beschäftigen. Schau mal in deine Vergangenheit. Da gab es sicher vieles, was dir damals unglaublich wichtig erschien oder dich verletzt hat. Im Moment als du ständig daran gedacht hast, war es vielleicht unerträglich. Wenn du heute, mit etwas Abstand, darauf blickst, ist es nicht mehr so wichtig oder dominant, wie es früher war, stimmts? Woran liegt das?

Sicher nicht daran, dass du heute anderer Meinung bist oder anders empfindest. Es liegt daran, dass du nicht mehr so oft daran gedacht hast. Du könntest die alten Angelegenheiten auch wieder groß machen, wenn du magst. Dazu bräuchtest du dich nur nochmals, ständig damit zu beschäftigen. Deine Aufmerksamkeit ist für alles im Äußeren wie deren Nahrung. Fütterst du eine Sache viel, dann wird sie groß. Füttern viele Menschen die Sache mit ihrer Aufmerksamkeit, dann wird sie riesengroß. Umgekehrt ist es so, wendest du dich von etwas ab, dann wird es belanglos. Wenden sich alle ab, dann werden die Ereignisse vergessen und kraftlos. Deshalb ist es so wichtig, sich täglich in Meditation oder Gebet in der Liebe zu zentrieren, damit es diese ist, die in dir und auf der Welt wächst. Ich nehme an, das weißt du sowieso schon selbst, oder?«

Tanja antwortete nicht gleich und sann über die Worte ihres Lehrers nach.

»Ja, ich weiß um diese Gesetze. Sicher kann man alles viel besser machen als ich es tue. Ich glaube aber, ich gebe mein Bestes. Ich fühle mich hier an dem Ort wieder im Frieden und die Ereignisse von Waldhaus sind tatsächlich in meiner Wahrnehmung schon viel kleiner geworden. Aber auch aus dieser friedlichen Energie heraus bin ich immer noch der Meinung, dass das mit dem legalen Abholzen der Eichen vor unserer Haustür über meine Grenzen geht und ich habe den Eindruck, dass die Mehrzahl der Bewohner der Erde noch nicht die nötige Reife besitzt, um auf dieser nachhaltig und friedlich zum Wohle aller leben zu können. Ich glaube, sich in diesen Prozess einzumischen, ist momentan noch sinnlos. Ich sehe natürlich auch, dass sich etwas tut und dass mit jeder Aktion neue Samen gelegt werden. Aber trotzdem...« »Aber trotzdem geht es dir mal wieder viel zu langsam? Ach, Tanja.« Quick Deer nahm die, so unendlich traurig klingende Frau, liebevoll in den Arm. »Du musst die Welt nicht allein retten. Erinnerst du dich noch an unsere erste Traumreise? Da hatten wir doch dieses Thema auch schon. Das ist total zu viel für eine Person oder überhaupt einen Menschen. Die Liebe wird das tun. Nur sie hat die nötige Kraft, dies geschehen zu lassen. Nimm mal die Welt von deinen Schultern und genieße deinen Urlaub, liebe Tanja. Oder sollte ich besser „Atlas" zu dir sagen?« Quick Deer lächelte verschmitzt. »Ok, ich genieße meinen Urlaub. Lass uns einfach in zwei Wochen nochmals darüber sprechen.« Ihr entschlossener Ton war dem Lehrer nicht entgangen. Tanjas Gesicht bekam mit jedem Tag mehr Farbe und sah jünger aus. Der Aufenthalt in der Wärme und am Meer tat ihr sichtlich gut. Alex kam regelmäßig zu Besuch und die zwei hatten einige wunderschöne, gemeinsame Stunden. Alex vermied bewusst, Tanja über die alltäglichen Geschehnisse von Waldhaus zu berichten und diese erkundigte sich lange Zeit auch nicht danach. »Ich möchte gerne bald nach Hause kommen. Wie sieht es denn mit den Eichen aus?«, fragte sie Alex dann doch irgendwann möglichst beiläufig.« »Nun ja.« Alex lief rot an. »Ich kann es dir nicht sagen. Die Eichen rings ums Haus stehen alle noch. Die Presse war da, aber bislang ist noch nichts in der Zeitung erschienen und die Antwort der Gemeinde auf unser Ersuchen, ob sie den Wald vielleicht an uns verpachten oder verkaufen würden, damit dieser nicht mehr bewirtschaftet werden muss, steht noch aus. Du siehst also, alles ist noch offen.«

Irgendwie wurde Alex jetzt noch röter. »Glaubst du wirklich, dass alles noch offen ist?«, fragte Tanja misstrauisch. »Ehrlich gesagt habe ich nicht ganz so viel Hoffnung…«, antwortete Alex und betrachtete betreten den Boden.

»Na gut. Ich möchte trotzdem bald nach Hause. Ich könnte, falls es zu weiteren Fällungen kommt, immer noch wieder hierher zurückkommen. Was sagst du dazu?«

»Ja natürlich, du kannst doch jederzeit nach Hause kommen, wenn du magst… Ich freue mich, wenn du endlich wieder daheim bist. Hauptsache, es geht dir gut und du bleibst auf der Erde?«

Auf diese Frage antwortete Tanja ihrem Gefährten jedoch nicht. Sie hatte sich vorgenommen, übermorgen wieder nach Waldhaus zu reisen.

Akira und die anderen Bewohner hatten deshalb für diesen Abend eine kleine Abschiedsfeier für Tanja geplant. Vor allem sollte viel getanzt werden, denn es war allgemein bekannt, wie sehr sie das Tanzen mochte.

Am späten Abend fiel Tanja wie ein Stein ins Bett und sofort in einen tiefen Schlaf.

In der zweiten Hälfte der Nacht wurde sie von Quick Deer, der wiederum eigens aus Aquarius gekommen war, aufgeregt aus dem Schlaf gerissen. »Tanja, du musst auf der Stelle nach Aquarius mitkommen. Es ist etwas wahnsinnig Wichtiges passiert…«

Der schönste Ort im Universum

Etwa 1,5 Erden-Jahre zuvor, in Portugal:

Atlantus hing, gefangen in einem großen Netz, über dem Schiff seines verhassten Feindes und Dieners des Bösen, Zagan. Seine Flucht ins Meer, in dem sich der Selkie schnell in einen Seehund verwandelt hatte, um zu fliehen, war nicht geglückt, denn ein, eigens für diesen Fall im Wasser ausgebreitetes Fischernetz, hatte seine klugen Pläne vereitelt.
Er erkannte mit Entsetzen, dass ihm und seinen Mitkämpfern eine geschickte Falle gestellt worden war und dass es keinen Ausweg mehr für ihn oder seine Kameraden gab.
Atlantus sah in den hasserfüllten Augen seines Erzrivalen, Zagan, der ihn gerade befriedigt und abschätzend ansah, den eigenen Tod ganz deutlich abgezeichnet.
Zagan lachte grölend und stach auf den wichtigen Gefangenen Atlantus, dem er seinerzeit selbst den Namen »Nummer 1« gegeben hatte, mit großer Genugtuung, jedoch vorerst nicht mit einer Tötungsabsicht, ein.
Atlantus verspürte unbändige Schmerzen in Armen und Beinen, als sein Feind ihn dort wieder und wieder mit seinem Speer voller Häme und Rachsucht verletzte. Panik überkam ihn. Er dachte hauptsächlich an seine Kameraden, die entweder schon zu Tode gefallen waren oder deren gequälte Schreie noch, wie schrecklichste

Sirenen in der Luft ertönten.
Dann fiel ihm auch noch seine Mutter ein, die auf sein Geheiß am Strand arglos auf ihn wartete und sicher nicht zu den Schiffen schauen würde, weil sie es ihm fest hatte versprechen müssen.
Tränen traten in Atlantus' Augen, so groß war seine innere Pein.
Dann aber ging alles sehr schnell. Zagan bewegte das Netz, in dem der tapfere Selkie gefangen war und welches noch immer über dem Schiff hing, weiter in Richtung der grölenden Mannschaft, die wie losgelassene, blutrünstige Jagdhunde nur darauf warteten, ihre Beute zu zerfleischen. Atlantus nahm Mersch, den ehemaligen Obmann eines von Zagans Schiffen, welcher mit ihm noch eine eigene, offene Rechnung hatte, kurz aus dem Augenwinkel wahr. Sofort darauf verspürte er einen unbändigen Schmerz in seinem Herzen und noch bevor er schreien konnte, wurde alles rings um ihn dunkel. Atlantus war in eine gnädige, schützende Ohnmacht gefallen.
Er spürte nicht mehr, dass die Schergen des Bösen wie von Sinnen weiter auf ihn einstachen oder schlugen. Sein Herz hörte auf zu schlagen. Das Ende seines materiellen Lebens war gekommen.
Wie in Zeitlupe liefen nun Bilder, die dieses Leben ausgemacht hatten, in Atlantus' Geist ab. Sie kamen jetzt zwar nacheinander, waren aber dennoch schon immer gleichzeitig in ihm dagewesen. Er sah sich als kleines Kind und Sohn der beiden Ältesten der Selkies, Undine und Kedir, vergnügt im Meer auf dem Planeten Aquarius

herumplanschen. Aquarius – der wundervolle und hoch entwickelte Planet, der damals seine Heimat gewesen war. Ein Planet, auf dem alle Geschöpfe miteinander und füreinander in Frieden lebten. Ein Ort, an dem kein Wesen das andere zum Überleben verstoffwechseln musste, weil alle Geschöpfe vom Licht des weißen Kristalls auf friedliche Weise ernährt wurden. Der weiße Kristall war dereinst ein Geschenk an den Planeten gewesen und kam von deren Schirmherrin, Kamila, »Der Dienerin der Liebe«. Kamila, auch »Die Eine« genannt, war es auch, die ab diesem Zeitpunkt über den wundervollen Planeten wachte. Atlantus sah sich selbst bei den Unterweisungen mit anderen Kindern, neben seiner besten Freundin Brenda sitzen. Dann war er erwachsen und fühlte sich durch die Meereswesen von einem anderen Planeten, nämlich der unterentwickelten Erde, welche sich in großer Not befanden, gerufen. Im nächsten Bild war er ein menschliches Kind der Erde und spielte in Waldhaus mit seinem kleinen Bruder Akira, während seine Mutter, Tanja, im Schaukelstuhl saß und ihre beiden Sprösslinge mit großer Liebe betrachtete. Tanja war selbst einmal eine Aquarianerin gewesen und von Atlantus eigens als seine neue Erdenmutter ausgesucht worden. Die Bilder flossen immer weiter. Atlantus nahm noch Bruchstücke seines neuen Heims und Wirkungskreises in Portugal, dem portugiesischen Bruchtal, wahr und war schlussendlich an diesem Moment auf dem Schiff wieder angelangt.
Kurz darauf verließ seine Seele, den nun völlig unbrauchbar gewordenen, menschlichen Körper in

Richtung des weiten Äthers.
Atlantus schwebte noch kurz über dem Schiff und sah, dass jetzt auch keiner seiner Kameraden noch am Leben war. Als er weiter nach oben gen Himmel glitt, erblickte er seine Mutter, die am Strand sicher in der Öffnung eines Baumes steckte oder war sie gar zu diesem geworden? Sie war jedenfalls unversehrt und am Leben.
Atlantus war jedoch davon kaum berührt, denn seit er mit seiner Seele in Richtung Himmel unterwegs war, hatte sich seiner die totale Gewissheit bemächtigt, dass alles in Ordnung wäre, genauso wie es eben war.
Gerade, als er einen riesigen Sog zu einem bestimmten Ort im Universum zu fühlen begann, nahm er ganz weit unten auf der Erde noch wahr, wie sein Bruder, Akira, mit freiem Oberkörper und mit seinem Schwert, sowie verschiedenen Pistolen bewaffnet, gefolgt von vielen Kämpfern des Lichts, in Richtung des gekaperten Schiffes, wie besessen am Rennen war.
Atlantus nahm dies recht unbeteiligt zur Kenntnis, denn er fühlte sich inzwischen all dem auf der Erde nicht mehr verpflichtet. Sein einziges Ziel war es jetzt, zu dem wunderbaren, weit entfernten Ort zu kommen, der ihn gerade wie magisch anzog.
So schwebte er höher und höher davon und konnte die Erde bald nur noch als winzigen Punkt im weiten Universum erkennen.
Weit vor ihm sah er ihn nun endlich: »Den schönsten Ort im Universum.«
Zuerst machte er ein großes, helles Tor aus, hinter dem sich viele weiße Gestalten versammelt hatten.

Atlantus wusste auf der Stelle, dass dort die perfekte Gemeinschaft auf ihn wartete und dass er dort vollkommen erwünscht war und ganz genau in deren Gefüge, wie ein fehlendes Teil in einem Puzzle, hineinpasste.
Atlantus war freudig erregt. Kaum am Tor angekommen, öffnete sich dieses und eine freundliche Frau nahm ihn in Empfang:
»Herzlich willkommen an diesem wundervollen Ort, lieber Atlantus. Tritt ein. Unsere Gemeinschaft hat dich schon seit einiger Zeit mit Spannung erwartet. Mein Name ist Heliana und dies ist die Feder-Gemeinschaft, der auch ich angehöre. Komm, wir bringen dich nach Hause.«
Heliana ging voran und Atlantus, der nun auch über einen weißlichen und etwas durchscheinenden Körper, wie die anderen in jener wundersamen Welt verfügte, folgte ihr langsam.

Verschollen in glückseliger Ewigkeit

Atlantus lebte von nun an in einer Art kleinem Dorf, mit vollkommen in die durchscheinende Landschaft integrierten, kleinen Behausungen. Außen an jedem Haus hing eine große, helle Feder. Es gab an diesem Ort keinerlei Farben, Gerüche oder Temperaturen. Alles war in ein wundervolles und erfüllendes, goldenes Licht getaucht.
In der Mitte des Dorfes war ein großer, freier Platz, auf dem stets Mitglieder der Gemeinschaft saßen und sich dem reinen Bewusstsein der Unendlichkeit hingaben. Jeder Wunsch, der aufkam, wurde umgehend erfüllt. Jedoch ging es darum, wunschlos glücklich zu sein und sich in das Gefüge der Gemeinschaft so einzuordnen, dass man, als winziges Zahnrädchen, ganz von allein stets am richtigen Ort war. Ziel war es, dass automatisch die eigenen Wünsche genau das waren, was die Gemeinschaft gerade benötigte. Nach und nach verstand Atlantus, dass es jedoch letztendlich darum ging, sich selbst komplett in diesem goldenen Licht aufzulösen und dann gar keine eigene Form mehr zu besitzen. Öfter schon hatte er einen kleinen Vorgeschmack davon erhalten, wie wundervoll sich dies anfühlte und mit aller Macht wollte er dieses Ziel erreichen. Genau der Wunsch jedoch wurde nicht sofort erfüllt. Je mehr Atlantus dies begehrte, desto weiter entfernte er sich von diesem Ziel.
Eines Tages unterhielt er sich darüber mit Heliana, die in der Gemeinschaft so eine Art Patin für ihn war und fragte sie um Rat. »Geh es langsam an, mein Freund. Hier gibt es keine Zeit und dadurch auch keine Eile. Solange du noch etwas anderes möchtest als gerade existent, ist es

völlig unmöglich sich im Licht aufzulösen. Es scheint vielleicht paradox zu sein, aber erst, wenn du zufrieden bist, dich nicht aufzulösen, kann es geschehen. Kannst du mir folgen?« Atlantus sann eine Weile nach. »Ich glaube, das kann ich nicht. Ich muss doch irgendein Ziel haben?« Heliana lachte. »Im Licht gibt es keinen Anfang und kein Ende und damit auch kein Ziel. Da ist einfach nur das unbeschriebene Sein. Aber, was soll's. Ich kann dir das nicht beschreiben. Das muss man erleben. Das ist nichts, was du erreichen kannst. Denn es ist doch eigentlich schon da! Dies zu erkennen, ist eher eine Gnade, die einem gewährt wird, wenn es an der Zeit ist. Ich schlage vor, dass du das mit dem Auflösen im Licht als Ziel komplett vergisst. Beschäftige dich erst einmal mit deinen Wünschen und genieße deren Erfüllung. Bei Gelegenheit und wenn es sich ergibt, werden wir uns erneut darüber austauschen, einverstanden?« Plötzlich war Atlantus wieder allein und noch verwirrter als zuvor.
Na gut, was waren denn seine Wünsche? Atlantus überlegte angestrengt. Er wollte alles, egal, was es war, sehr gut machen. Oh mein Gott, war er etwa ein Streber? Offensichtlich, ja! Dass man die Dinge akzeptieren sollte, wie sie nun einmal waren, hatte er ja schon gehört. Also gab er sich diesem Bestreben einfach hin. Im selben Moment materialisierte sich vor ihm ein Stufenbarren. Atlantus erinnerte sich, dass er als Kind auf der Erde immer im Geheimen schon ein herausragender Sportler auf diesem Gerät sein wollte. Keine Sekunde später fand er sich auf diesem Barren wieder, wie er die kompliziertesten Übungen mit Bravour meisterte. Lange Zeit übte er an dem Gerät alles durch, was erreichbar war. Als er die Lust dazu verlor, verschwand der Barren und Atlantus stand ganz allein in weiter Flur. An seinem Hals hing plötzlich eine Goldmedaille. Als er sie

betrachtete, sah er, dass es sich um olympisches Gold handelte. Laut erschallte sein Lachen. Doch dann verstummte er abrupt. Was, wenn jetzt sich plötzlich all seine geheimsten Wünsche erfüllen würden. Er bekam es mit der Angst, denn er hatte sich nicht nur gute Dinge gewünscht, vor allem auf der Erde. Schnell setzte sich Atlantus und versuchte sich im Nichts zu zentrieren, um keine weiteren Wunscherfüllungen mehr anzuziehen.
Für eine Weile funktionierte das auch ganz gut. Doch dann kamen immer neue Szenen, vergleichbar mit der Stufenbarren-Episode. Atlantus war entsetzt. Er konnte keine Freude mehr an der Erfüllung all seiner Wünsche finden. Er warf sich flach auf den Boden und weinte. Nach und nach wurde ihm klar, was diese Gier in seinem früheren Leben doch für eine verschwendete Lebenszeit gewesen war. Anstatt zufrieden zu sein, im Sport mittelmäßige Ergebnisse zu erzielen und sich daran zu freuen, hatte er sich danach verzehrt, ein anderer zu sein und seine Mitschüler oder bessere Sportler beneidet.
Atlantus bereute das zutiefst. Irgendwann rief er nach Heliana. Sofort war sie neben ihm. »Bitte hilf mir. Ich möchte meine Wünsche nicht mehr erfüllt haben. Bitte bring mir bei, wie ich zufrieden sein kann, mit dem, was ist.« Heliana lächelte und nahm Atlantus mit zum Dorfplatz zurück.
Als Atlantus sich wieder zu den anderen setzte, hatte er endlich alle Ziele losgelassen und glitt selig ins Vergessen.

Frederick

Atlantus wachte an diesem Morgen mit einem total merkwürdigen Gefühl auf.
Alles, was er gelernt hatte, schien wie weggewischt. Das passte ihm gar nicht. Er war doch schon so nah dran gewesen, sich komplett in dem fantastischen Gruppengeist und dadurch im unendlichen Bewusstsein aufzulösen. Das Gefühl davon war phänomenal. Es glich einem gemeinsamen Wogen im Meer von ein und demselben Körper. Kein Wollen oder Müssen mehr, sondern nur ein ewiger, gemeinsamer Tanz eines einzigen Wesens im unendlichen Raum. Kein Unterschied, keine Emotionen, außer Glückseligkeit... Wieso nur fühlte er sich dann heute so merkwürdig? Vielleicht hatte er geträumt – das war schon lange nicht mehr passiert. Er konnte sich aber an nichts mehr erinnern. Was hatte er da gerade gedacht? Ein Wogen im Meer von ein und demselben Körper? Das Meer – unendliche Sehnsucht überkam ihn. Sofort befand er sich an einem Strand und sah das Meer vor sich liegen. In seiner Erinnerung hörte er die See rauschen. Hier jedoch war es mucksmäuschenstill. Er roch keinen Tang und er sah auch keine Farben. Aber vor ihm lag ein goldenes, leicht durchscheinendes Meer. Atlantus beschloss, zu schwimmen. Als er in das Scheinmeer glitt, ergriff ihn plötzlich und für ihn momentan völlig unerklärlich, ein tiefer Wunsch, seine Gestalt zu ändern. Im nächsten Moment war er schon ein Seehund, der sich in seinem Element befand. Atlantus Geist änderte sich. Er fühlte sich wieder etwas mehr als ein einzelnes Individuum. Das

Gruppengefühl schwand ein wenig. Gleichzeitig nahm er nun einen Schmerz der Trennung vom Ganzen wahr. Allerdings kamen damit auch einige individuelle Eigenschaften von ihm zurück. Er spielte, tanzte und tollte so intensiv im Meer herum, wie schon lange nicht mehr. Zahlreiche, durchscheinende Fische versammelten sich um die, im Glück, wie wild herumplantschende Robbe und betrachteten sie neugierig. Langsam wurde das Tier etwas ruhiger und schwamm weiter in die Tiefen des Meeres hinaus.
Ganz weit hinten erblickte Atlantus mit seinen scharfen Augen ein Fischernetz. Das gehörte hier überhaupt nicht her! Empört schwamm er näher. Empört? Diese Emotion hatte er doch schon längst abgelegt. Als er jedoch sah, dass sich in dem Netz eine winzige Schildkröte wie von Sinnen wand, schob er alles Kalkül zur Seite und kam dem kleinen Geschöpf sofort zu Hilfe. Die Schildkröte hatte sich durch ihre Befreiungsversuche inzwischen nur noch viel tiefer im Netz verfangen. Die Robbe, Atlantus, biss zunächst das Stück Netz heraus, in dem die Schildkröte hing. Dann aber kam sie mit den Zähnen nicht weiter. Schnell, denn das kleine Geschöpf sank schon langsam in Richtung Meeresboden, verwandelte sich Atlantus wieder in einen Menschen zurück. Sein Geist wurde erneut etwas unschärfer in Richtung der kleinen Details des Lebens, aber schärfer in Richtung des allumfassenden Bewusstseins, aus dem alles besteht. Atlantus riss sich zusammen. Die kleine Schildkröte wollte er retten. Das durfte er keinesfalls vergessen, Bewusstsein hin oder her. Er wischte die Unschärfe ärgerlich beiseite. Sekundenschnell folgte er dem Schildkröten-Netzknäuel, ergriff es und begann mit seinen

geschickten, menschlichen Händen, das Meeresbaby zu befreien. Erst jetzt fiel Atlantus auf, dass das Geschöpf weniger durchscheinend aussah als alles andere hier. Er nahm eine leicht bräunliche Farbe auf dessen Panzer wahr. Eine große Freude durchströmte Atlantus. Mit, vor Aufregung zitternden Händen, wickelte er das Tierchen immer weiter aus. Je näher er dem Baby im Inneren des Netzes kam, desto mehr spürte er auch die Temperatur, die von diesem ausging. Wärme! Wie lange hatte er diese nicht mehr gefühlt. Liebevoll betrachtete er das Lebewesen in seinen Händen genauer. Es sah so aus, als würde es atmen. Das konnte ja nicht sein. An diesem Ort atmete niemand. Aber es war auch niemand warm, vielleicht hatte er es sich ja doch nicht eingebildet? In Windeseile entfernte Atlantus auch noch die letzten Reste des Fischernetzes von seinem Findling. Langsam mit den Beinen im Wasser tretend, um an einer Stelle im Meer zu bleiben, hielt er das Schildkrötenbaby eine Armlänge von sich entfernt vor sein Gesicht und betrachtete es aufmerksam. Das Antlitz der Kleinen war schelmisch und nun zwinkerte das Tier ihm auch noch zu. Wo hatte er nur diesen Gesichtsausdruck schon einmal gesehen? Atlantus zermarterte sich vergeblich sein Gehirn.
Spontan fragte er: »Wie heißt Du?« »Ist das denn wichtig?«, kam es auf der Stelle zurück. Wieder dämmerte es ganz tief in Atlantus' Geist. Er konnte es aber noch immer nicht fassen. Das Wissen entglitt ihm sofort wieder, wie ein glitschiger Fisch. Ganz sicher hatte er das schon einmal erlebt. Dabei fiel ihm ein, was soll denn »schon einmal« heißen? Was war denn früher gewesen? Gab es ein Leben vor diesem hier?

Die Schildkröte sprach ihn nochmals an: »Du darfst mir einen Namen geben, wenn du magst. Das wolltest du doch schon immer, oder?« »Frederick!«, kam es, wie aus der Pistole geschossen von Atlantus zurück. Die Schildkröte schmunzelte. »So also wolltest du mich schon damals nennen? Schöner Name, danke schön. Dafür gebe ich dir jetzt etwas zurück. Sieh ganz genau hin, mein Sohn!« Atlantus blickte wie gebannt in das Gesicht der Schildkröte. Dieses wurde nach und nach älter und älter und älter. Inzwischen sah Atlantus das runzelige Gesicht einer uralten Schildkröte vor sich, die ihm wiederum schelmisch zuzwinkerte.

Es war, als würde in Atlantus' Geist nach und nach eine dicke Mauer abbröckeln. Angestrengt versuchte er sich zu erinnern. Bilder, eines weiten, farbigen Meeres, der Duft nach Fisch und Algen, das Rauschen der Wogen, die Temperatur des Wassers und der Luft kamen ihm in Erinnerung. Bilder tauchten auf: Er schwamm hastig, denn er wollte unbedingt etwas erfahren, und zwar mehr als sein eigenes Leben. Eigenes Leben? Was war das noch? Weitere Eindrücke folgten. Atlantus sah sich selbst im Gespräch mit einer uralten Schildkröte. Wo war das nur, was für ein wundervoller Ort voller Farben, Gerüche und Befindlichkeiten könnte das gewesen sein, an dem er sich gerade in den Bildern sah? Atlantus zermarterte sich sein Gehirn. Je mehr er dieses aber anstrengte, desto weiter glitt das wunderbare Gefühl der Einheit in die Ferne. Konnte man denn nicht beides haben? Sich eins zu fühlen und trotzdem ein Individuum bleiben? Wiederum zwinkerte ihm Frederick schelmisch zu. Das Gesicht wechselte nun immer schneller zwischen dem des Babys und dem uralten verschrumpelten hin und her. Durch

dieses Pendeln wurde nun die Mauer in Atlantus' Erinnerung endgültig zu Fall gebracht. Wie unter einem mächtigen Erdbeben brach sie komplett in sich zusammen.
Und auf einmal wusste er es wieder. Er war auf dem Planeten Aquarius im Meer und bedrängte das älteste Geschöpf dort nach Antworten. Die alte Schildkröte von damals hatte ihm aber nicht einmal ihren Namen verraten wollen. Angeblich hätte sie überhaupt keinen, so hatte sie ihn wissen lassen. Ein persönlicher Name sei auch gar nicht wichtig. Dieser würde nur zum Unglück innerhalb des materiellen Lebens führen, denn ein persönlicher Name sei bereits der erste Schritt zum kleinen Ego. Was daraus folgen konnte, das sah er ja auf dem Planeten Erde.
Er hörte das Gespräch förmlich wieder.
»Ich muss wissen, wie ich auf den Planeten Erde gelangen kann. Ich muss einfach!! Ich kann unmöglich dulden, dass die Menschen dort die Meere mit samt ihren Bewohnern weiterhin zerstören. Ich darf die Hilferufe unserer Waal- und Delfin-Verwandten in meinen Träumen einfach nicht mehr ignorieren. Du musst mir helfen!! DU MUSSTT!!!!«
Atlantus hatte die uralte Schildkröte, das weiseste und älteste Geschöpf von Aquarius, so laut angeschrien, wie er es nur konnte.
Diese aber drehte sich lautlos um und schwamm, ohne ihn weiterhin zu beachten oder ihm etwas zu erwidern, in Richtung des weiten Ozeans davon.
»Frederick, Frederick würde ich dich nennen, wenn ich etwas zu sagen hätte«, schrie ihr Atlantus, mit Tränen der Wut und der Verzweiflung in den Augen nach. Seine Worte gingen jedoch im lauten Getöse des Ozeans

unter.
Die Schildkröte drehte sich dennoch noch ein letztes Mal um, sah ihm lange in die Augen und sprach tieftraurig: »So sei es denn, ich kann dich nicht vor den Irren und Wirren des Lebens in einem Körper bewahren. Ich wünsche dir alles Glück der Welt.«
Plötzlich ergriff Atlantus eine tiefe Vision und er sah in allen Einzelheiten vor sich, wie es technisch möglich sein konnte, den friedlichen und hoch entwickelten Planeten Aquarius zu verlassen und ein Leben auf der unterentwickelten Erde, deren Bewohner gerade dabei waren, diese aus Gier und Unwissenheit zu zerstören, zu führen (genauer nachzulesen in: »Eichen müssen her! Das Dreigestirn«).
Dann sah Atlantus noch viel frühere Erinnerungen. Zum Beispiel, wie er als Jugendlicher und Sohn des Ältesten der Selkies, Kedir und dessen Frau Undine, unbeschwert aufwuchs. Als er seine Eltern sah, fühlte er ein tiefes Sehnen in seiner Herzgegend. Sein Herz, einst hatte es warm geschlagen. Auch das fehlte ihm plötzlich.
Dann sah er sich als Kind bei den Unterweisungen sitzen. Brenda -seine beste Freundin- ganz dicht neben ihm, so wie immer. Auch jetzt zog sich ihm in der Brustgegend etwas fest zusammen. Brenda, lange hatte er sie aus seinem Gedächtnis verbannt. Er hatte weder Zeit noch Raum gehabt, sich zu verlieben und eine Familie zu gründen. Atlantus hatte immer gefühlt, dass er zu etwas anderem berufen sei. Sollte das hier die letzte Antwort auf sein Leben gewesen sein oder gab es immer noch eine Möglichkeit, einen anderen Weg zu gehen? Tief in Atlantus' vergrabene Wünsche traten nun mit Macht ans Licht.

Wieder sah er sich am Unterweisungsplatz. Dieses Mal konzentriert in ein Gespräch mit Brenda verwickelt.
Es war schon immer Brauch gewesen, dass die Selkies ihre Kinder mit zu den Unterweisungen, der an Land lebenden Bewohner von Aquarius, schickten. Die Selkies waren ein sehr kleines Volk und eine Geburt dort nur äußerst selten. Daher machte es Sinn, dies mit den Landbewohnern abzugleichen. Diese hatten alle 7-49 Jahre ein Geburtenjahr, in dem bis zu zwölf Babys, immer zur Hälfte Jungen und Mädchen geboren werden durften. Jede Familie konnte nur einmal im Leben ein Kind bekommen. Da die Aquarianer allesamt sehr alt werden und man den Planeten keinesfalls übervölkern wollte, war diese Regel dereinst beschlossen worden. So kam es, dass der Selkie, Atlantus, mit elf anderen Kindern vom Land in genau seinem Alter, fast wie Geschwister aufwuchs und mit ihnen zusammen Unterweisungen bekam.
Atlantus war natürlich der beste Schwimmer der kleinen Truppe. Aber beim Fliegen üben hatte er es besonders schwer. Genau umgedreht war das bei Brenda. Fliegen war ihr ganzes Leben, im Wasser fühlte sich jedoch nicht wirklich wohl.
Gegensätze ziehen sich, wie man ja weiß, recht magisch an und so war es kaum verwunderlich, dass Atlantus und Brenda voneinander fasziniert waren und sich nach und nach eine große Freundschaft zwischen ihnen entwickelte.
Irgendwann war da mehr und Brenda brachte das letztendlich zur Sprache.
Atlantus sah in den Bildern seiner Erinnerung, wie er gerade Brenda in ihrem letzten Schuljahr eine Abfuhr

erteilte und sich diese daraufhin verletzt von ihm zurückzog.
Später waren sie zwar Freunde geblieben, jedoch herrschte zwischen ihnen stets eine sehr große Spannung. Atlantus fühlte plötzlich eine wahnsinnige Reue über diese vertane Chance.
Ein neues Bild tauchte nun sehr deutlich in seinen Gedanken auf: Er sah seinen Körper in der alten Grotte ganz dicht neben dem von Cerafine, mit der er auf der Erde, als deren Sohn, dereinst eine Weile gelebt hatte, liegen. In der alten Grotte waren außer ihm noch insgesamt zwölf Teenager, aus dem letzten Geburtenjahr des Planeten, auf kleinen Podesten hin gebettet. Diese hatten sich, so wie er, auf der Erde neu inkarniert. Die Kinder taten dies damals jedoch versehentlich, während Atlantus mit voller Absicht diesen Weg gegangen war. Er konnte sehen, wie sich die Eltern der Kinder in der Grotte liebevoll um deren Körper kümmerten. Wer aber saß dort an dem Seinen? Das waren jedenfalls nicht Undine oder Kedir, seine Eltern. Es war Brenda! Sie hielt seine Hand und sprach weinend auf ihn ein:
»Sie sagen, du seiest auf der Erde gefallen. Wie konntest du mir das nur antun? Wieso hast du mich aus deinem Leben herausgehalten? Ich wäre dir überallhin gefolgt. Du warst und du bist die Liebe meines Lebens.« Brenda schluchzte noch lauter auf und legte ihr wunderschönes Haupt auf Atlantus' scheinbar leblos Brust. »Für mich wird es nie einen anderen Mann geben als dich. Wie sehr hatte ich mir gewünscht, mit dir eine Familie zu gründen. Und nun liegst du hier! Ich hatte gehofft, du würdest dereinst in diesen Körper zurückkehren, so wie du es deinen Eltern versprochen hast. Und jetzt sagen Sie, dass

du schon zu lange tot bist und wohl nie mehr zurückkommen wirst. Ich flehe dich an, überlege dir das noch einmal anders. Bitte, bitte!! Ich weiß nicht, wie ich mit dem Gedanken leben soll, dass du gestorben bist. Ich könnte mich damit abfinden, dass du andere Wege als einen gemeinsamen mit mir, gehen möchtest. Aber nicht damit.« Brenda weinte leise weiter und schlief irgendwann auf Atlantus' Brust ein.
Atlantus war wie vom Donner gerührt. All seine Gefühle strömten nun mit Macht auf ihn ein. Er wusste nicht mehr, wohin mit sich.
Hilfesuchend sah er zu der Schildkröte, namens Frederick, die weder jung noch alt war, sondern sich stetig, wenn auch inzwischen sehr viel langsamer als zuvor, von dem einen zum anderen verwandelte.
»Erinnerst du dich an das Gespräch mit deiner Erden-Mutter Cerafine, als sie dir von dem magischen Pfeifchen der Hüterin berichtete? Weißt du noch, was du dir gewünscht hast, als du sie benutztest? Nur deshalb bin ich heute hier, um dir zu helfen, den Wunsch in Erfüllung gehen zu lassen. Du hast allerdings die Wahl, ob du das noch möchtest. Du kannst auch hierbleiben und auf ewig mit dem All-Bewusstsein verschmelzen, ohne jegliche Möglichkeit der Wiederkehr ins Materielle.
Wie entscheidest du dich?«, fragend wandte Frederick nun das alte Gesicht zu Atlantus.
»Ich will zurück. Ich bin noch nicht bereit, den materiellen Körper aufzugeben. Es muss doch einen Weg geben, auch dauerhaft in wirklicher Weisheit gemeinsam mit anderen Lebewesen zu leben, wenn man noch über einen materiellen Körper verfügt.«
»Ach ja?« Jetzt war es das junge Gesicht der Schildkröte,

das lachend diese Frage stellte.
»Ja und ich möchte zurück zu denen, die ich liebe. Es stimmt, ich habe auch persönliche Wünsche...«
Würdevoll und herausfordernd sah Atlantus zur Schildkröte.
»Gut, dann geh einfach nach Hause. Alle Grenzen, die du hier siehst, existieren nur in deiner Vorstellung. Überwinde sie und kehre in deinen Körper auf Aquarius zurück.« Langsam begann die Schildkröte zu verblassen.
»Warte in Gottes Namen, ich habe nicht verstanden, was ich tun muss«, schrie ihr Atlantus mit schierer Verzweiflung in der Stimme hinterher.
Aber Frederick war schon gegangen.
Atlantus wurde panisch und das Meer stürmisch. Schnell verwandelte er sich in eine Robbe. In dieser Gestalt konnte er momentan tatsächlich klarer denken. Augenblicklich beruhigte sich auch das Meer, als sei es der äußere Ausdruck seiner inneren Befindlichkeiten. Was hatte die weise Schildkröte eben gesagt, versuchte er sich zu erinnern? Er solle einfach zurückgehen, es gäbe die Grenzen nur in seinem Kopf? Wie sollte das denn gehen?
Also gut. Atlantus stellte sich ganz fest vor, dass er in der Grotte in seinem früheren Körper aus Aquarius wieder erwachen würde und dass nichts auf der Welt ihn darin hindern könnte.
Dann verwandelte er sich automatisch in einen Menschen zurück und machte sich auf den Weg zu seinem Körper. Seine Seele war unmittelbar darauf an dem Tor, durch welches er dereinst von Weitem die perfekte Gemeinschaft zum ersten Mal erblickt hatte. Ohne einen Zweifel zu haben, schritt er durch das Tor, blickte

dankend zurück und erhob seine Hand, zum Abschied winkend, zu den anderen. Er nickte Heliana ein letztes Mal zu und dann war er auch schon im Äther unterwegs in Richtung Aquarius.
Keine fünf Minuten später erwachte er in seinem Körper in der heiligen Grotte. Fast ungläubig öffnete er seine Augen. Er fühlte, die noch schlafende, Brenda warm auf seiner Brust liegen und sein Herz begann wie ein Trommelwirbel zu schlagen. Langsam hob er seine fleischlichen Arme und legte sie sanft um die Liebste aus fernen Kindertagen.
Er streichelte ihr sacht über das lange, samtene Haar und küsste dieses schüchtern. Die Berührung seiner Lippen auf ihrem Haupt lösten in ihm ein unglaublich starkes und verlangendes Ziehen in seinem ganzen Körper aus. Atlantus war fasziniert und erschrocken zugleich. Brenda drückte in Erwiderung dieses Gefühls ihren Leib im Schlaf ganz fest an den Seinen. Das verstärkte das Gefühl derart, dass sich plötzlich beide, wie von einer Tarantel gestochen, erschrocken aufsetzten. Brenda rieb sich die Augen und zwickte sich in den Arm, um auszuschließen, dass dies nicht nur ein verführerischer Traum gewesen wäre. Einen Moment später hing sie, wie eine Ertrinkende, an Atlantus' Lippen und in seinen Armen. Die beiden hörten und sahen lange nichts mehr, außer sich selbst. Aber sogar diese zwei konnten nicht umhin, irgendwann Notiz davon zu nehmen, dass sie nicht allein in der Grotte waren und mussten sich wohl oder übel, den überraschten und glücklichen Anwesenden zuwenden.
Es dauerte nicht lange, dann waren auch Kedir und Undine, Atlantus' Eltern gekommen, um vor Freude

überwältigt, ihren geliebten Sohn wieder in die Arme zu schließen.
Als dann noch Tanja, alias Cerafine, Atlantus' Mutter von der Erde, von Quick Deer eilig dazu gerufen worden war und ebenfalls, das Gesicht voller Freudentränen, bebend und vor Freude völlig überwältigt in der Grotte stand, war das allgemeine Glück perfekt.

Ein Freudenfest

Noch immer standen Atlantus und Brenda, sich in den Armen haltend, in der Grotte, so als würde das neue Glück jeden Moment verschwinden, wenn sie sich losließen.
Undine räusperte sich leise: »Ich nehme mal an, dass ihr nicht in Atlantus' Wohnriff kommen werdet?«
Voller Überraschung, offenbar hatten die zwei die Anwesenheit der anderen schon wieder vergessen, wandte sich Atlantus seiner Mutter zu:
»Du hast recht, Brenda kann unter Wasser ja nicht atmen. Wir werden wohl an Land bleiben?«, fragend sah er seine Geliebte an.
»Ich wohne in einem wunderschönen Wohnbaum, dort könnten wir zusammenleben, wenn du magst und das Meer ist gar nicht so weit weg…«, schüchtern und verliebt über beide Ohren, sah Brenda ein wenig unsicher zu Atlantus auf.
»So soll es sein! Das ist eine wundervolle Idee. Atlantus küsste Brenda auf ihr Haar und stellte fest, dass er noch nie etwas Besseres, als den Duft, der von dort ausging, gerochen hatte.
»Liebe Eltern«, er blickte von Kedir zu Undine und dann zu Tanja. »Ich freue mich sehr, euch gesund wiederzusehen. Für heute möchte ich mich jedoch mit Brenda zurückziehen, denn ich bin müde von der langen Reise.« Als er nach diesem Satz wieder das unbändige Ziehen in seinem Körper verspürte, fragte er sich kurz, ob das jetzt überhaupt der Wahrheit entsprach. Aber sobald er Brendas Hand in der Seinen spürte und

bemerkte, wie sie ihn sanft in Richtung Ausgang zog, war dies plötzlich völlig nebensächlich.
»Bis morgen, wir melden uns«, konnte er noch seinen Eltern zurufen und dann spürte er, wie Brenda ihn via astrale Reise augenblicklich zu ihrem Wohnbaum geleitet hatte.
Verlegen und schüchtern trat sie nun von einem Fuß auf den anderen und stammelte vor sich hin: »Hier wohne ich also…«
Atlantus blickte sich um. Der Wohnbaum lag in einem entzückenden Hain voller Blüten und anderer, zum Teil ganz exotischer Gewächse. Unweit plätscherte ein Bach, der sich in Höhe von Brendas Wohnbaum in ein großes Becken ergoss. Es war, wie immer auf Aquarius, bestes Wetter und daher ein angenehm warmer Tag.
»Wollen wir ein wenig schwimmen?«, fragte Atlantus, ebenfalls ein wenig verlegen.
Brenda nickte erfreut und entledigte sich schnell ihrer Kleidung. Normalerweise war dies für die Bewohner von Aquarius eine ganz normale Sache. Aber Atlantus war wie geblendet von Brendas Schönheit. Langsam entkleidete auch er sich und sprang beherzt ins Wasser. Brenda watete hinterher und schwamm einige Züge. In der Mitte des kleinen Teichs konnte man nicht mehr stehen. Wasser tretend, sah sie sich nach Atlantus um. Ob er sich wohl wieder in eine Robbe verwandelt hatte und sie gleich von unten in die Tiefe zog, so wie er es in fernen Kindertagen immer gehalten hatte?
Diesem stand heute jedoch nicht der Sinn nach solchen Späßen. Er befand sich ein wenig weiter weg und blickte sich um.
»Wie schön es hier ist! All die Farben, Gerüche,

Temperaturen und Schwingungen. Diese ganze Lebendigkeit ist phänomenal. Und dann noch du! Du bist unglaublich schön, weißt du das?«
Brenda errötete bis an ihre Haarwurzeln. Sie war nicht in der Lage, auch nur irgendeine Antwort zu geben. Stattdessen fühlte sie wieder dieses Ziehen und Sehnen in ihrem ganzen Körper. Sie war verwirrt, denn so etwas hatte sie zuvor noch nie gefühlt.
Atlantus betrachtete sie liebevoll und glitt dann elegant unter Wasser. In wenigen Zügen war er bei ihr. Er nahm sie in seine Arme und schwamm in Richtung des Ufers, wo beide wieder festen Boden unter den Füßen hatten. Dann nahm er ihr Gesicht in seine beiden Hände und sah ihr lange in die Augen. Langsam begann er, sie auf ihre Augen zu küssen, auf die Nasenspitze und nun hatte er auch ihren Mund erreicht. Wie süß der Kuss doch schmeckte! Atlantus wurde es heiß und sein ganzer Körper bebte, sein Atem ging schneller.
Brenda erwiderte seine Gefühle mit aller Macht und drückte sich ganz fest an ihn.
»Lass uns hineingehen«, flüsterte sie ihm atemlos ins Ohr und schob ihn sanft in Richtung, des unweit gelegenen Wohnbaums. Langsam ging sie die hölzerne Treppe empor und Atlantus folgte ihr, gebannt von ihrer äußeren und inneren Schönheit.
Gemeinsam betraten sie eine kleine Kammer, die sich makellos in den Baum einfügte und in deren Mitte ein schönes, großes, hölzernes Bett stand.
Brenda ließ sich schüchtern nieder und streckte erwartungsvoll ihre Arme nach Atlantus aus.
Atlantus verharrte noch kurz bei dem atemberaubenden Anblick, den seine unbekleidete Geliebte ihm bot und ließ

sich dann langsam und vorsichtig über ihr nieder.
Dann folgten Küsse über Küsse und ein staunendes Entdecken des anderen. Völlig berauscht überließen sich die beiden nun der Sprache des Körpers und webten all die Liebe mit ein, die sie füreinander empfanden.
Irgendwann war es so weit, dass Atlantus sich ganz mit seiner Geliebten vereinigte. Es gab einen kurzen Schmerz und dann Wonnen über Wonnen. Es war, als wären sie beide von einem mächtigen Wasserfall erfasst worden und überließen sich nun ganz den Gesetzen dieser mächtigen Naturgewalt. Brenda wurde unter Atlantus zur Körper-gewordenen, reinen Glückseligkeit und Atlantus verlor sich in derselben vollkommen.
Als die Wogen sich wieder ein wenig glätteten, lagen beide atemlos, mit klopfenden Herzen und sich überglücklich an den Händen haltend, nebeneinander.
»Ich liebe dich«, flüsterte Atlantus. »Wie konnte ich das nur so lange übersehen? Ich habe dich immer geliebt.«
»Ich liebe dich auch schon so lange, ich denken kann. Aber ich wusste auch, dass es für dich noch Wichtigeres gab, das du zu erledigen hast. Bist du denn jetzt bereit für uns zwei?«
»Ja, das bin ich und alles, was ich noch tun muss oder werde, wünsche ich mir, mit dir zusammen tun zu können.«
Brenda sog diese Worte mit einem langen Atemzug voller Freude in sich ein und dann beugte sie sich über ihren Geliebten, um ihn schüchtern und voller Liebe zu küssen und das Spiel der Naturgewalten dadurch erneut zu entfachen.
Brenda und Atlantus vergruben sich einige Zeit allein in dem Wohnbaum und nährten sich gegenseitig, wie zwei

völlig verhungerte Wesen.
Jedoch so ganz von der Liebe konnte man dann doch nicht leben und so sprach eines Morgens Atlantus: »Liebste, ich müsste mal zum ovalen Kristall. Ich brauche neue Energie.«
»Ach ja natürlich, dass ich da auch nicht von allein draufgekommen bin. Du warst dort praktisch schon eine Ewigkeit nicht mehr. Komm, wir gehen sofort los.«
»Einen klitzekleinen Moment noch.« Atlantus zog Brenda zu sich heran und küsste sie liebevoll und innig. Er atmete nochmals ihren Duft ganz tief ein und sprach dann: »Gut, ich bin bereit, nun habe ich genug Nahrung für unterwegs…« Brenda lächelte verschmitzt. »Zur Not versorge ich dich auch später nochmals. Das Küssen ist doch nicht nur auf diesen Wohnbaum hier beschränkt. Wollen wir fliegen?« Atlantus stöhnte übertrieben. »Auch das noch. Schwimmen wäre mir lieber… Na gut, dann los.« Schon waren beide in der Luft in Richtung des Platzes der Begegnung unterwegs, um sich am ovalen Kristall zu stärken. Auf Aquarius ernährten sich alle Wesen vom Licht des ovalen Kristalls. Dieser war den Bewohnern des hoch entwickelten Planeten seinerzeit vom Universum geschenkt worden. Dadurch war es nicht mehr nötig, dass Wesen sich gegenseitig verstoffwechseln, sprich aufessen mussten, um bei Kräften zu bleiben und leben zu können. Ovale Kristalle waren überall verteilt, sodass sie für jedes Wesen leicht zu erreichen waren. Der Größte befand sich jedoch am Platz der Begegnung.
Brenda genoss den Flug außerordentlich. Immerhin war sie von Beruf Fluglehrerin für die Heranwachsenden auf Aquarius. Diese letzten Tage mit Atlantus waren die

einzigen seit Langem gewesen, an denen sie nicht geflogen war. Selbst Atlantus musste sich eingestehen, dass Fliegen doch nicht so schlecht war, wie er es immer in Erinnerung gehabt hatte. Dennoch, als ein Selkie, war ihm das Schwimmen doch noch lieber.

Es war unvermeidbar, am Platz der Begegnung nicht auf eine Unmenge von weiteren Aquarianern zu treffen. Alle freuten sich, die beiden zu sehen und mehr als einer sprach sie darauf an, wann denn das Freudenfest zu Atlantus' gesunder Rückkehr nach Hause stattfinden würde.

Wieder im Wohnbaum angekommen, sprach Brenda das Thema an. »Ich habe auch schon darüber nachgedacht«, antwortete Atlantus. »Ich glaube, die Frage lautet nicht, ob wir das machen werden, sondern nur noch wann. Was würdest du vorschlagen?«

»Was meinst du denn zum nächsten Neumond? Der wäre in drei Wochen. Neumond ist immer ein sehr guter Zeitpunkt für einen Neubeginn.« »Ja, das ist eine ausgezeichnete Idee. Ich würde das gerne zuerst meinen Eltern und dem Volk der Selkies mitteilen. Ich wünschte, du könntest mitkommen? Vielleicht in einem Boot oder so?« »Liebster, ich habe mich schon lange mit der Frage beschäftigt, wie ich wohl unter Wasser für eine Weile atmen könnte. Schau mal, zu was für einem Ergebnis ich gekommen war.« Brenda suchte etwas auf dem Grund einer wunderschönen Holztruhe, die sich unweit des Betts in der Kammer ihres Wohnbaums befand. Mit Stolz hielt sie eine große, durchsichtige und unten geöffnete Kugel in den Händen. Sie legte sie aufs Bett und fingerte dann noch eine Art Pullover mit einem Reißverschluss heraus. »Wenn ich diese Kugel über dem Kopf habe und

dann den Pullover daran befestige, befindet sich darin Sauerstoff und Wasser kann nicht eintreten. Über die kleine Öffnung hier kann ich aus dieser Flasche«, Brenda deutete auf etwas, das sich ebenfalls noch in der Holztruhe befand, »neuen Sauerstoff in die Kugel befördern. Wenn wir nicht zu tief ins Wasser gehen, funktioniert das. Ich habe hier im Wasser geübt«, fügte sie hinzu und errötete mal wieder bis an die Haarspitzen.
Atlantus war wie vom Donner gerührt und ließ diese Neuigkeit, mit allem, was sie zu bedeuten hatte, erst einmal sinken. »Du bist so süß. Ich liebe dich so sehr, weißt du das?« Atlantus packte Brenda um die Taille und wirbelte mit ihr in der Kammer umher. »Dann lass uns das gleich mal ausprobieren und meine Eltern besuchen gehen. Du sagst sofort, falls irgendetwas schieflaufen sollte. Dann bringe ich dich schnell über die Wasseroberfläche, ja?« Brenda nickte freudig dazu.
Der Besuch bei Undine und Kedir und dem Volk der Selkies verlief überaus gut und alle versprachen, zum Fest zu kommen. Brendas »Unterwasser-Anzug« wurde von allen mit viel Schmunzeln und Anerkennung bestaunt.
Am nächsten Tag luden Brenda und Atlantus noch über den Geist telepathisch alle anderen Bewohner aus Aquarius und auch die Freunde und Verwandten von der Erde, die nun über astrales Reisen sogar in ihren normalen Körpern dabei sein konnten, herzlich zu dem Fest ein.
Die Tage bis zum Neumond waren mit den Vorbereitungen zum Fest gefüllt und vergingen wie im Flug.
»Haben wir an alles gedacht?«, fragte eines Abends Brenda ihren Geliebten. »Ich denke schon, außer…«

Brenda sah Atlantus fragend an. »Was meinst du?« »Ich möchte mich unbedingt noch ins Meer aufmachen und nach der alten Schildkröte suchen, die ich Frederick genannt habe. Ob sie wohl noch auf Aquarius lebt, obwohl ich sie „im Himmel" gesehen habe? Ich würde mich sehr gerne bei ihr bedanken.« »Du hast total recht. Dass ich daran nicht auch schon gedacht habe. Ihr verdanke auch ich eine ganze Menge. Bitte richte ihr das aus.« »Das mache ich. Morgen früh werde ich mich aufmachen, sie zu suchen…«

Atlantus stand vor dem Meer und genoss den Anblick über die Maßen. Es war nicht das Optische allein, das ihn entzückte. Es gab noch den Geruch nach Tang, das Brausen der Wellen und die kleinen Wasser-Tröpfchen in der Luft. Atlantus war restlos glücklich. Langsam glitt er ins Meer und verwandelte sich dort in einen Seehund. Ausgelassen spielte er eine Weile in der Brandung und machte sich dann auf, nach der alten Schildkröte zu suchen. Er schwamm genau an die Stelle, wo er sie das letzte Mal getroffen hatte. Sie war nicht in der Nähe. Wie sollte sie auch? Atlantus lachte über sich selbst. Sie wird ja wohl kaum jahrelang an der gleichen Stelle verharren. Schildkröten waren für ihre weiten Wanderungen bekannt. Das machte die Sache allerdings nicht leichter. Atlantus begann, verschiedene andere Meeresbewohner nach Frederick zu befragen. Niemand hatte sie gesehen. Er wurde ein wenig ratlos. Atlantus legte sich auf den Rücken, blickte in den Himmel und ließ sich eine Weile ohne Absicht treiben. In den Wolken sah er, wie sich verschiedene Figuren bildeten und dann wieder auflösten. Er liebte dieses Spiel noch aus seiner Jugend. Plötzlich, wie aus dem Nichts, erkannte er im Himmel eine

Schildkröte. Aufmerksam betrachtete der Selkie dieselbe. Sie blieb recht lange in ihrer Form bestehen. Dann wurde sie durch den Wind in die Länge gezogen, so als ob sie zu einem Drachen würde, welcher danach in viele kleine Stücke zerfiel, die einem Riff ähnelten. Wo hatte er so ein Riff nur schon gesehen? Also wirklich! Das war ja sein Wohnriff, fast exakt. Atlantus beschloss, in Ermangelung einer besseren Idee, seine alte Wohnstätte zu besuchen. Seit er wieder auf Aquarius war, war er noch nicht ein einziges Mal dort gewesen. Atlantus schwamm gemächlich und vage in die Richtung seines Riffs. Er war so richtig im Chill-Modus. Es tat ihm gut, einmal nichts zu müssen oder zu sollen. Irgendwann tauchte sein altes Riff in der Ferne auf. Atlantus stellte seine Augen wieder auf scharf. Er war neugierig, wer wohl jetzt dort wohnen würde. Hier gab es nämlich die Regel, wenn eine Behausung über längere Zeit unbewohnt war, dann galt sie als frei für jedermann. Tatsächlich machte Atlantus schon aus der Ferne ein größeres Tier in seinem alten Riff aus. Schnell schwamm er näher. Das konnte nicht sein! »Du hier?« Atlantus stand die Verwunderung ins Gesicht geschrieben. Die alte Schildkröte kicherte. Dabei kamen kleine Luftblasen aus ihrem Maul.
»Da bist du ja endlich, hat aber ganz schön gedauert, mein lieber Mann…« Wieder kicherte die alte Schildkröte. Irgendwie erschien es Atlantus, als ob die Schildkröte ein ganz klein wenig jünger aussah als bei ihrem letzten Treffen auf Aquarius.
»Muss sich doch lohnen, wenn man schon als frisch Geschlüpfte einen Besuch im Himmel abstattet. Meinst du nicht auch?« Das Reptil kicherte nochmals genüsslich. Atlantus war es, als ob das schelmische Grinsen des

kleinen Baby-Frederick in dem Gesicht der Alten zu sehen sei.
»Was genau führt dich eigentlich zu mir?«, fragte die Weise nun. »Ich wollte dich gerne zu unserem Freudenfest zu Ehren meiner gesunden Rückkehr auf Aquarius einladen und außerdem wollte ich, ähm, wollten wir uns bei dir für deinen Dienst bedanken. Brenda lässt dir ausrichten, dass sie dir unglaublich dankbar ist. Wir sind jetzt ein Paar…«, fügte Atlantus ein wenig schüchtern hinzu.
»Schön, schön. Ich freue mich für Brenda. Sie ist ein gutes Mädchen. Ich werde auch gerne auf eurer Feier vorbeischauen. Aber wie stellst du dir das in der Zukunft hier vor? Meinst du, du kannst einfach hier leben und so tun, als wäre nichts passiert? Der Kampf für die Erhaltung der Erde ist in vollem Gange und die Betroffenen haben viele Kontakte nach Aquarius. Als direkter Bewohner von Aquarius ist dir aber, wie du weißt, eine Parteiergreifung untersagt. Das würde den Status des hoch entwickelten Planeten gefährden…«
»Ich habe Brenda versprochen, von nun an für sie da zu sein. Aber du hast recht. Ich weiß auch nicht, wie das gehen soll.« Atlantus schwieg nachdenklich für eine Weile. »Weißt du was? Ich werde einfach versuchen, mich rauszuhalten. Es gibt andere, die das nun fortführen könnten.«
»Wer's glaubt, wird selig…« Die Schildkröte blickte Atlantus amüsiert an. Dieser wurde langsam wütend.
»Immer musst du alles besser wissen. Es nervt. Wenn du doch so toll Bescheid weißt, was für einen Rat hast du dann für mich?«
Plötzlich begann wieder das altbekannte Pendeln

zwischen dem alten, weisen und dem frechen Babygesicht der Schildkröte. Hin und her und hin und her. Atlantus fühlte sich schon ganz schwindelig. Dann ertönte in seinem Geist übermächtig die Stimme der Schildkröte: »Klappt's nicht auf eins und nicht auf zwei, versuch es doch auf drei…« Sogleich hörte das Pendeln auf und es war nur noch das alte Gesicht von Frederick zu sehen. »Geht es denn nicht einmal etwas genauer, oder so?«, fragte Atlantus ziemlich ungehalten. »Immer diese Rätsel, es nervt gewaltig! Weißt du das?« »Der Narr ist der Weise und der Weise ist der Narr«, antwortete Frederick. »Na danke, das war jetzt wirklich eine große Hilfe«, beschwerte sich der Selkie abermals. »Wenn du von mir nichts verstehen kannst, dann frag doch besser eine weisere Person als mich. Bis zu eurem Fest dann.« Frederick drehte sich, scheinbar beleidigt, um und verschwand langsam vor Atlantus' Augen. Aus der Ferne hörte Atlantus ihn jedoch schon wieder kichern…
Langsam schwamm der Selkie in Richtung des Ufers. Unterwegs schaute er noch schnell bei seinen Eltern vorbei, welche sich riesig über seinen erneuten Besuch freuten. »Bis morgen auf dem Fest. Jetzt muss ich aber wirklich los.« Atlantus küsste seine Mutter auf die Wange und nickte seinem Vater zum Abschied zu. Eilig machte es sich auf den Rückweg.
Kurz vor dem Strand nahm Atlantus wieder seine menschliche Gestalt an und weil es schon so spät war, reiste er ohne weitere Umschweife sofort astral zu Brendas Wohnbaum zurück.
Die Freuden-Feier fand am Platz der Begegnung statt und wurde ein rauschendes Fest. Alle waren gekommen. Akira hing seinem Bruder in den Armen, als ob er ihn

niemals wieder loslassen wollte. Tanja konnte sich an ihren beiden Söhnen überhaupt nicht satt sehen und schwebte im siebten Himmel.
Überall roch es wunderbar nach Blüten oder anderen geheimnisvollen Düften.
Karlao, der uralte, letzte Osiriat hüpfte umher wie ein dreijähriges Kind und freute sich über jeden neuen Besucher. Wie es seine Art war, wurde er nicht müde, deren Besitztümer, wie selbstverständlich, an sich zu nehmen und sofort wieder an jemand anderen zu verschenken.
Auch Frederick, die Schildkröte, war anwesend und belustigte die Anwesenden mit weisen, aber zumeist unverständlichen Sprüchen. Nur Karlao, nickte dazu und schien stets ganz genau zu wissen, was Frederick meinte.
Die einzigen, die etwas vermissten, waren Finnbar und Alex, die trotz des weißen Kristalls, der ja alle Wesen in seiner Umgebung mit seinem Licht zur Genüge rundum ernährte, großen Appetit hatten und heimlich von leckeren Speisen und Getränken träumten.

Die Wesen der Schatten

Tanja war bereits seit einigen Wochen aus Portugal zurück nach Waldhaus gekommen. Regelmäßig war sie in der letzten Zeit astral nach Aquarius oder Portugal gereist, um dort jeweils ihre beiden Söhne zu besuchen. Sie war so unglaublich froh, dass Atlantus, wider Erwarten, doch überlebt hatte und genoss seine und Brendas Gesellschaft auf Aquarius sehr. Ein wenig komisch war es schon, dass sie nun praktisch »die Schwiegermutter« ihrer eigenen Lehrerin aus Kindertagen war. Immerhin war Brenda damals auf Aquarius die Flug-Unterweiserin der dreizehnjährigen Cerafine, alias Tanja, gewesen…
Mit viel Humor hatten sie diese Hürde aber schon längst gemeistert.
Atlantus kam allerdings niemals zu Besuch auf die Erde, da er sich als Bewohner von Aquarius vollkommen aus den Angelegenheiten anderer Planeten heraushalten musste und dies auch versprochen hatte.
Im Wald war es noch immer ruhig. Die Holzfäller hatte man, seit dem Tag, als der Reporter der hiesigen Zeitung doch noch dagewesen war, nicht mehr im Wald gesehen. Trotzdem war die Angelegenheit noch längst nicht in trockenen Tüchern, denn keine der Behörden hatte sich bisher irgendwie zu den schriftlichen oder mündlichen Beschwerden, Anfragen oder Vorschlägen, seitens der Bewohner von Waldhaus auf irgendeine Weise geäußert. Alles sah nach der »Ruhe vor dem Sturm« aus. Tanja bemühte sich, ihrem normalen Tagwerk nachzugehen, sich regelmäßig zu zentrieren und sich nicht in die

Geschichte oder die Gedanken rund um die Baumfällungen hineinziehen zu lassen. Dies gelang ihr auch, alles in allem, recht gut.
Eines Morgens, während eines Spaziergangs mit Lucinda, fragte Tanja ihre Freundin: »Meinst du nicht auch, dass Louis langsam mal wieder zum Unterricht kommen könnte? Ich glaube, es sind doch schon längst vier Wochen um, oder?«
»Da hast du wirklich recht. Ich werde später mal mit Quiskan darüber reden, wie er das Ganze sieht.«
Lucinda blieb abrupt stehen, denn sie hatte etwas erblickt, das Gott sei Dank von Tanja noch nicht bemerkt worden war. Lucinda überlegte, wie sie dafür sorgen konnte, dass dies auch so bleiben würde. Sie hatte einen, etwas banalen Einfall: »Weißt du was, lass uns bitte umkehren. Irgendwie drücken meine neuen Schuhe immens. Ich möchte zurück.« Mit leichtem Druck bugsierte sie ihre Freundin in die entgegengesetzte Richtung und fing dann an, ausführlich über eine neue Sportart zu sprechen, die sie offenbar seit einiger Zeit in Waldhaus ausprobierte. Lucinda atmete gerade auf, nachdem sie um eine Kurve des Waldwegs gebogen waren als es passierte. Laute Sägegeräusche ertönten.
»Was ist das denn?« Tanja war blass geworden und kurz, wie zu einer Salzsäule erstarrt. Sie zählte eins und eins zusammen: »Was - hast - du - eben - da - vorne – gesehen - ?« Lucida senkte den Blick und antwortete leise: »Die Holzfäller sind wieder da. Sie haben dort hinten ein Lager errichtet. Ich wollte es dir erst zu Hause erzählen, wenn die anderen zur Unterstützung bei uns gewesen wären.« Tanja wurde unendlich zornig. »Was bildeten sich die Behörden eigentlich ein? Dachten sie,

wenn man eine Weile abwartet und die ganze Angelegenheit einfach aussitzt, bis das öffentliche Interesse abgeflacht ist, dass sie dann munter ihr Vorhaben ohne nennenswerte Widerstände voranbringen können?« Tanja war so wütend, wie vielleicht niemals zuvor. Plötzlich sah sie rechts von sich am Waldrand mehrere schwarze Tiere stehen, die Pferden recht ähnlich sahen. Diese waren jedoch irgendwie nicht von dieser Welt, denn sie schienen in ihrer Schwärze ein wenig durchscheinend zu sein.
»Tanja, bitte beruhige dich. Wir gehen jetzt erst einmal nach Hause und dann rufen wir den Bürgermeister an. Vielleicht weiß er ja gar nichts davon oder es handelt sich hier um ein ganz anderes Projekt als bei uns vor der Tür. Das könnte doch sein, denn sie sind noch recht weit entfernt von Waldhaus.« Tanja nickte nachdenklich und als sie nochmals nach rechts blickte, waren die merkwürdigen Pferde wieder verschwunden. Lucinda gab einen Dauerlaufschritt vor und die Bewegung half Tanja, wieder einen klaren Kopf zu bekommen.
In Waldhaus angekommen, griff sie sofort zum Telefonhörer. Lucinda hatte die Wesen der Gemeinschaft, die in der Nähe waren, in die Wohnküche gerufen, um Tanja zu unterstützen. Da Tanja zuvor das Telefon auf »Lautsprecher« gestellt hatte, konnten alle im Raum das Gespräch verfolgen.
Der Bürgermeister sei nicht zu sprechen, hieß es zunächst. »Gut, in fünf Minuten bin ich im Rathaus und werde nicht eher von dort weggehen, bis er mit mir gesprochen hat«, war die, leicht drohend klingende, Antwort Tanjas. »Moment bitte, ich schau mal, ob ich ihn nicht doch noch vor seinem nächsten Termin erreichen

kann.«
»Ja bitte, was kann ich für sie tun, liebe Frau Jadd?« Der Bürgermeister hatte einen jovialen Ton angeschlagen. »Was tun die Holzfäller bei uns im Wald und warum haben sie noch nicht auf unsere Schreiben, bezüglich der Eichenfällungen und der Anfragen auf Kauf oder Pacht des Waldes, geantwortet?« Tanjas Stimme klang messerscharf. Tanja fühlte förmlich, wie sich der Politiker innerlich wand. Auf so direkte Fragen zu antworten, das hatten solche Menschen nicht so gern. »Haben sie denn noch keine schriftliche Antwort erhalten? Ich werde sofort bei mir im Sekretariat nachfragen, wie das passieren konnte. Ich bin im Übrigen nicht darüber informiert, wann und wohin das Forstamt seine Mitarbeiter sendet. Daher kann ich nichts dazu sagen, was in dem Moment genau bei ihnen im Wald gearbeitet wird.« »Wie wurde über unsere Anfrage beschieden? Werden die Eichen, in unserem angrenzenden Wald nun verschont oder sollen sie gefällt werden? Bitte antworten sie ganz direkt auf diese einfache Frage!« Tanja klang eiskalt und emotionslos, jedoch sehr bedrohlich. Offenbar erinnerte sich der Bürgermeister jetzt daran, wer er eigentlich war und wurde seinerseits sehr streng. »Frau Jadd, ich sage ihnen das jetzt nur einmal. Halten sie sich bitte aus **unseren** Vorhaben in **unseren** Wäldern zukünftig komplett heraus.« Dabei betonte er die Worte »unseren« überdeutlich. »Wir haben das Gesetz auf unserer Seite. Das wissen sie ganz genau. Dass sie die Information des Gemeinderats, der die Abholzungen schon vor geraumer Zeit, während seiner letzten Sitzung abgesegnet hatte und dessen Beschluss seit gestern bereits rechtskräftig ist, nicht erhalten haben, liegt nicht

an uns. Eventuell haben sie einen unsicheren Briefkasten. Es wird auch kein Wald verpachtet oder verkauft. Wir haben ebenfalls beschlossen, im Moment noch wegen ihres unerlaubten Pflanzens der Bäume auf der Wiese, ohne Genehmigung, auf eine Anzeige gegen sie zu verzichten. Das kann sich aber jederzeit ändern. Ich hoffe, sie haben mich verstanden und bitte sie, mich nicht nochmals in dieser Angelegenheit zu belästigen. Auf Wiederhören!« Der Bürgermeister hatte den Hörer einfach aufgelegt.
Tanja stand entsetzt, wie in Stein gemeißelt, da. Sie hielt den Telefonhörer weiterhin in der Hand, konnte sich offenbar jedoch nicht mehr bewegen. Tanja bekam keinen Ton mehr heraus. Lucinda flüsterte Vismateté zu: »Sie hat einen Schock. Ich gehe in ihr Zimmer, bereite eine Wärmflasche und Beruhigungstee mit Rescue Tropfen vor. Rufe schnell Alex vom Feld. Wir brauchen ihn jetzt dringend hier. Bitte bleib bei Tanja.« Lucinda verließ leise den Raum, um die nötigen Vorbereitungen in Tanjas Zimmer zu treffen. Vismateté rief Alex über den Geist nach Hause und legte dann behutsam seinen Arm um Tanja. Diese fühlte sich eiskalt an und reagierte überhaupt nicht auf seine Umarmung. Vismateté war ernstlich besorgt. Langsam führte er Tanja in ihr Zimmer. Lucinda war gerade mit den Vorbereitungen fertig geworden. Sie legten Tanja ins Bett, die Wärmflasche an ihre Füße und deckten sie gut zu. »Möchtest du ein wenig Tee trinken?«, fragte Lucinda freundlich. Tanja reagierte überhaupt nicht. Im nächsten Moment erschien auch schon, der sehr besorgt dreinblickende, Alex im Zimmer. »Liebste, was machst du denn für Sachen?«, brachte Alex atemlos hervor. Tanja zeigte keinerlei Erkennen. Sie

starrte nur mit offenen Augen an die Decke. »Was machen wir denn jetzt?« Alex' Stimme überschlug sich ein wenig. »Ich rufe Soholit und Quiskan. Vielleicht haben sie eine Idee«, antwortete Lucinda. Quiskan strich sich nachdenklich über seinen langen, weißen Bart und sprach: »Wisst ihr, das erinnert mich ganz stark daran, als Soholit und ich damals in die Gefangenschaft des „Herrn des Lichts" geraten waren und ich jeglichen Lebenswillen verloren hatte. Für mich war es sehr schlimm, die Überlegenheit dieser Macht zu erkennen und dann vielleicht dem Zugrunde gehen all meiner Freunde zusehen zu müssen. Deshalb wollte ich lieber sterben, als dies mit anzusehen. Ich nehme an, da Tanja irgendwie selbst ein wenig, wie ein Baum ist, dass das Abholzen der Eichen so über ihre Kräfte geht, dass sie einen ähnlichen Weg gewählt hat, wie ich seinerzeit. Lia hatte mich damals durch ein einfaches Wiegenlied zurückgeholt. Vielleicht weiß sie auch heute Rat. Ich würde sie gleich mit Akira und Finnbar herbitten, wenn ihr einverstanden seid?« »Ja, tu das bitte sofort«, antwortete Alex auf der Stelle.

Keine fünf Minuten später stand die kleine Schar gemeinsam auf dem Flur vor Tanjas Zimmer. Leise sprach Lia: »So schlimm die ganze Sache mit den Eichen auch ist, Tanja ist nicht allein damit auf der Welt, nichts gegen das Fällen von Bäumen tun zu können. Ich habe von vielen anderen Bürgerinitiativen gehört, die kleine Waldstücke nicht vor Abholzung bewahren konnten, weil dort neue Einkaufszentren, Industriegebiete oder sonst etwas entstehen sollten.« »Bitte sei jetzt still davon, liebe Lia«, sprach Alex in besorgtem Ton. »Wenn Tanja das mitbekommt, wird das ein weiterer Grund für sie sein, diesen Planeten verlassen zu wollen. Ich bin in großer Sorge um sie.« »Entschuldige bitte«, antwortete Lia und senkte ihr Haupt. »Daran hatte ich gar nicht gedacht. Ich gehe jetzt mal hinein und versuche, ob ich sie zurückholen kann. Bis gleich.« Lia verschwand in Tanjas Zimmer und die anderen bugsierten Alex sanft in die Küche, um dort gemeinsam einen beruhigenden Tee einzunehmen.

Lia nahm auf dem Stuhl neben Tanjas Bett Platz und begann, sich langsam auf deren Geist einzustellen. Dann drang sie vorsichtig in diesen ein. Überall sah sie nur schwarze Nebelschwaden, die, je weiter sie vordrang, immer dichter wurden. Damals bei Quiskan hatte sie das Reich der Schatten auf der anderen Seite des Flusses erkannt. Quiskan allerdings war noch auf dieser Seite des Stroms gewesen. Zu jener Zeit hatte sie daher noch eine Chance gehabt, diesen zum Umkehren zu bewegen. Tanja schien schon über den Fluss gegangen und mit den Schatten verschmolzen zu sein. Lia fühlte sich vollkommen machtlos. Wieder stellte sie sich die Frage, die sie stets formulierte, wenn sie nicht mehr weiterwusste: »Wenn ich wüsste, was hier zu tun ist, was würde das denn sein?« Die Antwort war auf der Stelle in ihrem Bewusstsein: »Hol Hilfe, die stärker ist als du und beeile dich! Die Zeit ist knapp.« Lia zog sich behutsam aus Tanjas Geist zurück und reiste sofort astral in die Küche zu den anderen. »Sie ist bereits über den Fluss ins Reich der Schatten gegangen. Ich bin hilflos. Für eine mächtigere Person könnte es allerdings noch eine Chance geben. Ich wüsste aber wirklich nicht, wen wir fragen könnten. Orlana ist doch nicht mehr unter uns. Habt ihr vielleicht eine Idee?« Akira war kreidebleich geworden und sank entmutigt auf einen Stuhl. Alex rannte verzweifelt, die Hände ringend, in der Küche hin und her. Dabei murmelte er immer wieder die Worte: »Hilfe. Oh, bitte, bitte Hilfe.« Quiskan nahm Lucindas Hand, nickte Soholit, der still in der Mitte der Küche stand, kurz zu und bugsierte diese hinaus auf den Flur. »Wir sollten unverzüglich mit Tanja zu Eyva reisen. Sie scheint mir die Einzige, die eventuell noch etwas für sie tun kann. Wir müssen ihr Geheimnis jedoch bewahren. Wie können wir das bewerkstelligen?« Soholit antwortete: »Geh du mit Lucinda nach oben und reist mit Tanja umgehend zu Eyva. Ich werde den anderen nur so viel erklären, wie nötig. Dabei werde ich Eyva nicht erwähnen.«

Soholit trat mit gemessenem Schritt in die Küche und ergriff das Wort: »Wir müssen jetzt einen kühlen Kopf bewahren und klug überlegen, welche Optionen wir noch haben. Sehr gut ist, dass Tanjas Körper lebendig ist. Sie weist zumindest noch Vitalzeichen, wie Atmung und Herzschlag auf, wenn sie im Moment auch nicht mehr ansprechbar erscheint.« Er unterbrach seine Rede für einen Moment, um im Geist die Umgebung abzutasten. Als er bemerkte, dass Tanja mit seinen beiden Freunden bereits astral zu Eyva unterwegs war, atmete er hörbar auf und fuhr weiter fort: »Ich schlage vor, dass wir alle den Vorschlag von Quiskan unterstützen. Lucinda und er bringen Tanja gerade zu einer mächtigen und gütigen Verbündeten, um sie um Hilfe zu bitten. Diese Kraft muss unbedingt geheim bleiben. Daher bitte ich euch, zu vertrauen und in dieser Sache nicht weiter in mich zu dringen.« Lia wandte sich dennoch an ihren Lehrer: »Ist das die gleiche Kraft, die sich momentan auch um Louis kümmert?« Soholit sah beeindruckt zu seiner ehemaligen

Schülerin und antwortete schlicht: »Ja.«
Lucinda und Quiskan waren mit ihrer kostbaren Fracht bereits am Rande von Eyvas Gebiet angelangt. Quiskan blies, wie gehabt, in die kleine Panflöte. Dann warteten sie. Unruhig lief Lucinda abwechselnd auf und ab, um dann wieder nach Tanja zu sehen und ihre Hand zu halten. »Dauert das heute nicht viel länger als bei den letzten Malen?«, fragte Lucinda beunruhigt. »Ja, es kommt mir auch so vor. Ich werde die Flöte nochmals anwenden. Vielleicht hat sie es ja nicht gehört. Es wird den zweien doch nichts passiert sein?«, murmelte er noch, praktisch nur für sich, in seinen Bart. Er setzte die Flöte gerade an seine Lippen, als er in der Ferne, das altbekannte, weiße Licht ausmachte. Erleichtert ließ Quiskan die Panflöte sinken. »Sie ist allein«, warf Lucinda, die noch besser als ihr Schwiegervater in die Ferne sehen konnte, in den Raum. Erwartungsvoll sahen beide in Eyvas Richtung. »Was kann ich für euch tun?« Fragend sah das leuchtende Wesen in die Runde. Als sie Tanja ausmachte, hielt sie inne. Quiskan setzte sie in Kürze über alles, was sie wussten, in Kenntnis. »Das hört sich nicht sehr gut an. Es erinnert mich aber recht gut an den Prozess, den euer Freund Louis gerade durchläuft. Es ist ein langer und gefährlicher Weg. Ihr solltet wissen, dass er deshalb so schnell nicht zu euch zurückkehren wird. Ich werde nun sofort nach Tanja sehen. Bitte stellt euch ein wenig abseits und wartet still ab, bis ich mich wieder an euch wenden werde.« Quiskan und Lucinda taten, wie ihnen geheißen war und beobachteten das Schauspiel aus der Ferne. Eyva war ganz dicht zu Tanja getreten und man konnte ganz genau erblicken, wie ihr sanftes Leuchten nach und nach in den Körper von Tanja eintrat. Mit der

Zeit wurde das Leuchten immer stärker. Einmal meinte Lucinda, sie hätte einige Schatten gesehen, die aus Tanjas Körper entwichen. Da das Leuchten aber so intensiv und der Anblick der Schatten nur so kurz gewesen war, war sie sich keinesfalls sicher, was genau sie wirklich erblickt hatte. Es schien den Kameraden ewig zu dauern. Aber endlich zog sich Eyva aus Tanja zurück und wandte sich an die zwei Vertreter des kleinen Volkes: »Ihr könnt nun mit Tanja zurückreisen. Ich habe getan, was ich in so kurzer Zeit für sie tun konnte. Sie wird spätestens morgen wieder erwachen und euch normal erscheinen. Allerdings ist das nur ein ganz fragiler Sieg. Sie muss vor weiterem Schock und Kummer dringend geschützt werden. Im Moment sind all meine Kräfte durch die Arbeit mit Louis gebunden. Tanja schwebt in großer Gefahr. Es ist so, dass traumatisierte Wesen sehr gut ausgebildete Energiezentren, manche nennen diese auch Chakren, im oberen Körperbereich haben. Das bedeutet, sie verfügen über eine ausgezeichnete Intuition und Anbindung an kosmische Kräfte. Manchmal sind auch die Herzenergien enorm ausgebildet, was bei Tanja durchaus der Fall ist. Je weiter wir jedoch nach unten, in Richtung der Wurzeln, gehen, desto verkümmerter sind die Energiezentren. Die Erdung Tanjas ist völlig unterentwickelt. Sie hat kaum Wurzeln, die sie hier halten könnten. Das bedeutet, dass solche Menschen Schwierigkeiten haben, ihre Fähigkeiten dauerhaft auf den Erdball zu bringen. Wenn es schwierig wird, dann flüchten sie. Es ist eine lange, geduldige Arbeit erforderlich, um dies zu heilen. Das vollzieht sich zum Beispiel momentan bei Louis.
Also achtet gut auf sie. Wenn Louis vollkommen

gesundet ist, wird er vielleicht zu euch zurückkehren und dann kann ich auch noch mehr für Tanja tun als heute. Bitte kommt nicht wieder hierher, bis ihr von uns hören werdet. Ich muss nun weiterhin mit Louis vollkommen ungestört bleiben. Passt gut auf euch auf bis dahin. Ach, eins noch. Ich habe mit Schreck festgestellt, dass Schatten direkt unter euch weilen. Normalerweise gehören diese auf die andere Seite des Flusses. Haltet die Augen offen und gehabt euch wohl…« Mit diesen Worten verblasste das gütige Einhorn vor den Augen der kleinen Schar. Wortlos machten sich Quiskan und Lucinda auf den Weg nach Hause. Nachdem sie Tanja sicher zurück in ihr Bett gebracht hatten, begaben sie sich zu den anderen in die Wohnküche und erzählten dort von dem Teil, der Tanja betraf. »Ich gehe gleich jetzt in den Wald und bitte die Waldarbeiter noch ein paar Tage woanders zu arbeiten, damit Tanja sich erholen kann. Dann würde ich sie gern wieder nach Portugal schicken. Wie seht ihr das?«, fragend sah Alex zu Akira. »Klar, jederzeit kann Mama nach Portugal kommen. Wir freuen uns. Kommst du im Wald allein klar? Wirst du bei den Arbeitern ruhig bleiben können?«, fragte Akira noch ein klein wenig alarmiert in Alex' Richtung. »Keine Sorge, ich schaffe das schon.« Mit diesen Worten verließ Alex mit entschlossenen Schritten die Küche.
In Tanjas Zimmer wurde abwechselnd Wache gehalten, damit auf jeden Fall jemand da wäre, wenn sie erwachen würde. Alex, der tatsächlich eine friedliche, wenn auch nur vorübergehende Lösung im Wald erwirkt hatte, wäre am liebsten die ganze Zeit bei Tanja geblieben, wurde aber überstimmt, denn auch er sollte sich etwas ausruhen. Am späten Vormittag schlug Tanja die Augen

auf. »Was ist im Wald los?«, waren ihre ersten Worte. »Im Moment ist alles ruhig. Die Holzfäller sind in einem anderen Forstgebiet. Wie fühlst du dich?«, fragte Lucinda, die gerade Dienst hatte. »Es geht so. Irgendwie als ob ich einen ganz schlimmen Film angesehen hätte. Ausgelaugt. Ich glaube, das trifft es am besten«, antwortet Tanja. »Wo ist Alex?« »Wenn er nicht hier vor deinem Zimmer auf und ab geht, vielleicht in der Küche«, antwortete Lucinda. »Akira, Lia und Finnbar sind auch da.« »Oh, wie lange habe ich denn geschlafen?« »Gut zwei Tage. Du warst ganz schön angeschlagen, meine Liebe. Deshalb musst du es nun auch richtig langsam angehen lassen.« »Ich möchte in die Küche.« Tanja erhob sich, bemerkte aber sofort, wie schwach sie noch war, was ihren Tatendrang ein wenig bremste. Trotzdem stand sie auf, wenn auch etwas vorsichtiger. Schritt für Schritt bewegte sie sich auf die Zimmertür zu. Plötzlich wurde diese von außen aufgerissen. »Tanja! Habe ich doch richtig gehört. Du bist ja wach. Welch ein Glück! Wo willst du denn hin?« Alex stand mit riesigen, dunklen Augenrändern, die wohl den zwei letzten schlaflosen Nächten geschuldet waren, besorgt vor seiner Gefährtin. »In die Küche. Kommst du mit?« Tanja hakte sich unter und ging zielstrebig nach unten.

Nur ein kurzer Aufschub

Tanja lebte nun seit ein paar Tagen wieder in Portugal genau in dem Häuschen, das Atlantus ihr, Alex und Amerok damals in der der Zeit, während derer sie wegen der Männer von Zagan nicht mehr in Waldhaus sein konnten, zur Verfügung gestellt hatte. Sie fühlte sich dort sofort zu Hause. Alex war dazu übergegangen, jeden Tag nach getaner Arbeit auf dem Land von Waldhaus, abends einfach zu Tanja zurückzukehren. Tanja hatte viel freie Zeit, die sie vorwiegend mit Strandspaziergängen füllte. Ansonsten hatte sie wieder begonnen, sich um die Pflanzen und Blumen des portugiesischen Bruchtals zu kümmern. Der Unterschied zu vor zwei Jahren dort war, dass das Gelände nun nicht mehr unter einem Bann stand, welcher es für Außenstehende unauffindbar machte. Außerdem gingen von hier auch keine Kampfhandlungen mehr aus, denn es war nicht mehr nötig zu verhindern, dass die Öltanker der Männer von Zagan ihre gefährliche Fracht absichtlich ins Meer entließen. Stattdessen kamen und gingen heutzutage Menschen aus aller Herren Länder, um sich die Lebensweise, die auch eine Art Selbstversorgung durch landwirtschaftliche Permakultur enthielt, anzuschauen und eine Weile dort, an diesem harmonischen Platz, zu sein und zu leben. Dies war auch das Anliegen des Ortes, denn man wollte seine eigenen Erfahrungen mit der Lebensweise einer Gemeinschaft, die versuchte, sich von der Liebe leiten zu lassen, mit möglichst vielen anderen Menschen auf der ganzen Welt teilen. Täglich gab es im Zentrum von Bruchtal, im sogenannten Tempel, welcher

einer übergroßen Jurte ähnlichsah, verschiedenste Meditationen, die dazu dienten, sich von den Dingen des Alltags zu lösen und mit neuer Energie aufzutanken. Dies gemeinsam zu tun, schweißte die Wesen von Bruchtal noch enger zusammen. So kam es, dass häufig Besucher gar nicht mehr nach Hause wollten und darum baten, ebenfalls an diesem wundervollen Ort leben zu dürfen. Es gab auch eine Menge junger Leute am Platz. Seit Kurzem konnten sogar ganze Schulklassen, ab einem Alter von dreizehn Jahren, in einem gesonderten Bereich von Bruchtal, der gerade erste eingeweiht worden war, eine Klassenfahrt durchführen. Tanjas Jahrgangsgeschwister, die häufig auf ihren Vortragsreisen unterwegs waren, besuchten auch Schulen und brachten ihre Visionen über neue Lebensweisen ebenfalls dorthin.
Heute befanden sich sogar zwei Schulklassen in Bruchtal. Entsprechend laut war es an vielen Stellen. Tanja hatte nicht besonders gut geschlafen. Merkwürdige Albträume hatten sie gequält. Darin war ständig ein grimmiges Monster, vollkommen aus Dunkelheit bestehend, vorgekommen, welches Tanja gnadenlos gejagt hatte. Kurz bevor dieses sie verschlingen konnte, war Tanja schweißgebadet und völlig erschlagen erwacht. Daher war sie momentan dünnhäutig, etwas mürrisch und sehr Ruhe bedürftig. Deshalb entschloss sie sich, im nahegelegenen, ruhigen Korkeichen- und Eukalyptuswald spazieren zu gehen. Die ganze Luft war erfüllt vom Duft nach Eukalyptus. Da Tanja alle Zeit der Welt hatte, ließ sie sich am Stamm eines besonders großen Eukalyptusbaums nieder und genoss die Landschaft und die aromatische Luft. Wie es ihre Art war, strich sie dabei mit ihrer Hand immer wieder über den Waldboden

und fühlte die Erde durch diese rinnen. Dies tat sie praktisch überall, wo sie für längere Zeit saß. Sei es am Strand, mit dem Sand oder eben mit dem Waldboden, wie gerade jetzt. Tanja mochte die Eukalyptusbäume, wenn diese auch eigentlich nicht zur ursprünglichen Flora Portugals gehörten. Die Menschen hatten die Eukalyptusbäume seinerzeit absichtlich aus Australien nach Portugal importiert, weil es sich um schnell wachsendes Holz mit hohen geraden Stämmen handelte. Erst viel später bemerkten sie, dass die Eukalyptusbäume, die viel langsamer wachsenden Korkeichen verdrängen konnten und noch dazu die gefährlichen Waldbrände Portugals begünstigten. Die ätherischen Öle des Eukalyptusbaums waren nämlich sehr brennbar, aber die Wurzeln und Samen desselben brannten nicht. Dadurch verschaffte sich der Baum gleich mehrere Vorteile gegenüber den anderen Arten, denn auf den niedergebrannten Flächen wuchs und wächst er ebenfalls sehr viel schneller als die einheimischen Bäume nach. Korkeichen standen in Portugal schon seit Langem unter Schutz. Das ungenehmigte Abholzen stand sogar unter Gefängnisstrafe. Es war lediglich erlaubt, dass in Abständen von vielen Jahren deren Rinde zur Korkgewinnung geerntet werden durfte. Dazu wurden große Jahreszahlen auf die Stämme der Bäume geschrieben, damit diese Zeitabstände auch eingehalten werden würden. Tanja besah sich das Ganze in einem riesigen Korkeichenhain, den sie gerade erreicht hatte, näher und stellte verärgert fest, dass an einzelnen Bäumen verschiedene Jahreszahlen angebracht waren. Offenbar trickseten hier, einige besonders gierige Menschen, das Gesetz aus, indem sie doch viel öfter an ein und demselben Baum die Rinde abtrennten. So stand zum Beispiel am Stamm eines Baums die Zahl 16 für das Jahr 2016 und an verschiedenen dicken Ästen, die Zahlen 17, 18 und 19. Tanja blieb still vor dem Baum stehen und wurde wütend. Sie spürte auch sehr deutlich den unbändigen Zorn der Bäume dieser »Plantage«. Es war allgemein bekannt, dass durch das Ernten der Rinde der Korkbäume deren Leben verkürzt wurde. Als Kompromiss für diese, in Portugal unter Schutz stehenden Bäume, gab es extra das Gesetz, dass die Rinde nur etwa alle zehn Jahre geerntet werden durfte. Plötzlich kamen ihr auch viele der anderen »Umwelt-Sünden« der Menschheit, inklusive des Fällens der alten Eichen in Waldhaus, wieder in den Sinn. Tanja schwoll der Kamm. Sie wurde zorniger und zorniger. Aus dem Augenwinkel nahm sie rechts von sich wiederum die schwarzen, pferdeartigen Tiere war. Eiskalt überlief sie ein Schauer und Gänsehaut bildete sich an ihren Armen und Beinen. Tanja wischte diese Wahrnehmung zur Seite und begann genüsslich Rachepläne zu schmieden, um in Gedanken die Menschen zu bestrafen, die hier die Korkeichen so gequält hatten. Sie stellte sich in allen Einzelheiten vor, wie diese ihre Werkzeuge verloren oder sie ihnen kaputt gingen. Als ihr plötzlich ein Bild in den Sinn kam, wie ein Mann sich selbst an seinem Messer erheblich verletzte, hielt sie abrupt inne. Nein, das wollte sie nicht! Der Mann würde doch Schmerzen haben. Für so etwas wollte Tanja nicht mitverantwortlich sein. Entsetzt blickte sie sich um. Der Korkeichenwald um sie herum war ganz schwarz geworden. Bedrohliche, grimmige Gesichter blickten sie aus den Stämmen der Bäume blutrünstig an. Um die, wehrhaft erscheinenden,

Bäume streiften unzählige der schwarzen Pferde, die Tanja zuvor schon im Wald beim Waldhaus erblickt hatte, herum. Von diesen ging so viel zerstörerische Gemeinheit aus, dass Tanja buchstäblich die Haare zu Berge standen. Immer wieder drangen in ihren Verstand nun Bilder von beispielsweise schwer verletzten Holzfällern oder jämmerlich, im Meer ertrinkenden, Meeres-Umweltsündern ein. Tanja hielt sich die Ohren zu, denn sie konnte die Schreie dieser Menschen hören. Ihr ganzer Zorn, der sie soeben noch beherrscht hatte, war verraucht. Stattdessen ergriff Tanja große Furcht. Das hier, das waren nicht ihre eigenen Vorstellungen und Gedanken. Mit dem hier wollte sie nichts zu tun haben. Angsterfüllt wandte sie sich nach links und rechts. Alles war schwarz und dunkel. Tanja wusste nicht mehr, wohin sie weglaufen sollte. Trotzdem entschied sie sich für irgendeinen Weg. Mit Schrecken erkannte sie, dass sie genau auf eine Herde der entsetzlichen, schwarzen Vierbeiner zulief. Augenblicklich drehte sie sich um und rannte in die entgegengesetzte Richtung. Auch hier war ihr der Weg versperrt. Tanja drehte sich einmal um sich selbst und erkannte, dass sie von den furchterregenden Geschöpfen umzingelt war.
Diese kamen langsam immer näher. Nur eine Zehntelsekunde bevor eines der schwarzen Pferde Tanja ergreifen konnte, war diese behände auf eine alte Korkeiche geklettert. Von dort oben blickte die paralysierte Frau auf ein schier endloses Meer von schwarzen Wesen.
Der Kreis der Wesen der Schatten schloss sich stetig immer enger und fester um die Korkeiche, auf der Tanja mit klopfendem Herzen und vor Angst zugeschnürter

Kehle, saß. Langsam krochen die dunklen Schemen den Stamm bis ganz nach oben. Es gab kein Entrinnen mehr. Tanja konnte gerade noch über den Geist einen Hilferuf an alle, die ihr einfielen, absenden als sie plötzlich von tiefer Dunkelheit umschlossen wurde. Eine taube, lähmende Stille senkte sich über sie. Augenblicklich konnte sie sich nicht mehr bewegen. Immer wieder sah sie in ihrem Kopf die schrecklichsten Bilder oder Verletzungen von Menschen, die zuvor Schuld auf sich geladen hatte. Tanja wehrte sich mit aller Macht dagegen, diese Bilder gutzuheißen. Sie bemerkte allerdings, wie ihre Kräfte langsam schwanden…

Die verzehrende Macht der Dunkelheit

Lia, Finnbar und Akira waren gerade auf dem Kampfsportplatz und führten zu dritt, umringt von staunenden Teenagern, die zu den Schulklassen gehörten, welche gerade zu Besuch in Bruchtal waren, einige recht komplizierte Kampftechniken vor. Diese wollten die beeindruckten Jugendlichen unbedingt ebenfalls erlernen. Einige Mädchen schwärmten entweder für Finnbar oder Akira und manche der Jungs träumten davon, Lia näher kennenzulernen.
Mitten in der diffizilen Kampfsport-Übung erreichte die drei Tanjas verzweifelter Hilferuf. Die Freunde hielten abrupt inne und sahen sich entsetzt an. »Habt ihr das auch gehört? Meine Mutter scheint in großen Schwierigkeiten zu sein. Ich kann sie aber nicht mehr erreichen. Lia, kannst du irgendetwas Genaueres erkennen?«, wandte sich der erschrockene Akira an seine Gefährten. Lia konzentrierte sich und dehnte ihren Geist in den Äther aus, um Tanja zu erspüren. »Ich sehe gar nichts. Es ist total dunkel. Das erinnert mich bedenklich an ihren Zustand, als sie wegen der Eichenfällungen in Waldhaus so sehr krank war. Wir müssen sie sofort suchen gehen. Vielleicht ist sie ohnmächtig geworden und liegt irgendwo hilflos und allein auf dem Boden. Am besten, wir teilen uns in verschiedene Suchtrupps auf.«
»So ein Mist, dass Basilica und die anderen Jahrgangsgeschwister nicht hier sind. Wir drei sind zu wenige. Ich werde über den Geist in Waldhaus Bescheid geben. Wir sollten aber trotzdem sofort losgehen. Wir können nicht warten, bis Verstärkung eintrifft«, meldete

sich Finnbar zu Wort. Die jungen Leute hatten manches, Unverfänglichere laut miteinander gesprochen, sodass die Teenager einiges mitbekommen hatten. Nach einem kurzen Tuscheln meldete sich nun einer der Jungen, namens Patrick, zu Wort: »Wir könnten mitkommen und euch helfen. Teilt doch jedem von euch ein paar von uns zu und dann können wir mit drei Suchtrupps sofort losgehen.« Lia, die in viele erwartungsvolle, aber auch besorgte Gesichter blickte, wusste nicht, was sie tun sollten. Auf der einen Seite hatte Patrick recht und sein Vorschlag war ein guter. Auf der anderen Seite wäre sie am liebsten sofort astral an die Stelle gereist, von wo der letzte Hilferuf Tanjas abgegangen war. Solche Dinge, wie astrales Reisen, das Verständigen über den Geist oder Magie wurden jedoch in Bruchtal und auch in Waldhaus nur unter den Eingeweihten thematisiert. Das alles, war geheim. Besuchern sollten solche Dinge nicht verraten werden. Über den Geist stellte sie ihren Zwiespalt den anderen beiden zur Diskussion. Akira bat umgehend eine optimale Lösung an: »Ich sage, ich hole im Haus Verstärkung und reise von dort aus ungesehen astral an den Ort, von dem wir Tanja zuletzt gehört haben. Ich sehe mich an diesem Platz schon mal um und halte euch auf dem Laufenden. Der Ort ist ja gar nicht so weit von hier entfernt. Ihr teilt die Teenager in zwei Gruppen auf und nähert euch, jeweils mit eurer Gruppe, dem Platz von zwei verschiedenen Seiten.« Gesagt, getan. Akira war bereits ins Haus verschwunden und von dort aus sofort astral an den besagten Platz gereist. Lia und Finnbar waren ebenfalls in entgegengesetzte Richtungen losgezogen und gingen zu Fuß in einem weiten Bogen in Richtung des letzten Aufenthaltsortes der Gesuchten.

Patrick war zusammen mit einigen anderen Lia zugeteilt worden. »Schau mal, es sieht so aus, als ob hier vor Kurzem jemand gesessen hat.« Er zeigte auf eine Mulde am Fuß eines Eukalyptusbaums und etwas aufgelockerte Erde rechts daneben. Lia sah sich die Stelle genauer an und spürte sich als Erstes mit ihren inneren Augen in den Äther. Sie meinte, noch Partikel von Tanja erfühlen zu können. Karlao, der letzte Osiriat, hatte ihr vor langer Zeit, als sie und Finnbar noch im Irland des neunten Jahrhunderts gelebt hatten, geduldig zu erklären versucht, wie man einen astralen Fußabdruck eines Wesens lesen konnte. Offenbar waren seine Bemühungen nicht völlig umsonst gewesen.
Nun blickte sie sich mit ihren irdischen Augen genauer um und sah die Stelle, an der Tanja die Erde wahrscheinlich absichtslos aufgewühlt hatte. »Das hast du aufmerksam beobachtet. Ich bin mir sicher, dass Tanja wirklich hier noch vor einiger Zeit gesessen haben muss. Lasst uns schauen, ob es vielleicht Fußspuren gibt, denen wir folgen könnten.« Tatsächlich fand Patrick immer wieder neue Hinweise und Spuren, sodass die Gruppe zügig am Platz des Geschehens anlangte. Dort stand auch schon Akira, der angestrengt Fährten auf der Erde betrachtete. »Wahnsinn, wie bist du denn so schnell an diesen Ort gekommen und wo ist die Verstärkung, die du holen wolltest?«, fragte Patrick überrascht. Akira antwortete: »Die werden nachkommen und ich bin gelaufen. Mein Instinkt hat mich wohl direkt hierhergeführt. Patrick betrachtete Akira ehrfurchtsvoll, wie einen Helden. »Lia, schau mal, ich kann diese Spuren hier einfach nicht zuordnen.« Lia, die zuvor Patrick mit dem Kopf zugenickt hatte, näherte sich mit ihm dem

Fleckchen Erde, auf welches Akira blickte. »Hier sind mehrere Huftiere gewesen und das da sind menschliche Fußabdrücke. Die letzteren stammen von der gleichen Person, der wir bisher gefolgt sind«, murmelte Patrick vor sich hin. »Komisch nur…«, setzte er nach und verstummte dann jedoch. »Was ist komisch?«, fragte Lia, die Patricks Urteil unterwegs bereits schätzen gelernt hatte. »Nun, die Hufabdrücke sind auf jeden Fall von recht großen Tieren, denn sie sind alles andere als zierlich. Wenn das aber so wäre, dann müsste deren Gewicht auf dem lockeren Waldboden hier, dafür gesorgt haben, dass die Hufe viel tiefer eingesunken wären als es tatsächlich passiert ist. Für so große Tiere sind die Abdrücke viel zu oberflächlich. Ihr Gewicht hätte sie sehr viel tiefer einsinken lassen müssen. Dafür habe ich keinerlei Erklärung«, antwortete Patrick nachdenklich. »Vielleicht waren sie halb verhungert?«, äußerte eines der Mädchen, welches Mia genannt wurde. Patrick suchte den Boden weiter akribisch ab. »Ich finde keine Spuren, die auf einen Kampf hindeuten würden. Wir können daher wahrscheinlich ausschließen, dass Tanja hungrigen Wildtieren zum Opfer gefallen ist. Hier muss sie längere Zeit gestanden haben. Diese Abdrücke sind besonders tief. Dabei hat sie wohl auf den Baum dort geschaut«, bemerkte Patrick, der sich gerade in die besagte Spur von Tanja gestellt hatte. »Danach scheint sie hier heraufgeklettert zu sein. Schaut mal, an diesem dicken Ast hängen einige lange hellbraune Haare an der Rinde. Aber wo ist sie denn dann jetzt? Was könnte das alles bedeuten?«, fragte er in Lias Richtung. »Keine Ahnung. Was meinst du, Akira?«, gab diese die Frage an Tanjas jüngsten Sohn weiter. »Lass mich mal sehen.« Akira stellte sich ebenfalls auf die Spur seiner Mutter und blickte nachdenklich auf den riesigen, alten Korkeichenbaum. Dann ging er zu diesem und fuhr ihm über die dunkelbraune Rinde, die langsam wieder am Nachwachsen war. Dabei riss er sich einen großen Splitter genau unter den Fingernagel seines rechten Zeigefingers. »Autsch!« Mit den Zähnen zog sich Akira den Splitter vorsichtig unter dem Nagel heraus. »Der ist aber angriffslustig.« »Das wäre ich an seiner Stelle wahrscheinlich auch. Schaut doch mal, es gibt kaum noch eine Stelle, an der man ihn heil gelassen hat. Der wurde ja in den letzten Jahren praktisch überall geschält!«, rief Patrick ein wenig entrüstet aus. Lia ging näher und fühlte sich in den Baum hinein. Instinktiv wich sie sofort einige Schritte zurück. »Der Baum ist zornig. Ich glaube, alle Bäume hier sind zornig. Denen wurde allesamt auch wirklich übel mitgespielt. Seht euch das an. Der hier ist nicht der Einzige, der jedes Jahr zur Ader gelassen wurde«, rief Lia aus. »Wie ich Mama kenne, wird ihr das auch aufgefallen sein und es wird ihr mit Sicherheit nicht gefallen haben. Aber was ist dann passiert?« Alle Augen richteten sich erwartungsvoll auf den dreizehnjährigen Patrick, der nun verlegen die Augen niederschlug. »Nun, es sieht so aus, als ob sich Tanja von hier aus«, Patrick wies auf Spuren, die ein Stück weiter entfernt zu sehen waren, »zuerst in verschiedene Richtungen gedreht hat. Vielleicht wollte sie vor irgendetwas davonlaufen. Man erkennt auch, dass sich die Tiere immer weiter angenähert haben müssen. Fast so, als hätten diese sie am Ende sogar direkt erreicht. Komisch ist, dass die Spuren an diesem Baum hier enden. Man sieht nicht, dass die Tiere wieder umgedreht wären. Eigentlich müssten alle hier noch stehen, wenn man dem Bild der Fährten glauben möchte.« Patrick sah sich irritiert in alle Richtungen um. »Sag mal, bist du vielleicht mit irgendwelchen Urvölkern verwandt? Du bist ja ein richtig guter Fährtenleser.« Lia sah fragend zu Patrick. »Keine Ahnung. Ich kann nur sagen, dass ich einen Migrationshintergrund habe, der sich in aller Herren Länder auszubreiten scheint.« Verlegen und ein wenig trotzig drehte Patrick der Gruppe nun den Rücken zu. »Wie dem auch sei. Wir kommen jetzt wohl nicht mehr allein weiter. Wo Soholit und die anderen denn bleiben? Auch Finnbar mit seiner Truppe sollte doch schon längst hier angekommen sein.

Ich schlage vor, wir betreten diesen Ort vorerst nicht mehr, bis Soholit und Quiskan ihn begutachtet haben«, sprach Akira. Lia wandte sich über den Geist an ihren Gefährten: »Quiskan kommt her? Er sollte mit seiner kleinen Gestalt doch besser nicht von den Teenagern erblickt werden, oder?« »Er weiß, dass die Jugendlichen hier sind und wird deshalb für diese unsichtbar erscheinen…«, antwortete Akira auf dem gleichen Wege. Lia nickte still vor sich hin.

Kaum war diese geheime Unterhaltung beendet, hörten sie auch schon laute Stimmen näherkommen. Soholit, Alex und die ganze Truppe von Finnbar näherten sich offenbar dem Platz. Auch Lucinda, Querin und Quiskan waren dabei, allerdings waren sie für Uneingeweihte nicht zu sehen.

Akira fasste für alle die Lage kurz zusammen. Stille breitete sich aus. Niemand sagte ein Wort, denn wirklich niemand hatte eine zündende Idee. Erst eine Ewigkeit später räusperte sich Lia: »Könnt ihr euch noch erinnern als wir vor langer Zeit Lucinda verloren hatten und unser gemeinsamer Freund Quick Deer sie durch eine indianische Zeremonie, namens Yuwipi, wiederfinden konnte?«, fragte sie in die Runde. »Soholit, der damals hautnah an den Geschehnissen beteiligt gewesen war, verstand sofort, was Lia meinte. »Das ist eine hervorragende Idee. Unsere anderen Informations- oder Hilfsquellen sind derzeit leider alle versiegt. Ich werde mich gleich hinsetzen und ihm eine Nachricht schreiben«, gab er weiter in die Runde. Niemand widersprach. Für die Teenager klang das Ganze plausibel und die anderen wussten, wie es gemeint war. Alex ging noch eine Weile auf dem Platz umher und tastete Tanjas letzte Fußspuren ab. Dabei rannen ihm die Tränen in Strömen über die Wangen.

Verschollen, verloren, allein…

Wer konnte, blieb in Portugal. Sogar Alex ließ die Felder, Felder sein und war von früh bis spät in den Wäldern um Bruchtal unterwegs, um nach weiteren Spuren seiner Gefährtin zu suchen. Oft war Akira, der in großer Sorge um seine Mutter war, an seiner Seite. In seinem Ohr saß praktisch ständig sein Bruder Atlantus, der sich bei den Expeditionen kaum aus dessen Geist zurückzog. Selbst konnte er nicht helfen, wollte aber nichts verpassen. Es machte ihm eine Menge aus, nicht auf die Erde reisen zu können, um zu helfen und so tatenlos auf Aquarius ausharren zu müssen.

Alle Freunde waren inzwischen beunruhigt, denn es gab keinerlei heiße Fährten, die über die Spuren hinausgingen, welche bereits am Tag von Tanjas Verschwinden gefunden worden waren. Mit Spannung wartete jeder auf die geplante Yuwipi-Zeremonie Quick Deers. Dieser hatte sich dieses Mal mehr Zeit genommen, das Ganze auf Aquarius vorzubereiten und natürlich gehörten Atlantus und Brenda zu den Helfern, die er dazu benötigte. Heute Abend sollte die Zeremonie stattfinden. Nun war es Akira, der sich nicht mehr aus dem Geist seines Bruders zurückziehen wollte. Irgendwann schlug Atlantus leicht genervt vor, dass Akira und die anderen doch durchaus nach Aquarius kommen könnten, um der Zeremonie persönlich beizuwohnen.

Das wurde auch sofort umgesetzt.

Quick Deer hatte für die heilige Yuwipi-Zeremonie, die in seinem Volk übersetzt auch »Stein-Finde-Zeremonie« genannt wurde und mit welcher es unter anderem auch

möglich war, verschwundene Personen ausfindig zu machen, eine alte Höhle ausgewählt.
Es waren etwa sechzehn Helfer, darunter auch die Freunde von der Erde, dabei. Das feierliche Ritual zog sich über Stunden hin und als Quick Deer am Ende endlich zu sprechen begann, hingen alle, wie gebannt an seinen Lippen.
»Tanja wurde von den Wesen der Finsternis gefangen genommen. Sie lebt, aber sie kann ihren Körper momentan nicht mehr nutzen, denn sie wurde von der Dunkelheit schon fast verzehrt und ist dadurch wie gelähmt. Tanja befindet sich an einem Ort, den niemand außer den schaurigen Kreaturen der Finsternis erreichen kann. Dieser Ort ist sicher nicht in Portugal oder irgendwo sonst auf der Erde. Daher stand es nicht in meiner Macht, ihn genau ausfindig zu machen. Sie versuchen dort, sie zu einer, der ihren zu machen. Soweit ich erkennen konnte, widersetzt sie sich momentan noch mit Erfolg. Wie lange sie das noch leisten kann, vermag ich nicht zu sagen.« Mit diesen Worten fiel Quick Deer, der von der Zeremonie völlig ausgelaugt war, in eine Ohnmacht. Atlantus kümmerte sich, wie vereinbart um ihn. Mit der Hilfe von Akira, Lia und Finnbar brachte er den weisen Mann zu seinem Wohnplatz zurück.

Alles war dunkel, dunkel und immer wieder nur dunkel. Tanja fühlte sich von totaler, undurchdringlicher Finsternis umgeben, ja sie schien fast selbst aus dieser zu bestehen. Sie fühlte sich wie blind, gelähmt und taub zusammen. Trotzdem spielten sich in ihrem Kopf in gewissen Abständen die schrecklichsten Szenen ab. Alle Gedanken, die in sie eindrangen, waren abgrundtief böse.

Das war aber nicht alles. Es sah so aus, als ob viele, der unglaublichen Dinge, die in ihrem Verstand geschahen, total gerechtfertigt wären.
Anfangs war Tanja noch wütend über die haarsträubenden Verbrechen, deren Zeuge sie nun wurde. Der stete Zorn hatte jedoch zu abgrundtiefer Verzweiflung geführt. Irgendwann später, Tanja hatte inzwischen jegliches Zeitgefühl verloren, war sie nicht mehr fähig gewesen zu hassen. Ihr tat alles, was sie sah, nur noch endlos leid. So traurig sie das auch machte, so heilsam war dieses Gefühl jedoch gegenüber dem Zorn von zuvor.
Gerade nahm Tanja die Geschichte eines Firmeninhabers wahr, der aus reiner Geldgier in einem südlichen Land, beim Abbau eines Bodenschatzes, wissentlich hochgiftige Substanzen ins Erdreich versickern ließ. Tanja sah, wie im naheliegenden Fluss die Fische daran qualvoll verendeten, die Tiere an Land, welche auf das Wasser angewiesen waren, vergiftet wurden und sogar die Pflanzen der Umgebung ihre Lebenskraft verloren. Ihr Herz zog sich vor Mitgefühl zusammen. Danach kamen neue Bilder, in denen dem Unternehmer zur Strafe die schlimmsten Dinge passierten. Trotz all dem Unrecht, das dieser zuvor begangen hatte, tat jener Mann Tanja nun ebenfalls leid. Sofort verschwand diese Geschichte und es wurde wieder finster und still. Tanja fiel zurück in die Dunkelheit, in der sie für eine Weile nichts mehr wahrnahm.
Wie, als würde ein Plan hinter all dem stecken, kamen nach kurzer Zeit neue Bilder auf. Dieses Mal ging es um die Eichen rings um Waldhaus. Sie wurden alle, bis auf den letzten Setzling, von einem wahnsinnigen Holzfäller

mit einer großen Maschine gnadenlos niedergemacht. Tanja liefen die Tränen in Strömen die Wangen hinunter. Wenn sie gekonnt hätte, hätte sie geschrien. Sie war jedoch ihres Körpers nicht mehr Herr. Besaß sie überhaupt noch einen Leib? Sie war sich nicht mehr sicher. Auf jeden Fall verspürte sie auch selbst in dieser Geschichte keinen Zorn mehr, sondern nur noch unendliche Trauer. Kurz darauf erschien ein schwarzer Wolf auf der Bildfläche und fraß den Holzfäller langsam auf. Wiederum wollte Tanja nun dem gequälten Holzfäller helfen, konnte es jedoch nicht. Als danach ein gigantisches Monster eben jenen Wolf bis zur totalen Erschöpfung jagte, mit dem Ziel, ihn zu töten, bangte die gefangene Frau genauso sehr um diesen.
So schlimm all die Bilder waren, die Liebe und das Mitgefühl schienen sie davor zu schützen, in die totale Verzweiflung abzudriften. Ihr Herz hielt sie am Leben. Bildete sie sich das nur ein oder nahm sie wirklich tief in der undurchdringlichen Finsternis den immensen Zorn einer mächtigen Intelligenz wahr? Tanja zählte eins und eins zusammen. Ihr dämmerte tief im Inneren, dass offenbar ein gemeiner Plan hinter all den Geschichten, die in ihren Geist gespielt wurden, steckte. Sie erinnerte sich, dass sie die schwarzen Pferde zum ersten Mal erblickt hatte, als großer Zorn über die Wiederkehr der Holzfäller in das Gebiet rund um Waldhaus sie gepackt hatte. Beim zweiten Mal im Korkeichenwald war sie noch wütender gewesen, was die Pferde offenbar so stärken konnte, dass sie daraufhin die Kraft besaßen, sie zu entführen. Das war die Lösung. Diese finsteren Gestalten nährten sich von ihrer Wut. Trauer, Liebe und Mitgefühl schwächten sie eher. Die tapfere Frau beschloss, fortan

der Liebe treu zu bleiben.
Tanja war nicht die Einzige, die sich Gedanken machte. Die Wesen der Finsternis, die nur kurz über die Anwesenheit von so viel Liebe irritiert gewesen waren, hatten schon längst einen neuen, viel besseren Plan geschmiedet.
Die nächsten Bilder in Tanjas Kopf waren Szenen aus deren eigenem Leben. Sie sah beschämt mit an, wie sie gemein zu einer Klassenkameradin gewesen war. Dann sah sie sich später in der Zeit als Unternehmerin, wie sie ihr Personal nicht gut behandelt hatte. Immer weitere Bilder dieser Art stürmten auf sie ein. Aus unendlicher Scham wurde Trotz, dem dann immenser Zorn folgte. Zorn auf sich selbst und Wut auf das Leben, das zugelassen hatte, dass Tanja all die Fehler begehen konnte. Tanja bemerkte, dass sie mehr und mehr in der Dunkelheit verschwand. Irgendwie wurde ihr gleichgültig, dass sie kein durchweg guter Mensch, der sie eigentlich immer hatte sein wollen, gewesen war. Sehnsucht überkam sie, das menschliche Leben zu verlassen. Es hatte ja sowieso alles keinen Sinn. Plötzlich kamen ihr ihre Söhne, Atlantus und Akira, in Erinnerung. Sofort zeigte sich ein wenig Licht in der unendlichen Dunkelheit. Das kleinste Licht bedeutet in einer finsteren Höhle jedoch schon große Hoffnung und vertreibt die, alles dominierende Dunkelheit sofort. Tanja fand wieder zurück zur Liebe, denn ihre Söhne bedeuteten ihr eine Menge. Sie wollte sie keinesfalls leiden sehen, wenn sie, als deren Mutter, vielleicht, von wo sie sich auch immer im Moment befand, nicht mehr zurückkehren würde. Sie schaffte es irgendwie, sich selbst ihre Fehler zu vergeben, indem sie betete: »Oh, Herr, oh Frau, bitte vergebt mir

all meine Sünden und helft mir, auch denen zu vergeben, die mir einst wehgetan haben. Helft mir, in der Liebe zu verweilen und mich von dieser leiten zu lassen.
Jetzt war sie sich sicher. Jemand in der Finsternis war unglaublich zornig. So zornig, dass Tanja nun sehr große Angst verspürte. Schnell wandte sie an, was sie gelernt hatte und hieß die Angst in sich liebevoll willkommen. Einen Moment später fühlte sie sich wieder besser. Ob sie nun eine Möglichkeit gefunden hatte, ihren Entführern dauerhaft standzuhalten? Freudige Hoffnung breite sich in Tanja aus.
Doch die Wesen der Finsternis waren noch lange nicht am Ende. Sie zogen ihren letzten, schrecklichen Trumpf…

Die Kugeleiche – der Weltenbaum -

Niedergeschlagen und mit hängenden Köpfen begaben sich Akira, Atlantus, Brenda, Lia sowie Finnbar nach der Yuwipi-Zeremonie gemeinsam zu Brendas Wohnbaum. Alex, der irgendwie gar nicht mehr ansprechbar gewesen war, Soholit, Querin, Quiskan und auch Lucinda waren zuvor auf direktem Wege nach Waldhaus zurückgekehrt. »Was sollen wir denn jetzt machen? Es kann doch nicht sein, dass wir Mama auf immer verlieren werden?« Akira sah verzweifelt auf den älteren Bruder. Seine Stimme war ab dem Wort »Mama« gefährlich ins Weinerliche gekippt. Atlantus machte ein versteinertes Gesicht. Er versuchte, für sie beide stark zu sein. Wenn es für ihn, der trotz allem immer noch Kedir und Undine als Eltern behalten würde, schon so schmerzhaft war, wie schlimm musste es wohl für seinen kleinen Bruder, Akira, sein. Atlantus zerbrach sich den Kopf nach einem Ausweg oder halbwegs tröstenden Worten. Es wollte ihm jedoch partout nichts einfallen. Er blickte in die Runde. Akira hingen Tränen in den Wimpern und alle, außer Lia, hielten die Köpfe gesenkt. Lia sah Akira so liebevoll an, dass Atlantus plötzlich bemerkte, wie dankbar er war, dass Lia fest an seines Bruders Seite stand.
Offenbar schien auch sie sich das Gehirn zu zermartern, was noch getan werden könnte. Als sie sich räusperte, um zu sprechen, blickten alle gespannt auf die junge Frau, die langsam und nachdenklich, wie zu sich selbst, zu reden begann. »Wir könnten vielleicht eine schamanische Reise in Waldhaus durchführen. Es heißt doch, dass man dort auch Wesen treffen kann, die nicht mehr in ihrem

Körper sind. Außerdem könnten wir auf diese Weise, wenn es uns vom großen Geist gewährt wird, die Geschehnisse rund um Tanjas Entführung eventuell rekonstruieren. Zudem wäre es auch möglich, die Frage nach einer Lösung beziehungsweise der weiteren Vorgehensweise zu stellen. Ich schlage vor, dass wir dazu im Geiste von der Kugeleiche in der Nähe von Waldhaus, die Tanja immer so liebevoll, den „Weltenbaum", genannt hatte, losgehen. Was meint ihr dazu?« In Akiras Körper schienen augenblicklich die Lebenskräfte zurückzukehren. »Das ist eine großartige Idee, meine Liebste.« Akira fiel Lia um den Hals. Sofort begann er mit der Planung der Reise und hörte gar nicht mehr auf zu reden. »Los kommt, wir kehren auf der Stelle nach Waldhaus zurück, tragen alles zusammen, was wir für eine schamanische Reise benötigen und legen los, ok?« Niemand wollte Akira enttäuschen oder hatte eine andere Idee. Daher wurde es genauso gemacht, wie von ihm vorgeschlagen. Kaum waren die jungen Leute in Waldhaus angelangt, informierten sie alle anderen über den neuerlichen Plan. Soholit, der ebenfalls von Lias guter Idee begeistert war, fragte: »Habt ihr denn schon jemand, der euch die Trommel während der Zeremonie schlagen wird? Quick Deer, der dafür am besten geeignet wäre, können wir so kurz nach der anstrengenden heutigen Zeremonie jedenfalls nicht nochmals fragen?« Akira sah ihn, wie vom Donner gerührt, an. »Ähm, nein. Daran haben wir noch gar nicht gedacht. Wer beherrscht denn diese besonderen Trommel-Rhythmen sonst noch, außer Quick Deer?« Ein wenig Besorgnis hatte sich in Akiras Tatendrang gemischt. »Also ich würde mich gerne dafür anbieten. Ich habe das früher schon so manches Mal

getan«, warf Soholit sofort ein. Sogleich hellte sich Akiras Antlitz wieder auf. Alle zusammen gingen nun den Ablauf der schamanischen Reise nochmals bis ins Detail durch.
Im Groben sollte es so ablaufen, dass zunächst mit kalifornischem Salbei die Umgebung gereinigt, ein begrenzter Raum und eine Zeit in der diesseitigen Welt bestimmt und gekennzeichnet würde, in welchem die gemeinsame schamanische Reise stattfinden sollte. Dann würden alle Wesen, die dieser Reise freundlich gegenüberstünden, hinzu gebeten sowie begrüßt werden.
Weiterhin wurden Abbilder verschiedener Reise-Runen im Raum verteilt. Dabei hatte man sich auf die Runen: »Eh«, auch das Pferd genannt, welche ähnlich, wie ein, auf einem Fuß stehendes X und die Rune »Laf«, die wie eine spiegelverkehrte l aussah, geeinigt. »Eh« stand für das Reisen im allgemeinen und »Laf« für die untere Welt, in der man die Wesen der Finsternis am ehesten vermutete.
Akira band sich noch eine Kette mit dem, in Holz geschnitzten Symbol des Druiden-Ordens von Soholit um. Das war eine Kreation aus der Rune »Man«, welche eine Art Y war und für den Menschen stand sowie einem Eichenblatt, das diesen mit seiner Weisheit lenken sollte.
Es wurde noch kurz besprochen, welche Haltung jeder während der eigentlichen Reisezeit der Zeremonie einnehmen wollte. Man konnte dies in bestimmten sitzenden Positionen, auf dem Rücken oder auf dem Bauch liegend tun. Je nach Haltung würde man bevorzugt in die untere, obere oder mittlere Welt reisen.
Akira hatte es zwar wahnsinnig eilig und er war auch ein wenig zappelig, bereitete die schamanische Reise jedoch ganz akribisch, in aller Gründlichkeit vor.
Als alle bereit waren, folgte nach dem stillen Formulieren

des Reisegrunds, zunächst ein Bitt- und Dankgebet, wonach sich ein jeder vollkommen im »Hier und Jetzt« zentrierte. Nun schlug Soholit die Trommel in einem ganz bestimmten, eintönigen Rhythmus erst ganz zaghaft und dann immer kräftiger. Die Teilnehmer begannen langsam, sich mit geschlossenen Augen nach dem vorgegebenen Takt zu bewegen. Dabei wurden die Füße immer nur ein wenig vom Erdboden gehoben. Diese Bewegung, welche auch Tanz genannt wurde, aber gar keiner war, diente dazu, sich in eine Art Trance zu versetzen. Etwa nach einer Stunde hatte Soholit das Gefühl, dass es nun an der Zeit wäre, den Rhythmus grundlegend zu ändern und somit die eigentliche schamanische Reise einzuleiten. Dazu konnten die Teilnehmer von einem bestimmten Punkt ihrer Erinnerung heraus, man hatte sich dafür vorher einstimmig den Weltenbaum ausgesucht, die schamanische Reise beginnen. Die Reise ging in die virtuelle Anderswelt. Dort gab es keine Zeit. Das hieß, eine Sekunde konnte entweder ewig lange dauern oder aber viele Jahre vergingen wie im Flug. Genauso anders war es mit den Orten. Es gab dort zwar bestimmte Plätze, die immer wieder besucht wurden, wie zum Beispiel der Brunnen der Weisheit oder bestimmte Höhlen, möglich war aber alles. In Erdenzeit waren für das Reisen in etwa fünfzehn Minuten geplant. Selbst wenn der Reisende davon nur eine Minute tatsächlich in der virtuellen Anderswelt verweilte, konnte ihm dies dann dort als mehrere Jahre erscheinen.
Als Soholit das Reisen mit der Trommel ankündigte, indem er einen schnelleren und härteren Rhythmus anschlug, nahmen die jungen Leute ihre Reisehaltungen

ein. Die meisten hatten sich auf die Unterwelt eingerichtet und dazu eine komplizierte Haltung, auf dem Bauch liegend, eingenommen. Nur Lia wollte sich nicht festlegen. Sie kniete in einer recht unbequemen Stellung, mit der sie sich erhoffte, zunächst in der mittleren Welt zu landen und sich dann alle weiteren Optionen nach unten oder oben offenzuhalten.
Wie alle anderen, hielt auch Soholit seine Augen geschlossen und konzentrierte sich lediglich auf den harten, schnellen Takt der Trommel, welche er unermüdlich schlug.
Nach der Reise sollte nach einer kurzen Besinnungszeit, jeder seine Erfahrungen niederschreiben und dann würde man sich darüber in Ruhe austauschen.
Akira lag auf dem Bauch und wartete. Es passierte, scheinbar endlos lange, gar nichts. Ungeduldig räkelte er sich ein wenig. Er war ernstlich besorgt. Dann kamen ihm die Worte seiner Mutter in den Sinn: »Du brauchst bei der schamanischen Reise keine Eile zu haben. Entspann dich einfach. Gib dich ganz hin. Selbst wenn zunächst überhaupt nichts geschieht, kann es sein, dass in wenigen Sekunden am Ende der Reisezeit eine jahrelange Erfahrung auf dich wartet.«
Also entspannte er sich und versuchte, nichts zu wollen und nichts zu sollen…
Dann geschah es. Akira, der sich ja eigentlich in seiner Vorstellung noch an den Wurzeln des Weltenbaums befand, fiel tief in eine Spalte, die sich ohne Vorwarnung zwischen den mächtigen Wurzeln des Baumes aufgetan hatte. Mit jeder Sekunde wurde es dunkler. Am Ende fühlte es sich so an, als ob Akira in einem gigantischen Meer aus schwarzem, klebrigem Pech gelandet wäre.

Akira bewegte Arme und Beine, wie beim Brustschwimmen, um sich durch die zähe Masse zu bewegen. Er sah absolut nichts. Aber er hörte von Weitem ein leises Weinen…

Tanja hatte sich ein wenig in der Dunkelheit entspannt. Sie hatte den festen Eindruck, dass ihr starkes Herz sie davor bewahren würde, sich im Hass und in der Finsternis zu verlieren. Sie fühlte sich fast schon ein wenig sicher und beschützt.
Dann begann es.
In ihrem Geist entstand ein Bild des kleinen Atlantus, den sie einst während eines Gewitters, obwohl dieser sehr verängstigt war, allein in der Küche zurückgelassen hatte, nur weil sie eifersüchtig auf Ben, Atlantus' Vater, gewesen war. Sie wollte unbedingt wissen, ob sich dieser tatsächlich mit einer der neuen Tänzerinnen seiner damaligen Band, eingelassen hatte. Diese Eifersucht war ihr damals wichtiger erschienen als die Fürsorgepflicht gegenüber ihrem Sohn. Tanja war entsetzt, den weinenden Jungen so klein, verschreckt und verlassen am Fenster stehen zu sehen. Zutiefst bereute sie ihre frühere Entscheidung, konnte sie aber nicht mehr rückgängig machen. Sie sah noch einige Situationen mehr, für die sie sich abgrundtief schämte. In einer Szene erblickte sie sich selbst, vollkommen übermüdet von der täglichen Arbeit und nur ihre Ruhe wollend, wie sie Atlantus einfach vor den Fernseher setzte, um ihn praktisch auf diese Weise ruhigzustellen. Tanja fühlte sich schrecklich. Sie hatte immer gedacht, eine gute Mutter gewesen zu sein. Nun erkannte sie, dass dies so nicht stimmte. Etwas in ihr

brach zusammen. Vieles, was ihr in früherer Zeit richtig erschienen war, stellte sich nun ebenfalls als fataler Fehler heraus. Sie erkannte in einer weiteren Szene, dass Atlantus bitterlich gleichaltrige Freunde vermisste und überhaupt nicht restlos allein im Wald glücklich gewesen war, so wie Tanja es immer angenommen hatte.
Gnadenlos wurden ihr immer neue Bilder gezeigt, in denen sie als Mutter versagte. Nun war auch noch Akira geboren worden und ihre Fehler setzten sich fort. Manchmal sah sie sich selbst herrisch schimpfend oder innerlich die Kinder verfluchend. Als Akira größer geworden war, sah sie ihn allein im Internat, wie er nicht genug Geld hatte, sich bestimmte Dinge zu leisten. Tanja tat dies im Herzen weh. Hätte sie doch nur besser aufgepasst!
Beide Kinder wurden älter und älter und es gab einen Punkt, an dem sie all dies ihrer Mutter vorwarfen. Tanja konnte zu dem Zeitpunkt ihr Bild, dass sie eine gute Mutter gewesen wäre, nicht gehen lassen und es kam zu einem heftigen Streit. Zu allem Unglück mischte sich auch noch Alex, der dies eigentlich nicht hätte tun dürfen, in die Fehde ein und verschlimmerte mit seinem aufbrausenden Wesen alles. Am Ende vom Lied entzweiten sich Kinder und Mutter. In dem Wahn, den Tanja sah, war es ihr nicht möglich, egal, was sie auch versuchte, sich wieder mit ihren Kindern zu versöhnen. Jede Anstrengung in diese Richtung verschlimmerte nur alles. Tanja verhielt sich offenbar auch äußerst ungeschickt und auch Alex war bei Weitem keine Hilfe. Sie sah, wie die Kinder ekelerfüllt und voller Verachtung in Richtung ihrer Mutter sahen und sich für immer von ihr abwandten. So kam es, im Weiteren dieser

schrecklichen Geschichte, dass sie ihre Enkel niemals zu Gesicht bekam und letztlich einsam sterben musste. Dieser, von den dunklen Wesen erdachte »Horrortrip« war einfach zu viel für die geplagte Frau. Tanja verlor allen Lebenswillen und all ihren Glauben an das Gute auf der Welt. Wenn Tanja gekonnt hätte, hätte sie sich auf der Stelle in Luft aufgelöst.
Sie war jetzt bereit in die Dunkelheit einzutauchen, zu verschwinden und niemals mehr zurückzukehren.
Die Kinder hatten ihr ihre Fehler nicht vergeben können und deshalb wollte auch sie plötzlich ihren Schuldigern ebenfalls nicht mehr vergeben. Unbändiger Hass auf die ganze Welt breitete sich in ihr aus. Sie war bereit, das Monster zu sein, das offenbar sowieso schon alle in ihr sahen. In ihrem Wahn schrie sie hemmungslos all den Zorn heraus, der in ihr steckte, bis sie keine Stimme mehr hatte. Als die Dunkelheit endgültig nach ihr griff, blieb zum Schluss nur noch ein leises Weinen…

Akira schwamm so schnell er konnte in Richtung dieses Weinens. Irgendetwas in ihm trieb ihn zu äußerster Kraftanstrengung an. Je mehr er sich jedoch anstrengte, desto klebriger wurde die schwarze Masse, die ihn umgab. Unendlich langsam kam er voran. Akira mühte sich aus Leibeskräften, merkte aber schon bald, dass er auf diese Weise nicht zum Ziel gelangen konnte. Kämpfen war hier offenbar kontraproduktiv. Er erinnerte sich daran, dass Lia ihm dereinst erklärt hatte, wie sie vorging, wenn sie nicht mehr weiterwusste. »Wenn ich hier wüsste, was zu tun ist. Was würde das denn sein?« Akira lauschte in sich hinein. Kurz tauchte das Bild von Lia auf,

dann das liebevolle Gesicht seiner Mutter. Plötzlich wusste er die Antwort: Liebe. Hier konnte nur die Liebe helfen. Mit aller Kraft, die er aufbringen konnte, sandte er Liebe in Richtung dieses Weinens. Augenblicklich wusste er auch, dass es das Weinen seiner Mutter war, das an seine Ohren drang. Immer wieder rekapitulierte er die Worte in ihre Richtung: »Ich habe dich so lieb. Ich habe dich so, so lieb!« Von einem Moment auf den anderen wurde die zähe Masse so flüssig wie Wasser. Schnell schwamm Akira näher in Richtung des Geräuschs. Er war nun schon ganz nah. Er schrie aus Leibeskräften und mit der Inbrunst der Jugend: »Ich habe dich lieb. Ich habe dich so unendlich lieb, meine liebe Mama. Atlantus und ich, wir alle haben dich so lieb. Bitte halte durch. Bitte komm zu uns zurück. Wir brauchen dich.«
Tanja, die schon fast im Dunkel versunken war, hörte eine Stimme, die der ihres Sohns Akiras glich. Sie erwartete nichts mehr Gutes, daher beachtete sie die Rufe nicht. Als diese jedoch immer lauter wurden, konnte sie, sie nicht mehr überhören, was genau gerufen wurde. »Ich habe dich lieb?« Konnte das wahr sein? Konnte es sein, dass ihre Kinder sie, trotz aller Fehler, die sie in ihrem Leben begangen hatte, dennoch liebten? Sie horchte ganz genau hin. Tatsächlich, das war Akira, der dort nach ihr rief und er sprach davon, dass er, Atlantus und auch alle anderen sie liebten, sie sogar vermissten. In all der Dunkelheit entzündete sich plötzlich ein kleines helles Licht, das keine Kraft der Finsternis mehr würde löschen können. Sie wurde geliebt! Sie ihrerseits liebte ebenfalls. Ihr war vergeben worden und sie würde auch denen vergeben, die ihr einst Schmerz zugefügt hatten. Großer Friede senkte sich in

Tanjas geschundenes Herz. Wie durch ein Wunder konnte dieses dadurch heilen. Die Krise hatte es nur stärker gemacht. Das Licht wurde immer heller und vertrieb die Dunkelheit. Tanja rief in Richtung der Stimme ihre Antwort zurück: »Ich liebe euch auch. Ich lasse mich niemals unterkriegen, keine Sorge. Das war die Wahrheit. Daran änderte sich auch nichts als sie nun die unglaubliche Wut des »Herrn der Finsternis« persönlich verspürte, welcher sie jetzt noch fester in seinen Würgegriff nahm. Das neue, stetige Licht in ihrem Herzen würde auch er niemals mehr löschen können, selbst wenn er ihr das Leben nahm. Seine Trümpfe waren verspielt.

Die Antwort seiner Mutter war das Letzte, das Akira noch hörte, dann war die schamanische Reise zu Ende. Im nächsten Moment fand er sich in dem Raum neben den anderen wieder, von wo aus sie die schamanische Reise begonnen hatten. Die Trommel war verstummt. Akira nahm sich noch etwas Zeit, um ins Hier und Jetzt zurückzukehren, bewegte langsam seine Hände und Füße und zum Schluss öffnete er seine Augen. Dann nahm er sich einen Stift und schrieb all seine Erlebnisse nieder. Wenig später waren alle bereit, ihre Erfahrungen zu schildern. Die meisten berichteten von Dunkelheit, Hass und Angst. Nur Lia, die nicht aktiv in die Unterwelt gereist war, kam mit völlig anderen Ergebnissen zurück. Sie sprach von einer wunderschönen Blumenwiese mit Abertausenden von Schmetterlingen und winzigen Elben. Was glaubt ihr, wen ich dort getroffen habe? Es war Karlao. Er war munter, wie eh und je. Ich bin mit ihm spazieren gegangen. Wir hatten unglaublich viel Freude. Dann war die Reise zu Ende. Am Schluss berichtete Akira den staunenden Freunden, von seinem Abenteuer. Lange herrschte Stille. »Dann meldete sich Lia zu Wort. »Ich glaube, was Akira erlebt hat, war noch am realsten. Schließlich ist es seine Mama, um die es hier geht. Ich bin mir sicher, dass dein Liebesbekenntnis den Wesen der Dunkelheit einen Strich durch die Rechnung gemacht hat, dass Tanja freiwillig eine, der ihren werden wird. Das gibt uns Zeit und Hoffnung. Ich habe mich auch gefragt, warum ich wohl unserem Freund Karlao begegnet bin. Mir ist da etwas Interessantes eingefallen. Damals, als Soholit und Quiskan verschwunden waren, hat Karlao mir und Finnbar demonstriert, dass er in der Lage ist, jeden astralen Fußabdruck eines Wesens zu verfolgen. Er konnte ebenfalls als einziger den kleinen Waschbären der Elben wiederfinden und durchschaute das, praktisch unauffindbare Versteck des „Herrn des Lichts". Ich glaube, wir sollten Karlao um Hilfe bitten«, schloss Lia ihre Ausführungen. »Das ist eine hervorragende Idee, liebe Lia«, lobte Soholit, der bisher schweigend den Ausführungen gelauscht hatte. »Wenn Karlao uns damals nicht gefunden hätte, dann stünde weder ich heute hier noch sonst jemand, denn dann hätte der „Herr des Lichts" auch alle anderen Bewohner dieser Erde schon längst getötet.« »Lasst uns sofort zurück nach Aquarius reisen und mit ihm sprechen«, wandte sich Finnbar an Lia und Akira. Diese waren einverstanden. Lia griff noch schnell einige Haarspangen als Geschenk für Karlao, dann waren sie auch schon auf der astralen Reise nach Aquarius.

Ein besonderes Symbol

Die drei jungen Leute wurden am Platz der Begegnung schon von Atlantus und Brenda erwartet. Diese waren bereits über alle Neuigkeiten im Bilde. Atlantus war aufgeregt und voller neuer Hoffnung. Gemeinsam machten sie sich auf die Suche nach Karlao.
Alsbald erblickten sie ihn auf einer wundervollen Blumenwiese, umgeben von unzähligen kleinen Elfen sowie Schmetterlingen. »Das ist ja ganz genauso, wie während meiner schamanischen Reise«, flüsterte Lia den anderen zu.
Kaum hatte Karlao die kleine Schar erblickt, lief er voller Freude auf sie zu. Dabei hüpften sowohl sein Zopf sowie auch das alte Amulett von Finnbar munter an ihm auf und ab. »Da freue ich mich aber sehr. Schaut mal da drüben. Das sind alles meine Freunde. Und seht mal, all die wunderschönen Blumen hier. Das Leben ist doch wundervoll, nicht wahr, liebe Lia? Haben wir uns nicht gerade erst schon einmal getroffen?« Während er Lia verschwörerisch zuzwinkerte, hatte er sich auch schon eine ihrer Haarspangen unter den Nagel gerissen. Mit seinem charmantesten Lächeln wandte er sich nun Brenda zu: »Schau mal, was ich hier Großartiges habe. Möchtest du es vielleicht geschenkt bekommen?« Mit freudestrahlender Miene hielt er ihr Lias Haarspange hin, so als ob es seine eigene wäre. Brenda nahm sie dankend entgegen. Dabei entwendete Karlao ihr so ganz nebenbei ihr neues Lederarmband, welches sie auf dem letzten Fest von Tante Lisa geschenkt bekommen hatte. Jetzt zierte es plötzlich Karlaos Handgelenk. Atlantus wandte sich

amüsiert an den kleinen Osiriaten: »Du hast da aber ein wirklich beeindruckendes Lederarmband. Willst du vielleicht mit mir tauschen?« Freundlich streckte er Karlao eine Glasperlenkette entgegen. »Die ist ja wunderschön.« Schon hatte der Tausch stattgefunden. Außer der neuen Perlenkette war nun auch, wie durch ein Wunder, Atlantus' neuer Ring in Karlaos Besitz. Atlantus räusperte sich. »Du, Karlao, das da ist mein Ring. Kann ich ihn bitte zurückhaben?« »Na so was. Das ist ja ein Zufall, dass wir beiden die gleichen Ringe besitzen. Gerne gebe ich dir auch meinen. Dann hast du einen auf Reserve.« Gönnerhaft reichte Karlao ihm den Ring zurück. Nach dieser kleinen Willkommenszeremonie setzte Lia dazu an, Karlao zu informieren, weswegen sie gekommen waren.

»Ich soll nach Tanja suchen, welche verschwunden ist und wahrscheinlich von dunklen Kräften entführt wurde? Ich hatte dir doch beigebracht, wie man nach einem astralen Fußabdruck sucht, liebe Lia«, rief Karlao verwundert aus. »Das stimmt, aber hier ist der Lehrer gefragt und nicht die Schülerin. Es scheint eine kompliziertere Sache zu sein«, antwortete Lia. »Nun gut, wir sind ja schließlich Freunde. Ich überreiche dir jetzt ein ganz besonderes Symbol. Ich denke, damit werdet ihr dann auch ohne mich zurechtkommen. Immerhin habe ich hier jede Menge damit zu tun, all meine Freunde zu besuchen.« Umständlich nestelte er in seinem großen Rucksack herum und brachte eine Kette mit Lederbändchen, an dem ein kleiner Anhänger hing, hervor. Feierlich legte er das Kleinod in Lias Hände, natürlich nicht, ohne dabei eine weitere Haarspange aus ihrer Jackentasche zu stibitzen. Lia schaute sich die Kette

näher an. Enttäuscht brach es aus ihr heraus. »Ein ganz besonderes Symbol? Das ist doch bloß ein altbekanntes Ying-Yang-Zeichen in schwarz-weiß.« Akira runzelte ein wenig verärgert die Stirn. Karlao, der schon reichlich Erfahrung mit den begriffsstutzigen Nicht-Osiriaten hatte, entschloss sich, alles geduldig nochmals zu erklären: »In diesem, besonderen Symbol ist dargestellt, dass man nur zu einem harmonischen Ganzen gelangen kann, wenn sich Schwarz und Weiß in gleichen Anteilen vereinigen.
WAR DAS SO WEIT VERSTÄNDLICH?«, fragte er laut und deutlich, mit weit aufgerissenen Augen. Er nahm an, dass er durch diese Geste mehr Aufmerksamkeit bekommen würde.
Finnbar, der noch die meiste Geduld von allen zu haben schien, antwortete: »Ja, lieber Karlao, das ist uns schon so weit klar. Aber wie genau hilft uns das weiter, Tanja zu finden und aus den Fängen der Finsternis zu befreien?«
Karlao sah Finnbar ein wenig ungläubig und vor allem mitleidig an.
Nun gut, er war halt nicht von Osiria. Das konnte man dem Armen wirklich nicht zum Vorwurf machen.
Die Frage war, wie erklärt man jemand etwas, der offenbar nicht den entsprechenden Verstand hat, dies überhaupt zu begreifen.
Karlao war hin- und hergerissen zwischen den Möglichkeiten, einfach wortlos seiner Wege zu gehen und sein Leben weiterhin zu genießen oder aber die ganze Sache, selbst in die Hand zu nehmen.
Bis die »armen anderen« verstanden, was hier ganz offensichtlich war, hatte er das Problem vielleicht schon gelöst und konnte wieder in Ruhe seinem normalen Tagwerk nachgehen.

Er blickte mitfühlend und durchaus verständnisvoll von einem zum anderen.
Als seine Augen auf Atlantus ruhten, fiel ihm ihr gemeinsamer Freund, die alte Schildkröte, Frederick, ein, welche ein ähnliches Problem mit den unwissenden anderen hatte.
»Hast du denn nun endlich herausgefunden, was Frederick mit seiner Aussage: „Klappt's nicht auf eins und nicht auf zwei, versuch es doch auf drei…“ gemeint hatte?«, wandte er sich ohne jede Überleitung an Atlantus. Stirnrunzelnd wartete er, ohne sich große Illusionen zu machen, auf dessen Antwort. Atlantus lief ein wenig rot an vor Ärger und schüttelte den Kopf.
»Na ja, du kannst ja nichts dafür. Also gut, ich werde mit euch kommen und die Sache selbst in die Hand nehmen. Aber bedenkt bitte, dass ich möglichst schnell hierher zurückmöchte. Ich habe hier, wie ihr seht, ständig alle Hände voll zu tun. Wann soll es losgehen?«
»Am besten sofort. Meine Mama ist wahrscheinlich in großer Gefahr«, antwortete Akira.
»Ähm und vielen Dank, dass du mitkommst…« Karlao fühlte sich ein wenig besänftigt.
Er hielt kurz inne, durchsuchte den Geist eines jeden nach weiteren Informationen und verkündete dann ohne Umschweife: »Also gut, ich möchte zuerst nach Waldhaus. UND DU, LIEBER ATLANTUS…« Karlao hatte die Augen wiederum ganz weit aufgerissen und artikulierte nun, mit übertrieben geöffnetem Mund, überdeutlich die Worte: »BLEIBST HIER AUF EINS UND WIR BEGEBEN UNS AUF ZWEI…
Vielleicht hilft dir das ja auf die Sprünge«, murmelte er, etwas leiser, leise vor sich hin.

Keine Sekunde später war er bereits auf der astralen Reise nach Waldhaus. Die anderen folgten ihm auf dem Fuße. Zurück blieben nur Brenda und Atlantus, der noch immer genauso schlau, wie vorher war.

Die wundersame Pflanze

Mit großem »Hallo« landete Karlao in der Wohnküche von Waldhaus, in der gerade das Mittagessen eingenommen wurde. Freudig rannte er auf Soholit zu: »Wie ich hörte, hast du eine Menge Freude an dem neuen Beutel für deine Zeremonie-Utensilien. Wie gut, dass ich dir meinen dazu zur Verfügung stellen konnte.« Karlaos Lächeln war vollkommen entwaffnend. »Erinnerst du dich noch an die alten Zeiten als wir gemeinsam für die Erde kämpften? Wie geht es denn den anderen?«, fragte Karlao interessiert und »sammelte« bei dieser Gelegenheit allerlei Kleinigkeiten in seiner Umgebung ein. Alle ließen dies, sofern sie es überhaupt bemerkten, gern geschehen, denn Karlao wollte niemals etwas für sich allein. Eigentlich half er nur dabei, die Dinge in Bewegung zu halten. Besonders Quick Deer gefiel das ausgezeichnet. Gern erzählte er davon, dass bei seinem Volk, der Lakota, während der alten Zeiten, als sie noch frei durch die Prärie auf dem amerikanischen Kontinent gezogen waren, immer alles verschenkt wurde. Wenn zum Beispiel jemand Geburtstag hatte, lud dieser seine Stammes-Mitglieder ein, gab ein gutes Essen aus und verschenkte beim Fest so gut wie seinen kompletten Hausstand. Sie oder er hatte stets ausreichend Vertrauen, dass bei nächster Gelegenheit ausreichend Geschenke zurückkommen würden und somit immer für alles gesorgt war. So lernten die Lakota von Kindesbeinen an, materielles immer wieder loszulassen. Schließlich konnte man auch auf die letzte Reise nach dem physischen Tod sowieso nichts mehr davon mitnehmen. »Give away« hieß diese Tradition, was übersetzt »weitergeben« bedeutete. Auf diese Weise

waren alle Besitztümer des Stammes ständig in rotierender Bewegung. Genau das gleiche Verständnis schien offenbar bei dem Volk der Osiriaten, dessen letzter Vertreter Karlao bekanntermaßen war, vorgeherrscht zu haben.
Karlao quetschte sich neben Soholit und nahm sich ein, mit Erdnussbutter bestrichenes Brötchen. »Ich habe schon ewig nichts mehr gegessen. Hm, wie toll so ein Brötchen schmeckt. Damit kann das Licht vom weißen Kristall auf Aquarius einfach nicht mithalten. Wobei.... Natürlich hat das Licht auch seine Vorzüge.« Munter redete Karlao noch eine Weile vor sich hin. »Verschenkte« dann noch alles, was er »extra« mitgebracht hatte und war dann bereit für das neue Abenteuer.
»Da ihr mich schon hierher gerufen habt, um euch zu helfen, würde ich gern die weitere Vorgehensweise organisieren, ja?«, wandte er sich fragend an Akira. Dieser nickte ihm freundlich zu. »Erstens: Querin, Quiskan und Lucinda, bitte schließt euch uns an. Zweitens: Wo ist denn zum Beispiel Patrick? Ich möchte unbedingt, dass er uns begleitet. Zunächst sollten wir an den Ort gehen, an dem Lucinda die Rückkehr der Holzfäller bemerkte oder besser gesagt, dorthin, wo genau das auch Tanja aufgefallen war. Kommt ihr bitte? Ich muss heute Abend unbedingt noch die bunten Käfer auf Aquarius besuchen.«
Munter hüpfte Karlao nach draußen und lief dabei Patrick, der inzwischen schon von Finnbar gerufen worden war, direkt in die Arme. Es war ein günstiger Umstand, dass Patrick gestern aus Portugal in Waldhaus eingetroffen war.
Karlao hatte durch Gedankenlesen schon bemerkt, dass sie wegen der Geheimhaltung gegenüber Patrick vorerst

auf das astrale Reisen verzichten mussten, und hielt sich auch daran, obwohl er diese Maßnahme für vollkommen unnötig hielt. Auch darüber, dass die Vertreter des kleinen Volkes für Patrick unsichtbar erschienen, konnte er nur mitleidig den Kopf schütteln. »Sie wissen es halt nicht besser. Die Armen können einfach nicht unterscheiden, wem sie vertrauen können und wem nicht. Na ja, mach dir nichts draus. Sie können doch nichts dafür...«, murmelte Karlao unterwegs leise vor sich hin.

Als sie an der Stelle angekommen waren, an welcher Tanja damals Lucindas Ablenkungsmanöver bemerkt hatte, drehte sich Karlao wie besessen um sich selbst. Er sah dabei aus, wie ein Derwisch. So nannte man die weisen Männer einer Glaubensrichtung, namens Sufi. Eine Meditation, die diese gern durchführten, war das stundenlange Drehen um sich selbst.

Als Karlao endlich innehielt, wankte er kein bisschen. Mit ernster Miene teilte er den meisten Anwesenden über den Geist folgendes mit: »Die Angelegenheit ist um einiges gefährlicher als ich annahm. Da meine Zeit begrenzt ist, möchte ich nun sofort Patrick einweihen. Dieser erscheint mir, um einiges weniger begriffsstutzig zu sein als ihr. Ihr könnt ihm ohne Abstriche vertrauen.« Wiederum nickte Akira, der gerade um mehrere Nuancen blasser geworden war, ihm bejahend zu.

Karlao erlaubte es sich, einfach in Patricks Geist einzudringen und ihm ohne weitere Erklärungen sämtliche Informationen und Bilder einzuspielen, um ihn umfassend über die Gegebenheiten in Kenntnis zu setzen. Patricks Miene hellte sich merklich auf. Mehrfach nickte er mit dem Kopf, so als wenn er sich in seinen eigenen Vermutungen bestätigt sehen würde. »Ich habe es immer gewusst! Ich danke dir und euch für eure Offenheit. Von

mir wird niemand etwas erfahren. Ich bin ganz der eure«, äußerte der dreizehn-jährige Junge schlicht.
»Komm mal bitte hierher, Patrick. Was nimmst du wahr?« »Ich spüre hier die gleichen mysteriösen Wesen, deren Anwesenheit ich auch schon im Korkeichenwald in Portugal registriert hatte.« Karlao nickte wissend mit seinem Kopf. Dann rief er freudig aus: »Seht euch diese besonderen Pflanzen hier an! Das ist eine vollkommen neue Art.« Aus seinem Rucksack nestelte er einen leeren Blumentopf sowie eine winzige Schaufel. Behutsam grub er eine, der kleinen Blumen aus und setze sie mit genügend Erde in das Pflanzgefäß. »Hat jemand etwas stilles Wasser dabei?«, fragte er in die Runde. Lia, die immer auf alles vorbereitet war, zog eine Flasche Wasser hervor und goss die kleine Pflanze in ihrem neuen Topf entsprechend an. »Das ist die Antwort von Mutter Natur auf die neuen Umstände«, rief Karlao aus. Die jungen Leute blickten leicht verwirrt auf die bemerkenswerte Blume. Sie sah einer Schachbrettblume nicht unähnlich. Die, etwa zwanzig Zentimeter hohe Pflanze, verfügte über eine hängende Blüte, die einer, nach unten geöffneten kleinen Tulpe, ähnelte. Nur hatte sie, wie normalerweise bei einer wilden Schachbrettblume üblich, kein lila Schachbrettmuster, sondern das Muster dieser unbekannten Pflanze war schwarz-weiß. »Seht ihr. Auch die Natur bezieht sich auf das Ying Yang-Symbol. Aber ich kann wohl nicht von euch erwarten, dass ihr das versteht?« Der Blick in die Gesichter der jungen Leute bestätigte seine dahin gehenden Befürchtungen vollends.
»Bevor wir nun astral nach Portugal in den Korkeichenhain reisen, versuche ich, es euch noch einmal zu erklären. Mutter Erde ist, wie ihr alle wisst, unglaublich viel älter als die Menschheit. Die Erde existiert seit etwa 4,5 Milliarden Jahren. Erste Lebewesen

gab es dort schon vor circa 3,5 Milliarden Jahren. Die Menschen sind erst frühestens vor ungefähr 300 000 Jahren dazugekommen. Das bedeutet, bevor es die Menschheit, genauer gesagt, den Homo sapiens, gab, waren bereits circa 3,4997 Milliarden Jahre Lebewesen ohne diesen hier vorhanden. Die Natur war auch ohne den Menschen perfekt aufeinander abgestimmt. Spezies und Zeitalter kamen und gingen, gesteuert von der großen Weisheit der Natur. Heutzutage bilden sich die Menschen offenbar ein, dass die Natur ohne sie nicht zurechtkäme. Pah, dass ich nicht lache!! Ich habe den Zeitungsartikel gelesen, in dem die Fällungen der wundervollen, alten Eichenbäume rings um Waldhaus gerechtfertigt wurden. So ein Nonsens! Was stand dort? Ohne die „Pflegemaßnahmen" würde der Eichenwald nicht überleben können. Nur durch die regelmäßigen Abholzungen bliebe der Wald gesund? Du meine Güte. Als ob der Wald nicht selbst entscheiden könnte, welche Bäume er leben lassen möchte und welche nicht. Gäbe es die Wölfe, die der Mensch zuvor vertrieben hatte, noch in ausreichender Anzahl, dann würde auch das Wild nicht den ganzen Eichennachwuchs abfressen... Wie kann der Mensch, der auf der Welt, im Vergleich zu deren Alter ein absolutes Greenhorn ist, sich nur einbilden, er würde gebraucht, um die Natur zu lenken? Ich sage es mal ganz klar: Der Mensch ist hier nur geduldet. Niemand benötigt ihn zum Überleben. Keine Pflanze und auch kein Tier ist auf ihn angewiesen. Höchstens mal abgesehen von den Haustieren, was aber auf einem ganz anderen Blatt steht. Der Mensch jedoch kann weder ohne Tiere noch ohne die Pflanzen überleben. Die Natur findet von ganz allein auf alles eine eigene Antwort oder ein Heilmittel. Ihr seht es deutlich an dieser, nennen wir sie mal „Ying-Yang-Blume". Wenn die Menschheit nicht ganz schnell eine

Kehrtwende hinlegt, dann wirft Mutter Natur sie einfach raus. Warnungen, wie Naturkatastrophen oder Krankheiten, hat sie doch schon mehr als einmal ausgegeben. Ich verstehe das alles nicht. Aber bei uns auf dem Planeten, Osiria, war es ja leider auch nicht anders. Sogenannte „intelligente“ Wesen sind echt ein Risiko. So was würde ich mir als Planet niemals freiwillig leisten. Aber was soll's. Eigentlich bräuchte der Mensch die Natur doch bloß in Ruhe zu lassen. Er sollte seine eigene Anzahl und seine hohen Ansprüche nach und nach etwas reduzieren, nachhaltig leben und einfach nur dankbar für alles sein, was ihm die Natur zum Überleben schenkt. Ich meine, von „intelligent“ kann beim Menschen wohl kaum die Rede sein. Immerhin sägt diese Spezies gerade den Ast ab, auf dem sie sitzt. Dafür muss man schon ziemlich dumm sein.« Karlao holte ein paar Mal tief Luft. »Nun gut. Euch, im Besonderen, trifft nicht einmal so viel Schuld. Ihr versucht ja, besser zu leben. Und natürlich gibt es außer euch auch noch viele andere, die ebenso denken. Die Mehrzahl eurer Spezies jedoch…« Karlao entschied, dass es nun mit seiner Moralpredigt reichte und wechselte abrupt das Thema.
»Kommt, lasst uns jetzt nach Portugal reisen. Patrick, nimm bitte meinen Arm. Lia, pack bitte diese wundervolle Pflanze ein.«
Patricks Augen glänzten vor Freude, als die Freunde wenige Sekunden später im Korkeichenhain, unweit von Bruchtal landeten. Er fühlte sich ebenfalls vom kleinen Volk, deren Vertreter, Quiskan, Querin und Lucinda er erst seit ganz kurzer Zeit erblicken durfte, unglaublich angezogen. Besonders Lucinda hatte es ihm angetan. Fasziniert und ein wenig schüchtern, warf er ihr immer wieder bewundernde Blicke zu.
Karlao zog Patrick in Richtung von Tanjas letzten

Fußspuren.
»Hier waren offensichtlich wesentlich mehr von den unbekannten Wesen als zuvor beim Waldhaus. Diese Exemplare hier waren auch sehr viel kräftiger«, äußerte der Osiriat.
Karlao drehte sich an dieser Stelle wieder minutenlang um seine eigene Achse. Genauso abrupt wie vorhin, blieb er stehen und ging daraufhin wiederum zur Tagesordnung über, ohne irgendeine Erholungszeit zu benötigen. »Was ich gesehen habe, waren pferdeartige Diener des „Herrn der Finsternis". Offenbar hatte sich dieser schon vor langer Zeit den Zorn der Korkeichen hier zunutze gemacht und dadurch den Platz irgendwie vergiftet. Tanja scheint mir genau auf die hasserfüllte Energie aufgesprungen zu sein, wodurch sie noch weiter verstärkt wurde. Durch Tanjas Zorn müssen die Wesen der Finsternis so stark geworden sein, dass sie offenbar in der Lage gewesen sind, zunächst den Fluss zu überqueren und dann unsere liebe Freundin gefangen zu nehmen sowie sie zu verschleppen.«
»Kannst du denn auch sehen, wohin sie Tanja gebracht haben und wie wir sie von dort zurückholen können?«, fragte Akira fast flehentlich.
Voller Mitgefühl sah Karlao ihn an. »Ja, das kann ich. Nur wird uns das wahrscheinlich leider wenig nützen. Im Gegenteil, ich habe keine guten Nachrichten. Sie wird auf dem Mond des „Herrn der Finsternis" in der Nähe des legendären Dreigestirns gefangen gehalten.
Allen drei Bewohnern des Dreigestirns ist jeweils ein eigener Mond zugeordnet. Die wenigsten wissen von der Existenz der drei Monde. Der, des „Herrn der Finsternis", ist rabenschwarz und somit fast unsichtbar. Jener, der neuen „Herrin des Lichts", leuchtet hell am Abendhimmel. Der Trabant der Dienerin der Liebe

jedoch, ähnelt unserer kleinen Ying-Yang-Blume hier sehr.
Lasst mich einmal sehen…«
Karlao lief nur kurz suchend umher. »Schaut euch das hier an!« Schnell kamen alle näher und blickten beeindruckt auf einen richtigen Teppich kleiner Ying-Yang-Blumen. Diese waren aufgrund der heißen Witterung und Trockenheit in Portugal zwar etwas gedrungener, ähnelten aber der Blume, die Lia achtsam bei sich trug, aufs Haar. »Das ist die Antwort. „Die Dienerin der Liebe“ hat Licht und Schatten, Hell und Dunkel, Liebe und Hass in sich vereint. Daher ist ihr Mond auch vergleichbar mit dem Ying-Yang-Zeichen. Diese Kunst hat sie zur stärksten Kraft im Universum gemacht. Nur mit dieser Kraft könnt ihr Tanja retten. Die Blumen hier können euch dabei helfen, wenn ich mir auch noch nicht darüber im Klaren bin, wie genau.
Die schlechte Nachricht ist, dass weiträumig um das Dreigestirn und seine Trabanten ein elektromagnetisches Feld herrscht, welches niemand, außer den mächtigen Bewohnern des Dreigestirns persönlich, je durchdringen könnte.
Der „Herr der Finsternis“ muss sie eigenhändig den letzten Rest des Weges dorthin verbracht haben. Ich kann hier nun nichts mehr für euch tun. Es tut mir so unendlich leid.
Ich werde euch daher heute noch verlassen.
Eins noch, hütet diese Blumen. Nehmt niemals zu viele der wertvollen Pflanzen aus der Erde, aber tragt sie stets bei euch.«
Als Karlao Akiras Tränen fließen sah, fügte er noch hinzu: »Dass ich euch nun nicht mehr weiterhelfen kann, muss keinesfalls heißen, dass es nicht vielleicht machtvollere Wesen als mich geben würde, die dies doch vollbringen

könnten. Gebt niemals auf, sagt niemals nie und bleibt stets in der Liebe mit allem, das es im Universum gibt. Auf Wiedersehen, meine geliebten Freunde.«
Anmutig hängte er Akira die Kette mit dem Ying-Yang-Zeichen, welche wie durch ein »Wunder« nun nicht mehr in Lias Besitz war, um den Hals und küsste ihn noch zum Abschied liebevoll auf seine Stirn.
Als er dabei, den ebenfalls völlig am Boden zerstörten Atlantus, in Akiras Geist wahrnahm, rief er diesem, bereits halb unterwegs noch zu: »Begib dich umgehend zu Frederick und berichte ihm davon…«
Keine Sekunde später war Karlao verschwunden.

Heilung nur durch Licht

Heiße Tränen rannen über Louis' Gesicht.
Schier unerträglich waren all die Gefühle für ihn. Der Zorn vom Anfang war leichter zu ertragen gewesen als die Trauer, die weit darunter vergraben lag.
Noch immer kämpfte Louis einen, nicht enden wollenden, Kampf, gegen all den Kummer in seinem Inneren.
Er nahm die freundliche, gütige Energie von Eyva stets wahr. Irgendwie kam es ihm so vor, dass je näher das Einhorn ihm kam, desto stärker traten all seine, so gut behüteten Gefühle hervor. Eyvas Blick war vollkommen liebevoll und ohne Wertung. Sie liebte ihn offenbar gleichermaßen, ob er nun sie und alle Welt zornig beschimpfte, randalierte oder aber auch nur weinte.
Es war einfach ausgeschlossen, durch eine Handlung oder sonst etwas, das helle Wesen aus seinem inneren Gleichgewicht zu bringen.
Diese wertungsfreie Energie machte es Louis vollkommen unmöglich, sein inneres Empfinden weiterhin erfolgreich zu verdrängen.
Unter Eyvas anmutigem Sein brachen in ihm alle Dämme.
Damit das langsam nach und nach passieren konnte, kam Eyva ihm kaum noch ganz nah.
Dezent hielt sie sich im Hintergrund und liebte Louis stets, so wie er gerade war.
Sie wartete geduldig, denn sie hatte alle Zeit der Welt.
In seinem Tempo würde der Vogel-Junge später von ganz allein reif sein, da war sie sich sicher. Bis dahin begleitete sie seine Prozesse, so wie sie eben passieren wollten.

Mehrmals hatte Louis bereits vergeblich versucht, von hier zu fliehen. Es war ihm jedoch nicht möglich, aus dieser Blase aus Licht herauszukommen. Zu schmerzhaft wäre das gewesen. Das Licht hielt ihn praktisch gefangen, denn es spendete ihm Trost. Diesen Trost wollte er keinesfalls mehr missen. Kaum war er am Rand des Lichtes angelangt, hatte Louis fast das Gefühl von dem, was in ihm aufkam, komplett erschlagen zu werden. So war er jedes Mal freiwillig umgekehrt.
Eyva tat nichts weiter als liebevoll und ohne Plan aus sich heraus zu strahlen.
Im Laufe der Zeit registrierte Louis, dass es mit jedem neuen Schmerzanfall leichter in ihm wurde. Zwar war noch längst kein Ende seiner inneren Qualen in Sicht, aber zumindest sah er ein wenig Licht am Ende des Tunnels. Licht am Ende des Tunnels? Es war wohl eher ein Leuchten an ihm selbst. Es begann mit den kleinsten Flaumfedern unter seinen Flügeln und breitete sich später bis zu den größten hin aus.
Louis hatte inzwischen das Fühlen, achten gelernt. Jede neue Schmerzwelle konnte er nun fast wie eine Freundin begrüßen. Schon vor langer Zeit hatte es aufgehört, dass er den Schmerzen irgendwelche Geschichten, die der Grund für die innere Pein gewesen sein könnten, zuordnete. Eigentlich dachte er überhaupt nichts mehr. Er befand sich eher in einer Phase des hinnehmenden Seins.
Manchmal hatte Louis sogar den Eindruck, dass das Leuchten seiner eigenen Federn ebenfalls heilsam für ihn war.
Er freute sich über jede neue Feder, die auch zu strahlen begann. Morgens wachte er dankbar auf und begrüßte,

was immer kommen wollte. Je weniger Widerstand er dem Leben und dem Fluss bot, desto schneller zogen die Schmerzwellen durch ihn hindurch.
Am Abend fiel er friedlich, mit einem wortlosen Gebet für alle Wesen auf den Lippen, in einen erholsamen Schlaf. Schon ewig hatte er keine Albträume mehr gehabt. Obwohl noch immer alles genauso war, wie zuvor, breitete sich in dem Vogel-Jungen nach und nach ein totaler Friede aus. Er wusste tief in sich, dass alles gut war. Das war immer schon so gewesen und würde auch stets so weitergehen.
Jede seiner Zellen hatte dieses Wissen in sich aufgesaugt. Eines Morgens erwachte Louis mit einem lächelnden Gesicht. Den ganzen Tag über kam nun eine heitere Welle nach der anderen über ihn. Er nahm auch das hin, ohne etwas behalten zu wollen oder die Gefühle zu lenken.
Als am nächsten Tag die Schmerzen wieder kamen, begrüßte er sie wie einen alten Freund und bot ihnen seine leuchtenden Schwingen zum Schutz. Plötzlich bemerkte Louis ein warmes, freudiges Gefühl in seinem Herzen. Während er an sich herabblickte, fiel ihm ein sanftes, helles Strahlen, welches sich vom Herz aus, einen Weg durch seinen ganzen Körper bahnte, auf.
Der Vogel-Junge badete regelrecht im Licht. Langsam schritt er durch das Gebiet des Lichtes zu einem glasklaren See und betrachtete sich selbst. Er sah ein wundervolles, edles Wesen in seiner eigenen Gestalt, mit genau der gleichen Energie, die er zuvor nur bei Eyva erblickt hatte.
Lange betrachtete er ohne jegliche Wertung das Spiegelbild jenes Körpers. War dies sein Körper?

Es interessierte ihn nicht. Das Licht gehörte nicht ihm. Es war lediglich eine Gnade.
Er war bereit es zu tragen oder auch wieder zu verlieren, ganz nach dem Willen des Großen und Ganzen. Im Wasser sah er von weit hinten, Eyva bedächtig auf ihn zukommen. Mit ihrem Näherkommen vermischte sich nach und nach das Licht der beiden Wesen. Langsam verschmolzen sie, in sich verstärkender Resonanz, zu einem mächtigen Lichtgeschöpf.
Louis schloss seine Augen und senkte demütig sein Haupt. Es war nun an der Zeit. Er schwang sich auf den Rücken Eyvas und breite die Flügel weit aus.
Sie waren beide frei, absolut frei.

Auf verzweifelter Suche nach Hilfe

Wie vom Donner gerührt stand Akira mit seiner neuen Ying-Yang-Kette um den Hals im Korkeichenwald. »Das kann der doch nicht einfach so machen! Karlao ist wirklich weg! Krass!! Ich fasse es nicht!«
»Das nenne ich konsequent«, erwiderte Lia. »Er hat erkannt, dass er nicht mehr weiterhelfen kann und geht danach zu einer anderen Tagesordnung über. Das scheint mir auch eine Qualität zu sein. Wir sollten es genauso machen.« Akira blickte Lia ungläubig an. Bevor er jedoch Einwände vorbringen konnte, beeilte sich diese, ihre Ausführungen erklärend fortzuführen. »Natürlich meine ich nicht, wir sollten uns einfach wieder den Aufgaben widmen, denen wir vor Tanjas Verschwinden nachgegangen sind. Nein, wir müssen uns an die Tatsachen anpassen, uns neu sortieren und dann beharrlich weitermachen. Das Gute ist, dass wir jetzt ganz genau wissen, wo Tanja gefangen gehalten wird. Ferner haben wir echte Hinweise darauf, dass sie am Leben ist und wahrscheinlich auch bemerkt hat, dass wir nach ihr suchen. Das wird ihr neue Kraft verleihen. Schlecht ist natürlich, dass offenbar niemand von uns zu dem Trabanten des Dreigestirns, auf dem Tanja sich befindet, vordringen kann. Aber was hatte Karlao eben noch gesagt? „Sag niemals nie“. Daher schlage ich vor, dass wir uns neu ausrichten und mit der Suche weitermachen. Wir brauchen andere, neue Verbündete und wir müssen feststellen, wer von uns dabei sein möchte. Lasst uns nach Waldhaus zurückkehren und dies dort in einer Versammlung abklären. Ich würde das gleich

mal vorbereiten, wenn das in Ordnung wäre?« Fragend sah Lia in die Runde. Als sie in den Gesichtern ihrer Freunde Zustimmung las, wandte sie sich umgehend im Geist an alle Kameraden, um eine Versammlung der Krieger des Lichts, für in exakt einer Stunde, anzukündigen. Als sie erneut aufblickte, sah sie, dass Patrick in die Mitte getreten war. Er blickte Akira direkt an und sprach: »Ich bitte darum, dass ihr mich mitnehmt. Ich habe das starke Gefühl, dass ich in die Sache tiefer verwickelt bin als es jetzt schon sichtbar ist. Ich weiß noch nicht wie, aber ich glaube fest daran, dass ich euch helfen kann.« »Das ist wirklich nett von dir«, antwortete Akira. »Aber du gehst doch noch zur Schule und was ist mit deiner Familie? Darfst - beziehungsweise kannst du überhaupt mit uns gehen? Ziemlich gefährlich wird es wahrscheinlich auch, das sollte dir vorher klar sein.« Akira sah Patrick fragend an. »Im Moment sind sowieso Ferien. Ich könnte zum Beispiel für nach den Ferien im Vorfeld schon mal ein Praktikum für in Bruchtal anmelden. Das war ohnehin geplant. Was meine Familie betrifft, das ist einfacher als du denkst. Ich glaube nicht, dass man mich groß vermissen wird. Bitte, ich fühle schon seit Langem, dass ich mit euch, erst wirklich meine Familie gefunden habe. Lasst mich bitte mitkommen.« Akira, der schon wieder Tränen in den Augen hatte, nickte Patrick hölzern zu. Gleich darauf reichte er ihm seinen Arm. »Dann auf nach Waldhaus, würde ich sagen.« Wenig später war die dortige Wohnküche vollkommen überfüllt. Selbst der Geist der Quelle von Waldhaus war gekommen. Vismateté und Annika, die beiden Baum-Menschen, standen draußen am geöffneten Fenster.

Lia hatte, in Absprache mit Akira, die Leitung der Versammlung übernommen. Akira hatte sie darum gebeten, weil er, so emotional wie er sich gerade fühlte, recht nah ans Wasser gebaut hatte. »Liebe Freunde, ich danke euch, dass ihr so zahlreich erschienen seid. Wie ihr wisst, geht es um Tanjas Verschwinden. Folgende neuen Erkenntnisse haben wir…« Lia brachte die Gemeinschaft chronologisch auf den neuesten Stand. »Wir werden auf alle Fälle weiter versuchen, Tanja zu befreien. Heute möchten wir fragen, wer uns dabei folgen möchte.« Sie hatte kaum das letzte Wort gesprochen, als Alex schon, mit glühenden Augen, dicht vor ihr stand und sprach: »Ich werde nicht eher ruhen, bis wir sie gefunden haben. Bitte nehmt mich mit! Ich möchte mich euch unbedingt anschließen.« Als Lia Akira nicken sah, antwortete sie. »Danke, lieber Alex. Es ist doch selbstverständlich, dass du dabei sein wirst.« Alex stellte sich nun auf die Seite der jungen Leute. Lucinda und Querin taten es ihm gleich, nachdem sie die Zustimmung in Akiras Augen gelesen hatten. Quiskan räusperte sich vernehmlich und alle Augen waren sofort auf ihn gerichtet: »Liebe Freunde, wäre ich noch einige Jahre jünger, so würde ich sofort mit euch gehen. Ich habe aber in der letzten Zeit immense Probleme mit meinem Rücken bekommen. Ich glaube, es ist an der Zeit, solche Abenteuer der jüngeren Generation zu überlassen. Deshalb, lieber Querin, möchte ich dir heute den heilenden Hammer, den unser Volk dereinst von „der Einen“ bekommen hatte, feierlich überreichen. Ich bin mir sicher, dass du ihn weise nutzen wirst.« Quiskan gab den Hammer, an den völlig verdutzt dreinblickenden sowie zu Tränen gerührten Querin und trat dann zurück. Als Nächster meldete sich Vismateté zu

Wort. »Ihr alle wisst, dass Tanja meine geliebte Baum-Gefährtin ist. Es fühlt sich auf der einen Seite so an, dass ich mit euch gehen sollte. Auf der anderen Seite kann ich mir kaum vorstellen, wie ich als Baum unauffällig dabei sein könnte. Außerdem ist Annika, meine Baum-Gefährtin, guter Hoffnung…« Als Vismateté in Annikas entrüstetes Gesicht blickte, fügte er noch schnell hinzu: »Annika möchte überhaupt nicht, dass ich ihretwegen hierbleibe. Das ist allein meine eigene Entscheidung. Ich werde aber über den Geist jederzeit erreichbar sein und sofort helfen, wenn es nötig sein sollte.« Als Nächstes traten Selma und Angar, die beiden Elben, hervor. Selma ergriff stellvertretend für sie beide das Wort: »Wir sind nun schon so lange tief mit euch verbunden und haben so manchem beim Erlernen des Bogenschießens oder dem Kämpfen geholfen. Wir möchten gerne, als Vertreter unseres Volkes, auf der Suche nach Tanja dabei sein.« Akira nickte gerührt. Ein gurgelndes Geräusch machte sich breit. In der Mitte des Raumes stand ein, aus weißen Wirbeln bestehender Geist und sprach: »Ich bin der Geist der Quelle und gehöre unwiederbringlich zum Waldhaus. Daher werde hier auch bleiben. Tanja war mir jedoch eine wundervolle Freundin, darum möchte ich, dass ihr wisst, dass ihr euch jederzeit über den Geist an mich wenden könnt. Ich spreche hier auch im Namen aller Geister dieses Ortes und aller Wasserstellen der Erde, mit denen ich fest verbunden bin. Bitte nehmt diesen Zweig hier mit. Er hat magische Kräfte. Man muss nur ein winziges Stück davon kauen und schon wird man stark und erhält frische Kraft.« Der Geist der Quelle händigte Lia den magischen Zweig aus und trat zurück in die Menge. Nach einer kurzen stillen Pause meldetet sich

Vismateté nochmals von seinem Platz am Fenster zu Wort. »Die Vögel haben mich gebeten, für sie zu sprechen. Tanja hatte stets ein ganz besonderes Verhältnis zu ihnen. Sie hat diesem Volk geholfen, wo sie nur konnte. Deshalb möchten unsere gefiederten Freunde heute etwas an sie zurückgeben. Erstens senden sie euch diese Federn.« Der Baum-Mann hielt ein kleines Bündel Federn, welche kunstvoll miteinander verbunden waren, in die Höhe. Man sah das Blau der Eichelhäher leuchten, die Punkte der Spechte und deren intensives Rot sowie viele andere, große und kleine Federn, der verschiedensten Vogelarten. »Wenn man sich mit diesem Feder-Büschel über die geschlossenen Augen streicht, so verschwindet auch die größte Traurigkeit, man fühlt sich frisch und erhält neuen Mut. Außerdem hat sich ein kleiner Specht nicht davon abbringen lassen, euch zu bitten, als Abgesandter der Vögel, mit euch zu gehen.« Ein leises Raunen ging durch die Küche. Das war eine wirklich erstaunliche Bitte. Bei allen Wundern, die in dieser Gemeinschaft schon fast alltäglich waren, war es doch auch hier recht ungewöhnlich, dass ein Vogel sich den Menschen anschloss. Dass Vismateté als Baum solche Verbindungen besaß und die gefiederten Freunde auch verstand, war zwar so ähnlich wie normal. Aber das hier! Wie zum Beweis flatterte ein mittelgroßer Specht auf Akiras Schulter. Der Vogel meldete sich, zur Überraschung aller, plötzlich deutlich in deren Geist zu Wort: »Tanja hat mir einmal das Leben gerettet. Ich habe deshalb unseren weisen Eichelhäher, das Oberhaupt der, hier ansässigen Vogelgemeinschaft, gebeten, mir diese Expedition zu erlauben und mir dafür auch eine Stimme zu schenken, die ihr verstehen könnt. Bitte nehmt mein

Angebot an.« Akira war entzückt über den quirligen Specht auf seiner Schulter. Als dieser sich auch noch von ihm streicheln ließ, nickte er bestätigend und freudig mit dem Kopf. Akira war offenbar noch immer nicht in der Lage, ein Wort herauszubringen.
Als letzter stellte sich Soholit, mit seinem magischen Eichenstab in der Hand, schlicht auf die Seite der zukünftigen Reisenden.
Nun meldete sich noch Atlantus, der über Akiras Geist von Aquarius aus alles ganz genau verfolgt hatte, zu Wort. »Es schmerzt mich zutiefst, euch nicht begleiten zu können. Ihr wisst ja, wir Aquarianer, wir dürfen nur beten.« Irgendwie klang das gar nicht so, als ob er so recht damit zufrieden war. »Auch Tanjas Eltern von hier, Saphira und Arsentos fiebern mit euch mit. Ganz zu schweigen von Quick Deer, der gerade neben mir steht. Auch ihm ist es nicht mehr erlaubt, Aquarius für so lange Zeit zu verlassen, um euch direkt zu begleiten… Wir werden jedenfalls so viel gute Energie wie möglich zu euch senden. Falls nötig, könnten wir auch Unterstützungs-Zeremonien durchführen. Ich werde jedenfalls über Akiras Geist auf jeden Fall dabei sein. Wenigstens das darf man«, fügte er noch ein wenig herablassend hinzu. »Ach so, eins noch. Karlao wurde hier noch nicht wieder gesehen und bei euch auf der Erde ist er ja auch nicht mehr. Wir fragen uns, wo er wohl abgeblieben sein könnte. Und das solltet ihr auch noch wissen: Während er von euch wegreiste, rief er mir noch zu, dass ich die alte, weise Schildkröte, Frederick, über alles ins Bild setzen sollte. Das habe ich auch getan. Aber ehrlich gesagt, scheint sie langsam dement zu werden…

Ich erhoffe mir aus dieser Richtung jedenfalls keine wirkliche Hilfe.«

Nach einer kurzen Pause begann Finnbar, jetzt ebenfalls zu sprechen. Lia sah ihrem Zwillingsbruder gespannt ins Gesicht. »Ich soll euch von Basilica, im Namen Tanjas Jahrgangsgeschwister ausrichten, dass sie in großer Sorge sind und uns von ganzem Herzen mit all ihrer Energie aus der Ferne unterstützen werden. Ich bin, ähm…« Finnbar lief ein wenig rot an uns setzte nach einigem Zögern seine Rede fort: »Ich bin mit Basilica übereingekommen, dass sie ihre Vortragsreisen nicht unterbrechen werden. Wir sind ohnehin schon genügend Teilnehmer bei unserer Expedition. Basilica sollte ruhig ihre normale Arbeit weiter tun. Schließlich gehört diese zu den wichtigsten überhaupt…« Zum Schluss hatte Finnbar tatsächlich ein wenig trotzig geklungen. Lia vermutete, dass es eher seine Idee gewesen war, dass Basilica, die inzwischen seine offizielle Gefährtin war, nicht mitkommen sollte. Es war recht offensichtlich, dass Finnbar meinte, sie so vor den, vielleicht kommenden, Gefahren am besten schützen zu können.

Lia wartete noch eine ganze Weile. Als sie sicher war, dass nun keine weiteren Wortmeldungen mehr zu erwarten wären, ergriff sie wieder die Initiative: »Ich danke euch im Namen aller für eure Unterstützung und die wertvollen Geschenke. Besonders danke ich aber im Namen von Tanjas nächsten Angehörigen: Atlantus, Akira und Alex.

Die Mitglieder unserer Expedition stehen nun fest. Es sind: Lucinda und Querin vom kleinen Volk, Selma und Angar von den Elben, der Specht aus der Tierwelt sowie Akira, Alex, Soholit, Finnbar, Patrick und ich von den

Menschen. Patrick ist im Übrigen in Portugal zu uns gestoßen und wurde von Karlao in unsere Geheimnisse eingeweiht. Er soll fortan auch zur größeren Gemeinschaft der Krieger des Lichts gehören«, erklärte Lia den anderen noch kurz die Anwesenheit des dreizehnjährigen Jungen, den viele heute zum ersten Mal gesehen hatten.

»Wir werden uns nun zurückziehen, wichtige Vorbereitungen treffen und alsbald auf die Reise gehen.« Damit war die Versammlung beendet.

»Kommt, ich möchte, dass wir uns in Tanjas Zimmer treffen. Vielleicht inspiriert uns das ja«, rief Akira in den Raum, während er vor den anderen verschwand.

Lia und Finnbar standen in einer Ecke von Tanjas Schlafzimmer und tuschelten leise miteinander. Nach und nach trafen auch all die anderen ein. Soholit war gemeinsam mit Patrick gekommen. Belehrend sprach er auf diesen ein. Offenbar hatte der weise Druide und Lehrer beschlossen, Patrick das ein oder andere beizubringen. Er ging wohl davon aus, dass die reine Preisgabe aller Geheimnisse durch Karlao an Patrick während ihrer Unternehmungen keinesfalls ausreichen würde. Nach etwa zehn Minuten traf, als letzter, auch Akira ein. Er erschien aufgeräumter, war frisch geduscht und umgezogen. In seiner Hand hielt er eine kleine Holzschachtel. »Ich war auf einer Zeitreise. Das gab mir etwas Raum, mich wieder zu beruhigen und einiges für die kommende Reise vorzubereiten. Wir wissen leider nicht, wohin wir uns als Nächstes wenden sollen. Meine Mama hat oft, wenn sie nicht wusste, was sie tun sollte, eine Münze geworfen und sich dann für eine ihrer zwei Optionen entschieden. So einfach geht das leider heute

nicht. Wir haben nicht mal zwei Optionen, zwischen denen wir uns entscheiden könnten. Die Idee, sich dem höheren Wissen auf solch eine Weise über Intuition anzuvertrauen, ist aber hervorragend, auch für uns. Deshalb habe ich dieses kleine Spiel hier vorbereitet.« Er öffnete die Schachtel. Darin kamen viele, jeweils in gleiches Papier verpackte Quadrate, ähnlich einfacher Memory-Lege-Karten, zum Vorschein. »Auf jeder dieser Karten steht ein Ziel. Ich habe die Kontinente, verschiedene Länder oder aber bestimmte Gebiete, wie die Antarktis, Aquarius, das Weltall und so weiter darauf geschrieben. Wenn niemand etwas Besseres vorzuschlagen hat, würde ich nun mit meiner linken Hand eine Karte ziehen und dort werden wir mit unserer Suche beginnen.« Als keine Einwände kamen, zog Akira eine Karte. Gespannt packte er diese aus und las laut vor, was darauf geschrieben stand: »Outback, eine trockene Wüstenregion in Australien.«
»Menschenskind, da waren wir schon einmal«, rief Finnbar überrascht aus. »Dort lebte damals ein bestimmtes Volk der Aborigines, zu der auch die Hüterin gehörte, die uns dieses besondere Pfeifchen hier gegeben hatte.« Finnbar hielt eine kleine Pfeife, welche an einem Lederband befestigt war und an seinem Hals hing, nach oben. »Ich hatte mir erlaubt, bei unseren Vorbereitungen, diese aus Tanjas Sachen zu holen. Mein weiß ja nie, dachte ich mir.« Als Akira ihn fragend ansah, fügte er noch hinzu. »Lia und ich hatten eine ähnliche Idee wie du. Wir haben auch eine Zeitreise gemacht und schon alles vorbereitet, was wir unterwegs so brauchen könnten. Verpflegung, Medikamente, Ritual-Gegenstände… Das ganze Programm halt. Die gepackten Rucksäcke für jeden

von uns stehen im Flur. Es ist noch genug Platz darin, dass jeder einzelne noch allerhand persönliche Dinge hinzufügen könnte.« »Das habt ihr gut gemacht. Vielen Dank«, antwortete Akira. »In die Wüste! Du meine Güte. Ich habe eure Erzählungen noch genauestens in Erinnerung. Ich schätze mal, so viel Wasser, wie wir eventuell dort benötigen werden, können wir gar nicht tragen, oder?«, warf Akira ein, ohne eine Antwort zu erwarten. »Ich frage mich, was wir dort wohl sollen. Immerhin war das weise Volk der Hüterin doch kurz nach unserer Abreise nach Aquarius ausgewandert, stimmts?«, fragte Lia in den Raum. Patrick, welcher ein kleines, tragbares Gewächshaus in der Hand hielt, trat vor. »Ich hatte Soholit gebeten, mit mir ebenfalls eine kurze Zeitreise zu veranstalten…« Leise hörte man das Kichern der kleinen Gemeinschaft. »Ich hielt es für wichtig, etwas zu kreieren, worin wir mehrere, der Ying-Yang-Blumen, sicher für lange Zeit transportieren könnten. Ich habe so ein Gefühl, dass Karlao völlig richtig damit lag, dass diese Blumen eine wichtige Rolle spielen werden. In diesem Gewächshaus hier haben sie reichlich Licht und auch noch einen eigenen, geschlossenen Wasserhaushalt. All das Wasser, was verdunsten wird, setzt sich am Glasdach wieder ab und regnet erneut herunter. Nährstoffe habe ich auch hinzugefügt. Jeden Monat werden diese von selbst durch jene kleine Erfindung ersetzt.« Patrick erklärte, was er damit gemeint hatte. Dabei kam auch vor, dass er sich selbst in ein Gefäß an der Seite des Gewächshauses von Zeit zu Zeit erleichtere. »Genial erdacht! So ganz nebenbei düngst du auch noch die Pflanzen und ersetzt das wenige Wasser, welches eventuell durch die Ritzen des Gewächshauses

entweicht. Wirklich klasse.« Akira war sichtlich begeistert.
»Ich muss gestehen, dass ich an die Ying-Yang-Pflanze gar nicht gedacht hatte. Und Ihr?«, fragte Akira in Lias Richtung. »Nein, wir hatten sie auch nicht in die Rucksäcke getan. Wie gut, dass Patrick diese Idee gekommen war«, antwortete Akiras Gefährtin.
Wortlos packte Patrick das Gewächshaus oben auf seinen Rucksack und verschnürte es gut.

Outback - nichts als Sonne und Sand

»Ich bin wirklich in Sorge, wegen der Wüste«, sprach Lia leise zu Akira. »Als Finnbar und ich dort in der Nähe landeten, klappte das astrale Reisen plötzlich überhaupt nicht mehr. Nicht mal unser Kompass funktionierte. Es war wahnsinnig heiß und nach einigen Tagen war unser Wasser zu Ende. Ohne den Zaubertrank von Orlana, ständen wir heute bestimmt nicht hier. Ich habe die Wasservorräte in den Rucksäcken zwar verdreifacht, aber... Kopfbedeckungen und Tücher zum Abdecken hatte ich zuvor schon eingepackt. Auch kleine Steine, um sie im Mund zu behalten, denn das schützt vor dem Austrocknen der Zunge, habe ich dabei. Aber trotzdem. Was machen wir, wenn uns ebenfalls das Wasser ausgeht und wir nicht mehr von dort wegkönnen? Hast du noch eine Idee?« »Ich habe auch schon daran gedacht, meine Liebste. Die einzige Idee, die ich habe, ist, dich zu bitten, zu Hause zu bleiben. Ich möchte auf keinen Fall, dass dir etwas passiert.« »Das kommt überhaupt nicht infrage. Diese Diskussion hatten wir doch schon abschließend geführt.« Lia sah ein wenig entrüstet aus.

Akira straffte seine Schultern, horchte nochmals in sich hinein, ob Atlantus, Quick Deer oder sonst jemand noch etwas Wichtiges zu sagen hätte und sprach dann in den Raum: »Kameraden, seid ihr fertig? Ich würde gerne umgehend ins Outback reisen. Habt ihr eure Vorbereitungen beendet, euch verabschiedet und seid nun bereit? Dann würde ich sagen, wir gehen in exakt zehn Minuten los.« Patrick flüsterte Soholit leise etwas ins Ohr. Sofort darauf verblassten beide und erschienen

etwa eine Minute später wieder, mit einer weiteren Tasche bepackt, an Ort und Stelle. Kurz darauf verschwand auch Alex nochmals und materialisierte sich sofort danach, nun mit einer hölzernen Schachtel und einer kleinen Schaufel in den riesigen Händen, die er beide in seinem Rucksack verschwinden ließ, im Raum. Dann hörte man ein: »Ach du meine Güte, das habe ich ja vollkommen vergessen.«, von Lia, welche nur Sekunden danach mit mehreren Flaschen Sonnenmittel der Stärke fünfzig wieder erschien. Kurz vor knapp verschwand auch noch Akira und kehrte mit einem riesigen Schlapphut, unter dessen Krempe eine kleine Sitzstange für den Specht befestigt war, zurück. Dieser nahm sofort dankbar darauf Platz. Außerdem ließ Akira noch verstohlen eine große Tüte mit Vogelfutter und ein winziges Wasserschälchen in seinen Rucksack gleiten.
»Haben wir denn nun alles?«, fragte Soholit verschmitzt. Da dies nun offenbar der Fall zu sein schien, packte Akira ein langes, festes Seil aus, an dem sich alle befestigen sollten, damit sie beim astralen Reisen zusammenbleiben würden. Zum Schluss hielt er seine geräumige Jackentasche auf und der kleine Specht hüpfte hinein. Sorgfältig verschloss Akira über ihm einen Reißverschluss. Dann begann die Reise…
Es war ein fürchterlicher Temperaturschock als sie sich nur einige Sekunden später in der circa fünfzig Grad heißen Wüste wiederfanden. Lia teilte gleich das Sonnenmittel, die Lutsch-Steine und die Kopfbedeckungen aus. »Mist, wir haben einen wirklich heißen Tag erwischt. Es scheint etwa 15.00 Uhr zu sein. Die Sonne ist schon über den Höhepunkt hinaus«, teilte Lia mit. Sie steckte ein Orientierungsfähnchen in den

Sand, nahm sich einen Kompass heraus und versuchte sich die Richtung einzuprägen. »Und nun?«, Lia sah fragend zu Akira. »Keine Ahnung. Hat jemand einen Vorschlag?« Patrick trat hervor. »Ich hätte da eine Idee.« Er drehte sich nach Karlaos Vorbild einige Minuten schnell um sich selbst und blieb dann ganz abrupt stehen. »Wir gehen in diese Richtung.« Er zeigte entlang seiner Nasenspitze nach geradeaus. Da niemand etwas Besseres wusste, wurde das genauso gemacht.

Tapfer marschierte die kleine Schar voran. »Eigentlich hatte ich geplant, bei der Höhle des Volks der Hüterin anzukommen. Das scheint ja wohl nicht funktioniert zu haben«, äußerte sich Akira. »Ich hatte ebenfalls versucht, uns dorthin zu lenken«, antwortete Soholit, der früher mehrmals bei der Hüterin gewesen war. Seinerzeit hatte er auch Lia und Finnbar von dort abgeholt. »Es war nicht möglich, Kurs zu halten. Ehrlich gesagt, kann ich auch niemand mehr über den Geist erreichen und das astrale Reisen funktioniert ebenfalls nicht mehr«, fügte er noch hinzu. »Ja, das habe ich auch schon bemerkt«, kam es recht kleinlaut von Akira zurück. Er sorgte sich keinesfalls um sich selbst. Ihm ging es um die anderen, denen eventuell, weil sie ihm beim Suchen nach seiner Mutter halfen, etwas zustoßen könnte.

»Ich bin überzeugt, dass alles ganz genau richtig verläuft«, sprach Patrick. »Wir sind bestimmt dort, wo wir auch sein sollen. Ich habe ein gutes Gefühl. Sagtet ihr nicht, dass es beim letzten Mal auch so gewesen ist und dass an der Höhle der Hüterin später alles wieder funktionierte?« »Ja, das stimmt«, antwortete Finnbar. »Nur haben wir es fast nicht geschafft, die Höhle zu erreichen.« »Mein Instinkt sagt mir, alles dreht sich um

Vertrauen. Vertrauen dafür, dass wir genügend Wasser und Nahrung finden werden, wenn wir sie brauchen und dass die Höhle sich uns zeigen wird, wenn die Zeit dafür reif ist. Zwischenzeitlich sollten wir unser Leben genießen und Spaß haben.« Patrick klang tatsächlich zuversichtlich. »Das ist eine interessante Lebensauffassung. Es erinnert mich ganz stark an die Lebensphilosophie der ehemaligen Bewohner der Höhle, die wir suchen.« Soholit sah seinen neuen Schützling mit nachdenklichem Blick an.
Als sie einige Stunden gelaufen waren, wies der Stand der Sonne darauf hin, dass es gleich dunkel werden würde. Da die Dämmerung in der Wüste so kurz ist, dass sie praktisch gar nicht existiert, nutzten die Freunde die Zeit, die ihnen im Hellen noch blieb, dazu, das Nachtlager vorzubereiten. Sie legten ihre kuscheligen Schlafsäcke auf dünne, aber sehr wirksame Isomatten und Finnbar zündete aus abgestorbenen Flechten, die er unterwegs gesammelt hatte, ein winziges Feuer an. Lia erwärmte eine Suppe auf dem mitgebrachten Campingkocher. Patrick zog eine Mundharmonika hervor und spielte lustige Weisen. Sogar Alex, der unter Tanjas plötzlichem Verschwinden am meisten zu leiden schien, wippte mit dem Fuß nach dem Takt des kleinen Instruments. Ganz plötzlich war die Dunkelheit hereingebrochen. Licht kam nur noch von dem winzigen Feuer. Mit der Dunkelheit war auch die Kälte gekommen. Es war erstaunlich, wie groß der Temperaturunterschied war. Akira schätzte, dass es auf keinen Fall mehr als zehn Grad waren. Das machte aber nichts. Jeder zog sich einen Wollpullover über und setzte eine Mütze auf. Der kleine Specht steckte sein Köpfchen unter sein Gefieder und rutsche

näher an Akira heran. Nun überkam auch Akira ein Gefühl des Vertrauens und er entspannte sich ein wenig. Nachdem sie gegessen hatten und satt waren, schlug Patrick ein kleines Spiel vor, welches »Stille Post« hieß und sich wunderbar, auch im Dunkeln spielen ließ. Die Freunde saßen sowieso schon im Kreis um das Feuer herum. Patrick flüsterte nun Soholit, der neben ihm saß, eine Wortgruppe leise ins Ohr. Dieser sollte diese dann genauso an seinen nächsten Nachbarn wiedergeben. Der Letzte, der kreisförmigen Runde musste dann laut sagen, was bei ihm angekommen war. Die Freunde lachten Tränen darüber, wie sehr und wie komisch ihre Botschaften im Laufe der Zeit verändert worden waren. Als jeder schon zwei Mal dran gewesen war, sich eine Nachricht auszudenken, waren alle rechtschaffen müde. Man legte sich zum Schlafen nieder. Es herrschte eine unbeschwerte Stimmung. Vor dem Einschlafen dachte Alex liebevoll an seine Gefährtin und berichtete ihr in Gedanken von dem, gerade gespielten Spiel. Er war sich fast sicher, dass sie ihn gehört hatte und schlief darüber glücklich ein.
Am nächsten Morgen wurde die kleine Schar schon früh von der gnadenlosen Sonne geweckt. Querin hatte bereits einen leckeren Haferbrei zum Frühstück vorbereitet. Nachdem alle gegessen und getrunken hatten, stellte sich wieder die Frage, in welche Richtung man weiterwandern sollte. Akira, der noch den Löffel, der Teil seines Reise-Taschenmessers war, in der Hand hielt, erhob sich. Lächelnd gab er dem Löffel einen rotierenden Stoß und warf ihn in die Luft. Als der Löffel gelandet war, zeigte Akira in Richtung des Löffelendes und sagte lachend: »Da lang, meine Lieben.« Unter

allgemeiner Heiterkeit brachen die Freunde in genau jene Richtung auf, die ihnen »der Löffel« gewiesen hatte. Es folgte stundenlanges Wandern unter sengender Hitze. Mehr als einmal musste Rast zum Trinken gemacht werden. Auch der Specht leerte wieder und wieder seinen winzigen Wassernapf. »Wir müssen unbedingt eine Pause machen, die Pflanzen im Gewächshaus halten das nicht mehr aus«, rief Patrick nach einer Weile. Er hatte schon längst ein helles Tuch über das Glasdach gelegt, aber dieses hatte nicht verhindern können, dass die kleinen Blumen verdächtig die Köpfe hängen ließen. Patrick holte aus seinem Rucksack ein zusammenklappbares Gestänge und ein dazu gehörendes ultraleichtes Sonnensegel heraus. Schnell hatte er den, erstaunlich großen, Schattenspender aufgebaut. Dankbar nahmen alle darunter Platz. »Da kommt kein Licht durch. Das ist ein ganz spezielles Material«, teilte Patrick mit. Trotzdem baute er noch ein kleineres Gestell, nur für das Gewächshaus, auf und spannte darüber nochmals das helle Tuch, welches er auch seitlich etwas herunterhängen ließ. Lucinda verteilte Zwieback und einige, ziemlich heiße, Äpfel. Hunger hatte kaum jemand, aber alle hatten riesigen Durst. Trotzdem musste man langsam daran denken, mit dem Wasser sparsam umzugehen. Es war ja kaum zu erwarten, hier irgendwo frisches Wasser zu finden. Nach einigen Stunden wurden die Temperaturen erträglicher und man entschied sich, weiterzuwandern. Die Wüste wurde immer steiniger und die Flechten zahlreicher. »Das ist doch ein gutes Zeichen, oder?«, fragte Akira in Richtung seines Freundes Finnbar. »War die Höhle der Hüterin nicht genau in einem solchen Gebiet?«, wollte Akira wissen. »Ja, da hast du recht. Allerdings war dort der Sand nicht ganz so rot, wie hier. Muss also noch ein Stückchen weiter weg sein, schätze ich«, antwortete Finnbar. Patrick blickte immer wieder sorgenvoll gen Himmel. »Freunde, wir sollten uns dringend einen Unterschlupf besorgen. Mein Instinkt sagt mir, dass ein starker Sandsturm unmittelbar bevorsteht. Wir könnten versuchen, dort vorne an dem Felsen Schutz zu suchen. Nun blickten auch die anderen zur Sonne und stellten fest, dass sie nur noch verschwommen zu sehen war. Obwohl es hier noch windstill war, musste wohl etwas weiter weg der Sand bereits ordentlich umhergewirbelt werden. Alle beeilten sich nun, rechtzeitig an den Felsen zu gelangen. Dieser erhob sich in einem leichten Überhang aus der Wüste empor. Die Freunde kauerten sich eng aneinander unter den Felsen. Akira hatte den Specht über den Geist informiert, ihm noch schnell zu essen und trinken gegeben und ihn dann in seine Jackentasche gebeten. Zur Sicherheit schloss Akira die Jacke sorgfältig, damit er ihn nicht verlieren würde. Querin, der dies beobachtet hatte, reichte ihm einen kleinen Drahtbehälter. »Lass das Vögelchen lieber darin Platz nehmen und steck alles zusammen in deine Tasche. Nicht, dass du noch auf ihn fällst und ihn dabei zerquetscht.« Gesagt, getan. Inzwischen war schon erheblicher Wind aufgekommen, der den Sand nach oben wirbelte. Lia teilte Brillen aus, die ringsum geschlossen waren. Außerdem reichte sie noch kleine Tücher als Gesichtsschutz herum. Das kam keine Minute zu früh, denn nun ging es richtig los. Ohne die Brillen wäre es nicht mehr möglich gewesen, irgendetwas zu sehen. Akira fiel heiß ein, dass man sein Seil benutzen sollte und brachte es fertig, dass er noch verstanden wurde. Nun waren sie alle aneinandergebunden und kauerten unter dem Felsen. Obwohl sie ihre Mützen, Pullis und sogar noch Windjacken darüber anhatten, schmerzte der peitschende Sand sie immer noch auf der Haut. Der orkanartige Wind hatte die Tücher leider praktisch sofort aus ihren Gesichtern gerissen. Lia wimmerte leise vor Schmerzen. Akira versuchte sie mit seinem Körper vergeblich zu schützen. Der Sand schien, wie Schrotmunition, aus allen Richtungen auf sie gnadenlos niederzuprasseln. Der Wind zerrte an den Nerven und tat in den Ohren weh. Sehr bald schon fiel ihnen auch das Atmen schwer. Den Mund durfte man keinesfalls öffnen, wenn man diesen nicht augenblicklich voller Sand haben wollte. Doch auch die Nase setzte sich nach und nach mit den winzigen Körnchen zu. Lia schien am schlechtesten mit dem Sandsturm zurechtzukommen. Offenbar fehlte ihr der nötige Sauerstoff, weswegen sie gerade in Ohnmacht gefallen war. Dabei öffnete sich ihr Mund leicht, welcher durch den Sturm sofort mit Sand aufgefüllt wurde. Vergeblich versuchte Akira, etwas dagegen zu unternehmen. Der Wind war so stark, dass er nicht in der Lage war, seine Arme und Hände zielgenau zu benutzen. Er konnte nicht einmal Lias Gesicht erreichen, um ihr den Mund auszuwischen und zu schließen. Irgendwie schaffte er es, mithilfe von Angar, der unmittelbar neben ihm stand, sie noch in die stabile Seitenlage zu drehen. Dann warf ihn eine besonders schwere Böe hart auf den Boden. Er landete dabei genau auf der Jackentasche, in welcher sich der kleine Specht befand. Dankbar dachte er an Querins Idee mit dem Drahtkäfig und hoffte inniglich, dass dieser gehalten hatte und der kleine Specht am Leben war.

Akira fing an, zu beten. »Bitte, bitte helft uns. Lasst den Sturm sich legen. Ich bitte euch im Namen derer, die ich liebe.« Akira legte all sein Herz in diese Bitte. Dann beugte er sich wieder, so gut er es vermochte, schützend über seine Gefährtin.

Bildete er sich das nur ein oder ließ das grausige Heulen des Sturmes wirklich ein wenig nach? Vorsichtig öffnete Akira seine Augen und sah sich um. Es war noch immer windig, aber er konnte etwas sehen. Der Felsen, unter dem sie kauerten, ragte nun um ein Vielfaches weniger in die Höhe. Er und seine Kameraden waren fast komplett im Sand verschwunden. Noch war die Sonne am Himmel als verschwommene Scheibe zu sehen. Bald aber würde es dunkel werden, da war er sich sicher. Sofort reinigte er Lias Mund und schloss diesen. Gott sei Dank hatte sie offenbar zumindest durch die Nase noch etwas Luft bekommen, denn sie atmete noch flach. Akira tastete nach der Taschenlampe in seiner anderen Jackentasche. Dann rief er im Geist nach dem Specht, den er in seiner zweiten Tasche, hoffentlich am Leben, wähnte. Dieser schien wohlauf zu sein. Akira nahm aus dem Augenwinkel wahr, dass auch Patrick sich umsah. Er hob winkend seine Hand. Patrick tat es ihm gleich und deutete gen Himmel. Offenbar war auch ihm die, bald hereinbrechende Dunkelheit bewusst. Obwohl der Sturm nun nicht mehr so heftig war, dass man nicht mehr atmen konnte, war er doch immer noch bedrohlich. An der Körperhaltung Patricks nahm Akira wahr, dass dieser sich um etwas sorgte. Was konnte er nur meinen? Offenbar versuchte der Teenager nun, sich am Seil in Richtung Akiras zu bewegen. Als er dicht genug herangekommen war, rief Patrick: »Es wird gleich Nacht. Ich fühle, dass es nach diesem Sturm furchtbar kalt werden wird. Man spürt es schon jetzt. Es würde mich nicht mal wundern, wenn es sogar schneien würde. Wir müssen dringend Vorkehrungen treffen, sonst unterkühlen oder erfrieren wir. Ein Zelt, wir brauchen ein Zelt!«, schrie er Akira aus Leibeskräften entgegen. Ob Lia wohl auch an ein Zelt gedacht hatte? Das wäre schon möglich, aber eigentlich war ihr Gepäck so groß nun auch wieder nicht gewesen, dachte sich Akira. Patrick deutete immer wieder auf seinen eigenen Rucksack. Dann begriff Akira. Patrick hatte eines dabei und benötigte Hilfe beim Aufbau. Akira stemmte sich dem Sturm mit aller Kraft entgegen. Jetzt hatte er Patrick vollends erreicht. »Wir dürfen nichts verlieren«, schrie dieser ihm zu. Akira nickte. Er half Patrick dabei, seinen Rucksack gut festzuhalten, damit dieser das Gestänge aus einer separaten Tasche am Vorderteil herausholen konnte. Mit, vor Kälte klammen Fingern, befestigte er mühevoll und äußerst konzentriert jede Leder Öse der Stangen mit einem großen Zeltnagel im Sand. Nun musste die Zelt-Abdeckung darauf. Wenn der Sturm unter sie käme, würde diese davonfliegen und sie wären alle verloren. Wie sollten sie das bloß bewerkstelligen? Unvermutet war nun Querin zur Stelle und war ins Innere des Zeltgestänges geklettert. Er gestikulierte und machte damit klar, dass er die Plane von innen festhalten wollte. Gemeinsam schafften es die drei, zitternd und steif vor Kälte, Gestänge und Zeltplane zu verbinden, als auf einmal eine besonders starke Windböe unter die Plane kam und das ganze Zelt sich in die Luft erhob. Im letzten Moment packte eine große Gestalt einen Zipfel der Plane und zog das Zelt, mit schier übermenschlicher Kraft, zurück herunter. Die anderen drei warfen sich mit ihrem Gewicht darauf und der heikle Moment war vorüber. »Querin, Akira, geht ins Zelt und beschwert es mit euren Körpern«, schrie Alex, dessen starke Arme im letzten Moment das Wegfliegen des Zelts soeben verhindert hatten. »Patrick und ich werden die Zeltnägel danach erneut, außen, befestigen. Als das Zelt stand, holten Patrick und Akira zuerst die, noch immer ohnmächtige, Lia in den windgeschützten Raum. Akira reinigte ihr nochmals Mund und Nase und versuchte Lia, mit zitternden Händen, ein wenig Wasser auf die Lippen, welche schon ganz blau angelaufen waren, zu träufeln. Es gab keinerlei Reaktion. Im nächsten Moment schon hatte sich Querin mit dem heilenden Hammer an Lias Seite niedergelassen. Er hielt diesen von oben nach unten an jede Stelle von Lias Körper, um diesen, auch von dem Sauerstoffmangel zu heilen. Wenig später öffnete die junge Frau die Augen. Ängstlich sah sie sich um und entspannte sich erst ein wenig als sie Akira lebend und wohlauf erblickte. Dieser hielt sie sofort unter Tränen in seinen Armen. Danach holte Querin noch Lucinda, Selma, Angar und Soholit ins Innere. Alle hatten die Strapazen weitestgehend heil überstanden. Es gab lediglich entzündete Augen, Ohrenschmerzen und einige Schürfwunden, hervorgerufen von dem peitschenden Sand. All dies wurde sofort mit dem Hammer geheilt, damit sich nichts verschlimmern konnte. Zu guter Letzt wurde noch das gesamte Gepäck in die Unterkunft, welche sich inzwischen als unglaublich geräumig erwiesen hatte, gebracht. Nun waren sämtliche Personen und die gesamte Ausrüstung in vorläufiger Sicherheit im Zelt. Akira hängte seine Taschenlampe an einen Haken in der Mitte der Zeltdecke und sah sich um.

Alle waren anwesend und anscheinend unversehrt. Langsam nahm er seine Brille ab und lächelte in die Runde. Mann oh Mann, das war knapp. »Danke Alex, danke Patrick, danke an uns alle.« Akira holte den kleinen Käfig aus seiner Jacke und ließ den Specht heraus. Dieser sah zwar ein wenig mitgenommen aus, war aber ansonsten unversehrt. Lucinda machte sich bereits am Proviant zu schaffen und verteilte nun tatsächlich Schokolade mit Nüssen. Genüsslich lutschen sie die Süßigkeit. »Es wird heute Nacht sehr kalt werden. Erfahrungsgemäß schneit es nach solchen Sandstürmen«, verkündete Patrick mit vollem Mund.
»Erfahrungsgemäß?«, Soholit hatte seine Augenbrauen fragend nach oben gezogen. »Wie meinst du das?« Mitten im Kauen hielt Patrick inne. »Ähm, keine Ahnung. Das ist mir nur so herausgerutscht. Aber ehrlich gesagt, meinte ich genau das, was ich sagte. Nur warum ich das weiß, kann ich selbst nicht verstehen. Außerdem sollten wir Vorkehrungen treffen, um den Schnee in einem Topf aufzufangen, um unser Wasser aufzufüllen«, setzte er noch nach.
»Über Patricks Vorahnungen können wir uns wirklich morgen den Kopf zerbrechen«, warf Alex ein. »Lasst uns erst einmal die kommende Nacht überstehen. Wir werden uns irgendwie gegenseitig wärmen müssen. Wie geht es denn den Ying-Yang-Blumen?«, fragte er Patrick. Dieser suchte hektisch nach seinem Rucksack, auf dem das Gewächshaus befestigt war. Erleichtert rief er: »Es geht ihnen gut. Besser sogar als vorhin während der Mittagshitze. Hoffentlich sind sie frosthart.« »Pass auf, am besten wickelst du ein paar Tücher außen herum. Das wird sie schützen, auch wenn die Temperaturen noch

weiter fallen werden«, riet ihm Alex.
Langsam wurde es immer kälter. Tatsächlich nahmen die Freunde plötzlich das sanfte Fallen von Schneeflocken auf dem Zeltdach war. »Wie schlimm kann das mit dem Schnee denn in der Wüste werden? Nicht, dass wir in diesem Zelt ersticken müssen?«, fragte Selma in Patricks Richtung. »Ich glaube nicht, dass dies passieren wird, liebe Selma. Wir sind ja nicht am Nordpol. Mehr als fünfzig Zentimeter Schnee hatten wir hier noch nie. Außerdem wird morgen, wenn die Sonne wieder scheint, alles ganz schnell verschwunden sein.« Die Zeltinsassen sahen Patrick perplex an. Dieser hielt sich nun auch vor Schreck die Hand vor seinen Mund.
»Das, was ich gerade gesagt habe, ist absolut wahr. Nur kann ich nicht erklären, warum ich das alles weiß.« Patrick war sichtlich beunruhigt.
»Weißt du was, besser du weißt zu viel als zu wenig, würde ich sagen. Freu dich doch über deine Weisheit. Uns nützt dein Wissen jedenfalls erheblich. Allein schon durch die Ausrüstung, die du mitbrachtest, hast du jedem von uns schon mehr als einmal das Leben gerettet. Da du ja offenbar unter uns der Wüstenexperte bist: Was sollen wir denn nun als Nächstes tun?«, fragte Alex am Schluss seiner, für seine Verhältnisse ziemlich langen, Rede. »Haltet bitte den Topf und die leeren Wasserflaschen bereit. Oben am Zelt ist eine Vorrichtung, die sich öffnen lässt. Es bildet sich dann eine Art Trichter, über welchen wir den Schnee direkt in das Gefäß leiten können. Sobald er dort geschmolzen ist, kommt das Wasser in die Flaschen. Meistens wird es in den Tagen nach einem Schneesturm wieder richtig heiß.« Inzwischen hielten es alle schon für normal, dass Patrick

sich so wunderlich verhielt und taten vertrauensvoll einfach genau das, was er ihnen empfahl. Das war auch gut so. Sie sammelten eine große Menge frischen Trinkwassers. Jeder hatte sich, zusätzlich zum Auffüllen aller leeren Trinkflaschen, richtig satt getrunken, das Gewächshaus hatte einen Anteil bekommen und es gab sogar ein wenig Waschwasser. Die Nacht war wirklich recht kalt gewesen, jedoch durch die Wärme der vielen Körper im Zelt, war es erträglich geblieben. Am nächsten Morgen war der Spuk tatsächlich vorbei. Als die Kameraden aus dem Zelt heraustraten, hatte die Sonne keine einzige Schneeflocke übriggelassen. Verwundert blickten sich die Freunde um. Die Landschaft hatte sich komplett verändert. Neue Dünen waren entstanden, andere schienen komplett verschwunden zu sein. Der Fels, unter dem sie gelagert hatten, war scheinbar nur noch halb so hoch, wie zuvor. Sorgfältig wurden alle Ausrüstungsgegenstände eingepackt und dann ging es weiter. Immer der Nase lang, genauer gesagt Patricks Nase.
Mittags wurde heute früher gerastet als gestern. So konnte auch verhindert werden, dass die wertvollen Blumen erneut Schaden nehmen würden. Selma und Angar konnten kaum fassen, wie schnell sich die Flechten am Wüstenboden verändert hatten. Binnen einiger Stunden waren sie durch die nächtliche Wassergabe ergrünt und nun blühten sogar schon die Ersten.
Da jeder von der letzten, fast schlaflosen Nacht total geschafft war, fielen die Freunde nach und nach, unter dem, so nützlichen, Sonnenschutz, in einen verdienten Schlaf. Eine Wache aufzustellen, wurde nicht für nötig erachtet.

Akira erwachte durch einen unangenehmen Schmerz auf seiner Stirn. Der Specht hatte ihn, so wie Spechte es an Bäumen tun, in einer richtigen Salve zwischen die Augen gepickt. Erbost setzte sich Akira auf. »Sag mal, spinnst du jetzt völlig?« Er rieb sich seine schmerzende Stirn und blickte sich verschlafen um. Akira traute seinen Augen nicht. »Alarm, Alarm!«, schrie er und griff nach seiner Waffe. Über dem Lager kreiste bedrohlich ein riesiger Drache.

Die erfahrenen Kämpfer des Lichts waren praktisch sofort gefechtsbereit. Allerdings hatte, außer Lia und Finnbar, niemand Erfahrung im Kampf mit einem solchen Ungetüm. Lia und Finnbar wären aber heute auch nicht hier gewesen, wenn nicht die Vögel und vor allem das treue Eichhörnchen, Theo, sie damals gerettet hätten. Gegen den gigantischen Drachen, dessen Köpfe immer wieder nachgewachsen waren und der über eine eigene mächtige Magie verfügt hatte, hätten sie allein keine Chance gehabt.

Lia zitterte vor Angst. »Um Gottes willen, was sollen wir jetzt tun?«, rief sie aus. Angar und Selma hatten bereits ihre Bögen gespannt und zielten genau auf die Augen des schaurigen Ungetüms. »Wartet ab«, schrie Patrick. »Greift nicht an. Wir wissen doch noch gar nicht, ob das ein Feind oder Freund ist.« In diesem Moment flog der mutige Specht in die Lüfte, direkt vor den Kopf des Drachen. Dieser spie nun Feuer. Angar und Selma verloren die Beherrschung und sandten ihre Pfeile gegen das Ungeheuer. Kurz bevor diese ihr Ziel erreichen konnten, machten die Pfeile kehrt und bohrten sich den beiden Elben direkt in deren Herz. Selma und Angar waren sofort tot. Lia verlor jetzt völlig die Nerven. »Sie sind tot! Sie sind tot! Wir werden alle sterben!«, schrie sie völlig außer sich. Finnbar, dem ebenfalls der Schreck in den Gliedern steckte, hatte sich schützend hinter und Akira vor Lia positioniert. Nach einer kurzen Schrecksekunde kehrte der Verstand in die Kameraden zurück. Schon kniete Querin mit seinem heilenden Hammer vor dem mutigen Elbenpaar, während Lucinda vorsichtig die Pfeile aus diesen entfernte. Kaum hatte der Hammer die beiden berührt, schlossen sich die Wunden. Angar und Selma schlugen kurz darauf geheilt die Augen auf. »Ich bitte euch nochmals, auf keinen Fall anzugreifen. Lasst uns erst abwarten, wie sich alles weiterentwickelt«, wiederholte Patrick seine Aufforderung von vorhin. Rücken an Rücken bildeten die Freunde einen Kreis, in dessen Mitte, gut beschützt, die wie Espenlaub zitternde, Lia stand. Alle blickten gebannt gen Himmel. Der Specht war offenbar trotz des Feuers wohlauf. Er flog, scheinbar munter, um den Drachen, welcher nun kein Feuer mehr ausstieß. Jetzt setzte er sich sogar auf den Rücken des Drachen. »Wenn ich es nicht besser wüsste, würde ich sagen, er reitet auf dem Drachen«, äußerte Akira verwundert über den Geist. Der Drache drehte tatsächlich einige Runden mit dem Vogel. Danach landeten die beiden unweit der kleinen Schar. Kurz darauf löste sich der Specht und flog zu der Gruppe am Lager zurück. Er sprach: »Das ist ein Spiegeldrache. Sein Name ist: Tastas. Alles, was man ihm entgegenbringt, das kommt zu einem selbst zurück. Er hat übrigens großen Hunger.« Als dem Vogel Lias grünliche Gesichtsfarbe auffiel, setzte er noch nach: »Keine Angst! Er ernährt sich hauptsächlich von den Flechten am Boden. Übrigens kann der Drache nur von solchen Leuten erblickt werden, die an ihn glauben. Für alle anderen ist er unsichtbar.«

»Lia, ich sehe, dass du offenbar ein Trauma hast, was Drachen betrifft. Das ist total verständlich, bei dem, was du erlebt hast. Hier hast du aber die Chance, eine ganz neue Erfahrung zu machen. Die Schlüsselwörter sind Vertrauen und Liebe«, führte der Specht weiter aus. »Bist du dir absolut sicher?«, fragte Akira in des Vogels Richtung. »Ja, zu einhundert Prozent. Komm näher und sieh selbst.« Langsam ging Akira mit laut klopfendem Herzen auf den Spiegeldrachen zu. Dieser wurde auf einmal sehr unruhig und verdrehte, scheinbar völlig verängstigt, die Augen. »Warte Akira, siehst du nicht, dass du dem Drachen Angst macht? Er spiegelt ganz genau deine Empfindungen. Ich schlage vor, du beginnst damit, ihn zu mögen. Pflücke einfach einige der Flechten und biete sie ihm zum Fressen an«, riet der mutige Specht. Akira tat sein Möglichstes, seinen Atem und sein Herz zur Ruhe zu bringen. Dabei pflückte er einige, der zahlreichen Flechten. Interessiert beobachtete der Drache sein Treiben. Offenbar war seine Angst nun der Neugier gewichen. Akira versuchte, sich ein weiteres Mal, dem riesigen Geschöpf zu nähern. Gegen das Herzklopfen konnte er einfach nichts tun, jedoch begann er einen Monolog. »Keine Angst, ich will dir nur etwas Gutes. Schau, ich habe hier deine Leibspeise mitgebracht. Du bist ein gutes, liebes Tier.« Die Sätze waren für Akira und den Drachen gleichermaßen beruhigend. Schon war Akira an dem riesigen Maul und hielt mit zitternden Händen die Flechten davor. Der Kopf des Drachen war viermal so groß wie Akira. Ein Biss und dieser wäre auf immer im Drachen verschwunden. Der Drache jedoch nahm unglaublich vorsichtig die Flechten von Akiras ausgestreckter Hand. Es war fast so, als würde er einem Pferd einen halben Apfel präsentieren. Nur waren da keine weichen Lippen, sondern harte Hornhaut, die seine Hände berührten. Genüsslich kaute der Drache. Akira sah in dessen Augen, welche so tief waren, wie ein reiner Gebirgssee. Ganz am Grund sah er sich selbst. Er erblickte einen jungen, mutigen Mann mit reinem Herzen. Im nächsten Moment nahm er in dem Drachen genau die gleiche Qualität wahr. »Warte, ich hole dir noch mehr von den Flechten.« Eilig sammelte er noch mehr, der gedrungenen Pflanzen ein und eilte zu dem rätselhaften Wesen zurück. Dieser blickte ihn schon viel munterer an. Wiederum fraß er genüsslich. »Vielen Dank«, erschallte nun ein angenehmer Bariton über den Platz. »Möchtest du einmal mit mir fliegen?« Akira war, wie vom Donner gerührt. Hingerissen zwischen Angst und großem Verlangen, blickte er zu seinen Kameraden. Patrick nickte ihm freundlich zu. In dem Augenblick, als Akira sich entschied, das Abenteuer zu wagen, erschien auf dem Rücken des Drachens, wie von Zauberhand, ein bequemer, lederner Sattel. Akira kletterte behände an den Schuppen nach oben. Sogar eine Art Sicherheitsgurt war an dem Sattel angebracht. Akira nahm Platz, legte den Gurt an und drückte, wie beim Reiten eines Pferdes die Schenkel leicht in die Seiten des riesigen Tiers. Dieses erhob sich nun majestätisch und flog mit Akira in weiten Kreisen am Himmel umher. Von hoch oben erblickte Akira die Höhle der Hüterin, so wie er sie schon öfter im Geist von Lia gesehen hatte. Große Freude durchströmte ihn. Dieses Gefühl nahm auch sofort der Drache auf und spiegelte es ihm wiederum zurück. Akira war so glücklich, wie schon lange nicht mehr. Im Geist sprach er den

Drachen an und erzählte ihm von den schrecklichen Erlebnissen von Lia und Finnbar, die diese mit einem anderen Drachen gehabt hatten. Er bat das Tier, ihm bei der Heilung der Traumata der beiden Menschen, die ihm so viel bedeuteten, zu helfen. Der Drache benötigte keine Worte, um ihm sein Einverständnis mitzuteilen. Akira wusste es sofort, denn irgendwie war der Drache auch er selbst. So lenkte er das edle Wesen allein mit seinen Wünschen zurück zu den anderen. Beglückt stieg er vor den Augen seiner Kameraden aus dem Sattel. Akira trat zu Lia und legte ihr seinen Arm um die Schultern. »Das war wunderbar. Dieser Drache ist ein gutes Wesen. Tastas möchte uns helfen.«
Wie zur Bestätigung richtete nun das riesige Tier einige Wort an die junge Frau. »Liebe Lia, Akira hat mir von euren furchtbaren Erlebnissen berichtet. Du solltest wissen, so wie bei den Menschen die verschiedensten Charaktere existieren, so gibt es diese auch bei uns Drachen. Gerne lade ich dich zu einem Ausflug ein. Allerdings müsste ich vorher noch etwas essen.« Plötzlich war ein jeder dabei, im größeren Umkreis nach Flechten zu suchen. Natürlich ließen sie auch immer genügend Exemplare stehen, damit die Pflanzen auch später noch hier wachsen konnten. Es war ein riesiger Spaß für alle Beteiligten, den Drachen zu füttern. Bald hatten selbst Lia und Finnbar ihre anfängliche Scheu überwunden. Als Erster flog Finnbar einige Runden. Als dieser mit, vor Freude glühenden Wangen, zurückgekehrt war, fasste sich auch Lia ein Herz und bestieg das edle Tier. Dieser flog nun besonders vorsichtig und außerdem extra dicht an die ehemalige Höhle der Hüterin heran. Lia freute sich, dass sie ihrem Ziel nun doch schon so nah waren.

Dann informierte sie den Drachen darüber, warum sie überhaupt hierher unterwegs waren. Der Kummer um Tanjas Entführung erfasste sofort auch das Tier, welches deshalb erst einmal landen musste. Lia erinnerte sich an den Spiegeleffekt und versuchte, etwas vertrauensvoller aufzutreten. Nun konnte der Drache antworten: »Ich bin leider nicht der mächtige Verbündete, den ihr brauchen werdet, um Tanja zu befreien. Ich muss hierbleiben, wo ich schon immer war. Wisse aber, es liegt in euren Händen. Eure Gedanken und Empfindungen erschaffen stets selbst die Wirklichkeit. Macht einfach so weiter, wie bisher. Das ist der richtige Weg. Ich bringe dich jetzt besser wieder zu den anderen.«
In einem weiten Bogen brachte er die beglückte Lia zum Lager zurück.
Soholit trat nun vor den Drachen und fragte: »Gibt es noch etwas, was wir für dich tun könnten?« »Ja, da gibt es zweierlei. Erstens: Bitte denkt hin und wieder an mich, denn ich existiere allein durch euren Glauben und zweitens: Ihr habt da ganz besondere Pflanzen bei euch. Solche habe ich noch niemals gesehen oder von ihnen gehört. Wie gerne würde ich eine davon fressen. Ich erhoffe mir davon, ein wenig mehr ein eigenes Gleichgewicht ausbilden zu können. Zurzeit bin ich immer der Spielball der Empfindungen der anderen. Das finde ich schlimm.« »Du möchtest also gar kein Spiegeldrache mehr sein?«, fragte der Druide zurück. »Ja, denn als eben die Elben an ihren eigenen Pfeilen verstarben, riss es mir schier das Herz heraus. Ich danke euch übrigens, dass ihr sie gerettet habt und somit auch mir diese Last von den Schultern nahmt.« Während der Drache noch am Sprechen war, näherte sich Patrick mit

einer, der Ying-Yang-Blumen, die er aus dem Gewächshaus entnommen hatte. Ehrfürchtig hielt er dem Tier seine ausgestreckte Hand, auf der die Blume lag, entgegen. Vorsichtig leckte der Drache diese mit seiner langen, rauen Zunge von Patricks Hand und lutsche sie mit Hingabe. Als er sie verschluckte, trat ein sanftes Strahlen zunächst in seine Augen und breitete sich dann über alle Schuppen des riesigen Körpers aus. So schnell dies gekommen war, verschwand es auch wieder. »Ich strahle lieber unsichtbar von innen. Das ist unauffälliger«, sprach Tastas lächelnd. Dann sah er in Patricks Augen und wich verwundert einige Schritte zurück. »Was machst du denn hier? Ich denke, ihr seid alle auf den Planeten Aquarius ausgewandert.« Patrick wusste nichts dazu zu sagen, und schwieg. »Haben sie dich vergessen, ist das Absicht oder bist du zurückgekehrt?«, fragte der Drache nun nochmals. »Ich weiß gar nicht, wovon du sprichst, ehrwürdiger Tastas«, antwortete Patrick. »Ich bin nur ein dreizehnjähriger Junge und gehe normalerweise, wenn ich nicht auf so einer Reise bin, noch in die Schule.« »Ein dreizehnjähriger Junge magst du wirklich sein.« Der Drache betrachtete den Teenager nochmals genauer. »Aber ich schwöre, du bist einer von ihnen.« »Von wem?«, fragte nun Soholit, der neben Patrick getreten war. »Ich sehe in ihm überdeutlich das alte Erbe des Volkes der weisen Hüterin, welches hier viele Jahrtausende gelebt hatte. Irgendwie gehört er aber auch zu euch. Wie das alles gekommen ist, kann ich aber auch nicht sagen«, antwortete der Drache. »Vielen Dank, das hilft uns jedenfalls, einiges besser zu verstehen. Vielleicht wird sich der Rest ja auch noch klären.« Soholit verneigte sich ehrfürchtig vor dem weisen Wesen.

»Ich möchte nun weiterziehen«, sprach dieser zu seinen neuen Freunden. »Geht in diese Richtung.« Der Drache wies mit einem Flügel nach Osten. »So werdet ihr noch vor Einbruch der Dunkelheit die Höhle der Hüterin erreichen. Auf Wiedersehen. Ich werde für euch und Tanja beten.« Mit diesen Worten erhob sich der Drache in die Lüfte und verschwand alsbald vor aller Augen.
Schweigend machten sich die Zurückgebliebenen in die gewiesene Richtung auf. Jeder hing dabei seinen eigenen Gedanken nach. Etwa drei Stunden später sahen sie die Höhle von Weitem. Patricks Herz begann wie wild zu klopfen und Tränen rannen über seine Wangen.
Er fiel auf die Knie und küsste den Boden unter seinen Füßen.
»Ich bin endlich wieder zu Hause«, flüsterte er leise.

Eine weitere Spur

Finnbar und Lia waren die Ersten, die die Höhle betraten. Alles schien noch so, wie bei ihrem früheren Besuch. Kühle Luft schlug ihnen entgegen und man hörte die hiesige Quelle leise plätschern. Nur die Bewohner fehlten. Langsam erkundeten die jungen Leute die Höhle. Nun trat auch Soholit ein. »Wartet mal kurz. Ich empfange eine Nachricht«, rief dieser in die Runde. Wie beim letzten Mal schien allein in der Höhle die Verbindung zur Außenwelt wieder zu funktionieren. »Ich höre den Geist der Quelle von Waldhaus. Er freut sich zu hören, dass wir endlich an dem Höhlenbrunnen angekommen sind. Er hat von diesem erfahren, dass es hier eine Botschaft für uns gibt. Bitte folgt mir, er weist mir gerade den Weg.« Zügig schritt Soholit voran, gefolgt von den Elben, den Vertretern des kleinen Volkes und den jungen Leuten. Als Letzter kam Patrick, der immer wieder das ein oder andere in der riesigen Höhle berührte, als handele es sich um einen wiedergefundenen Schatz.
Nachdem sie durch viele Gänge gewandert waren, Soholit hatte schon vor einiger Zeit damit begonnen, mit seinem magischen Eichenstab Zeichen an den Wänden zu hinterlassen, damit sie sich später auch wieder herausfinden würden, kamen sie in einer recht großen, unterirdischen Halle an. Soholit hielt seinen leuchtenden Stab etwas höher, sodass der Raum erhellt wurde. »Seht euch das an. Das sind ganz alte Schriftzeichen, den elbischen nicht unähnlich. Trotzdem können wir sie nicht lesen.« An der Wand waren vier Zeilen mit den

geheimnisvollen Zeichen gefüllt. »Patrick«, rief Soholit. »Liest du uns das bitte mal vor, wenn du kannst.«
Ohne groß zu überlegen, gab Patrick sofort und fließend die vier Zeilen eines Gedichts wieder:
»Näher ist's als nah,
der Bruder ist schon da.
Jetzt nur noch auch die Schwester find,
dann löst sich alles ganz geschwind.«
»Oh Mann! Das könnte glatt von Frederick stammen. Können die nicht klipp und klar mitteilen, was genau man machen soll?« Atlantus, der gerade erst, höchst erleichtert, wieder über Akiras Geist dabei war, hatte sich ein wenig empört, gemeldet. Er war mehr als froh gewesen, als er an der Höhle endlich wieder Kontakt zu Akira hatte aufnehmen können. Trotzdem war er nun ziemlich enttäuscht über die unklare Nachricht, die zumindest ihm, überhaupt nichts sagte.
»Patrick, hast du vielleicht eine zündende Idee?«, fragte Soholit hoffungsvoll in dessen Richtung.
Alle Augen waren auf den Jungen gerichtet.
»Ähm, na ja. Ich weiß auch nicht. Also wir suchen ja nach mächtigen Verbündeten, die in der Lage wären, Tanja vom Mond des „Herrn der Finsternis" zu retten. Wenn man dem Gedicht glauben darf, braucht man dazu einen Bruder und eine Schwester. Der Bruder soll schon da sein?« Patrick fuhr sich ratlos durch die Haare. Nach kurzem Nachdenken sprach er weiter: »Finnbar wird es wohl nicht sein, denn seine Schwester ist ja schon hier. Da wir die Schwester noch suchen sollen, kann das Lia nicht sein. Akira ist wahrscheinlich auch nicht der Bruder, denn du und Atlantus, ihr habt doch keine Schwester, oder habt ihr doch?«, fragte Patrick. »Nicht, dass ich

wüsste«, antwortete Akira anstelle beider Brüder. »Fühlt sich sonst noch jemand als „der Bruder" angesprochen und hat vielleicht eine mächtige Schwester?«, fragte Patrick in die Runde. Es kam eine Antwort von Lia.
»Was ist mit dir?«, fragte sie. »Sehe ich vielleicht mächtig aus? Eine Schwester habe ich meines Wissens auch nicht«, antwortet Patrick. »Also gut, dann müssen wir, wie bei einem Puzzle fortfahren. Wenn wir in Richtung Bruder nicht weiterkommen, dann puzzeln wir einfach in Richtung Schwester weiter, würde ich sagen«, sprach Lia. »Akira, hol doch bitte deine Holzkiste hervor mit den Karten. Ich würde gerne eine für unser nächstes Ziel ziehen oder ist sich jemand auch ohne Karten sicher, wohin es weitergehen soll?« Lia sah sich abwartend um. Sie sah reihum nur Kopfschütteln. Wortlos reichte ihr Akira die Holzkiste. Lia öffnete diese, zentrierte sich kurz und zog dann mit der linken Hand eine Karte. Langsam packte sie, unter den neugierigen Blicken der anderen, die Karte aus und las laut vor: »Der Blautopf, bei Blaubeuren in Baden-Württemberg.«
»Wie bitte? Das kann doch überhaupt nicht sein. Ich habe die Karten eigenhändig geschrieben. Dieses Ziel war mit Sicherheit nicht dabei. „Blautopf!". So ein Unsinn. So einen Ort in der Provinz hätte ich niemals gewählt. Nur das ganze Land Deutschland gibt es als Karte. Bitte zieh noch mal neu, liebe Lia«, kam es von Akira. Lia tat, wie ihr geheißen war und wiederholte die ganze Zeremonie. Mit angehaltenem Atem las sie vor: »Der Blautopf, bei Blaubeuren in Baden-Württemberg-Deutschland.« »Wie bitte?! Das gibt's doch gar nicht. Lass mich mal bitte ziehen.« Akira nahm der verdutzten Lia das Kästchen aus

der Hand. Er zog noch zweimal eine Karte, auf der genau der gleiche Wortlaut stand. »Ich verstehe die Welt nicht mehr.« Ratlos sah Akira in Soholits Richtung.
»Ich verstehe zwar auch nicht, wie das passieren konnte. Die Botschaft jedoch scheint mir recht eindeutig zu sein. Auf nach Blaubeuren. Ich freue mich jedenfalls auf ein gemäßigteres Klima und heimatlichen Boden«, antwortete der weise Mann. Es wurde noch kurz diskutiert, wer denn die astrale Reise anführen sollte. Bekanntlich musste man sich ja den Ort vorher gut vorstellen, ihn zumindest auf einer Landkarte liegen sehen oder zum Beispiel über Google erblickt haben. Soholit kannte den Ort und bot sich an, die anderen zu leiten. »Bitte gebt uns noch ein, zwei Stunden an diesem wundervollen Ort«, sprach Patrick. »Ich glaube, dass es möglicherweise hier noch etwas ganz Wichtiges für mich persönlich, aber vielleicht auch für unsere Mission zu finden gibt.« Akira machte noch einige Fotos in der Halle von dem Gedicht und den anderen Wänden, dann gingen die Kameraden langsam zurück. Neugierig blickte sich Patrick um. Als er einen kleinen Nebengang entdeckte, bat er die anderen, kurz auf ihn zu warten. Soholit begleitete ihn mit seinem leuchtenden Stab. Der Gang war relativ kurz. Am Boden war eine Vertiefung, die mit Steinen umfasst war. Vielleicht war das eine alte Feuerstelle gewesen. Etwas weiter entfernt, am Rande der Höhle war eine weitere, viel größere Mulde zu erkennen. Ob hier einmal Menschen geschlafen hatten? Patrick hielt kurz inne und dann kamen die Bilder. Es war, als wäre hier eigens nur für ihn eine Art Film aus der Vergangenheit aufbewahrt worden. Er sah eine einfache Gemeinschaft von demütigen, friedfertigen Menschen, die

nachhaltig vom Sammeln der verschiedensten Pflanzen lebten. Damals war es in dieser Gegend noch nicht ganz so heiß und trocken gewesen wie heute. Das Leben verlief harmonisch und einfach. Es gab zwei Brüder, die sich sehr liebten. Einer der beiden verschwand von heute auf morgen. Die alte Mutter war sehr betrübt darüber. Der verbliebene Bruder machte sich auf in die Welt, den anderen zu suchen. Er kehrte niemals zurück. Dieser Bruder war Patrick. Gleichzeitig war er es aber auch nicht. Sicher war nur, das gleiche Blut floss durch seine Adern.
Patrick kehrte wieder zurück ins Hier und Jetzt. Langsam ging er mit dem Druiden zu den anderen. In dem Eingangsbereich, wo die Quelle floss, gab es noch eine leckere Mahlzeit, die Querin und Lucinda für alle zubereitet hatten. Außerdem bediente sich jeder reichlich an dem reinen, kalten Wasser der hiesigen Quelle. Schweigend saßen sie beieinander, bis Patrick anhob zu sprechen: »Es waren zwei Brüder, die hier lebten. Der eine verschwand von einem Tag auf den anderen ohne jedes Abschiedswort. Der Zweite machte sich auf in die Welt, um seinen Bruder zu suchen. Er kehrte niemals zurück. Ich glaube, das muss ein Urahn von mir gewesen sein.« »Das würde wirklich einiges erklären.« Herzhaft kauend hatte sich Alex als Erster zu Wort gemeldet. »Meinst du, du könntest auch der Bruder sein, der unser Verbündeter bei Tanjas der Rettungsmission sein soll?«, fragte Akira hoffnungsvoll. »Ich habe mich das auch schon gefragt. Jedoch erschien mir mein Urahn keineswegs mächtig. Tja und ich bin auch nur ein einfacher Junge. Vielleicht kenne ich mich ein wenig in der Wüste und mit dem Spurensuchen aus. Das ist aber auch schon alles. Ich

wünschte, ich könnte mit mehr aufwarten, um euch zu helfen«, antwortete Patrick ein wenig niedergeschlagen.
»Kommt Zeit, kommt Rat«, warf Soholit in die Runde. Manchmal sind die elementarsten Dinge mit der stärksten Magie behaftet. Lasst uns nun zuerst konzentriert unserer nächsten Spur folgen. Wolltest du nicht immer schon mal zum Blautopf nach Blaubeuren?«, fragte Soholit augenzwinkernd in Akiras Richtung.
Nachdem jeder satt und ausgeruht war, wurde noch die Ausrüstung gut verpackt. Patrick nahm ausgiebig Abschied von dem Ort und versuchte sich, die Geo-Koordinaten einzuprägen, um vielleicht irgendwann später hierher zurückzukommen. Dann ging es los. Zusammengehalten, durch das starke Seil Akiras, reisten sie auf geradem Weg nach Blaubeuren.
Getarnt als Wandergruppe, nahmen sie sich dort in einer Pension einige Zimmer. Nur Querin und Lucinda mussten aufgrund ihrer ungewöhnlichen Größe unsichtbar bleiben. Selma und Angar konnten ihre speziellen Elben-Ohren leichter verbergen.
Lia hatte sich in einem Touristenführer schlau gemacht. »Hier leben ungefähr 12000 Einwohner. In der Nähe hat man in bestimmten Höhlen steinzeitliche Funde gemacht«, verkündete sie mit dem schlauen Buch in der Hand. »Außerdem heißt es hier: Der Blautopf ist eine, etwa 21 Meter tiefe Quelle, aus der der Fluss, namens Blau, entspringt. Die blaue Farbe entsteht dadurch, dass durch den Kalk, der in dem besonders klaren Wasser reichlich vorhanden ist, das Licht durch Streuung an den Kalkpartikeln blau erscheint. Dann steht hier noch, dass der Blautopf zu den wenigen Orten der Welt gehört, an denen Energie aus der Erde heraustritt. Offenbar hält

man diese Aussage aber nicht für wissenschaftlich belegt.« »Danke Lia, ich möchte nun aber sofort dorthin reisen, um nicht aus den Augen zu verlieren, dass wir dringend nach Verbündeten suchen, die uns helfen, Tanja zu befreien. Ich habe keine Ahnung, wie lange sie noch dem „Herrn der Finsternis" widerstehen kann«, antwortete Akira. Alex stand bereits fertig zur Reise neben Akira und nickte zu dessen Ausführungen grimmig. »Ja klar, das sehe ich auch so. Ich jedenfalls bin so weit.« Lia legte das Buch zur Seite und band sich an das Reiseseil. Keine Minute später waren sie unmittelbar am Blautopf gelandet. Es herrschte eine feierliche Energie an diesem Ort. Das blaue Wasser sah wunderschön aus. Für Touristen war das sicher ein wundervolles Ausflugsziel. Diese Gruppe jedoch war nicht zum Vergnügen gekommen. Ratlos gingen sie ein wenig umher, ohne auch nur die geringste Ahnung zu haben, was nun geschehen sollte. »Mann, oh Mann, ich habe doch gleich gesagt, der Blautopf, das ist ein unsinniges Ziel. So ein Mist. So kommen wir doch niemals weiter. Ich will jetzt meine Mutter zurück.« Akira stampfte fest mit dem Fuß auf. Dabei löste sich etwas Gestein vom Rand und fiel in das blaue Wasser hinein. Da dieses so klar war, konnte man den größten der Steine noch lange nach unten fallen sehen.

»Hier war früher einmal ein Tor zur Anderswelt«, meldete sich Selma zu Wort. »Ich glaube, es öffnete sich zum Gebiet des kleinen Volkes. Ein wenig weiter gab es auch eine große Elben-Siedlung. Das ist aber alles lange, lange her. Es ist ein Jammer. Heutzutage ist die Anderswelt kaum noch belebt. Die meisten sind nach Aquarius ausgewandert. Es ist fast so als ob die Erde sich wirklich auf dem absteigenden Ast befindet.« »Das möchte ich gar nicht hören. Die Zukunft ist noch nicht geschrieben«, antwortete Akira auf dem Fuße. »Außerdem würden viele von euch bestimmt zurückkehren, wenn es auf der Erde wieder besser wird, oder etwa nicht?«, fragte Akira die Elben herausfordernd. »Doch ja, ganz bestimmt, ist das so«, beeilte sich Angar mit seiner Antwort. »Was ich eigentlich andeuten wollte, war, dass das Tor direkt durch diese Quelle verläuft. Ich kam darauf, als ich soeben den Stein fallen sah. Da uns gerade nichts Besseres einfällt, könnten wir doch genauso gut einen Abstecher in die Anderswelt machen. Was meint ihr?«, fragte Selma in die Runde. »Wir würden uns als Kundschafter anbieten und vorausgehen. Wenn alles in Ordnung ist, holen wir euch nach?« Alle waren einverstanden. Angar und Selma sprangen kurzerhand ins Wasser und verschwanden im nächsten Moment vor aller Augen. Die anderen warteten und warteten, doch das Elbenpaar kam nicht zurück.

Unruhig lief Akira auf und ab. »Dieser blöde Blautopf!«, meckerte er leise vor sich hin.

Soholit stellte sich mit seinem magischen Stab ganz dicht an den Rand des Wassers. Der Stab begann, rot zu glühen. Plötzlich löste sich oben eine Art Blase. Diese teilte sich in zwei Teile. Ein Teil schwebte weiterhin in Soholits Kopfhöhe und die andere versank langsam im Wasser. Die Blase an der Luft färbte sich zuerst blau. Nach einiger Zeit wurde sie schwarz. Danach sah man eine Landschaft. Interessiert traten die anderen näher. »Was machst du da? Ist das eine Art, unbemannte Erkundung?«, fragte Akira interessiert. Soholit war gebannt von den Bildern in der Blase und antwortete nicht. Außerdem forderte diese höhere Magie all seine Kraft und Aufmerksamkeit. Nachdem die Blase durch eine wunderschöne Landschaft geflogen war, konnte man auf einmal das Elbenpaar erblicken. Beide lagen, offenbar tränenüberströmt, ohnmächtig oder schlafend am Boden. Soholit konzentrierte sich aufs Äußerste und lenkte seine „Erkundungsblase“ so dicht wie möglich an die beiden. Nun konnte man deutlich erkennen, dass sich deren Brustkorb hob und senkte. »Sie leben«, flüsterte Lucinda leise, um Soholit in seiner Konzentration nicht zu stören. Dieser ließ die Blase noch hoch über dem Paar schweben, um auch die weitere Umgebung zu betrachten. Es war nichts Auffälliges zu erblicken. Kein Lebewesen weit und breit. Alles war nur mit weißen und blauen Blumen übersät. Soholit ließ die Blase näherkommen. »Weiße Lilien und blaue Katzenminze«, flüsterte Lucinda wiederum. Soholit schnippte mit den Fingern, sodass die beiden Blasen auf der Stelle zersprangen. »Wir müssen Angar und Selma helfen. Ich nehme an, dass sie durch den Anblick der weißen Lilien zuerst sehr traurig wurden und dann über den Duft der Katzenminze betäubt. Ich habe noch nie so viele dieser beiden Blumensorten an einer Stelle gesehen. Wenn wir nichts unternehmen, dann schlafen sie bis in den Tod. Wir können es auch nicht riskieren, ihnen hinterher zu reisen, denn dann erwartet uns das gleiche Los.«, erklärte der Druide. »Gilt das auch für Tiere?«, fragte Akira. Soholit sah ihn kopfschüttelnd an, verstand aber nicht den Grund der Frage. »Wir könnten diesen Specht lossenden. Er bräuchte nur mit den magischen Federn über die geschlossenen Augen der Elben zu streichen, dann würde die Traurigkeit verschwinden und sie würden erwachen. Jedenfalls, wenn

man den Ankündigungen der Vögel, die Federn betreffend, Glauben schenken darf.« »Das ist eine ganz hervorragende Idee, lieber Akira. Die Lösungen liegen oft so nah. Wie ich sehe, ist der Specht ganz deiner Meinung und auch schon bereit. Dann lasst uns keine Zeit verlieren. Ich erschaffe eine größere Blase, mit der ich unseren gefiederten Freund zu den Elben transportieren kann. Wenn diese erwacht sind, werden sie ihn astral wieder mit zurückbringen können.«
Soholit konzentrierte sich über die Maßen. Schon hatte er eine riesige und eine kleinere Blase erschaffen. Die eine zum Transport des Vogels, die andere zum Beobachten. Gerade, als er dabei war, die größere zu öffnen, stürzte aus dem Himmel ein schwarzer Rabe herab und zerstörte dieselbe. Im gleichen Moment stahl er frech den magischen Federbüschel aus dem Schnabel des Spechtes und floh damit in Richtung des weiten Himmels. Der Rabe hatte aber offenbar die Rechnung ohne den Specht gemacht. Dieser folgte dem hinterhältigen Dieb auf dem Fuße in einer atemberaubenden Geschwindigkeit, die ihm niemand jemals zugetraut hätte.
Weit oben im Himmel brach nun ein heftiger Kampf zwischen den beiden Vögeln aus. Der, sehr viel kleinere Specht, griff todesmutig, den, um einiges stärkeren Raben, welcher noch immer die gestohlenen Federn im Schnabel trug, wieder und wieder an. Als dieser sich mit seinem messerscharfen Schnabel nun auf den Specht stürzte, verlor er den magischen Federstrauß. In Folge flogen die Federn davon. Lia wandte schnell an, was sie dereinst gelernt hatte und erschuf eine Windböe, durch welche die wichtigen Federn genau auf ihrer Hand landeten. Wie

aufeinander abgestimmt, stand Finnbar auf der anderen Seite und versuchte vom Boden aus, die Kampfaussichten für den Specht, durch passende Luftströme zu verbessern. Es war deutlich sichtbar, dass dessen Kräfte schon langsam schwanden. Immerhin war der Rabe bald doppelt so groß, wie ihr gefiederter Freund. Finnbar erschuf für den schwarzen Vogel einen so starken Gegenwind, dass dieser den Specht nicht mehr erreichen konnte. Währenddessen packte Lia das verbündete Tier in eine eigene Böe und holte den erschöpften, kleinen Krieger sicher nach unten. Der Specht blutete heftig aus mehreren tiefen Wunden. Querin heilte ihn sofort mit dem heilenden Hammer. Danach hielt Akira den besonderen Zweig vom Geist der Quelle in Waldhaus bereit. Der Specht bekam ein winziges Stück in seinen Schnabel. Während er diesen noch im Schnabel zerkleinerte, flossen bereits neue, ungeahnte Kräfte in das Tier. »Ich bin wieder bereit. Wir müssen uns jedoch beeilen. Die Kräfte der Finsternis sind ganz in der Nähe. Der Rabe war nur eine kleine Vorhut«, ließ er seine Freunde über den Geist wissen. In Windeseile erschuf Soholit nochmals zwei Blasen. Alle anderen hielten wachsam Ausschau, um eine erneute Störung durch finstere Kräfte zu verhindern. Eilig wurde der Specht in die Blase gepackt und auf den Weg gesendet. Über die zweite Blase konnten die Freunde ihn deutlich und klar beobachten.
Schnell war er bei Selma und Angar angelangt, strich ihnen mit den Federn über die Augen, sodass diese erwachten und sich sogleich erheben konnten.
Angar hatte gerade den Specht in seine Jackentasche getan, als er von hinten von einem riesigen, schwarzen

Panther angesprungen wurde. Selma griff geistesgegenwärtig zu ihrem Bogen. Mit zitternden Händen, denn das mächtige Raubtier war mit ihrem Gefährten eng verkeilt, schoss sie zunächst daneben. Verzweifelt zentrierte sie sich und sandte ein inniges Gebet gen Himmel, während sie zum zweiten Mal einen Pfeil in Richtung des Feindes schnellen ließ. Dieses Mal traf sie genau und streckte das Tier, welches zu Tode getroffen war, darnieder.
In der Beobachtungsblase sahen die Verbliebenen noch viele weitere, schwarze Tiere, darunter auch solche, die, wie Pferde aussahen, aus einer verschwommenen Dunkelheit schnell sowie äußerst bedrohlich auf die drei zukommen.
Es war, als würde die Zeit stillstehen.
Niemand wagte es zu atmen, so spannend war die Szene. Doch auch die Elben waren sich der Gefahr schon bewusst. Blitzschnell hatten sie sich an den Händen gepackt, um gemeinsam astral zu fliehen.
Dies gelang keinen Moment zu spät.
Die Wesen der Dunkelheit, die sich auf sie stürzen wollten, sprangen nur noch in die Luft.
Die Elben waren gerade noch rechtzeitig verschwunden. Keine zwei Sekunden später materialisierten sie sich wohlbehalten bei ihren Kameraden.
»Das war knapp.« Zitternd lehnte sich Selma an ihren Gefährten. Auch dieser war sichtlich mitgenommen. Er musste von Alex gestützt und von Querin geheilt werden. Akira holte vorsichtig den Specht, den Held des Tages, aus Angars Jackentasche und setzt ihn sich auf die Schulter. »Ich denke, wir sollten uns umgehend von hier zurückziehen und beraten, was weiter zu tun ist. Wir

treffen uns in der Pension«, sprach Lia.
»Nein, Stopp«, rief Akira und sorgte noch eilends dafür, dass sich alle vor der Reise am Seil befestigten.
Das war auch wirklich nötig gewesen, denn unterwegs bemerkte die kleine Schar, wie sie durch finstere Wesen angegriffen wurden.
Gemeinsam waren sie jedoch stark genug, den Angriff abzuwehren.
»Junge, Junge. Da sind wir aber haarscharf an einer Katastrophe vorbeigekommen. Was ist denn hier bloß los?«, fragte Akira, als alle wohlbehalten in der Pension eingetroffen waren.
»Irgendwie scheint dieser Blautopf doch eine wichtige Rolle zu spielen.«

Unterwegs in seltsamen Höhlen

»Alles ging wahnsinnig schnell. Kaum hatten wir die Trauer bemerkt, hatte sie sich unserer schon so sehr bemächtigt, dass nichts anderes mehr eine Rolle spielte. Ich habe nicht einmal mitbekommen, dass wir die Besinnung verloren«, erzählte Angar. »Was habt ihr als Allererstes gesehen?«, fragte Akira. »Also, wir waren nur ganz kurz im Wasser. Eigentlich befanden wir uns nach dem Hineinspringen praktisch sofort auf einer Blumenwiese. Diese gehörte jedenfalls nicht zur Anderswelt«, antwortete Selma. »Dort gab es wirklich Unmengen an Lilien und Katzenminze. Dann wurde ich schon traurig, so wie es Angar soeben erzählt hat. Moment mal, da fällt mir allerdings folgendes ein: Im Wasser hatte ich das Gefühl, als wäre ich zur Seite gezogen worden. Hast du das auch bemerkt, mein Liebster?« Angar dachte nach. »Jetzt, wo du es sagst, erinnere ich mich ebenfalls wieder. Ich fand es auch komisch, dass ich vorhin den Stein, der durch Akiras Aufstampfen in die Quelle gefallen war, recht lange nach unten fallen sah, mich selbst aber eigentlich keine Sekunde im Wasser befand. Ich hatte, so wie du, das Gefühl, irgendwie herausgezogen worden zu sein. Außerdem war ich vor einigen Jahrtausenden schon einmal an diesem Tor. Damals gab es diese Blumenwiese dort nicht. Ich bin daher, so wie du der Meinung, dass dies ein neuer Ort war. Früher fiel man einfach einige Sekunden auf den Grund der Quelle und kam dann in einer Art altem Wald wieder heraus. Ich sage euch, wir waren gar nicht in der Anderswelt, die wir kennen. Wir wurden vorher verschleppt.« Angar ging aufgeregt im Zimmer auf und ab. »Aber wieso habe ich dann mit der Beobachtungsblase den gleichen Weg genommen? Mir war nicht aufgefallen, dass sie jemand zur Seite geschoben hätte?«, fragte Soholit nachdenklich. »Vielleicht ist der Weg nach unten auf unsichtbare Weise versperrt. Aber wieso fiel der Stein dann doch bis auf den Grund?« Angar schien mit sich selbst zu reden. »Das eine muss das andere ja nicht ausschließen. Eventuell sind Gegenstände, die entweder zur Quelle gehören oder gänzlich unbelebt sind, davon ausgenommen, damit keiner der Besucher Verdacht schöpft? An der Blase haftete vielleicht durch Soholits Energie zu viel Menschliches?«, warf Lia fragend in den Raum.

»In unserer Jugend gab es hier zwei Tore in die Anderswelt. Ein Tor war im Blautopf. Das Zweite befand sich in einer der zahlreichen Höhlen, die es in dieser Gegend gibt.

Die Höhlen sind beeindruckend.

Sie gehören teilweise zur Menschen- und zur Anderswelt.

Ich glaube, wir sollten den anderen Eingang in der Höhle suchen gehen. Vielleicht finden wir dort einen weiteren Hinweis«, schloss Selma ihre Rede.

»Ich nehme an, dass auf der anderen Seite etwas ist, das niemand sehen soll, sonst hätten die Wesen und ich nehme an, dass es Wesen der Finsternis sind, nicht den Eingang verschlossen.

Wir können nur hoffen, dass sie das zweite Tor noch nicht kennen«, äußerte Soholit.

»Vielleicht ist hinter dem Tor am Blautopf aber auch die mächtige Schwester, die wir finden sollen!

Möglicherweise wurde sie dort eingesperrt?«

Hoffnungsvoll war Akira aufgesprungen und lief nun aufgeregt hin und her.
Der Aufbruch in das Höhlensystem wurde für morgen früh geplant. Lia und Finnbar fuhren nochmals in den kleinen Ort Blaubeuren und füllten ihre Vorräte auf. Außerdem besorgten sie noch so allerhand, was bei einer Reise durch Höhlen vonnöten sein könnte.
Selma und Angar führten die kleine Schar am nächsten Morgen an. Als sie bereits einige Höhlen astral aufgesucht und vergeblich durchwandert hatten, waren sich Angar und Selma einig. Das hier war der richtige Ort.
Langsam traten sie in die Höhle, welche von den Einheimischen »Sirgensteinhöhle« genannt wurde, ein. Sie war nur etwa vierzig Meter lang und endete dann an einer kahlen Felswand.
Selma und Angar sprachen ein altes Gebet in elbischer Sprache. Plötzlich wurde der Fels zu einer grauen Nebelwand, welche die Freunde eilig durchschritten. Kaum hatten sie das Tor passiert, schloss sich der Fels wieder zu einem starren, undurchdringlichen Stein.

Der Eremit

Die ersten Meter im Teil der Anderswelt-Höhle waren kaum von dem des Alltagsteils unterscheidbar.
Allerdings schien dieser Gang wesentlich länger und verzweigter zu sein.
Offenbar erinnerten sich Selma und Angar noch sehr gut an die Details, sodass sie die Freunde zielstrebig vorwärtsführen konnten.
Nach und nach kehrte etwas Farbe in den, nun bereits viel größer gewordenen Gang, ein.
Links und rechts glitzerten, rote, blaue und auch weiße, winzige Steinchen.
Als es langsam etwas heller wurde, sahen sie auch das erste, kleine, geflügelte Wesen der Anderswelt.
Patrick, der dies noch niemals zuvor erblickt hatte, war vollkommen hingerissen.
Schon war der Ausgang als heller Punkt in der Ferne zu sehen.
Angar gebot der Schar, nun vorsichtig zu sein.
Er selbst ging etwa fünfzig Meter voran, um vor etwaigen Gefahren warnen zu können.
Dann trat er ins Licht hinaus.
Wachsam blieben die anderen stehen und warteten auf sein Zeichen.
Etwa fünf Minuten später rief der Elben-Mann von draußen: »Ihr könnt jetzt kommen. Es scheint mir alles in Ordnung zu sein.«
Ehrfürchtig betraten die Freunde den uralten, mächtigen Wald.
»Hier ist es noch fast genauso wie damals«, rief Selma begeistert aus.

»Auch mich erinnert dieser Ort irgendwie an meine Jugend«, sprach Querin und ging mit elastischen Schritten voran.
»Soweit ich weiß, gehört dieser Wald tatsächlich zum Gebiet des kleinen Volkes. Früher war hier reger Betrieb. Die Anderswelt ist heutzutage aber nur noch ganz dünn besiedelt. Vor allem nach dem Angriff damals...«, Selma verstummte bedrückt.
Viele ihrer Elben-Freunde hatten durch die Geschosse, der unbemannten Kriegsmaschinen an jenem Unglücks-Abend ihr Leben verloren. Danach war die Mehrzahl der Bewohner der Anderswelt nach Aquarius ausgewandert.
Nachdem sie circa eine Stunde gewandert waren, erblickten sie an einem Felsen die Tür zu einer kleinen Behausung.
»Das sieht ja aus, wie eine Wohnhöhle unseres Volkes.«
Lucinda lief sofort, ein wenig aufgeregt, darauf zu.
Zaghaft klopfte sie an die Tür.
Alsbald hörte man von drinnen Geräusche.
Wenig später wurde von innen ein Riegel am Eingang verschoben.
Nun öffnete sich die Tür einen Spaltbreit.
Hervor schaute das Gesicht eines uralten Mannes des kleinen Volkes. Er trug eine Brille mit kleinen, runden Gläsern und einen weißen Bart, der fast bis auf den Boden reichte. Gekleidet war er in ein schlichtes Gewand, das wohl früher einmal weiß gewesen war.
Freundlich nickte er der jungen Frau zu.
»Sei willkommen! Was kann ich für dich tun?«
»Nun, wir sind auf der Durchreise und auf einer Suche.
Können wir dich vielleicht etwas fragen?«
Die Tür öffnete sich nun ganz.

Der alte Mann trat heraus und nickte auch den anderen freundlich zu.
Erwartungsvoll sah er zu Lucinda.
»Es ist so, dass unsere gute Freundin, Tanja, vom „Herrn der Finsternis“ auf dessen Mond gefangen gehalten wird. Wir suchen nach einer mächtigen Verbündeten, die uns bei der Befreiung helfen kann«, fasste Lucinda wirklich vortrefflich, kurz und knapp, ihr gemeinsames Anliegen zusammen.
Der alte Mann war bei der Erwähnung des »Herrn der Finsternis« deutlich zusammengezuckt. Er blickte nachdenklich von einem zum anderen.
»Wie ich sehe, habt ihr ja schon einige mächtige Waffen zusammengetragen.«
Er verneigte sich ehrfürchtig vor Patrick.
Dann wandte er sich Querin zu.
»Der Sohn unseres Ältesten ist auch dabei. Du trägst den magischen Hammer, wie ich sehe. Ist Quiskan wohlauf?«
»Im Prinzip ja, ehrwürdiger Vater.
Allerdings hat er wegen Rückenproblemen, darauf verzichtet uns zu begleiten. Er ist alt geworden…«
Wiederum ließ der Alte seine Blicke schweifen und nickte einem jedem freundlich zu.
Als er wieder bei Patrick angelangt war, sprach er diesen an. »Du hast wertvolle Blumen in dem kleinen Gewächshaus. Würdest du mir eventuell eine davon überlassen? Ich glaube, es wäre schön, wenn sie auch in diesem Gebiet wachsen könnten.«
»Selbstverständlich, ehrwürdiger Vater, überlasse ich euch gerne ein Exemplar«, antwortete Patrick auf der Stelle.
Daraufhin ging der Alte in seine Höhle hinein.

Im nächsten Moment war er mit einem Lederbeutel zurückgekehrt.
Er zentrierte sich kurz und griff dann mit der linken Hand hinein.
Er hielt daraufhin die geschlossene Hand in alle vier Himmelsrichtungen sowie nach oben und unten.
Dabei drehte er sich langsam rechtsherum. In jeder Richtung hielt er eine Zeit lang inne und sprach leise ein Gebet. Danach warf er den Inhalt seiner Hand in die Luft.
Auf den Boden purzelten nun viele, kreisrunde Holzscheibchen, auf die vorne und hinten verschiedene, geheimnisvolle Runen, also alte Schriftzeichen, geschnitzt waren.
Lange betrachtete der Alte das entstandene Gefüge.
Manches Mal ging er drumherum, besah das Ganze aus verschiedenen Winkeln und murmelte leise vor sich.
Irgendwann schien er zu einer Entscheidung gekommen zu sein:
»Die mächtige Schwester findet ihr nicht mehr hier. Seit „Die Eine" den „Herrn des Lichts" bestrafte, ist es keinem Wesen der Finsternis oder des Lichts mehr erlaubt, die Anderswelt zu betreten.
Allerdings haben die Diener der Finsternis damit begonnen, die Eingänge in diese Welt zu blockieren.
Noch ist ihnen der Weg, durch den ihr gerade gekommen seid, völlig unbekannt.
So, wie ich das in dem Runen-Orakel sehe, müsst ihr zum Blautopf zurück und dort den Eingang wieder befreien.
Das ist wichtig, denn mächtige, andere Wesen benötigen einen Weg hinaus.
Vielleicht wird dann die Schwester von weit her zu euch stoßen.

Noch ein Wort zu dir.« Der alte Mann hatte sich Patrick zugewandt. »Bedenke unbedingt: Deine mächtige Kraft wird nur einmal wirken, dann ist sie vertan!«
Akira, der sowieso nicht gerade davon begeistert war, zum Blautopf zurückkehren zu müssen, entfuhr ein leises, genervtes Schnauben.
Zur gleichen Zeit hörte er in seinem Geist Atlantus' trockene Bemerkung:
»Noch so einer im Club. Ich fasse es nicht, können die nicht einfach mal etwas konkreter werden?«
Dem alten Mann war Akiras Reaktion nicht entgangen.
»Ja, ja, die Ungeduld der Jugend.«
Er lächelte ihn freundlich an.
»Deine Abneigung dem Blautopf gegenüber, kann ich gut verstehen. Ich, an deiner Stelle würde dort auch nicht gerne hinwollen. Leider muss es aber sein.
Es ist so schwer, sich zwischen einer, seiner beiden Lieben entscheiden zu müssen.
Auch ich hatte einst eine Familie. Lange, lange sind sie schon verstorben. Seither lebe ich hier als Eremit allein.
Ich verstehe auch nicht, warum ausgerechnet ich, unser Kind überleben musste.
Ich bin schon so viel älter als ich es eigentlich sein dürfte.
Jedenfalls werde ich hier bleiben bis zum Ende, auch wenn ich der Letzte auf dem sinkenden Schiff sein sollte.«
Soholit war nun hervorgetreten.
»Wir danken dir von Herzen für deinen wertvollen Rat. Alles Gute wünschen wir dir. Wir werden nun sofort umkehren. Kannst du sehen, ob es besser ist, den Eingang am Blautopf von der Seite der Anderswelt oder besser von der Alltagswelt aus zu befreien?«, fragte er noch.
»Auf jeden Fall nicht von hier aus. Geht dorthin zurück,

von wo ihr gekommen seid.« Der Alte nahm die Ying-Yang-Blume, die ihm Patrick gerade überreichte, dankend entgegen.
Er pflanzte sie sofort in der Nähe seines Eingangs ein. Während er ihr ein wenig Wasser gab, sprach er:
»Eilt euch, eure gemeinsame Freundin, deine Mutter«, er sah Akira traurig ins Gesicht, »benötigt eure Hilfe schnell. Sie hat zwar erfolgreich einen Weg gefunden, zu verhindern, zu einem Wesen der Dunkelheit zu werden. Aber sie hat dem „Herrn der Finsternis“ nichts entgegenzusetzen, wenn dieser sich entschließen sollte, sie zu töten.
Wie ich sehe, ist er wegen seiner Niederlage wütend, sehr, sehr wütend…«
Der Eremit hob, freundlich lächelnd, seine Hand zum Abschied und verriegelte dann seine Eingangstür erneut von innen.

Die Schlacht am blauen Tor

Akira hatte es plötzlich sehr eilig, zum Blautopf zu kommen, wenn auch jeder Gedanke an diesem Ort, in ihm einen riesigen Widerstand verursachte. Es war klar, man kam nicht drumherum. Also dann einfach »Augen zu und durch«, dachte er im Stillen.

Astral waren sie zum Felseneingangstor zurückgereist, hatten dieses zügig durchschritten und waren dann, ein wenig abseits vom Blautopf, gelandet.

Es herrschte eine bedrückte Stille.

Niemand hatte Vergnügen daran, zu kämpfen, zu töten oder gute Freude oder auch sich selbst sterben zu sehen. Anscheinend gab es jedoch keine andere Lösung.

Jeder begutachtete seine Waffen und manch einer legte sich eilig sein stählernes Kettenhemd an.

Lia belegte alle noch zusätzlich mit einem schützenden Zauber.

Patrick stand ein wenig unschlüssig am Rand.

Er hatte weder eine Waffe noch irgendwelche Erfahrungen im Kämpfen.

Dennoch war er entschlossen, an der Seite der Freunde zu stehen.

»Also wenn du vielleicht in der Pension auf uns warten möchtest?«, sprach Akira ihn an.

»Nein, das möchte ich nicht. Aber wenn du eventuell in einer kleinen Zeitschleife mir zumindest einige Grundregeln erklären und mir eine passende Waffe überreichen würdest, wäre ich froh«, antwortet Patrick.

Akira, der schon immer eine Vorliebe für Waffen gehabt hatte, reichte ihm eine Auswahl aus seinem stattlichen

Arsenal.
Dann begab er sich mit Patrick auf die gewünschte Reise und gab ihm so viele Tipps, wie es die kurze Zeit nur hergab.
Als sie zurückkehrten, sah Akira, dass Lia auch den tapferen Specht gut ausgestattet hatte.
Er trug nun einen winzigen Helm, aus dem sein scharfer Schnabel weit herausragte. Außerdem war er, wie alle anderen, mit einem unsichtbaren Rundum-Schutz versehen.
Langsam setzte sich, die bis an die Zähne bewaffnete Schar, in Richtung Blautopf in Bewegung.
Sie waren noch etwa fünfhundert Meter entfernt, als sich ihnen plötzlich eine Gruppe von, recht finster dreinschauenden Männern, in den Weg stellte.
»Wo wollen sie denn in diesem Aufzug hin?«, fragte der Anführer der merkwürdigen Gestalten.
»Das hier ist ein friedliches Ausflugsziel. Hier haben bewaffnete Menschen keinen Zutritt. Und überhaupt. Besitzen sie eigentlich einen Waffenschein?«
Ein riesiger Hüne von Mann hatte sich Akira provozierend in den Weg gestellt und ließ seinerseits nun eine gewaltige, mit Nägeln bespickte Keule sichtbar werden. Waren dies wirklich die Beschützer eines Naturdenkmals oder war das schon der Beginn des eigentlichen Kampfes?
Akira war verunsichert. Patrick zischte aus dem Mundwinkel. Diese Menschen sind von der Dunkelheit verblendet. Sie führen nichts Gutes im Schilde.
Das kann ich ganz deutlich wahrnehmen.
Schon hatte Soholit seinen mächtigen Eichenstab erhoben und die ganze Gruppe der zwielichtigen Männer

kurzerhand in große, längliche Steine, welche nun in Reih und Glied rechts und links den Weg säumten, verwandelt. »Das ist nur für vorübergehend. Ich werde sie später wieder zurückverwandeln, wenn es die Situation erlaubt« sprach er leise zu seinen Kameraden. Akira, dessen Adrenalinspiegel, im Angesicht der Gefahr, gewaltig gestiegen war, lief rasch voran.
Er erreichte die wunderschöne Quelle als Erster.
In der Luft sah man genau darüber einen Schwarm schwarzer Raben fliegen.
Augenblicklich lösten sich einige und flogen in zwei verschiedenen Richtungen davon.
»Das müssen wohl die Späher sein.« Akira hielt sich eine Hand über die Augen und beobachtete aufmerksam das Schauspiel im Äther.
Wenig später waren sie auch schon da. Von allen Seiten näherten sich große, schwarze, pferdeartige Wesen. Es waren auch einige Panther dabei, die zuvor die Elben angegriffen hatten.
Sofort schlug die Stimmung, an dem zuvor so friedlichen Ort, ins Gegenteil um.
Es wurde kälter, finsterer und auch bedrohlich. Mit dem Rücken zum runden Blautopf standen die Freunde im Kreis um diesen herum und sahen, die Furcht gebietenden Geschöpfe stetig näherkommen.
Soholit murmelte nacheinander mehrere alte magische Sprüche und hob seinen, nun tiefrot glühenden, Stab.
Doch dieses Mal zeigte das keinerlei Wirkung.
Näher und näher kamen die dunklen Gestalten.
Schon hob Akira sein Schwert und rannte tapfer dem Feind entgegen.
Eines der finsteren Pferde hatte sich sofort auf ihn

gestürzt. Wie von Sinnen hieb Akira auf das Wesen ein. Hatte auf der Blumenwiese Selma noch das Geschöpf der Finsternis, den Panther, mit ihrem Bogen abwehren können, so war dies am Blautopf plötzlich nicht mehr möglich.
Akiras Schwert ging durch das dunkle Pferd hindurch, als wäre es aus Luft.
Der mutige Kämpfer konnte keinerlei Schaden bei seinem Feind anrichten.
Er selbst jedoch hatte Mühe, noch atmen zu können. Sosehr er sich auch anstrengte, das Wesen erdrückte ihn schier, allein mit seiner dunklen Präsenz.
Panisch sah sich Akira um. Den anderen ging es ganz genauso.
Lia lag bereits ohnmächtig am Boden.
Lucinda war ebenfalls fast am Ende.
Die anderen kämpften noch so wie er, erzielten jedoch ebenfalls keinerlei Erfolge.
Alex hatte es mit seiner Pistole versucht. Doch auch deren Munition flog ohne Wirkung einfach durch die Geschöpfe der Dunkelheit hindurch.
Verstohlen füllte Alex einige Silberkugeln nach. Er hatte irgendwo gelesen, dass auf diese Weise bestimmte Geister zu verwunden wären. Doch auch jene Idee half keinesfalls im Kampf gegen die Schergen der Dunkelheit weiter.
Nun sah Akira, wie gerade eines der Pferde den tapferen Specht auf immer verschlingen wollte.
Mit letzter Kraft gelangte Akira zu ihm und gab ihm einen sanften Schubs, sodass dieser aus der Gefahrenzone geschoben wurde. Nun wandte sich das »Pferd« mit aller Kraft und offenbar sehr erbost dem jungen Mann zu.

Akira kämpfte, den Anblick seiner Liebsten und Freunden vor Augen, weiterhin wie ein Berserker. An einem bestimmten Punkt hatte er seine nutzlosen Waffen weggeworfen und versuchte es mit bloßen Händen.
Er hatte jedoch keinerlei Chance gegen die finsteren Wesen, welche nicht einmal über wirkliche Körper verfügten.
Irgendwann war auch dieser zähe Krieger besiegt. Akira wurde es schwarz vor Augen.
Das Letzte, was er sah, war Patrick, der völlig unbehelligt in der Mitte des Geschehens stand.
Dann hörte er ihn gebietend rufen: »Haltet ein!!«
Auf der Stelle fror das ganze Geschehen, wie in einem Film, der plötzlich angehalten wird, tatsächlich ein.
Akira konnte auf einmal wieder sehen und atmen.
»Begebt euch dahin zurück, wohin ihr gehört, und kommt nie mehr hierher. Ihr alle!«, rief Patrick weiterhin aus.
Eines der finsteren Pferde trat daraufhin hervor, verneigte sich tief vor Patrick und sprach.
»Wie ihr gebietet, oh Herr!«
Daraufhin verneigten sich auch all die anderen dunklen Wesen und begannen vor den Augen der Kameraden langsam zu verblassen.
Außer den Pferdeartigen konnte man nun auch noch viele Raben, Panther sowie dunkle Nebelschwaden erkennen, die sich nach und nach in der Luft auflösten.
Querin beugte sich in aller Eile über seine geliebte Gefährtin Lucinda, um sie mit dem heilenden Hammer aus der Ohnmacht zurückzuholen.
Akira rüttelte verzweifelt die Schultern von Lia.
»Liebste, bitte wach auf.«
Er hielt seine Hand auf ihre Brust. »Sie atmet noch.

Querin, bitte komm so schnell du kannst.« Gott sei Dank hatte Lucinda inzwischen die Augen aufgeschlagen, sodass Querin zu Lia eilen konnte. Sanft legte er den Hammer mal an jene und mal an eine andere Seite der ohnmächtigen Frau.
Es schien Akira ewig zu dauern. Sein Herz hämmerte wie wild. Was, wenn Lia niemals mehr erwachen würde?
Dann endlich öffnete sie ihre Augen und sah als Erstes in das verängstige Antlitz ihres Geliebten.
Sie versuchte ein Lächeln, um ihn zu beruhigen.
»Lia, meine geliebte Lia. Ich bin so froh, dich wiederzuhaben. Ich könnte es nicht verkraften, dich auch noch zu verlieren.« Akira schluchzte auf Lias Brust, wie ein kleines Kind. Lia streichelte sanft über sein Haar, bis er sich endlich wieder beruhigte. Dann setzte sie sich vorsichtig auf. Während sie sich ungläubig umblickte, fragte sie verwundert: »Wie konntet ihr diese grauenvollen Wesen nur besiegen?
Ich war im Kampf gegen sie völlig chancenlos.«
Alle Blicke wandten sich nun Patrick zu, den man im Eifer des Gefechts für eine Weile ganz vergessen hatte. Nur ihm galt nun die ungeteilte Aufmerksamkeit.
»Wir sind Freunde. Deshalb wage ich es, vollkommen ehrlich zu euch zu sein. Ich hoffe sehr, dass ich danach noch bei euch bleiben darf.
Als die dunklen Wesen den Platz betraten, hatte ich keinerlei Angst. Im Gegenteil, ich freute mich, als würde ich einem Verwandten, den ich schon lange nicht gesehen habe, endlich wiederbegegnen.
Es war mir klar, dass ich nichts zu befürchten hätte. Ich liebte diese Wesen, so wie sie waren.
Auf ihre Art liebten sie mich zurück. Natürlich konnte ich

überhaupt nicht gutheißen, was sie taten und daher befahl ich ihnen, aufzuhören und sich wieder auf immer in ihre angestammte Heimat zu begeben.
Diese Wesen werden ganz sicher nicht wiederkommen und sie würden euch auch niemals mehr verletzen.
Wieso ich mir dabei so sicher bin? Warum sie auf mich gehört haben? Ich tappe genauso im Dunkeln mit den Antworten auf diese Fragen, wie ihr und weiß nur, dass ich sie, egal, wer sie waren oder was immer sie auch taten, sehr, sehr gern hatte.
Ich habe die ganze Zeit schon über alles nachgedacht.
Auch darüber, was der Eremit uns mit auf den Weg gegeben hatte.
Diese Wesen werden nicht wiederkehren, das ist sicher.
Jedoch, wenn man dem Eremiten Glauben schenken darf, werde ich so etwas nicht wiederholen können.
Sollten wir also nochmals neuen, ähnlichen Feinden gegenüberstehen, werde ich wohl ebenso machtlos sein, wie ihr es heute wart.
Wir müssen uns daher gut vorbereiten.
Herkömmliche Waffen sind gegen diese Gegner offenbar absolut wirkungslos.«
Patrick verstummte und sah sich schüchtern um. Er versuchte aus den Mienen seiner Freunde abzulesen, was nun mit ihm geschehen sollte.
Soholit war es, der das Wort ergriff: »Ich würde dir niemals zum Vorwurf machen, dass du liebst, wen immer du liebst. Meine eigentliche Empfindung dir gegenüber ist reine Dankbarkeit. Du hast uns schon wieder allen das Leben gerettet. In dir steckt so vieles, was sich uns und dir erst nach und nach offenbaren wird.
Bei einem bin ich mir auf jeden Fall sehr sicher: Du bist

völlig unschuldig in all das hineingeraten.
Ich bin froh, dich, auch jetzt noch, einen Freund nennen zu dürfen.«
Als alle anderen zustimmend nickten, traten Freudentränen in Patricks Augen.
Es war kein weiteres Wort mehr nötig. Selbst, wenn er gewollt hätte, Patrick hätte in dem Moment auch keine Silbe mehr herausgebracht.

Warum ist es geschlossen?

Wieder in der Pension angelangt, hatten sich die Freunde nur kurze Zeit ausgeruht.
»Wollen wir gleich einmal eine neue Karte für unser nächstes Ziel ziehen?«, fragte Akira ein wenig zu beiläufig.
»Ich schlage vor, wir finden zunächst heraus, ob wir diese Aufgabe auch schon völlig gelöst haben«, antwortete Querin.
»Wir sollten doch das blaue Tor zur Anderswelt wieder passierbar machen, damit ein mächtiges Wesen herauskommen kann, wenn es das möchte.
Ich biete mich an, danach zu schauen«, schlug Querin den anderen vor.
»Ich begleite dich.« Lucinda war ebenfalls vorgetreten.
»Ist das nicht zu gefährlich? Was, wenn ihr ebenfalls durch die Blumen betäubt werdet?«, fragte Alex besorgt.
»Ich habe es mir so gedacht, dass wir nur kurz wahrnehmen, ob wir ein Blumenfeld oder einen Wald erblicken. Dann kommen wir auf der Stelle zurück.
Notfalls holt ihr uns wieder mit der Blase und dem mutigen Specht…«, erklärte Querin seinen Plan.
Gesagt, getan. Kaum waren Querin und Lucinda zum Blautopf gereist und ins blaue Wasser gesprungen, in dem sie im Übrigen sofort nicht mehr zu sehen waren, standen sie auch schon wieder am Rand des Blautopfes.
Schnell reisten sie astral zu den anderen in die Pension zurück.
»Definitiv noch geschlossen«, verkündete Lucinda niedergeschlagen.
»Soll heißen, wir können hier leider noch nicht sofort

weg. Tut mir leid, lieber Akira.« Querin klang ebenfalls ziemlich enttäuscht.
»Ich frage mich, wie sie das Tor verschlossen haben, ohne Wachen zu benötigen. Das muss ein sehr starker Zauber sein.
Soholit, hast du eine Idee?«, fragte Angar den Druiden.
»Warum ist es geschlossen? Das ist eine Frage, die auch noch nicht beantworten kann. Wir könnten ja mal Ideen sammeln. Egal, wie verrückt sie euch auch vorkommen mögen, bitte nennt nun alles, was euch dazu einfällt«, antwortete der weise Lehrer.
Viel kam leider nicht heraus bei dieser Diskussion. Klar war lediglich, dass es sich um ein Rätsel handelte, bei dessen Lösung möglicherweise weitere Hilfe benötigt wurde. Nur wen sollte man fragen? Dazu gab es keine vernünftigen Vorschläge. Atlantus hatte über den Geist kurz erwogen, ob man wohl nochmals Frederick aufsuchen sollte, hatte dies aber schnell selbst, als wahrscheinlich völlig sinnlos, wieder verworfen. Akira ließ wieder und wieder Steine in die Quelle fallen und verstand nicht, wie es kam, dass diese bis zum Grund sinken konnten, alle anderen Lebewesen aber sofort auf die tückische Blumenwiese umgeleitet wurden.
»Was wäre denn, wenn ich mir einen großen Stein um den Bauch binden und dann in die Quelle springen würde?«, sprach er fast zu sich selbst. »Versuche es, wir haben nichts zu verlieren. Ich hätte aber gerne, dass dich jemand begleitet«, antwortete Soholit.
Dafür wurde Querin ausgesucht. Beide Männer banden sich einen Stein vor den Bauch und plumpsten dann ins Wasser. Zunächst sanken sie ein paar Meter in Richtung Grund, dann waren auch sie verschwunden. Kurz darauf

waren sie wieder an Land. »Wir sind nicht sofort weggezogen worden. Ich hatte den Eindruck, überprüft worden zu sein. Erst dann bogen wir in Richtung der Blumenwiese ab. Offenbar scheint der Verschluss des Tors an das Nachweisen so einer Art Lebenszeichen gebunden zu sein«, erzählte Querin, der bereits zum zweiten Mal die Reise angetreten hatte und dadurch den Unterschied bemerken konnte.

»Wie könnten wir diese Erkenntnis nutzen?« Soholit lief nachdenklich auf und ab.

Langsam brach die Dämmerung herein. »Also ich hätte nichts dagegen, wenn wir für heute in die Pension zurückkehren würden. Es war ein langer, ereignisreicher Tag und ich habe wirklich Hunger«, meldete sich Alex zu Wort. »Vielleicht fällt uns später noch etwas Besseres ein.«

Nachdem sie gut gegessen hatten, wurde erneut Rat gehalten. Dazu wurde ein riesiger ätherischer Raum geöffnet, damit möglichst viele an den Beratungen teilhaben konnte.

Es waren sowohl alle Daheimgebliebenen aus Waldhaus und dem portugiesischen Bruchtal als auch die interessierten Einwohner von Aquarius dazu geladen. Bislang war es noch zu keinem Ergebnis gekommen. Arsentos, Tanjas Vater, schlug vor, in der großen Bibliothek der Zeit von Aquarius nach Hinweisen zu suchen. Dies war für morgen früh geplant.

Quick Deer bat, den Geist der Quelle zu rufen, da der Blautopf ja auch eine Quelle war.

Vielleicht könnte dieser etwas Näheres erfragen. Das war offenbar die beste Idee des Tages.

Gespannt wartete man darauf, dass der Geist sich in der

Wohnküche von Waldhaus zeigte.
Nach kurzer, innerer Zwiesprache mit dem Blautopf verkündete der Schutzpatron des Wassers, dass vor einiger Zeit tatsächlich merkwürdige Gestalten im Blautopf gewesen wären.
Wie ihm soeben erzählt worden war, seien sie bis an das Tor getaucht und hätten sich dort längere Zeit zu schaffen gemacht. Es sei auch etwas befestigt worden, von dem immer wieder komische Strahlen ausgingen. Später habe der dortige Quellgeist auch gehört, wie darüber gelacht wurde, dass nun die eigene Schirmherrin unfreiwillig das Nötige geliefert hätte, damit das Vorhaben gelingen könnte.
Immerhin müsse doch das Gleichgewicht gewahrt bleiben. Daher dürften sie auf keinen Fall die Anderswelt verlassen. Dann seien diese Wesen abgezogen. Später seien dann immer wieder die Raben am Himmel über dem Blautopf gekreist.
Soholit bedankte sich herzlich auch im Namen der anderen beim Geist der Quelle.
Er bat diesen noch um eine Interpretation, da die Nachricht wohl sehr bedeutungsvoll, aber doch nicht auf Anhieb verständlich war. Leider wusste dieser aber auch keinen weiteren Rat.
»Fassen wir einmal zusammen: Es wurde am Tor zur Anderswelt eine Art Apparatur angebracht, die Lichtwellen aussendet. Diese wurde eventuell von Wesen der Finsternis gestohlen, und zwar möglicherweise aus dem Besitz der „Schirmherrin des Lichts“ oder gar „Der Einen“.
Ich glaube, wir können davon ausgehen, dass für das Verschließen des Eingangs auf jeden Fall die finsteren

Kräfte verantwortlich gewesen sind.
Weiterhin schlussfolgre ich, dass eine Art mächtiges Lichtwesen aus der Anderswelt herausmöchte, nun aber dort eingesperrt wurde, weil die Kräfte der Finsternis ansonsten das Gleichgewicht auf der Erde bedroht sehen. Wenn wir nur wüssten, wie wir die ehemalige Orlana erreichen könnten. Allerdings habe ich noch niemals gehört, dass man die Bewohner des Dreigestirns so einfach herbeirufen könnte«, sinnierte Soholit weiter.
»Gleichgewicht, Ying und Yang. Ob uns wohl die Blumen irgendwie helfen könnten?«, fragte Patrick und betrachtete nachdenklich das kleine Gewächshaus.
»Das ist eine gute Idee. Wir könnten morgen früh einige Experimente damit starten. Für heute sollten wir jedoch schlafen gehen.« Soholit wünschte allen eine gute Nacht und begab sich dann selbst zur Ruhe.
Patrick erwachte sehr viel früher als seine Freunde.
Um niemand zu stören, beschloss er einen kleinen Spaziergang in der Umgebung zu machen.
Das Gewächshaus nahm er aus keinem besonderen Grund mit nach draußen.
Unweit der Pension setzt er sich auf einen Felsen und betrachtete die kleinen Blumen. »Warum nur solltet ihr so wichtig sein? Was könnt ihr denn, das wir nicht wissen?«, fragte er in deren Richtung.
Natürlich erhielt er keine Antwort. So saß er einfach nur da und träumte vor sich hin.
Plötzlich hörte er Lärm. Aufgeregte Stimmen drangen bis zu ihm. Kurz darauf heulten die Sirenen. Brannte es etwa?
Patrick griff das Gewächshaus und kehrte eilig zur Pension zurück.
Schon von Weitem sah er mehrere Feuerwehrautos auf

der Straße und eine Menschenansammlung genau vor dem Haus, zu dem er wollte.
Sein Herz klopfte. Angst ergriff ihn. Er begann zu rennen.
Tatsächlich brannte die Pension, in der sie übernachtet hatten, lichterloh. Wo waren seine Freunde?
Ein Stückchen weiter standen mehrere Krankenwagen. Auf Stühlen, die davorstanden, saßen Finnbar, Lia, Akira, Alex sowie Soholit in dicke Decken gewickelt. Sie hatten Sauerstoffmasken vor dem Mund.
Ein Feuerwehrmann fragte: »Sind noch mehr Menschen im Haus. Fehlt jemand?«
Soholit wollte gerade erwähnen, dass sie Patrick vermissten, als er diesen um die Ecke herumkommen sah. »Nein, wir sind vollzählig. Vielen Dank, dass sie uns gerettet haben.«
Patrick rannte die letzten Meter.
»Was ist passiert? Ich war spazieren, weil ich nicht mehr schlafen konnte. Wo sind die anderen?«, zischte er ein wenig leiser. »Es ist alles ok. Sie befinden sich im Wald in Sicherheit. Auch die Wirtin und das Personal sowie einige andere Gäste konnten gerettet werden.
Es war Brandstiftung, sagen sie…«, antwortete ihm Akira.
»Das gibt's doch nicht. Ich war gar nicht so lange weg. Ich habe beim Gehen niemanden bemerkt. Das ging dann ja alles wahnsinnig schnell«, antwortete Patrick.
»Was ist mit der Ausrüstung?« »Das Wichtigste haben wir gerettet. Ich bin sehr froh, dass du auch die Blumen hast. Ich war in Sorge, denn ich hatte sie nicht finden können«, entgegnete Alex dem Jungen.
»Hier können wir nicht mehr bleiben. Ich möchte nicht zu einer Gefahr für die Allgemeinheit werden.
Gott sei Dank ist die Wirtin gut versichert.

Wir müssen in Zukunft im Freien kampieren. So etwas, wie heute, dürfen wir nicht nochmals riskieren. Fakt ist, wir werden verfolgt. Daher werden wir nun häufiger den Aufenthaltsort wechseln müssen. Sobald wir hier wegkönnen, treffen wir uns im Wald mit den anderen. Dann sehen wir weiter«, erklärte Soholit.
Tatsächlich verkündeten die Sanitäter, nachdem sie die Betroffenen nochmals untersucht hatten und die Personalien aufgenommen waren, dass diese nun nach Hause gehen dürften. Soholit führte die Schar zu Fuß einige Straßen weiter, bis sie nicht mehr von den Sanitätern oder etwaigen Schaulustigen gesehen werden konnten.
Dann nahm er über den Geist Kontakt zu den vier, nicht menschlichen, Kameraden auf und ließ sich deren Standort zeigen.
Danach reisten die Freunde, sich an den Händen haltend, astral umgehend zu den anderen.
»Wie geht es euch?«, fragte Patrick.
»Es ist alles in Ordnung, nur der Schreck!« Lucinda war immer noch ganz bleich.
Auch der kleine Specht flog, offenbar unversehrt, umgehend auf Akiras Schulter, welcher ihn zärtlich streichelte.
Selma, die von irgendwo herzukommen schien, informierte die Kameraden: »Ich habe gerade alle möglichen Schutzbanne ausgesprochen. Hier sollten wir für eine Weile sicher sein. Es ist unglaublich, wie schnell sich das Feuer ausbreiten konnte. Wir haben nichts von den Brandstiftern gehört und gesehen. Wenn unser kleiner Specht hier nicht Alarm geschlagen hätte... Nicht auszudenken, was dann geschehen wäre.«

Akira blickte verunsichert in die Runde.
»Liebe Lia, ich bitte dich von ganzem Herzen, nach Waldhaus oder Bruchtal zurückzureisen. Dort bist du sicher.«
»Wie kannst du denn von mir erwarten, dich sowie Finnbar hier allein zu lassen? Ich würde, zu Hause verrückt, vor Sorge. Ich bin eine Kriegerin des Lichts, keine Ehefrau und Schwester, die im gemeinsamen Heim geduldig wartet, bis die Angehörigen wiederkehren. Ich gehe erst, wenn auch ihr mitkommt.«
»Oh mein Gott, weißt du, was du da von mir verlangst? Ich soll mich entscheiden, entweder auf die Suche nach meiner Mutter zu verzichten oder dich zu verlieren? Das ist hart!« »Akira, das hast du völlig falsch verstanden. So habe ich das doch gar nicht gemeint.«
Lia war zu Akira geeilt und hielt den jungen Mann, der Tränen in den Augen hatte, im Arm. »Selbstverständlich meinte ich, dass wir gemeinsam erst nach Hause gehen, nachdem wir Tanja gefunden haben.«
»Aber ich habe so große Angst um dich!«, rief Akira verzweifelt aus.
»Mir geht es doch genauso. Das bringt die Liebe mit sich, dass wir verwundbar werden. Denke ja nicht, dass du Schuld daran trügst, wenn mir oder jemand anderem etwas zustoßen würde. Wir sind alle aus freiem Willen hier. Erstens, weil wir Tanja ebenfalls lieben und zweitens, weil das alles unserem Ziel, den Planeten Erde vor dem Untergang zu retten, dient. Das Ganze ist ein Teil unserer Mission, der sich jeder von uns aufs Tiefste verpflichtet fühlt. Kannst du mir folgen?«, fragte Lia.
Akira nickte still. In gegenseitigem Einverständnis lehnten sich die beiden Liebenden dicht aneinander.

Kurz darauf kam Finnbar dazu und umschloss die zwei mit seinen Armen. Nach und nach folgten nun auch die anderen. Am Ende standen alle dicht im Kreis in einer engen Umarmung, um beieinander Kraft und Trost zu finden.
Der kleine Specht war mittendrin.

Schier unlösbare Aufgaben

»Essen hält Leib und Seele zusammen. Bitte schön und guten Appetit.« Alex, der auf einem Campingkocher leckeren, nährenden Haferbrei gekocht hatte, teilte diesen freundlich an seine Kameraden aus.
Er hatte recht. Nachdem alle gegessen hatten, wich der Schock über den Brand ein wenig.
»Ziehen wir einmal Bilanz«, hob Soholit an, zu seinen Freunden sprechen.
»Was wir erfahren hatten, ist, dass Tanja, welche vom „Herrn der Finsternis“ auf dessen Mond gefangen gehalten wird, noch am Leben war und sehr wahrscheinlich registriert hat, dass wir sie suchen. Wir haben die Ying-Yang-Blumen, die ein wichtiger Schlüssel sein sollen. Weiterhin erfuhren wir in der Wüste, dass ein Bruder schon nah sei, wir aber noch eine Schwester bräuchten, von der wir annehmen, dass sie mächtig genug ist, uns bei der Befreiung Tanjas zu helfen. Wir wurden über Akiras Karten zum Blautopf geleitet. In der Anderswelt trafen wir auf einen Eremiten, der uns wissen ließ, dass wir das Tor öffnen sollen, damit mächtige Wesen dort hinauskönnen. Andererseits sei das aber nicht die mächtige Schwester, die wir suchen, denn diese wäre seit Langem nicht mehr auf der Erde. Außen herum wurde der Blautopf von der Belagerung finsterer Kräfte schon befreit. Warum Patrick die Macht hatte, sie des Ortes zu verweisen, wissen wir nicht. Jedoch ist das Tor zur Anderswelt, auf jeden Fall für belebte Wesen, nun immer noch verschlossen. Hier suchen wir nach einer Lösung. Auch, wenn das gerade schier unlösbar erscheint,

sollten wir, wie bei einem Puzzle weitermachen. Wenn wir an einer Stelle nicht mehr vorankommen, schauen wir, ob wir woanders ein passendes Puzzleteil finden können und nehmen von dort den Faden wieder auf. Sicher ist, obwohl die finsteren Kräfte vom Blautopf gebannt wurden, scheinen noch immer dunkle Mächte uns dringend von unserem Vorhaben abbringen zu wollen. Nur so kann ich mir die Brandstiftung von heute Morgen erklären. Habt ihr Ideen, wie wir nun vorgehen könnten?«, fragte Soholit abschließend.

Lange sagte niemand ein Wort.

»Das hast du wirklich gut zusammengefasst«, wandte sich Querin an Soholit. »Ich hätte da einen, möglicherweise interessanten, Gedanken…« Sofort richteten sich alle Blicke gespannt auf Querin. »Erinnert ihr euch noch, als wir damals in der Wohnküche von Waldhaus diese merkwürdige Wanze in einer Steckdose gefunden hatten? Damit waren wir doch von den Männern von Zagan ausspioniert worden. Wahrscheinlich wurde sie von einem, der bulgarischen Holzfäller, bei uns angebracht. Wenn wir uns nun auch solche Minikameras besorgen würden, dann mit diesen in der Zeit zurückreisen, bevor das Tor verschlossen wurde. Vielleicht könnten wir, wenn wir diese an verschiedenen Stellen montieren, sehen, was genau dort passiert ist und wer damit zu tun hatte? Wir müssten sie nur gut platzieren.« »Das klingt zumindest nach einer guten Alternative. Ich finde, das sollten wir unbedingt versuchen«, antwortete Soholit erfreut.

Nachdem keine weiteren Vorschläge mehr kamen, erklärte sich Akira bereit, die Minikameras in einem passenden Geschäft zu besorgen.

Zeitreisen machten es möglich! Binnen weniger Minuten war Akira zurück.
»Das war gar nicht so leicht. Ich musste in mehrere Läden gehen. Aber schaut mal, ich habe eine reichliche Auswahl. In einem Geschäft für Taucherbedarf bekam ich sogar einige wasserfeste Geräte, die auch in großen Tiefen noch gut funktionieren. Alles natürlich mit Farbbild und Ton. Jedoch weiß ich noch nicht genau, wie wir an die Filmchen kommen sollen. Die Kameras funktionieren entweder übers Internet oder das Handynetz. Hier stellt sich die wichtige Frage, ob es am Blautopf überhaupt ein Funk-Netz gibt. Wäre das so, könnten wir auch von Weitem den Inhalt der Filme sehen. Falls es keine Verbindung gäbe, kann man die Geräte, wenn man sie wieder abgebaut hat, an einem externen PC anschließen und so die Filme sichten. Das sollte an sich kein Problem darstellen. Allerdings, wie bekommen wir die Unterwasserkameras später, in unserer Zeit, wieder demontiert, wenn man doch als Lebewesen heutzutage nicht mehr nach unten tauchen kann, sondern sofort auf dieser gefährlichen Blumenwiese landet?«
»Das sind gute Fragen«, antwortete Lia. »Um diese zu beantworten, müssen wir vor Ort zurück, um zunächst herauszufinden, ob es dort Netz gibt oder nicht. Außerdem wäre auch gut zu wissen, wann denn das Tor verschlossen wurde. Ich schlage vor, dass ich gleich mal ein Jahr zuvor dort, als Touristin getarnt, vorbeischaue. Sollte ich Raben am Himmel sehen, dann versuche ich es monatsweise rückwärts weiter. Zusätzlich nehme ich mein Handy mit und überprüfe, ob es dort Empfang gibt. Einverstanden?«
Akira und Finnbar tauschten besorgte Blicke aus.

Finnbar nickte Akira unmerklich zu.
»Wir werden dich begleiten. Eine ganze Touristengruppe ist sicher noch unauffälliger als eine junge Frau allein«, warf Akira, scheinbar arglos, in den Raum.
Lia lächelte über das ziemlich offensichtliche Angebot ihres Gefährten.
»Ich glaube, das ist tatsächlich eine sehr brillante Idee. Gerne können wir auch zu dritt unterwegs sein«, antwortete sie umgehend.
Als die drei jungen Leute ein Jahr früher am Blautopf auftauchten, war kein einziger Vogel am Himmel zu sehen. Lia machte pro forma ein Bild mit ihrem Handy und tat dann so, als ob sie es verschicken wollte. Enttäuscht äußerte sie: »Kein Netz! Wie ärgerlich.«
Der, einzige, weitere Tourist am Platz, welcher über einen südländischen Teint verfügte, schnappte die Bemerkung auf. »Typisch Deutschland! Funklöcher überall. Das würde einem in Spanien nicht passieren…«
»Ob man hier wohl baden darf?«, fragte Finnbar den Touristen. »Das glaube ich kaum. In Deutschland ist so vieles verboten. Wir Spanier würden uns das bestimmt nicht gefallen lassen. Entweder wäre es gar nicht erst verboten oder aber wir würden es trotzdem tun.«
Offenbar fiel ihm gerade auf, was er gesagt hatte. Daher setzte er noch nach. »Die können froh sein, dass es mir heute viel zu kalt ist, sonst wäre ich schon längst im Wasser. In Spanien ist das Klima bekanntlich sehr viel besser. Daher bin ich verwöhnt…«
»Dann haben sie bestimmt nichts dagegen, wenn wir mal kurz ins Wasser springen? Wir sind ja abgehärteter, was die Temperaturen betrifft«, fragte Finnbar, gespielt unschuldig. »Natürlich nicht. Nur zu, nur zu…«,

antwortete der Tourist.
Dabei sah er sich ein wenig bang um, ob nicht vielleicht jemand vom Ordnungsamt in der Nähe wäre.
Finnbar und Akira entkleideten sich bis auf die Badehosen, die sie vorsorglich schon unter ihren Jeans angezogen hatten. In den Taschen der seinen trug Akira die wasserdichten Kameras bei sich. Beide setzten sich noch eine Schwimmbrille auf und sprangen beherzt ins Wasser.
Tatsächlich konnten sie ohne Weiteres schwimmen und auch tauchen. Das Tor war also noch nicht verschlossen und versperrt. Finnbar begab sich auch ganz kurz in die Anderswelt, ob dort schon ein mächtiges Wesen wäre, das eventuell später herauswollen könnte, erblickte aber keines. Inzwischen war Akira mit dem Montieren der Kameras fertig geworden. Lia hatte währenddessen den, Spanien liebenden Mitbürger, zur Seite genommen und diesen in ein »interessantes« Gespräch über die Vorzüge von spanischem Olivenöl verwickelt. Sehr erfreut ergriff dieser das angebotene Thema auf. Bald war er in seinen Ausführungen nicht mehr zu bremsen. Geschickt führte Lia ihn immer weiter vom Wasser weg. Irgendwann kamen Finnbar und Akira grinsend auf die beiden zu.
»Danke, dass sie uns nicht verraten haben«, sprach Akira.
Der Tourist nahm Haltung an, wobei er so etwas wie: »Ist doch Ehrensache!«, murmelte. Nachdem der Mann gegangen war, brachten die jungen Leute noch außerhalb des Wassers, gut versteckt, einige weitere Minikameras an. Dann reisten sie zu den anderen zurück.

Die mystische Kultstätte

»Wie bekommen wir denn nun die Kameras in der heutigen Zeit wieder aus dem Wasser?«, fragte Finnbar in die Runde, nachdem die drei von ihrer Mission am Blautopf zu den anderen zurückgekehrt waren.
»Ginge das nicht nochmals mit so einer Blase?«, fragte Lia in Richtung des Druiden.
»Das könnte denkbar sein«, antwortete dieser nachdenklich.
»Ich schlage vor, wir begeben uns vor Ort. Dann sehen wir weiter. Allerdings hielte ich es für gut, wenn Angar, Patrick und Selma hier die Stellung halten und für den Fall der Fälle nach uns suchen würden, sollte etwas Unvorhergesehenes passieren.«
Genauso wurde es beschlossen.
»Könntet ihr mir bitte etwas Wasser aus dem Blautopf mitbringen?«, fragte Patrick und hielt Akira eine leere Flasche entgegen.
»Wozu brauchst du das denn?« Akira war überrascht.
»Ich habe einfach nur so ein komisches Gefühl, dass das wichtig sein könnte. Wofür weiß ich auch noch nicht ganz genau. Vielleicht soll ich ja die Ying Yang – Blumen damit gießen oder es aufbewahren? Vielleicht auch beides? Schaden kann es doch nicht, denke ich.«
»Ok, dann gib die Flasche mal her. Ich werde dir das Gewünschte mitbringen«, antwortete Akira.
Danach machte er sich auf die Reise.
Wenig später kam die Gruppe am Blautopf an.
Es regnete in Strömen. Daher waren sie die einzigen vor Ort.

Soholit konzentrierte sich sofort.
Er erschuf eine Blase, wie schon zuvor.
Allerdings war diese mit einer Art Mechanik ausgerüstet.
Langsam ließ er sie in die Tiefen der blauen Quelle hinab.
In einer zweiten Blase konnten die Freude die Geschehnisse verfolgen.
Bald schon sahen sie die beiden Minikameras, die Akira zusammen mit Finnbar dort unten angebracht hatte.
Soholit benötigte mehrere Anläufe, um die Kameras zu lösen.
Eine wäre ihm dabei fast entglitten. Erst im letzten Moment konnte er sie wieder mit seinem Werkzeug ergreifen.
Nach etwa vierzig Minuten war die Blase mit ihrem wertvollen Inhalt wieder an Land. Der Druide war völlig entkräftet.
Lia holte noch schnell die Kameras, die an Land befestigt waren, Akira füllte Patricks leere Flasche mit Wasser aus dem Blautopf, dann reisten sie zurück zum Stützpunkt.
Mit fliegenden Händen schloss Akira die erste Unterwasserkamera an seinen Laptop an.
Gespannt blickten alle auf den Bildschirm.
Da die Kameras nur bei Bewegung ansprangen, sah man nur ganz kurz helles Wasser. Irgendwann einmal schwamm eine Art Wasserfloh vorbei, dann fiel eine Euromünze in der Nähe auf den Grund und danach wurde die Kamera mitten am Tag einfach schwarz.
Wenig später kehrte das Licht zurück.
Mehr Ausbeute gab es nicht.
Bei der zweiten Unterwasserkamera war es fast identisch. Bloß flog dort ein dunkelgrüner Gummi-Knochen, so eine Art Hundespielzeug, vorbei. Lia

verdrehte die Augen. Auffällig war, dass diese Kamera exakt zum gleichen Zeitpunkt schwarz wurde wie die Erste.
Auf den Außenkameras war mehr zu sehen. Touristen kamen und gingen.
Man sah auch einen halbwüchsigen Jungen, der vorher für seinen Hund immer wieder einen grünen Gummi-Knochen geworfen hatte, ratlos am Rand des Blautopfs stehen. Dann wurde dieser mahnend von seinen Eltern von dort weggeführt. Diese Szenen sahen sie aus den verschiedensten Blickwinkeln, je nachdem welche Kamera gerade ihre Ausbeute preisgegeben hatte. Aber etwas wirklich Auffälliges war auch hier nicht zu sehen. Jedoch wurde auf allen Filmen wiederum zur gleichen Zeit für etwa eine halbe Stunde alles dunkel. Dies war offenbar eine Zeit gewesen, zu der sich gerade kein Tourist am Blautopf befunden hatte.
Danach waren plötzlich die Männer, die Soholit später in Steine verwandelt hatte, immer mal wieder als Ordnungskräfte getarnt, an der Quelle.
Hin und wieder sah man eine Krähe am Blautopf landen. Das war alles.
Akira war maßlos enttäuscht. »So ein Mist! Alles umsonst! Was sollen wir denn jetzt weiter tun?« Mit Tränen in den Augen lief er aufgeregt auf und ab. Immerhin ging es um die Rettung seiner Mutter.
»Ich würde nicht sagen, dass alles umsonst war, lieber Akira.« Soholit hatte sich erhoben. »Ich finde die Resultate ziemlich aufschlussreich. Das Tor wurde ganz geplant, nämlich als niemand vor Ort war, von dunklen Kräften geschlossen. Ich würde mich nicht wundern, wenn hier der „Herr der Finsternis“ persönlich seine

Finger mit im Spiel gehabt hätte.«
»Was, in Gottes Namen, soll denn dabei die gute Nachricht sein? Gegen den „Herrn der Finsternis“ haben wir doch null Chance!« Akira war noch immer nicht zu überzeugen. »Nicht zu wissen, was als Nächstes zu tun ist, ist doch auch eine Information«, wandte sich Soholit erneut an den aufgelösten jungen Mann.
»Daher schlage ich vor, deine Karten, lieber Akira, wieder zurate zu ziehen. Wie bei einem Puzzle-Spiel müssen wir nun wohl erst in einer anderen Ecke weitermachen, bevor uns das nötige Teil für den Blautopf in die Hände fällt.«
Bei diesen Worten veränderte sich Akiras Haltung. Emsig brachte er die kleine Holzkiste herbei und hielt sie Lia hin. »Möchtet ihr, dass ich wieder die Karte ziehe?«, fragte diese und bekam ein bejahendes Nicken aus allen Richtungen zurück.
Lia schloss die Augen. Nach einer Weile zog sie eine Karte mit der linken Hand. Bedächtig wickelte sie diese aus.
Alle hatten den Atem angehalten. Es war mucksmäuschenstill. Lia las laut vor: »-England, Stonehenge-. Ich fasse es nicht. Da wollte ich immer schon mal hin!«, rief sie begeistert aus.
Sogleich hielt sie sich die Hand vor den Mund.
»Ups, ich vergaß kurz. Das ist ja keine touristische Reise.« »Trotzdem darfst du dich freuen. Das ist doch keine Sünde. Mama hat von Quick Deer gelernt, dass es immer wichtig ist, Spaß und Freude, bei allem, das man tut, zu haben. Ich freue mich übrigens auch auf die stehenden Steine«, sprach Akira liebevoll zu seiner Gefährtin.

»Wir waren vor langer Zeit schon einmal dort«, meldete sich Querin zu Wort. »Natürlich gibt es an diesem kraftvollen Ort ebenfalls ein Tor in die Anderswelt. Auch dieses Tor grenzt an das Gebiet des kleinen Volkes an. Allerdings auch an das der Elben.«

»Ja, das stimmt. Wir haben das Tor auch schon einmal benutzt«, kam es nun von Angar.

»Als ich damals während meiner Reisen durch die Zeit nach den zukünftigen Mitgliedern der Krieger des Lichts suchte, bin ich ebenfalls schon an dieser Stätte gewesen. Dort war schon vor Jahrtausenden ein hochenergetischer Ort«, ergänzte Soholit die Aussagen von Querin und Angar.

»Ich habe an diesem Platz vor langer Zeit einmal eine Zeremonie mitgemacht. Damals war dort ein alter weiser Schamane, namens Kamarteris, der Leiter der Zeremonie gewesen. Ich schlage vor, bei den stehenden Steinen zunächst in der heutigen Zeit nachzusehen, ob es für uns neue Hinweise zu finden gibt. Danach könnten wir in die Zeit von Kamarteris reisen. Er lebte während der Jungsteinzeit. Vielleicht kann er für uns etwas im Feuer sehen. Er war damals ein großer Visionär und wurde als Feuer-Orakel von vielen Stämmen aufgesucht«, erzählte Soholit seinen Kameraden.

Sie bauten gemeinsam ihr Lager ab, verbanden sich fest mit Akiras Seil und begaben sich zunächst ein wenig abseits von Stonehenge, welches nämlich heutzutage ein rege besuchter Touristenort war.

Selma sicherte den neuen Lagerplatz, woraufhin sich die Gruppe, mit Fotoapparaten und Sonnenbrillen, als Touristen getarnt, zu dem magischen Ort aufmachte. Besonders die jungen Leute, die noch niemals zuvor dort

gewesen waren, waren sehr beeindruckt vom Anblick sowie der erhabenen Energie des Ortes. Immer wieder umkreisten oder durchliefen sie den überwältigenden Platz, konnten jedoch nichts erkennen, was ihnen hätte weiterhelfen können.
»Besonders beeindruckend ist die Sonneneinstrahlung zur Sommer-Sonnenwende«, las Lia aus einem Touristenführer, den ihr ein Guide verkauft hatte, vor. »Sollten wir nicht eine kleine Reise zu solch einem Datum unternehmen?«, zischte sie leise ihren Kameraden zu.
Unauffällig begaben sich alle ein wenig abseits aus dem Blickfeld anderer Besucher. Zunächst überprüfte Angar, ob auch hier das Tor zur Anderswelt verschlossen war, was er kurz darauf bestätigen konnte.
Dann reisten sie gemeinsam einige Jahre in die Vergangenheit, genau zum 21. Juni des Jahres 2016. Man hatte absichtlich nicht das letzte oder vorletzte Jahr gewählt, weil damit zu rechnen gewesen wäre, dass man wegen der sogenannten Coronapandemie vor einer Absperrung gestanden hätte. Große Menschenaufläufe waren ja in Pandemiezeiten bekanntlich untersagt.
Es war in etwa vier Uhr morgens. Niemand hätte erwartet, eine so große Menschenmasse, um solch eine frühe Stunde, an einem so abgelegenen Ort anzutreffen. Aber genauso war es.
Unauffällig arbeiteten sich die Krieger des Lichts weiter nach vorne, um etwas sehen zu können.
Dann warteten sie. Etwa 30-40 Minuten später ging die Sonne auf und bestrahlte die Steine ganz direkt.
Erstaunlicherweise waren die riesigen Steine in diesem Moment ganz genau in Richtung der Sonne ausgerichtet.

Patrick sah es zuerst: »Schaut euch diese großen Steine dort vorne an, die sind ja bläulich. Wahnsinn, wie sie in der Sonne leuchten. Ob das eine Verbindung zum Blautopf darstellen könnte?«, fragte er in die Runde.
Als sie in ihr Lager der heutigen Zeit zurückgekehrt waren, rätselten sie über die Bedeutung der Farbe Blau herum.
»Ich habe im Internet nachgeschaut: Blau ist eine seltene Farbe. In der Natur gibt es nur wenige blaue Pigmente. Man erhält Blau, wenn man rot absorbiert. Kann das heißen, wenn rotes Blut verschwindet, erhält man blau?«, sprach Patrick laut, jedoch eigentlich zu sich selbst.
»Mit Blau assoziiert man viel Positives, wie zum Beispiel: blau machen, mit einem blauen Auge davonkommen, ein blaues Wunder…. Blau soll eine positive, beruhigende Farbe sein«, rief Akira, der auch gerade bei Google in Sachen »Blau-Recherche« unterwegs war.
Lucinda sprach leise vor sich hin: »Aus blauem Wasser und gelber Sonne wird das Grün der Pflanzen…«
Dann wieder Patrick: »… Aber nur eine Pigmentklasse kann Blau produzieren, die Anthocyane, was wörtlich „die blaue Blume" bedeutet. Ob wohl unsere Ying-Yang-Blumen uns weiterhelfen können?«, zitierte und sinnierte er laut.
»Lasst uns in die heutige Zeit zurückkehren und die blauen Steine genauer unter die Lupe nehmen«, riet Querin.
So wurde es auch gemacht. Patrick hatte sein kleines Gewächshaus mitgenommen, ohne genauer zu wissen, wofür. Mit einer Lupe betrachtete Finnbar die großen blauen Steine und fing sich daraufhin einiges Kopfschütteln »anderer Touristen« ein. Patrick näherte

sich den Steinen mal ohne und mal mit seinem Gewächshaus. Er konnte durchaus einen Unterschied feststellen. Mit den Blumen fühlte er sich von den blauen Giganten wie magisch angezogen.
Unauffällig probierte nun einer nach dem anderen das Gleiche. Jeder konnte diese rätselhafte Erfahrung bestätigen. Besonders deutlich wurde dies bei den beiden Elben, welchen man zuerst die Blumen aus der Hand nehmen musste, ansonsten wären sie vom blauen Stein gar nicht mehr losgekommen, so sehr hielten diese sie in ihrem Bann.
»Wie kommt das nur? Ich habe keinerlei Erklärung dafür«, sprach Soholit.
»Unser Volk ist sehr eng mit den Gesetzen der Natur verbunden. Vielleicht wird bei uns das Phänomen der Blume daher am deutlichsten«, antwortete Selma.
»Aber warum es überhaupt auftritt, können auch wir nicht sagen.«
»Das ist wirklich ein großes Rätsel. Vielleicht können wir es irgendwann lösen.
Ich schlage vor, heute Nacht, wenn keine Touristen mehr hier sind, genau an dem blauen Stein in die Jungsteinzeit zu meinem Bekannten, Kamarteris, zu reisen.
Vielleicht war früher genau an diesem Platz etwas sehr Wichtiges«, schlug Soholit vor.
Gegen zwei Uhr morgens trafen sich die Freunde am blauen Stein wieder. Es war sehr mystisch.
Jetzt hörte man auch noch das pfeifende Geräusch des Windes, der um die Steine blies.
Patrick hatte wiederum sein kleines Gewächshaus dabei. Als er ganz dicht an einem, der blauen Steine stand, löste sich von diesem plötzlich ein winziges Stück. Patrick

steckte sich das blaue Steinchen instinktiv in seine Hosentasche.
»Lasst uns ein klein wenig Abstand vom Stein halten. Wer weiß, was uns hier in der Vergangenheit erwarten wird«, riet Soholit.
Gesagt, getan. Sie landeten via astrale Reise wiederum mitten in der Nacht am gleichen Ort.
Das war auch gut so, damit es mit den damaligen Bewohnern nicht zu gefährlichen Zwischenfällen kommen würde.
Dort, wo eben noch der blaue Stein gestanden hatte, war nun eine, in Stein gefasste Feuerstelle, in welcher noch ein kleines Feuer glomm.
Der Steinkreis war noch nicht vorhanden. Es gab aber, in etwa dort, wo vorher noch die fünf Steintore gestanden hatten, fünf Tore aus riesigen Baumstämmen.
Soholit gebot den anderen zu warten und machte sich allein zur Wohnstätte des vorzeitlichen Schamanen, welche sich in einer, nahe gelegenen Höhle befand, auf.
Kaum eine halbe Stunde später tauchte er mit diesem an seiner Seite wieder auf.
Aus weisen Augen betrachtete Kamarteris die Kameraden mit Erstaunen und Humor. Er betastete deren Bekleidung sowie das Schuhwerk und nickte mehrmals anerkennend.
»Ihr möchtet also, dass ich für euch das Feuer befrage? Das tue ich gerne.«
Er warf einige neue Äste in die Flammen, welche daraufhin wieder zu wachsen begannen.
Hinterher gab er noch etwas Beifuß hinzu. Ein angenehm frischer Duft schwängerte augenblicklich die Luft.
Es schien den Freunden, dass auch ihr Geist mit dem

Geruch wieder aufnahmefähiger wurde.
»Bitte verneigt euch mit mir gemeinsam vor den fünf Toren, die für die Elemente: Feuer, Erde, Wasser, Luft und leerer Raum stehen, um diesen die Ehre zu erweisen«, sprach Kamarteris.
Dann setzte er sich mit gekreuzten Beinen vor das Feuer. Er begann leise, ganz tief zu summen oder zu brummen. So ein Geräusch hatten die Neumenschen noch nicht gehört. Dabei bewegte er sich rhythmisch mit dem Oberkörper hin und her. Seine Hände hielt er über das Feuer.
Die Augen waren geschlossen.
Langsam ließen sich auch die anderen nieder und begannen, sich genauso zu bewegen.
Bevor der Morgen graute, war das Feuer fast heruntergebrannt.
Kamarteris öffnete seine Augen und begann zu sprechen: »Wo rotes Feuer verlischt, erscheint als Lösung das Blau. Das Blaue ist fest miteinander verwoben. Vier blaue Tore sind es an der Zahl, von jedem Element eines. Fällt das Erste, so fallen sie alle. Sind die vier blauen erst geöffnet, gibt's kein Halten mehr für die Übrigen. Opfert sich einer im blauen Wasser, lässt er am Tor die Leuchtenden heraus. Der Blume Kraft ist dafür der Schlüssel. Vier blaue Geschenke von je einem Element werden zusätzlich gebraucht. Die Liebe führt dabei, des Demütigen Hand.«
Der Schamane war offenbar am Ende des Orakelspruchs angelangt und schwieg.
»Ich danke dir, mein lieber Freund«, sprach Soholit.
»Gibt es etwas, das wir dir als Gegenleistung anbieten könnten?«, fragte er.
»Ich habe im Feuer erblickt, dass hier in der Zukunft statt

der Stämme riesige Steine stehen werden. Dabei könnten wir Hilfe gebrauchen«, sprach der weise Mann.
»Wir werden wiederkommen. Das verspreche ich«, antwortete Soholit.
»Ich habe noch eine andere Botschaft für euch, die nicht aus dem heutigen Feuer stammt. Sie lautet:
»Gebt der Eiche den Vorzug. Erhaltet den Wald! Tut ihr das nicht, so wird niemand mehr alt. Gold kann man nicht essen und es bringt auch kein Glück. In die Spirit-Welt geht jeder mit leeren Händen und nur nackt zurück. Liebe und Freude ist alles, was bleibt, drum besser keiner sich an Problemen aufreibt.«
Langsam drehte sich Kamarteris um und verschwand, ohne ein weiteres Wort, in Richtung seiner Wohnhöhle.

Geschichten des Friedens

Die Gruppe war kurz darauf ebenfalls wieder zurückgereist und schon wieder am Lagerplatz im Jahr 2022 angelangt.
Es war der 26. Februar.
Akira, der den Text des Orakels mitgeschrieben hatte, blickte nachdenklich auf sein Notizbuch. Atlantus, welcher ihn über den Geist praktisch ständig begleitete, schnaubte laut. »Menschenskind! Immer diese dummen Rätsel. Als, wenn man nichts Wichtigeres zu tun hätte.«
»Hm, lass mal sehen.« Akira las den Wortlaut der Prophezeiung nochmals laut vor:

»Wo rotes Feuer verlischt, erscheint als Lösung das Blau. Das Blaue ist fest miteinander verwoben. Vier blaue Tore sind es an der Zahl, von jedem Element eines. Fällt das Erste, so fallen sie alle. Sind die vier blauen erst geöffnet, gibt's kein Halten mehr für die Übrigen. Opfert sich einer im blauen Wasser, lässt er am Tor die Leuchtenden heraus. Der Blume Kraft ist dafür der Schlüssel. Vier blaue Geschenke von je einem Element werden zusätzlich gebraucht. Die Liebe führt dabei, des Demütigen Hand.«

Lia nahm ihm interessiert das Notizbuch aus der Hand und betrachtete den Wortlaut nochmals. »Also, es gibt offenbar vier blaue Tore. Das Erste ist der Blautopf, das Zweite ist Stonehenge. Wir brauchen jeweils ein Geschenk von dort. Was könnte das bloß sein? Vom Blautopf hat Patrick Wasser mitgenommen. Das könnte als Geschenk gelten, oder?
Aber von Stonehenge haben wir nichts…«

Patrick steckte seine Hand in die Hosentasche und zog den kleinen, blauen Stein hervor.
»Schaut mal, dieser Stein hier ist mir fast in die Hände gefallen als er sich, ganz von selbst, von dem großen blauen Stein löste.«
Aufgeregt kam Akira näher.
»Demnach haben wir schon etwas vom Element Wasser aus dem Blautopf und der Stein von Stonehenge gehört zum Element Erde. Fehlen uns noch die Geschenke der Luft und des Feuers, sowie die Tore dazu.«
»Na, wenn's weiter nichts ist«, murrte Atlantus von Weitem.
»Ich schau mal im Internet, ob ich irgendwelche Sehenswürdigkeiten finden kann, die ebenfalls blau sind«, rief Lia und setzte sich vor den Laptop, welcher sich über ein Solarmodul aufladen ließ und über Lias Handy, das im Lager Empfang hatte, ins Internet konnte.
»Es gibt verschiedene blaue Lagunen, das könnte vielleicht was sein«, rief sie kurz darauf. Aber, obwohl, das Element Wasser haben wir ja schon.
»Oh Gott, was ist das denn?«
Lias entsetzter Ton ließ alle alarmiert aufhorchen.
»Was ist passiert, meine Liebste?«
Akira war sofort an ihrer Seite. Finnbar stand auf der anderen.
Lia deutete auf eine Push-Nachricht, die sich gerade von selbst auf dem Bildschirm aufgetan hatte. Darauf stand zu lesen: »Krieg in Europa - Die Ukraine bittet um Hilfe im Verteidigungskampf gegen Russland.« »Das kann doch unmöglich sein! Kein Volk würde doch innerhalb Europas einen Krieg beginnen... Lass uns sehen, vielleicht sind das ja bloß Fake News.«

Akira klickte auf eine offizielle Nachrichtenseite.
»Um Himmels willen! Es stimmt! Vorgestern hat Russland die Ukraine angegriffen. Wir müssen sofort nach Waldhaus und uns mit den anderen beraten.«
Alex war blass geworden.
»Das ist ja entsetzlich. Wir können doch die Suche nach Tanja jetzt nicht einfach abbrechen. Andererseits müssen wir es wohl wirklich tun. Was, wenn der Krieg auf uns nach Deutschland überschwappt? Was, wenn gar Atomwaffen eingesetzt werden?« Er schlug verzweifelt die Hände vors Gesicht.
Soholit hatte sich plötzlich eindrucksvoll vor seinen Kameraden aufgebaut. In seinem weißen Gewand wirkte er auf einmal sehr majestätisch und weise: »Bewahrt die Ruhe, meine Freunde. Alex, wir werden die Suche nach Tanja nur kurz unterbrechen, nicht aber aufgeben. Außerdem werden wir alles dafür tun, das auch nur irgendwie in unserer Macht stehen könnte, auf unsere Weise zu helfen, den Krieg so schnell, wie möglich, zu beenden. Wir müssen nun vor allem einen kühlen Kopf bewahren. Ich schlage vor, dass wir unterwegs herausfinden, wie die Menschen darüber denken. Lasst uns auf einen zentralen Platz nach Frankfurt reisen und schauen, was sich dort tut. Wir sollten dabei besser unsichtbar bleiben, schlage ich vor.«
Die kleine Schar landete mitten in einer riesigen Demonstration für den Frieden, welche bereits an diesem Tag stattfand. Etwas abseits, an einem eindrucksvollen Brunnen, stand eine größere Gruppe von Menschen, die am Diskutieren waren. Einige stritten sich auch.
Aufmerksam lauschten die Krieger des Lichts dem Wortgefecht.

Anscheinend waren sich ausnahmslos alle darüber einig, dass es dringend wieder Frieden geben müsste. Nicht einer bestritt, dass es unverzeihlich und bestialisch war, dass ein Volk das andere mit Waffengewalt angegriffen hatte. Ein jeder verurteilte, dass durch Russland der Krieg begonnen worden war.
Dann aber gingen die Meinungen auseinander. Die überwiegende Anzahl der anwesenden Menschen bezeichnete den Aggressor als verrückt gewordenen Diktator und manche schreckten auch nicht vor einem Vergleich mit Hitler zurück.
Es gab aber auch einige, welche zumindest Verständnis dafür zeigten, dass sich Russland durch das Voranschreiten der NATO nach Osten sowie die Wünsche der Ukraine nach NATO-Beitritt und Waffenstationierungen, in die Ecke getrieben sah. Allerdings verstand auch diese, sehr viel kleinere Gruppe, nicht, dass das größere Land deshalb wirklich zum militärischen Aggressor geworden war. Dies wurde von keinem gebilligt und von jedem, der Demonstranten vor Ort, verabscheut. Dann wieder waren alle einig darin, dass man den, Not leidenden Ukrainern, unbedingt helfen müsse. Wie, da gab es wieder Streit. Alle wollten Flüchtlinge aufnehmen und diese gut versorgen sowie Hilfsgüter, wie Lebensmittel und Medikamente in die Ukraine entsenden. Uneinig war man sich über Waffenlieferungen. Die eine Gruppe meinte, dass sich so das Blutvergießen auf beiden Seiten nur verlängern würde, oder man dadurch eventuell in den Konflikt mit hineingezogen werden könnte, der überwiegende Anteil der Anwesenden war jedoch der Ansicht, dass die Ukraine sich auf diese Weise wenigstens richtig

verteidigen und vielleicht sogar siegen, sprich den Aggressor, wieder aus dem Land vertreiben könnte. Schließlich wären ja auch noch andere Länder in Gefahr, ebenfalls von Russland angegriffen zu werden.
Manche Menschen riefen sogar nach Waffen für sich selbst, um für das Volk der Ukraine und auch für Deutschland kämpfen zu können, andere wiederum lehnten den Kampf mit Waffen rigoros ab und hätten sich wohl lieber kampflos töten lassen, als einen Mitmenschen mit Waffengewalt zu verletzen. Einige sprachen von eigenen Fluchtgedanken.
Sehr emotional wurde eine, völlig aufgelöste Frau, die offenbar mehrere Söhne hatte, von denen sie auf gar keinen Fall wollte, dass sie einmal in den Krieg ziehen müssten. Sie war vollkommen außer sich vor Angst und regte sich auch fürchterlich darüber auf, dass es einigen Ukrainern bei deren Bitten nach Hilfe, offenbar völlig egal sei, ob durch das Eingreifen anderer Länder in die Auseinandersetzung am Ende ein ganzer Weltkrieg entstehen würde.
Dabei wurde ihr von vielen Demonstranten empört und vehement widersprochen, einige nickten mit den Köpfen dazu.
Die Auseinandersetzung weitete sich aus, die Gefühle der Betroffenen kochten hoch.
Ergriffen zogen sich die Kameraden dezent von der Kundgebung zurück und reisten auf direktem Weg nach Waldhaus.
Dort herrschte eine bedrückte Stimmung. In irgendeiner Ecke lief ein Fernseher mit Nachrichten.
Soholit richtete sich wiederum auf, erfüllte den Raum mit einer klärenden Energie und schaltete als Erstes den

Fernseher ab.
»Kommt, wir müssen uns beraten!« Über den Geist sandte er eine Einladung an alle Krieger des Lichts aus Waldhaus, Portugal sowie an andere, kleinere Zweigstellen in der Welt, hinaus. Binnen kurzer Zeit war die Wohnküche völlig überfüllt.
»Freunde, es kommt nun darauf an, sich nicht in die Geschichte über „Für und Wider" hineinziehen zu lassen. Friede ist ohne Zweifel vonnöten, und zwar so schnell, wie möglich. Gleiches zieht Gleiches an. Daher müssen wir hier ein Feld des Friedens erschaffen und es stetig nähren, damit es in die Welt hinauswachsen kann.
Ich bitte jeden von euch dabei um Mithilfe. Fangen wir einfach mit dem Geschichtenerzählen an. Was würdet ihr für den Frieden tun, wenn Ihr alle Macht der Welt innehättet?
Ich werde beginnen: Ich würde einen Nebel erschaffen, der allen Menschen eine totale Amnesie bringt. Wenn sie dann komplett alles, also auch ihren Namen und die Herkunft vergessen hätten, käme ein reines Licht in ihre Körper, welches sie ganz neu lehren würde. So wäre dann der Kreislauf aus Verletzung, Rache und Feindschaft durchbrochen.
Alle würden hernach nur ein einziges Volk von Schwestern und Brüdern sein, welches dankbar und im Einklang mit allen Wesen auf der Erde weiterleben würde.« Soholit war am Ende angelangt und sah sich wartend um.
Nun trat Lucinda hervor: »Ich würde ein Heer von unzähligen Schmetterlingen durch die Welt senden. Die Schmetterlinge würden sich auf jeden Menschen setzen und somit Liebe und Freundschaft in deren Herzen

einpflanzen. Jede Waffe, die von einem Schmetterling berührt würde, würde zu einem Lieblingsgeschenk für ein Kind in der Welt werden.«

Basilica sprach schlicht: »Ich würde jede Waffe auf der Welt in einen wunderschönen Blumenstrauß verwandeln. Jeder Kampf mit Fäusten wäre vergeblich, weil dann die Fäuste so weich wie Watte wären.«

Der Geist der Quelle hob, als Nächster an zu sprechen: »Wir Geister der Gewässer würden sämtliche Wassertropfen auf der Erde so beeinflussen, dass ein jeder, der davon trinkt, große Liebe zu allen Wesen empfindet. Das führt dann ohne Umschweife zu einem allumfassenden Frieden.«

Jetzt ergriff Querin das Wort: »In meiner Geschichte gibt es ein ganz, ganz winziges Volk, welches so klein ist, dass ganze Familien in den Ohren der Menschen wohnen könnten. Dieses Volk ist zahlenmäßig so groß, dass in jedem menschlichen Ohr einige von ihnen leben könnten. Sie sprechen immer genau die Sprache, die ihr Wohnmensch ebenfalls spricht. Sie würden nun so laut und auch aufdringlich mit dem Menschen kommunizieren, dass dieser sie nicht ignorieren könnte. So würden sie ein jedes Menschenkind davon überzeugen, dass Frieden herrschen muss. Erst wenn sie das erreicht hätten, würden sie wieder verstummen.«

Die Alte vom Wald kicherte leise und erzählte jetzt ihrerseits eine Friedensgeschichte. »Ich würde alle Weiber der Erde so beeinflussen, dass sie ihren Söhnen sowie Töchtern von klein auf beibringen, dass nur ein friedliches Miteinander akzeptabel ist. Keine Frau würde erlauben, dass ihr Sohn, Gefährte, Bruder oder Vater in den Krieg ziehen würde. Frauen selbst würde das

ebenfalls, nicht einfallen zu tun. Da in dieser Welt niemals etwas ohne die Erlaubnis der Frauen entschieden werden dürfte, wäre somit nur Frieden in der Welt möglich.«
Quick Deer hob die Hand. »Ich würde die Luft bitten, dass ein jeder, welche oder welcher sie atmet, ganz plötzlich den Sinn von „How Mitakye Oyassin" verinnerlicht. Der Spruch bedeutet übersetzt: „Für alle meine Verwandten" und meint, dass jedes Wesen der Erde miteinander verwandt ist. Diese Verwandtschaft würde automatisch zu gegenseitiger Liebe, Achtung und Vergebung führen. Dadurch wäre lediglich Frieden möglich.«
Langsam verbesserte sich die Stimmung in der Wohnküche von Waldhaus. Die Krieger des Lichts fanden sichtlich Vergnügen am Erzählen solcher wunderbaren Geschichten.
Alex meldete sich im Anschluss an Quick Deer zu Wort. »Ich würde die Erde bitten, dass jedes Wesen, welches seinen Fuß auf sie setzt, plötzlich die persönliche Geschichte seines Gegenübers erblickt. Vor allem würde sie oder er, die oder den anderen als kleines, unschuldiges Kind erleben und dadurch sofort erfassen, was die besten Eigenschaften dieses Wesens wären. Das würde sofort zu einer gegenseitigen Zuneigung führen, die nur einen friedlichen Umgang miteinander zur Folge hätte.«
Diese Art von Geschichten wurden noch bis in die späte Nacht erzählt. Die Freunde kamen dabei immer mehr in Fahrt und es wurde mehr als einmal sogar über die, zum Teil sehr außergewöhnlichen Ideen gelächelt. Am Ende gingen alle erfüllt zu Bett.
Am nächsten Morgen erfuhren sie davon, dass die

Außenminister beider Länder ein Treffen vereinbart hatten. Es wurde aber leider noch kein Waffenstillstand oder ein Ende des Krieges erreicht.
Soholit jedoch meinte, man solle dem Universum ein wenig Zeit geben und fest auf die Liebe vertrauen. Das Erzählen der Friedensgeschichten wurde fortan einmal pro Woche in Waldhaus fortgeführt.
Wenn der Krieg, der leider doch länger andauerte und eine furchtbar hässliche Fratze bekommen hatte, dann irgendwann endlich beendet sein würde, würden so unendlich viele Narben in der unschuldigen Natur, der Infrastruktur, und vor allem in den traumatisierten Seelen der betroffenen Menschen zurückgeblieben sein. Ganz zu schweigen davon, dass Unzählige auf beiden Seiten ihr Leben gelassen hätten und unbändig von den Hinterbliebenen vermisst werden würden.
So viel Schmerz, Leid und Zerstörung würden entstanden sein.
Warum nur hatte man dies nicht im Vorfeld verhindern können?

Auf den Spuren des großen Feuers

Es war höchste Zeit, die Suche nach Tanja wieder aufzunehmen.
Alex und Akira hatten sich am Abend darauf verständigt, dies auf alle Fälle am nächsten Morgen anzusprechen.
Doch Soholit kam ihnen zuvor.
»Ich werde heute Abend noch aufbrechen, um Rat einzuholen, an welcher Stelle wir in Sachen Tanjas Befreiung fortfahren könnten.
Wir benötigen, wie ihr wisst, noch zwei weitere Geschenke von den blauen Toren des Feuers und der Luft.
Ich möchte dazu einen weiteren alten Bekannten, der vor circa 120 000 Jahren gelebt hat, aufsuchen.
Diesen Hinweis habe ich gestern auf einer schamanischen Reise bekommen, auf die ich mich begeben hatte, um zu erfahren, wohin wir uns als Nächstes wenden könnten.
Während der Reise wurde ich von einem mächtigen Schamanen eines Neandertaler-Stamms gerufen. Er hat mir vermittelt, dass ich noch zwei Freunde mitbringen könnte.
Sein Name ist Ghaul. Er war seinerzeit der mächtigste Natur-Magier überhaupt.
Ich selbst bin ihm schon einmal vor vielen, vielen Jahren begegnet. Ich werde das niemals vergessen.
Er war sehr eindrucksvoll. Er arbeitet mit der Magie des Höhlenbären.
Er lebte damals in einer Höhle in unserer Eifel, die heutzutage die Kakushöhle genannt wird.
Diese liegt in der Nähe der Orte, die man in unserer Zeit

Mechernich und Eiserfey nennt.
Möchtet ihr mich vielleicht begleiten?
Ich erhoffe mir von ihm einen Rat, wohin genau unsere Reise als Nächstes gehen soll.
Ich gehe davon aus, dass wir dann schon morgen früh mit der ganzen Gruppe weitersuchen könnten.«
Akira und Alex waren sofort einverstanden.
Soholit nahm die beiden, der Einfachheit halber, auf eine Tandem-Zeitreise mit.
Nicht lange darauf landeten sie mitten in der Nacht auf steinigem Boden in der Nähe eines hellen Felsens.
»Bitte bleibt dicht bei mir. Wundert euch nicht. Ich muss mich in einer Art Gebärdensprache verständigen, die ich in meinen jungen Jahren bei den Neandertalern gelernt habe.
Das ist die einzige Sprache, die hier verwendet wird«, flüsterte Soholit ihnen zu.
Fragend blickte Alex auf den zweiten Eichenstab, den Soholit zusätzlich zu seinem eigenen magischen Stab noch bei sich trug.
»Das ist ein Geschenk für Ghaul«, beantwortete der Druide die unausgesprochene Frage leise.
Dann ging er fast lautlos voraus.
Akira und Alex folgten ihm, so geräuschlos sie es vermochten.
Bald waren sie an einer Höhle angelangt.
Von weiter hinten sahen sie im Inneren ein Feuer brennen.
Zielstrebig führte der Druide sie in der Höhle, immer bergab, genau in diese Richtung.
Am Feuer saß ein uralter, in einfache Felle gekleideter Mann, der sehr stark am ganzen Körper behaart war.

Seine Augen waren tiefbraun und blickten die Freunde weise und durchdringend an.
Nach kurzer Zeit erhob er sich und wies ihnen durch Gesten den Weg in einen dunklen Gang.
Mit einer Art Fackel ging er voran.
Bald kamen die vier Männer zu einer Vertiefung in der Höhle.
Dort lag vor einer Art Altar der gigantische Schädelknochen eines Höhlenbären.
Ghaul wies seine Gäste an, sich zu setzen und verbeugte sich daraufhin tief vor dem Ritualplatz.
Während er sich gestikulierend an Soholit wandte, übersetzte dieser simultan für seine Freunde:
»Ich hatte mich gestern Abend auf eine innere Reise aufgemacht. Ich wurde vom Geist des heiligen Höhlenbären, der mich zuvor gerufen hatte, geführt.«
Während Ghaul kurz innehielt, um sich zu sammeln, erklärte Soholit: »Ich war schon einmal bei solch einer Reise dabei. Dazu wird vorher die Wurzel einer stark halluzinierenden Pflanze gekaut. Diese unterstützt den mystischen Vorgang.
Es ist unglaublich, was auf diese Weise alles möglich ist.«
Nun nahm Ghaul den Faden wieder auf:
»Normalerweise reisen wir in die Vergangenheit, um uns durch das Wissen unserer Ahnen zu stärken.
Dieses Mal war es jedoch anders. Der Geist des Höhlenbären führte mich in die Zukunft.
Dabei musste ich mit ansehen, wie unser Volk ausstarb.«
Soholit stoppte die Übersetzung, denn Ghaul hatte seine Gebärdensprache abrupt unterbrochen. Offenbar war er sehr betroffen, von seinen neuen Erkenntnissen.
»Nur durch einige Mischlinge, die zwischen uns und den

Neulingen, hervorgegangen waren, blieb ein wenig in dem Volke übrig, dem auch ihr heute angehört. Neulinge, so nennen die Unsrigen eine merkwürdige Spezies, die wir leider immer öfter erblicken. Sie haben uns schon angegriffen sowie einige von ihren angestammten Plätzen vertrieben. Sie sehen euch im Übrigen sehr ähnlich. Während meiner Reise musste ich mit ansehen, wie wir als Volk einfach so von der Erde weggewischt wurden. Die Reise ging aber noch weiter. Ich sah, wie es immer heißer wurde und dadurch auch euer Volk und alle anderen Lebewesen von der Erde verschwanden.
Dann schickte mich der große Höhlenbär nochmals zurück in eine Zeit davor. Ich glaube, das muss eine Epoche des Wendepunkts gewesen sein.
Hier gab es nämlich zwei Möglichkeiten. Erstens, die Vernichtung aller Wesen der Erde oder zweitens, eine Umkehr zu einer bescheideneren Einfachheit. Genau in dieser Zeit begegnete ich dem Geist von Soholit. Er befand sich in einer merkwürdigen Höhle mit noch anderen Neulingen, darunter auch ihr beide.« Ghaul wies kurz auf Alex und Akira.
»Kurz, bevor ich zurück in meine Zeit unterwegs war, sah ich nochmals euch zwei, wie ihr an dieser Stelle der Höhle etwas am Suchen wart. Soholit war nicht bei euch. In einem blauen See, einige Tagesreisen von hier, habt ihr dann auch das Gewünschte gefunden.
Das war offenbar eine ganz wichtige Sache, welche letztlich auch mit dem Schicksal unserer großen Mutter, der Erde, zu tun hatte.
Ich nahm daher nochmals bewusst Kontakt mit Soholit, der zufällig auch gerade in der Anderswelt unterwegs war, auf und bat ihn, mich so schnell, wie möglich,

aufzusuchen. Ich bot ihm an, zwei Freunde mitzubringen. Tatsächlich seid ihr auch genau diejenigen, die ich zuvor in dieser Höhle gesehen hatte.«

Soholit hatte sich die Freiheit herausgenommen, Ghauls Botschaft so zu übersetzen, wie sie auch in der Sprache der heutigen Zeit gewesen wäre, denn dessen Wortschatz war von sich aus ein wenig geringer als der von Soholit.

»Soholit, denkst du, wir sollten uns nochmals gemeinsam der Führung des Höhlenbären anvertrauen oder meinst du, dass wir es dabei belassen sollen? Ich dachte, es gäbe vielleicht noch mehr wichtige Informationen zu finden?«, fragte Ghaul.

Der Druide gestikulierte zurück, dass er darüber zunächst mit seinen Freunden beraten wolle.

Ghaul nickte ihm bedächtig zu und wartete still.

Alex war strikt dagegen, noch weitere Risiken einzugehen. Es war mehr als genug, zu wissen, wo sie als Nächstes weitermachen sollten.

Akira jedoch war der Ansicht, dass sie bei der angebotenen Reise vielleicht auch noch weitere wichtige Hinweise bekommen könnten.

Soholit überlegte eine Weile, dann sprach er:

»Ich bin sicher, dass Ghaul die Wahrheit erfahren hat. Erstens wissen wir aus der Geschichte, dass die Neandertaler tatsächlich ausgestorben sind und dass aber ihre Gene durch Mischlinge in manchen von uns heute noch vorhanden sind.

Außerdem beschreibt er den Weltuntergang genauso, wie ich ihn auch im Brunnen der Zeit beobachtet hatte. Ich bin ebenfalls sicher, dass wir heutzutage genau an dem Wendepunkt leben, den er gesehen hat.

Es wird sich sehr bald entscheiden, ob wir eine Zukunft auf unserem Planeten haben oder nicht.
Daher meine ich, ich sollte diese angebotene Chance nutzen. Ich glaube nicht, dass ihr sehr lange auf meine Rückkehr werdet warten müssen.
Ich schätze mal, es ist so ähnlich wie eine schamanische Reise.
Sobald die Wurzel wirkt, ist alles nach circa fünfzehn Minuten beendet. Sollen wir das nicht wagen?«
»Ich habe ein ganz ungutes Gefühl«, meldete sich Alex nochmals alarmiert zu Wort. »Lieber den Spatz in der Hand als die Taube auf dem Dach! Lasst uns einfach nach Hause zurückreisen, bitte! Ich finde es mehr als merkwürdig, dass du in unserer Zeit in der Höhle hier nicht mehr dabei warst.« Alex hatte seine Stimme erhoben.
»Ich bin dafür, dass du mit Ghaul reist. Wir können eh nicht vor morgen früh weitersuchen.
Eine Stunde mehr oder weniger. Darauf kommt es dann auch nicht mehr an«, sprach Akira.
»Ich möchte auch lieber mit Ghaul gehen und dann erst nach Hause zurückreisen«, äußerte sich nun Soholit.
Damit war die Sache beschlossen.
Alex presste die Lippen fest aufeinander und schwieg.
Soholit informierte Ghaul über das Ergebnis der Beratung und überreichte diesem den magischen Stab als Gabe.
Dankend nahm der Schamane das wertvolle Geschenk entgegen.
Er wies auf einen Strich, der tief in den lehmigen Boden gezogen war. Soholit übersetzte, dass dies eine Art Bannkreis sei und dass weder Alex noch Akira diese Linie übertreten dürften. Dies wäre von äußerster Wichtigkeit,

egal, was auch geschehen würde. Ihrer aller Leben würde davon abhängen.
Die beiden nickten. Nun war auch Akira ein wenig blasser geworden.
Ghaul und der Druide nahmen vor dem Altar auf dem Boden Platz. Ein jeder hatte seinen Stab in der linken Hand.
Der alte Schamane reichte Soholit ein Stück einer Wurzel und steckte sich selbst ein Ähnliches in den Mund, auf dem er zu kauen begann. Der Druide tat es ihm nach.
Kurz darauf sank Soholits Kinn nach unten. Der Druide hatte das Bewusstsein verloren.
Überrascht beeilte sich Ghaul damit, etwas schneller zu kauen. Endlich sank auch dessen Gesicht zur Brust. Offenbar hatte jetzt die gemeinsame Reise begonnen.
»Hoffentlich konnte Soholit auf ihn warten« Akira klang besorgt und ziemlich kleinlaut.
Inzwischen war ihm die ganze Sache auch nicht mehr so geheuer.
Alex nickte ihm versteinert zu. Er presste seine Hände so stark zusammen, dass die Knöchel weiß hervorgetreten waren.
Akira blickte auf seine Armbanduhr. »Noch vierzehn Minuten.«
Alex reagierte nicht.
Nach etwa fünf Minuten begannen die beiden magischen Stäbe, rot zu glühen.
Akiras Herz hämmerte wie wild. »Das heißt doch sicher, dass sie zumindest einmal zusammen sind, oder?«
Alex brachte wiederum keinen Ton hervor.
Er hatte sich erhoben und ging einen halben Meter vor

dem Bannkreis unruhig auf und ab.
Die magischen Stäbe flackerten nun. Aus Soholits Eichenstab traten sogar einige Funken heraus.
Inzwischen war auch Akira verängstigt aufgesprungen.
Die reisenden Männer fingen an zu zittern. Zunächst ganz leicht, dann immer stärker. Jetzt ging das Zittern in eine Art Zucken, ähnlich einem epileptischen Anfall, über. Allerdings änderten die zwei ihre sitzende Position dabei nicht.
Ghauls magischer Stab begann, wie eine Fackel zu brennen. Er wurde dadurch langsam kürzer.
Als Soholit plötzlich, wie in größter Pein anfing zu schreien, hielt es Akira nicht mehr aus.
Er war entschlossen, den Bannkreis zu ignorieren und dem Lehrer zu Hilfe zu eilen.
Gerade hatte er den rechten Fuß gehoben, um den Strich zu übertreten, da fühlte er sich von zwei starken Armen durch einen Griff um seinen Bauch zurückgehalten.
Dabei fiel sein Taschenmesser aus seiner Jackentasche über die Linie. Kaum hatte dieses den Raum innerhalb der Linie überschritten, gab es einen lauten Knall, gefolgt von einem Blitz. Danach war nur noch pulvriger Staub von Akiras Messer übrig.
Langsam lockerte Alex seinen eisernen Griff, jedoch bereit, sofort wieder zuzupacken, sollte es nötig sein.
Akira stand atemlos, mit weit aufgerissenen Augen, an der Linie. Dann trat er einen Schritt zurück.
Alex ließ ihn nun vollends los.
»Bleib hier stehen, was auch immer geschieht. Du hast gesehen, was passieren kann. Ich bitte dich, auch in Tanjas Namen, halte an dich, egal, was noch kommen wird.« Alex stellte sich neben Akira. Beide sahen nun, wie

offenbar der Kampf, den die zwei Reisenden anscheinend irgendwo in fernen Zeiten führten, weiterging.
Es war schrecklich, der Qual des Druiden, tatenlos zusehen zu müssen. Er schrie und zitterte.
Er zuckte und wand sich.
Dann begann es.
Von den Füßen an, begann Soholit, sich langsam in Stein zu verwandeln.
Alex legte sicherheitshalber seine Hand um Akiras Schultern.
Nach etwa dreißig Sekunden schrie er noch ein letztes Mal auf, dann war er, samt seinem magischen Stab, ganz aus Stein.
Ghaul hatte die letzte Minute lautlos, still dagesessen, während sein Stab weiter herunterbrannte.
Akira sah auf seine Uhr: »Fünfzehn Minuten sind schon längst um. Ob der Bann gebrochen ist?«
»Das werden wir sehen.« Alex warf ein kleines Stöckchen über die Linie, was sofort mit einem hellen Blitz und Knall verglühte.
Es waren keine weiteren Worte nötig.
Bis aufs Äußerste gespannt, warteten die zwei Männer.
Ghaul zuckte schmerzerfüllt als die Flamme seines magischen Stabes an der Hand, die ihn hielt, angekommen war.
Er warf den Rest des Stabes von sich.
Alex und Akira sahen nun in zwei, vor Angst geweitete Augen.
Ghauls Atem ging schnell. Langsam erhob er sich und ging zu Soholit.
Er betastete diesen ungläubig. Dann winkte er Alex und Akira, zu kommen.

Akira blickte zunächst zu Alex. Dieser warf zur Sicherheit nochmals ein Stöckchen über die Linie. Dieses Mal fiel es ganz einfach, ohne Schaden zu Boden.
Alex trat daraufhin als Erster in den Bannkreis.
Als nichts passierte, winkte er auch Akira zu sich.
Schnell ließen sie sich neben Soholit nieder.
Dieser war komplett versteinert. Er ähnelte nun einer übergroßen, sitzenden Buddha-Statue.
»Sollten wir nicht schnell mit ihm zurück? Vielleicht kann Querin noch etwas mit seinem heilenden Hammer verrichten?«, fragte Akira mit zitternder Stimme.
»Das werden wir sofort tun, wobei ich annehme, dass es leider schon zu spät ist. Ich möchte aber vorher noch kurz mit Ghaul Kontakt aufnehmen.«
Alex stellte sich vor den Schamanen und blickte ihn fragend an.
Dieser nahm ein schwarzes Fell vom Boden auf, hielt es sich über den Kopf und bildete mit zwei Fingern eine Art Hörner-Paar.
Dann führte er etwas vor, das einem Stierkampf ähnlichsah.
Angsterfüllt lauschte er in Richtung der Höhle.
Von dort war ein donnerndes Geräusch zu hören, welches stetig näherkam.
Panisch nahm er seine frühere Fackel auf und stellte sich vor Alex und Akira.
Von außen war ein schwarzer, furchteinflößender Dämon mit zwei riesigen Hörnern in die Höhle eingedrungen.
Er sah so aus, wie ein gigantischer, schwarzer Büffel auf zwei Beinen, jedoch weniger fest.
Aus seinen Nüstern trat schwefeliger, stinkender Qualm heraus.

Offenbar wurde das Monster durch das Fackel-Feuer in Ghauls Hand ein wenig zurückzuhalten. Jedoch wahrscheinlich nicht für lange.
Die Freunde spürten schon den fauligen Gestank des dämonischen Atems in ihren Gesichtern.
Mit schier übermenschlicher Kraft hob Alex den versteinerten Soholit in seine Arme, schrie zu Akira: »Halte dich an mir fest« und machte sich dann mit seiner wertvollen Fracht im letzten Moment, via astrale Reise, in ihre Zeit davon.
Wie Fische auf dem Trocknen, nach Luft japsend, landeten sie in Waldhaus.
Akira schrie: »Alarm! Alarm!« Danach sank er verzweifelt in sich zusammen.
Alex stellte Soholit vorsichtig ab, damit dieser nicht zerbrach.
Danach wandte er sich sofort über den Geist an Querin, welcher im nächsten Moment mit dem Hammer zur Stelle war.
Ohne Fragen zu stellen, hielt er den Hammer an verschiedene Stellen des versteinerten Freundes.
Es war zu spät. Der Hammer war an seine Grenzen geraten.
»Der Einzige, der sich mit Versteinern auskannte, das war er selbst. Ich wüsste nicht, wie ich hier noch helfen sollte. Wie konnte dies nur passieren?«, fragte Querin traurig.
Akira hatte sich erhoben und unterrichtete die Dagebliebenen von den letzten Ereignissen. Er sparte dabei nicht mit Selbstvorwürfen.
»Es ist gut, Akira. Er war erwachsen und wusste, worauf er sich einließ«, sprach Alex irgendwann in einem Ton, der keine weiteren Einwände mehr zuließ.

»Morgen früh reisen wir in die Eifel. Bitte führe uns an, Akira. Du weißt, wohin wir müssen und wonach wir suchen«, fügte Alex noch hinzu.
Lia blickte Alex dankbar an und führte den jungen Mann sanft, aber bestimmt, in ihren Wohnbereich.
Früh am Morgen war die Gruppe bereit, aufzubrechen. Soholit hatte man derweil in der Wohnküche platziert. Alle hofften, dass sich irgendwann ein Gegenmittel finden würde, welches den Zauber des dunklen Dämons neutralisieren könnte.
Am nächsten Morgen machten sich die Kameraden, verbunden durch Akiras starkes Seil, in die Nähe der Kakushöhle auf. Als sie sich unweit von dieser wiederfanden, sahen sie schon die ersten Touristen, die Hin und Her pilgerten.
»Selma, Angar, Lucinda und Querin: Wisst ihr, ob es hier ein Tor zur Anderswelt gibt?«, fragte Akira
»Ja, hier ist ein Tor, welches in das Gebiet der Elben führt«, antwortete Selma.
»Ich könnte nachsehen, ob es geöffnet ist«, fügte sie noch hinzu.
»Nein, warte bitte. Ich glaube, Akira und ich sollten zunächst allein in die Höhle gehen. So hat es der Schamane doch beschrieben«, äußerte Alex.
Akira und Alex machten sich daraufhin allein in Richtung der Höhle auf. Aus deren Eingang ergoss sich gerade eine große Gruppe, von munter schwatzenden Touristen.
Als die zwei Männer eintraten, war die Höhle vollkommen leer. Heutzutage gab es eine Treppe, die ins Innere der Höhle führte. Langsam traten die beiden Krieger ein. Instinktiv fanden sie genau den Ort, an dem in der letzten Nacht die innere Reise stattgefunden hatte.

Die Mulde war mit einem dicken Seil abgesperrt. An der Wand hing eine Gedenktafel, auf der zu lesen war, dass hier Funde aus der Zeit der Neandertaler gemacht wurden und in welchem Museum diese zu besichtigen seien.
Akira bückte sich und tastete den Boden ab. Er hoffte, hier vielleicht ein weiteres Geschenk zu finden. Auch Alex sah sich genauestens um. Als sie Lärm aus Richtung des Eingangs hörten, schickten sie sich an, umzukehren.
»Hast du das auch gespürt? Ich habe mich total beobachtet gefühlt. Ich habe eine richtige Gänsehaut bekommen«, wandte sich Akira im Gehen an seinen älteren Kameraden.
Alex, der kein Freund von vielen Worten war, nickte lediglich bestätigend dazu.
»Ihr könnt jetzt nachsehen, ob das Tor geöffnet ist. Wir haben nichts gefunden und es scheint heute dort sicher zu sein«, wandte sich Akira an den Rest der Gruppe.
Nach etwa zwanzig Minuten kehrte diese wieder zurück.
»Das Tor ist verschlossen. Außerdem konnten wir dort auch gar nichts Blaues entdecken. Hatte der Schamane nicht von einem blauen See in der Nähe gesprochen?«, fragte Angar.
»Also, ich habe das heute Morgen noch gegoogelt«, meldete sich Lia zu Wort.
»Es gibt in der Eifel sogenannte Maare und auch Krater-Seen, welche blau erscheinen. Das sind Krater von erloschenen Vulkanen, die sich später mit Grundwasser gefüllt hatten. Vulkane passen doch irgendwie zum Element Feuer, oder? Die blauesten sind der „Laacher See“ und das „Ulmener Maar“. Weiß jemand, ob es dort zufällig auch ein Tor zur Anderswelt gibt?«, fragte sie.

Lucinda antwortete: »Also, mir sagen die Namen der Seen nichts. Ich schlage vor, dass wir direkt dorthin reisen.
Wenn ich den Ort sehe, dann weiß ich bestimmt, ob es ein Tor gibt oder nicht.«
Nachdem keine Einwände kamen, wurde beschlossen, zuerst zum „Lacher See“ zu reisen. Lia führte sie an.
Die Freunde kamen an einem schönen See an, welchen sie einmal umrundeten. »Also, ich erinnere mich nicht, dass hier ein Tor wäre und ihr?«, warf Angar in die Runde.
»Wir auch nicht«, antwortete Querin für sich und seine Gefährtin.
»Was sind das für komische Blasen, am Rand des Wassers?«, fragte Finnbar.
»Das sind Gase von dem Vulkan, der darunter liegt. Der ist noch ein wenig aktiv, habe ich heute Morgen in Wikipedia gelesen«, antwortete Lia auf dem Fuße.
Danach reisten sie zum „Ulmener Maar“. Von dort aus hatte man einen wundervollen Ausblick auf die Eifel. Es war ein traumhaftes Stückchen Erde. Hätte man dieses Maar vom Himmel aus betrachten können, so hätte es sicher wie ein blaues Auge von Gott ausgesehen.
»Schaut mal, hier steigen auch Blubberblasen auf«, rief Lia erfreut. Etwas ernster fügte sie hinzu: »Ist hier ein Tor?«
»Ja, ich war hier schon einmal. Hier ist ein weiterer Eingang zur Anderswelt. Noch dazu ein blauer. Ich glaube, wir können beginnen, nach dem Geschenk zu suchen«, antwortete Querin.
»Na dann los. Erfahrungsgemäß sollte das Geschenk ebenfalls irgendwie blau sein. Lasst uns einfach beginnen.«
Akira sprachs und machte sich sofort auf den Weg. Mit

gesenktem Kopf umrundete er den kleinen See, während er akribisch den Boden absuchte.
Nach circa zwei Stunden hatte noch niemand etwas Blaues gefunden, welches als Geschenk angesehen werden könnte.
Patrick, der sich schon seit Längerem ziemlich im Hintergrund gehalten hatte, sprach: »Ich habe den Eindruck, dass wir so nicht weiterkommen werden. Vielleicht wird sich das Geschenk nicht finden lassen, sondern wird zu uns finden, wenn wir uns einfach beschäftigen. Wollen wir mal eine Rast machen? Ich habe schon wieder Hunger?«
Akira war einverstanden. Patrick und Alex bereiteten auf einem Campingkocher ein kleines Mahl zu.
Finnbar, Lia sowie Akira hatten einen Wettbewerb begonnen, wessen flache Steine am häufigsten auf der Wasseroberfläche hopsen würden, bevor diese im Gewässer versanken. Finnbar war darin bislang am besten.
Langsam wurde es richtig warm, obwohl es gerade erst Frühling geworden war.
Nachdem die drei jungen Leute sich völlig verausgabt hatten, sprang Akira einfach ins Wasser, um sich abzukühlen und plantschte eine Weile ausgelassen herum. Er war gerade auf dem Weg zurück ans Ufer als er schmerzerfüllt aufschrie. »Au, so ein Mist. Ich bin in irgendwas Scharfes getreten.« Er humpelte an Land. Lia nahm ihn in Empfang und sah sich seinen linken Fuß genauer an.
»Du bist in einen Angelhaken getreten. Da hängt sogar noch ein Stück Bleischnur dran. Gut, dass du eine Tetanusimpfung hast. Ich versuche, den Haken zu lösen.

Das kann etwas wehtun, denn da sind bekanntlich Widerhaken dran.«
Sie machte sich eine Weile an dem Haken zu schaffen. Akira gab sich alle Mühe, keine Miene zu verziehen. Inzwischen war Lucinda hinzugetreten, einen kleinen „Erste-Hilfe-Kasten" in der Hand. Die Wunde blutete recht stark. Endlich war der Haken entfernt. Lucinda desinfizierte die Wunde und legte einen straffen Verband, der durch den Druck die Wunde geschlossen halten sollte, an.
Querin, welcher gerade erst aus entgegengesetzter Richtung, mit leeren Händen, von seiner Suche zurückgekehrt war, nutzte den heilenden Hammer und machte somit den Verband alsbald entbehrlich.
In einer kleinen Traube standen die Kameraden um das Stück Bleischnur mit dem Haken.
»Ob das wohl unser Geschenk sein könnte?«, fragte Patrick interessiert. »Immerhin wurde uns dies freiwillig gegeben.«
»Ist doch gar nicht blau«, maulte Akira.
Lia, die ihm die Schnur aus den Händen genommen hatte, betrachtete diese nachdenklich. »Sieht ziemlich alt aus. Aber blau ist sie wirklich nicht.«
»Seid bitte vorsichtig. Blei ist recht giftig. Es ist ein schweres Metall. Früher hat man das zum Beschweren von allen möglichen Dingen genutzt. Beim Angeln wurde ebenfalls Blei benötigt«, erzählte Alex.
»Auch Klempner brauchten den Werkstoff, um Dinge abzudichten. Da das Blei so schwer ist, bleibt es ausgezeichnet an Ort und Stelle. Ich habe es schon einmal erhitzt. Es brennt wunderbar blau.«
Alex schlug sich die Hand vor den Mund. Auch bei den

anderen war der Groschen gefallen.
»Klasse, das könnte die Verbindung sein. Blaue Flamme von Bleischnur... Da wären wir durch bloßes Suchen und Nachdenken niemals draufgekommen. Die Flamme... Mensch, ein richtiges Geschenk des Feuers. Sehr guter Tipp, lieber Patrick, dass wir einfach nur Spaß haben sollten. Und Klasse Einwurf mit der blauen Flamme. Danke für deinen reichen Erfahrungsschatz, lieber Alex«, rief Akira begeistert aus.
Er führte einen Freudentanz auf.
»Nur noch ein Geschenk und dann befreien wir Tanja. Ich weiß, was wir jetzt machen.
Lia soll wieder eine Karte ziehen. Dann gehen wir dorthin und amüsieren uns. Alles Weitere wird sich zeigen. Was meint ihr dazu?«
Auch wenn nicht jeder so sicher war, dass alles fortan so einfach werden würde, widersprach doch niemand. Einen Versuch war es doch immerhin wert.
Akira hielt Lia erwartungsvoll das Kästchen hin. Diese schloss die Augen und zog erneut eine Karte.
»Du sollst sie aber dieses Mal auspacken. Hoffentlich steht da nicht wieder der Blautopf drauf«, äußerte sie mit gerunzelter Stirn.
Bedächtig wickelte Akira das Papier von der Karte und las laut vor: »Burg Rheinfels in Sankt Goar«.
»Ist das ein Ziel, das du geschrieben hast?«, fragte Finnbar überrascht.
»Nö, so detaillierte Ziele hatte ich nicht formuliert.«
»Ich möchte wirklich wissen, wer uns hier mit unsichtbarer Hand führt?«, sinnierte Lia nachdenklich.
»Auf jeden Fall finde ich sogar gut, dass das Ziel nicht von Akira stammt.

Das macht es, meiner Meinung nach, noch wahrscheinlicher, dass dies genau der Ort ist, den wir aufsuchen sollten.
Ihr sagtet doch etwas von Urlaub? Ich hatte mir schon immer mal gewünscht, mit so einem Vergnügungsdampfer auf dem Rhein unterwegs zu sein.
Da kommen wir dann auf jeden Fall an der Burg vorbei und könnten dort ganz bequem aussteigen.
Was sagt ihr dazu?« Patrick sah erwartungsvoll auf seine Freunde.

Das Geschenk der Luft

Gerne waren sie dem Wunsch Patricks nachgekommen. Es hörte sich für alle verlockend an, einmal als wirkliche Touristen für einige Stunden mit so einem Vergnügungsdampfer auf dem Fluss unterwegs zu sein.
Man hatte sich geeinigt, in der reichen Kurstadt Wiesbaden auf einen Dampfer zu gehen und dann Richtung Koblenz flussabwärts zu fahren.
Auf halber Strecke etwa sollte dann Sankt Goar mit der Burg Rheinfels kommen. Dort wollte man aussteigen und dann weitersehen.
Es war ein herrlicher Tag. Es gab strahlenden Sonnenschein sowie einen wunderbar blauen Himmel. Dazu wehte ein angenehm warmer Wind.
Im Bordrestaurant hatten sie sich etwas zu trinken gekauft und einige auch etwas zu essen. Genüsslich aßen Finnbar und Alex schon den dritten Hamburger.
Die Gruppe saß mit leichter Sommerbekleidung und Sonnenhütchen auf Stühlen an Deck. Glücklich betrachteten sie die Uferlandschaft und lauschten den Durchsagen des Touristenführers.
»Auf der rechten Seite sehen sie die Burg Ehrenfels und gegenüber den Mäuseturm. Das war eine ehemalige Mautstelle für die Schifffahrt.
Etwas später werden sie links die eindrucksvolle Burg Stahleck in Bacharach erblicken…«
Akira, Lia und Finnbar lehnten an der Reling und lutschen genüsslich ein Eis.
Patrick hielt sich die Hand über die Augen und beobachtete, etwas zurückgelehnt im Liegestuhl, den

weiten Himmel mit den kleinen weißen Wölkchen. Langsam steckte er sich ein Gummibärchen nach dem anderen in den Mund.
Die kleine Schar hatte sichtlich Vergnügen an dem gemeinsamen »Ausflug«.
»Rechts kommen wir nun an dem berühmten Loreley-Felsen vorbei. Hier soll früher ein wunderschönes Mädchen gesessen haben...«, tönte es aus dem Lautsprecher. Kurz darauf konnte man ein altes Lied über diese betörende Frau aus den Sagen hören: »Ich weiß nicht, was soll es bedeuten, dass ich so traurig bin. Ein Märchen aus uralten Zeiten, das geht mir nicht aus dem Sinn...«
Grinsend blickten sich alle an.
Die Elben und die Vertreter des kleinen Volkes, welche unsichtbar zugegen waren, lachten, während sie jeweils ein Stückchen veganen Kuchen verspeisten.
»... sehen sie linker Hand die eindrucksvolle Burgruine Rheinfels in Sankt Goar. Sie haben die Möglichkeit, hier auszusteigen und dann mit dem nächsten oder übernächsten Dampfer weiterzureisen«, kam es aus dem Lautsprecher.
Nachdem das Schiff angelegt hatte, verließen die Kameraden dasselbe. Langsam begannen sie mit dem Aufstieg zur Burg.
»Oh, hier gibt's ein Hotel. Wir könnten etwas essen gehen«, äußerte Finnbar, begleitet durch ein zustimmendes Brummen von Alex.
Lucinda lachte laut. »Wie kann man nur so verfressen sein? Also gut. Lasst uns auf der Außen-Terrasse Platz nehmen. Ich wäre einem Eisbecher gegenüber gar nicht abgeneigt...«

So wurde es gemacht. Alle genossen die Zeit in tiefen Zügen. Patrick erzählte ab und zu einen Witz, sodass die allgemeine Heiterkeit niemals abriss. Nachdem sie aufgegessen hatten, entschlossen sie sich zu einem Rundgang um die Burg.
Lucinda war schon zuvor kurz unterwegs gewesen. Sie informierte die anderen darüber, dass es hier tatsächlich wiederum ein Tor in die Anderswelt gab, welches jedoch, wie alle anderen, verschlossen war.
Während des Spaziergangs um die Burgruine hatte der laue Sommerwind etwas zugenommen.
Patrick blickte zum Himmel und von dort in Richtung Rhein.
Er rief: »Schaut mal, wie sich das Blau des Himmels mit dem Blau des Wassers verbindet. Das sieht beeindruckend aus.
Na, so was da oben fliegt ein Eichelhäher.
Es sieht aus, als ob er in der Luft tanzt. Das ist ja hübsch.«
Alle schauten gebannt nach oben und verfolgten das wunderschöne Schauspiel am Himmel über ihnen.
Nach einer Weile flog der Eichelhäher in Richtung eines gedrungenen Eichenbaumes, der ganz in der Nähe stand, um sich dort niederzulassen.
Dabei segelte eine blaue Feder des Vogels langsam hernieder. Sie bewegte sich im Luftstrom noch einige Male auf und ab, um dann zielsicher und ganz von allein, genau auf Patricks linker Hand zu landen.
»Freunde, ich glaube, wir haben soeben das vierte Geschenk der Luft bekommen. Das ging aber wirklich leicht! Kommt, wir reisen alsbald zum Blautopf«, rief Patrick seinen Freunden zu.

Ein ungleicher Kampf

Im Waldhaus angekommen, hatte sich Patrick spontan bereit erklärt, derjenige zu sein, der mit der Blume, und den vier Geschenken zusammen ins Wasser des Blautopfs springen würde.
Die drei anderen Geschenke sowie das kleine Gewächshaus mit den Blumen waren die ganze Zeit, auch während der letzten Reise, in seinem Rucksack gewesen. Er hatte sich stets dafür verantwortlich gefühlt. Patrick meinte, er wisse ganz genau, dass dies der richtige Weg sei. Weiterhin wäre er überzeugt, dass sich nun alles zum Guten wenden würde.
Da niemand eine bessere Idee hatte oder sich ebenfalls dazu berufen fühlte, wurde Patricks Vorschlag angenommen.
Der Plan war, zum Lager in der Nähe des Blautopfs zurückzukehren und sich dann für ihr Vorhaben eine Zeit auszuwählen, während derer keine Touristen an der blauen Quelle sein würden.
Kaum war das Vorhaben beschlossen, ging alles schief. Schon die Rückreise zum alten Lager stand unter keinem guten Stern.
Wären die Kameraden nicht durch Akiras Seil verbunden gewesen, hätte Alex nicht mit äußerster Kraft die Gruppe zusammengehalten und Querin nicht die Angriffe eines unsichtbaren Widersachers mit dem magischen Hammer abgewehrt, wer weiß was geschehen wäre.
So jedoch kamen die Freunde wieder einigermaßen wohlbehalten, wenn auch weit entfernt vom alten Lager, an.

Aus irgendeinem Grund war es ihnen nicht mehr möglich gewesen, dieses wiederzufinden. Daher entschloss man sich spontan, ein neues Lager zu errichten.
Am Morgen wollten sie, bevor üblicherweise auch die Touristen am Blautopf auftauchten, bereits mit ihrer Rettungsaktion beginnen.
Ihnen war zwar immer noch nicht klar, wen genau sie aus der Anderswelt befreien sollten, jedoch war genau das, offenbar das nächste Puzzleteil.
Spät am Mittag erwachte Querin als Erster.
»Hallo, das gibt's ja nicht. Wir haben verschlafen. Es ist ja schon Mittag.«
Durch seine Rufe erwachten auch die anderen.
So etwas war noch niemals vorgekommen.
»Hier geht etwas nicht mit rechten Dingen zu. Wir müssen unser Unterfangen auf morgen verschieben. Ab sofort muss rund um die Uhr eine Wache bereit sein. Jemand will mit Macht verhindern, dass wir zum Blautopf gelangen.«
»Da kannst du recht haben, lieber Querin«, sprach Akira. »Allerdings geht dieser jemand recht vorsichtig vor. Es gibt keinen direkten Angriff. Das Ganze ist mir absolut schleierhaft«, setzte er noch nach.
»Querin und Lucinda, könntet ihr bitte unsichtbar zum Blautopf reisen und dort die Lage sichten?«
Nach dreißig Minuten kamen die beiden zurück. Wir sind nicht zu der blauen Quelle gelangt. Etwa fünfhundert Meter im Umkreis hielt uns eine unsichtbare Macht davon ab, näher zu kommen.
Es war, als wären wir an Gummibändern befestigt.
Zu Fuß hingehen ging gar nicht, astral reisen ebenfalls nicht. Aber zurückzulaufen war so schnell, als hätten wir

die Zauberpantoffeln des kleinen Muck an den Füßen.«
Querin hatte hier auf eine Begebenheit in einem Märchen von Willhelm Hauff angespielt, welches er sehr mochte.
»Etwas in der Art hatte ich befürchtet. Wir werden zunächst Sorge dafür tragen, dass wir morgen früh sicher nicht verschlafen. Außerdem sollte jeder eine Ying Yang-Blume bei sich tragen. Ich kann mir gut vorstellen, dass dies den Zauber lösen wird. Alex, würdest du bitte mit Patrick zusammen dafür sorgen, dass die Blumen in kleine Töpfe kommen, damit wir morgen so vorgehen können?«, fragte Akira.
Alex nickte. Ohne ein Wort zu verlieren, machte er sich umgehend an die Arbeit.
Ansonsten wurde der Tag dazu genutzt, die Waffen vorzubereiten, kämpfen zu üben, gut zu essen sowie alle möglichen weiteren Vorbereitungen zu treffen.
Am nächsten Morgen erwachte Angar ganz früh.
Zu seinem Entsetzen sah er, dass alle, inklusive der Wache eingeschlafen waren. Selbst der Specht, der erst gestern wieder zu ihnen gestoßen war, hatte noch sein Köpfchen unter seinem Flügel und schlief.
Ein nächster Blick zeigte ihm jedoch, dass ansonsten alles in Ordnung war.
Leise weckte der Elbenmann seine Freunde.
Angar hatte diesem Schicksal nur durch einen Trick entkommen können. Über eine komplizierte Zeitschleife hatte er sich sozusagen aus der Vergangenheit selbst besucht, um sich zu wecken.
Das hatte offensichtlich funktioniert.
Etwa eine Stunde später materialisierte sich die kleine Schar circa fünfhundert Meter vor dem Blautopf.
Der Specht saß auf Akiras Schulter. Gut bewaffnet sowie

mit einer Blume bestückt, begaben sich die Freunde in Richtung der Quelle.
Akira hatte recht behalten. Die Ying-Yang-Blume hatte den Zauber gebrochen.
Ohne Probleme waren sie nun am Rand des blauen Gewässers angelangt. Lia stand ganz vorn, dann folgten die anderen und am Schluss befanden sich Selma, Angar sowie Patrick.
Dieser schickte sich gerade an, sein Vorhaben, mit den Geschenken und der Blume in den Blautopf zu springen, in die Tat umzusetzen.
Er war kaum einen Schritt gegangen, als er bemerkte, dass etwas ganz und gar nicht stimmte.
Er war plötzlich nicht mehr in der Lage, weiterzugehen. Von einem Schlag auf den anderen wurde es dunkler.
Er hörte noch, wie Lia jemanden angriff und mit einem Schmerzensschrei zurückgeschlagen wurde.
Im letzten Licht sah er sie, offenbar zu Tode getroffen, auf den Boden niederfallen.
Zum Schluss nahm Patrick aus dem Augenwinkel auch noch Akira in seiner Not, der Liebe seines Lebens nicht zur Seite stehen zu können, deutlich wahr. Dann stürzte Patrick zu Boden.
Akira spürte schiere Verzweiflung. Mit aller Kraft wollte er seiner Geliebten zu Hilfe eilen, konnte aber nicht mehr vorwärtskommen. Etwas unglaublich Starkes hielt ihn in Schach. Sein Pulsschlag klopfte ihm bis zum Hals, heiße Tränen rannen über seine Wangen. Sein Herz schien ihm vor Kummer zu zerbrechen.
Im nächsten Moment war er sowie auch alle anderen Kameraden komplett gelähmt.
In ihrem Geist hörten sie daraufhin eine übermächtige

Stimme, die zwar unglaublich ehrfurchtgebietend klang, aber auch ein wenig traurig war: »Ich habe wirklich alles versucht, um euch dieses Schicksal zu ersparen.
Da ihr aber partout nicht hören wolltet, werdet ihr nun euer Leben verlieren.
Ich werde nicht dulden, dass sich das Gleichgewicht auf der Erde in Richtung Licht verschieben wird.
Dies hier ist und bleibt mein Planet, so lange das die Mehrheit seiner Einwohner entscheidet.
Das werden auch keine mächtigen Lichtwesen einfach so verhindern.
Ich hätte das dir und euch gerne erspart.«
Patrick, der sich mit dem Wort »dir« irgendwie angesprochen fühlte, spürte, wie er langsam in eine gnädige Ohnmacht fiel, aus der er wohl niemals mehr erwachen würde.

Karlao

Mitnichten war Karlao, nachdem er Akira die Ying-Yang-Kette geschenkt hatte, einfach zu seiner normalen Tagesordnung auf Aquarius übergegangen, wenn er sich auch klammheimlich genau das sehr gewünscht hatte. Wie hätte er denn seine Freunde auch so einfach im Stich lassen können?
Allerdings auf der Erde sah er für sich so weit alles getan. Er machte sich daher ins Weltall auf.
Instinktiv wusste er, dass, wenn überhaupt, dann nur von hier Hilfe zu erwarten wäre. Wo aber, sollte er hin? Zuerst begab er sich intuitiv in die Nähe des schönsten Orts des Universums. Wie jedes Mal, erblickte er dort wieder eine Menge Osiriaten, die ihm, aufgeregt auf und ab hüpfend, freudig zuwinkten. Schon lange wusste Karlao von seinem heimlichen Wunsch. Zwar sprach er mit niemandem darüber, immerhin wollte er nicht die kleinen-Flatter-Elfchen, die Käfer oder sonst irgendwelche Freunde beleidigen. Jedoch fühlte er sich selbst stets ein wenig einsam, so als einziger, verbliebener Osiriat im All. Im Moment konnten ihn, die weißlich schimmernden Landsleute aber nicht wirklich verlocken. Er wusste, eines Tages würde er, wenn er sich dazu entschloss, hier für immer einkehren. Allerdings war ihm auch klar, dass diese Osiriaten eigentlich nur eine Illusion seines eigenen Verstandes waren. Ein Gutes hatte die Begegnung immerhin dann doch. Jetzt fiel ihm ein Ziel ein, wohin er sich als Nächstes wenden könnte. Er beschloss, dorthin zu reisen, wo früher sein geliebter Planet, die wundervolle Osiria am Himmel gestanden

hatte.
Eigentlich hatte er erwartet, dort, so wie immer, gar nichts mehr anzutreffen. Umso überraschter war er, an diesem Ort plötzlich einen winzigen Miniplaneten zu erblicken. Dieser war kugelrund und hatte einen Durchmesser von etwa einhundert Metern.
Sachte landete Karlao darauf. Die Osiria war früher, bevor ihre Zerstörung durch das verblendete Volk der, sogenannten Herren-Elben, herbeigeführt worden war, ungefähr genauso groß gewesen wie die Erde.
Dies hier musste also definitiv ein anderer Himmelskörper sein.
Karlao betrachtete den Miniplaneten nun etwas genauer. Er schien tatsächlich eine Art kleine Nachbildung der wundervollen Osiria zu sein. Der letzte Osiriat setzte sich irritiert nieder.
Ohne nachzudenken, spielte er ein wenig mit dem Boden herum. Dieser fühlte sich ganz anders an als früher auf der Osiria. Zwar ähnlich, jedoch ganz sicher anders. Auch die winzigen Orte waren vergleichbar und dennoch nicht die Gleichen.
Das lag nicht nur an deren Größe. Man konnte sie in etwa mit Landschaften auf einer Eisenbahnplatte vergleichen. Karlao spazierte sozusagen auf dem Planeten herum, als wäre er Gulliver bei den Zwergen.
All das hier war ihm ein völliges Rätsel.
Es gab, bis auf einige, wenige Pflanzen, auch keine weiteren Lebewesen, außer ihm gerade.
Die Frage war: Wo kam dieser Planet auf einmal her? Ohne, dass irgendwer bisher davon wusste, war Karlao schon des Öfteren hier herumgeflogen, um in alten Erinnerungen zu schwelgen.

Bislang war hier jedoch immer nur eine tiefe, schwarze Leere gewesen.
Dieser kleine Planet war daher definitiv noch ziemlich jung. Ob er wohl noch wachsen wird? Karlao lachte laut auf. »Sieht fast so aus, als ob Kinder hier Schöpfer gespielt hätten…«, rief er verwundert aus.
Nachdenklich ging er einmal um den ganzen Himmelskörper herum. Es gab sogar eine Schwerkraft. Prima, die haben an alles gedacht. Fragt sich nur, wer diese »die« denn waren, dachte sich Karlao.
Er hatte eine Idee. Karlao drehte sich im Kreis, um nach irgendeinem astralen Fußabdruck zu suchen. Ratlos hielt er nach einigen Minuten inne.
Er konnte die Information einfach nicht richtig fassen. Es war klar, es handelte sich um jemand Mächtigen. Trotzdem wurde er den Verdacht nicht los, Teile davon zu kennen. Die Lösung des Rätsels entglitt ihm jedoch immer wieder, wie ein glitschiger Fisch im Wasser.
Der muntere Osiriat gab daher das Vorhaben auf und beschloss, zumindest ein wenig Spaß zu haben.
Er nahm sich zwei längliche Steinchen zur Hand und spielte, wie ein Kind in einer Puppenstube. Der eine Stein war er selbst und der andere war seine alte Tante Giseao, die er schon immer sehr gern gehabt hatte.
Mit verschieden Stimmen führte er Monologe, während die zwei Stein-Männchen, geführt von seinen Händen, durch die winzigen Orte spazierten.
Nach einer Weile wurde es ihm dann aber doch zu langweilig.
Karlao verstummte abrupt. Was war das denn gewesen? Er hörte ein Echo seiner eigenen Stimmen.
Auf der Osiria hatte es niemals ein Echo gegeben, darin

war er sich zu einhundert Prozent sicher.
Karlao inspizierte den kleinen Planeten nochmals akribisch von einem zum anderen Ende.
Außer ihm und einigen Pflanzen waren keine weiteren Lebewesen zu finden.
Plötzlich begann er, hektisch die Erde aufzugraben. Ob wohl? Er wagte es nicht zu hoffen…
Schnell begann er, seine Erwartungen wieder herunterzuschrauben. Zu genau wusste er, dass nur enttäuscht werden konnte, wer vorher Erwartungen gehabt hatte.
Trotzdem grub er weiter. Karlao hatte sich nämlich erinnert, dass die Osiriaten damals während der letzten Phase des Planeten unter der Erde gelebt hatten.
Die Herren-Elben hatten sie nämlich kurzerhand ihrer Gebiete über der Erde verwiesen, um diese dann selbst zu bewohnen.
Leider fand er auch unterhalb des Bodens keine weiteren Lebewesen.
Da es hier, für den Moment, offenbar nichts weiter zu lernen gab, beschloss Karlao weiterzuziehen.
Plötzlich sah er eine altbekannte Gestalt: »Was machst du denn hier?«, rief er hocherfreut.

Wunder über Wunder

»Komm, wir müssen schnell noch eine wichtige Rettungsaktion starten und dann habe ich eine richtig große Überraschung für euch alle. Du wirst staunen.«
Hast du diesen Planeten hier erschaffen?«, fragte Karlao interessiert, während er Orlana ihren Haarschmuck so ganz nebenbei entwendete.
»Na ja, jeder hat mal klein angefangen, oder? Irgendwo musste ich ja ein bisschen üben«, Orlana war ein wenig rot angelaufen.
»Du siehst aber jung aus. Ich hätte dich fast nicht mehr erkannt. Ehrlich gesagt, dachte ich, du würdest als „Herrin des Lichts" nun so ähnlich, wie ein großer, hell leuchtender Feuerball aussehen.«
Während Karlao noch weiter munter vor sich herplapperte, hatte Orlana sich mit ihm schon auf eine astrale Reise gemacht.
Karlao stockte der Atem, bei dem Anblick, welcher sich ihm als Nächstes, als sie zurück auf der Erde angekommen waren, bot.
Die mächtige »Dienerin der Liebe - die Eine - « beugte sich gerade über Lia, welche offenbar zu Tode getroffen war.
Sie sprach alte, magische Worte. Ein wenig weiter entfernt standen, wie in Stein gemeißelt: Alex, Akira, mit einem Specht auf der Schulter, daneben Finnbar, Lucinda, und Querin. Auf dem Boden lagen Patrick, Angar und Selma. Keiner von ihnen bewegte sich. Dann befand sich dort auch noch ein finsterer Mann, der irgendwie Patrick ähnlichsah. Dieser hielt offenbar allein mit seinem Blick

die ganze Schar gelähmt. Seine Arme waren weit ausgebreitet.
Als Nächstes öffnete Lia verwundert ihre Augen. Dann wandte sich »die Eine« an den finsteren Mann.
»Du kannst sie jetzt wieder loslassen, mein lieber Dark. Es ist alles in Ordnung. Dies hier ist und bleibt dein Planet, es sei denn, dass sich deren Bewohner irgendwann anders entscheiden sollten.
Bis dahin musst du dich nicht vor dem Verschieben des Gleichgewichtes in Richtung des Lichts fürchten.
Ich sehe, dass du aus Notwehr gehandelt hast, daher bin ich mit deinem Eingreifen einverstanden.
Auch Tanja hast du aus den Händen deiner Pferde erst im Weltall entführt und nicht von der Erde. Das war legitim.
Ebenfalls konntest du nichts dafür, dass durch Tanjas mächtigen Zorn, sich finstere Gestalten überhaupt erst auf die Erde begaben.
Hast du Patrick erkannt? Er trägt die Gene deines materiellen Vaters, Agonjak.
Strenggenommen, die seines Zwillingsbruders, Ammartas.
Patrick ist sein Nachfahre. Ich lebte damals für eine Zeit lang bei dem wunderbaren Volk der Aborigines auf der Erde. Ich hatte mir eigens dazu einen materiellen Körper erschaffen. Obwohl ich das nicht geplant hatte, wurde Agonjak mein geliebter Gefährte.
Als ich mit dir und Bright schwanger wurde, flohen wir auf den Planeten Platana, auf dem ihr beiden zur Welt kamt. Orlana hat uns dort sehr geholfen. Erst nach dem natürlichen Tod von Agonjak kehrten unsere materiellen Körper auf das Dreigestirn zurück.
Ammartas konnte den Schmerz ihrer gemeinsamen Mutter über den Verlust eines ihrer Söhne nicht

aushalten.
Daher machte er sich in die weite Welt auf, um seinen Bruder, Agonjak, zu suchen und nach Hause zurückzubringen.
Er konnte das natürlich niemals schaffen.
Vor seinem und auch dem Tod der Mutter informierte ich die beiden darüber, dass Agonjak ein langes gutes Leben gehabt hatte.
Ich berichtete auch von dir und Bright. So konnten Mutter und Sohn, als ihre Zeit gekommen war, in Frieden ihre Körper verlassen.
Nun zu den beiden mächtigen Lichtwesen: Eyva und Louis werden in Zukunft nicht mehr auf der Erde leben.
Sie werden demzufolge durch ihr immenses Licht das Gleichgewicht von Ying und Yang, von hell und dunkel auf diesem Planeten nicht kippen, sorge dich also bitte nicht.
Deine neue Schwester, die „Herrin des Lichts", Orlana, hat Vorsorge dafür getroffen. Sie wird sie herauslassen und dann von hier wegbringen. Die beiden werden noch kurz ein paar Kleinigkeiten auf der Erde ins Reine bringen und dann auf immer von hier verschwinden.
Du kannst also jetzt wirklich loslassen.«
Dark, der »Herr der Finsternis«, ließ seine Hände sinken.
Sofort konnten sich die anderen wieder bewegen. Sie waren zwar gelähmt gewesen, hatten aber alles mitangehört.
Unter Tränen rannte Akira zu Lia und nahm sie zitternd in seine Arme. »Du lebst! Dem Himmel sei Dank, du lebst!«, rief er und vergrub dann sein Gesicht auf ihrer Brust.
Querin beugte sich über Selma und Angar. Sie waren verletzt, atmeten jedoch. Sein heilender Hammer tat das

Seinige.
Patrick erhob und verneigte sich vor dem »Herrn der Finsternis«. Dieser nickte anerkennend zurück und sprach:
»Er wird Zeit für mich zu gehen. Wisset, ich werde weiter auf legale Weise daran arbeiten, die Erde zu zerstören. Das ist mein Daseinszweck.
Ich anerkenne, dass ihr das Gegenteil anstrebt.
Solange das Gleichgewicht gewahrt bleibt, ist das ein fairer Wettbewerb.
Akira, deine Mutter ist wohlauf. Bitte, liebe Orlana...«, er wandte sich nun der »Herrin des Lichts« zu. »Meine mächtige Schwester, bitte hole Tanja von meinem Mond ab und kümmere dich um sie. Sie ist eine bemerkenswerte Frau«, fügte der »Herr der Finsternis« voller Achtung hinzu.
»Bevor ich erlaube, dass sich das blaue Tor wieder öffnet, werde ich mich zurück zum Dreigestirn begeben.
Ich ertrage die Nähe dieser Lichtwesen nicht.
Auf Wiedersehen, gehabt euch wohl.«
Mit diesen Worten verblasste der »Herr der Finsternis« vor aller Augen.
Einen Moment später öffnete sich das Tor.
Alle waren geblendet von der hellen Erscheinung.
Louis saß auf Eyvas Rücken und hatte seine Arme weit ausgebreitet. Er strahlte nun ebenso rein wie sie.
Sein Gesicht zierte ein wundervolles Lächeln.
Eyvas Augen waren noch blauer als der Blautopf und das Reinste, was alle jemals erblickt hatten.
Louis wandte sich an seine Freunde: »Wir müssen noch einiges wieder gut machen, nicht wahr?«
Als Erstes berührte er die großen Steine, die noch immer

in Reih und Glied auf dem Weg zum Blautopf standen, mit seinem weißen Flügel.
Einer nach dem anderen verwandelte sich wieder zurück in die Menschen, die sie einst gewesen waren.
Eyva blickte einem jeden von ihnen lange in die Augen.
Während die Männer in Eyvas Licht badeten, änderte sich deren Charakter von Grund auf.
Sie verließen den Ort als neue Menschen, jedoch ohne sich an etwas von zuvor erinnern zu können.
Louis bat nun alle, außer Eyva, kurz am Blautopf zu warten. Dann begaben sie sich in den Forst unweit von Waldhaus. Dort standen noch immer die beiden Eichen nebeneinander, welche ebenfalls früher zwei Männer gewesen waren.
Louis hatte sie seinerzeit im Zorn getötet.
Unweit stand ein kleines Reh und beobachtete alles ganz genau.
Louis stieg ab und verneigte sich tief vor den Bäumen.
Er flüsterte jedem etwas zu und berührte sie dann mit seinen mächtigen, weißen Schwingen.
Ganz langsam verwandelten sich die Bäume in zwei Männer zurück.
Auch jenen wurde Licht zuteil. Dieses Mal von Louis.
Wie eine innere und äußere Waschung war dies für sie.
All der Schmutz verschwand. Zurück blieben Güte und Weisheit.
Das Reh lief auf die Männer zu. Es ließ sich von denen, die es einst hatten töten wollen, vertrauensvoll füttern und streicheln.
Louis wischte noch einmal mit seiner Schwinge durch die Luft, was bewirkte, dass die Männer alles vergaßen, was sich vorher zugetragen hatte.

Eyva und Louis waren zuvor lautlos verschwunden.
»Das war, so glaube ich, genügend Licht und Happy End für heute«, sprach Kamila, »die Eine« zu Eyva und Louis. »Verlasst nun, wie wir es versprochen haben, umgehend diesen Planeten, sonst wird das alles zu viel für Dark. Geht mit Orlana. Sie wird euch alles Weitere erklären. Ich wünsche euch ein wundervolles Leben. Nutzt es weise. Auf Wiedersehen.«
Kaum waren diese Worte verklungen, war Kamila auch schon verschwunden. »Kommt bitte alle mit. Ich möchte euch etwas zeigen.« Orlana, die »Herrin des Lichts«, nahm sich nun all ihrer Freunde an und führte sie weit von der Erde hinweg.

Der neue Alte

Bevor es richtig losging, machten sie noch kurz in Waldhaus Rast.
Zuerst verwandelte Louis seinen früheren Lehrer, Soholit, in seinen alten Körper zurück, welcher allen dankbar in die Arme fiel. Danach bat Orlana, Quiskan und Soholit, sie ebenfalls zu begleiten. Sie freute sich sichtlich darauf, allen eine bestimmte Überraschung zu offenbaren.
Die Freunde waren, für eine astrale Reise, recht lange unterwegs.
Dann hielt Orlana inne und wies auf einen, friedlich wirkenden Planeten, der im Universum schwebte.
Quiskan riss seine Augen vor Überraschung weit auf. »Ist das? Das ist doch nicht die Platana, oder?«, fragte Quiskan, wie vom Donner gerührt.
Viele Male hatte er diesen Anblick zuvor im Geist seiner Mutter erblickt. »Orlana nickte ihrem Sohn, ihrem Enkel und Lucinda freundlich zu. Sie freute sich sehr über deren Reaktionen.
»Es ist so, dass ich, als „Herrin des Lichts" ja nun eine Erschafferin bin. Genau das hatte ich mir übrigens schon immer gewünscht. Jedenfalls hatte ich mir damals, kurz vor unserer endgültigen Abreise von der Platana ein kleines Beutelchen mit deren Erde sowie allerhand Samenkörner mitgenommen.
Daraus ließ sich der Himmelskörper von Grund auf neu erschaffen. Kommt und schaut selbst. Er befindet sich genau am gleichen Ort, wie früher.
Ich habe mir allerdings allerhand künstlerische Freiheiten

herausgenommen.
Ich hoffe, es gefällt euch. Ich würde euch gern kurz auf dem Platz der Begegnung...«, Orlana lachte, als sie die fragenden Gesichter ihrer Freunde sah.
»Das habe ich mir tatsächlich von Aquarius abgeschaut, ich weiß. Jedenfalls möchte ich, dass ihr dort kurz auf mich wartet.
Wie mit meinem Bruder, dem „Herrn der Finsternis" vereinbart, möchte ihn nun Tanja aus ihrer Gefangenschaft befreien. Sie sollte auch unbedingt dabei sein, wenn wir diesen Planeten zum ersten Mal besichtigen.
Via astrale Zeitreise werde ich gleich wieder hier zurück sein.«
Ergriffen standen die Freunde auf besagtem Platz und warteten gespannt.
Kaum eine Minute später flog, die vor Glück aufgelöste Tanja, ihrem Sohn und dann ihrem Gefährten, vor Freude bebend, in die Arme.
Sie sah so weit unversehrt aus, war jedoch sehr blass und auch um einiges dünner.
»Wenn ihr nun so bereit seid, würde ich gern mit dem Rundgang auf der Platana beginnen.
Folgendes solltet ihr vorher noch wissen: Dieser Planet steht unter meiner Schirmherrschaft.
Es gilt: Alle Bewohner dieses Himmelskörpers dürfen sich frei zwischen diesem und anderen Planeten bewegen. Es ist ebenfalls erlaubt, sich beispielsweise in die Angelegenheiten der Erde einzumischen. Soll heißen, wer hier lebt, dürfte sich auch auf der Erde weiter für die gute Sache der Krieger des Lichts einsetzen.
Ausgenommen davon sind nur Louis und Eyva.

Sie dürfen keinen Planeten besuchen, der unter der Schirmherrschaft des „Herrn der Finsternis" steht. Außerdem«, Orlana machte ein Gesicht, als sei sie der Weihnachtsmann persönlich. »Außerdem könnt ihr euer Alter und dadurch euren Körper neu bestimmen. Dieser bleibt dann in dem Alter für so lange bestehen, wie ihr es wünscht. Wie ihr seht, habe ich mir auch wieder einen solchen zugelegt, einen jüngeren. Damit ist unter anderem unglaublich viel Tatendrang in mich zurückgekehrt. Die Weisheit ist geblieben…«
Sie lächelte verschwörerisch.
»Das ist gut, dann könnte ich mich auch verjüngen«, antwortet Quiskan. »Es ist nämlich schon ein merkwürdiges Gefühl, wenn die eigene Mutter ein so viel jüngerer Hüpfer ist als man selbst.«
»Moment mal, mach dich aber nicht zu jung, bitte etwas im mittleren Alter, sonst wird es für mich komisch. Lucinda und ich möchten nämlich so bleiben, wie wir sind«, mischte sich nun Querin in die Debatte ein.
Tanja war begeistert. Orlana hatte ihr unterwegs auf der Reise schon einiges erzählt.
Das hier war genau das Richtige für sie, da sie sich bereits schon vorher mit dem Wunsch getragen hatte, die Erde zu verlassen.
Etwas bange sah sie zu Alex. Ohne ihn wollte sie jedoch nicht hier leben.
Die Entfernung zwischen der Platana und der Erde war schon eine ganz andere Hausnummer als die, zwischen Portugal und Waldhaus.
»Tanja, meine Liebste, gib mir ein wenig Zeit. Ich würde gern den Planeten erst einmal besichtigen, bevor ich eine Entscheidung fällen kann. Wie stellst du dir das mit dem

Alter eigentlich vor?«, äußerte sich Alex dazu.
»Ähm Mama«, Akira trat unschlüssig von einem Fuß auf den anderen. »Das wäre mir schon ein wenig unangenehm, wenn du total jung wärst. Das muss ein eigentümliches Gefühl sein…«
»Na so was, ich hätte nicht damit gerechnet, dass die Chance, sich zu verjüngen, auf solche Komplikationen treffen würde. Ich bin mir aber sicher, dass für alle ein guter Kompromiss gefunden werden kann. Akira, du kannst jetzt im Übrigen deinen Geist wieder für Atlantus öffnen«, sprach Orlana.
Sie hatte ihn zuvor darum gebeten, dass Atlantus noch nichts bemerken sollte.
»Das hier ist nämlich auch eine Überraschung für ihn und hoffentlich für Brenda. Ich möchte die beiden ebenfalls einladen, hier zu leben. Es gibt jetzt hier auch ein Meer, müsst ihr wissen.«
Sie lächelte verschmitzt. »Frederick war es übrigens, der mich darüber unterrichtete, was mit Tanja geschehen ist. Ich hätte sie ohnehin demnächst gerettet.
Ebenso hat er gegenüber Atlantus auch schon einige Andeutungen gemacht, was diesen neuen Planeten betrifft. Eigentlich bin ich froh, dass Atlantus es nicht verstanden hatte, denn damit ist die heutige Überraschung perfekt.« Orlana bemerkte amüsiert, dass Atlantus, der nun alles über Akiras Geist erfahren hatte, noch immer auf der Leitung stand.
»Also gut, dann mal zum Mitschreiben: „Klappt's nicht auf eins (das ist Aquarius) und nicht auf zwei (das ist die Erde), versuch es doch auf drei…(das ist die Platana)“.
Du hättest mit diesem dritten Planeten einen, dessen Bewohner du sein könntest und trotzdem wieder auf der

Erde bei den Kriegern des Lichts mitmachen dürftest.«
Lasst uns aber erst mal einen Rundgang starten.«
Orlana schien immer noch so aufgeregt wie ein Kind, das seinen Eltern eine Freude machen will.
»Ich habe einige, verschiedene Kontinente geschaffen. Immerhin ist die Platana in etwa so groß wie die Erde. Zwischen den Kontinenten gibt es nun Meere, man kann sich aber auch stets gegenseitig über Land erreichen. Der erste Kontinent hier ist für das kleine Volk vorgesehen. Ich habe mich auf diesem sehr daran gehalten, wie die Platana früher einmal aussah.
Schaut mal, diese Wohnhöhle sieht aus, wie die von Quina und Kiova, meinen Eltern.
Es gibt aber noch viele andere schöne Höhlen. Eins noch: Ich habe mir auch erlaubt, einige Licht-Edelsteine, nach dem Vorbild des weißen Kristalls auf Aquarius, in regelmäßigen Abständen aufzustellen, welche für die Bewohner nährend wirken und daher eine feste Nahrung nicht mehr unbedingt nötig ist.
Auf der neuen Platana gibt es nun auch Tiere aller Art. Diese habe ich auf der Erde unheimlich schätzen gelernt. Das macht einen Planeten doch erst richtig liebenswert. Sie sind übrigens weder essbar noch müssen sie sich gegenseitig verstoffwechseln, denn auch sie werden vom Licht genährt. Wir haben aber außerdem viele verschiedene Pflanzen. Diese sind zum Teil auch verzehrbar für diejenigen von euch, die das Essen lieben und nicht darauf verzichten möchten…
Der Nachbarkontinent könnte für Menschen, Elben und Selkies gleichermaßen bewohnbar sein. Es gibt wundervolle Wälder und Natur.
Es regnet übrigens auf der Platana jede Nacht zwischen

drei und vier Uhr.« Orlana grinste vor sich hin.
»Auf den meisten Kontinenten herrscht ein warmes Klima. Ich habe aber auch einen erschaffen, auf dem es Schnee, Eis und Berge gibt.«
»Sag mal, hast du eigentlich noch mehr Übungsplaneten, wie die Mini-Osiria erschaffen? Wenn ich mir anschaue, was hier alles entstanden ist, würde mich gar nicht wundern, wenn du vorher noch mehr hattest üben müssen?«, fragte Karlao.
Orlana schien vor Glück nur so anzuschwellen.
»Wart nur, was es Wundervolles für dich gibt. Möchtest du es vielleicht haben?«
Orlana band Karlao ein Tuch um die Augen und verbrachte die Freunde zu einem weiteren Kontinent.
Feierlich nahm sie Karlao das Tuch wieder ab.
Dieser sah sich neugierig um.
»Wie bitte? Kann das sein? Das sieht ja aus, wie auf der Osiria.«
Aufgeregt hüpfte Karlao umher. Schau doch mal, hier gibt's ja echte Osiriaten-Wohnplätze. Wie schön.
Was ist denn das da hinten? Das sind doch nicht?«
Karlao rieb sich verwundert die Augen. Dann war er nicht mehr zu halten. Er rannte zu den anderen. Eine kleine Gruppe von Osiriaten hieß Karlao aufs herzlichste willkommen.
Binnen kürzester Zeit schon hatten sie all ihre »Besitztümer« einmal miteinander ausgetauscht.
Orlanas Haarschmuck sowie ein Armband von Lia waren ebenfalls dabei.

Das magische Nest

»Diese Überraschungen sind dir wirklich gelungen, liebe Orlana.« Eyva hatte sich bis jetzt ganz diskret im Hintergrund gehalten. Sie war gespannt, was für einen Ort Orlana sich wohl für sie ausgedacht hatte.
»Für dich und Louis gibt es einen eigenen Kontinent. Ich habe mich da ein wenig an der Anderswelt, in der ihr bis jetzt gelebt habt, orientiert. Kommt, dort gehen wir nun zusammen hin.«
Orlana hatte die kleine Schar astral sofort zum letzten Landesteil geleitet. Sie standen am Rande eines anmutigen Waldes, der von Lichtungen durchzogen und kleinen Hügeln umgeben war. Die Bäume waren riesengroß. Weit in der Ferne sah man mächtige Gebirge, sich gen Himmel strecken. Mehrere klare Bergseen sowie einige Weiher waren vorhanden.
»Das ist es. Ich hoffe, es gefällt euch?« Orlana versuchte möglichst bescheiden dreinzuschauen, was ihr komplett misslang.
Berührt betrat Eyva den Wald. Orlana sah so aus, als würde sie gleich platzen vor Aufregung. Aus einem nebligen Dickicht kam, zur großen Überraschung aller Anwesenden, jetzt eine Herde von fünf edlen Einhörnern hervor.
»Ich weiß nicht, was ich sagen soll. Orlana, das ist ein wundervolles Geschenk.« Eyva hatte Tränen der Freude in den Augen und näherte sich feierlich ihren Artgenossen.
»Nun noch zu dir, mein junger Freund«, wandte sich Orlana an Louis, der schüchtern im Hintergrund stand.

Ich war seinerzeit nicht unschuldig daran, dass dir diese Flügel gewachsen sind. Es tut mir so leid, dass ich nichts für deine jüngste Schwester, Sandra, tun konnte.
Aber auch für dich habe ich etwas ganz Besonderes parat. Komm, ich bringe dich hin.«
Orlana geleitete Louis tiefer in den Wald. Die anderen folgten ihnen bedächtig. Nach einer Weile gelangten sie an einen Felsen, der dicht mit Moos sowie weichen, saftigen Gräsern bewachsen war. Viele Felsvorsprünge gab es dort. Hoch oben, auf einem der Absätze, war ein riesiges Nest. »Das hier soll dein neues Heim sein.« Orlana wies auf den gigantischen Hort.
»Vielen Dank, liebe Orlana. Das ist sehr aufmerksam von dir. Ist der nicht doch ein klein wenig zu groß für mich allein?«, fragte Louis bescheiden.
»Flieg doch mal hoch und schau hinein« forderte Orlana ihn auf.
Louis tat, wie ihm geheißen war. Das Nest hatte etwas Magisches an sich, das merkte man sofort.
Aber, was lag denn dort Merkwürdiges darin? Louis flog langsam näher. »Da sind ja Eier im Nest? Wie ist denn das gemeint?« Louis war wieder nach unten geflogen.
»Das möchte ich dir liebend gern erklären: Ihr habt euch als vollkommen würdig erwiesen und sollt nun euer neues Volk, hier in diesem besonderen Nest, ausbrüteten.«
»Ihr?« Louis sah sich fragend um.
»Komm, Magdalena, es ist Zeit, dich zu zeigen.«
Zaghaft trat ein hell strahlendes Vogel-Mädchen aus dem Dickicht ans Licht.
»Magdalena!!« Louis lag der jungen Frau, vor Freude weinend, in den Armen.

Beide umarmten sich stürmisch und betrachteten sich gegenseitig mit Erstaunen.
»Ehrwürdige Orlana, liebe „Herrin des Lichts", dass ich meine Schwester wiedergefunden habe, ist das schönste Geschenk, welches es für mich überhaupt nur gibt.
Hab auch vielen Dank für die Eier. Wir werden uns mit Liebe und Umsicht darum kümmern.«
Mit diesen Worten verschwanden die beiden, sich angeregt unterhaltend, im Wald.

Ende gut, heißt nicht immer alles gut

»Da hast du dich aber wirklich ins Zeug gelegt. Ich wüsste nicht, welches Register du nicht gezogen hättest«, sprach Lia neckend zu Orlana.

»Fast wie in einer Seifenoper...«, Akira kicherte frech.

»Warum auch nicht, wennschon, dennschon. Ich habe grenzenlose Möglichkeiten. Warum sollte ich sie nicht nutzen? Ich bin noch lange nicht am Ende. Das Erschaffen ist von jetzt an mein Beruf.« Orlana lächelte verträumt.

»Der Beruf des „Herrn der Finsternis" ist, wie ihr wisst, das Zerstören. Wir gehören zu einem Kreislauf, der nur durch das Ungleichgewicht von Ying und Yang zeitweise durchbrochen werden kann oder aber, auf Dauer, wenn die Bewohner sich vollkommen nach der Liebe richten. Auf der Erde sieht es leider momentan recht stark nach endgültiger Zerstörung aus. Da kann und möchte ich mich nicht einmischen. Das ist die Sache der Bewohner, die dort leben. Es ist noch nicht ganz zu spät.

Jedoch knapper könnte es fast nicht mehr sein.

Was ich noch tun konnte, habe ich getan.

Dieser Planet hier soll euch einerseits ein Rückzugsort sein, für den Fall, dass die Erde, sich ihrer Bewohner eines Tages wirklich entledigen wird. Er soll andererseits aber auch denjenigen, die sich als Bewohner von Aquarius bislang auf der Erde nicht einmischen durften, die Gelegenheit geben, hierher umzusiedeln. So könnten sich auch Atlantus oder auch Quick Deer wieder den Kriegern des Lichts anschließen, für den Fall, dass sie es möchten.

Ich dachte mir...« Orlana wurde wieder ein wenig rot.

»Ich dachte mir, es wäre schön, wenn sich die Bewohner dieses Planeten im Gedenken an meine beiden wundervollen Kameraden aus Jugendzeiten, Ranar und Dastos, „Die Kinder von Platana“ nennen würden. So hatten auch wir drei uns damals genannt.
Selbstverständlich könnt ihr als Bewohner der Platana sowohl in Waldhaus, Bruchtal, Aquarius oder auch hier leben. Der Name, „Die Kinder von Platana“ wäre praktisch eine neue Bezeichnung für die Krieger des Lichts, die sich ja der Rettung der Erde widmen.«
Orlana sah neugierig zu ihren Freunden.
»Habt Ihr denn schon eine Entscheidung für euch getroffen und wie seht ihr meine Vorschläge?«
»Alex und ich würden gerne hauptsächlich hier leben«, antwortete Tanja als Erste.
»Ich bin so froh über die Platana, denn ich wollte, nach allem, was mit den Eichen passiert ist, wirklich nicht mehr auf der Erde als deren Bewohnerin, bleiben.
Selbstverständlich möchte ich auch weiterhin, dass die Erde den Menschen, Tieren und Pflanzen als Lebensraum erhalten bleibt. Ich kann mir jedoch gerade nicht mehr aus der Nähe mit ansehen, wie dort eine Chance nach der anderen vertan wird. Vielleicht wird das irgendwann wieder anders, aber momentan bin ich nur froh über dieses wundervolle Angebot.
Uns in „Die Kinder von Platana“ umzubenennen, finde ich eine wunderbare Idee.
Alex und ich werden unser Alter übrigens auf vierzig Jahre neu festlegen. Das ist etwas, womit auch Akira gut leben kann«, endete Tanja.
»Dürfte ich eventuell ein wenig Saatgut von der Erde hier verwenden?«, fragte Alex ehrerbietig.

»Ja natürlich, alles, was hier wächst, kann nur gut sein. Was nicht gut ist, wird hier nicht wachsen. Du kannst also nach Herzenslust Felder anlegen und darauf experimentieren, mein lieber Alex«, antwortete Orlana.
»Heutzutage ist der Weg zwischen der Platana und der Erde anders und besser, solltet ihr im Übrigen wissen. Ich habe da ein wenig rumgetüftelt.
Als wir damals von der alten Platana auf die Erde umsiedelten, dauerte die Reise sehr, sehr lange. Der Weg kann nun jedoch binnen weniger Minuten zurückgelegt werden.
Außerdem war das astrale Reisen im Weltall während meiner Jugend kaum bekannt. Heute beherrscht ihr das alle vortrefflich.
Daher könnt ihr nach Herzenslust ganz leicht zur Erde zurück oder auch Aquarius besuchen gehen.
Allerdings ist es euch nicht gestattet, neue Bewohner, die bisher nicht in das Geheimnis der Krieger des Lichts eingeweiht sind, mit hierherzubringen.
Der Ort soll für außenstehende Personen unbedingt geheim bleiben, damit sein Schutz gewährleistet wird.
Nur für den Fall, dass die Menschen plötzlich neuartige Raumschiffe bauen oder Ähnliches…
Dieser Planet gehört dem Frieden und dem Aufbau.
Noch sind die meisten Menschen dazu leider nicht reif.
Solltet ihr also einmal erwägen, jemand anderen mitzubringen, so fragt mich bitte vorher.«
Orlana erklärte den Anwesenden noch kurz, wie sie im Notfall zu erreichen sei und sah dann abwartend in die Runde.
»Lia, Finnbar, eventuell auch Basilica und ich möchten gerne unser Alter so behalten, wie es ist.

Das Leben auf der neuen Platana würden wir uns als Option behalten.
Fürs Erste gehen wir jedoch auf die Erde zurück.
Wir sind noch längst nicht am Ende angelangt.
Vielleicht wird der Untergang dieses wundervollen Planeten ja doch noch verhindert.
Bei allen Problemen, die es gibt, tut sich doch auch schon ganz viel Gutes auf dem Erdball. Daran wollen wir glauben und weiter dafür kämpfen«, sprach Akira.
Atlantus meldete sich über den Geist: »Brenda und ich nehmen dein Angebot, liebe Orlana, sehr gern an. Auch wir möchten unser Alter so erhalten, wie es ist.
Wir werden uns auf der Platana zwar eine Wohnstätte errichten, aber dennoch zunächst auf der Erde unser Glück versuchen.
Eine Frage noch, wenn wir unser Alter behalten werden, sind wir dann auch unsterblich?«
»Oh, das wäre eine Option gewesen«, antwortete Orlana. »Aber nein, das seid ihr nicht. Auch wenn ihr nicht altert oder krank werdet, so könnt ihr dennoch in einem Kampf umkommen.
Achtet also gut auf euch.«
Dann wandte sich Orlana an Lia:
»Lia, falls du es nicht mehr wissen solltest: Bei dir ist es so, dass ich „die Eine" dereinst um deinen Schutz gebeten habe.
Daher war sie, als du heute ernstlich in Gefahr warst, auch sofort zur Stelle, um dich zu retten.
Solange du den geraden, demütigen Weg der Krieger des Lichts beziehungsweise „Der Kinder von Platana" beschreitest, wird dies auch immer so bleiben.«
Lia nickte still.

»Ich möchte gerne auf der neuen Platana leben und mich von hier aus nützlich machen«, meldete sich nun auch Patrick zu Wort.
»Selbstverständlich werde ich stets gute Energie auf die Erde senden.
Aber wenn ich dann einmal einen anderen Planeten besuchen möchte, so wird das wohl Aquarius sein, auf dem all meine Verwandten nun wohnen.«
Jetzt informierte Soholit die anderen über seine Pläne: »Ich gehe auf jeden Fall auf die Erde zurück und arbeite vor Ort mit den Kriegern des Lichts.
Für die wundervolle Option dieses Planeten bin ich jedoch sehr dankbar.
Mein Alter würde ich auf zwanzig Jahre jünger setzen, wenn das in Ordnung ist.«
Angar und Selma traten nun vor: »Wir Elben möchten eine neue dauerhafte Wohnstatt auf der Platana errichten. Wenn es nötig wird, werden wir natürlich jederzeit bereitstehen, an Aktionen zur Rettung der Erde teilzunehmen. Wir freuen uns sehr über diesen wunderschönen und sichern Ort hier.«
»Wie lautet eure Entscheidung?«
Orlana sah fragend zu den Vertretern des kleinen Volkes.
»Wir haben das Ganze noch nicht abschließend geklärt«, antwortete Lucinda stellvertretend für alle.
»Quiskan, der sich um ein Drittel seiner Lebenszeit verjüngen möchte, will am liebsten für immer hierbleiben und wünscht sich, dass Querin der Älteste des kleinen Volkes wird. Darüber diskutieren sie noch. Querin und ich halten es ansonsten so ähnlich, wie Soholit.
Unser Alter behalten wir zwei jedoch gerne, wie es jetzt ist. Was mit den anderen Mitgliedern des kleinen Volkes,

die noch auf der Erde oder Aquarius leben, wird, müssen wir erst noch beraten.
Sehr wahrscheinlich werden die meisten es wie die Elben halten. Wir sagen euch rechtzeitig Bescheid, wenn die endgültige Entscheidung gefallen ist.«

Eine verschworene Gemeinschaft

Auf der Platana war inzwischen ein paradiesischer Ort entstanden.
Die Bewohner lebten, je nach Wunsch, an verschiedenen Plätzen.
In der Nähe der menschlichen Behausungen hatte man praktisch eine Art Doppelgänger von Waldhaus errichtet. Dies war nun die neue Zentrale der Krieger des Lichts, die sich seit Kurzem ganz offiziell in »Die Kinder von Platana« umbenannt hatten. Sämtliche Versammlungen fanden seitdem alle zwei Wochen an diesem Platz statt. Tanja und Alex hatten sich schon wunderbar in ihrem neuen zu Hause eingelebt.
Alex hatte bereits Felder sowie einen fruchtbaren Garten angelegt, um die er sich, wie immer, mit aller Sorgfalt kümmerte.
Auch Brenda und Atlantus waren sehr froh mit ihrem neuen Wohnort in der Nähe des Meers, waren aber die meiste Zeit in Bruchtal.
Besonders das kleine Volk schwebte im siebten Himmel, hatten sie doch die Heimat ihrer Vorfahren wieder zurück.
Außer Tanja, Alex, Patrick, den Vogelmenschen und den Einhörnern lebte jedoch niemand ausschließlich auf der Platana. Besonders Atlantus genoss es, zusammen mit Akira, endlich wieder in Portugal zu wirken. Selbst Quiskan sowie die Elben ließen sich von Zeit zu Zeit in Waldhaus blicken.
Quick Deer hatte seinen alten Tatendrang zurückgewonnen, denn er hatte sein Alter auf fünfzig

Jahre zurückgedreht. Er begleitete Tanjas Jahrgangsgeschwister des Öfteren auf ihren Vortragsreisen und erzählte dort von der einfachen und nachhaltigen Lebensweise seiner Vorfahren, dem Volk der Lakota.
Seit der Pandemie und dem folgenden Krieg hatte sich vieles auf der Erde verändert. Es war nun noch schwieriger geworden, den Fokus auf das wirklich Wichtige dieses Zeitalters zu legen, nämlich auf den Umweltschutz sowie das Aufhalten des Klimawandels.
Sehr viel mehr Aufmerksamkeit und Geld steckten die Menschen nun in militärische Aufrüstungen.
Jedes Volk begann, sich bis an die Zähne zu bewaffnen.
Von Abrüstung war kaum noch die Rede.
Mit Sorge wurde dies von den »Kindern von Platana« beobachtet, denn man erntet immer genau das, was man sät, wie Soholit zu sagen pflegte.
Er ermahnte jedoch immer wieder, dass genau aus diesem Grund Optimismus mehr als vonnöten sei.
Somit wirkte die Gemeinschaft einen mächtigen, positiven Schutzschild um die Erde und wachte auch weiterhin so gut sie es vermochte über den wundervollen blauen Planeten.

Neuanfang

Tanja saß am Sonntag voller Freude in der Wohnküche ihres neuen Heims.
Alex hatte heute extra frei gemacht.
Akira, Lia, Finnbar, Lucinda, Querin, Quiskan sowie Brenda und Atlantus waren zu Besuch.
Einträchtig genossen sie Tanjas selbst gebackenen, veganen Kuchen und sprachen über alte Zeiten und neue Aufgaben. »Wie sieht es eigentlich mit dem Eichenwald um Waldhaus herum aus?«, fragte Tanja ihren lieben Besuch. »Die Holzfäller sind immer mal wieder dort. Man weiß vorher nie, wann sie kommen. Dann fällen sie einige Eichen, welche im Moment allesamt noch einfach, abgeholzt im Wald herumliegen. Es sieht, ehrlich gesagt, wie auf einem Schlachtfeld aus. Ich habe keine Ahnung, wann sie fertig sein werden. Ach so, bevor ich es vergesse, du hast Post vom amtierenden Landwirtschafts-Minister bekommen«, antwortete Lucinda und holte einen Briefumschlag aus ihrer Jackentasche. Tanja nahm das Schreiben entgegen und öffnete neugierig den Brief. Wenige Sekunden später hatte sie den Inhalt bereits gelesen. Sie las vor:

»Sehr geehrte Frau Jadd
Vielen Dank für Ihr Schreiben und die wertvollen Hinweise darin. Ich benötige stets die Hilfe von Bürgern, die sich direkt vor Ort befinden. Ich habe deshalb die Angelegenheit an meine Mitarbeiter weitergeleitet.
Hochachtungsvoll
der Landwirtschafts-Minister«

»Das war alles?«, fragte Akira überrascht. »Von welchem Datum ist der Brief?«, fragte Querin. »Schon von vor einem Monat«, antwortete Tanja. »Hat sich denn jemand darum gekümmert?«, hakte sie noch nach. »Nein, nicht dass wir es bemerkt hätten. Es waren nur von Zeit zu Zeit die Holzfäller vor Ort. Vergiss es, liebe Tanja. Da wird nichts mehr passieren. Die Tatsachen sind bereits geschaffen. Diese Angelegenheit wird einfach im Sand verlaufen«, antwortete Finnbar. »Sei nicht traurig, meine Liebe«, wandte sich nun Quiskan freundlich an Tanja, welche ein betretenes Gesicht machte. »Wir haben auch einige wundervolle Überraschungen für dich.
Die Eicheln von Orlana sind aufgegangen. Du wirst niemals erraten, was daraus gewachsen ist... Und...«, er machte ein Gesicht, wie das Christkind am Heiligabend. »Annika und Vismatetè haben Nachwuchs bekommen. Es ist ein...«
»Sag schon. Ich bin total gespannt.« Tanja hatte sich aufgeregt erhoben.
Plötzlich wurde die Küchentür von außen aufgerissen. Selma stand vor der Tür und rief, vor Freude bebend: »Kommt alle schnell mit! Die Küken von Magdalena und Louis schlüpfen gerade. Das müsst ihr mit eigenen Augen gesehen haben.
Ihr werdet nicht glauben, was dort gerade passiert...«

ENDE

Fortsetzung folgt in Teil 3:

»Eichen müssen her! Lias Traum«

Personenverzeichnis:

Auf dem alten Planeten Platana:

Orlana, ein Mädchen des kleinen Volkes, **Quina**, ihre Mutter, **Kiova,** ihr Vater, **Tante Gertrada**, eine Nachbarin, **Ranar** und **Dastos**, zwei weitere Kinder des kleinen Volkes und Freunde von Orlana
Kamila, »die Eine«, die Mächtigste vom Dreigestirn, auch »**die Dienerin der Liebe**« genannt, ihr Gefährte, **Agonjak**, von der Erde, ihre beiden Zwillinge **Dark** und **Bright**, die zu den Energien des »**Herrn der Finsternis**« und des »**Herrn des Lichts**« vom Dreigestirn gehören
Eichar, der Älteste der guten Baum-Menschen, **Vantarsia**, seine Frau, deren Setzling **Platanius** und dessen Freundin **Weidana**
Jost, der Anführer der abtrünnigen Baum-Menschen

Im Universum:

Heliana, eine Bewohnerin des schönsten Orts des Universums

Auf Aquarius:

Frederick, eine, alte, sehr weise Schildkröte
Karlao, der letzte Osiriat, seine **Großtante Giseao**
Kedir und **Undine**, die Ältesten der Selkies und die Eltern von **Atlantus** auf Aquarius
Saphira und **Arsentos,** die Eltern von **Cerafine, alias**

Tanja und Mitglieder des großen Rats von Aquarius

Pix Hunter Quick Deer: ein weiser Mann der Lakota, jetzt auf Aquarius lebend, aber ursprünglich von der Erde kommend, zeitweise im Körper des Labrador-Rüden **Amerok** auf der Erde lebend

Auf der Erde:

Tanja Jadd, die früher auf Aquarius **Cerafine** hieß, ihre Söhne **Atlantus**, der ein Selkie ist und nun wieder auf Aquarius lebt sowie **Akira, Alex,** ihr Gefährte,
Lia, Akiras Gefährtin, deren Zwillingsbruder **Finnbar,** dessen Spielzeug-Eichhörnchen **Theo**, welches einmal, beim Kampf gegen einen bösen Drachen, lebendig geworden war, **Tastas**, ein guter Spiegeldrache aus der Wüste
ein mutiger **Specht**, der als Vertreter der Vögel beim Suchen nach Tanja hilft
Soholit, Anführer der Druiden,
Selma und Angar, zwei Elben
Vismateté, ein Baum-Mann und Tanjas Baum-Gefährte, seine Partnerin **Annika**
Prem Adita, Akiras Vater, **Ben,** der Vater von Atlantus auf der Erde
Basilica, eine der Jahrgangs-Geschwister von Tanja und Partnerin von **Finnbar**
Der Geist der Quelle von Waldhaus, speist alle dort mit Wasser
Die Alte, ein freundlicher Geist aus Waldhaus

Quiskan, Ältester des kleinen Volkes, sein Sohn, **Querin**, dessen Gefährtin, **Lucinda,** ehemalige Älteste des kleinen Volkes und Mutter von Quiskan: die weise **Orlana**, die nun die neue »Herrin des Lichts« ist

Louis, der Vogelmensch, seine Schwestern: **Sandra** und **Magdalena**

Eyva, das Einhorn

Patrick, ein Teenager, **Mia,** seine Klassenkameradin

Ammartas, Zwillingsbruder von **Agonjak** (Kamilas Gefährte)

Kamarteris, ein Orakel, weiser Mann in der Steinzeit

Ghaul, ein Neandertaler-Schamane

Zagan, Heerführer der bösen Kräfte, **Mersch,** sein Obmann

Planeten:

1. Die unterentwickelten: **Erde, Platana, Osiria**
2. Die höherentwickelten: **Aquarius**

Orte:

Waldhaus in Deutschland, **Bruchtal** in Portugal, beides Plätze, an denen die Krieger des Lichts wirken

Der ovale Kristall: ernährt alle Wesen auf Aquarius durch Licht

Quellenverzeichnis:

- Fantasie
- eigener Erfahrungsschatz
- Wikipedia

Eichen müssen her! Das Dreigestirn (Teil 1 der Trilogie)

ISBN: 978-3-9823606-1-4 und 978-3-9823606-0-7

Eichen müssen her! Das Dreigestirn

Worum geht es?

Kurz gesagt, um alles. Die Erde ist der endgültigen Zerstörung nahe und so tun sich Wesen aus verschiedenen Zeiten und Welten zusammen, um das drohende Schicksal im letzten Moment noch abzuwenden. Zu den Hauptakteuren zählen heldenhafte Vertreter des kleinen Volkes, anmutige Elben, ein furchtloser Selkie, weise Druiden, uralte Baum-Menschen, der humorvolle Karlao aus Osiria, ein weiser Mann der Lakota sowie tapfere Menschen von der Erde. Mythos und Realität vermischen sich in einer zauberhaften, spannenden Geschichte voller Hingabe und tiefer Weisheit.

Verlag: **Untschi Verlag**

»Ein fesselndes und richtungsweisendes Buch, das man nicht mehr aus der Hand legen möchte.«
F. Becker

»Der Jules Verne unserer Zeit…«
M.L. Krönung

ISBN: 978-3-9823606-1-4 (gebundenes Buch)
978-3-9823606-0-7 (Taschenbuch)

Teil 1: Eichen müssen her!

Das Dreigestirn
Hörbuch A

Abschnitt A (Kapitel 1-31 von 60) circa 578 Minuten
als MP3- Download oder -MP3-CD erhältlich.
ISBN: 978-3-9823606-4-5
Verlag: **Untschi Verlag**

Weitere Hörbücher folgen.